www.tredition.de

D1705075

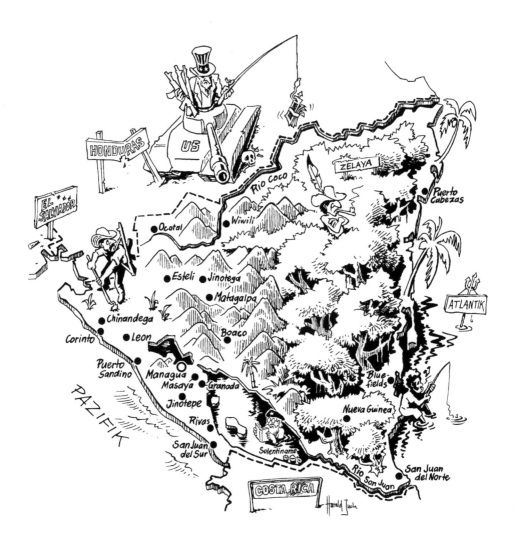

Elisabeth Erdtmann

**Momotombo**
Roman

www.tredition.de

© 2016 Elisabeth Erdtmann
Verlag: tredition GmbH, Hamburg

ISBN
Paperback:     978-3-7345-5149-9
Hardcover:     978-3-7345-5150-5
e-Book:        978-3-7345-5151-2

Umschlagbild: Jesús Ateca (Rufus)  www.arteateca.com
Karte:         Harald Juch  www.haraldjuch.de
Layout:        Thomas Didier  didier@metadruck.de

Printed in Germany

Das Werk, einschließlich seiner Teile, ist urheberrechtlich geschützt. Jede Verwertung ist ohne Zustimmung des Verlages und des Autors unzulässig. Dies gilt insbesondere für die elektronische oder sonstige Vervielfältigung, Übersetzung, Verbreitung und öffentliche Zugänglichmachung.

Elisabeth Erdtmann

# Momotombo

Roman

*Die Geschichte ist ein rückwärts blickender Prophet:*
*aus dem, was war, und entgegen dem, was war,*
*schöpft sie das Wissen dessen, was sein wird.*

Eduardo Galeano
*Die offenen Adern Lateinamerikas*


*Komm Freundin, keine Traurigkeit, tanzen wir*
*bis zur Dämmerung*
*und gib mir das Herz*
*bis ans Ende der Nacht zu gehen.*

Aimé Césaire
*Im Kongo*

# 1

**D**er Bus verließ rumpelnd den Busbahnhof am Rand eines belebten Marktplatzes. Durch das gesprungene Glas des staubigen Heckfensters sah man bei zunehmender Entfernung das Einzelne zu einer wimmelnden Masse verschmelzen: Marketenderinnen, Schuhputzer, Straßenhändler, Reisende, die zur Weiterfahrt in eine der Provinzen auf den nächsten Bus warten. Allein die magere, aufschießende Gestalt eines Sektenpredigers sah man noch länger. Wie ein Periskop hob er sich aus der Menge heraus, dank einer kleinen Sprossenleiter unter seinen Füßen, die dem Propheten einer wütenden Gottheit als improvisierte Kanzel diente. Zum Kreuzzug gegen das Böse angetreten, das zerklüftete, bleiche Gesicht wahnhaft verzerrt, kündete seine schrille, sich überschlagende Stimme vom baldigen Untergang allen irdischen Daseins, der sündhaft beladenen Menschenwelt durch das furchtbare Strafgericht des Allmächtigen, das bedenklich näher gerückt war, seit Revolutionäre das Land regierten und das Volk mit lästerlichen Ideen infizierten. Wild gestikulierend, die knochigen Arme durch die Luft wirbelnd, schleuderte er alle Blitze der sieben Himmel gegen die Lauen und Ungläubigen, gegen Sandinisten und Kommunisten, gegen Marxisten und Atheisten.

„Nehmen Sie meinen Platz, *compañera*", erbot sich ein junger Mann mit einem ermunternden Lächeln, schon im Begriff sich von seinem Sitz zu erheben. Kein Zweifel, das Maß des Erträglichen musste ihr allzu deutlich im Gesicht geschrieben stehen, das ihr Zumutbare, wenn sich jemand so umstandslos bereit fand, ihr – der Reisenden, die zum ersten Mal fremden Boden außerhalb Europas betrat – seinen Sitzplatz zu überlassen, um selbst, eingezwängt zwischen all den Menschen, die Reise stehend fortzusetzen. Alle, die hier saßen, hatten seit dem Morgengrauen Stunden mit Warten in brütender Hitze zugebracht, um beim Eintreffen des Omnibusses unter den ersten zu sein, denn ihr frühes Erscheinen verschaffte ihnen die vage Aussicht auf einen der begehrten Sitzplätze. Julia hatte dankend abgelehnt, schließlich handelte es sich bei diesem Reiseabenteuer um ihre erste Bewährungsprobe, was dieser hilfsbereite Kavalier natürlich nicht wissen konnte. Wann sah man schon Leute wie ihresgleichen sich in diese zum Bersten gefüllten Menschenbehältnisse zwängen? Geschöpfe ihrer Art, sofern sie bei einer der zahlreichen Hilfsorganisationen angestellt waren oder sich im Auftrag befreundeter Regierungen im Land aufhielten, bewegten sich gewöhnlich in nagelneuen Jeeps mit klimatisiertem Innenraum fort. Es war diese Art von Bedeutsamkeit, die ihre Person herausstellte, derentwegen sein Angebot sie auf unliebsame Weise berührt hatte, eine Bedeutsamkeit, die sich bei bestimmten Gelegenheiten um Menschen rankt und sie zu Symbolen werden lässt – eine eigenartige Verkörperung gewisser allgemeiner Züge, die ihr, Julia, den symbolischen Umriss einer Spezies Mensch verlieh, die sich auf der Welt allein für wesentlich hält; deren ausgeprägter Hang, ihr Herrengefühl zur Schau zu stellen, zur Wesensart gehört, um dem Anspruch auf Privilegien den notwendigen Nachdruck zu verleihen. Wie sehr auch ihre eigenen Absichten davon unberührt sein mochten, so war hier im Gedränge, Körper an Körper mit den von Staub überzogenen, schwitzenden Menschen, in diesem Wiedererkennen doch die Tatsache einer umfassenden Wirklichkeit enthalten, in deren Natur es lag, sich blind und unabhängig vom eigenen Willen durchzusetzen. Jahrhunderte kolonialistischer Perversionen hatten dafür gesorgt, dass in diesem Teil der Welt selbst jemand wie sie sich noch zu den Begünstigten zählen konnte. Kläglich musste sich daher jeder Versuch ausnehmen, aus der Rolle herauszuspringen, die ihr aufgeprägt war, und doch wäre es an ihr, diesem absurden Faktum eine andere Möglichkeit entgegenzustellen, und so hatte sie – eher einem Impuls als einer Überlegung folgend – die wohlmeinende Geste zurückgewiesen. Später dann, als das Brennen ihrer Fußsohlen zur einzigen Empfindung wurde, als liefe sie bloßfüßig durch ein Brennnesselfeld, hatte sie dankbar eingewilligt, unter der Bedingung, dass sie mit dem Sitzen einander abwechseln würden. So hatte sie Luís kennen gelernt, ihre erste Bekanntschaft in Nicaragua.

Jetzt war sie glücklich, dem Geschiebe und Geknuffe entkommen zu sein, so viele Leute drängelten und schubsten, dass man ganz konfus wurde. Wann immer der Kassierer, ein beleibter, raubeiniger Kerl, sich durch den Mittelgang vorarbeitete, noch da Platz schaffend, wo man keinen mehr vermutete, mit vorgestreckten Armen, Bauch voraus, die von ihrer eigenen Wärme aneinander geschweißten Körper durchpflügend, um das Fahrgeld zu kassieren, wurde das mühsam errungene Gleichgewicht zerstört, das darin bestand, einen Platz für beide Füße gefunden zu haben. Dann, nachdem jeder seine fleischige Patschhand auf sich gespürt und das Gewoge abknickender Glieder und verdrehter Gliedmaßen sich wieder zu glätten begann, verschmolzen die Körper erneut zu einem ungeteilten Ganzen, das – an Julia gerichtet – von da und von dort mal ein schüchternes, mal ein offenherziges Lächeln aussandte oder ein von kindlicher Neugier gefärbter Blick sie streifte.

Der ständige Rhythmus des Fahrzeugs und das leise Vibrieren der Flanken ließ sie bald in verträumte Abwesenheit sinken. Sie sah durch den Spalt des halbgeöffneten Fensters, im Mund einen Geschmack nach Staub. Der majestätische Kegel des Momotombo begleitete sie noch eine Weile, bevor er nach einer Kurve aus der Sicht verschwand. Vor dem Hintergrund aus blauer Ferne zogen Berge vorüber, entlang der Strecke folgte das flache Land den Windungen der Hügel, hinter Zäunen und Einfriedungen aus Heckensträuchern verbargen sich kleine Höfe, niedrige Häuser von verschmutztem Grau, deren Fenster und Türen sich ins Dunkel öffneten. Draußen saßen die Alten, Frauen mit Schüsseln auf den Knien, ein Hausschwein hingestreckt im Schatten einer Hauswand, Ferkel zockelten an einem Lattenzaun entlang, Hühner scharrten im Sand, über einem Balken hingen Tabakblätter zum Trocknen. Weiter landeinwärts ging eine unbarmherzig glühende Sonne auf winzige, strohgedeckte *ranchos* nieder, rundköpfige Bäume, deren Blattschichten eine geschlossene Decke bildeten, nahmen vor dem schweifenden Auge in der Ferne die Form von Wolken an, Wolken von hartem Grün tief über der Erde.

Quälender Widerstreit der Gefühle, Zweifel und Zögern, Vorstoß und Rückzug – so war denn alles vorüber; es war als wäre ein Vorhang hinter ihr gefallen und dahinter lag die Vergangenheit als Raum, wo der Stillstand in allen Winkeln sich eingenistet hatte und ein immer wiederkehrender Gedanke ihr Lebensgefühl beherrschte: Du bewegst dich im Kreis und prallst immer gegen dieselben Wände! Sie sieht sich in den Kulissen ihres eigenen Lebens stehen, in einem Stück, das allzu oft wiederholt worden war, jeder Akt vorhersehbar, weil die Idee, es neu zu inszenieren, niemandem einfiel. Getrennt von allem, was Vertrautes mit naheliegenden Gewissheiten verband, begann das Leben sich neu zu bebildern. Eine Flut von Offenheit, von verwirrender Vieldeutigkeit und Dichte stürzte seitdem täglich auf sie ein, wo die Erscheinungen nicht den geläufigen Mustern entsprachen – eine Realität von neuem ungewöhnlichem Ausdruck, für deren Verstehen die Mobilisierung all ihrer Vorstellungskraft nötig wäre. Rückschlüsse oder Mutmaßungen lassen sich nur aus Gelebtem beziehen, aber das hier stammte aus keiner ihr zugänglichen Erfahrung. Alles müsste sich von neuem erschließen, die Deutung jeder kleinen, scheinbar unbedeutenden Begebenheit zu einer Art Schöpfungsakt werden.

Julia wendete den Kopf und warf einen verstohlenen Blick auf die Frau an ihrer Seite, die den Fensterplatz belegte. Sie war eingenickt. Sie schlief flach atmend mit eingesunkenem Brustkorb, die Stirn auf dem Polster ihrer kräftigen, auf der Rückenlehne des Vordermanns verschränkten Unterarme. Die Partie zwischen Nase und Oberlippe war mit winzigen Schweißperlen übersät und ihr Gesicht, das Julia sein Halbprofil zukehrte, erweckte den Eindruck, als sei jeder Muskel darin vollständig angespannt. Dort, wo ihre Füße aufsetzten, taten sich Rostlöcher im Unterboden auf, durch die man die Asphaltdecke der Straße dahinschnellen sah.

Der Bus hielt an einer Kreuzung an, um neue Fahrgäste aufzunehmen. Obwohl das Gedränge mit jeder Steigerung unerträglicher wurde, war entgegen aller gängigen Erwartung aus der schweigenden Menge nicht die geringste Unmutsäußerung vernehmbar. Aus dem Schatten eines Blütenbaums von erhabener Größe kamen zwei Männer herübergelaufen, die sich an einem aufgeblähten Sack abschleppten. Aus den sonnengegerbten Gesichtern unter den Strohhüten war unschwer ihres Lebens Strenge und Kärglichkeit herauszulesen. Julia nahm nicht weiter Notiz von dem, was vor sich ging, ihr Blick war in Feuerfarben getaucht, allein der Baum mit seinen drapierten Blütenzweigen stand ihr vor Augen, wie ein riesiger flammender Blumenstrauß stach er in das Blau des Himmels und in seine Betrachtung mischte sich Leichtigkeit und Freude.

„Malinche", vernahm sie Luís' Stimme über ihrem Kopf.

„Malinche?"

„Ja, wir nennen diesen Baum Malinche. Malinche, das war eine indianische Sklavin im Besitz eines Mayafürsten in Mexico, bevor dieser sie Hernán Cortés zum Geschenk machte. Sie wurde seine Geliebte und blieb während der Eroberung Mexicos an seiner Seite. Als Ratgeberin und Dolmetscherin half sie ihm eine Eingeborenenarmee gegen die Azteken aufzustellen, was mit der bekannten Zerstörung der glanzvollen Hauptstadt Tenochtitlán endete."

„Malinche – sie muss eine wunderschöne Frau gewesen sein", sagte Julia wieder zu dem Baum hinblickend, "...und eine Verräterin?"

„So kann man es sagen, aber schönen Frauen verzeiht man gern, ist es nicht so?" Ein umwerfendes Lächeln zeigte seine schönen, gleichmäßigen Zähne. Überhaupt hatte er alles, was sich eine Frau unter einem gutaussehenden Mann vorstellt: stolze Gesichtszüge, wundervolle braune, längliche Augen und jene Tiefe des Blicks, der in ungeschützten Momenten unumwegig wie ein Pfeil trifft. Oh gewiss, auch einem solchen Mann verzeiht man eine gewisse Art von Anmaßung gern, womit die Dinge wieder im Lot wären.

Julia war aufgefallen, dass Luís alles, was ihm in die Augen trat, mit ähnlicher Neugier und Aufmerksamkeit betrachtete wie sie, als sähe auch er das alles zum ersten Mal. Er komme nach Jahren der Abwesenheit wieder nach Hause, gab er ihr zur Erklärung. Er habe ein Stipendium erhalten, nach dem Sieg sei er unter den ersten gewesen, die die Gelegenheit bekamen, in Cuba zu studieren; jetzt werde er als Lehrer arbeiten, was er am liebsten täte, oder im Erziehungsministerium. „Je nachdem, wo ich am dringendsten gebraucht werde."

„Wollen wir den Platz wieder tauschen?" wandte sich Julia nach einer Weile des Schweigens an ihren Gönner.

„Nein, nicht nötig, wir sind gleich da. Das heißt, du bist gleich da, ich muss noch weiter fahren."

Der Motor heulte auf, mit letzter Kraft quälte sich der Bus eine Steigung hinauf. Oben, am Rand eines Abhangs, verlor sich die Straße in einer engen Kurve, so als endete sie irgendwo in der Luft. Draußen kroch die Landschaft im Schneckentempo vorbei. Es war ungefähr vier Uhr, die Zeit, wenn die Sonne ein wenig milder wurde. Zur Linken spannte sich ein schöner, klarer Nachmittagshimmel über das Tal, blassblau und seidig. Drunten, im stillen Glanz der Unbeweglichkeit, lagen kleine Gehöfte zwischen dorrenden Feldern verstreut; die winzigen Häuser, von exakt der gleichen Farbe wie die Erde, auf der sie standen, wirkten so sehr mit dem Erdreich verbunden, dass man meinen könnte, sie wären tief darin verwurzelt. Ein schmales Flussbett durchstach in leichten Windungen die krustige ockergelbe Erde und zwischen blanken, weißen Steinen schimmerte rieselndes Wasser. Das kleine Plateau oberhalb des Flusslaufs trug ein Palmenwäldchen, in den grünglänzenden Palmwipfeln zitterte die ermattende Sonne – inmitten der Kargheit seiner Umgebung, großartig allein, rief es den Eindruck eines imposanten Federbuschs hervor. Ringsum erhoben sich scharfumrissen die Berge mit der Farbe verbrannten Goldes, deren weiche Formen sich hin und wieder an schroffen Felsen brachen.

„Herzlich Willkommen" begrüßte das Ortsschild der Stadtverwaltung oben in der Kurve die Ankömmlinge. Dann ging plötzlich alles sehr schnell. Kaum hatte der Bus auf der Neigung wieder an Fahrt gewonnen, da fand sich Julia auch schon auf der Landstraße wieder, die unterhalb der Stadt vorbeiführte: Provinzhauptstadt des Departements. Sie war noch ganz benommen von dem heftigen Geruch nach Menschen, an denen sie sich hatte vorbeizwängen müssen, um ins Freie zu gelangen, als ihr Gepäck von oben herab an ihr vorbeisauste und mit einem dumpfen Aufprall zu ihren Füßen landete. Der Bursche auf dem Dach kam ins Stolpern, als sich der Bus mit einem Ruck wieder in Bewegung setzte, und fiel rücklings zwischen die Gepäckballen. An einem der Seitenfenster tauchte für Sekunden Luís' Gesicht noch einmal auf, ehe eine Wand aus Staub sein Lächeln verschluckte und seine Spur sich für immer verlor.

So plötzlich in die Szenerie der fremden Vorstadt geworfen, eine weitläufige Ansammlung ebenerdiger Häuser, die sich noch über die nahen Hügel erstreckte, fühlte sie sich von einer merkwürdigen Einsamkeit umhangen und ein wenig fürchtete sie sich vor dem heraufziehenden Abend. Ohne recht zu wissen warum, durchlief sie ein leichter Schauer, während sie mit runden Augen die Gegend absuchte, denn irgendwo würde sie die Nacht verbringen müssen. Linker Hand, unweit der Straße, sah sie den Friedhof liegen, in den nackten, hölzernen Grabkreuzen verfingen sich die letzen Sonnenstrahlen, da und dort schmückte ein frisches Kunstblumengebinde die Gräber. Echte Blumen wären wahrscheinlich nach ein paar Stunden verdorrt. Dann entdeckte sie wenige Schritte von ihr entfernt das kleine Hotel, das Luis erwähnt hatte.

Das niedrige, ein wenig zurückversetzte Haus mit seiner einladenden, weißgetünchten Vorderfront und dem geschwungenen, schmiedeeisernen Eingangstor ließ die Erwartung zu, hier einen Ort friedlicher Stille anzutreffen. Die Hotelbesitzerin, eine rundliche, untersetzte Person, hatte auffallend weiße Haut, so dass man unwillkürlich dachte, sie kann unmöglich Nicaraguanerin sein. Schweigend und mit akribischer Sorgfalt trug sie die Daten aus Julias Reisepass in ein Formular ein. „Für die Einwanderungsbehörde", erklärte sie knapp. Sie schrieb sehr langsam, unter Zuhilfenahme des linken Zeigefingers, der der Reihe der Schriftzeichen folgte, malte sie taumelnde Buchstaben einen nach dem anderen auf das Papier. Während die Frau damit beschäftigt war, sah Julia durch das geschmiedete Eisengitter zur Straße hinüber. Ein halbwüchsiges Mädchen schlendert vorbei. Es trägt ein schmuddeliges, in den Farben verblasstes Kleid, dessen Bluse sich über die winzigen, noch kaum vorhandenen Brüste spannt; auf dem Kopf balanciert es ein unförmiges, zusammengeschnürtes Bündel, worunter sein zarter Körper jeden Moment einzuknicken droht – ein zerbrechlicher kleiner Körper, die schmalen Schultern schon gekrümmt, noch bevor sein Wachstum beendet ist. Bei jedem Schritt schiebt sich das Kinn seines kindlichen Gesichts sacht nach vorn, um das Gewicht des Bündels auszugleichen. Auf der gegenüberliegenden Straßenseite eilen Frauen, Kinder an der Hand hinter sich herziehend, von einer merkwürdigen Hast getrieben durch die aufkommende, abendliche Dämmerung. Einige tragen große, flache Körbe auf dem Kopf, die wie überdimensionale Teller über ihren Häuptern schweben. Hinter der Prozession der Frauen müht sich ein Mann von fadenscheiniger Statur mit einem hölzernen Karren ab. Um das Ziehen zu erleichtern hat er sich selbst in die Deichsel des Gefährts gespannt, das über die unebenen Steinplatten der Straßenrandbefestigung holpert. Flaschen, gefüllt mit siruppartigen Flüssigkeiten in den schreiensten Farben, führen darauf einen rasenden Tanz auf und rufen im Takt der Erschütterungen, bald auflebend, bald nachlassend, einen vielstimmigen Klang hervor. Lastwagen und Militärfahrzeuge, beladen mit Gütern und Menschen, donnern über den löchrigen Asphalt und tauchen die Passanten am Straßenrand jedes Mal in eine wirbelnde Staubwolke. Plötzlich flammte die Straßenbeleuchtung auf und der Himmel, eben noch rotviolett, färbte sich in ein tiefes Blaugrau, wovon die umliegenden Berge sich wie riesige dunkle Schattenmassen abhoben. Die Stadt selbst lag auf einem Hügel, zumindest schien es von hier aus so, denn die Lichter an den Hängen verdichteten sich mit zunehmender Höhe, während auf der anderen Seite der Straße ganze Wohnviertel im Dunkeln liegen mussten, und ganz oben glaubte Julia schemenhaft die Silhouette eines Kirchturms zu erkennen.

Das Zimmer, das man ihr vermietet hatte, lag auf einer höheren Ebene als die übrigen Zimmer, am Ende einer Reihe verschlossener Türen, deren türkisfarbener Anstrich sich von der weißen Kalkübermalung des Gemäuers hell und freundlich abhob. Es gefiel ihr, weil es eine kleine Veranda besaß, von dort führte eine Steintreppe in den Garten. Man betrat es durch eine schmale Flügeltür, deren Oberkante mit dem Tragbalken des Blechdaches keinen Abschluss bildete, so dass über der Tür ein Rechteck ausgespart blieb – wahrscheinlich aus Ventilationsgründen, denn das Zimmer hatte keine Fenster. Von der Veranda sah man in einen blühenden Innenhof, in dessen Mitte ein großer Mangobaum stand, der seine weitverzweigten Äste schützend über die Vegetation des Gartens hielt. Im schwachen Schein der wenigen Glühlampen, die nackt von Kabeln herabhingen, hatten die Dinge ihre intensive Tönung verloren, als wäre ein dunkler Schatten auf sie gefallen. Julia stand, über das Geländer der Veranda gebeugt, in der milden warmen Abendluft und sog den schweren, süßlichen Duft von Blumen und exotischen Früchten ein, die vielen fremden Gerüche, die in der Luft lagen und so angenehme Verwirrung stifteten.

In den Regionen einer unendlichen, erhabenen Ferne standen unbeweglich die Himmelskörper, konzentrierte Mengen von Sternen, deren Strahlen so unglaublich, als striche das Universum mit Goldfingern über ihre Seele, dessen gigantisches Schweigen die Tiefe einer Umarmung hatte. Alles Schwere und Lastende verging, alles Befangensein schwand dahin, mit allen Sinnen dem galaktischen Weltengewimmel ergeben, verspürte sie auf ihrem winzigen, der Dimension des menschlich Fasslichen zugewiesenen Platz einen Schauder glücklichen Wohlbehagens und unter der Oberfläche ihrer augenblicklichen Seinsweise strebten die vielfachen Aspekte ihrer selbst im beständigen Gefüge ihres Wesens auf einen Fluchtpunkt zu – eine Tür ins Freie. In ihrem Inneren hatte sich etwas entzündet, das sich zu einem Augenblick freudiger und ungetrübter Zuversicht fügte und dem Widerhall eines tief empfundenen Zutrauens zu sich selbst entsprach. Doch sollte dieser glücklichen Meditation kein langes Leben beschieden sein. Vielstimmige Lautfetzen und Gelächter aus den anliegenden Zimmern rückten ihr immer näher auf den Leib, brachen mit Wucht in ihre innere Welt ein wie eine Welle, die tosend dem Strand zurollt, und ließen eine unerklärte Erregung wieder aufleben.

Sie drückte sich in den Winkel eines Mauervorsprungs, um nicht entdeckt zu werden. – Was für ein Land! Ein Land des geballten menschlichen Kontakts! ... Überwältigend für eine am Individualismus mit seinen Rückzugsräumen geschliffene Seele. Aber warum diese Bestürzung? Wenn es nicht die Menschen sind, deren Leben dich anzog, weil es dir wirklicher erschien als deines, was tust du dann hier? ... Niemand hat dich hergebeten, warst nicht du es, die beschlossen hat, dass das Schicksal der Bewohner dieses Landes dich etwas angeht? ... Sind nicht sie es, deren menschlichem Abenteuer deine ungeteilte Bewunderung gilt? ... Sollte es möglich sein, sich gegenüber den eigenen Empfindungen derart zu täuschen? Jetzt, da du ihnen näher bist, erscheinen sie dir plötzlich wie irrlichternde Gestalten, die deine Tage heimsuchen und deren Zudringlichkeit du glaubst dich erwehren zu müssen! –

Sie empfand Beschämung anlässlich einer solchen Übertreibung. Sie fuhr sich mit dem Handrücken über die Stirn, erleichtert stellte sie fest, dass sie schwitzte – wenigstens hierüber war kein Missverständnis möglich. Dem Zweifel zugehörig, wollte Gegenwehr aufkommen, und so wiederholte sie sich, wie so oft in den vergangenen Tagen, dass niemand eine Welt mit der anderen vertauscht, ohne die Grenzen zu verlieren, die gewöhnlich das Korsett für den sicheren Halt abgeben, und geradezu naiv wäre es, zu glauben, nachdem man alles über Bord geworfen hat, am Ende die Normalität anzutreffen. Nichts konnte im Übrigen abwegiger sein, als ausgerechnet hier über die Möglichkeit irgendeines Normalzustands nachzudenken, und hatte diese Daseinsweise (das Vertraute, das sich wieder und wieder ereignete) ihr nicht zu anderen Zeiten noch als ein wesentliches Übel gegolten? – Totenstarre, die sich über dem Leben der Menschen ausbreitet. Aber die bestechende Einfachheit des Gedankens verfing nicht, er ergab keine Balance.

Julia schloss für einen Moment die Augen, sie hörte leise Geräusche durch die umliegenden Häuser ziehen, irgendwo ein wimmerndes Kind, hinter allem plätscherndes Wasser von den nahegelegenen Waschräumen her. Sie hielt den Atem an und lauschte dem hohlen Klang ihres Herzens. Es überkam sie ein Gefühl des Stürzens, als hätte sie jemand in einen Schacht ohne Boden gestoßen, das Wegsacken unter den Füßen rührte von einer inneren Regung her, über deren Bewandtnis es keinen Aufschluss gab. Gleichwohl war sie überrascht, denn gewöhnlich war dies nicht der Moment, wenn sie in diesen merkwürdigen Taumel tauchte. Die entscheidenden Empfindungen überfielen sie an belebten Orten, beim Eintauchen in irgendein Menschengewühl, in kurzen, intensiv empfundenen Augenblicken. Was sie in Erregung versetzte, las sie in den Augen der anderen, die sich mit dem unbefangenen Ausdruck von Unschuld unentwegt an ihre Erscheinung hefteten – Augen wie winzige Teiche, in deren Tiefe Metallsplitter funkelten, nahmen ihr Abbild unablässig in sich auf. Aber gerade aus der unbekümmerten Absichtslosigkeit erriet sie den Grund für ihre zeitweilige Aufgewühltheit. Etwas war da im Entstehen, etwas, das wuchs in der Berührung mit den anderen. Unter ihrem Blick verwandelte sie sich in eine Fremde, ihre Übereinstimmungen wiesen ihr einen Ort außerhalb zu, das Band der Zugehörigkeit zum Allgemeinen hatte aufgehört zu existieren. Die Hinfälligkeit der Form, die sie aus der Übereinstimmung mit sich selbst und anderen bezog, kündigte einen dem inneren Exil verwandten Zustand an, die Notwendigkeit Fremde zu sein und als Fremde zu leben. Das leichte Fallen und Steigen ihres Atems rhythmisierte ein neues im Entstehen begriffenes Spiel: die Explosion des alten Körpers ließ ein verstreutes Selbst zurück, das – im Wechselstrom von Bestehen und Niederlage – um eine neue Auferstehung kämpfte. Doch wo ließ es sich einfügen, um Halt in einer neuen Form zu finden?

Julia horchte in die Nacht hinein. In den benachbarten Zimmern schien alles zu schlafen. Von irgendwoher trug die Luft Gitarrenklänge heran, jemand sang zu einer Melodie. Hinter der Mauer des Nachbargrundstücks saß das Federvieh in den Bäumen und krähte ein Hahn. Noch eine Weile starrte sie reglos mit weit aufgerissenen Augen ins Leere. Doch bald kam Müdigkeit sie an und der Wunsch nach der Nestwärme eines Bettes.

In ihrem Zimmer herrschte unerträgliche Schwüle und die Schwärze der Finsternis, erst allmählich gewöhnten sich ihre Augen an die Dunkelheit. Außer einem Stuhl und dem Bett, den vier gekalkten Wänden, gab es hier nichts weiter. Ermattet ließ sie sich aufs Bett sinken, das mit dem ächzenden Stöhnen ausgeleierter Sprungfedern unter ihr nachgab. Ihre Hände umklammerten das grobe Laken und zogen es zum Kinn hinauf, als besäße jede einzelne Faser dieses alten verwaschenen Stofffetzens die Qualität von Geborgenheit. Während sie so dalag, die Arme hinter dem Kopf verschränkt, umfing ihr Blick das offene Rechteck über der Tür, das ihr den Ausschnitt des funkelnden Sternenhimmels darbot, als wäre es ein Sieb voller Diamanten. Und dabei wünschte sie nichts sehnlicher, als dass ihr Hinabsinken auf den Grund des Schlummers endlich das Räderwerk in ihrem Kopf zum Stillstand brächte. Aber all das wehrte sich noch beharrlich gegen seine Überwältigung, wenn auch das Gedränge und Pulsen der Wörter an Heftigkeit nachgelassen hatte.

An der Schnittstelle zwischen Wachen und Schlafen blitzte eine Erinnerung auf, als hätte sich in ihrem Geist ein Licht entzündet, ein unruhig flackerndes Licht erhellte eine gespenstische Szene, die sich zunächst undeutlich, dann Konturen gewinnend aus ihrem Gedächtnis hob: Bomben waren auf ein großes Stück bewohnter Erde gefallen, eingestürzte Dächer gaben Gerippe aus zerschmolzenem Stahl frei, zerfetzte Mauern von ungleicher Höhe bargen nichts mehr in sich – die harte Sonne ließ Ruinen wachsen. Halb im Wach-, halb im Traumzustand fuhr sie zusammen, als hätte ein messerscharfer Strahl sie getroffen – ein Schrei! Ein verzweifelter Schrei, riesengroß und namenloses Entsetzen, den ein Volk in seiner Not aus sich heraustreibt, auf dass der Lauf der Geschichte einhalte, es in seinem Blut zu ertränken. – Reiner Schrei – Entfesselung eines gequälten Lebens, nicht um Gnade flehend, sondern mit einer solchen Schroffheit ausgestoßen, dass Wut brande und ein Gewissen sich rege in der Welt, denn da unten, in einer Erdfalte zwischen Vulkanen, ereignete sich eine furchtbare und tragische Geschichte, die verlangte, dass man sich ihrethalben entrüstete: Nicaragua – Ausbruch einer grausamen Ekstase und Sinnbild der Begleichung aller Rechnungen, wo die Saat in blutgetränktem Boden aufging und die Flüsse mit der Farbe des Todes sich färbten – denn Blut trifft die Einbildungskraft und macht unwiderruflich. Der erbitterte Widerstand eines kleinen, mutigen Volkes gegen eine gewaltige Übermacht, die mit Vernichtung drohte, hatte erreicht, dass nichts mehr geschah, wovon die Welt nicht erführe. – Amerika den Amerikanern! – der alte, faule Traum des Nordens hatte das Verbrechen ins Recht gesetzt, nur so lassen sich solide Reiche gründen, das scham- und hemmungsloseste aller Reiche: die Diktatur. Den Stiefel im Genick billiger Arbeitsmenschen und bedrohlich über ihnen aufgerichtet wähnt sich ihre Herrschaft als ewiges Gesetz – sie ging zu Ende! Im Verborgenen und an geheimen Orten hatte sich längst das Versprechen der Zukunft erfüllt, ging die Zeit nicht länger vorbei mit fremdem Gesicht – die Revolution wartete auf ihre Gelegenheit. In Brand geschossene Städte, Säuberungen, Strafexpeditionen, Razzien, all das würde den Gehorsam nicht mehr erzwingen, zu viele hat man sterben sehen, dass man eher siegen als überleben will. Das bedeutete mehr als der Normalzustand nackter Unterdrückung und überfüllte Gefängnisse. – Nein, niemand konnte mehr unbeteiligt bleiben, nicht hier, nicht jetzt in diesem Augenblick, wo für ein von allen Übeln bedrängtes Volk die Geschichte sich zu erfüllen begann und ihm das Tor zu einem neuen Leben aufstieß. Nein, all das vergossene Blut durfte nicht umsonst geflossen sein, die Geschichte diktierte allen eine konkrete Aufgabe und sie war so dringlich, dass man sich ihr nicht entziehen konnte. Das Gefühl ging um in der Welt, Nicaragua etwas zu schulden, gestützt vom Bewusstsein, dass schreiendes Unrecht geschah – und verwandelte sich endlich in Solidarität.

Julia hatte sich halb aufgerichtet, auf die Ellenbogen gestützt sah sie betroffen den herabfließenden Nachthimmel an, es war ein unerträglich gleißendes Licht, das plötzlich von den Fakten ausging. In ihren Adern fühlte sie ein eisiges Rinnsal fließen, abgestandene Hitze erfüllte das Zimmer wie ein starres Grauen, nicht der geringste Lufthauch war spürbar. Mit einem Ruck begannen vor ihrem geistigen Auge Bilder sich aneinander zu reihen, klack ... klack ... klack ..., als hätte eine Handbewegung das ausgelöst.

Entlang einer Mauer liegen Leichen, brandverkohlt in finsterem Schatten. Eine uniformierte Gestalt, im geschwärzten Gesicht einen Ausdruck von perverser Raserei, stochert mit seinem Bajonett in einem der Leichname, als gelte es, sich des teuflischen Werks noch zu vergewissern. Mitten auf der Straße der Körper einer Frau, sie liegt auf dem Rücken, den Rock bis zu den Schenkeln hochgerutscht, den Kopf zertrümmert. Die Umstehenden tauschen entgeisterte Blicke, in Tränen aufgelöste, von Schmerz und Abscheu verzerrte Gesichter verharren in stummem Entsetzen. Frauen reißen verstörte Kinder an sich und halten ihnen schützend die Hände vor die Augen.

Ohne etwas dagegen unternehmen zu können, spulten sich die Bilder in immer schnellerer Abfolge in ihrem Kopf ab.

Zwischen Feuerstößen sah sie ein Jungengesicht mit einem runden, sauberen Loch mitten auf der Stirn, an einer Ecke stehen finstere Typen in einem Jeep, die auf jemanden zielen, der auf einer menschenleeren Straße davonrennt, Soldaten erstürmen Haus um Haus, sie treten Türen ein und feuern ziellos ins Innere. In den Straßen weht ein Geruch von Blutdunst und Verwesung, vermischt mit dem Pulverdampf der Aufständischen und dem subversiven Gesang dunkler Massen. – Blendende Massen, die hervordrängen, alle aus einer einzigen Familie dunklen Ursprungs. Hinter Barrikaden junge Männer und Frauen, die Gesichter bis unter die Augen mit Tüchern umbunden, manche halb Kinder noch und wandelndes Ideal – sie haben die Fragestellung geändert und setzen mit bloßen Händen zum Sturm auf die Zukunft an, jenseits von Folter und Tod schöpfen sie aus dem Willen zum Sieg ihren Mut. Über dem Getöse des ungleichen Kampfes weht ihre schwarzrote Fahne wie ein schmerzhaftes, ungestümes und wildes Verlangen nach Freiheit. Die Gesichter haben sich aus ihrer Starre gelöst, die Münder, die der Terror verschlossen hatte, beginnen zu sprechen und das Wort einer Riesenstimme steigt auf: „Revolution oder Tod!"

„Revolution oder Tod!" hallte es Julia in Gedanken nach, eindringlich wie eine Beschwörung. Doch die Laute verwehten, nur noch gedämpft und in äußerster Entfernung vernahm sie den anhaltenden Gesang der Zikaden, worin alle Geräusche der Welt sich zu vereinigen schienen, während sie tiefer und tiefer in Schlaf versank.

# 2

Weißes Sonnenlicht geisterte durch die engen Straßen, die wie ausgestorben dalagen. Unter dem lichten Himmel stieg Julia eine steil ansteigende, mit sechseckigen Steinen gepflasterte Straße zwischen ebenerdigen Häusern hinauf, die eine Seite grell besonnt, auf der anderen zog sich ein Schattensaum an der Häuserkette entlang. Über den Dächern leuchtete da und dort das helle, lebhafte Rot hoch wachsender Blütenbäume auf, überbordeten feurige Blütenzweige die Mauern, ein dekoratives Dekor, das der stillen Straße ein wenig Festtagsglanz verlieh. Hinter den verschlossenen Türen waren gedämpfte Geräusche zu vernehmen, die Stadt erwachte aus der schläfrigen Untätigkeit eines frühen Morgens. Die Sonne stieg höher und begann ihre Schultern zu wärmen, es versprach ein heißer Tag zu werden. Gegenüber schlug eine Tür, ein gebeugtes Männlein rückte einen Stuhl auf die Schwelle und ließ sich, auf einen Stock gestützt, mit zittrigen Gliedern darauf nieder. Obwohl die Augen in dem runzeligen Gesicht nur als stumpfer Schimmer zu erkennen waren, fühlte Julia seinen stechenden Blick auf sich ruhen. Sie bog in die nächste Seitenstraße ein, die auf einen viereckigen, von Kolonnaden umsäumten Platz zulief, in den weitere kreuzweise verlaufende Straßen einmündeten. Der Platz war flankiert von den Büros der staatlichen Institutionen, rotschwarze Fahnen hingen unbeweglich zwischen den Pfeilern herab. Hier war der Sitz des Regionalkomitees der FSLN (die zur Regierungspartei gewordene Sandinistische Befreiungsfront), befanden sich die Polizeistation und die regionale Gewerkschaftszentrale. An der Stirnseite, hinter einem wuchtigen, schmiedeeisernen Tor überragte der stillose Bau einer Kirche die übrigen Bauwerke. Frei stehend neben dem Kirchenschiff der Glockenturm, ein eintöniger schmuckloser Steinquader, an dessen Ende das Kreuz ein paar Lichtreflexe einfing. Linkerhand sah sie in einer Tür einen Wachposten stehen, halb verdeckt von einem gewaltigen Baum, dessen weit ausladendes Astwerk das Geviert einer kleinen Parkanlage in der Mitte des Platzes beschirmte. Die Luft war erfüllt vom trillernden Konzert der zahllosen Vögel in den Zweigen. Als Julia den Platz überquerte, hatte sie die vage Empfindung, von einem Lufthauch berührt worden zu sein, als hätte der Baum sie mit seinem Jahrhunderte alten Atem gestreift. Sie folgte den wenigen Passanten, die eiligen Schrittes dem Marktplatz hinter der Kirche zustrebten. Der Markt war der einzige Ort, der zu dieser Tageszeit mit Leben angefüllt war. Verkaufsstände drängten sich unter Sonnensegeln aus schwarzer Plastikplane, Früchte, Geschirr aus buntem Plastik, Sandalen und Töpferwaren wurden feilgeboten, daneben Riemenzeug und *macheten*, deren lange Stahlklingen in der Sonne blinkten. Straßenhändler mit Tragläden vor dem Bauch versuchten mit lärmenden Kehlen Abnehmer für Billigware aller denkbaren Art zu finden. Es roch nach siedendem Fett. Schon vor Sonnenaufgang hatten die Marktfrauen sich auf das Geschäft des Tages vorbereitet, ihre kräftigen Arme führten viele Bewegungen gleichzeitig aus: sie rührten in dampfenden Kesseln über offenem Feuer, kneteten Teig aus Mais und Wasser, formten unter dem Klatschen ihrer Hände *tortillas* daraus, flochten schwarzes Mädchenhaar zu prachtvollen Zöpfen, und immer noch war eine Hand frei, um die Kundschaft zu bedienen, die sich unter dem Dach der Markthalle zum Morgenessen niedersetzte. – Sie waren die Königinnen dieser frühen Stunde! In dem unförmigen Gewimmel machten sich Männer und Frauen jeden Alters, Kinder auf dem Arm oder an der Hand ihrer Mütter, den spärlichen Schatten einer Mauer streitig; hintereinander aufgereiht erwarteten sie geduldig die Ankunft des ersten Autobusses. Um sie herum lagen Säcke und Bündel verstreut, kauerte am Boden ein Huhn mit gefesselten Füßen. Die meisten Männer trugen Schirmmützen mit dem Aufdruck irgendeiner englischen Reklame, die Frauen weite farbenfrohe Kleider aus leichten Stoffen, denen man ansah, dass sie schon lange getragen worden waren. Ihre äußere Erscheinung ließ erraten, dass sie bäuerlicher Herkunft waren, und in ihren unbewegten, lethargischen Gesichtern spiegelte sich die Schwermut eines unablässig erstickten, tiefen Kummers wider. Ein armseliger, in Lumpen gehüllter Greis steuerte schlurfend auf die Wartenden zu. Er hatte den Kopf in den Nacken gelegt und wies seine weißen, blicklosen Augen, die wie Milchglaskugeln in den Höhlen lagen, aber ständig in Bewegung waren, als suchten sie den Himmel nach einer Erscheinung ab. Eine Hand umklammerte einen Ast, der ihm als Stock diente, die andere streckte er fordernd in unbestimmte Richtung aus. Einige der Umstehenden begannen in ihren Taschen zu wühlen, nestelten nach einer Münze, anderen huschte ein verschämtes Lächeln übers Gesicht – sie hatten nichts zu geben. Als er auf eine rundliche ältere Frau zuging, schlug diese hastig ein Kreuz über der Brust, wozu ihre Lippen sich stumm bewegten. Aus einer Seitenstraße kam ein Mann mit kleinen Trippelschritten auf den Platz zugelaufen, sein Körper bog sich unter einem ziemlich prall gefüllten Sack, dessen Gewicht ihn ohne sein Zutun vorwärts zu schieben schien. Atemlos ließ er sich samt seiner Last auf die Stufen zur Markthalle fallen. Julia beobachtete eine junge Frau mit einem vorgeschobenen, ungeheuer dicken Bauch, der sich hob und senkte mit jedem Atemstoß. Über der gehobenen Schürze, mit der sie sich Luft zufächelte, gewahrte sie sorgenvolle und wachsame Augen und einen Mund, dessen Linien erschlaffte Mundwinkel nachzeichneten, dass man ihn sich lächelnd kaum vorstellen konnte.

Der Himmel flimmerte heiß über dem mit wimmelndem Leben bedeckten Platz. Julia hatte das Gefühl, sich in Sicherheit bringen zu müssen, gleichwohl war sie nicht fähig einen Schritt zu tun, das lebhafte Treiben lullte sie irgendwie ein. An einer Ecke bemerkte sie eine Gruppe Halbwüchsiger, Schuhputzer, die sich heftig gestikulierend und lautstark miteinander unterhielten. Sie vertrieben sich die Zeit damit, Geldstücke gegen eine Wand zu werfen, wer mit seinem Wurf der Wand am nächsten kam, hatte gewonnen. Einer der Jungen war auf sie aufmerksam geworden, blitzschnell schulterte er seinen Putzkasten und kam mit bloßen Füßen über die Straße gelaufen. Er sah sie mit großen, aufgeweckten Augen an und machte eine herausfordernde Gebärde, wobei sich in seinem Erwachsenengesicht ein schelmisches Lächeln formte. Julia fühlte sich ein wenig eingeschüchtert von dem Jungen in seinem durchlöcherten Baumwollhemd; er hatte sich so energisch vor ihr aufgepflanzt, dass sie fürchtete, er würde nicht mehr weichen. Mit einer Geste des Bedauerns zeigte sie auf ihre feinriemigen Sandalen, die noch ganz neu waren. Eine Weile fixierte er sie aufmerksam und beharrlich, als betrachte er ein seltenes, fremdartiges Tier, wanderte sodann mit gesenkten Lidern zu ihren Füßen hinunter, drehte sich ohne einen weiteren Blick abrupt um und verschwand im Gewühl. Die Vorstellung, sich von anderen Menschen die Schuhe putzen zu lassen, erschien ihr so anrüchig wie einen Sklavendienst in Anspruch zu nehmen. Gleichwohl empfand sie die Nutzlosigkeit einer solchen Überlegung, kein einziges Problem wäre gelöst, indem sie der Situation auswich. – Bedeutet es überhaupt irgendetwas, wenn man Kinder, die in Armut aufwachsen, wie Menschen behandelt? Ein besseres Leben muss man ihnen bieten, statt Empfindsamkeit zu heucheln! Ihre Augen irrten erneut in der Menge umher, nach dem Jungen Ausschau haltend. Dann sah sie ihn, wie er wieder hinüberging zu den andern, Arme und Beine wie Streichhölzer, Schultern und Knie wie verknotete Seile. Während sie ihm nachblickte, fiel ihr die Begebenheit mit Hanna ein.

Es war am zweiten Tag ihrer Ankunft. Hanna, die sie aus Deutschland kannte, arbeitete bei einer Nichtregierungsorganisation für Umweltfragen. Sie hatte sie zu einem Bummel eingeladen und ihr die bescheidenen Attraktionen Managuas gezeigt. In der Nähe der Kathedrale mit ihrer zur Hälfte zerstörten Fassade, von der das großformatige Porträt Sandinos auf ein paar Rucksacktouristen hinuntersah, fanden sie sich plötzlich von Bettelkindern umringt und Hanna hatte die Situation zum Anlass genommen, ihr den guten Rat zu erteilen, sich bloß nicht gehen zu lassen: „Man muss ihnen die Grenzen zeigen, sonst findest du nirgends deine Ruhe, sie werden wie Kletten, die man nicht mehr los wird. Das mag dir im Moment vielleicht hartherzig vorkommen, aber du wirst noch an mich denken, wenn du erst eine Zeitlang hier bist." Dabei hatte sich ihr Körper unter der hübschen, ornamentbedruckten Seidenbluse gestrafft und ihre bezaubernden, grünen Augen warfen einen eisigen und hochmütigen Blick in die Runde schwarzer Schöpfe. Julia steckte die Bemerkung weg, ohne darauf zu erwidern. Sie hatte die Lektion verstanden, allerdings in einem abgewandelten Sinn: diese herrische Weltbetrachtung galt also nicht nur für Machthaber, selbst Internationalisten ließen sich von ihr die Haltung vorschreiben. – O nein, wir meinen es nicht schlecht, wir verachten nur in Gedanken, und wenn wir schon in dieses Land kommen, um unser Bestes zu geben, so dürfen wir doch erwarten, nicht über Gebühr mit seinem Elend belästigt zu werden! Wie trügerisch doch unsere Empfindungen sind! Die Erbitterung über unsere Ohnmacht verwandelt sich unter der Hand in sublime Verachtung und am Ende schlägt die verhaltene Wut, gegen die Ordnung der Welt nichts zu vermögen, unbewusst gegen diejenigen zurück, von deren Unglück wir glauben uns berühren zu lassen. Nur – wie sollte in diesem allumfassenden Eisbad überhaupt ein aufrichtiges Gefühl möglich sein? fragte sie sich jetzt.

Sie hatte sich gegen eine Hauswand gelehnt, ihr Blick fiel wieder auf die Schuhputzer, auf ihre vom Schmutz verkrusteten nackten Füße und sie dachte daran, wie hier unter größten Anstrengungen Schulen gebaut wurden. Welchen Sinn machte das, wenn doch die Straße einziger Horizont dieser Jugend blieb? Diese Aussicht musste ihnen jede Perspektive auf ein anderes Leben entwerten. Das großartige Ziel der Alphabetisierungskampagne, die sozialen Unterschiede zu überbrücken, indem auch für die Unbemittelten die Voraussetzungen zur Erlangung von Bildung geschaffen wurden – in welch' unermesslicher Distanz lag es doch zur gegebenen Wirklichkeit! Andrerseits, so erwog sie, liegt es ja gerade im Wesen des Revolutionären, sich von der Wirklichkeit nicht aufhalten zu lassen – wäre das Mögliche nur vorstellbar, als das, was schon existiert, so würde man nie etwas zustande bringen, keine verändernde Praxis wäre dann denkbar.

Sie geriet plötzlich in Schweiß, es kam ihr übermäßig heiß vor und es befiel sie ein leichter Schwindel, begleitet von Übelkeit und einer schmerzenden Leere in der Magengrube. Sie musste unbedingt etwas zu sich nehmen. Sich umblickend machte sie in einer Seitengasse ein kleines Lokal aus.

Im Halbdunkel des schlauchartigen Raums sah sie sich nach einem Platz um, der ihr geeignet schien, hier ungestört verweilen zu können und zugleich einen Blick nach draußen erlaubte. Eine Frau unbestimmbaren Alters, deren Gesichtsoval sich von dem dunklen Hintergrund einer Nische wie ein Relief aus präkolumbischer Zeit absetzte, erkundigte sich nach ihren Wünschen. Kaffee und ein Stück süßes Brot. Von ihrem Tisch aus konnte sie die Berge sehen, die golden vor dem harten Blau des Himmels standen. Doch die freudige Erregung, die sie sonst beim Anblick eines schönen

Bildes verspürte, blieb aus. Lebhaft empfand sie den krassen Gegensatz zwischen der überwältigenden Schönheit dieses Landes und der Armut seiner Menschen!

Die Sonne teilte den Tisch mit einer scharfen Schattenlinie, gezogen mit dem Lineal der Türöffnung, in zwei Hälften. Mit aufgestützten Ellbogen, das Kinn in die Handflächen gelegt, sah Julia das braune Wasser in ihrer Kaffeetasse an und begann darüber zu grübeln, warum sie die Vision, die sie einmal erschaut hatte, unter Menschen des Frohsinns zu leben, arm und in Bedrängnis zwar, aber voller Idealismus und Vitalität, warum sie diese Vision in den Gesichtern, die ihr auf ihrem Weg begegneten, so selten antraf. Ein einfacher und trauriger Gedanke hielt die Antwort bereit – das Zerstörerische, das sich über Nicaragua hermachte, hatte das zukunftsschwangere Lachen aus den Gesichtern vertrieben, im fünften Jahr der Revolution und nach annähernd vier Jahren Krieg, war es einem Ausdruck nachdenklicher, inwendiger Ernsthaftigkeit gewichen. Eine beharrliche Entschlossenheit trat da in Erscheinung, die Dauerhaftigkeit des Erreichten gegen alles Gegenläufige zu behaupten, es trotz der Zerstörung in vielen kleinen Schritten weiter voranzutreiben, wie sie überall in der Alltäglichkeit zu beobachten waren. Und doch lebten die ersten Jahre revolutionären Aufbruchs in den Herzen fort, der erstbeste Anlass genügte, um die stolze Begeisterung wieder aufleben zu lassen, die einzufangen sie kurz nach ihrer Ankunft anlässlich einer Kundgebung Gelegenheit hatte. Man hätte meinen können, die gesamte Bevölkerung Managuas wäre auf den Beinen, aus allen Richtungen waren Züge auf einen hoffnungslos überfüllten Platz zugeströmt, unüberschaubar war die Menschenmenge, die sich vor der Kathedrale unter freiem Himmel versammelt hatte. Die letzte Strophe der Revolutionshymne war soeben verklungen, die *comandantes* der nationalen Leitung hatten auf dem Podium Platz genommen, dem Volk gegenüber, für das sie gekämpft und gelitten hatten, als sie endlich mit dem zähen Strom der Masse auf den Platz gespült wurde. Überall lachende Augen, Augen wie leuchtende Sonnen, glühende und freudige Gesichter, die noch von ihrem Sieg zehrten. Hier und da brach die Oberfläche der Menge auf. Aus dem Meer von schwarzen Haarschöpfen sah man Menschenpyramiden sich auftürmen, die einen stiegen auf die Schultern der anderen, alles Mitreißende und Spontane konzentrierte sich in diesen fragilen, schwankenden Gebilden aus menschlichen Körpern, an deren Spitze Jugendliche, junge Frauen und Männer schwarzrote Halstücher schwenkten. Minutenlang hielten sie sich unter anhaltendem Applaus, ehe sie von Gelächter geschüttelt in sich zusammenfielen, um an anderer Stelle wieder neu zu entstehen, gegen die Welt der Verwüstung einen Keil voller Lebensfreude in die Lüfte treibend. Dann hatte ergreifende Stille sich über den Platz gelegt, darin die Worte Tomás Borges' anschlugen – Innenminister und einziges überlebendes Gründungsmitglied der Befreiungsfront FSLN –, in seiner der Poesie verwandten Sprache ein Bild der Erneuerung entstehen lassend, eines neuen und freien Nicaraguas als das Werk eines kühnen und mutigen Volkes, wo die umstürzenden Handlungen der Menschen sie in den Besitz des eigenen Lebens gebracht hatten. Es war auch die Rede von der Bedrohung durch innere und äußere Feinde und davon, dass ein unerschütterlicher Lebenswille weiter bestand, dessen spontane Äußerung auf allen Gebieten die Macht von unten zur Entfaltung bringen werde. Dann, kaum dass er geendet hatte, zerriss frenetischer Beifall die schweigende Andacht, mit der die Menschen seinen Worten gefolgt waren, denn in diesem kleinen Mann von gedrungener Statur, der Kerker und Folter überlebt hatte, verkörperte sich die Geschichte aller – in ihm erkannten sie sich wieder. Das brachte ihm Zustimmung und Popularität ein. „Tomás, Tomás, keinen Schritt zurück!" rief die Menge. Tausende zu Fäusten geballte Hände flogen in die Luft und es ertönte der tausendfältige Ruf *„No pasarán!", „Patria libre o morir! Un pueblo unido jamás será vencido!"* – Sie werden nicht durchkommen! Freies Vaterland oder Tod! Ein vereintes Volk wird niemals besiegt!

Die Rede hatte Julia hautnah spüren lassen, dass mit allen Arten von Rückschlägen zu rechnen war. Keine Gelegenheit ließen die Vereinigten Staaten aus, um auf die Revolution einzuprügeln, die einen ihrer zuverlässigsten Verbündeten von der Bühne des Welttheaters gefegt hatte. Unsummen wurden da für einen Krieg ausgegeben, dessen Motive sich schwerlich mit der Gier nach strategischen Rohstoffen erklären ließen. Weil die Sowjetunion Hilfe leistete, war Nicaragua zwischen die Mühlsteine des Kalten

Krieges geraten, mit der allbekannten Begleitmusik angeblicher militärischer Bedrohung der einen Supermacht durch die andere. Weil ein kleines, unbedeutendes Land auf dem Recht politischer Selbstbestimmung bestand, war es zum Zankapfel der Großmächte geworden, wobei der tiefere Grund für die Feindseligkeiten in Wirklichkeit darin zu suchen war, dass es eine Idee verteidigte, die in allzu vielen Ländern Lateinamerikas begeisterten Anklang fand.

Julia zündete sich eine Zigarette an, Helligkeit flutete jetzt triumphierend in das schützende Halbdunkel, Staub floh vor dem harten Licht, das sie blinzeln machte. Sie drehte sich nach der Frau um, die gegen einen der Türpfosten gelehnt die Straße beobachtete, und bedeutete ihr den Wunsch nach einem weiteren Kaffee. Als diese die dampfende Tasse mit Pulverkaffee vor sie hinstellte, war sie von deren Schönheit überrascht; der kupferfarbene Teint, die dunklen, ein wenig schräg gestellten Augen, die klaren Linien eines schön geschwungenen Mundes fügten sich zu einer ausgewogenen Komposition, die sich jetzt im vollen Licht zur Geltung brachte, dass Julia schon zweifeln wollte, ob es sich um ein und dieselbe Person handelte, die sie bei ihrem Eintritt angetroffen hatte. Aber sie war es – zweifellos.

Den Zucker in ihrer Tasse verrührend überdachte sie, woran sie seit Jahren lebhaften Anteil nahm. Rückblickend hatte das nicaraguanische Volk seinen Triumph, für den es so lange und aufopferungsvoll gekämpft hatte, in seiner reinen Form nur einen Atemzug lang ungehindert auskosten können. Jenes einschneidende Ereignis, das alles verändern sollte, erschien im Nachhinein wie das blitzhafte Sinnbild eines bewegten Augenblicks, das bereits die Entrücktheit eines Traums angenommen hatte. Noch während in den Straßen Nicaraguas ausgelassene Freude herrschte und der Sieg über die verhasste Diktatur gefeiert wurde, da machten sich die USA bereits daran, den Funken auszutreten, um mit der kalten Arroganz der Übermacht zu verkünden, dass sie innerhalb der Grenzen ihres Sicherheitsbereichs kein revolutionäres Nicaragua dulden werden. Da ging die einheimische, in Miami untergeschlüpfte Bourgeoisie schon wieder ihren verrotteten Geschäften nach und schmiedete Komplotte mit den Besitzern der Arsenale. Über dem ersten großen Reformprojekt der Revolution, der Alphabetisierungskampagne, lag bereits der Schatten des Krieges, da bezahlten Schüler und Studenten, die das Volk Lesen und Schreiben lehrten, ihr Engagement bereits mit ihrem Leben. Nachdem der Widerstand der Nicaraguaner sich als zählebiger erwies, als man gehofft hatte, drohte Uncle Sam nun offen mit einer militärischen Intervention. Die wütende Empörung in vielen Teilen der Welt und auch die Entrüstung der fortschrittlichen Kräfte im eigenen Land schienen die Umsetzung derartiger Pläne bislang noch zu vereiteln.

Julia sah zum Marktplatz hinüber, wo sich seit der Einfahrt des Autobusses die schweigsame Ordnung der geduldigen Menge in beispiellosem Chaos aufgelöst hatte. Einige steigen sogar durch die Fenster ein, um einen Sitzplatz zu ergattern, andere schieben und drängeln und knuffen. Die Augen auf das heillose Durcheinander geheftet, kam es ihr vor, als beobachte sie die Szene aus der zusammen geschobenen Perspektive beim Blick durch ein Fernrohr, im eingeschränkten Gesichtsfeld den alltäglichen Kampf gegen das Fehlende.

Ihre Aufmerksamkeit trieb zurück. Zurück zu dem, was sie hinter sich gelassen hatte. Eine andere Art Kampf. Nicaragua hatte auch die Phantasie der europäischen Linken beflügelt. Im westlichen Teil Deutschlands begann eine unüberblickbare Zahl von Solidaritätskomitees die politische Topographie zu verändern. Unzählige Menschen, einzeln oder organisiert in linken Parteien und Verbänden unterschiedlichster politischer Gesinnung, folgten dem Ruf der Revolution, machten sich in ein ihnen bis dahin völlig unbekanntes Land auf, um medizinische Versorgung zu leisten, zu unterrichten, Schulen und neue Siedlungen zu bauen oder bei der Kaffeeernte zu helfen. Es fehlte auch nicht an jenen Genossen, die in der Entwicklung die Geburtsstunde eines neuen Internationalismus erblickten, der in einigen Köpfen sogar Anleihen beim spanischen Bürgerkrieg der dreißiger Jahre machte. Überspanntheiten einer nach Orientierung suchenden Linken oder Wappenschild der gemeinsamen Sehnsucht nach der eigenen Wiedergeburt? Denn zahlreich waren die Blessuren, welche die Linke im Laufe der letzten Jahre – die Jahre unterlegener Kämpfe gewesen waren – davongetragen hatte, zu sehr krankte sie an heilloser Zersplitterung, als dass ihre Zerrissenheit im Handstreich zu überwinden gewesen wäre. Die alten zermürbenden Konflikte und die lange schon gärenden Widersprüche schwelten unter der Oberfläche fort und führten, ungeachtet der gemeinsamen Anstrengung und Parteilichkeit, immer wieder zu neuen Zerwürfnissen. Auch ihr eigenes Lebensgefühl war geprägt von dieser Zerrissenheit und mehr und mehr breitete sich in ihr das Verlangen aus, in ihrem Leben eine Wende herbeizuführen. In dieser Lage ergab sich plötzlich eine glückliche Fügung, die alles umwerfen würde: als ihr Engagement in der Solidaritätsbewegung sie mit dem nicaraguanischen Frauenverband in Kontakt brachte, gewann dieser Gedanke konkrete Gestalt. Aber Brüche finden nie ohne Schmerzen statt – das Losreißen von Menschen, die einem etwas bedeuten – und auch heute wusste sie, dass ihre Empfindungen noch nicht frei waren. Klebrig wie Teer hing das alte Leben an ihren Füßen, jene träge Masse, die den schleppenden Gang verursachte. Doch die Aussicht, auf einem genau bestimmten Platz zu stehen, sich auf ein Gebiet zu begeben, wo jede kleine Tat eine Bedeutung hätte, an einem Prozess teilzuhaben, von dem sie sich vorstellte, dass er sie um viele Entdeckungen und Erfahrungen reicher machen werde, diese Aussicht verlieh ihrem Unternehmen Flügel.

Die helle, durchdringende Stimme eines Zeitungsjungen ließ sie aufmerken. *Barricada! Barricada!* Julia winkte ihn heran. Auch er war barfüßig. Von dem dicken Stoß Zeitungen auf seinem Kopf griff er flink die oberste und reichte sie ihr. Mit einem flüchtigen Blick prüfte er das Geldstück in seiner Hand, dann begegneten seine fragenden Augen eine Sekunde lang den ihren. Sie nickte ihm aufmunternd zu und der Junge entschwand. Sofort sprang ihr die Überschrift der Titelseite ins Auge: „Seit dem frühen Morgen Panzer in Managua!" war da in riesigen Lettern zu lesen. Darunter zeigte ein Foto die Besatzung eines Panzers in voller Montur. Zwei junge Männer in lässiger Haltung gegen den stählernen Kampfwagen gelehnt, ein dritter auf dem Rand der Einstiegsluke hockend, waren umringt von den Bewohnern des Stadtviertels Altamira, wie der Text unter dem Foto Auskunft gab. Seltsamerweise hatte die Szene etwas Gelöstes, sogar ein Anflug von Heiterkeit drückte sich darin aus, es schien als scherzten die Abgebildeten miteinander. Im Vordergrund hielt das Bild die Bewegung einer älteren Frau mit umgebundener Schürze fest, die weit ausschreitend mit zu einer Umarmung ausgebreiteten Armen auf einen der jungen Soldaten zuging.

Julia hörte die Kirchturmuhr schlagen und zählte die Schläge. Zehn Uhr. Sie faltete die Zeitung zusammen, es war Zeit den Mann ausfindig zu machen, der sie an ihren Bestimmungsort bringen würde. Wie weit mochte sie von diesem Ziel noch entfernt sein? Ungeduld hatte sie auf einmal erfasst, sie brannte darauf endlich anzukommen. Aus ihrer Handtasche kramte sie ein Stück Papier hervor und faltete es auseinander: „René Ortíz Sánchez, *Casa de Gobierno*". Alles, was sie über diesen Mann wusste, war, dass er Bürgermeister jenes Ortes war.

Als sie auf die Straße hinaustrat, fühlte sie, dass etwas neu begonnen hatte, ja, sie verspürte sogar Freude, eine Freude ohne Lachen. Tief und ernst.

Das Gebäude der Regionalregierung war ein nüchterner, einstöckiger Bau, eine funktionalistische Komposition aus Glas und Beton, der zwischen den schönen alten Häusern überlieferter Lehmbaukunst mit ihren verwitterten hölzernen Portalen wie ein Fremdkörper anmutete. Julia ging an einem Wachposten vorbei, der ihr freundlich lächelnd die Tür aufhielt. In seinem Gesicht kontrastierten wache, mitteilsame Augen die ermatteten Züge. Sie betrat die kleine Empfangshalle, wo sie in schwere, drückende Luft eintauchte, die ihr kurz den Atem nahm. An der Decke, deren alter Anstrich blätterte, summte ein Ventilator, ein schmaler Durchgang gegenüber der Eingangstür ging auf einen von einer Galerie umlaufenen Lichthof. Hinter einem Schreibtisch wachte eine Sekretärin darüber, dass kein Unbefugter dieses Nadelöhr passierte. Sie war adrett gekleidet und trug kinnlanges Haar, im Gegensatz zu den Bäuerinnen, die ihre lange Haarpracht in einem Dutt am Hinterkopf bändigten. Über ihrem Kopf hingen die gerahmten Porträts dreier Persönlichkeiten, die Portalfiguren der Revolution, deren Bildnis in allen öffentlichen Einrichtungen zu finden war. Mit ihnen verbanden sich im kollektiven Gedächtnis weitläufige Zusammenhänge: die verschiedenen Etappen eines langen Befreiungskampfes. Augusto Cesar Sandino am Ursprung stehend: nach langem Kampf hatte der Partisanenführer mit seinem kleinen, in Lumpen gekleideten *Heer der freien Menschen* die nordamerikanischen Invasionstruppen besiegt, die 1933 aus Nicaragua abziehen mussten. Kaum ein Jahr danach sollte ihn die von Somoza I. befehligte Nationalgarde ermorden. Rigoberto López Pérez, der Dichter mit den traumverlorenen dunklen Augen, streckte zwanzig Jahre später den Diktator und Mörder Sadinos mit vier Pistolenschüssen nieder, um selbst durch die Schergen des Regimes den Tod zu finden. Der Gegenwart zeitlich am nächsten Carlos Fonseca, legendärer Gründer und Vordenker der FSLN, war kämpfend im Urwald von Zinica gefallen.

„Ich hätte gern René Ortìz gesprochen", wandte sich Julia an die Sekretärin, „ich nehme an, er erwartet mich." Die Sekretärin reichte ihr ein Formular und einen Bleistift: „Schreiben Sie hier bitte Ihren Namen und den Grund Ihres Besuchs."

Julia tat, was von ihr verlangt wurde und reichte das Blatt zurück. Die Frau machte eine aufhaltende Handbewegung, der Julia entnahm, dass sie um ein wenig Geduld bat. Dann begann sie zu telefonieren. Nach einigen Minuten des Wartens kam ein Mann mittleren Alters auf sie zu und streckte ihr herzlich die Hand entgegen. Er hatte ein rundes Gesicht mit lebhaften Augen und offenem Blick.

„Sie sind Julia, nicht wahr? René Ortíz, freut mich Sie kennen zu lernen."

„Ganz meinerseits", sagte Julia und drückte seine Hand.

„Wann sind Sie angekommen?"

„Ungefähr vor zwei Wochen, ich war noch bei Bekannten in Managua."

Er lächelte: „Na, dann haben Sie ja schon ein wenig kennen gelernt. Leider hab' ich im Moment noch keine Zeit, mich um Sie zu kümmern. Ich denke, in etwa einer Stunde werde ich hier alles erledigt haben, dann können wir aufbrechen. Ist das in Ordnung?"

„Ja, natürlich. Ich werde mir die Zeit schon irgendwie vertreiben."

„Gut, nun muss ich aber wieder." Mit einem Augenzwinkern setzte er hinzu: „Sie werden übrigens schon neugierig erwartet."

Julia setzte sich auf eine der Bänke neben dem Fenster und schlug ihre Zeitung auf. Den Meldungen zufolge schien das ganze Land in Bewegung zu sein, es richtete sich auf einen möglichen Angriff ein. Die Töne aus Washington wurden zunehmend aggressiver, seit die Revolution ihre Legitimität durch Wahlen bestätigen konnte, und ließen die Befürchtung aufkommen, dass den Worten Taten folgen könnten. Seit Tagen überflogen US-Kampfjäger Managua, wobei sie die Schallmauer durchbrachen. Dieser geisterhafte Donner war mehr als nur ein bloßer Einschüchterungsversuch, er malte den Schrecken einer nordamerikanischen Invasion an die Wand. In ahnungsvoller Voraussicht, dass US-Präsident Reagan ein weiteres Mal in seinem Amt bestätigt werden würde, bereitete sich die Bevölkerung auf den Ernstfall vor. Mit seiner Invasion auf Grenada hatte dieser Mann der Welt immerhin gezeigt, wessen er fähig war, sein Muskelspiel hielt niemand mehr für eine leere Drohung. In den Stadtvierteln der Hauptstadt waren die Menschen dabei Schützengräben auszuheben – für den Fall eines Luftangriffs; die Milizen probten die Methode des Guerillakampfs, der von den umliegenden Bergen aus gegen die Besatzer geführt werden sollte, an der nördlichen Grenze zu Honduras befanden sich die sandinistischen Truppen in höchster Alarmbereitschaft. Die Losung hieß: Nicaragua ist nicht Grenada, wir werden uns mit allen Mitteln zur Wehr setzen – wie damals, wie Sandino! Niemals wird der Cowboy aus dem Norden uns im Handstreich besiegen! Julia zog es das Herz zusammen – sollte es tatsächlich soweit kommen? War es möglich, dass Nicaragua in einem Blutbad endete? Wie betäubt blätterte sie die Seiten um. Die folgenden Artikel überflog sie unkonzentriert. Am Flughafen empfing eine Delegation der Regierung eine Gruppe von Erntehelfern aus den USA, weitere aus ganz Europa sollten folgen. Unter den Bedingungen des militärischen Drucks war die Kaffeeernte in Gefahr, Vierzigtausend helfende Hände fehlten, um die Ernte einzubringen, durch den Verlust würden dringend benötigte Deviseneinnahmen ausbleiben. Zur gleichen Zeit hatten konterrevolutionäre Verbände in den nördlichen Kaffeegebieten eine Offensive begonnen, sie unternahmen Angriffe auf Kooperativen, brandschatzten, plünderten, verschleppten ganze

Bauernfamilien und begingen Gräueltaten ungekannten Ausmaßes, die ihr beim Lesen das Blut in den Adern gefrieren ließen.

Julia blickte von ihrer Lektüre auf, der schnarrende Ton einer Megaphonstimme erregte ihre Aufmerksamkeit. In unmittelbarer Nähe musste ein Lautsprecherwagen vorüberfahren, Lautwirbel trieben durch die Luft und blieben zwischen den Häusern hängen: „... bei Nacht die Häuser nicht verlassen ... Türen gut verschließen ... Nachtwachen in den *barrios* organisieren ... Milizionäre melden sich bei der Kommandatur..."

Julia sah die Sekretärin, die ihr Telefongespräch unterbrochen hatte, fragend an. „Was bedeutet das ... Ausgangssperre?"

„Aber nein, *compañera*", erwiderte diese gelassen, während sie den Hörer wieder aufnahm, „es geht darum, die Leute zu erhöhter Wachsamkeit anzuhalten, weiter nichts."

Julia stand auf und ging zur Tür. Draußen stand der Wachmann lässig gegen die Hauswand gelehnt und döste in der Sonne. Als er Julia bemerkte schob er sein Käppi aus der Stirn und warf ihr einen interessierten Blick zu. Sie hielt ihm ihr Päckchen Zigaretten hin: „Zigarette?"

„Oh, sehr gern."

Er nahm die Zigarette und zog aus seiner Brusttasche ein Feuerzeug hervor.

„Woher kommen Sie, *compañera*?"

„Aus Deutschland."

„Ah, aus Deutschland", wiederholte er mit hochgezogenen Augenbrauen und nickte wissend. „Es gibt zwei, richtig? Ein kapitalistisches und ein sozialistisches Deutschland..."

„Ich komme aus Westdeutschland – *alemania capitalista*."

„Ich weiß, eure Regierung ist gegen uns, aber die Leute, *el pueblo*, das ist solidarisch mit uns, stimmt's?"

„Das wäre schön, aber leider stimmt es nicht ganz", erwiderte Julia ein wenig verlegen. „Es gibt bei uns eine Bewegung, viele Leute, die solidarisch sind ... ja, das sicher."

Sein Ausdruck wurde nachdenklich, als hätte er etwas vergessen, woran er sich zu erinnern bemühte. Merkwürdig, sie hätte das Alter dieses Mannes nicht schätzen können, er war weder jung noch alt, seine Züge drückten Jugend und Reife zugleich aus – ein Gesicht, das sich nicht festlegen ließ.

Sie rauchten schweigend, als vor ihnen ein roter Jeep anhielt, dem zwei junge Männer in Uniform mit geschulterten MP's entstiegen. Sie grüßten im Vorbeigehen den Wachmann mit Hola Pedrito! und stießen die Glastür zum Empfang auf. Durch die Scheibe sah Julia sie an der Sekretärin vorbei in dem Durchgang verschwinden. Nach einer Weile kamen sie zurück, in ihrer Begleitung René, der in der Linken ein Aktenköfferchen trug, in der Rechten eine AK 47.

„Alles klar, können wir?", wandte er sich an Julia, wobei sein fragender Blick an ihrer Erscheinung hinunterglitt.

„Und Ihr Gepäck?"

„Ich habe es im Hotel gelassen, es ist ganz in der Nähe", gab Julia ein wenig beklommen Auskunft. Die Bewaffnung schüchterte sie ein. – Wohin ging diese Reise?

„Also gut, zuerst das Gepäck und dann aber los!"

Er setzte sich hinters Steuer, während Julia und die beiden Begleiter auf den seitlich angebrachten schmalen Bänken im Fond des Wagens Platz nahmen.

Nach einem Halt am Hotel und einer kurzen Zick-Zack-Fahrt durch die verwinkelten, engen Straßen der Stadt, vorbei an zum Teil gepflegten, gediegenen Häusern, ging es weiter über holprige, unbefestigte Wege. Dort, wo die Sonne über winzigen Häusern aus Lehmziegeln brütete, hörte der Asphalt plötzlich auf. Auf einem steil abwärts führenden Weg fuhren sie auf eine Mulde zu, wo allerlei Unrat lagerte. Von Rauch umhüllte Bretterhütten bedeckten übereinandergedrängt den Hang eines entfernten Hügels, über den Wellblechdächern flimmerte heiß die Mittagsglut. René hielt den Wagen mitten auf der Steigung vor einem der Häuschen an, wo ein Mädchen mit lustig wippenden, schwarzen Zöpfen mit einem Besen hantierte. Er wechselte auf den Beifahrersitz, beugte sich aus dem Wagenfenster und rief, die hohle Hand gegen den Mundwinkel gepresst: „*Adiós* Juanita, wie geht's? – Und dein Papá?"

Statt einer Antwort erhielt er ein schüchternes Lächeln, dann verschwand das Kind im Haus. Kurz darauf erschien ein Mann, ernst und verdrießlich dreinblickend, auch er bewaffnet. Hinter ihm eine Frau von gedrungener, kräftiger Statur mit einem Gesicht wie aus gebranntem Ton. Ohne sich weiter um die Frau zu kümmern, als wäre sie ein inexistentes Wesen, setzte er sich neben René ans Steuer. Er maß Julia mit einem beiläufigen Blick, dann wendete er den Wagen und lenkte mit heulendem Motor die Anhöhe hinauf. Bald hatten sie die Landstraße erreicht, dieselbe, über die sie gestern gekommen war, nur bewegten sie sich jetzt in entgegengesetzter Richtung. Die Stadt entfernte sich und Julia war froh sie endlich zu verlassen. Sie spürte, wie ihre Ungeduld allmählich wuchs, ja, sie brannte darauf, endlich an ihr Ziel zu kommen. Draußen sauste das Geländer einer Brücke vorbei, drunten ein breiter, ruhiger Fluss, still wie ein stehendes Gewässer. Im Geröllbett standen Frauen mit hochgekrempelten Röcken im Wasser und schrubbten Wäsche auf blankem Stein.

Sowie sie die Brücke überquert hatten, wurde René plötzlich gesprächig, als wäre dies ein Signal gewesen. Er erklärte ihr die Lage, wie sie nach dem vierten November entstanden war, wobei er sich eines sachlichen und nüchternen Tonfalls bediente, während er ihr die Dinge auseinandersetzte. Jetzt, wo die FSLN die ersten freien Wahlen in Nicaragua gewonnen habe, sei zu befürchten, dass es erst richtig losgehe. Unbeeindruckt von deren Ausgang und trotz der errungenen absoluten Mehrheit weigerten sich die USA die Legitimität der gewählten Regierung anzuerkennen. Selbst die schärfsten ihrer Kritiker unter den ausländischen Wahlbeobachtern hätten die korrekte Durchführung des Wahlvorgangs zugeben müssen, doch die Reagan-Administration schlage alle Argumente in den Wind. Stattdessen sei den Verlautbarungen aus dem Weißen Haus einzig das Interesse am weiteren Eskalieren des bewaffneten Konflikts zu entnehmen. Die Frage sei also, ob unter diesen Umständen der außenpolitische Effekt, den die Wahlen unbestreitbar hatten, ausreichen würde, um zu verhindern, dass nordamerikanische Truppen das Land besetzten.

Kaum vorstellbar, dachte Julia, dass dieses Land, das sie Erdflecken für Erdflecken durchkreuzte, bald ein besetztes Land sein könnte. Sie durchfuhren Ebenen, über denen die Sonne kochte, weiße Rauchfähnchen kräuselten aus der verkohlten Erde Brandgerodeter Felder, die schwarzen Vierecke im Gelb des Ackerbodens gelagert, ähnelten mancherorts dem Muster eines Schachbretts. Hoch am Himmel zogen kohlschwarze Geier ihre Bahn in trägen Kreisen. Wege führten zu verstreut liegenden lehmfarbenen Bauernhäusern, ab und zu stand jemand im Staub und blickte ihnen nach. Und während all das an ihnen vorüberzog hörte Julia René aufmerksam zu.

„Keiner kann mehr ernsthaft behaupten, wir wären antidemokratisch oder gar totalitär, außer es geschieht in schädigender Absicht", sagte René mit Bestimmtheit, „wir besitzen jetzt das eindeutige Votum unseres Volkes. – Glauben Sie mir, das alles hat uns große Opfer abverlangt, vor allem menschliche, schließlich wollte die Konterrevolution die Wahlen verhindern ... nicht wenige unserer Wahlhelfer sind deshalb ermordet worden!" Er nahm sich einen Moment des Schweigens. „Aber wir haben jetzt einen Trumpf in der Hand, den wir gegenüber der internationalen Gemeinschaft ausspielen können."

„Glauben sie wirklich, dass sie so weit gehen werden? Ich meine, eine Intervention?" fragte Julia.

Er zuckte die Achseln. „Niemand kann das wissen", sagte er mit abwesend klingender Stimme, „ich möchte es mir nicht ausmalen ..." Und als wollte er seinen Worten schon im voraus Nachdruck verleihen, schaute er Julia fest in die Augen: „Wir müssen darauf gefasst sein, dass der Kongress weiter Gelder zur Unterstützung der Konterrevolution genehmigen wird – und zwar in Millionenhöhe! Sollten sie sich dafür entscheiden, unser Land nicht eigenhändig zu besetzen, werden sie versuchen, die *contra* in ein wirksames Instrument ihrer Kriegsführung zu verwandeln. Und dann stehen wir einer Formation von Stehaufmännchen gegenüber, die aus unversiegbaren Quellen schöpfen kann. In der Ausdrucksweise der Militärs heißt dieses Vorgehen wohl Krieg von niederer Intensität – davon versprechen sie sich, dass wir dem Druck auf Dauer nicht standhalten. Das erklärte Ziel: uns auszubluten! Und warum das alles?" Seine Augen glommen auf: „Ein Beispiel muss zerstört werden! Denn unsere Revolution hat einen weitreichenderen Sinn – sie ist ein Vorbild für die Völker in ganz Lateinamerika, weil die Menschen auf Dauer ihre Ketten niemals akzeptieren werden!" sagte er mit einer Stimme, die aus der Tiefe seines Herzens kam. „Wirtschaftsblockade, Verminung unserer Häfen, Bombenattentate, Krieg, und was sich diese Herrschaften sonst noch alles ausdenken mögen, das bedeutet mehr als nur neues Leid für unsere Bevölkerung, das ist eine deutliche Warnung an alle, die es wagen, an Veränderung zu denken!" Seine Worte wurden begleitet von lebhaften Gesten. „Die ganze Veranstaltung dient nur einem Zweck: eines Tages zynisch mit dem Finger auf uns zu zeigen und aller Welt zu sagen: Seht her, wie weit sie es gebracht haben mit ihrem kommunistischen Regime! Leere Geschäfte, chronischer Mangel an allem, Zerfall wohin man blickt! Erst dann werden sie sich wieder sicher fühlen. Aber da vertun sie sich gewaltig! Unsere Revolution lässt sich in kein kommunistisches Schema pressen, sie ist allein aus dem Geist Sandinos geboren, unser geistiges Erbe ist der Sandinismus, es basiert auf dem Denken Sandinos. Doch davon verstehen sie nichts, die kalten Strategen des Pentagon, allerdings hat ihre Unwissenheit in menschlichen Angelegenheiten uns in der Geschichte schon so manches Mal zum Vorteil verholfen!", schloss er mit merklicher Genugtuung.

Julia schwieg. Seine Sicht der Dinge hatte Überzeugungskraft, aber gerade deshalb fragte sie sich auch, wie sich unter solchen Umständen so hochgesteckte Ziele wie Bildung, Gesundheit, ein Auskommen für alle, verwirklichen ließen, dem kühlen Verstand mussten sie wie Luftschlösser erscheinen.

Als hätte er ihre Gedanken erraten sagte René: „Gewiss, wir sind ein armes Land – sehr arm sogar. Wir können nicht daran denken, unseren Leuten Reichtümer zu Füßen zu legen, doch warum sollten wir deshalb nicht an eine gerechtere Gesellschaft glauben – sie anstreben? Was wir erreichen können, ist, auf menschenwürdige Art und Weise zu leben. Umso dringlicher brauchen wir die Unterstützung aller fortschrittlichen Kräfte, die uns beim Aufbau unseres Landes helfen." Ein gewinnendes Lächeln erschien auf seinem bronzebraunen, pausbäckigen Gesicht: „Alle sollen kommen und mit eigenen Augen sehen, sich ein eigenes Bild machen von dem, was bei uns geschieht, das kann für alle eine nützliche Erfahrung sein. Ich gebe zu, dass diese Überlegung nicht ganz uneigennützig ist, denn neben unseren Bemühungen auf diplomatischer Ebene den Frieden zu erreichen, wird vieles von der Kraft der internationalen Solidarität abhängen, *compañera*."

„Glauben Sie wirklich?" fragte Julia ungläubig dreinblickend.

Er nickte: „Aber ja, ich glaube fest daran! Sehen Sie, das erste Mal in unserer Geschichte kommen von überall her Menschen in unser Land, darunter viele Nordamerikaner, und das erste Mal kommen sie in wohlwollender Absicht, anders als in der Vergangenheit kommen sie, um mit uns zusammen etwas aufzubauen. Finden Sie nicht, dass das eine großartige Erfahrung ist?"

Julia stimmte ihm nur schwach zu, es fiel ihr schwer, seinen Enthusiasmus in dieser Frage zu teilen, aus Gründen, die bei ihr selbst lagen. Ging es bei den Aktivitäten der internationalen Solidarität nicht vor allem um Symbole? Waren die Aktivitäten der Internationalisten nicht von zweifelhafter Nützlichkeit, angesichts der ungeheuren Erfordernisse in einem wirtschaftlich am Boden liegenden Land? Hatte der Beitrag, den sie leisteten, nicht verschwindend geringe Auswirkungen?

Während der ganzen Zeit ihrer Unterhaltung hatten die anderen geschwiegen. René wandte sich jetzt dem Fahrer zu, den er mit Juan ansprach, und begann mit ihm zu plaudern. Julia bemerkte, dass der junge Mann neben ihr eingenickt war, der Kopf mit dem Kinn auf der Brust schaukelte leicht, die schmalen, feingliedrigen Hände lagen gekreuzt auf den Patronentaschen, die er vor der Brust trug. Sie musterte verstohlen das Gesicht ihres Gegenübers, die hervortretenden, hohen Wangenknochen ließen die rotgeränderten Augen ein wenig wie Schlitze erscheinen, breite Nasenflügel beschatteten die aufgeworfenen Lippen, über denen sich der flaumige Ansatz eines Schnurrbarts andeutete. Er schenkte ihr ein freimütiges Lächeln und wies dabei seine regelmäßigen Zähne, dann streckte er ihr spontan die Hand entgegen:

„*Hola*, ich heiße Roberto, und Sie *compañera?*"

„Julia", antwortete sie ein wenig heiser.

„*Bien venido*, freut mich sehr." Ein kurzes Statement, wonach er wieder in Schweigen verfiel, so als hätte er ihre Anwesenheit schon vergessen.

Sie fuhren jetzt durch eine belebte Ortschaft. Entlang der Straße waren Pritschenwagen, Militärlastwagen und Autobusse geparkt, Frauen hatten am Straßenrand Tische aufgestellt und verkauften die in dieser Gegend als Spezialität geltenden und weithin gerühmten *quesillos*, wie René ihr erklärte. „Die besten in ganz Nicaragua", beteuerte er schwärmerisch. Aus allen Richtungen war eine die Straßenränder belebende Menge zusammengeströmt, um sich nach einer kurzen Rast ebenso in alle Richtungen wieder zu verstreuen. Unter den Sonnendächern der Essenstände schlürfte man Coca-Cola aus Plastikbeuteln und aß dazu Grillfleisch auf *tortillas*. Frauen, Kinder, Alte drängten sich auf der Ladefläche eines Viehtransporters; Schulter an Schulter in duldsamer Unbeweglichkeit erstarrt, brieten sie unter der unbarmherzigen Sonne. Im Vorüberfahren sah Julia eine Schar zum Teil barfüßiger Kinder unter wildem Gekreische auf einen gerade ankommenden Bus zustürzen. Denen es unter dem Geknuffe und Geschubse nicht gelang, sich hineinzuzwängen, die priesen ihr kärgliches Angebot gleichsam im Chor an den geöffneten Fenstern an. *Fresco! Chicharón! La carne!* schrieen sie sich die Seele aus dem Leib, dass es einem ins Herz schnitt. Sie fuhren ohne anzuhalten weiter. Unweit des Ortes kam ihnen in einer Kurve hupend eine Lastwagenkolonne entgegen, gefolgt von einer Rinderherde, die die Straße versperrte. Juan stieg in die Bremsen, es gab einen heftigen Ruck und der schlafende junge Mann neben Julia schlug verstört die Augen auf. Auf den Kolossen, die an ihnen vorbeidonnerten, herrschte ausgelassene Stimmung, Jugendliche mit flatternden roten Stirnbändern winkten ihnen fröhlich zu, inmitten von Gesang und Gelächter zupfte jemand Gitarre.

„Sie gehen in die Kaffeeernte", bemerkte René mit bescheidenem Stolz, während Juan, auf dessen Gesicht Julia zum ersten Mal ein Lächeln erblickte, sich einen Weg durch die dahintrabende Herde bahnte, indem er abwechselnd die Hupe betätigte und mit der flachen Hand auf die Karosserie schlug.

„Wir sind sehr stolz auf unsere Jugend", fuhr René mit sehr viel Wärme in der Stimme fort, „vieles, was heute das neue Nicaragua ausmacht, verdanken wir ihr. Ihr verdanken Tausende von Bauern, dass sie heute Lesen und Schreiben können, ohne den begeisterten Einsatz der Jugend hätten wir niemals die Alphabetisierungskampagne durchführen können, und nicht zuletzt ist es unsere Jugend, die zur notwendigen Verständigung zwischen Stadt und Land beiträgt, indem sie wochenlang die Hörsäle und Klassenzimmer mit den Kaffeefeldern vertauscht." Mit schneidendem Unterton fuhr er fort: „Die Rechte hat uns vorgeworfen, die Wahlen zu manipulieren, weil wir das Wahlalter auf sechzehn herabgesetzt haben. Aber ich frage Sie, ist das gerecht? Schließlich war es die Jugend, die unter den größten und leidvollsten Opfern gegen die Diktatur gekämpft hat. Und heute ist sie es wieder, die die Revolution mit ihrem Leben verteidigt! Wie hätten wir sie von den Wahlen ausschließen dürfen, wo wir ihr doch alles verdanken? Wer und was gibt uns das Recht, ihr die Teilnahme an der politischen Gestaltung unserer Gesellschaft zu verweigern? – Nein, das wäre nicht gerecht gewesen, schon aus moralischen Gründen durften wir das nicht. Wir schulden unserer Jugend den größten Respekt! Ich glaube, darin sind sich alle Nicaraguaner einig, nicht wahr, Juan?" sagte er an diesen gewandt.

„Das will ich meinen! Hundertprozentig!"

„Nun denken sie bloß nicht, dass die jungen Leute nur die höheren Ideale kennen", fügte er augenzwinkernd hinzu, „das wäre ganz falsch. Im Grunde sind sie nicht anders als jeder andere Jugendliche auf dieser Welt. Wenn sie mit Begeisterung in die Kaffeeernte ziehen, so spielt dabei auch ein kleiner Eigennutz eine Rolle", er schmunzelte, „auf diese Weise können sie sich der Kontrolle der Eltern entziehen, das bedeutet ein Stück Freiheit von den Zwängen zu Hause. Deswegen gibt es Eltern, die dagegen sind."

„Mhm, ich verstehe", sagte Julia lächelnd.

Die Straße stieg an, der Jeep schaukelte über Serpentinen, die sich zwischen durchsichtigem Baumbewuchs und Kaffeesträuchern mit lackglänzenden Blättern nach oben schraubten. Unversehens fuhren sie in einen wolkenverhangenen Himmel hinein. Der lichte Wald gab hin und wieder den Blick auf das Gewoge der Bergkuppen frei, blau schimmernde Bergrücken wellten launenhaft den Horizont. Dann ging es zur Ebene hinunter. Unten, wo die Landstraße sich verzweigte, sah man eine helle Sandpiste ins Ungewisse verlaufen. An der Gabelung hielten sie an. René stieg aus und ging zu den beiden Militärposten hinüber, die von einem Unterstand ein Auge auf die vorüber fahrenden Fahrzeuge hatten. Nach einem kurzen Wortwechsel kam er zurück. „Keine besonderen Vorkommnisse gemeldet, wir fahren weiter!"

Juan schlug den Weg über die unbefestigte Piste ein, in weitem Bogen ratterte der Wagen durch eine breite Kurve. Am Rand standen oder hockten Leute und warteten auf den Autobus oder dass sonst irgendein Fahrzeug sie mitnähme. Je weiter sie ihrem Ziel entgegen fuhren, zeigte sich die Landschaft in intensiverem Grün. Es begann heftig zu regnen, als hätte der Himmel alle Schleusen geöffnet ging ein gewaltiger Regen nieder. Die Geschwindigkeit drosselnd bog der Jeep in einen Hohlweg ein. Zu beiden Seiten erhob sich eine lebende Wand aus Bäumen und dichtem Gestrüpp und manchmal tauchte aus dem grünen Meer flammend ein Blütenstrauch auf. Der Regen rauschte herab, die Sonne war erloschen, finsteres Gewölk hatte sich über ihren Köpfen zusammengebraut, und im Nu war der Boden vom Regen aufgeweicht. In der fetten, rotbraunen Erde hatten die Räder schwerer Fahrzeuge breite Furchen hinterlassen, in deren Spur Juan versuchte den Wagen zu lenken; ab und zu drehten die Räder durch, brach der Jeep seitlich aus und sie gerieten ins Schlingern. Julia blickte gebannt aus dem Fenster, wo das Rinnen auf der Scheibe die Umrisse der Vegetation verschwimmen ließ. Was für ein Regen! war alles, was sie dachte. Eine Weile noch folgten sie dem ausgefahrenen, von dichtem Gezweig überhangenen Weg durch einen Korridor aus smaragdgrünem Licht. Dann traten zu beiden Seiten die Bäume zurück, das Licht wechselte, der Hohlweg war zu Ende. Im Schatten des bewölkten Himmels zeigten sich die weichen

Linien einer hügeligen Landschaft, überall wächst etwas, wild und grün, vielfältig wie ein Meeresboden: hellgrün die schwellenden Gräser der Wiesen, von leuchtendem Grün die Ruder der Bananenstauden, dunkelgrün die Laubbäume. Baumdickicht bedeckte die nahen Hügel, da und dort bogen sich die Schwingen der Kokospalmen unter den Wassermassen. Ein Weg schlängelt sich durch Grasweiden und Maiskulturen und verliert sich im Dickicht einer Anhöhe. Wie letzte Zeugen eines Jahrhunderte langen Lebens strecken hin und wieder Bäume von erhabener Größe ihre knorrigen Äste in alle Himmelsrichtungen aus. Ein Hauch von Melancholie umwölkt ihre majestätische Gestalt, als wüssten sie um ihre Einsamkeit und hätten in ihrer Erinnerung aufbewahrt, dass sie einst Bewohner tiefer, ursprünglicher Wälder waren, einer frenetisch wuchernden Pflanzenwelt, in deren feuchter Stille das Leben unzähliger Arten wimmelte. Weit hatte sich der Himmel geöffnet über den alten, gelassenen Paradiesen, ächzend, stöhnend, vergeblich um Gnade flehend waren sie der fremden Eroberungslust erlegen. In ihrer Existenz lag der Klagelaut einer ganzen unterworfenen Welt.

Der verhangene Himmel tauchte alles in wässriges Licht, das den Farben ihre kraftvollen Töne raubte, sogar die flammenden Blüten des Malinche hatten darin ihre Leuchtkraft verloren. Alles, was Julia in die Augen trat, war von aufreizender Fremdheit, der Regen, das unglaubliche Grün da draußen, das Licht dieses Nachmittags, selbst das Gefühl, das die Betrachtung der Dinge auslöste, war anders.

Sie kamen an einen Fluss. Am Ufer standen ein paar Hütten aus Bambusrohr – einsam wie die Urwaldriesen kümmerten sie zwischen Papaya- und Orangenbäumen in suppigem Gras. Von den Palmstrohdächern rann der Regen in Fäden herab, wie ein Vorhang aus glitzernder Perlenschnur. Die Türen der Hütten waren fest verschlossen, sie führten in die trostlose, enge Welt beständiger Armut, das an Freudlosigkeit und Entbehrung gewöhnte Leben der Schwachen zeigte sich hier nackt. Mit geübter Geschicklichkeit setzte Juan den Wagen über den Fluss, über den nur einige Planken gelegt waren, darunter brachen sich braungrüne wirbelnde Wasser eine Bahn durch das schmale Flussbett.

Der Regen fiel stärker, es regnete in reißenden Fluten. Dicke Tropfen trommelten wie Hagel auf das Blechdach und drangen mit Getöse in das tiefe Schweigen ein, das die Reisenden fast leibhaftig umschloss – als hätten sie alle eine stille Übereinkunft getroffen, hatte keiner mehr ein Wort gesprochen. Seit sie von der Asphaltstraße abgebogen waren, hielten die beiden Begleiter die Flügel der Hecktür geöffnet und blickten angestrengt ins Freie, wobei ihre Augen mit wachsamer Aufmerksamkeit die Umgebung abtasteten. Die Hand am Abzug der Maschinenpistole, die Sinne geschärft bis zu den Haarwurzeln, den Körper aufs äußerste gespannt, hegten sie Verdacht gegen alles, was sich draußen regte. Bei der Vorstellung, dass ihnen hinter einem der Büsche irgendwer auflauern könnte, von dem Gefahr ausginge, stellten sich Julia die Nackenhaare auf. Sie fühlte ein leises Flattern in der Brust, ein Kräuseln der Haut und ein Gedanke wuchs und hämmerte in ihrem Kopf, den der Regen mit seiner aufrührerischen Melodie begleitete: „Ein düsterer Ort, Schlamm und ewiger Regen, das ist alles, was dich da erwartet!" hatte Luís lakonisch ihr Ziel beschrieben als die Sprache darauf kam, wohin sie die Absicht hatte zu gehen. – Ohne Zweifel ein anmutiger Ort, auch an einem bewölkten Regentag, und bei Sonne würde alles ganz anders aussehen! Gleichwohl hatte sie die Empfindung, dass die seltsame Andeutung, über die sie hinweggegangen war, weil sie sie der latenten Überheblichkeit von Stadtmenschen zugeschrieben hatte, ihr Unternehmen plötzlich zu etwas Unberechenbarem machte. Etwas, worauf sie in keiner Weise vorbereitet war, was schon allein das kurze Abenteuer der Anreise bewies.

Eine polternde Stimme erlöste sie aus ihren Gedanken. Es war Juan, der einen zornigen Fluch ausgestoßen hatte. Der Wagen ließ sich immer schwerer lenken und die Räder versanken an manchen Stellen tief im Morast.

„Verflucht René! Ich sag' dir, wenn wir hier steckenbleiben, dann weiß ich nicht, was aus uns wird!" presste er halb wütend, halb flehend hervor.

„Mach' dir keine Gedanken", versuchte René, dessen Miene vollkommene Gelassenheit ausdrückte, beruhigend auf ihn einzuwirken, „nicht weit von hier sind die *compas*, die Strecke ist gut kontrolliert. Seit Wochen sind hier keine *contras* mehr gesichtet worden."

„*Contras ... compas*", kann mich mal jemand aufklären?" bat Julia kleinlaut.

„O Entschuldigung", sagte René, „*contras*, das ist die bewaffnete Konterrevolution und die *compas,* das sind unsere Streitkräfte, die hier an der Strecke für unsere Sicherheit sorgen."

Danach verlief die Fahrt wieder schweigend. Juan hatte es lange vermieden das Licht einzuschalten, aber dann war die Dämmerung plötzlich in Dunkelheit übergegangen. Der Regen hatte aufgehört, durch die offene Tür drang Feuchtigkeit ein, es roch nach feuchter Erde und faulen Blättern. Sie erreichten einen Weiler, der an einem breiten Fluss lag, schwaches Mondlicht, das durch die Wolkendecke trat, spiegelte sich auf der ruhigen glatten Oberfläche. Aus dem Dunkel war das Rauschen der nahen Stromschnellen zu vernehmen. Durch die Ritzen der Wände einiger Holzhäuser fiel Licht nach draußen, flackerndes Licht wie von einer Kerzenflamme. Zwei Männer und eine Frau, in dunkle Regencapes gehüllt, standen vor einem der Häuser um ein Feuer zwischen aufgeschichteten Steinen herum, aus einem Topf darüber stieg Dampf auf. Während sie im Begriff waren die Brücke zu überqueren, traf der Lichtkegel des Scheinwerfers auf zwei reglose Gestalten mit umgehängtem Sturmgewehr, die ihnen den Rücken zukehrten und auf den Fluss blickten.

Einer Riesenschlange gleich schlängelte sich vor ihnen die Straße weiter durch die sternenlose Nacht, machte dann und wann einen scharfen Bogen und verschwand vor ihren Augen im Dunkeln. Sie kamen durch irgendein Dorf, wo es elektrisches Licht gab und die Leute vor den Türen saßen, vorbei an einem hell erleuchteten Getreidesilo, das von Milizionären bewacht wurde. Noch eine Weile fuhren sie stumm dahin, dann löste sich allmählich die Spannung, wenngleich für Julia nicht erkennbar war, was den Anstoß für den Stimmungswechsel gegeben hatte. Der junge Mann neben ihr zog den Fuß ein, der die ganze Zeit fest auf dem Trittbrett gestanden hatte, und nahm eine bequemere Haltung ein. Sie konnte sein Gesicht in der Dunkelheit kaum erkennen, glaubte aber an ihrer Seite ein leises, befreites Aufatmen vernommen zu haben. – Waren sie ernstlich in Gefahr gewesen? Julia betrachtete Renés breiten Rücken, es ging etwas Beruhigendes von ihm aus, das einen ermutigte, sich sicher zu fühlen. Eine überlegte, innere Ruhe, die sich unwillkürlich auf andere übertrug. Seltsamerweise verschaffte Julia die sich lösende Anspannung keine Erleichterung, es war das Gefühl, ihr Geschick in die Hände fremder Menschen gelegt zu haben, das sie beunruhigte. Sie wurde sich plötzlich der Tatsache bewusst, dass sie in ihrer Unkenntnis ganz und gar auf sie angewiesen war. Der Hintergrund, der ihr die Anhaltspunkte lieferte, um eine Sache angemessen beurteilen zu können, war weggefallen; das hier war wie mit leeren Händen ins Leere greifen! Ihr Orientierungssinn würde von jetzt an einen Umweg nehmen müssen: nicht mehr aus sich selbst, sondern aus den Handlungsweisen der anderen würde sie abzulesen haben, was aus einer Situation zu schließen war ...

Neben ihr glomm eine Zigarette auf. „Rauchen Sie?" Der sich mit Roberto vorgestellt hatte, hielt ihr sein Päckchen Zigaretten hin, blonder Tabak ohne Filter. „Was tun Sie eigentlich hier, *chela*?" fragte er ohne Umschweife, die gebräuchliche Anrede für ihresgleichen gebrauchend, was soviel wie *weiße Frau* bedeutete. Er sprach das Wort ganz natürlich aus, ohne abfällige Konnotation, als er ihr Feuer gab – das Gefühl Subjekt seiner Geschichte zu sein hatte ihn nachsichtig gemacht. Doch war sie plötzlich tief berührt, weil ihr bewusst wurde, wie jung er war. Sie vermutete, dass er und sein Gefährte Söhne armer Bauern dieser Gegend waren.

„Ich werde für AMNLAE arbeiten", sagte Julia, „es handelt sich darum, eine Kooperative zu gründen ... für Frauen."

Er wirkte irritiert, wechselte einen fragenden Blick mit seinem *compañero*, doch dann fiel es ihm ein: achso ja, die Frauenorganisation! „Sie werden also länger bleiben?"

„O keine Ahnung, ich weiß es noch nicht." antwortete Julia und richtete die Augen angestrengt in die Dunkelheit.

In der Tiefe der Nacht, die nahe am Fenster war, ließ der Widerschein dunstigen Lichts die Umrisse einer Erhebung erkennen, unbestimmtes

Licht durchschimmerte das Geäst tiefschwarzer Bäume. Der Wagen machte eine Wendung nach links, eine Wendung nach rechts, sie bewegten sich geradewegs auf eine Siedlung zu und trafen auf eine Anhäufung armseliger Behausungen: vier Bretterwände, darüber ein Dach aus Plastikplane, die sich nach innen wölbte. Aufgrund der heftigen Regenfälle hatte sich Wasser in der Plane gesammelt, das mit seinem Gewicht bedrohlich nach unten drückte. Die Hütten standen mitten im Morast und im Innern drängten sich Leute unter einer herabbaumelnden Glühbirne auf winzigstem Raum, wo der Lehmboden noch einigermaßen trocken geblieben war. Eine Frau trug eine Schüssel heraus und schüttete mit einem Schwung Wasser aus. Die Siedlung hatte etwas provisorisches, unfertiges, die Leute schienen erst kürzlich hier eingetroffen zu sein. Ihre Bestürzung, die sie vor den anderen verbarg, ließ Julia daran denken, dass dort, wo sie herkam, selbst die öffentlichen Pissoirs um einiges komfortabler waren, als das, was hier Menschen als Unterkunft diente.

„Das Licht haben wir erst seit der Revolution", erklärte Roberto mit zurückhaltendem Stolz.

„Aber wer sind diese Leute?"

„Flüchtlinge."

„Sie haben ihre *ranchos* verlassen", ergänzte René indem er sich ihr zuwandte, „seit die *contra* versucht unsere Gegend unsicher zu machen, bekommen einige Bauern Probleme für ihr Überleben zu sorgen. Das ist vornehmlich in den dünn besiedelten Regenwaldgebieten der Fall, dem *monte*, wie wir hier sagen. In den Bergwäldern leben die Leute sehr verstreut, praktisch ohne Verbindung zur Außenwelt. An solchen Orten sind sie den Angriffen schutzlos ausgeliefert. Die *contras* pressen den Familien die Ernte ab, die Männer laufen Gefahr verschleppt zu werden. Die *contra* duldet keine Neutralität, wer nicht für sie ist, ist gegen sie. So bleibt diesen Menschen oft keine andere Wahl, als sich ihren Forderungen zu beugen oder die Flucht!" Er spitzte die Lippen, hob ein wenig das Kinn und wies mit den Augen auf die Siedlung. Seine Stimme klang plötzlich streng und hart: „Sehen Sie sich das bloß an, was für eine menschliche Katastrophe!" Es war ihm anzusehen, dass ihn der Anblick in seinem Innersten traf. „Wir werden in Kürze Baumaterial hierher schaffen, damit sich diese Leute anständige Häuser bauen können."

Während René weiterredete, musste Julia daran denken, wie realitätsfern und leblos doch die Fakten waren, aus denen gemeinhin das Wissen ihresgleichen bestand.

„Diese Hundesöhne, die uns das alles antun, das sind Typen, die ihr Leben lang damit beschäftigt waren, andere Menschen zu töten ... Hier weiß jedes Kind, dass der Terror die Handschrift der alten somozistischen *guardia* trägt!" Er schlug sich mit der Hand aufs Knie, das er seitlich angewinkelt auf dem Sitz liegen hatte. „Noch gehen die *yanquis* davon aus, ihr Ziel zu erreichen, ohne mit eigenen Truppen aufzumarschieren. Denn anders als in Granada hätten sie bei uns kein so leichtes Spiel. Deshalb erleben wir gerade die Auswirkungen einer ausgeklügelten, militärischen Strategie, die von der Überlegung ausgeht, die Konterrevolution nach dem Muster einer *guerrilla* zu organisieren. Kleine Verbände erhöhen die Chance, langsam in unser Territorium einzusickern." René zuckte die Achseln: „Allerdings hängt die Wirksamkeit solcher Pläne von der Unterstützung der Bevölkerung ab. Ohne sie lässt sich keine Logistik aufbauen, ja, ohne sie könnten sie sich in keinem Gebiet längere Zeit halten, auch dann nicht, wenn sie aus der Luft versorgt werden. – Wer könnte das besser wissen als wir!" Er umschrieb, was das bedeutete: „Natürlich wissen sie, dass sich die Bevölkerung ihnen nicht freiwillig anschließt, also greifen sie zum Mittel der Gewalt. Je größer die Verluste sind, die wir ihnen zufügen, umso mehr geraten sie unter Druck, die gefallenen Kämpfer zu ersetzen. Darum haben sie es auf die Söhne der Bauernfamilien abgesehen. Sie verschleppen sie in ihre Lager in Honduras, wo israelische und nordamerikanische Militärberater auf sie warten, um aus den armen Teufeln Kombattanten gegen das eigene Volk zu machen." René sah Julia fest in die Augen, als wollte er eine gefährliche Wahrheit aussprechen: „Hier in unserer Gegend haben wir leider ein schwieriges Erbe angetreten ..."

„Jetzt hören Sie aber auf, René!" unterbrach Roberto seinen Redefluss, „wenn Sie so weiter reden wird uns die *companera* noch davonlaufen! Und dann *adiós* Kooperative!"

Sie fingen an zu lachen.

„Du hast Recht", sagte René, „immer neigen wir dazu, von den dunklen Seiten des Lebens zuerst zu sprechen." Er wandte sich mit einem ermunternden Blick Julia wieder zu. „Sie werden sehen, wie schön unser Land ist, und dass es in ihm viele liebenswerte Menschen gibt, wunderbare, mutige, tapfere Menschen!" Er sagte das mit so viel überzeugender Herzenswärme, dass Julia ganz gerührt war. „Ich bin überzeugt, Sie werden hier sehr schnell Freunde finden, viele gute Freunde."

Endlich kündigte die durchgehende Straßenbeleuchtung eine größere Ortschaft an, der Fluss, den sie soeben passiert hatten, schien die natürliche Grenze zu sein. Es kam sogar ein wenig Verkehr auf, ein Kleintransporter und ein Pick-up kamen ihnen entgegen. Ein Ochsenkarren nahm fast die ganze Breite der Straße ein. Der Mann auf dem vorsintflutlichen Gefährt stieß tiefe kehlige Laute aus und drosch mit einer Gerte auf das ins Joch gespannte schwerfällige Tier ein, die Räder quietschten wie unter Schmerzen. Vor einem Wachhäuschen stand ein Pulk Uniformierter mit Schnellfeuergewehren. Einer hob die Hand zum Gruß, als sie vorbeifuhren. René drehte sich zu Julia um: „So, da wären wir *companera*." Juan bog nach links in eine Straße ein, die schnurgerade durch den Ort lief. Die Wohnstätten rechts und links am Straßenrand gaben Auskunft über die Stellung ihrer jeweiligen Besitzer im Wirtschaftsleben: niedrige Häuser aus rohem Holz, manche auf Pfahlstümpfen hockend, andere aus Stein von solider Bauweise mit vergitterten Fenstern wechselten ab mit windschiefen, primitiven Behausungen, deren vier Bretterwände sich über blanker, gestampfter Erde aufrichteten. Überall standen Fenster und Türen offen, draußen saßen Frauen auf Bänken und schwatzten oder wiegten sich mit ihren Babys verträumt in rustikalen Schaukelstühlen, barfüßige Jungen stoben unter Gekreische um eine Hausecke, Männer mit Strohhüten auf dem Kopf durchwateten die schlammigen Tümpel, die der Regen gehöhlt hatte. Unter dem fahlen

Lichtschein einer Straßenleuchte standen Männer um einen Tisch herum, eine kleine, sehr zierliche Frau, die fast dahinter verschwand, reichte Speisen auf Bananenblättern. Der wolkenverhangene Himmel, der Mond und Sterne erstickte, die düsteren Hügel ringsum, die alles durchdringende, abweisende, modrige Feuchtigkeit, all dies bewirkte, dass Julia sich diesem Ort nur widerstrebend näherte. „Was kann man erwarten?" sagte sie sich, um die Stimmung ein wenig zu heben, „wer sucht sich eine Gegend schon bei schlechtem Wetter aus?"

„Bis morgen!" hatte René gesagt, als er sie später vor dem kleinen Hotel mit Kramladen absetzte. „Das ist das Beste, was wir hier haben."

Gemessen an der Tristesse der Umgebung hatte er nicht übertrieben. Das Haus hatte einen freundlichen, hellen, pastellgrünen Anstrich und einen mit Pflanzenkübeln geschmückten Innenhof; über zwei Mauervorsprüngen wölbte sich ein Bogen, der den Eingang zu einem winzigen Gastraum bildete, dessen Wände ein Blattmuster in verschiedenen Brauntönen zierte. An den wenigen Tischen saßen Männer und tranken Bier aus Flaschen.

„Bis morgen!" Sobald sie versuchte, an dieses Morgen eine konkrete Vorstellung zu knüpfen, glich das Ergebnis einem Vexierbild, wo das Versteckte, das es aufzufinden gilt, aus blinden Flecken bestand, die danach verlangten mit irgendwelchen Zeichen versehen zu werden, Zeichen, über die sie nicht verfügte. Und dabei hatte sie geglaubt, auf ihr Unternehmen gut vorbereitet zu sein, schließlich gab es genügend gute Gründe, die sie hierher geführt hatten; – nicht nur an's Ende der Welt, wie es ihr im Augenblick schien, sondern auch an's Ende aller Gewissheiten.

Julia sah auf den Rücken des Mannes, über den sich ein mit Goldfäden durchwirktes, fleckiges Hemd spannte, während sie hinter ihm die Stufen zu einem offenen Balkon hinaufstieg, der über die gesamte Länge des oberen Stockwerks entlanglief. Die Reihe der Türen ging auf einen finstern Hof, in den von der Straße her ein wenig Licht einfiel. Auf der Oberfläche ausgedehnter Regenpfützen spiegelten sich schattenhaft die Zweige eines wuchtigen Baums. Der Mann stellte ihr Gepäck ab und schloss eins der

Vorhängeschlösser auf, langte in das schwarze Viereck, das sich vor ihnen auftat, und knipste das Licht an. Die Glühbirne hing an einem kurzen Kabel von der Mitte der Decke herab, zwei Betten mit sauberen, weißen Laken warteten auf Gäste, zwei Stühle waren der einzige Komfort. Allerdings hätte das Zimmer mehr ohnehin nicht aufnehmen können. In einer Ecke der Zimmerdecke hatten Spinnen zwischen den Balken, die das Dach trugen, ihre Netze gewebt, tote Insekten klebten an seidenen Fäden. Julia schenkte dem Zimmer nur flüchtige Aufmerksamkeit, es war ihr so fremd wie alles, was ihr bisher begegnet war.

Der Mann trug die Taschen herein, dann wies er auf die Nägel an der Wand, für den Fall, dass sie ein Moskitonetz aufhängen wolle. „Es gibt viele Moskitos", sagte er, sie aus seinem bronzebraunen, eckigen Gesicht anblickend, das aus irgendwelchem harten Holz geschnitzt zu sein schien. „Wir haben Regenzeit." Im Hinausgehen klopfte er zweimal mit der Handfläche auf den Türpfosten und wünschte *muy buenas noches.*

Als sie ihn unten auf der Treppe hörte, knipste sie das Licht wieder aus und trat auf den Balkon hinaus. Sie blickte zu dem dunklen Himmel auf, die zerreißenden Wolken gaben ein Stück Mond frei, es ging ein leises, kaum spürbares Lüftchen. Trotz des gefallenen Regens war die Nacht samtig und lau.

Julia nahm jetzt wahr, dass sie völlig erschöpft war und ihr Körper zum Umsinken müde. Sie beschloss sich hinzulegen. Als sie ausgestreckt auf dem Bett lag, war die Dunkelheit so vollständig, dass sie, hätte sie das Zimmer vorher nicht gesehen, nicht hätte sagen können, an welcher Stelle sich die Türöffnung befand. Sie lag ganz still, das Schweigen des Zimmers war erfüllt vom Laut der Kröten in den zahllosen Tümpeln und ihr war als ob lautlos Regen fiele. Das erste Mal an diesem Tag dachte sie an ihre neue Aufgabe, an die Frauen, mit denen sie zusammen kommen würde. Sie hatten keine Gesichter ... noch nicht. Vielleicht ähnelte die eine oder andere dem bildhübschen Mädchen, das am Tisch gegenüber mit zwei flegelhaften jungen Burschen herumgewitzelt hatte, als sie mit René in einem kleinen Lokal beim Essen saß; oder der Frau mit dem verschlossenen Gesicht auf der Bank vor dem Lädchen des Hotels, deren gespreizte Knie unablässig auf und ab wippten; vielleicht auch jener rundlichen Person mit dem schwarzen, störrischen Kraushaar und den breiten, vollen Lippen hinter dem Ausschank, die die Biertrinker mit Yolanda angesprochen hatten. Fast geriet sie in eine Art Fieber vor lauter Ungeduld, aber die Bilder zogen sich zurück und verloren sich in der Tiefe eines dunklen Hintergrunds, während sie hinüber glitt in einen traumlosen Schlaf.

# 3

**D**as Dorf würde sich noch lange dicht am Rande des Urwalds befunden haben, wäre es nicht in die Lage gekommen, Menschen aus anderen Landesteilen aufzunehmen, die Opfer von Naturkatastrophen und Vertreibung geworden waren. Binnen weniger Jahrzehnte hatten Zersiedelung und Ackerbau, Intensivproduktion von Exportfleisch und Raubbau an Edelhölzern dem Urwald immer neues Land abgerungen und ein von Bodenerosion bedrohtes Gebiet übrig gelassen. Die Regierung machte das Dorf zum Hauptquartier des Distrikts, es befanden sich hier der Sitz der Gemeindeverwaltung sowie eine Reihe weiterer öffentlicher Einrichtungen. An Werktagen herrschte reges Leben, ein ständiges Umherziehen von Menschen – Viehzüchter und Bauern, die aus den umliegenden Dörfern oder der Einsiedelei ihrer abgelegenen *fincas* kamen, um ihre behördlichen Angelegenheiten zu regeln oder sich mit unentbehrlichen Dingen zu versorgen. Außer dem Markt, wo sich in den Gängen Verkaufsstände, Garküchen und Handwerkerbuden drängelten, gab es zahlreiche Läden, die sich einer neben dem anderen entlang der Hauptstraße aufreihten. Diese Miniaturkaufhäuser waren oftmals nicht mehr als Holzbaracken und jeder Laden hatte so ziemlich dasselbe zu verkaufen, was der Nachbarladen an gangbaren Waren anzubieten hatte. Was an Auslagen im Innern keinen Platz fand, hing in buntem Durcheinander von den Bedachungen herunter: Plastikschüsseln, Kinderspielzeug, Seile, Kannen und Kaffeekesselchen, Strohhüte und Wasserkanister. Die Tatsache, dass ein Teil der Einwohner sich motorisiert fortbewegte, erweckte den Eindruck der verfrühten Ankunft einer künftigen Epoche in einer längst versunkenen Zeit, wo Pferde Lasten und Menschen auf ihren Rücken trugen. Bis zum heutigen Tag beherrschten sie das Straßenbild. Das Handwerk des Hufschmieds, andernorts seit langem ausgestorben und in Vergessenheit geraten, durfte hier noch eine bescheidene Zukunft erwarten. Berittene Bauern durchkreuzten tagtäglich den Ort mit seinen Straßen und Wegen von der Regelmäßigkeit eines Schachbretts.

Staubig in der wilden Hitze des Sommers, schlammig sobald die ersten Regenfälle einsetzten.

Die weite, offene Landschaft, in die er eingebettet war, und die bäuerliche Mentalität und Lebensweise seiner Bewohner verliehen diesem suburbanen Flecken sein dörfliches Gepräge. Der herkömmlichen Dorfgemeinde entwachsen, begannen sich Merkmale kleinstädtischen Milieus durchzusetzen, ohne die Sitten und Gebräuche der ursprünglichen Gemeinschaft zu berühren. Ländlicher Idylle begegnete, wer die Viertel abseits der Hauptstraße durchstreifte, mit ihren grasgeränderten Wegen, den aus Rohholz gezimmerten Häusern, zum Schutz vor der Feuchte des Bodens auf Pfählen oder über Betonfundamenten errichtet, den üppigen, teils winzigen Gemüsegärten, die wegen des Gedränges von großblättrigem Knollengewächs und Bananenstauden zwischen Kürbisschnörkeln und Yucabeeten immer ein wenig vernachlässigt aussahen. Da und dort bildeten die Zweige massiger Bäume, die der Bedarf an Brennholz noch keine Äste gekostet hatte, ein schattiges Baldachin über einem Vorbau und Palmen ließen zwischen Guajaven- und Orangen-, Tamarinden- und Papayabäumen ihre anmutigen, gefiederten Wedel sehen. An den Wegrändern grasten magere Kühe mit kurzen, gebogenen Hörnern auf höckrigen Grasnarben, stromerte weißköpfiges, zerzaustes Federvieh an Hecken mit karminroten und weißen Blüten vorbei. Die verschwenderische Fülle und das frenetische Wuchern der Pflanzen zwischen den Häusern mit ihren sorgsam gefegten, ockergelben Höfen, die Gelassenheit in den Bewegungen der Menschen, die die Wege wechselten, all das milderte das Erscheinungsbild des Ärmlichen.

Im Norden begrenzte verkarstetes Land das Dorf, sich verschiebende gerodete, vom Brand geschwärzte Vierecke zeugten vom immer wieder aufs neue ins Werk gesetzten Bemühen, dem erschöpften Boden eine Ernte abzutrotzen. Im Süden dehnte es sich über abfallendes Gelände zum Fluss hinunter, den die Frauen in der Frühe zum Waschen aufsuchten. Auf der anderen Seite des Flusslaufs bedeckte kniehohes Gras ein enges Tal. Dahinter stiegen aus zerfließenden Waldungen die Hügel an. Oben auf der Uferböschung stehend ließ sich weit hinausschauen über die Horizonte, auf das Auf- und Ab-Gewoge der Hügelkuppen, die sich unbegrenzt unter dem Himmel ausbreiteten, als stießen sie auf keine andere Seite.

Die Hauptstraße, gerade wie mit einem Lineal gezogen, führte von Westen nach Osten und traf an ihrem Ende auf den Markt, wo sternförmig ausgreifende Pfade und Wege in alle Richtungen wiesen. Parallel dazu, im Abstand einer Häuserkette, verlief ein breiter Streifen Brachland, ein Überbleibsel aus der Zeit der Diktatur, der einst als Landebahn für Kleinflugzeuge gedient hatte. Von der Nationalgarde war die Piste zuletzt im Aufstandsjahr Neunundsiebzig benutzt worden. Es hieß, an die dreitausend Soldaten seien hier als letztes Aufgebot noch einmal zusammengezogen worden, um den Kampf gegen eine in der Gegend operierende Einheit der FSLN-*guerrilla* aufzunehmen. Die Leute straften diesen Fremdkörper, der ihr Dorf in zwei Hälften zerfallen ließ, mit Nichtachtung. Indem ein Gewirr von Pfaden die beiden Teile auf dem kürzesten Weg miteinander verband, gaben sie zu erkennen, dass dieses Hindernis für sie nicht existierte. Am Abend führten sie ihr Vieh hierher, bestenfalls hielten sie dieses, mit ausgedehnten Grasinseln versehene Erinnerungsstück für einen idealen Weideplatz. Am Fuß eines Hügels beginnend, bildete die Flugzeugpiste die Fortsetzung eines Verbindungsweges zu den umliegenden Dörfern und endete, wo eine Tribüne, für Festakte und Kundgebungen vorgesehen, den Abschluss bildete. Hier befanden sich auch die staatseigene Bank, die lokale Regierung und das Polizeirevier.

Das religiöse Leben war bestimmt vom Wirken einer ansehnlichen Zahl evangelischer Freikirchen und fundamentalistischer Sekten mit engen Verbindungen zu ultrarechten und konservativen Kreisen in den USA, in Stellung gebracht gegen die vom fortschrittlichen lateinamerikanischen Klerus angewendete Theologie der Befreiung. Das Gotteshaus der katholischen Kirche machte seinen Alleinvertretungsanspruch aus erhöhter Position geltend. Auf der gepflegten Rasenfläche eines Erdhügels gelegen, sah es mit seiner Hibiskushecke, der steinernen, von Pflanzenrabatten gesäumten Freitreppe und dem schlanken, mit roten Steinen abgesetzten Glockenturm sehr gediegen aus.

Ferner gab es ein kleines Krankenhaus und mehrere Elementarschulen, wo die erste, dem Bauernstand entwachsene Generation junger Lehrer und Lehrerinnen die Dorfkinder unterrichtete. An der Ausfallstraße, über die in den frühen Morgenstunden der erste von zwei Autobussen nach Managua rollte, lag rechts der Friedhof hinter einem lückenhaften Plankenzaun. Auf der linken Seite fielen drei weiß verputzte, U-förmig angelegte, lang gestreckte Flachbauten ins Auge, zwischen denen ein betoniertes Rechteck den Schulhof bildete. Das *instituto* war der ganze Stolz der Gemeinde und die erste höhere Bildungsanstalt, allen ohne Ansehen der sozialen Herkunft kostenlos zugänglich. Die Türen der sich aneinanderreihenden Klassenzimmer waren aus hellem, lackiertem Holz, was den Gebäuden ein freundliches Aussehen verlieh. Erkennbar war, dass man Kosten nicht gescheut hatte, damit das Lernen Einzug hielt. In den Unterrichtsräumen drückten tagsüber die Schüler der Sekundarstufe die Schulbank, mit der Aussicht auf einen Studienplatz im fernen Managua oder einem Stipendium für ein Studium in einem befreundeten Ausland. In den Abendstunden stand es den Berufstätigen für den Unterricht offen. Allabendlich aus Schreibstuben und Krankensälen kommend, Verkaufstheken und Werkstätten verlassend, machten die Arbeitenden noch nach einem langen Arbeitstag von dieser neuen Möglichkeit regen Gebrauch.

Weniger weil es erst jüngst erbaut war, zog das *instituto* die Aufmerksamkeit auf sich, es stach vielmehr hervor, weil es einen scharfen Kontrast zu dem angrenzenden Viertel abgab, das sich dahinter wie ein Wundmal eine Anhöhe hinaufzog. Eine wild wuchernde Siedlung ohne elektrisches Licht, wo zwischen Gerümpelhaufen unter schwarzen Plastikplanen all jene auf nackter Erde hausten, die auf der Flucht vor dem Krieg wie Treibgut angeschwemmt wurden. Fast täglich und vielfach unbemerkt kamen Neuankömmlinge hinzu. Manche brachten sogar ihre zerlegten Häuser mit oder das, was davon übrig geblieben war, und so wuchs die Siedlung lautlos an und geriet zum Sinnbild eines stummen Dramas.

Der Ort, wo dieses Drama seinen eigentlichen Schauplatz hatte, war nicht zu sehen. Irgendwo da draußen in der Grenzenlosigkeit, spielte es sich ab, in Dörfern, verborgen in den Falten der fernen Hügel – im Schutz der

Einsamkeit und im Sold einer unsichtbaren, fremden Macht fielen bewaffnete Banden über Bauern her, brandschatzten, plünderten, mordeten, ließen nichts aus. Die Lautlosigkeit der Nacht trug manchmal Maschinengewehrgeknatter von weither heran, gefolgt von Salven aus dunkler Tiefe, die den Angriff erwiderten. An manchen Tagen ließ ein entferntes Dröhnen, kurze Intervalle von dumpfen Schlägen, die von Detonationen herrührten, die Leute im Dorf in ihren täglichen Verrichtungen jäh innehalten und einander mit starren, gedankenleeren Augen ansehen, panischer Verwirrung und der quälenden Vision massakrierter Dorfbewohner ausgesetzt. Oder dem unerträglichen Gedanken, dass einer der nächsten Angehörigen da draußen im Gefecht gerade den Tod fand.

Julia hatte nicht lange gebraucht, um zu begreifen, dass dieser Alptraum sich nicht auf den Raum beschränkte, wo die Kampfhandlungen ausgetragen wurden, wo im Gelände die Zusammenstöße stattfanden, ungelöst lag dieser alpdruckhafte Schrecken drohend über aller Leben. Gleich in den ersten Tagen nach ihrer Ankunft war sie Zeugin furchtbarer Erschütterungen geworden, hatte sie die wilde Verzweiflung einer Mutter miterlebt, die über den Tod ihrer einzigen Söhne fast den Verstand verlor – aus einem Hinterhalt waren beide kaltblütig erschossen worden. Das Ereignis hatte wütende Demonstrationen ausgelöst und Hunderte erwiesen den Toten in den mit knallbunten Papierblumengestecken geschmückten Särgen die letzte Ehre. Als Arbeiter der staatlichen Elektrizitätsgesellschaft erkennbar, unterwegs, um eine schadhafte Überlandleitung zu reparieren, waren die jungen Männer zur Zielscheibe der *contra* geworden. Von grässlichen Verstümmelungen erzählte man sich, was das Entsetzen noch vergrößerte. Auf ebensolche Weise zu enden, stand auch den Arbeitern des staatlichen Sägewerks oder den Angestellten des Agrarministeriums in Aussicht, deren Tätigkeit erforderte, sich weiträumig und in entlegenen Landstrichen zu bewegen. In tödlicher Gefahr schwebte nicht minder, wer in entfernten, ländlichen Weilern Bauernkinder unterrichtete oder in einsam gelegenen Gesundheitsposten die medizinische Versorgung der Landbevölkerung sicherstellte – sie alle setzten täglich ihr Leben aufs Spiel.

Später hatte sie Rosa kennen gelernt und durch sie waren die Schandtaten und Gräuel in unmittelbare Greifbarkeit gerückt. Rosa, ein schlankes Mädchen von etwa siebzehn Jahren mit prachtvollem, schwarzen Haar, das ihr bis zur Taille herab fiel, hatte sie eines Tages auf der Straße angesprochen. Julia kannte sie von den Versammlungen her, die von der Frauenorganisation einberufen wurden, um die Frauen des Ortes für die Idee der Kooperative zu gewinnen. Und Rosa war eine ihrer eifrigsten Besucherinnen. So oft sie sich diese erste unmittelbare Begegnung in Erinnerung rief, kam stets das eine Bild auf sie zu: sie sieht Rosa in der prallen Sonne stehen, auf ihren Lippen schwebt ein entrücktes, selbstvergessenes Lächeln, das sich der Deutung durch Unbedarfte entzieht, aber anrührt, wer sich darin vertieft – ein Lächeln, das nicht weiter entfernt hätte sein können von Lebenslust oder Freude. (Erst sehr viel später sollte ihr aufgehen, was es mit diesem Lächeln auf sich hatte – seine Trägerin war im Tiefsten verwundet.) Die Tatsache seines Erscheinens hatte sie in ungläubiges Erstaunen versetzt sowie die ersten Worte über Rosas Lippen kamen.

„Schau'n Sie, ich würde so gerne mitmachen, aber ich fürchte es geht nicht... Ich weiß nicht, ob ich hiermit arbeiten kann ... in einer Schneiderei ... mit einem Arm!"

Ohne dass Julia recht begriff, worauf sie hinauswollte, hatte Rosa unversehens den Ärmel ihrer Bluse gelüftet und ihr den zerschmetterten Oberarm entgegengestreckt. Zum Vorschein kam eine breite, rosige Narbe, an deren Rändern sich die Haut faltig zusammenzog. Ein wulstiger Auswuchs, unterhalb der Achsel beginnend, zog sich fast bis zur Armbeuge hinunter und sonderte beidseitig ein eitriges Sekret ab. Die Entzündung war, wie Rosa erklärte, dabei den Knochen anzugreifen. „Der Arzt sagt, der Arm muss amputiert werden, wenn das nicht aufhört."

Als wäre das Gesagte ein zwischen sie geworfener Stein, hatte Julia sie fassungslos angesehen. Als kochte die Luft wälzte sich unerträgliche Hitze über sie und verschnürte ihr die Kehle, der Speichel veröedete in ihrem Mund, während sie sich mühte, Rosas beharrlichem Blick standzuhalten, in ihr kleines, straffes Gesicht zu sehen, aus dem das Haar zurückfloss zu einer dicken Flechte im Nacken. Endlich nach einer langen Weile: „Woher hast du das?"

„Eine Schussverletzung. Am Anfang hieß es noch ich hätte Glück gehabt, weil es ein glatter Durchschuss war... Aber jetzt sieht es so aus, als würde ich den Arm verlieren", erklärte Rosa in fast gleichmütigem Ton.

Julia sah sich im Spiegel ihrer Augen, pechglänzende, längliche Augen, schön und schwermütig zugleich, und es überkam sie ein Gefühl der Scham. Scham wegen ihres bequemen, von Verheerung und Todesschrecken unbehelligt gebliebenen Lebens und sie wusste, dass dies weder Zufall noch Schicksal war. Sie stand ratlos vor dieser moralischen Ausweglosigkeit. Wenn Verstehen die Fähigkeit bedeutet, sich in die Lage derer zu versetzen, die Schlimmes erleiden, wovon man selbst verschont bleibt, sich an ihre Stelle zu setzen, um den Vermittlungen nachzuspüren, die für die unterschiedlichen menschlichen Zustände empfänglich machen, müsste es dann nicht auch ein Wort geben, das zu sagen wäre? Es gab keins.

Rosa war, wie aus innerem Antrieb, fortgefahren zu erzählen, weltvergessen der Beiklang in ihrer wohlklingenden, dunklen Stimme, als wäre es einerlei, ob ihr jemand zuhörte. Sie sprach für sich allein. „Da, wo wir lebten, konnten wir nicht länger bleiben. Wir hatten schon Morddrohungen erhalten, *contras*, die in der Gegend umherzogen, hatten Erkundigungen über unsere Familie eingeholt. Zwei meiner Brüder Offiziere im EPS, mein Vater überzeugter Sandinist, wenige Nachbarn, denen wir vertrauten... Da haben wir eines Tages alles steh'n und liegen lassen und sind hierher..." Ihre Hände an den herabhängenden Armen hatten sich ineinander verkrampft, ihre Rede holperte über stockenden Atem. „Wir waren fünf Familien auf zwei Lastwagen verteilt und dann ... wir kamen gerade durch eine Kurve, als plötzlich der Krach losging ... Mein Papá auf der Stelle tot, Leonel, mein kleiner Bruder, war erst drei Monate alt, er starb auf dem Weg ... und ich das hier ..." Wie abwesend fügte sie hinzu: „Was ich noch weiß ... die *compas*, die uns zu unserem Schutz begleiteten, schossen sofort zurück... An mehr kann ich mich nicht erinnern, mir wurde schwarz vor den Augen ... sie sagen, ich war ohnmächtig."

Während Julia ihrem Bericht zuhörte, sprangen ihr Bilder entgegen, die offenbarten, dass sie nicht annähernd eine Ahnung davon hatte, was das bedeutete – Krieg. Kurzschluss der Sprache. Zwischen dem Geschehen und dem Wort klaffte das Unfassbare, eine unartikulierbare Dichte, die sie zwischen den stoßweise vorgebrachten Sätzen hatte aufblitzen sehen. Die Geschichte hatte sie zutiefst erschüttert, dass sie ihre Gedanken kaum sammeln konnte, die in ihrem Kopf in alle Richtungen schnellten wie abgeschossene Pfeile, verzweifelt nach irgendeinem Ausweg suchend, als ihr plötzlich ein glücklicher Einfall kam. Wenn sie auch Rosas seelische Qualen nicht lindern, den Jammer aus ihrem Herzen nicht vertreiben konnte, so gab es vielleicht doch noch eine Möglichkeit, die Amputation zu verhindern! Spontan hatte sie Rosa vorgeschlagen, sie ins Hospital zu begleiten, da sie wusste, dass mit der neuen Gesundheitsbrigade aus Deutschland ein Chirurg eingetroffen war. Ihm wollte sie Rosa vorstellen. Es hatte einigen Zuredens bedurft, bis sie Rosa davon überzeugen konnte, ihren Vorschlag anzunehmen.

Der Arzt, ein hoch gewachsener, schlaksiger Typ um die vierzig, der sich mit Bertold vorstellte, zeigte sich Tage später zuversichtlich, nachdem er die Röntgenbilder betrachtet hatte, obwohl er einräumen musste, dass die Qualität der Aufnahmen zu wünschen übrig ließe. „Die Gerätschaften sind total veraltet. Amerikanisches Fabrikat, also keine Aussicht auf Ersatzteile." Er riet zu einer erneuten Operation, denn die Knochenhaut sei unversehrt, aber die Wunde müsse dringend geöffnet und gereinigt werden. Das alles hatte er in holprigem Spanisch vorgetragen, untermalt mit einem schauderhaften schwäbischen Akzent. Julia beobachtete wie Rosa erbleichte bei dem Gedanken an die ihr bevorstehende schmerzhafte Prozedur, doch dann schien sie beschlossen zu haben, an das Unmögliche zu glauben und sich dem weißen Medizinmann anzuvertrauen. Was am Ende den Ausschlag gegeben hatte, war schwer zu sagen. Vielleicht war es Bertolds behutsame, anteilnehmende Art gewesen, mit der er versuchte, ihr die Chancen für eine Heilung auseinander zu setzen, vielleicht auch die hypnotische Wirkung seiner meerblauen, gescheiten Augen hinter den randlosen

Brillengläsern, warum Rosa schließlich ihre Angst bekämpfte und in die Operation einwilligte.

„Haben Sie seine Augen gesehen? ... Himmel! Was für ein Blau ... sooo blau!" hatte sie Julia beim Verlassen des Behandlungszimmers zugeflüstert. Es hatte geklungen wie eine Beschwörung, als hätte sie in dieses Blau all ihre Hoffnungen gelegt – ihr ganzes Leben!

# 4

**D**er Versammlungsort war ein fensterloser kahler Raum, Fußboden und Wände aus rohem Holz. Ein breiter Balken Sonnenlicht flutete durch die offene Tür. Es war heiß unter dem von Hitze aufgeladenen Wellblechdach, das unzählige Löcher aufwies, durch die sich das martialische Licht der Mittagssonne zwängte und ein Gestirn aus funkelnden Lichtpunkten entstehen ließ. Darunter saßen Frauen fast jeden Alters auf zwei Bankreihen verteilt in Atem nehmender Schwüle. Flirrende Sonnensprenkel lagen auf höckrigen Fingerknöcheln im Schoß gefalteter Hände, auf schwarzem, schimmerndem Haar, dem Profil eines Mädchengesichts, dem leuchtend weißen Verband um Rosas Arm, der in einer Schlinge steckte. An Rosas Seite und kaum von ihr wegzudenken saß Luca, eine stattliche Erscheinung und um Jahre älter als Rosa. Sie war in einem Alter, wo die guten Sitten es verlangten, die Anrede Doña vor ihren Namen zu setzen, was gleichbedeutend damit war, dass sich die Spannbreite weiblicher Erfahrung in ihr vollendet hatte. Luca war dunkelhäutig und von kräftiger Statur, alles an ihr wirkte robust; es ging etwas Erdhaftes, in sich Ruhendes von ihr aus, das sie gegen alle Anwürfe der Welt zu wappnen schien. Wer sie näher kannte aber wusste, dass ihr Gleichmut die Abriegelung gegen ein Trauma aufrechterhielt, das sie mit Rosa teilte.

In der Nähe des Lichteinfalls ließ das blendende Gegenlicht die Gesichter im Halbdunkel verschwimmen, nur das Augenweiß und schimmernde Zahnreihen blieben als Referenzpunkt bestehen. Ein leises Gemurmel aus lebhaften Satzmelodien machte die Runde, in das sich ab und zu das dunkle, heisere Lachen Conchitas mischte, ein energiegeladenes Persönchen von kleinem Wuchs mit ausdrucksvollen Augen und einem straffen, kräftigen Körper. Nicht zuletzt ihrem unermüdlichen und begeisterten Einsatz für die Idee der Kooperative war es zu verdanken, dass die Versammlungen mit jedem Mal zahlreicher besucht wurden. Julia betrachtete erregt die schwankende Brücke zwischen ihr und den Frauen. Sie hatten sich eigens für die

Versammlung zurechtgemacht, für ein Ereignis, das auf seine Weise in ihrem Leben Einmaligkeit besaß. Die Frische gebleichter Blusen, die farbig gemusterten, mit Volants besetzten Kleider, das Aufschimmern vergoldeter Ohrgehänge und der Geruch von billiger Seife verliehen der Zusammenkunft bescheidene Feierlichkeit – Anstalten, wie sie Frauen überall auf der Welt trafen, sobald sich eine Gelegenheit bot, aus dem Schattenreich ihres Daseins herauszutreten, um der Welt zu begegnen. Aber es waren auch solche darunter, die dergleichen nicht mittun konnten, denn ihr Leben war zu kümmerlich, der Kampf um den Platz in der Welt zu hart, als dass ihnen der Sinn nach Äußerlichkeiten stünde. Diese Frauen, die in ihren abgetragenen und ausgebesserten Kleidern erschienen waren, die rauen, schuppigen Füße in Plastiksandalen, hatten sich über die Dürftigkeit ihres Lebens von sich selbst so weit entfernt, dass ihnen über den Grad dieser Entfernung verborgen blieb, dass auch sie Anteile jenes geheimnisvollen Reservoirs besaßen, das Menschen mit Schönheit ausstattet – eine eigenwillige Form der Schönheit, wie sie nur hier anzutreffen war. Doch hier, in diesem Kreis, provozierte Armut keine falsche Scham mehr, jenes unwahre Gefühl, das dadurch erweckt wird, dass man die Armen dazu bringt, sich selbst mit den kalten Augen derer zu sehen, die ihnen alles vorenthalten. Sich selbst jeglichen menschlichen Wert abzuerkennen, das gehörte zum Glück einer anderen Zeit an. Alle, die hier versammelt waren, teilten das gleiche Los, ungeachtet des Gefälles, das in Wirklichkeit eines unter Besitzlosen war. Ihre Gemeinschaft beruhte auf der Gleichheit in der Armut und Armut war eines ihrer Bindeglieder.

Julia saß vorne links neben Gloria, ihres Zeichens Verantwortliche der Frauenorganisation, blutjung und hübsch und stets wie aus dem Ei gepellt, unter welchen Umständen auch immer man sie antraf. Kurz, sie war das, was man eine gepflegte und adrette Erscheinung nennt. Sie trug eine blütenweiße Bluse und Jeans, die bei den jungen Leuten sehr in Mode waren. Gloria hatte die Sitzung mit einer förmlichen Begrüßung eröffnet und alle Aufmerksamkeit war jetzt auf sie gerichtet. Niemand kümmerte sich um das Kleinkind, das auf krummen, mit weit gespreizten Beinen zwischen den Erwachsenen umhertorkelte und sich schließlich zu Lucas Füßen auf sein

Hinterteil plumpsen ließ. Luca nahm den Kleinen auf und wiegte ihn auf den Knien, woraufhin er bald einschlief. Wie so oft, wenn Gloria – sonst sprühenden und spontanen Wesens – in ihre offizielle Rolle schlüpfte, benutzte sie eine formelhafte Sprache, eine Art Funktionärssprache fiel dann aus ihr heraus, die aus dem Mund rieselte wie Trockeneis. Es war dies ein Art des Sprechens, wo die Wörter die Starrheit von Denkmälern annehmen und Distanz schaffen, wo das revolutionäre Vokabular nicht nur die Lebendigkeit gelebter Erfahrung einbüßt, sondern auch einen Beiklang von Unwahrhaftigkeit erhält. Das Dilemma bestand darin, dass Gloria – wie vielen jungen Leuten dieser jugendlichen Revolution – eine Position mit hoher Verantwortung zugefallen war, die es mit sich brachte, dass die Entfaltung eigenen Gestaltungswillens unter dem Druck übergeordneter Erfordernisse behindert wurde. Leitsätze und Richtlinien, denen in dem neuen Staatswesen zu folgen waren, waren mit spontaner Unvoreingenommenheit nicht immer zu versöhnen.

Gloria hatte ihre Rede damit begonnen, die Erwartungen der Frauenorganisation darzulegen, die man mit der Entstehung der Kooperative verband. Es handelte sich um Vorschläge für die künftige Vorgehensweise, um Beurteilungen der gegenwärtigen wirtschaftlichen Lage. Sie strich die Verantwortung der Anwesenden gegenüber dem Gemeinwesen heraus und warnte davor, sich mit den Erzeugnissen der Kooperative an der allseits ins Kraut schießenden Spekulation zu beteiligen. Der Versorgung der Bevölkerung mit bezahlbarer Kleidung müsse absolute Priorität eingeräumt werden, denn solche, die aus Knappheit und Krieg Gewinn schlugen, sich am Mangel schamlos bereicherten, gebe es schon genug, womit sie auf das Treiben der Schwarzhändler anspielte, deren Aktivitäten zur Verknappung lebenswichtiger Güter beitrugen. Sie gab zu verstehen, dass die Regierung an diese Bedingung die monatliche Stofflieferung knüpfen werde. Dann erinnerte sie daran, dass viele helfende Hände sich ihnen entgegengestreckt hatten: da sei – nicht hoch genug zu schätzen – die internationale Solidarität, die ein kleines Wunder auf den Weg gebracht habe, das Werk einiger emsiger deutscher Aktivistinnen, die sich ihrer Sache angenommen hätten, der Sache von Frauen, die sie nicht einmal persönlich kannten. Nicht zu vergessen das Entgegenkommen der Gemeindeverwaltung, die ihnen ein Haus in vortrefflicher Lage zum Geschenk gemacht habe, groß und geräumig, genau so wie sie es für einen Betrieb, wie er allen vor Augen stand, benötigten. Und schließlich gebe es die Zusage des Erziehungsministeriums, eine Lehrerin für Alphabetisierungs- und Mathematikkurse zur Verfügung zu stellen. Mit Blick auf Julia setzte sie mit Nachdruck hinzu: „Und dann ist da noch unsere *compañera* Julia, die von weit herkommend auf sich nimmt, von Angehörigen und Freunden für lange Zeit getrennt zu sein, um mit uns etwas aufzubauen, was großartig ist! Diese Haltung verdient unseren tiefsten Respekt!"

Julia errötete heftig unter dem einsetzenden Applaus, den teils fürsorglichen, teils mitleidigen Blicken des Auditoriums ausgesetzt. Aber Gloria hatte den Faden schon weitergesponnen: all das verpflichte zur Solidarität mit der Landbevölkerung, den Landkooperativen, die ihrerseits gerechtere Austauschbeziehungen erwarteten. „Das ist ein Versprechen, das wir den Leuten gegeben haben, als wir begannen, uns nach Unterstützung umzusehen ... Wir haben Hoffnungen geweckt, die wir nicht enttäuschen dürfen!" schloss sie emphatisch mit einem Glimmen in ihren von langen Wimpern umrandeten Augen, das sie noch hübscher machte. Gloria erteilte nun Julia das Wort.

Noch ganz von Glorias Pathos benebelt, nach fern liegenden Worten in der fremden Sprache suchend, beschränkte sich Julia in einer knapp gehaltenen Rede, die der Nüchternheit ihres Naturells entsprach, darauf, was in nächster Zeit zu erwarten war, wobei der übliche Umweg über die hierzulande unausbleiblichen, kommunikativen Nebenschauplätze zu nehmen war, bevor man auf den Kern einer Sache zu sprechen kam: Maschinen und Ausrüstung würden gerade im Hafen von Corinto verladen und müssten jeden Tag eintreffen. Als wäre ein Energiestrom durch alle hindurchgegangen, zeigten die Frauen nach dieser Ankündigung plötzlich eine ausgesprochene Regsamkeit, die im Widerspruch zu ihrer bisher an den Tag gelegten abwartenden Zurückhaltung stand, die sich nicht zuletzt auch der Beimischung einer gewissen Skepsis verdankte. Schließlich hatte die Fremde, die so plötzlich aufgetaucht war, Greifbares bislang nicht vorzuweisen gehabt, außer der Ungreifbarkeit einer Idee. Welchen Grund konnte es daher geben, all den aufmunternden Reden zu vertrauen, denen sie seit Wochen zuhörten? Wenn sie eins im Leben genug gehört hatten, dann waren das leere Versprechungen. Frauen, deren Tag zwischen drei und vier Uhr früh begann, in deren Leben die zuverlässigste Erscheinung die Mühsal ihres Erwerbslebens war – ja ihnen fast übermenschliche Kräfte abverlangte –, solche Frauen hatten keine Zeit mit Träumereien zu vertrödeln.

Jetzt musste nur noch ein Name für die Kooperative gefunden werden. Viele Einrichtungen des öffentlichen Lebens, Plätze, Straßen, Märkte, Schulen trugen Namen von Frauen und Männern, die für die Befreiung des Landes ihr Leben gegeben hatten – Namen gegen das Vergessen. Das Gedenken an die Helden und Märtyrer, wie man die Toten verehrungsvoll nannte – Heiligen ähnlicher als Helden –, war in eine Volkskultur eingegangen, die sich bewusst war, dass deren Menschenschicksal mit dem der Heutigen aufs Engste verbunden war. Wiederum war es Conchita, die den Vorschlag *Cooperativa Idania Fernandez* machte und die entscheidenden Ereignisse, welche das Leben dieser außergewöhnlichen Frau beendet hatten, aus dem Gedächtnis zusammenfasste: nach einem Sturmangriff der *guardia* auf ein Haus in León, wo sie sich mit anderen *compañeros* der FSLN während eines geheimen Treffens aufgehalten hatte, war sie nach ihrer Gefangennahme zunächst verschleppt, dann im Fort von Acosasco vergewaltigt und ermordet worden. Der Vorschlag wurde ohne Einspruch angenommen.

Alle erhoben sich von ihren Plätzen und traten in kleinen Gruppen ins Freie, wo sie noch eine zeitlang verweilten. Draußen ging die Unterhaltung um die letzte Entscheidung der Regierung: nachdem die Subventionierung von Grundnahrungsmitteln schon vor Monaten abgeschafft worden war, hatte man jetzt auch deren Rationierung aufgehoben. Zucker, Seife, Reis, alle Artikel des täglichen Bedarfs durften nun frei verkauft werden, wenn auch die Festsetzung der Preise weiter bestand. Zwar war das System der Lebensmittelkarten bei den Leuten nicht unbedingt beliebt, schließlich deutete es auf einen prekären Zustand hin, aber es hatte zumindest die allgemeine Versorgung bis zu einem gewissen Grade sichergestellt. Jetzt konnte es hingegen passieren, dass finanzkräftige Hintermänner größere Mengen an Waren aufkauften, die auf diese Weise der Zirkulation entzogen wurden, um sie im geeigneten Moment, wenn der Markt ausgetrocknet war, gewinnbringend loszuschlagen, während für die Armen unter den Bedingungen dieses künstlich geschaffenen Mangels viele Produkte nicht mehr erreichbar waren. Was als Maßnahme gegen den Schwarzhandel gedacht war, entpuppte sich als stumpfe Waffe, denn dem Problem war dadurch nicht beizukommen, dass man die Versorgung mit Grundnahrungsmitteln wieder dem freien Markt überließ. Bestenfalls traf man die mit der Rationierung verbundene Korruption, die sich der Struktur des Verteilungssystems bemächtigt hatte, indem große Mengen an Nahrungsmitteln, ja manchmal ganze Lastwagenladungen verschoben und irgendwo eingelagert wurden, um auf dem Schwarzmarkt höchstmögliche Gewinne zu erzielen. Mit der Aufhebung der Rationierung hoffte die Regierung diesem Betätigungsfeld den Boden zu entziehen.

Aus der Unterhaltung war Besorgnis herauszuhören, die Regierung hatte zwar die Löhne erhöht, um die Maßnahme abzufedern, aber keine der Frauen stand in einem formalen Arbeitsverhältnis. Umso dringlicher schien es, das Projekt endlich in Schwung zu bringen und mit der Arbeit zu beginnen.

Nur Rosa und Luca standen noch abwartend in der Tür, statuengleich mit Gesichtern wie aus Lehm geformt, zwischen beiden Lucas' Söhnchen auf dicken, wippenden Beinchen, an deren Ansatz kleine Fettwülste unter der Stoffwindel hervorquollen.

„Kommen Sie nicht mit?" fragte Rosa an Julia gewandt und löste sich aus dem Standbild zweier *indias*. Was als Bewusstsein am Boden des Gedächtnisses kaum mehr zu finden war – die Zugehörigkeit zu einer fernliegenden Kultur – hatte als rudimentäre Zeichen in der Beschaffenheit der Gesichter überlebt: schwarze, länglich geformte Augen, vorspringende Wangenknochen, der leichte Bogen des Nasenrückens, auslaufend zwischen gewölbten Nasenflügeln. „Ich wollte Ihnen doch noch berichten, was der Doktor gesagt hat." Rosa lächelte glücklich, glücklich ohne Überschwang, offensichtlich war sie davon überzeugt, dass die Operation geglückt war, denn der Heilungsprozess verlief gut.

„Gehen Sie nur schon nach Hause, *compañeras*", ich habe mit Julia noch etwas zu besprechen", antwortete Gloria an Julias Stelle. Danach verschwand sie hinter der Tür eines Nebenraumes, die in rostigen Scharnieren hing und schleifte.

Luca nahm ihr Söhnchen hoch, dessen nacktes Bäuchlein sie schalkhaft mit Küssen bedeckte, während sie ihn ansah mit Augen, wie nur sie ihn sehen konnte. Der Kleine gab glucksende Laute des Vergnügens von sich. Dann setzte sie sich das Kind auf die Hüfte, mit einem Zipfel ihres Kleides entfernte sie den Schmutz an seinen Händchen.

„Wir sehen uns morgen." Julia lächelte den beiden Frauen aufmunternd zu, woraufhin diese in die Helligkeit hinaustraten – ein ungleiches Paar, das eine Freundschaft pflegte, die wie eine wärmende Flamme zwischen ihnen brannte. Sie sah ihnen noch eine Weile nach. Die Jüngere hielt die Ältere zwanglos um die Taille gefasst, ihre Silhouetten vor der blendenden Mittagshelle, ohne dass die Spur eines Schattens an ihnen haften blieb. Es lag in diesem Bild eine Intensität, die gleichzeitig die Tiefe eines Abgrundes vorstellbar machte. Ein Abgrund, in den zu stürzen für beide Gefahr bestand, würde die eine sich von der anderen lösen, der Damm brechen in Richtung auf einen Zustand hin, in dem die Persönlichkeit Stück für Stück in Fetzen ginge. – Gemeinsam erlittene Qual hatte dieses Magnetfeld zwischen ihnen aufgebaut, zugefügter Schmerz kam zur Ruhe in einer einigenden, unscheinbaren Berührung, die Hand der einen um die Taille der anderen gelegt, verteilte die Last, an der sie trugen... Wie Rosa war Luca Vertriebene aus demselben Dorf, wie sie Überlebende des Schreckens, auch in ihrem Gedächtnis eingebrannt die durchzuckte Gestalt von Rosas Vater, in den Armen den Sohn, hintenüber geschleudert von der Wucht einer todbringenden Kraft, eingeätzt das Bild der leblosen, ausblutenden Körper auf den Planken der Ladefläche, in Angstträumen heimgesucht auch sie vom Stöhnen der Verwundeten, wiederkehrend die Schreie der Kinder, ungehört unterm ohrenbetäubenden Krachen der Schüsse...

Julia begab sich zu Gloria in den Nebenraum, der trotz des geöffneten Fensters kaum weniger düster wirkte als jener, in dem sie ihre Versammlungen abhielt. Die Holzwände waren am Saum von graugrünem Schimmel befallen, Fäulnis fraß sich durch die Bretter, die von rostigen Nägeln gehalten wurden. An einer Wand hing die obligatorische Wandzeitung, wie sie in vielen öffentlichen Räumen zu finden war, um über die wichtigsten Ereignisse im Lande zu informieren. Hier war über die Entwicklung der Produktion ebenso zu lesen wie über die militärische Situation, wichtige Reden der jeweiligen Revolutionsführer konnten da nachgelesen werden und auch die Aktivitäten der internationalen Solidarität fanden ausgiebig Erwähnung. Julias Blick fiel auf eine Überschrift: Bischof Monsc͂nor Obando y Bavo vom Papst zum Kardinal ernannt! Der Vatikan zeigte Flagge! Mit der Aufwertung eines zwielichtigen Kirchenfürsten, der aus seiner Sympathie für die Gegner der Revolution keinen Hehl machte, hatte er den dunklen Kräften der Reaktion die Absolution erteilt. Eine weitere Nachricht schlug in die gleiche Kerbe: Bischofskonferenz spricht sich gegen das Gesetz der allgemeinen Wehrpflicht aus.

Hinter dem Schreibtisch, der wegen der herrschenden Enge massiger wirkte als er war und fast den halben Raum einnahm, wirkte Gloria noch zierlicher. Ihre Arme lagen mit ineinander gelegten Händen auf der leergefegten Tischplatte. Sie lächelte. „Setz' dich!" Sie blickte Julia mit ihren nachtdunklen Augen unter den schön geschwungenen Brauen ihrer hohen Stirn, aus der das kinnlange Haar mit zwei Kämmen zurückgesteckt war, unverwandt an. Wenn sie diesen Blick aufsetzte fiel auf, dass sie einen leichten Augenfehler hatte, das linke Auge stand eine Idee zu weit nach innen, woran das Gesamtbild ihrer Erscheinung jedoch keinen Schaden nahm. Im Gegenteil, dieses kleine, abweichende Detail unterstrich nur ihre Attraktivität.

Julia setzte sich auf einen Stuhl an der Wand und schlug die Beine übereinander. Zur Begegnung von Frauen gehört nicht selten eine Art der Selbstbespiegelung (zumindest solange wie gewisse weibliche Reize eine Identität stiftende Rolle spielen), eine kritische Bewertung der eigenen Vorzüge gegenüber der anderen. Derlei Reflexen nachzugeben, hätte eigentlich ihrem Selbstbild einer durch den Feminismus aufgeklärten Frau zuwiderlaufen müssen, wäre sie sich des Vorgangs nur bewusst gewesen, aber im Labyrinth des Unbewussten bleibt immer ein Bodensatz bestehen, über den man sich keine Rechenschaft geben kann. In Glorias Gegenwart wurde Julia deutlich, dass sie nicht schön war. Nein, das gehörte in eine andere Kategorie. Ihre Grazie bestand dagegen in einem schlanken, hochgewachsenen Körper, der sich selbstsicher und entschlossen bewegte, und ihr Gesicht besaß jene hintergründige Intensität, die sich einstellt, wenn die Jugend allmählich verblasst und sich den Zügen die Individuation der ganzen Persönlichkeit aufprägt – jenseits abstrakter Schönheit. Siebenunddreißig war sie jetzt. Sie konnte also zufrieden sein. Sie fuhr sich mit beiden Händen durchs Haar und versuchte aus den widerspenstigen, glatten Strähnen im Nacken einen Knoten zustande zu bringen, der sich aber sogleich wieder löste. Es war entsetzlich heiß, ihr war, als hätte ihr jemand ein Bügeleisen ins Genick gesetzt. Als sie die Arme wieder sinken ließ, blieben diese in Achselnähe am Körper kleben und sie fühlte die Nässe von Schweißrändern an ihrer ärmellosen Bluse. Wie machte Gloria das bloß? Zu keiner Zeit sah man ihr die Auswirkungen dieser allgegenwärtigen, alles verzehrenden Hitze an, immer der gleiche stumpfe Glanz auf ihrer kupferfarbenen Haut, die gleiche ungebremste Vitalität in ihren Bewegungen. Julia sah Gloria mit kaum verhohlener Ungeduld aus ihren graugrünen Augen an, die Wimpern benetzt von Schweiß; sie schwitzte dicke Tropfen. Ermattet lehnte sie sich im Stuhl zurück und zündete sich eine Zigarette an.

„Was gibt's denn?"

Gloria legte den Kopf ein wenig schräg. „Ich hab meine Versetzung durch!" Ihr Oberkörper neigte sich nach vorn, die Handflächen berührten die Tischplatte, die angewinkelten Arme standen von ihrem Körper ab wie Heuschreckenbeine. Ein freudiges Lächeln überstrahlte das ganze Gesicht, wobei am äußersten Ende des einen Mundwinkels ein Goldzahn aufblinkte.

„Deine Versetzung…?"

„Ja, ich gehe! Zwei Jahre in diesem Nest, das reicht! Du weißt, ich habe eine zweijährige Tochter, die mich braucht und irgendwo gibt es auch noch einen Mann, den ich eine Ewigkeit nicht gesehen habe. Kann mir jemand sagen, wozu eine Ehe taugt, wenn man nicht zusammenleben kann? Ich geh' wieder nach Managua, wo ich hingehöre ... zu meiner Familie." Sie betrachtete aufmerksam ihre schlanken Handrücken, die ovale Form ihrer gepflegten Fingernägel. „Ich glaube, ich hab hier meine Pflicht getan! Jetzt möchte ich miterleben, wie meine Kleine aufwächst."

Seltsamerweise nahm Julia die Mitteilung ohne Überraschung auf, so als hätte sie Glorias Entscheidung schon lange erwartet, obwohl sie ihr gegenüber nie erwähnt hatte, dass sie ihre Versetzung betrieb. Es kam ihr so vor, als wäre Glorias Entschluss, der jetzt mit Vehemenz vorgetragen wurde, schon länger atmosphärisch vorhanden gewesen. Doch entging ihr auch der Tonfall künstlicher Entschlossenheit nicht, weshalb ihr der Gedanke kam, dass Glorias Wunsch, ihr zwischen familiären Ansprüchen und politischer Aufgabe zerrissenes Leben in geregelte Bahnen zu lenken, nicht unbedingt ihren wahren Gefühlen entsprach, sondern vielleicht auf Drängen des Mannes zustande kam. Immerhin hatte Julia bei Gloria den Eindruck gewonnen, dass ihr ihre Eigenständigkeit durchaus etwas bedeutete, selbst vor dem Hintergrund, dass das Leben in diesem Nest – wie sie es ausdrückte – alles andere als einfach, ja in mancher Hinsicht sogar gefahrvoll war. Dafür sprach der Enthusiasmus, mit dem sie an ihre Aufgaben heranging, und unbeschadet des einen oder anderen Misserfolgs, trug sie doch ein starkes Selbstbewusstsein zur Schau. Nach all diesen Dingen zu fragen, wäre Julia jedoch nicht in den Sinn gekommen, denn die Thematisierung persönlicher Angelegenheiten entsprach nicht der Art ihres Umgangs miteinander, ihr Verhältnis beschränkte sich vielmehr auf die Ebene kooperativer Zusammenarbeit. Darüber hinaus war es zu keiner Annäherung gekommen. Sie waren sich fremd geblieben und Julia spürte, dass es nicht allein der Altersunterschied war, der verhinderte, dass die Kluft, die zwischen ihnen bestand, sich verringerte. In ihnen standen sich zwei Welten und zwei Leben gegenüber, wie sie ungleicher nicht hätten sein können, dass sie sich gegenseitig erst hätten erforschen müssen, um eine Brücke zu schlagen, die sie einander hätte näher bringen können. Aber warum war es dazu nicht gekommen? fragte Julia sich jetzt. Sie versuchte die Frage nach verschiedenen Seiten hin abzuwägen und ihr dämmerte, dass so einige der ihr geläufigen feministischen Postulate gerade auf Grund liefen, weil sie in diesem Zusammenspiel wenig taugten. Wenn es auch eine anerkannte Tatsache war, dass die Diskriminierung der Frau in einer von Männern dominierten Welt eine weltumspannende weibliche Erfahrung war, so war diese Wirklichkeitsnorm noch kein Beweis für das Vorhandensein einer gemeinsamen Plattform. Es genügte, den Alltag der Frauen, mit denen sie tagtäglich in Kontakt kam, zu beobachten, um zu erkennen, dass jede Verallgemeinerung über die vulgäre Ungleichheit des Lebens hinweg glitt, die ein Symbol des Abgrunds war, der zwischen ihr und den anderen klaffte. Ob im Haus oder auf dem Feld, ob auf den Märkten oder in den Haushalten der Begüterten – Tag um Tag arbeiteten diese Frauen hart, ohne je zu ruhen, ohne die geringste Aussicht, jenes Maß an materieller Unabhängigkeit zu erreichen, das ihnen erlaubte, sich über den Rand ihres Daseins hinauszuheben. Wie aber verhielt es sich mit Gloria, einer Funktionärin der Frauenorganisation? Immerhin erhielt Gloria einen Lohn, der kaum für Überflüssiges, doch für alles Notwendige auszureichen schien, und sie verfügte über eine solide Schulbildung, die es ihr ermöglichte, einen anspruchsvollen Beruf auszuüben. Aber wahrscheinlich handelte es sich um eine Art Projektion, wegen dieser bloßen Tatsache anzunehmen, dass es mit ihr hätte leichter fallen müssen, sich auf einer irgendwie gearteten gemeinsamen Ebene zu treffen. Wiederholt hatte sich ein Gefühl unbefriedigter Erwartungen eingestellt. Julia hätte sich gewünscht, über Gloria an den lebhaften Debatten teilzuhaben, die innerhalb des Frauenverbands geführt wurden. Anders als die feministischen Bewegungen der Wohlstandsgehege, war die Frauenvereinigung AMNLAE eine Massenorganisation, deren Zweckbestimmung es war, die Gesamtheit der Frauen unter ihrem Dach zu vereinigen. Gleichwohl artikulierten sich in ihr verschiedene Strömungen – einig darin, dass der Kampf gegen die Unterdrückung der Frau mit der Revolution nicht beendet war, schieden sich die Geister an der Frage, welche Rolle dem Mann bei der Umgestaltung weiblicher Lebensbedingungen zukommen sollte. Aber was gingen Gloria die Erwartungen einer Julia an? Wo das Nächstliegende drängte und nach praktischen Lösungen verlangte, blieb kein Gedanke, kein Raum für irgendetwas anderes. Was auf den Dorfversammlungen zur Sprache kam, stammte aus dem Reich der Notwendigkeiten, alles drehte sich um die stets gleichen Vorgänge im täglichen Dasein. Da ging es um Fragen der Gesundheitsvorsorge, die Zuteilung von Land für den Anbau von Gemüse, um Erwerbsmöglichkeiten für das Überleben einer vielköpfigen Familie, ein Stück Wellblech für die Reparatur eines Daches, die Errichtung eines Brunnens, um die Unterstützung der Witwe eines gefallenen *compañeros* und manchmal auch darum, einen Streit untereinander zu schlichten. Was sich beiläufig-mittelbar dabei enthüllte, war die Überforderung mit einem von der christlichen Moral vorgeschriebenen Paarungssystem, mit der erdrückenden Bürde aufeinander folgender Schwangerschaften als Zugabe. Tagein, tagaus war Gloria damit beschäftigt, auf die Bedürfnisse dieser Frauen eine Antwort zu finden. Und die Kooperative war so eine Antwort. Die geteilte Verantwortung, für deren Entstehen zu sorgen, war ihre einzige Vertraulichkeit geblieben.

Über all das grübelte Julia nach, während sie Gloria gegenüber saß, die Papier und Bleistift zur Hand genommen hatte und sich über den Verlauf der *asamblea* Notizen machte. Sie warf den Zigarettenstummel aus dem Fenster. Von hier aus konnte man auf den Gefängnishof blicken, eine ungefähr fünfzig Quadratmeter messende Freifläche gleich hinter dem Polizeirevier. Drei Männer saßen vor einer lang gestreckten Baracke auf einem Betonvorsprung unter freiem Himmel. Es waren Häftlinge und die geöffneten Türen hinter ihnen Zellentüren. Es umgab das Gelände keine Mauer, nur ein etwa drei Meter hoher Maschendrahtzaun, gesichert durch eine umlaufende Stacheldrahtreihe darüber. Manchmal sah man Verwandte am Zaun sich mit den Häftlingen unterhalten. Es gab offenbar keine besondere Vorschrift, nach welcher der Gewahrsam der Insassen geregelt war; tagsüber standen die Zellen immer offen und es schien auch keine eigens für sie abgestellten Wachen zu geben.

„Was wirst du in Managua tun?" brach Julia das eingetretene Schweigen. „Wirst du zu Hause bleiben?"

„Wo denkst du hin!" Gloria richtete sich auf. „Auf gar keinen Fall! Ich werde natürlich wieder arbeiten, man wird etwas für mich finden, das ist sicher. – Es gibt so viel zu tun in diesem Land..." fügte sie nachdenklich hinzu. „Wie könnte ich mich da in meine vier Wände zurückziehen!"

„Und was wird jetzt aus unserem Projekt? Es freut mich natürlich, dass du für deine persönliche Situation eine Lösung gefunden hast, aber hast du dir auch Gedanken darüber gemacht ... ich meine, alleine traue ich mir nicht zu ..."

Gloria unterbrach sie mit einer abwinkenden Handbewegung. „O darüber mach' dir mal keine Sorgen", erklärte sie leichthin, jetzt wo ein Anfang gemacht sei, könnten die Dinge auch ohne sie ihren Lauf nehmen. Überdies würde sie in Kürze von einer neuen *compañera* ersetzt werden – eine von hier –, was ohnehin besser sei. „Bis dahin wird dir Maribel zur Seite stehen, sie wird mich in der Zeit des Übergangs vertreten."

Julias Gesicht bekam einen leicht zweiflerischen Ausdruck. Wohl bestand mit Maribel, die so etwas wie Glorias rechte Hand war, ein Verhältnis spontaner Herzlichkeit, aber es fiel ihr schwer sich vorzustellen, dass sie ihr tatsächlich eine wirksame Unterstützung sein könnte, zumal gerade jetzt einige Arbeit auf sie zukam. Aber das eigentliche Problem bestand eher darin, dass Gloria Maribel nur ein sehr begrenztes Betätigungsfeld zugestand, sie betreute kein eigenes Aufgabengebiet, mit dessen Ausgestaltung sie hätte wachsen und sich erproben können. Häufiger kam es indessen vor, dass Gloria sie als eine Art dienstbaren Geist einspannte, sie losschickte alle möglichen Besorgungen zu machen, auch solche rein privater Natur, oder ihr Botengänge auftrug, die der Vorbereitung ihrer Auftritte auf den diversen Frauenveranstaltungen dienten. Alles in allem war ihr Aktionsfeld sehr beschränkt und es gab eine klare Scheidung der Aufgaben mit unterschiedlichen, qualitativen Merkmalen, wie sie für hierarchische Strukturen charakteristisch ist. Es wäre indes ungerecht zu behaupten, dass Gloria ihre gehobene Stellung für die Verfolgung eigennütziger Ziele missbrauchte, eher war man geneigt, jugendliche Gedankenlosigkeit zu unterstellen. Ihre Unerfahrenheit mit der ihr überantworteten Position versuchte sie mit der

Imitation eines Führungsstils wettzumachen, wie er von einigen Kadern vorgelebt wurde. Gleichwohl ließ es Gloria ihrer Mitarbeiterin gegenüber niemals an Respekt fehlen, niemals sprach sie in barschem oder herrischem Ton mit Maribel, es herrschte vielmehr eine fast naive, spielerische Art und Weise des Umgangs miteinander.

Sie hatten gerade begonnen, noch ein paar Einzelheiten zu besprechen, was die nächsten Tage zu erledigen war, als Maribel den Kopf zur Tür hereinstreckte.

„Ihr seid ja noch da!" Sie lächelte ein wenig müde.

„Ja, aber wir sind gleich so weit." Gloria zog eine Schublade auf, der sie Block und Bleistift entnommen hatte, und legte beides zurück.

„Na, dann geh' ich schon mal, die Kinder warten auf mich ... Wir sehen uns später." Sie machte kehrt und war schon wieder aus der Tür als Gloria ihr nachrief: „Vergiss' nicht, wir haben heute Nachmittag eine Versammlung mit den Frauen der Zone vier!"

„Nein, nein, ich vergesse es nicht! Um zwei bin ich wieder da!" rief sie von draußen zurück.

Neben Gloria wirkte Maribel in ihrer schlichten, fast ärmlichen Aufmachung wie ein Schattenwesen, doch man merkte rasch, dass ihre zurückhaltende Bescheidenheit nicht mit Anspruchslosigkeit zu verwechseln war. Wenn sie lachte, entblößte sie eine breite Zahnlücke in der oberen Zahnreihe, die zu reparieren kein Geld vorhanden war, was sie aber nicht davon abhielt, ihr raues, herzhaftes Lachen so oft ertönen zu lassen, wie ihr danach zumute war. Manchmal sprach sie davon, dass sie Geld sparte, um sich eine Brücke machen zu lassen, aber alleinstehend mit drei kleinen Kindern (der Mann hatte die Geburt des Jüngsten nicht mehr abgewartet und sich vorher aus dem Staub gemacht) bei schmalem Einkommen, musste das ein unerfüllbarer Wunsch bleiben. Nicht so für Maribel. Sie besaß einen tiefen und kraftvollen Lebensatem, als sei ihr ein zählebiger Kern eingesenkt. Wünsche verwandelte sie in Ziele, deren Verwirklichung sie, gemessen an den ihr zur Verfügung stehenden Mitteln, mit atemberaubender Hartnäckigkeit verfolgte. Vorangegangene Tiefschläge hatten unter dem Einfluss heftiger

Umwälzungen bei ihr nicht Resignation, sondern Ansporn bewirkt, hinter der Glanzlosigkeit ihrer Erscheinung drückte ihr ganzes Wesen aus, dass das, was sie war, ihr nicht mehr genügte. Sie war dabei, sich selbst zu begegnen, mit eisernem Willen hatte sie begonnen zu lernen. Ohne sich zu schonen forderte sie heraus, was in ihr steckte, und an keinem Abend versäumte sie den Schulunterricht, als hätte sie den Klassenraum zu einem Ort erkoren, von dem aus ihr der Aufbruch in ein neues menschliches Abenteuer möglich wäre. Wenn Maribel manchmal von ihrem Traum erzählte, eines Tages zu studieren, so verspürte man nicht die geringste Neigung, daran zu zweifeln – im Zeichen der Revolution hatte die Auffassung von der Unausweichlichkeit des Schicksals ihre Macht über das Denken eingebüßt.

Als Julia Gloria heute verließ und durch das schmale Gässchen schritt, war ihre Stimmung von düsterer Untermalung, sie konnte sich des Eindrucks nicht erwehren, dass dieser Abschied in so mancher Hinsicht etwas von einem Scheitern hatte. Bevor sie in die Straße einbog, zu der die Gasse hinführte, blickte sie sich noch einmal um, das Gässchen hinunter, an dessen Ende, in einem hässlichen, vergessenen Winkel, das Büro der Frauenorganisation in einem Anbau untergebracht war. Das Haus, einer Baracke ähnlicher als einem Haus, war tatsächlich in einem erbarmungswürdigen Zustand.

Als sie am Gemeindeamt vorbeikam, hätte sie gerne noch kurz bei René reingeschaut, der dort in einem winzigen Büro seines Amtes waltete. Wenn ein Problem sie beschäftigte oder sie Unterstützung benötigte, fand sie bei ihm immer ein offenes Ohr, wobei er ihr schon über so manche Schwierigkeit hinweggeholfen hatte. Sie hätte ihm gerne die Neuigkeit berichtet und vielleicht auch etwas über die »Neue« in Erfahrung gebracht, die Glorias Posten einnehmen würde. Aber mit Blick auf die Szenerie vor seiner Tür sah sie ein, dass sie ihr Vorhaben verschieben musste. Vor dem Haus, unter einem gewaltigen, reichen Schatten spendenden Gummibaum, waren Gäule angebunden, die vermutlich den Bauern gehörten, die sich in kleinen

Gruppen vor Renés Büro versammelt hatten. Von ihren *fincas* kommend warteten sie darauf, von ihm empfangen zu werden, um ihm das eine oder andere Problem vorzutragen. Einige blickten unter ihren breitkrempigen Strohhüten recht finster drein, andere sahen ziemlich verwegen aus mit ihren am Gürtel baumelnden blinkenden Macheten und den derben, mit Sporen versehenen Stiefeln. Julia versuchte, sich René hinter der geschlossenen Tür vorzustellen, wie er gerade, hinter seinem Schreibtisch sitzend, mit gesammelter Aufmerksamkeit den Sorgen und Nöten seiner Besucher zuhörte, ohne ihnen das Gefühl zu geben als Bittsteller zu erscheinen. Er übte sein Amt mit aufrichtigem Bemühen aus und diesem Zug seines Wesens blieb er stets treu. Er war wie ein offenes Buch, bediente sich keiner Winkelzüge und entließ sein Gegenüber nie mit Versprechungen, die er nicht einhalten konnte. Vielmehr praktizierte er eine Art den Menschen zugewandten Realismus, in dessen Grenzen er möglich machte, was in seiner Macht stand. Hierin lag wohl der Grund, warum die verschiedensten Leute ihm vertrauten und mit Respekt begegneten, unabhängig von ihren jeweiligen politischen oder religiösen Anschauungen. Außerdem betrachteten sie ihn als einen der Ihren, denn er entstammte einer alteingesessenen Familie, weswegen ihn nicht allein die politischen Parteigänger der Sandinisten zum Bürgermeister gewählt hatten, sondern auch Menschen ohne festgelegte politische Orientierung.

Julia beschloss, den freien Nachmittag dafür zu nutzen, den Brief zu beenden, an dem sie gestern bis spät in die Nacht geschrieben hatte. Die Gesundheitsbrigade würde in den nächsten Tagen nach Managua fahren und so ergab sich die Gelegenheit den Brief auf den Weg zu bringen. Zu Bertold, dem Arzt, und Christa, der deutschen Krankenschwester, bestanden mittlerweile lockere, aber freundschaftliche Kontakte und Christa hatte versprochen zum Flughafen zu fahren, wo man immer auf Reisende traf, die Post nach Deutschland mitnahmen.

# 5

Sprenkel von Schatten und Sonnenflecken auf den Planken der Veranda, den beiden Schaukelstühlen, den Wäschestücken auf der Leine. Kein Lufthauch bewegte den Stoß beschriebener Blätter auf dem Tisch – Versuche, von dem dichten Gewebe von Eindrücken den Schleier des Exotischen zu heben, indem die Tatsachen ihre eigene Wirklichkeit zum Vorschein bringen. Julia nahm die Seiten auf – bestimmt für die Gruppe der Unterstützerinnen in Deutschland, die sich verpflichtet hatte, mit Geldsammelaktionen der Kooperative auf die Beine zu helfen. Sie schob sich eine Zigarette zwischen die Lippen, zündete sie an und ging den Brief noch einmal durch.

*..... euch an eurem Ort ein annähernd authentisches Bild jener wechselvollen Geschichte zu übermitteln, über die ich – über meinen räumlichen Abstand hinweg – glaubte vielerlei Einsichten zu haben. Jetzt, aus der Nähe betrachtet, erscheint mir das alles doch recht abstrakt. Das lebendige Beispiel vor Augen, beginne ich zu begreifen, was es bedeutet, eine Revolution durchzuführen, eine Revolution in einem Land, wo man kaum wirklichem Reichtum begegnet (dieser ist mit seinen Besitzern außer Landes gegangen), dafür einer vielfach abgewandelten, mehr oder minder gleich verteilten Armut. Das Ausmaß dieser Armut lässt sich an den Anstrengungen ablesen, die gemacht werden, um das gröbste Elend zu beseitigen. Zweifellos hat dieser Umsturz ein neues Kapitel in der Geschichte aufgeschlagen, die repressiven Institutionen sind verschwunden und an ihre Stelle solche getreten, die nicht im Dienst einer kleinen privaten Minderheit tätig sind, sondern zum Nutzen der Allgemeinheit wirken. Doch bedeutet dies nicht, mit einem einzigen Schritt in eine neue Etappe zu springen, noch handelt es sich darum, in einer stetigen, schwungvollen Aufwärtsbewegung mitzuschwingen. Was ich hier antreffe ist ein Ort voller Widersprüche, die Erscheinung einer Vielfalt von Realitäten, die zuweilen sogar als unversöhnliche Gegensätze sich gegenüber stehen. Das Ganze ist eine Komposition aus*

*den vielseitigen Anstrengungen von Individuen, deren Handlungen nicht zwangsläufig in die gleiche Richtung streben, da der Umwälzungsprozess nicht alle Mitglieder der Gesellschaft auf gleiche Weise erfasst. Daraus erklärt sich, dass bestimmte Teile der Bevölkerung Sonderinteressen geltend machen, die dem Bemühen derer im Wege stehen, denen das Erreichen einer besseren ökonomischen Ausgangsbasis für alle am Herzen liegt. Es treten gesellschaftliche Gruppen auf den Plan, die nicht bereit sind ihren Geschäftssinn zurückzustellen und denen durch ihre Beteiligung an Spekulation und Schwarzmarkt beachtliche Gewinne zufallen, um dergestalt die allseits spürbare Versorgungskrise noch zu verschärfen. Zur gleichen Zeit werfen sich andere vorbehaltlos in den Kampf und bieten der heranrollenden Kriegsmaschinerie die Stirn. Ähnliche Phänomene lassen sich in abgeschwächter Form auch im Innern der FSLN beobachten: man kann dort Leuten begegnen, die in der Teilnahme am Parteileben ein Vehikel für individuellen Aufstieg sehen, während die große Zahl der Militanten an den im Befreiungskampf gewonnenen Grundsätzen unerschütterlich festhält und die Neubestimmung des Sozialen fordert.*

*Allerdings ist die Reichweite solcher Neubestimmung an die Möglichkeiten der gegebenen Voraussetzungen gebunden. Die von manchen Basisdemokraten der westlichen Linken oft bemängelte fehlende innere Demokratie der sandinistischen Organisationen schießt als Kritik übers Ziel hinaus, wenn nicht gleichzeitig anerkannt wird, dass es ohne diese Organisationen binnen weniger Jahre nicht möglich gewesen wäre, derartige Erfolge zu erzielen: nämlich die Kindersterblichkeit beträchtlich zu senken, die Epidemien einzudämmen, den Hunger zu bezwingen, vom Analphabetismus befreite Gebiete zu schaffen, und, ob uns das gefällt oder nicht, ebenso undenkbar wäre es gewesen, ohne die zentral geleiteten Organisationen in dieser kurzen Zeit ein funktionierendes Bildungswesen auf die Beine zu stellen. Alles muss von vorne begonnen und neu durchdacht werden und weil dies alle angeht, erfordert es die Mobilisierung aller verfügbaren Kräfte. Diese Gesellschaft erhebt sich aus Ruinen, aus der Hinterlassenschaft von Kolonialismus und Diktatur, entschiedene Maßnahmen mussten ergriffen werden, um die Notdurft zu lindern und die grundlegenden Bedürfnisse zu befriedi-*

*gen. Die rasche Errichtung von Versorgungssystemen, Gesundheitszentren und Schulen stand auf der Tagesordnung und bald darauf auch Einrichtungen der zivilen Selbstverteidigung. Tausende, ja manchmal Zehntausende Freiwillige beteiligen sich an diesen von oben organisierten Initiativen und in diesem Sinne ist das, was in Nicaragua an Fortschritten erzielt werden konnte, Wille und Werk seiner Bevölkerung. Den Sandinisten zufolge ist Demokratie ein Begriff, der an der Basis in den Wohnvierteln, im Dorf und am Arbeitsplatz seine Wirkung entfaltet, von hier geht aus, was in dem Ruf »poder popular« (Volksmacht) sein Echo findet. Ein weitverzweigtes Netz von Massenorganisationen – gedacht als horizontale Zusammenschlüsse von Frauen und Jugendlichen, Bauern, Arbeitern und Stadtviertelbewohnern – verhilft im heutigen Nicaragua der politischen Willensbildung im gesellschaftlichen Lebensprozess zum Ausdruck. Nicht zu leugnen ist jedoch, dass sich in diesen Organisationen bisweilen hierarchische Strukturen breit machen, bedingt durch das Wechselspiel autoritärer Stile und Untertanengeist, wovon zahlreiche interne Konflikte Zeugnis ablegen, welche ihrerseits wiederum Anzeichen dafür sind, dass sich Gegenströmungen artikulieren.*

*Wir mögen das nun bedauern, uns abwenden oder enttäuscht sein, aber sollte es nicht gerade uns, der eigenen Geschichte erinnernd, am ehesten begreiflich sein, dass die geschichtliche Erfahrung einer Diktatur den Menschen kein äußerlicher Zustand bleibt? Eine wesentliche Stütze des Zwangsapparats der Somoza-Diktatur war ihre unaussprechliche Grausamkeit. In geschichtlichen Perioden, wo die Perspektive auf Änderung aussichtslos erscheint, passen sich die Menschen, auf deren Seelen der Terror abzielt, vermöge bewusster und unbewusster psychischer Praktiken ihrer Lage an. In dieser Weltgegend hat eine zu große Gewöhnung an physisches Elend, an Demütigung und Erniedrigung, an Verantwortungslosigkeit und ein durch Gewalt erzwungener Opportunismus eine Mentalität fatalistischer Hinnahme geschaffen. Die alten Verhaltensmuster – patriarchale Strukturen und die Neigung zur Passivität – verschwinden nicht über Nacht bei der Herausbildung einer neuen gesellschaftlichen Realität, sie halten sich hartnäckig im sozialen Gefüge und wirken in die neue Zeit hinein.*

*Die neue Qualität, die entscheidende Gegenbewegung gegen alles Herkömmliche und Verfestigte, geht von der dynamischen Kraft der Jugend aus wie von Individuen, welche die Kraft und den Mut haben, aus der alten Lebensgestalt herauszutreten, wozu zunehmend die Frauen gehören. Die umgreifende Gestalt, in der Nicaragua in all seiner Vielfalt und Komplexität zu einem gemeinsamen Ausdruck findet, ist der große, allseitig spürbare gemeinsame Wille, neue soziale Beziehungen anzustreben, der die Kraftlinien dieser Revolution bildet. Das erklärt, warum die Menschen, trotz aller Widersprüchlichkeit, immer wieder zusammenfinden – wunderbare und verwundbare Menschen, freigebig mit Freundschaft und Herzenswärme, was mich nicht selten beschämt. Keine unfehlbaren Protagonisten, sondern Geschöpfe zwischen Himmel und Erde geworfen, welche in ihrem mühsamen Vorwärtsschreiten – strauchelnd und stolpernd die einen, festen Schrittes die anderen – auf der Suche nach einem befriedeten Dasein neue Aspekte des Menschseins entdecken. Sie alle haben einen Traum. Es ist dies ein materialistischer Traum, er handelt von der Überwindung der drückenden Armut, von einem Leben ohne Not, davon, dass sie ein Stück Land erhalten, eine menschliche Behausung, einen Arzt, einen Lehrer, eine Schule; sie erträumen ihre Kinder prall und gesund, anstatt an aufgetriebenen Bäuchen zu leiden oder an heilbaren Krankheiten zu sterben. Ein denkbar bescheidener Traum – als Mut, als Humor, als Zuversicht, als Poesie, als große Hoffnung ist er in ihrem Kampf lebendig! ...*

Julia hob gedankenverloren den Blick. Eine Eidechse, reglos, als wäre sie aus Stein, sonnte sich in einem Sonnenflecken auf dem Fenstersims, genau ihr gegenüber. Sie bündelte die Seiten und warf den Stapel hin, der sich auf dem Tisch wie ein Fächer öffnete, und die Eidechse, durch diese abrupte Bewegung zum Leben erweckt, verschwand in irgendeiner Ritze. Schweißtropfen hingen an ihren Wimpern und rings um sie her hatten die Dinge das Verschwommene von Luftspiegelungen. Sie streckte die Hand nach einem Handtuch auf der Leine aus, um sich das Gesicht abzuwischen, über das der Schweiß lief als wären es Tränen. Ermattet erhob sie sich von dem Stuhl, wo sie wie angeklebt gesessen hatte, und streckte die Glieder. In Reichweite baumelten goldgelbe, tropfenförmige Früchte an einem Mangobaum, der sich ein verwildertes Gartenstück mit einem Guajavebaum teilte. Ein paar Tage würden die Mangos noch brauchen, um süß und saftig zu schmecken. Lichtkaskaden strömten durch die Lücken zwischen den Blättern des heißen Gezweigs und über den Baumwipfeln Wölkchen wie Wattetupfer im tönenden Blau des Himmels. Sie tat ein paar Schritte auf den Rand der Veranda zu, wo zwischen zwei Pfosten die Hängematte aufgehängt war. Es zog sie hinein, willenlos einer inneren Strömung folgend, mürbe von Sonne und Hitze. Sie schob die Arme hinter den Kopf, legte die Füße übereinander und schaukelte vorsichtig, um zu vermeiden, dass die Stricke knarrten. Der Schwung hob sie über den Rand hinaus, zwei Meter über der Erde, denn an der Veranda fehlte das Geländer. Sonnendurchschossene, wachsglänzende Bananenblätter neigten sich über sie wie ein Sonnenschirm, von dem ein zarter Schimmer zitronengrünen Lichts fiel.

Ringsum Stille und Trägheit der ausgehenden Mittagsstunde, als wäre der Strom des Lebens unterbrochen, als hielte alles den Atem an. Das Pulsieren der Wahrnehmung erstarb in dieser vollkommenen Reglosigkeit, für einen Augenblick wiederbelebt durch das Auftauchen eines zitronengelben Falters. In lautlosem Flug umflatterte er einen Busch mit korallenroten Blüten und verlor sich alsbald im Geschling der benachbarten Gärten. Der Mittagstraum hing an ihren Wimpern, drückte ihre Lider nieder, die Augen fielen ihr zu. Der Mittagstraum ... ein melancholischer Traum ... An manchen Tagen tauchte sie ein in ihr zurückliegendes Leben – eine andere Existenz auf einem anderen Stern –, das wie eine Insel in ihrem Bewusstsein lag, von der Brandung des Neuen und Unerwarteten umspült. – Tonlos war diese innere Welt, vage das alles ... im Traum.

„Hallo, ist da jemand?"

Julia schreckte auf. Sie brauchte eine Weile, um zu sich zu kommen, dann erkannte sie Bertolds blasses Gesicht über dem ihren. In der Hängematte kauernd, der Schwere ihres Körpers und der Schwere ihres Traums ausgeliefert, hatte sie ihn nicht kommen hören.

„Himmel hast du mich erschreckt! Ich hab dich gar nicht kommen hören."

„Konntest du auch nicht, du hast tief geschlafen", sagte er und zwinkerte ihr zu und ließ sich in einen der Schaukelstühle fallen.

„Was machst du hier um diese Zeit? Kommst du etwa den Brief abholen? Ich hab ihn noch nicht fertig, ich muss noch ..."

„Nein, nein, lass' dir ruhig Zeit. Ich war nur drüben bei Manolo, du weißt schon, das ist der junge Militärarzt, der im Lazarett arbeitet. Und da dachte ich, ich schau mal vorbei."

„O ja, ich weiß..., ein bildhübscher Junge, dieser Manolo, aber ein Schürzenjäger!"

Sie mussten beide lachen. Julia sah Bertold forschend an. Er sah müde und abgespannt aus, sein Gesicht war mager geworden, die Wangen bleich, das Kinn lief spitz zu, die Augen umrahmt von schattigen Rändern, die Schlaflosigkeit verrieten und durch die Brillengläser noch schärfer betont wurden.

„Sieh' an! Also auch schon ein Auge auf ihn geworfen! Oder wie sonst kommst du auf Schürzenjäger?" Bertold lächelte ein amüsiertes Lächeln. „Jedenfalls ist dein Schürzenjäger bei uns ein sehr beliebter Kollege und ein gern gesehener Gast." (Julia zuckte die Schultern und setzte eine betont gelangweilte Miene auf.) „Wenn es gerade nichts zu tun gibt, kommt er abends manchmal bei uns vorbei. Meistens tauschen wir Erfahrungen beruflicher Art aus. Oder wir unterhalten uns über dies und das. *Ich* schätze ihn sehr, ein an allem interessierter Mensch und darüber hinaus ein ausgezeichneter Arzt, obwohl er erst vor einem Jahr sein Studium beendet hat. Er hat auf Cuba studiert. Wirklich erstaunlich, was der Junge in der Zeit so alles an praktischer Erfahrung gesammelt hat – davon haben wir nicht mal am Ende unserer Ausbildung 'ne Ahnung." Lebhaft setzte er hinzu: „Und nicht die geringste Spur von Arroganz, von dieser zur Schau gestellten Überheblichkeit, was in unserem Metier ja eher eine Seltenheit ist. Bekanntlich alles Eigenschaften, die angehenden Ärzten bei uns längst in Fleisch und Blut übergegangen sind, bevor sie auf die ersten Patienten losgelassen werden. Für derartige Attitüden scheint er keine Antennen zu besitzen. – Langweile ich dich mit meiner Lobeshymne?" fragte er in scherzhaftem Ton und lehnte sich im Stuhl zurück.

Julia schnitt ein Gesicht und rollte übertrieben die Augen. „Jetzt hör' schon auf, red' weiter!"

„Na, viel mehr gibt's da nicht zu erzählen. Jedenfalls hat er sich den Arztberuf nicht wegen irgendwelcher Privilegien ausgesucht, sondern aus ethischer Überzeugung. Eine abgedroschene Phrase unseres Berufsstandes, ich weiß, aber wenn ich sehe, wie gewissenhaft er sich um seine Patienten kümmert, glaub' ich ihm das auf's Wort. Er erlaubt sich keine Nachlässigkeit, zu jeder Unzeit kann man mit ihm rechnen, was in unserem kleinen, zivilen Krankenhaus hier nicht gerade die Norm ist."

„Ich glaub', die besten Leute sind beim Militär. Wär' kein Krieg und könnten ihre Fähigkeiten an anderer Stelle eingesetzt werden, bin ich überzeugt, sähe in diesem Land vieles anders aus!" sagte Julia und arbeitete sich aus den Maschen heraus, die sie wie eine sanfte Meereswoge aufgenommen hatten.

„Ich brauch' jetzt einen Schluck Kaffee! Wie ist es mit dir?"

„O ja, gern!"

Sie schlüpfte in ihre Sandalen und ging ins Haus.

Bertold machte es sich in seinem Schaukelstuhl bequem und schaukelte ein wenig mit halbgeöffneten Lidern. Geräusche häuslicher Verrichtungen aus den Nachbarhäusern lösten langsam die Stille auf, Stimmen drangen durch die sengende Luft heran, die sich nicht regte, sondern nur zurückstrahlte. Ein Vogelpärchen mit tiefschwarzem und knallrotem Gefieder flatterte in den Bäumen umher, wippte auf den Zweigen und warf sich bei Julias Erscheinen – zwei Blutstropfen gleich – in die blendende Weite des Himmels.

Bertold schlug den Blick hoch und nahm den Kaffeebecher entgegen. „Hast du die Vögel da eben gesehen?"

Julia lächelte: „Ja, die Leute nennen sie die *frente*-Vögel. Verrückt nicht? Genau die Farben der *bandera*. Rot und schwarz."

„Trinkst du Zucker?"

„Ja, ein wenig, wenn du hast."

Sie verschwand wieder und kam mit einem Schälchen Zucker und zwei Löffeln zurück. Während sie ihren Kaffee umrührte sagte sie:

„Soll ich dir mal was sagen...?"

„Schieß los!"

„Du siehst schlecht aus, Bertold, um nicht zu sagen miserabel, ziemlich angegriffen ..."

„Na, ist das ein Wunder, bei dem, was hier in letzter Zeit los war? ... Verletzte, Notoperationen, Verlegungen ... Ich hab die letzten Nächte kaum geschlafen. Das geht an die Substanz!"

Er trank in kleinen Schlucken. „Es wird mir gut tun, mal ein paar Tage hier rauszukommen ... Meer, Strand, ausschlafen ... das wird ein Fest! Danach hab' ich noch einen Monat, bis die nächste Brigade kommt. Sie haben aus Berlin schon geschrieben. Diesmal wird auch ein Zahnarzt dabei sein."

„Und Christa? Hat sie sich entschieden?" fragte Julia und rückte sich den zweiten Schaukelstuhl zurecht.

„Ja, sie wird noch ein halbes Jahr dranhängen. Aber wie ich sie kenne, bedeutet das vorläufig. Sie meint, dass sie sich im Moment nicht vorstellen kann, wieder in einem deutschen Krankenhaus zu arbeiten. *Pah! Lauter Gesunde pflegen*, ist ihre Rede."

Julia musste lachen. Typisch Christa, dachte sie, das sieht ihr ähnlich. Woher diese kleine, zierliche Person so viel kraftvolle Energie hernahm, blieb ihr ein Rätsel. Die wütende Hingabe, mit der sie ihre Aufgabe erfüllte, erschien ihr, Julia, zuweilen die Grenze zur Besessenheit zu überschreiten. Bertold stellte den leeren Becher ab, legte die Handflächen auf die Stuhllehne und begann wieder zu schaukeln.

„Soll ich dir was verraten?" sagte er plötzlich in einem Ton, als wollte er ihr ein lange gehütetes Geheimnis anvertrauen. „Als sie neulich einen Unterschlupf der *contra* ausgehoben haben, sollen da Medikamente aus unserem Hospital gefunden worden sein."

Julia starrte ihn verblüfft an. „Im Ernst? Wer erzählt sowas?"

„Das macht unter dem Personal die Runde und Manolo hat es mir bestätigt. Er muss es wissen, schließlich steht er in engem Kontakt mit den *compas* und außerdem gehört er der militärischen Struktur an. Er erhält Informationen aus erster Hand."

„Aber was denkst *du*? Wie ist das möglich?"

Seine Augen sahen sie eindringend an: „Ich hab da so meine eigene Theorie... Dieser Typ, der vor kurzem hier angekommen ist und den Chefarztposten übernommen hat, dieser Ricardo Delgado, dem trau' ich nicht über'n Weg. – Ich glaub', mit dem stimmt was nicht. Ich könnte mir vorstellen, dass er was damit zu tun hat."

„Jetzt mach' aber mal nen Punkt! Für solche Behauptungen braucht man schließlich Beweise, findest du nicht?" entgegnete Julia erregt und ungewöhnlich scharf.

Er nahm die Brille ab und rieb sich die Augen: „Ja, ja, natürlich ... Ich spreche ja auch nur mit dir darüber – und mit Christa, die das übrigens ebenfalls so abwegig nicht findet. Es gibt da so ein paar Dinge, die mich misstrauisch machen ..."

„Und die wären?"

„Naja..., gleich in den ersten Tagen hat sich dieser Typ auf seine schleimige Art förmlich an mich rangeschmissen, so nach dem Motto: als Abkömmlinge der gehobenen Klasse gehören wir doch demselben Club an. Ey, und dann immer dieser dünkelhafte, anbiedernde Ton, wenn er mit mir redet! Er scheint zu denken, zwischen uns – im Rang der weißbekittelten Halbgötter, versteht sich – bestünde schon von Haus aus Einigkeit, dass wir die gleichen Interessen haben. Ich sag' dir, für so was hab ich hier wirklich keine Nerven!"

„Na schön, das ist eine Sache, *deine* Sache, genau gesagt, aber deine Verdächtigungen sind eine andere."

Bertold überging den Einwand in dem offensichtlichen Verlangen etwas loszuwerden. „Denk' ja nicht, dass sich dieser Herr von meinen abweisenden Reaktionen irgendwie beeindrucken ließe. Er ignoriert sie einfach! Keine Gelegenheit lässt er aus, um mir auf seine Zustimmung heischende Art sein Lieblingsthema aufzudrängen: die seiner Meinung nach katastrophale Situation des Ärztestandes in Nicaragua, wobei er sich regelmäßig in abfälliger Weise über das gegenwärtige Gesundheitswesen äußert. Wo alles umsonst sei, würde natürlich auch nichts eingenommen, um den Ärzten zu geben, was ihnen gebührt. Ergo, keine ordentlichen Aufstiegschancen für seinesgleichen. Woanders würde man wenigstens anständig verdienen, Limosinen fahren, mit seinem Geld etwas anfangen können, und er könne sich nicht mal eine eigene Praxis leisten. Verdammt schlechte Zeiten sind das, sagt er immer, verdammt schlechte Zeiten."

„Aber wieso ist er dann hier?"

„Warum schon? Aus meiner Sicht pure Berechnung. Ich nehme an, dass er sich für die Ableistung so einer Art sozialen Jahres in einem Kriegsgebiet gemeldet hat, weil ihm das Vergünstigungen bringt. Die Frist für die Approbation verkürzt sich dadurch. – Und dann ab nach Miami!" Seine Hand ahmte eine Flugbewegung nach. „Da hat der Kerl nun schon auf Kosten der Revolution studiert und jetzt nimmt er auch das noch mit – ist doch einleuchtend nicht?"

„Na gut..., aber deswegen muss er doch nicht gleich ein Kollaborateur der *contra* sein", wandte Julia beharrend ein.

„Nein, das freilich nicht", gab Bertold zurück, „aber das ist noch nicht alles. Vor ein paar Tagen – du erinnerst dich? –, als der Konvoi des EPS mit geladenen Benzinfässern beschossen wurde, da hat man in der Not einen Teil der Verletzten zu uns gebracht. Überall in den Gängen lagen zum Teil schwer verwundete *compas* – es war ... es war unbeschreiblich..." Auf seinem Gesicht gefror ein Schauer des Entsetzens. „Und was glaubst du, hat dieser Delgado gemacht? Er hat sich nicht blicken lassen, obwohl ihm das Geschehen unmöglich entgangen sein konnte! Jemand ist ihn dann suchen gegangen, am Ende hat man ihn zu Hause gefunden, wo er mit ein paar Kumpanen gerade ein Saufgelage veranstaltet hat. Und ob du's glaubst oder nicht, er ist nicht zu bewegen gewesen, sich ins Hospital zu begeben, während Manolo und wir nicht gewusst haben, wo uns der Kopf steht!" Bertold wurde wütend: „Das muss sich einer mal vorstellen! So eine Kaltschnäuzigkeit! Nicht den kleinsten Finger hat er gerührt, als wollte er damit zu verstehen geben: Sollen sie doch alle krepieren! Was geht mich das an!"

Bertold erstickte den anhebenden Wutausbruch in Schweigen. Aber aus dem zornigen Funkeln in seinen starrenden Augen, den angespannten Gesichtsmuskeln und zusammen gekrampften Kinnbacken war unschwer herauszulesen, wie sehr ihn das Ereignis mitgenommen haben musste. Nach einer Weile sagte er mit Rastlosigkeit versprühendem Blick, als könnte er nicht aufhalten, was er aufgerührt hatte: „Und noch was hab ich mir überlegt ..."

„Was...?" Julia runzelte die Stirn, skeptisch dreinblickend, sich fragend, ob Bertold sich nicht in etwas verrannte, wenn auch der Ekel, den sie nach seinem Bericht augenblicklich empfand, sie schwankend machte.

„Erinnerst du dich an den Tag, als wir beim Impfen waren? ... An das heillose Drunter und Drüber in Delgados Gruppe?"

Julia nickte stumm. Sie glaubte zu wissen, worauf Bertold anspielte. Jetzt, da die Rede darauf kam, standen ihr die Ereignisse jenes Tages wieder deutlich vor Augen.

Sie waren am Morgen mit der üblichen Verspätung aufgebrochen, in kleinen Gruppen, bestehend aus freiwilligen Helfern und einem Teil des Krankenhauspersonals, um sich auf die umliegenden Dörfer zu verteilen, wo die Impfkampagne zur Polio- und Tatanusbekämpfung den Leuten bekannt gemacht worden war. Die Sonne stand schon hoch am Himmel, als sie mit ihrer Gruppe das Krankenhausgelände endlich verließen, denn es hatte Schwierigkeiten gegeben, für alle Gruppen ausreichend Fahrzeuge zu beschaffen, was nach einigem Hin und Her dann doch geglückt war.

Für Bertold und sie war es das erste Mal gewesen, dass sich die Gelegenheit für einen Ausflug bot. Die Fahrt ging über eine holprige, staubige Straße, die eigentlich keine Straße, sondern eher ein breiter Weg war. Er zog sich bald durch Weideland mit hohen Büschen und spärlichem Baumbewuchs, bald durch das vielfarbige Grün des Regenwaldes mit seinem

Filigranwerk unzähliger Blattformen, der Wagen holpernd und springend auf unebenem Grund. Flussrinnen waren zu durchfahren, wo die kochende Sonne tosende Gewässer zu Bächen hatte verdunsten lassen, die zwischen heißen Steinen plätschernd dahin flossen. Dann und wann kamen ihnen berittene Bauern entgegen, in einer, wie es schien, ansonsten menschenleeren Gegend. Irgendwann waren sie auf die ersten Maispflanzungen und ein paar Hütten aus Bambusholz mit Dächern aus Palmstroh gestoßen, wo sich unter Vordächern zerbeultes Kochgeschirr stapelte. Angelockt vom Motorgeräusch des Wagens kamen halbnackte, mit spärlicher Kleidung behangene Kinder am Wegrand zusammengelaufen. Die schwarzen, filzigen Schöpfe gleichzeitig wendend, folgten sie mit aufgerissenen Augen der Bewegung des rüttelnden Gefährts; Kinderaugen, in denen das Rund der Pupillen das ganze Auge auszufüllen schien, hefteten sich an die wunderliche Gestalt der beiden *cheles* im Wageninneren, deren Köpfe wie weiße Lampions im Wind schaukelten.

Nach ein paar Kurven hatten sie das Ziel ihres Unternehmens erreicht: ein paar Dutzend Holzhütten ohne erkennbare, willentliche Anordnung, um die herum rotbraune Erdflecken einen Hof bildeten. Ringsum Hügelland von sattem und gleichmäßigem Grün, wie von fließendem Samt überzogen, ein die ganze Landschaft beherrschender Himmel, der sie blau grundierte, Kokospalmen da und dort in kleinen Gruppen stehend, die sich mit ihren hohen Masten gegen die wellige Höhenlinie einer Hügelkette absetzten. In der Nähe eines kleinen Gemischtwarenladens hatten Milizionäre und *compas* des EPS Quartier bezogen. Froilán, der Fahrer des Krankenwagens, steuerte geradewegs auf die Schule zu, welche das einzige größere Gebäude war. Auf dem Vorplatz standen viele Leute herum, die ihre Ankunft offensichtlich schon erwarteten. Beim Näherkommen stellte sich heraus, dass sich, mit Ausnahme des einen oder anderen Greises, nur Frauen und Kinder eingefunden hatten, um sich impfen zu lassen. Zur Begrüßung war der örtliche *frente*-Vertreter erschienen. Lang und schlank kam er auf sie zu, ein jünglinghafter Mann mit einem leutseligen und gleichsam entschlossenen Gesichtsausdruck. Die Augenpartie wurde von einer Schirmmütze beschattet, wodurch die Aufmerksamkeit auf die das Gesicht beherrschende Asymmetrie gelenkt wurde. Die lange Nase lief in leichtem Bogen spitz zu und endete einen Fingerbreit über der Oberlippe, die vorgestülpte Unterlippe hatte die Neigung zu hängen, als würde sie von ihrem eigenen Gewicht nach unten gezogen.

„Offen gestanden hab ich mit einem solchen Andrang nicht unbedingt gerechnet", sagte er als er sie in einen der Klassenräume führte, „ich hoffe, ihr habt genügend Material mitgebracht." Dann erzählte er, dass der *contra*-Sender *Radio 15 de Septiembre* seit der Ankündigung der Impfkampagne pausenlos Gräuelpropaganda ausstreue, um die Leute davon abzuhalten, sich impfen zu lassen. „Sie versuchen den Leuten einzureden, dass die Impfkampagne mal wieder eins unserer scheinheiligen Manöver sei, in Wirklichkeit hätten wir vor, ihnen mit dem Serum den Kommunismus in die Blutbahn zu leiten." Auf sein Gesicht malte sich ein ängstliche Erregung parodierender Ausdruck. „Und dann werden sie dir alles rauben! Deine Freiheit, deinen Glauben, die Früchte deiner Arbeit!" Er schlug sich mit der flachen Hand gegen die Stirn. „Das kommunistische Schreckgespenst – immer dasselbe Lied! Und hier haben wir nichts, was wir dem entgegen setzen könnten." Daraufhin trat er wieder ins Freie hinaus, um gegenüber einer Mauer des Schweigens den Versammelten den Ablauf der Prozedur zu erklären.

Währenddessen wurden in dem Klassenzimmer die notwendigen Vorbereitungen getroffen: Tische wurden zusammengerückt und Kühlboxen mit Impfstoff, Flaschen mit Desinfektionsmittel, Berge von Spritzen und Mull, Impfpässe und Schreibutensilien darauf ausgebreitet. Rosalia, eine der Krankenschwestern, hatte sich neben Julia postiert, der die Aufgabe zugefallen war, die Registrierung vorzunehmen und die Impfpässe auszugeben. Auf ihre Frage, warum denn so viele Frauen und kaum Männer gekommen seien, hatte Rosalía ihr zugeraunt, sie hätte gehört, dass in diesem Dorf fast nur Frauen lebten, die Männer seien bei der *contra*. Sie zog mürrisch die Schultern hoch: „Freiwillig oder unfreiwillig ... es wird so viel geredet, was davon stimmt, wer weiß das schon? Andere sagen, sie halten sich in den Wäldern versteckt, aus Angst, von den Banditen entführt zu werden." Ein Schatten glitt über ihr Gesicht. Sie schürzte die Lippen und wandte den Kopf dem rückwärtigen Fenster zu, durch dessen Viereck gleißend die Mittagsonne stürzte. „Da drüben, nicht weit von hier, gleich hinter der Grenze, da befinden sich ihre Trainingslager und die *ticos* lassen sie einfach gewähren! Eine Schande ist das!" Nach dieser kurzen Kundgebung der Missbilligung, was die Haltung der Regierung des Nachbarlandes Costa Rica anging, machte sie Bertold ein Zeichen, dass es jetzt losgehen könne. Frauen jeden Alters, in farbenfrohen, stellenweise mit Flicken ausgebesserten Kleidern, betraten in geordneten Reihen das Klassenzimmer, Kinder in ängstlicher Erwartung des Einstichs in den Röcken ihrer Mütter versteckt, Babys auf dem Arm mit wackelnden Köpfchen.

Die nächsten Stunden vergingen mit den immergleichen Handgriffen. Und während der Stapel der Impfausweise, die auszuhändigen waren, immer weiter abnahm und, wie alle Dinge von Wert, in Büstenhaltern Aufnahme fanden, hatte Julia Gelegenheit, darüber nachzudenken, was der *compañero* über den Sender gesagt hatte. Was hier zum Einsatz kam, war ein ausgeklügeltes und schlagkräftiges Instrument der Gegenpropaganda, da die einzige Informationsquelle der Bevölkerung in den ländlichen Gebieten in einem Transistorradio bestand. Im atmosphärischen Krieg der Funkwellen geriet die Revolution außerhalb der Städte und urbanisierten Zentren aus Mangel an Kapazitäten ins Hintertreffen, während die *contra* dank überlegener Technologie und der Unterstützung einer finanzkräftigen Lobby aus den USA mit ihrem Sender noch die entlegendsten Flecken erreichte.

Aber dieses Mal war die Rechnung nicht aufgegangen. Als sie am Nachmittag aufbrachen, hatten sie an die zweihundert Kinder und Erwachsene geimpft, nicht ohne das Gefühl mitzunehmen, einen kleinen, aber bedeutenden Sieg errungen zu haben. Auf der Rückfahrt hatte sich dann das ereignet, worauf sich Bertolds Verdacht offenkundig bezog. Sie hatten noch etwa sechs Kilometer Wegstrecke vor sich, als sie auf der Höhe eines Dorfes von einem jungen Mann aufgehalten wurden, der zu Delgados Gruppe gehörte. Wild gestikulierend war er vor den Wagen gesprungen, mit einem halb wütenden, halb verzweifelten Gesichtsausdruck hatte er ihnen zu verstehen gegeben, dass bei ihnen ein schreckliches Durcheinander herrsche, aber was schlimmer sei, dass es keinen Strom gebe und auch ein Generator nicht aufzutreiben sei. Es hatte zu dämmern begonnen, die sinkende Sonne schleuderte Flammen den Himmel hinauf, das Dorf begann die Dunkelheit an sich zu ziehen. Kurz entschlossen hatte Froilán den Wagen gewendet und auf den Dorfplatz gelenkt, wo unter freiem Himmel Tische aufgebaut waren, vor denen noch eine Menge Leute Schlangen bildeten und darauf warteten, geimpft zu werden. Froilán hatte es so eingerichtet, dass die Scheinwerfer des Wagens die Tische beleuchten konnten und alle waren sie ausgestiegen, um wo es ging sich nützlich zu machen. Von Delgado nirgends eine Spur und auf die Frage, wo er denn stecke, kam die Auskunft, dass er mehrmals zum Hospital hätte zurückkehren müssen. Zuerst hätten die Impfausweise gefehlt, ein anderes Mal sei das Serum ausgegangen, das er holen ging, und irgendwann sei er mitsamt dem Wagen kommentarlos verschwunden und hätte Krankenhauspersonal und Helfer sich selbst überlassen.

Julia, von Bertolds Misstrauen angesteckt, legte die Hand über den Mund und ihre Augen starrten ihn in argwöhnischer Verwirrung an. Sie sagte eine lange Weile nichts – eine Zeitspanne des Überlegens, Für und Wider gegeneinander abwägend. Dann schüttelte sie energisch den Kopf, wie um abzuwehren, was Bertold ihr mit seinen Andeutungen suggerieren wollte. Sie sah ihm fest in die Augen: „Bertold, meinst du wirklich, Delgado hat die Aktion absichtlich hinausgezögert, damit wir in Schwierigkeiten kommen? Siehst du da nicht Gespenster?" Sie stockte. „...Du willst mir doch nicht weismachen, unser Doktor könnte einen Tipp über einen möglichen Hinterhalt erhalten haben..."

„Während er selbst sich frühzeitig aus dem Staub macht", beendete Bertold den Gedanken. „Wär' doch denkbar, oder nicht? Zumindest musst du zugeben, dass sein Verhalten äußerst seltsam war – das war das perfekt organisierte Chaos!"

„Ja sicher, aber das heißt noch lange nicht, dass er es auf den Ausgang abgesehen hatte, dessen zu ihn verdächtigst. Mal ehrlich, das erscheint mir so ungeheuerlich, dass ich daran gar nicht glauben kann. Vielleicht hat er das Chaos nur deshalb organisiert, um den Leuten die Unfähigkeit der Revolution zu beweisen – wäre zumindest denkbar, nach allem, was du mir über ihn erzählt hast. Möglicherweise gibt es für das Ganze eine viel harmlosere Erklärung, ohne dahinter gleich eine Verschwörung zu vermuten. Zum Beispiel Angst, Feigheit – was weiß ich –, ihm ist mulmig geworden, nachdem er festgestellt hatte, dass sich die Sache noch bis in die Nacht hinziehen würde." Nach kurzer Überlegung fügte sie hinzu: „Warst du etwa *deswegen* bei Manolo? ... Ich meine, deines Verdachts wegen?"

„Iwo, wo denkst du hin! Das sind Angelegenheiten, aus denen wir uns raushalten sollten – das ist Sache der *nicas*." Er sah auf seine Armbanduhr und schlug mit der Hand auf die Armlehne. „So, nun muss ich aber wieder, ich hab noch einen Patienten, nach dem ich sehen muss." Mit einem Ruck hob er sich aus dem Stuhl. Stehend reichte er fast bis an die Überdachung der Veranda.

„Ist es etwas Ernstes – dein Patient?" fragte Julia vorsichtig.

„Nein, zum Glück nicht, nur das übliche, wahrscheinlich Malaria. Hier bin ich für jeden Tag dankbar, der Routine bedeutet. Aber gestern Morgen, stell' dir vor, da kam ein Bauer von was weiß ich woher. Er hatte eine entzündete Hand, ein Spinnenbiss, wie er meinte. Er war morgens aufgewacht mit einem solchen Klumpen!" Bertold beschrieb mit der hohlen Hand einen Bogen über dem Handrücken der anderen, um die enorme Schwellung anzudeuten. „Die Finger waren fast nicht mehr zu erkennen und die Zeit, die bis zu seinem Eintreffen verstrichen war, hat die Aussichten des armen Kerls nicht gerade verbessert ... Ich hoffe, die Medikamente schlagen an, andernfalls ist die Hand nicht zu retten und wir müssen amputieren."

„Mein Gott! Alles wegen einem Spinnenbiss?" sagte Julia betroffen.

Er hob die Schultern mit hängenden Mundwinkeln. Dann fragte er fast beiläufig: „Was macht übrigens meine kleine Patientin?" Und seine Miene hellte sich ein wenig auf.

„Rosa?"

„Ja, das Mädchen aus eurem Kollektiv."

„Ich glaube, es geht ihr gut", sagte Julia mit leicht belegter Stimme, „was meinst du, hat sie eine Chance?"

„So wie ich das sehe, ist die Sache ausgestanden – noch die Fäden ziehen und das war's!" Er wirkte jetzt sichtlich gelöster.

„Mensch, das wär' ja wunderbar!"

Schon im Gehen begriffen, schlug er sich plötzlich mit der flachen Hand gegen die Stirn. „Ach, warum ich eigentlich gekommen bin, hätte ich jetzt fast vergessen. Christa lässt fragen, ob wir heute Abend zusammen essen gehen."

„Und wohin?"

„Wir dachten an Gladis, heute ist Freitag, da dürfte das Bier kalt sein."

„O ja, gern. Kommt ihr vorbei?"

„Gut, wir kommen gegen acht. Bis dahin hast du noch Zeit deine Briefe fertig zu schreiben", sagte er mit einem Blick auf den Stapel Blätter auf dem Tisch.

# 6

Morgens in der Fremde aufzuwachen ist wie auf der Welt allein zu sein. Julia erwachte mit hämmerndem Herzen. Letzte Bruchstücke eines wirren Traums zerbröselten wie blinder Staub in ihrem Bewusstsein. Auf ihrem Atem die Luftsäule eines Schreis. Ihr war, als hätte sie sich mit einem Schrei von einem Alpdruck losgerissen. Erwachend betastete sie ihren Körper, strich über das zerwühlte Laken, befühlte das Holz ihres Bettes. Gott sei Dank, alles war wirklich, sie lag hier in diesem Raum, wirklich das Mobiliar des Zimmers, der kleine Tisch unter dem Fenster, der Stuhl davor, das Regal, verhangen mit einem bunten Schal, die Fotografien an der Wand, die Blasen warfen von der Feuchtigkeit der vergangenen Regenzeit. Ihre Augen verweilten auf den fleckigen Papierabzügen, über die sich der Schimmel hermachte. Sie zeigten Menschen, zu denen eine alte Verbundenheit bestand und deren physiognomische Beschaffenheit sich auf den Zerrbildern nur mehr erahnen ließ. Braune Flecken hatten die Gesichter verstümmelt und Gliedmaßen amputiert, als wäre dieser Verfall bildhafter Ausdruck dessen, dass ein Lebensabschnitt sich vollendet hatte, aus dem die dazu gehörigen Akteure ihren Abschied nahmen. Der Stachel der Erinnerung regte sich, während sie die kläglichen Überreste der Fotografien betrachtete, von denen eine jede sie in eine weitläufige Geschichte hineinzog.

Die Welt war im Umbruch, täglich konnte man das Gefühl haben, anderntags beginne die Revolution, es werde die Menschheitsgeschichte neu geschrieben. Überall flammten erbitterte Kämpfe auf, Klassengegensätze brachen auf, die schwarze Welt Amerikas versah ihre Hautfarbe mit anderen Zeichen – *black is beautifull!* –, in den Kolonien schüttelten die Menschen das Joch des Kolonialismus ab. Paris, Prag, Berlin, San Fancisco, was sich auf den Straßen der Metropolen so vieler Länder ereignete, kündete eine grundsätzlich veränderte Lebenshaltung an, als beträte ein neues Menschengeschlecht den Erdkreis. Wir waren ausgelassen und zugleich bitterernst, wir hatten Freude an der Spontaneität und waren hochpolitisch, wir wurden diffamiert, aber wir waren zahlreich. Wir verwarfen die Gesellschaft, in die wir geboren worden waren, radikal, abgestoßen vom skandalösen Selbstbewusstsein der politischen Klasse der Vorzeit, als hätten Auschwitz und Weltkrieg nie stattgefunden. Für eure Autoritäten empfinden wir nur Abscheu, eure Konsumgesellschaft widert uns an, wir sind der Stachel in eurem trägen Fleisch, das nach dem Schuldzusammenhang der Vernichtungslager befragt, an Amnesie leidet, nicht aber an Gewissensnot. Unsere Kritik ist leidenschaftlich und kompromisslos. Wir sind unbeugsam und revolutionär. Gegen eure Gewalt setzen wir unsere Gegengewalt. Wir sind die Schöpfer einer neuen Kultur, die gegen eure Unmenschlichkeit die Idee von Freiheit und Frieden setzt. Wir rütteln am Fundament eurer waffenstarrenden Ordnung. Wir schwenken rote Fahnen und werden euch zeigen, dass unser Bruch mit euch total ist. Das war damals – 68. Heute – anderthalb Jahrzehnte später – heißt es, die Folgen der Zerschlagung dieses Aufschwungs zu tragen. Einige Hundert provozierende happenings, sit-ins, eindrucksvolle Straßenschlachten, leidenschaftliche Reden, Aufruhr in den Elternhäusern und an den Universitäten hatten nicht vermocht den Kapitalismus zu stürzen. Das große Abenteuer all der Aufsässigkeit war annulliert. Wie ein Hurrikan sich abschwächt, wenn er Land erreicht, war der Funke des aufrührerischen Gestus innerhalb weniger Jahre wie ein Feuerwerkskörper verglüht. Weigerten sich die auf dem Plan Verbliebenen noch, den Konformismus zum heimlichen Lebensprinzip zu erheben und dem unhaltbaren Zustand der Welt den Rücken zu kehren, so befleißigten sich fortan die Gewitzten, ihren Realitätssinn gegen die Utopisten auszuspielen – gegen die Unbelehrbaren und Tagträumer, die die Hindernisse in der Welt verkennen. Die Sterne, nach denen man einst gegriffen hatte, strahlten allzu weit entfernt, was schadet's, sie ein wenig tiefer zu hängen. Opposition mutiert zur Spielwiese persönlichen Erfolgs, ihr einstmals kritischer Inhalt zum Vehikel auf dem Weg zur Teilhabe an der Macht. Wenn beim Sturmlauf gegen die Naziväter auch mehr herausgekommen ist als ein Generationenkampf, so fiel der Gegenschlag grausamer aus, als Polizeiknüppel es je sein könnten. Sie haben nicht nur unseren Protest absorbiert, sie haben sich sogar unsere Ideen anverwandelt, um mit diabolischem Geschick eine

Mode aus ihnen zu machen. Und wäre es damit nicht genug, ist uns auch das nicht erspart geblieben: wer gewonnen hat, scheint von nun an der Intelligentere zu sein, wer nicht naiv genug ist, um ablenkbar zu sein, findet keinen Ausweg wie Nomaden unter Sesshaften keine Heimat finden.

Wo es Sieger gibt, gibt es Besiegte. Einmal in desperate Absonderung getrieben, haben wir uns an die Tatsachen geklammert, sie allein waren wirklich – aber Tatsachen werden wie harte Steine, wenn der Geschmack des Lebendigen versiegt. Unsere Unterlegenheit verleitete uns zu einem auf praktische Fragen konzentrierten Pragmatismus, der Primat der Aktion nicht selten zu gedankenloser Praxis des Einspruchs. Demos, Flugblätter, Atomkraftwerke, Dritte Welt, Hausbesetzungen, vieles, was unternommen wurde, blieb in einem unvermittelten Aktionismus stecken, der sich immer abwegigere Ziele suchte. Ist es das, was man Handeln nennt? Berauschten wir uns nicht bloß an den jeweiligen Ereignissen, eben jenen lautstarken und schicksalhaften Ereignissen, die uns vor sich hertrieben? Die Tätigkeit des Handelns – war sie nicht längst auf blinde Betriebsamkeit hinausgelaufen, die immerzu denselben dürren Regeln folgte, weil jeder weiterreichende Sinn aus ihr vertrieben war? Und die Idee, das Bessere zu wollen – glich sie nicht einer kleinen weltlichen Religion, die dabei half, das Leben zu bewältigen? Unsere Utopien – muteten sie nicht an wie kuschelige Paradiese, einem Ghetto ähnlicher als befreiten Gebieten? Trugbilder des Stillstands, die an die Stelle der verlorenen Perspektive das Ausharren in der Niederlage gesetzt hatten. Von den eigenen Spielregeln versklavt und weit davon entfernt, uns der auflösenden Mechanik bewusst zu sein, haben wir unsere Selbstgestaltungsschwäche unaufhebbar gemacht. Wer sich die Bühne genauer ansieht, entdeckt die Hinfälligkeit der Kulissen, die freilich niemand wahrhaben will, weil man sich in ihnen einzurichten weiß. – Aber kann man ohne Ideen leben? Vielleicht hat man keine andere Wahl, wenn die Unmöglichkeit, sich in überkommenen Formen zu bewegen, zur unhintergehbaren Gewissheit wird.

Julia schlug das Moskitonetz zurück und tastete nach dem Päckchen Zigaretten auf der Ablage neben dem Bett. Sie zündete sich eine Zigarette an, legte den Kopf zurück auf das Kissen und rauchte mit tiefen Zügen.

Zug um Zug beobachtete sie Entstehen und Vergehen der sich kräuselnden Dunstfäden. Sie fragte sich, ob nicht jede Erinnerung letztendlich eine Art Fälschung sei. Im Rückblick scheint alles in einem anderen Licht zu stehen, als zum Zeitpunkt, da es erlebt wird, weil man das Ergebnis kennt, weil selbst die Ernüchterung – das letzte Gefühl, das einen noch festhält – sich verbraucht. Beim Ausblick auf das, was sie hinter sich gelassen hatte, verspürte sie so etwas wie Gereiztheit, Vergeltungsgelüste gegenüber der Vergangenheit – in der Summe vielleicht eine Abart des Heimwehs, das weniger dem galt, was tatsächlich zurückgeblieben war, als vielmehr dem, wie es hätte sein sollen. Julia führte den ausgestreckten Arm zum Aschenbecher und schnippte die Asche ab. Vorerst würde ihr nichts anderes übrig bleiben, als sich von dem leiten zu lassen, was jeweils geschieht. Um wie vieles einfacher war es doch, in einem großen kollektiven Willen aufzugehen. Vergeblich hatte sie all die Monate, bevor sie hier angekommen war, gegen diese Zusammenhanglosigkeit angekämpft, dann hatte sie gemerkt, dass sie begonnen hatte, für sich allein zu existieren. Alles erschien ihr von erstickender, eintöniger Gleichförmigkeit, wo jeder Gedanke, der Mauern überfliegen wollte, sogleich an die Stirn stieß.

Julia richtete sich auf und drückte ihre Zigarette aus, doch eine überraschende Mattigkeit ließ sie wieder zurücksinken. Eine seltsame Leere breitete sich in ihr aus, sie empfand eine eigenartige Formlosigkeit, die von den Dingen auszugehen schien, indem diese ihr die scharf umrissenen Konturen ihrer Gegenständlichkeit entgegenhielten ... Einen Augenblick lang hatte sie das eigenartige Gefühl selbst nicht vorhanden zu sein, als wäre sie ein Geschöpf aus Schaum – Überlebende einer Geschichte, die zur Legende erklärt worden war. Und jetzt? ... An was glaube ich jetzt? ... An eine Geschichte, die ich mir geliehen habe, dachte sie mit wattierter Gleichgültigkeit, wie besiegt nach einem langen Kampf.

Draußen im Hof schienen sämtliche Nachbarn auf den Beinen zu sein. Vertraute Geräusche und Stimmen durchwehten ihre Gedanken wie der leise Strich eines warmen Sommerwindes. Geschirrgeklapper aus der Küche der Familie Ramón, das Zusammenklatschen von Händen, die *tortillas* formten, ein Geräusch ausgeschütteten Wassers, das Klack-klack-klack der

Rolle über dem Brunnen, von dem Seil in Bewegung gesetzt, an dem jemand einen Eimer in die Tiefe hinab ließ, dann das dunkle, volle Echo, das dem Bauch der Erde entstieg, als dieser auf der Wasserfläche aufschlug.

Langsam glitt sie in den Tagesanbruch hinüber. Neben einer leichten Übelkeit peinigte sie ein unstillbarer Durst, die Nachwirkungen des gestrigen durchzechten Abends, mit dem Bertold seinen Abschied genommen hatte. Das Zimmer lag im Dämmer, grelles Sonnenlicht stahl sich die Dachsparren entlang, quoll durch die Spalten und Ritzen der Bretterwände. Julia setzte sich auf und schlug das Moskitonetz zurück. Sie zog die Beine an und schlang die Arme um ihre Knie und verharrte in statuarischer Unbeweglichkeit, während sie das Zimmer auf Skorpione untersuchte. Diese Vorsichtsmaßnahme traf sie jeden Tag, bevor sie die Füße aus dem Bett setzte, seitdem sie eines Morgens einen ausgewachsenen Skorpion in der Nähe der Türschwelle gefunden hatte. Fluchtartig war sie aus dem Haus gestürmt, panischen Schrecken in den Gliedern hatte sie Don Ramón um Hilfe gebeten, der das Problem beherzt mit der *machete* erledigte. Kein Skorpion. Ihr Blick wanderte jetzt die Wände entlang zum Dach hinauf. Die Spinne links oben in der Ecke, an deren Unterleib ein Eikokon von der Form und Farbe eines flachen Kiesels haftete, beunruhigte sie nicht weiter. Julia betrachtete sie fast jeden Morgen wenn sie aufwachte und manchmal erlebte sie noch den Todeskampf irgendeines Insekts, das in ihren Fängen aussichtslos um sein Leben kämpfte. Weil die Spinne eine so zuverlässige und unveränderte Erscheinung war, bildete sie sich ein, dass es immer dieselbe war. Ihren Ekel vor Spinnen hatte sie mittlerweile überwunden – was bewies, dass idiosynkratische Empfindungen ein Resultat der Erziehung sind – und sich dafür entschieden, sie als Verbündete anzusehen, die verhinderten, dass das zahllose Ungeziefer im Haus die Oberhand gewann.

„Es muss schon nach sieben sein!" schoss es ihr plötzlich durch den Kopf. Mit einem Satz war sie aus dem Bett, warf sich ihr verwaschenes Hauskleid über und schlüpfte in die Badeschuhe. Sie wirbelte durchs Haus und öffnete die Fensterläden, durch die jedes Mal ein Schwall gleißenden Lichts hereinflutete. Das Haus war von komfortabler Größe, wenn man bedachte, dass sie die beiden vorhandenen Zimmer allein bewohnte, von denen ihr das eine als Schlafraum, das andere als Wohnraum und Küche diente. Es hatte auf allen Seiten Fenster und zwei gegenüberliegende Eingangstüren: auf der Rückseite die Tür zur Veranda, die andere öffnete sich zum Hof. Jedes Fenster bot einen anderen Ausblick auf die Umgebung: Ananaspflänzchen standen da in Reih und Glied, daneben ein Beet mit großblättrigem Wurzelgemüse, der lange, dünne Stamm eines Papayabaums teilte den rückwärtigen Fensterausschnitt in zwei Hälften. Auf der anderen Seite die geschwungenen Linien der Hügel, ein abschüssiges Sträßchen verlief zwischen Häusern mit Hecken und Stacheldraht eingefriedeten Nutzgärten und Höfen. Weiter unten verjüngte sich das Sträßchen zu einem schmalen Pfad, der zum Fluss hinunterstieg, wohin sich die Frauen des Dorfes zum Waschen begaben, kaum dass die Dämmerung herauf gekrochen war. Die Veranda schob sich in den benachbarten Garten vor, wo die Vielfalt tropischer Frucht- und Gemüsearten auf kleinstem Raum gedieh. Alles strömte einen Geruch nach welkem Grün und Erde aus.

Julia öffnete die Tür zum Hof, in dessen Mitte ein Avocadobaum von erhabener Größe reichen Schatten spendete. Rauch des offenen Herdfeuers entwich dem Küchenanbau der Familie Ramón, die in einem krummbeinigen Pfahlhaus auf der gegenüber liegenden Hofseite lebte. An manchen Stellen bogen sich die Planken des Fußbodens zwischen den Pflöcken nach unten durch und das Wellblechdach wies Löcher auf, durch die in der feuchten Jahreszeit der Regen eintrat. Frauenstimmen verschiedener Tonlagen waren zu vernehmen und dazwischen die tiefe, gebieterische Stimme Don Ramóns. Offenbar hatte er dem Hausschwein, das mit der Familie das Dach teilte, gerade einen kräftigen Fußtritt verpasst. Unter erbärmlichem Quieken suchte das Tier durch die für seinen Umfang viel zu schmale Türöffnung ins Freie zu entkommen. Hinter der Sau erschienen die beiden Kleinsten im Türrahmen, nur mit einem schmuddeligen Hemdchen bekleidet, unter dem sich ein aufgetriebenes Bäuchlein wölbte. Kaum dreikäsehoch riefen sie der Sau in der befehlenden Pose von Erwachsenen Schimpfwörter hinterher und warfen mit Steinen, was deren Gang aber nur mäßig beschleunigte. Es war den beiden nicht mehr anzusehen, dass sie erst vor kurzem einer gründlichen Reinigung unterzogen worden waren, was unter den Händen von Doña Marta jeden Morgen Gezeter und Geschrei auslöste. Jetzt bedeckte eine Kruste aus Bohnenresten vermischt mit Erde Mund- und Kinnpartie bis hinauf zur Nasenspitze.

Julia griff nach einem Plastikeiner und begab sich zum Brunnen, dem morgendlichen Treffpunkt der Anwohner. Hin und wieder traf man hier in der Frühe auch junge Rekruten an, *compas*, die mal für Tage, mal für Wochen in dem großen unbewohnten einstöckigen Haus auf der Längsseite des Hofes Quartier bezogen. Es hätte einmal dem Zweck einer landwirtschaftlichen Ausbildungsstätte dienen sollen, war aber unvollendet geblieben und mit Ausbruch des Krieges notdürftig in eine Truppenunterkunft umgewandelt worden. Gelegentlich ergab sich aus diesen Begegnungen, dass Julia flüchtige Bekanntschaften schloss, der eine oder andere dieser jungen Burschen auf ihrer Veranda erschien, wenn sie von der Arbeit nach Hause kam. Bei Tee oder Kaffee ergingen sie sich dann in kurzweilige Gespräche, tauschten Meinungen über dies und jenes aus oder plauderten einfach nur zur Zerstreuung miteinander. Wie leichtfüßig und unbefangen ihr Geplauder auch daher kam, so gelang es ihr doch nie sich von dem Wissen frei zu machen, woher ihre blutjungen Besucher kamen und wohin sie gingen – in einem unvorhersehbaren Moment würde sich ihre Spur für immer verlieren, ohne dass sie jemals erfahren würde, was aus ihnen geworden war. Manche ihrer Erzählungen entführten sie in die *montaña* und ließen vor ihrem geistigen Auge eine Geheimnis umwitterte Landschaft entstehen – nebelverhangene Berge, wasserreicher endloser Urwald, dicht an dicht stehende Bäume, nur die höchsten Wipfel erreichen das Licht der Sonne; Wildpfade unentzifferbar für Menschen, ein Gewirr von Schlingpflanzen, namenloser Blütengewächse und Lianengewucher; Habitat zahlloser exotischer Vogelarten und seltener Schmetterlinge, weißgesichtiger Affen, Leguane, Riesenschlangen und Krokodile. In ihrer Phantasie ein Ort einer Traumlandschaft ähnlich, für die, die ihr gegenüber saßen, die Umschreibung dessen, worauf der Krieg seinen Schlagschatten warf – gefahrvolles Hinterland, das den Schrecken gebar. Doch niemals wäre jemand so weit gegangen, sie in die Intimität dieses Schreckens einzuweihen – hier verlief die Demarkationslinie der Vertraulichkeit oder die Grenze dessen, was auszusprechen unmöglich war. Dafür erfuhr sie im Verlauf dieser Unterhaltungen so manche amüsante Anekdote: zum Beispiel hatte ihr einmal ein junger Rekrut aus Managua von seinem Moskaubesuch erzählt, wohin ihn seine Teilnahme an einem Jugendaustausch geführt hatte. Es sollte ein Treffen zwischen der Sandinistischen Jugend und dem kommunistischen Jugendverband der UDSSR geben. Von den vielfältigen Eindrücken dieser Reise hatte ihn am tiefsten beeindruckt, dass er während seines ganzen Aufenthalts keine jungen Leute zu Gesicht bekam. „Stell' dir vor, wir haben die ganze Zeit darauf gewartet, endlich mal ein paar Jugendliche zu treffen. Aber die Jugendorganisation besteht da aus lauter alten Männern! Was sagt man dazu! Haben die kein Vertrauen zu ihrer Jugend?" „Hm...vielleicht die Jugend kein Vertrauen zu ihnen", hatte sie geantwortet und gleichzeitig gedacht, wie irritierend dieses Erlebnis für jemand sein musste, der aus dem Schoß einer Gesellschaft kam, in der die Jugend den Ton angab, eine Jugend, die ihre Zeit leidenschaftlich liebte und in ihr ebenso leidenschaftlich kämpfte – mit aller Lebenskraft, aus tiefem Ernst, aus der ungebrochenen Ganzheit ihres Wesens heraus.

Zu ihrer Überraschung war das große Haus heute Morgen leer. Ja, jetzt erinnerte sie sich undeutlich. Im Schlaf hatte sie Motorgeräusche gehört, Getrappel, Rufe in der klaren Tiefe der Nacht, ein Geräusch von Eisen gegen Eisen am Rand ihres Traums... All das bekam nachträglich einen Sinn und dieser Sinn rief jetzt Gesichter wach. Gesichter, denen sie gegenüber gesessen hatte und die sie ein ums andere Mal bestürzt hatten, weil ihre Jugend sie schmerzte. Gesichter, auf denen sich das Wechselspiel zwischen wildem Stolz und Melancholie vollzog, Funken schwarzen Feuers in den Augen, die sie aus einem alten Menschheitstraum anblickten: die Aufhebung der Trennung der Welt in Freie und Unfreie. Sie sind ausgerückt! dachte Julia hilflos mit glasig werdenden Augen ... ausgerückt an die Front!

Atem holend drängte sie den wässrigen Kloß in ihrer Kehle zurück, bevor sie zu der Frau an den Brunnen trat, die ihr fremd war, was jedoch nicht weiter verwunderte, da die Verwandtschaft der Familie Ramón zahlenmäßig kaum zu überblicken war. Die Frau war gerade dabei, einen Berg eingeweichter Wäsche auf den steinernen Waschtisch zu türmen. Gereizt versuchte sie den nackten Knirps abzuschütteln, der ihr jammernd am Bein hing und sie bei der Arbeit behinderte.

„Guten Morgen", sagte Julia, während sie den Eimer an das Seil band, an dessen Ende zur Beschwerung ein Stein befestigt war, damit er untertauche. Über den Brunnenrand gebeugt, ließ sie das Seil durch die Hände gleiten bis der Eimer das klare Rund aus Himmel und Tiefe erreicht hatte. Tief unten sah sie die Wasserfläche schimmern, eine Scheibe silbrig glänzenden Metalls, auf die der Umriss ihres Kopfes seinen Schatten warf. Sie ließ das Seil los und wandte sich um, wieder der Frau zu, die auf den Riefen des Waschtischs mit der ganzen Kraft ihrer Arme ein Wäschestück bearbeitete, sich jetzt aufrichtete, mit der Hand die Stirn bedeckte, um sich eine Haarsträhne aus dem Gesicht zu streichen, die sich aus ihrem Knoten gelöst hatte. Der Kleine hatte sich inzwischen beruhigt und patschte mit den Händchen im Seifenwasser, das er nur erreichen konnte, indem er die Fußspitzen hebend das winzige Kinn auf den Beckenrand presste, um das Gleichgewicht zu halten.

„Wie haben Sie geschlafen?" fragte die Frau, ein T-Shirt auswringend und sie aus kleinen, ausdruckslosen, in tief in den Höhlen liegenden Augen anblickend. Unter ihrer breiten, flachen Nase glitzerten Schweißperlen wie winzige Kristalle.

„Gut, danke der Nachfrage", gab Julia zurück. „Sie sind neu hier, nicht wahr? Ich hab Sie hier noch nie gesehen. Sind Sie eine Verwandte von Don Ramón?"

„Nein, das nicht, aber Gott sei's gedankt, dass ich bei ihm Arbeit gefunden habe."

„Woher kommen Sie denn?"

Die Frau hob leicht das Kinn, schürzte die Lippen und deutete in unbestimmte Richtung.

„San Antonio?"

„Ayh Señorita, wo denken Sie hin! …weiter…viel weiter drinnen."

„Weiter drinnen?"

Sie beschrieb mit der gehobenen Hand vor ihrem Gesicht einen Bogen und legte den Handrücken auf den Scheitelpunkt ihres vollen Haares, um das Julia so viele Frauen beneidete. „Von seeehr, seeehr weit", sagte sie, das Wort melodisch in die Länge ziehend.

„Dann haben Sie mit dem kleinen Racker hier sicher eine lange und beschwerliche Fahrt hinter sich."

Die Frau runzelte und glättete die Stirn und auf ihrem kupferbraunen Gesicht erschien ein Ausdruck, als wäre von etwas Außerirdischem die Rede. „Wo denken Sie hin, da wo ich herkomme, da ist man auf die Füße angewiesen ... und auf die Hilfe Gottes", sagte sie zum Himmel aufblickend. „Nicht mal Ochsenkarren, Senorita, nicht mal Ochsenkarren. Tja, manchmal, manchmal hat man Glück. Wenn man nur lange genug gelaufen ist, dann begegnet man vielleicht so einem fahrenden Händler, aber wenn es dann bezahlen heißt, dann läuft man weiter, da heißt es weiterlaufen."

„Und Sie wollten da nicht mehr bleiben?"

„Lieber Gott, was für'ne Frage – wollen! Wollen ja! Aber wer fragt schon danach, was unsereins will. Natürlich wollte ich! Aber andauernd kamen Militärs zu unserem *rancho* ... sie haben unsere Hühner mitgenommen, unseren Mais ... einfach alles...", brachte sie stoßweise hervor und schnäuzte sich in die Schürze, in die auch ein paar Tränen kullerten.

„Was für Militärs?" wollte Julia wissen.

„Ayh, Militärs eben. Männer mit Uniform, finstere Gestalten ... Strauchdiebe allesamt!" Ihr breites Gesicht verfinsterte sich. „Was soll ich sagen? Soldaten eben, solche wie sie hier auch herumlaufen ... was weiß denn ich Señorita? Dann eines Morgens, mein Mann ging aus dem Haus wie immer – unser Feld, der Mais, die Bohnen, da müssen die Männer nach dem Rechten sehen. Aber stellen Sie sich vor, er kam nicht wieder, er kam einfach nicht wieder! Tage lang hab ich auf ihn gewartet, dann ist mir die Sache unheimlich geworden. Ich hab den Kleinen gepackt und bin weggelaufen." Sie zog das nackte Kerlchen auf schwankenden Streichholzbeinchen zu sich heran, drückte es liebevoll an ihr Schienbein und gab ihm ein paar leichte, zärtliche Klapse auf den Rücken. „Mit dem hier hab ich mich lange von Wurzeln ernährt, von allem eben, was man im Wald so findet. Aber der Allmächtige, wollte uns nicht sterben lassen, jetzt sind wir hier … ein Glück, wir sind jetzt hier." Sie beugte sich ein wenig zur Seite und schnäuzte abermals zwischen Daumen und Zeigefinger geräuschvoll neben dem Waschtisch auf den Boden. Dann machte sie sich wieder an die Arbeit ohne Julia weiter zu beachten.

Julia ihrerseits fühlte, dass es keinen Sinn hatte, weiter in die Frau einzudringen. *Soldaten, solche wie sie hier auch herumlaufen*, ging es ihr durch den Kopf. Dieser Satz hatte sie schockiert. Dieser Frau war es offensichtlich egal, wem sie ihr Elend verdankte, sie unterschied nicht zwischen der einen und der anderen Partei – in ihren Augen waren sie alle gleich. Wahrscheinlich hatten die *contras* ihnen alles geraubt und am Ende auch noch den Mann mitgenommen. Die andere denkbare Möglichkeit: ihr Mann war aus freien Stücken übergelaufen und hatte Frau und Kind hierher geschickt, damit sie in Sicherheit und versorgt wären. Welche der beiden Möglichkeiten die wahrscheinlichere war, vermochte Julia nicht zu entscheiden. Sie zog an dem Strick, an dessen Ende der Eimer immer noch im Wasser schwamm, und beförderte eine gelbliche erdige Brühe zutage. „Es wird Zeit, dass es regnet", bemerkte sie, um etwas Unverbindliches zu sagen, dem die Frau kopfnickend mit einem dünnen Lächeln zustimmte.

Julia verabschiedete sich und trug den Eimer ins Haus zurück, wo sie ihn in einem angebauten Verschlag abstellte, der ihr als Duschkabine diente. Geschöpft mit einer kleinen Schüssel übergoss sie sich mit dem Brunnenwasser. Erdpartikel blieben auf ihrer Haut kleben, aber das kalte Wasser machte sie munter. Nach dem Bad fühlte sie sich frisch und ausgeruht. Sie machte sich in der Küche zu schaffen. Kakerlaken bewegten ihre Fühler langsam und steif zwischen Tassen und Tellern. Sie führte übertriebene Bewegungen aus, um die Kakerlaken in ihre Verstecke zu treiben. Immer noch empfand sie ein leises Ekelgefühl beim Anblick dieser Quälgeister, aber der einzige Kampf, der hier zu gewinnen war, war der Kampf gegen den Ekel, der gegen die Kakerlaken war sinnlos. Für ein ausgedehntes Frühstück blieb heute keine Zeit. Wie jeden Morgen, wenn sie Kaffee aufbrühte, eher aus Gewohnheit und weniger, weil er ihr schmeckte, wurde sie daran erinnert, dass man ausgerechnet in dem Land, wo der Kaffee wuchs, den schlechtesten Kaffee der Welt trank – ein grobkörniges, hellbraunes Pulver, das zur Hälfte aus Bohnen minderer Qualität, zur anderen Hälfte aus geröstetem Mais bestand. Mit der dampfenden Tasse in der Hand trat Julia auf die Veranda hinaus, um den schönsten Augenblick des Tages zu genießen: die Augen ins lichte Grün der Bäume zu hängen, den Blick über die sonnenbeschienenen bewaldeten Hügel schweifen zu lassen, durch das Aquarellblau des Himmels kreischend Papageien fliegen zu sehen, das tönende Farbenspiel mannigfaltiger Blütenstämme. Ein wenig tiefer lag der Garten der Witwe Juana Santander, mit der sie freundschaftliche Bande geknüpft hatte und die Julia so fürsorglich umsorgte, als wäre sie ein weiteres Familienmitglied. Julia tat ihr leid, denn sie war allein, unvorstellbar in einem Land, wo die Familie alles bedeutete – jene eingeschworene Gemeinschaft, die dem Einzelnen das Überleben sicherte. Durch die Bretterwände ihres Hauses drangen laut und vernehmlich Wortfetzen, deren Inhalt darauf schließen ließ, dass sie mit Pablo, ihrem Jüngsten, stritt, der sich wieder einmal vor der Schule drücken wollte. Erst vor kurzem hatte sie eine größere Ausgabe für ein Paar neue Schuhe getätigt, damit er nicht barfuß gehen musste, was bei ihren bescheidenen Einkünften bedeutete, tief in die Tasche zu greifen. Sie betrieb im Dorf einen kleinen, mobilen Verkaufsstand mit Erfrischungsgetränken, glücklicherweise in einer Lage, um die sie zu beneiden war: ihr Wägelchen stand direkt vor der Bank, wo es allmorgendlich von Leuten wimmelte, weshalb es nicht an Kundschaft fehlte, die sich die Hitze die Kehle hinunterspülte. Um mit fünf Kindern durchzukommen, reichten ihre Einnahmen freilich nicht aus, hätte ihr Ältester da nicht die Anstellung beim Gemeindeamt, der sie vermutlich auch den vorteilhaften Standort ihres kleinen Gewerbes verdankte. Es gab eine Zeit, da hatte sie sich mit Brot backen etwas hinzuverdient, aber seitdem das Mehl rationiert worden war und Bäckereien und Kooperativen bevorzugt beliefert wurden, stand der schöne, große Backofen unnütz im Garten herum und wartete vergeblich darauf, dass sich sein klaffender Mund mit Brotlaiben füllte. Das tat Juana zwar hin und wieder Leid, aber sie war eine glühende Anhängerin der Revolution, weshalb sie für die Maßnahme Verständnis aufbrachte.

Julia blickte versonnen in die Gegend, als sie hinter ihrem Rücken Schritte hörte, das leise Patschen nackter Füße auf dem Fliesenboden. Sie drehte sich um. Es war Pablo, der ihr mit beiden Händen einen Teller entgegenhielt, auf dem ein frischer, noch warmer Maisfladen und ein Stück Weichkäse lagen. Juli begriff, dass er es wieder einmal geschafft hatte, sich vor der Schule zu drücken. Mit seinen großen, Funken sprühenden Kulleraugen und einem breiten Grinsen im Gesicht sah er sie an.

„Hier, das schickt dir meine Mamá."

„Oh, vielen herzlichen Dank, deine Mamá ist ein wahrer Engel. Allerdings hätte sie was Besseres verdient, als einen Schlingel wie dich, der nicht zur Schule gehen will", sagte Julia mit gespielter Strenge und nahm ihm den Teller ab. „Du bist jetzt sieben, Pablito, wann willst du mit dem Lernen denn anfangen?"

Wie immer bei diesem Thema zeigte sich Pablo begriffsstutzig, zog die Schultern zu den Ohrenläppchen hoch, ließ die Mundwinkel hängen und rollte die Augen, die noch runder wurden. Er forderte die Standpauke geradezu heraus, um die lästige Angelegenheit rasch hinter sich zu bringen.

„Warum hörst du nicht auf deine Mutter, Pablito", sagte Julia ein wenig sanfter und strich ihm über das glatte, aschblonde Haar, „sie will doch nur, dass du etwas lernst, wenigstens Lesen und Schreiben." Schützenhilfe erhoffte sie sich jetzt von Pablos Schwestern, die soeben mit durchfeuchteten Bündeln auf dem Kopf den Garten betraten, um Wäsche aufzuhängen. Die beiden Mädchen, zehn- und dreizehnjährig, mussten schon früh am Fluss gewesen sein. Juana ließ ihnen gegenüber größere Strenge walten, da gab es kein wenn und aber, keine List, zu entkommen und keine Ausflüchte, denen Juana nachgegeben hätte. Die Pflichten der Hausarbeit gehörten in die Welt der Frauen, da biss die Maus keinen Faden ab, so begeistert Juana auf anderen Gebieten die Revolution auch begrüßte. „Sieh dir deine Schwestern an", sagte Julia und blickte zu den beiden Mädchen hinüber, „sie sind von morgens bis abends auf den Beinen und gehen auch zur Schule. Und obendrein sind sie auch noch gute Schülerinnen."

Pablo aber hörte sie schon nicht mehr. Gelenkig wie er war, hatte er sich im Nu die Veranda hinunter geschwungen, war über den Stacheldrahtzaun geklettert, der die beiden Grundstücke voneinander trennte, und schon sah sie ihn zwischen den Beinen seiner Schwestern unter der Wäsche wegtauchen.

Als Julia den Hof überquerte, war niemand zu sehen. Der Himmel loderte – ununterbrochene Ströme von Hitze und Licht überfluteten von früh bis spät das Dorf. Auf ihrem Weg musste sie an Don Ramón vorbei, der auf seiner Veranda saß, die auf die Straße ging, und in einer abgegriffenen, zerlesenen Bibel mit lauter Eselsohren las. Don Ramón war ein frommer Mann, fast jeden Morgen fand sie ihn über das Buch der Prophezeiungen geneigt. Die Brille, deren fehlender Bügel ein Gummiring ersetzte, war ihm auf die Nasenspitze gerutscht, sein rundes, zerfurchtes Gesicht mit den vorgewölbten Augäpfeln verriet höchste Konzentration. Der alte Hund mit einem Pelz voller Flöhe hatte sich in den Schatten unter die Veranda verzogen, die Schnauze auf den Vorderpfoten blinzelte er in die Sonne. Ein vorüber fahrender Lastwagen wirbelte Staub vom Boden auf. Eine Wolke pulverisierter Erde behinderte für einen Augenblick die Sicht, als hätte ein Sandsturm sich erhoben. Die Straße war reiner Sand. Dies Ungemach ließ Don Ramón den Blick heben und die Augen mit den Tränensäcken darunter zusammenkneifen. Durch die allmählich vergehende Staubwolke hindurch hörte Julia ihn mit schnarrender Stimme den Himmel um Regen anflehen. Aber Julia hatte bereits die Straßenseite gewechselt, war über die kurze Anhöhe zur Piste hinaufgestiegen und hatte den Pfad erreicht, der auf die andere Seite des Dorfes führte.

Drüben vor der Bank hatten die Angestellten soeben Aufstellung genommen und – wie jeden Morgen – die Hymne der FSLN angestimmt, bevor sie an die Arbeit gingen. Der alte Bauer, ein schmächtiges Männchen, der in kurzem Abstand vor ihr herging, die Füße nachschleifend in Schuhen, die fast keine Sohlen mehr hatten, Schweißflecken auf einem Hemd, das die Haut durchscheinen ließ, war plötzlich stehen geblieben. Er nahm eine aufrechte Haltung ein, legte die Handflächen an die Hosennaht seiner abgetragenen Hose, die ihm um die Beine schlotterte, und sang mit brüchiger Stimme andächtig mit:

> *Adelante, marchemos compañeros*
> *avancemos a la revolución*
> *nuestro pueblo es el dueño de su historia*
> *arquitecto de su liberación!*
> *Militantes del Frente Sandinista*
> *adelante, que es nuestro pervenir*
> *rojinegra bandera nos cobija*
> *patria libre, vencer o morir!*
> *Los hijos de Sandino*
> *ni se venden*
> *ni se rinden jamás!*
> *Luchamos contra el yankee*
> *enemigo de la humanidad*
> *Adelante marchemos companeros...*

kam es vielstimmig über die schattenlose Piste herübergeweht. Aus Respekt vor seinen Gefühlen tat es Julia dem Alten gleich. Während sie reglos dastand, betrachtete sie das kupferbraune Profil seines faltigen Gesichts, das einen hingebungsvollen Ausdruck angenommen hatte: die scharfkantig hervortretenden Backenknochen im Halbschatten seines Strohhuts, die dunkle Höhlung der eingefallenen Wangen, das vorspringende, mit grauen Bartstoppeln behaarte, spitze Kinn. Im Sinn der Worte, die andächtig über seine ausgedörrten Lippen kamen, schien er sich selbst zu finden. Nachdem die Hymne verklungen war, spie er zwischen den Zähnen aus und setzte seinen Weg fort, ohne Julia bemerkt zu haben.

Metallische Sonnenhelle, brennender Boden. Sie bog in ein Sträßchen zwischen zwei Häuserreihen ein. Abgeplatzte Tünche, wo vormals ein ockergelber Anstrich haftete, Zäune, Höfe mit Leinen voller Wäsche, Abtrittgruben, Gemüsebeete, versengtes Gras. Bäume, die Dächer über Dächern bildeten. Die Schwingen der Palmen hoch oben bewegten sich leicht und machten die Luftbewegung zu etwas, das zu sehen, aber nicht zu fühlen war. Durch versilberte Blattschichten schimmerte das frische Türkis der Werkstatt auf, über zwei Türen rote Lettern auf weißem Grund: *Cooperativa Idania Fernandez*. Julia erstieg ein paar Stufen und trat ein. Noch geblendet vom grellen Tageslicht draußen brauchte sie ein paar Sekunden, um sich in dem schwach erhellten Dunkel im Innern zurechtzufinden. Es stand nur ein Fenster offen. Die bauschigen Stoffmengen der halbfertigen Moskitonetze, die ausgebreitet über den Nähmaschinen lagen, sahen in dem bläßlichen Licht wie Wolken aus, die auf halber Höhe durch den Raum schwebten. An einer Wand hing das unentbehrliche Porträt Sandinos. Klein und unscheinbar nahm es sich aus neben dem großen, in grellen Farben gehaltenen Abbild einer jungen Frau in olivgrüner Uniform mit geschultertem Gewehr, deren Lächeln allzu perfekte, schneeweiße Zahnreihen bloßlegte. Die unbeholfen gemalte Bildplatte war das Werk eines Laien, dessen ungeübte, aber liebevolle Hand deutlich erkennbar war. Sie zeigte Luisa Amanda Espinoza, die Namengeberin der nicaraguanischen Frauenorganisation; ihr Name führte als erste Frau die Chronik der *héroes y mártires* in den Annalen des Befreiungskampfs an.

Geraschel und Stuhlrücken aus dem Nebenzimmer. „Ach Sie sind's. Guten morgen!" Noemí streckte lächelnd den Kopf zur Tür des winzigen Büros heraus und verschwand sogleich wieder hinter ihrem Schreibtisch, wo sie dabei war Stöße von Zetteln und Papiere zu ordnen. Julia hatte Noemis bedachte Art und ihr ausgleichendes Wesen sehr schätzen gelernt und auch bei den übrigen Frauen war sie um dieser Eigenschaften willen sehr beliebt. Es war ihre überlegte Zurückhaltung, wodurch sie sich das Vertrauen anderer erwarb und Julia hoffte, dass diese stille, mit einem unaufdringlichen Ergeiz ausgestattete junge Frau, sie eines Tages ersetzen würde. Nur selten beteiligte sie sich an den klatschhaften Gesprächen, die zuweilen die Atmosphäre beherrschten, und sie besaß, was in Zeiten der Knappheit Gold wert war, eine außerordentliche Erfindungsgabe bei der Suche nach Ersatz für das Fehlende. Der chronische Mangel mal an diesem, mal an jenem, hervorgerufen durch die zeitweilige Unerreichbarkeit bestimmter Güter, machte das Leben bisweilen zu einem zermürbenden Kampf und wurde so manchem Zeitgenossen zum Anlass erbitterter Reaktionen. Anders verhielt es sich mit Noemí. Sie erging sich selten in Klagen, überraschte stattdessen mit ihrem Talent, die Dinge, die in ihrer Reichweite lagen, den jeweiligen Erfordernissen gemäß umzuformen, ihrer ursprünglichen Bestimmung eine andere Funktion zuzuweisen, um dem Engpass zu begegnen. Sie verfügte über jene überaus nützliche und kreative Gestalt der Einbildungskraft, wie nur diejenigen sie besitzen, die nichts besitzen. Es bedurfte kaum der Phantasie, um sich vorzustellen, dass diese schöpferische Gabe sinnvollere Anwendung finden könnte, wäre sie befreit vom Kampf ums Überleben, anstatt sich tagtäglich in mühseliger Anstrengung zu verausgaben – als Mittel der Selbstbehauptung gegen den andauernden und widernatürlichen Zustand der Entbehrung.

Julia blieb im Türrahmen stehen und sah Noemí eine Weile schweigend zu wie sie Rechnungen, Bankbelege, Lohnlisten in selbst gefertigte Ordner aus ausrangierten Pappschachteln verschwinden ließ, deren Oberseite ihre sorgfältig modellierte Schönschrift zierte. Noemí strich sich eine Strähne aus dem Gesicht und stopfte sie in ihr aufgestecktes Haar zurück. Julia fiel auf, dass Noemí irgendwie bedrückt wirkte, eine kaum merkliche Anspannung veränderte ihren sonst so gleichmütigen Gesichtsausdruck.

„Du siehst besorgt aus, Noemí, ist etwas nicht in Ordnung?"

„Es gibt Unzufriedenheit unter den Arbeiterinnen ...", sagte sie zögernd, „...es ist wegen der Bezahlung."

„Wegen der Bezahlung?"

„Ja, einige *compañeras* fühlen sich benachteiligt, sie finden, dass sie mehr verdienen müssten."

„Einige? – Und die anderen?"

Noemí zuckte die Schultern und eine kleine Röte verbreitete sich über ihren zimtfarbenen Teint.

„Aber wir haben doch gerade erst angefangen! Die Moskitonetze sind nicht einmal fertig genäht, geschweige denn, dass wir sie verkauft hätten!"

„Ja, ich weiß, ich hab's schon versucht ihnen zu erklären", sagte sie und warf Julia einen flehenden Blick zu, „aber sie verstehen es nicht! Vielleicht steigt ihnen der Erfolg zu Kopf, die vielen Leute jeden Tag, die nachfragen, was es zu kaufen gibt."

Julia sann einen Moment nach, dann sagte sie entschlossen: „Gut, wenn dem so ist, müssen wir darüber sprechen, am besten gleich, noch bevor wir an die Arbeit gehen."

Sie ließ Noemí allein und ging, um die Fenster zu öffnen und Licht einzulassen. Das helle Tageslicht gab jeden Winkel preis, es flutete gegen Decke und Wände, dunkle, atmende Flecken verdoppelten die Formen des Mobiliars. Sie wandte den Kopf und ließ den Blick fast zärtlich über die Nähmaschinen schweifen (allesamt ausrangierte Stücke, einige aus stillgelegten Fabriken, für die es im organisierten Überfluss keine Verwendung mehr gab), die großen Tische, mit den Stoffballen darauf; ihre ersten Blusenentwürfe in Form von Papierschnitten an der Wand, mit deren Produktion sie in wenigen Tagen beginnen würden. All diesen toten Gegenständen war jetzt Leben eingehaucht, all das hatte jetzt die Form der ersten Verwirklichung dessen angenommen, was bis vor kurzem nur in ihrer Vorstellung existiert hatte, und sie empfand eine Art Glücksgefühl beim Durchschreiten der Gänge zwischen den Maschinenreihen. Was für sich betrachtet lächerlich geringfügig erscheinen mochte, wog schwerer im Zusammenhang mit einer großen Aufgabe, einer Aufgabe, an der die lebendige Kraft vieler Menschen mitwirkte und an der sie – Julia – von nun an teilhaben würde.

Am Tag der Einweihung hatte René eine flammende Rede gehalten und an die Adresse jener bunt gemischten Gemeinschaft von Frauen gerichtet Worte warmherziger Ermutigung gefunden und dabei einen so lebhaften Optimismus versprüht, dass sich ihm kaum jemand entziehen konnte. Natürlich war, wie stets bei vergleichbaren Anlässen, auch mit Lob für die internationale Solidarität nicht gespart worden, das politische Ethos der Freundschaft zwischen den Völkern flatterte wie ein unsichtbares Spruchband über den Köpfen. Während aus Renés Rede ein tief empfundenes Vertrauen in die grundlegenden seelischen Fähigkeiten der Menschen seines Landes sprach, das Vorhandene zum Besseren zu verändern, hatte Julia Mühe, die Welle von Widerwillen zu verbergen, die seine stellvertretende Verehrung der Völkergemeinschaft in ihr auslöste, wusste doch niemand besser als sie, dass dem Volk, aus dessen Mitte sie kam, das Schicksal der Nicaraguaner herzlich gleichgültig war.

Sogar Joaquín Alvarado, politischer Sekretär der FSLN, der in Begleitung seiner bezaubernden Gattin erschienen war – beide jung und schön, im leichten, olivgrünen Drillich –, hatte seine gewohnte Reserviertheit aufgegeben und sich seinem Staunen überlassen, nachdem er an ihren Aktivitäten bis dahin nur beiläufiges Interesse gezeigt hatte und nun eine kleine, mit Bedacht eingerichtete Produktionsstätte vor sich sah. Einige *compañeras* hatten sich beherzt seiner angenommen und ihn zu einem Rundgang ermuntert, nicht ohne die eine oder andere Bemerkung darüber zu verlieren, dass ihnen jede Art der Unterstützung willkommen sei: mit seiner Hilfe wäre es vielleicht möglich, von der Armee eines jener begehrten Benzinfässer zu erhalten, um Regenwasser aufzufangen, das wegen des fehlenden Brunnens dringend gebraucht werde; eventuell könnte er auch bei der Suche nach einer geeigneten Person behilflich sein, die ihnen Grundkenntnisse der Buchhaltung vermittelte; sein Wort, eingelegt bei der Kommission des Handelsministeriums, würde bei der Entscheidung über die Menge der Stoffzuteilung sicher ein positives Ergebnis bewirken und so weiter. Es sprudelte hervor, wie viele freiwillige Arbeitseinsätze notwendig waren, bis sie das Haus in den Zustand gebracht hatten, wie er es jetzt vorfinde, um auch dieses Gewicht in die Waagschale zu werfen. Hin und wieder zustimmendes Kopfnicken auf Alvarados Seite, das Sympathie und Bemühen signalisierte. Auf seine Nachfrage, wie es denn mit Maßnahmen der Sicherheit bestellt sei (alle wichtigen Einrichtungen wurden nachts von ihren Mitarbeitern bewacht), hatte man ihm zu verstehen gegeben, dass zwar die Nachtwache gut organisiert sei und alle Arbeiterinnen sich im Wechsel beteiligten, man aber mit Rücksicht auf die religiöse Einstellung verschiedener *compañeras* von einer Bewaffnung Abstand genommen hätte. Sichtlich beeindruckt hatte er aufmerksam zugehört und sich zuversichtlich gezeigt, für die angesprochenen Probleme eine Lösung zu finden. Später war die ganze Gesellschaft in eine nahe gelegene Schule hinübergewechselt. Im erweiterten Kreise von Nachbarn, Freunden und Verwandten hatte es eine ausgelassene Feier gegeben mit schmackhaft zubereiteten Speisen. Trinken und Tanzen gingen bis in die späte Nacht hinein weiter.

Jetzt kam es darauf an, dass all diese Unterschiedlichkeit sich zusammenraufte, die verschiedenen Temperamente zu einem Gleichklang fanden, von nun an würde alles Geschehen in die eigene Verantwortung fallen. Auch fänden die Tätigkeiten nicht mehr vereinzelt, im kleinen, begrenzten Umkreis von Haus und Familie statt, sondern ineinander greifend – auf ihrem Boden würde eine neue Gemeinsamkeit entstehen, wie sie sich an vielen Orten des Landes schon verwirklicht hatte. Sie gehörten jetzt der breiten Bewegung der Kooperativen an, wo in unzähligen kleinen und mittleren Produktionsstätten die Umgestaltung des Arbeitslebens vonstatten ging, wo das Fehlen von Privateigentum sich mit dem Grundsatz verband, dass die Früchte der Arbeit nicht Einzelnen zur individuellen Bereicherung verhelfen, sondern allen in gleicher Weise zukommen sollten – die Auslieferung an die Gnade und Willkür dessen, der die Produktionsmittel besaß oder auf dessen Grundbesitz man arbeitete, hatte aufgehört, auf dem Leben der Arbeitenden zu lasten.

Andererseits – richtete man den Fokus ein wenig anders aus, dann humpelte die Revolution auf einem Bein. Alle revolutionäre Morgenröte verblasst, aller tief greifende Wandel erhält verschwommene Konturen, wendet sich die Aufmerksamkeit der Masse der Frauen zu: *ihre* Lebensumstände hatten sich kaum verändert, in *ihren* Tagesablauf schien keine grundlegende Veränderung eingebrochen zu sein. Wenn es auch ein allseits erkennbares und aufrichtiges Bemühen gab, die exponierte Rolle der Frauen im Befreiungskampf, ihren Mut und ihren Aufopferungsgeist zu würdigen, so bildeten diese Tatsachen doch einen scharfen Kontrast zur bestehenden Wirklichkeit. Das Neuartige ließ sich nicht ohne weiteres greifen.

Der Aufbruch der Frauen kam nicht als dröhnender Vitalismus daher, er war vielmehr geprägt von einer inneren Schwere, von einer zarten, verschwiegenen Qualität, die sich durchzusetzen hatte gegen das Wirken langlebiger, traditioneller Verhaltensmuster, in deren Natur es liegt, das Bestreben von Frauen zu begrenzen und die oft genug verhinderten, dass diese ihre mit der Revolution gewonnenen Rechte und Freiheiten in Anspruch nahmen. Das wirklich Umwälzende, das lag in den geänderten Voraussetzungen zur Erweiterung des weiblichen Erfahrungshorizonts – das Eintreten von Frauen in den öffentlichen Raum, aus dem ihr Einfluss bei der Gestaltung des sozialen Lebens, ungeachtet aller Fallstricke, nicht mehr wegzudenken war. – Allein ihr Sichtbarwerden forderte noch genügend Gegenreaktionen heraus, die oft genug ihre Kraft zur Ausdauer untergruben. Julia vertraute auf die günstigere Ausgangslage, welche die Frauen mit der Revolution zweifellos errungen hatten. Jetzt, da sie im Begriff waren die ersten entschlossenen Schritte zu tun, eilten sie einer Entwicklung voraus, in deren Verlauf viele schlummernde Fähigkeiten sich wecken ließen. In der Berührung mit den eigenen Kräften würde ein neu gewonnenes Selbstbewusstsein entstehen und die engen Grenzen weiblicher Lebenswelten überwinden und die Entdeckung legitimer Ansprüche auf die vielen Arten unnatürlicher Abhängigkeit zurückstrahlen.

Die Wanduhr zeigte halb neun. Von draußen näherten sich Frauenstimmen aus verschiedenen Richtungen. Einzeln und in Gruppen betraten die Ersten den Raum, keuchend, schwitzend, mit Tüchern wedelnd nach dem Gang durch die Hitze, freundschaftlich Begrüßungen austauschend. Julias Bemerkung, dass es Wichtiges zu besprechen gebe, bevor sie an die Arbeit gingen, führte zu eifrigem Gemurmel und quietschendem Stühlerücken, allgemeinem Vorwärtsgeschiebe auf den großen Zuschneidetisch zu, an dessen einem Ende sie selbst Platz nahm. Die letzten Nachzüglerinnen trafen ein, von neuem Gerücke und Zugerufe mit halber Stimme, Zusammendrängen auf den harten Stühlen, bis alle Platz gefunden hatten. Dann trat ein respektvolles Schweigen ein, aufmerksame Blicke, verschieden ausgerichtet, hefteten sich an Julia, ein seltsamer Vogel hoch oben über den Wipfeln, und wie jedes Mal wenn sie vor eine Versammlung trat, stellte sich einen Moment lang das Gefühl ein, keinen Boden unter den Füßen zu spüren.

Wie diese Frauen in Bewegung setzen? Wie mit Worten hinabtauchen in die Tiefe ihres Schweigens? Würde es ihr diesmal gelingen, sie zum Sprechen zu bringen? Da waren zum Beispiel die schweigenden älteren Frauen, stumme Zeuginnen ihres eigenen Lebens, das zeitlebens durch die Bedürfnisse und Ansprüche anderer vermittelt war – sie lebten durch jene Wesen hindurch, zu deren Schutz und Pflege sie von frühester Kindheit an erzogen worden waren. War es jemals vorgekommen, dass sie über sich selbst sprachen? Waren sie je gefragt worden, was sie fühlten oder dachten? Während der tägliche Umgang miteinander sehr lebhaft war, blickte Julia bei den Versammlungen stets in viele regungslose Gesichter, in Augen, die sie ansahen aus einer betäubenden Abwesenheit. Ein schreckhaftes Aufmerken, das sich aus der Betäubung löste, ein reflexartiges Spreizen der Lippen zu einem verlegenen Lächeln, ähnlich wie es auf Kindergesichtern erscheint als halbes Eingeständnis einer Regelverletzung, erhielt sie oft als Reaktion, wenn sie die eine oder andere ansprach, um ihre Meinung zu erfragen. Umso dankbarer war sie den jungen Frauen, ihren spöttelnden Neckereien, die sie als eine Art der Freundschaftsbezeugung austauschten, oder sich witzelnd Geheimnisse zuflüsternd dazu beitrugen, dass sich die Atmosphäre allmählich erwärmte und die Zungen sich lösten. Sie bezogen ihre Unbefangenheit bereits aus der geänderten Lage, dem Anbruch einer neuen Zeit, die sie mit anderen Zeichen versahen als ihre Mütter. Dabei blieb es nicht aus, dass das Streben junger Frauen nach mehr Selbstbestimmung, zu Streitereien in den Familien führte, jedoch verblieben diese zumeist im Bereich familiärer Konflikte, während der Klerus im unbotmäßigen und amoralischen Treiben der Jugend bereits deren Sittenverfall erblickte und gegen die von der Regierung angeblich geförderte Unmoral wetterte.

Anfangs hatte Julia bei den Versammlungen noch auf Maribels Beistand zählen können, aber mit der Zunahme ihrer Verpflichtungen nach Glorias Ausscheiden hatte diese sie ihrem Schicksal überlassen müssen. Seitdem war sie auf sich alleine gestellt, wenn so wesentliche und grundsätzliche Themen zu erörtern waren wie die demokratische Organisationsform einer Kooperative, Gewicht und Bedeutung der Vollversammlung oder die Funktionsweise der gewählten Gremien, Mehrheiten, welche erforderlich waren, um Beschlüsse zu fassen und der Prozentsatz, mit dem sie geändert werden konnten, Befugnisse und Pflichten, die den Kommissionen zu übertragen waren, und so weiter. Seit Maribel nicht mehr an den Versammlungen teilnahm, war die Kommunikation schwieriger geworden, was nicht allein dem Umstand zuzuschreiben war, dass Julia sich in einer fremden Sprache auszudrücken hatte, sondern ihr fehlte jedes Talent zur Rede. Maribels Kunstfertigkeit auf diesem Gebiet schien von ihrer Umgebung in ihr geschaffen worden zu sein, ihre Wendungen und Ausdrucksweise bildeten das Mikrouniversum der Daseinsweise ländlicher Menschen ab, deren Verständnis für einen größeren Zusammenhang sich am ehesten durch das Mittel des Wiedererkennens eigener Lebensumstände wecken ließ. Durch den Gebrauch der bäuerlichen Redeweise, nach Bedarf auch den ihr eigenen Humor einsetzend, knüpfte sie an einem gemeinsamen Ursprung an. Ja, es beherrschte diese Art der Verständigung sogar ein Rhythmus der Sprache, der den dem dahin fließenden Leben auf dem Lande eigenen Gezeiten entsprach. Julia verfügte weder über entsprechende Worte noch über ihren Humor und noch weniger über die Gemeinsamkeit vergleichbarer Lebenswelten. Maribel war die Verkörperung dessen, was man das natürliche Element einer Volksbewegung nennt. Zu ihrem Wesen gehörte jene Einfühlsamkeit, wie sie Personen eignet, die aus dem Schoß der ärmsten Bevölkerungsschichten aufgestiegen waren und den Vollzug dieses Wandlungsprozesses unbeschadet überstanden hatten, indem sie sich ihren ursprünglichen Impuls, ihren verfeinerten Sinn für Gerechtigkeit bewahrten – wie kaum eine verstand sich Maribel auf die Chemie des menschlichen Kontakts. Julias zielstrebige Direktheit musste dagegen unverständlich und plump erscheinen. Ihre Gewohnheit, ohne Umschweife anzusteuern, worauf es ihr ankam, ihre Art, die Dinge auf den Punkt zu bringen, ihre Ungeduld, wenn sich in Diskussionen jemand auf Nebenschauplätze verlor, ja, ihr von kühler Sachlichkeit geprägtes Temperament, musste das alles in den Augen der anderen nicht fast anstößig wirken?

Dieser Gedanke stak in ihrem Kopf und lenkte ihre ersten Worte. Sie begann von dem langwierigen Prozess des Hineinwachsens in eine unbekannte Aufgabe zu sprechen, von den Schwierigkeiten, die sich am Beginn aller Unternehmungen auftun, von der Geduld, zu der alle angehalten waren und so fort. Sie ließ die Rede eine Weile kreisen, um allmählich auf das zu sprechen zu kommen, worauf sie hinaus wollte: „Nun hat sich herausgestellt, dass einige *compañeras* mit den gefassten Beschlüssen unzufrieden sind. Das kann durchaus vorkommen, besagt aber, dass wir die Angelegenheit nicht gründlich genug besprochen haben."

Silvia, eine zwanzigjährige, selbstbewusste Schönheit, ergriff als erste das Wort: „Sehen Sie, Julia, es handelt sich um das Problem der Entlohnung. Inzwischen sind viele *compañeras* nicht mehr damit einverstanden, dass alle den gleichen Lohn erhalten. Sie sind der Meinung, dass sie danach bezahlt werden sollten, was sie produzieren – nach Stückzahl, verstehen Sie?" Ihr schön geschnittener Mund bedachte Julia mit einem entwaffnenden Lächeln, das die Vertiefung zweier Grübchen hervorbrachte, und ihre lang gezogenen dunklen Augen schossen Blitze. Dieses zauberhafte Geschöpf war auf Geheiß des Erziehungsministeriums zu ihnen gestoßen. Anfangs damit betraut, den *compañeras* Unterricht zu erteilen, war sie, nachdem ihre Mission erfüllt war, aus lauter Begeisterung geblieben. Sie erntete murmelnde Zustimmung, seltsamerweise auch auf der Seite derer, denen die vorgeschlagene Regelung offenkundig zum Nachteil ausschlagen würde.

Als Nächste meldete sich Doña Zulema per Handzeichen zu Wort. Was war es, das sie am Gesicht dieser Frau so berührte? fragte sich Julia kaum zuhörend. Während bei den meisten Menschen das Gesicht einer Maske ähnelt, hinter der sie ihre wahren Gefühle zu verbergen suchen, war dies ein Gesicht, auf dem das Innwendige vollkommen bloßzuliegen schien. Es war von Zügen beherrscht, die nichts zu verbergen wussten und aus dem jede Gemütsregung mit einer fast unerträglichen Klarheit herauszulesen war.

„Sie sehen ja selbst", hob Doña Zulema an, als wäre Julia mit ihr alleine im Raum, „wie oft kommt es vor, dass die *muchachas* ihre Arbeit unterbrechen, an der Tür herumstehen und schwatzen, gerade wie es ihnen passt. Da braucht nur irgendein Bursche daherzukommen, ein *compa* oder sonst jemand Bekanntes und schon lassen sie sich ablenken und versäumen ihre Pflichten." Verschwörerisches Blicketauschen und Herausplatzen in Gekicher hinter vorgehaltener Hand auf Seiten der jungen Frauen. Sie schüttelte erregt den Kopf: „Nein, nein, ich will, dass man mich richtig versteht! Ich habe nichts dagegen, sie sind jung und sollen ihr Vergnügen haben! Aber wir, die Älteren, wir tragen Verantwortung für unsere Familien und es wäre nicht gerecht, dass die einen sich plagen, während die anderen die Dinge auf die leichte Schulter nehmen. Sehen Sie mich an, ich komme abends nach Hause und da erwarten mich fünf Knirpse mit knurrenden Mägen, die gefüllt sein wollen. Ich bin sicher, die meisten unter uns werden mir da Recht geben, Kinder lassen sich nicht einfach beiseite schieben, sie fordern ... es schneidet einem ins Herz!"

Beipflichtendes Gemurmel aus der Runde der älteren *compañeras*, zum Schweigen gebracht von Doña Alicias schneidender Stimme, die nun ihrerseits die Gelegenheit ergriff, sich nicht nur über die *muchachas* zu mokieren, denen sie mangelnde Disziplin vorhielt, sondern auch zu den Frauen auf Distanz zu gehen, die ihr handwerklich unterlegen waren, um ihrer Forderung nach Stückbezahlung Nachdruck zu verleihen.

„Wenn die Regeln nicht geändert werden", schloss sie spitz, „dann geh' ich!"

„Aber Doña Alicia, niemand hier wünscht, dass sie gehen!" log Julia gegen ihren Impuls, verärgert über diesen Erpressungsversuch und weil sie vermutete, dass sie die treibende Kraft war, die den Konflikt überhaupt erst angeheizt hatte. Sie fürchtete, dass Doña Alicia in ihrem Eigennutz es immer wieder darauf anlegen würde, die Gruppe zu spalten, um ihre Interessen durchzusetzen. Deshalb hätte sie am liebsten erwidert, dass man sie nicht aufhalten werde, wenn es ihr beliebte zu gehen. Das jedoch wäre eine unentschuldbare Überschreitung ihrer Kompetenzen gewesen und so ging sie nicht weiter darauf ein, bestrebt der Diskussion eine andere Wendung zu geben.

„Sehen sie, ich weiß sehr wohl, dass die Idee der Stückbezahlung sehr verlockend klingt, aber gerade deshalb möchte ich zu bedenken geben, dass sie ebenso die Gefahr neuer Ungerechtigkeit birgt. Wie wir alle wissen, sind die Dinge längst noch nicht so weit fortgeschritten, dass alle *compañeras* ihre Sache gleich gut beherrschen, es gibt noch sehr große Unterschiede, und genau diese Ungleichheit wird am Ende einer Woche, nämlich dann, wenn der Lohn ausbezahlt wird, wieder zu Unzufriedenheit führen. Es wird sich dann herausstellen, dass einige wenige gut abgeschnitten haben, während die übrigen, weil sie nicht mithalten konnten, mit dem Gefühl der Benachteiligung zurückbleiben. Ich für meinen Teil würde uns diese Enttäuschung gerne ersparen."

Julia pausierte. Sie spürte, dass ihre Position in diesem ersten, von einer Minderheit aufgeworfenen Konflikt nicht überzeugend wirkte. Genau genommen war es ja ihre Idee gewesen, das Prinzip der Gleichheit einzuführen, um Konkurrenz und Missgunst von Anfang an den Boden zu entziehen. Doch waren ihre Vorschläge in einem Moment aufgenommen worden, da die Auswirkungen einer solchen Praxis noch nicht fühlbar waren. Offenbar war das Bedürfnis nach individueller Anerkennung der eigenen Leistung höher einzuschätzen, als ein politisches Ideal, um das es ihr gegangen war. Julia verfügte zwar nicht über das Gewicht ihrer Stimmabgabe – bewusst hatte sie es abgelehnt, Mitglied der Kooperative zu werden –, aber es wäre Selbsttäuschung gewesen, sich nicht einzugestehen, dass sie auch in ihrer Rolle über eine nicht unbeachtliche Autorität verfügte und dass ihre Meinung bei Entscheidungen, die zu treffen waren, vielfach den Ausschlag gab. Im Augenblick zögerte sie nicht, sich dieses Vorteils zu bedienen. Sie versuchte einen neuen Anlauf.

„Wenn wir anfangs gesagt haben, dass Lesen und Schreiben und die Grundrechenarten zu beherrschen, zum Wissen aller gehören muss, damit alle verstehen, was vor sich geht, dann gilt das Gleiche auch für die begonnene Ausbildung – also, was ich sagen will: erst unter gleichen Voraussetzungen haben auch alle die gleiche Chance."

Nun richtete Teresita sich auf, halb auf ihrem Schemel kniend, um ihrem dünnen Stimmchen die nötige Aufmerksamkeit zu verschaffen. Sie war ein hoch gewachsenes, hellhäutiges, sommersprossiges Mädchen mit einer wallenden rotblonden Mähne. Diese bemerkenswerte physiognomische Abweichung schrieb man ihrer angeblich irischen Herkunft zu, auch wenn kaum jemand wusste, wo Irland lag.

„Also ich sehe da gerade noch ein anderes Problem. Ich frage mich nämlich, wie wir, die wir Ämter haben, unseren Lohn aufbessern können, wenn alle nach Stück bezahlt werden? Ich, die ich Noemí bei der Buchhaltung zu helfen hab, verbringe ganze Vormittage im Büro und sitze an manchen Tagen nur nachmittags an der Maschine."

„Aber wir alle haben doch unsere Aufgaben in den Kommissionen", warf Doña Carmen ein, „Einkauf, Produktion, Lagerverwaltung und so weiter. Wenn ich mit Juanita zum einkaufen in Managua unterwegs bin, produzieren wir zwei Tage lang nichts. – Stimmt's Juanita?"

Juanita hob den Kopf von dem Ruhekissen ihrer Arme, die sie auf dem Tisch liegen hatte, und blickte mit fernen Augen, als hätte sie die ganze Zeit nicht zugehört. Sie wirkte so schläfrig wie am Ende eines Tages, was Julia daran erinnerte, dass der Tagesablauf dieser Frauen im Morgengrauen begonnen hatte, während sie noch schlief. Juanita nickte Doña Carmen jetzt eilfertig zu.

Eine kurze Pause trat ein, Getuschel aus verschiedenen Ecken, Irritation auf den Gesichtern derer, die geschwiegen hatten. Noemí war es nun, die ihre klare Stimme erhob: „*Compañeras*, ohne den guten Willen aller werden wir es nicht weit bringen, ohne die Bereitschaft, etwas zum Nutzen unserer Gemeinschaft beizutragen, werden wir scheitern. Es ist richtig, wir sind hier, weil wir genötigt sind, unseren Lebensunterhalt zu verdienen, den unserer Familien, für unsere Kinder. Aber bei alledem müssen wir an's Überleben unserer Kooperative denken, denn *sie* ist es ja, die uns ernährt. Darum kann es nicht sein, dass wir für alles, was uns Arbeit abverlangt, einen finanziellen Ausgleich erwarten, wir wären dann in kürzester Zeit ruiniert! Und vor allen Dingen sollten wir nicht vergessen, dass es uns im

Vergleich zu vielen anderen sehr leicht gemacht wurde." Ihr Blick wanderte zu Julia. „Alles, was wir haben, verdanken wir Julia und den *compañeras* in Deutschland und deshalb besteht ein Teil unserer Verantwortung auch darin, sie nicht zu enttäuschen!"

Julia überging diesen Hinweis, denn die ständige Hervorhebung ihrer Person hatte auf sie die Wirkung einer Peinlichkeit, auch wenn sie glaubte zu verstehen, dass dies die Art war, wie ihre Umgebung ihr mitteilte, dass ihr Wert nicht unerkannt blieb.

Als Noemí geendet hatte, kam Julia ein Gedanke, wie es vielleicht möglich wäre, alle Seiten zufrieden zu stellen. „*Compañeras*, mir ist da gerade so eine Idee gekommen, mit der sich vielleicht alle einverstanden erklären können. Wir könnten es mit einer Kombination versuchen: garantierter Grundlohn für alle und darüber hinaus bezahlen wir einen Stücklohn, also einen Anteil, der sich nach der Menge bemisst, die jede Arbeiterin in der Lage ist zu produzieren."

Zu ihrer großen Überraschung erfolgte als Reaktion fast einhelliges Einverständnis und alle begannen sogleich sie mit Fragen zu bestürmen, wie sich der Vorschlag in die Praxis umsetzen ließe. Nur Doña Alicia warf Julia einen kurzen, vernichtenden Blick zu, als wollte sie sagen: „Na, *chela*, da hast du mich aber ganz schön reingelegt!" Ihr blieb jetzt nur die Wahl, entweder dem Kompromiss zuzustimmen oder die Kooperative tatsächlich zu verlassen. Julia war allerdings davon überzeugt, dass sie bliebe. Diese Wahrscheinlichkeit bestätigte sich bei der darauf folgenden Abstimmung, die einvernehmlich ohne Gegenstimme ausfiel. Auf alle Fragen eine Antwort zu geben, war jedoch schlicht unmöglich, denn wie alle anderen war auch sie, Julia, auf ihre Art eine Lernende. In dem Moment, als sie den Vorschlag machte, verfügte sie noch über keinerlei Anhaltspunkte, wie das neue System zu realisieren wäre. Deshalb erklärte sie: „Noemí und ich, wir werden uns mit Don Petronilo besprechen müssen. Aber eines ist jetzt schon sicher, bei allem, was wir tun, muss bedacht werden, dass wir Kredite abzuzahlen haben, wir stehen mit dem größten Teil der letzten Stofflierung bei der Bank in der Kreide. Wahrscheinlich wird uns Don Petronilo raten, jede weitere finanzielle Belastung zu vermeiden. Warten wir's ab!"

Alle verteilten sich gutgelaunt auf ihre Plätze und über die Stimmen legte sich alsbald das Geklapper von Arbeitsgeräten und das Surren der Maschinen. Keine gleichen Löhne! Es machte Julia unzufrieden, gezwungen gewesen zu sein, dem Druck einer Minderheit nachzugeben und sich auf einen Kompromiss zu einigen, den sie für eine Absage an ihre politische Überzeugung hielt, der zufolge das Ideal der Gerechtigkeit eine nach anderen Prinzipien gestaltete Praxis nach sich ziehen müsste. Verstimmt machte sie sich an die Arbeit. Warum hatte sie sich nicht durchsetzen können? Fehlte es ihr am grundlegenden Verständnis oder handelte es sich ganz einfach um die Tatsache, dass ihre Erwartungen zu weit entfernt von der Wirklichkeit lagen? Der Zweifel nagte an ihr. Abermals fühlte sie die enorme Kluft, die zwischen ihr und diesen Frauen bestand, umso verwunderlicher war es, dass sie dennoch dabei waren auf irgendeine Weise zueinander zu finden.

„Nehmen Sie es sich nicht so zu Herzen!" sagte anderntags Don Petronilo in seiner die Milde des Alters ausstrahlenden, nachgiebigen Art, „Egoismus und Eigennutz zu besiegen wird schwieriger sein, als den Krieg zu gewinnen. Man muss sich in Geduld üben mit seinen Mitmenschen – man darf nicht alles auf einmal verlangen, man muss ihnen Zeit geben, alte Gewohnheiten abzulegen. Sehen Sie, es tröstet mich schon, wenn ich meine Kinder ansehe – ich habe zwei Töchter und einen Sohn – sie alle studieren, stellen Sie sich das vor! Früher hätte ein kleiner, unbedeutender Buchhalter wie ich an eine solche Möglichkeit nicht im Entferntesten denken können. Ich bin überzeugt, dass die kommende Zeit schon bald Menschen anderer Art hervorbringen wird. Die Revolution ist dornig und alles andere als perfekt – aber schön! Dem Herrn sei Dank, dass ich das noch erleben darf!"

Sie lächelten sich zu – Julia, Noemí und dieser freundliche ältere Herr mit dem sanften Gemüt, der keine Sekunde gezögert hatte, ihnen zu helfen. Er war alles andere als ein Zahlenfuchser, wie das gängige Vorurteil vom Beruf des Buchhalters erwarten ließ, sondern ein offener, beweglicher

Geist, dem die Entwicklung der Kooperativen mehr als alles andere am Herzen lag, denn er hielt sie für eine der wichtigsten Errungenschaften der Revolution.

Don Petronilo blätterte oberflächlich in den Unterlagen, die sie mitgebracht hatten. „Sehr gut, wie ich sehe, sind Sie schon ein gutes Stück vorangekommen. Sie haben alle Gremien gebildet, *junta directiva*, die Kommissionen – und die Präsidentin, nehme ich an, sind Sie!", sagte er zu Noemí, sie aus seinen treuen Augen anblickend.

Julia legte Noemí die Hand auf die Schulter wie zum Beweis ihrer Vertrautheit. „Ja, die Präsidentin ist Noemí."

„Was für eine Schulbildung haben Sie, *compañera*?"

„*Primaria*, aber ich studiere abends für den Oberstufenabschluss."

„O ich gratuliere Ihnen zu soviel Entschlusskraft! Sie gehören zu den Menschen, die wir brauchen!" Dann legte er die Hand auf den Papierstapel und sagte nun ernster dreinblickend: „Ich sehe mir das in Ruhe an und mache mir Gedanken, wie wir den Stücklohn am besten errechnen können." Damit stand er hinter seinem Schreibtisch auf und reichte ihnen die Hand. „Ich komme die Tage zu Ihnen rüber und dann werden wir mit den *compañeras* das weitere Vorgehen besprechen und dann hoffen wir mal, dass es in Zukunft keine Missverständnisse mehr geben wird."

Julia empfand sich riesenhaft, als sie dem kleinen, feingliedrigen Mann die Hand drückte, den sie um mehr als einen Kopf überragte.

# 7

Verstimmung und Unlust hielten noch eine Zeit lang an, verblassten dann langsam, vergraben unter der Fülle ihrer Aufgaben. Private Gefühle, ebenso wie das dazugehörige Leben, fielen kaum mehr ins Gewicht, das politische Leben um sie herum, das täglich mit neuen Herausforderungen aufwartete, das Leben in der Kooperative mit seinen vielseitigen Beschäftigungen, ließen das Private zur beiläufigen Erscheinung werden. Ein Zusammenhang, der den Austausch von Vertraulichkeiten zuließ und die Mitteilung persönlicher Konflikte die Anteilnahme anderer erwarten ließ, ein solcher Zusammenhang existierte nicht mehr, die Menschen, mit denen sie dergleichen hätte teilen können, waren auf der Straße der Vergangenheit zurückgeblieben. Einstweilen hatten Christa und Bertold die Rolle der Zuhörer und Ratgeber übernommen, da hatte es Vertrautheit und Verständigung gegeben, aber Bertold war abgereist und Christa hielt sich vorübergehend in Deutschland auf. Als Maribel dann eines morgens mit der Nachricht auftauchte, dass die neue *compañera*, Glorias Nachfolgerin, endlich eingetroffen sei, war Julia, als hätte sie jemand von einem schmerzenden Stachel befreit.

„Wenn du sie kennen lernen willst, dann komm' heute Nachmittag bei Nila vorbei, da wohnt sie zur Zeit. Du gehst die Hauptstraße hinunter bis zur übernächsten Ecke, da ist es das vorletzte Haus auf der linken Seite."

„Gut, ich komme sobald ich kann, aber nach wem frage ich?"

„Nach Ana ... Ana María Calderón."

Zwischen wechselnden, routinemäßigen Handgriffen, den täglichen Verrichtungen, die ihren Arbeitsalltag ausmachten, den Anweisungen, die sie gab und die zu befolgen die anderen bestrebt waren, in Anerkennung ihrer abstrakten Autorität, die ihr die Kenntnis eines Handwerks verlieh, fieberte Julia der Stunde entgegen, da sie jener Unbekannten, gegenübertreten sollte. Diese Aussicht versetzte sie in seltsame Erregung, als erwarte sie jemandem zu begegnen, der vor langer Zeit aus ihrem Leben getreten war und nun wieder von sich hören ließ. Immer wieder wanderte ihr Blick zur Wanduhr, mit zweckloser Ungeduld verfolgte sie die Runden des Minutenzeigers, das Vorwärtskriechen des Stundenzeigers zur vollen Stunde hin, mit an den Nerven reißender Langsamkeit zogen sich die Stunden endlos dahin. – Endlich! Sie tat die letzten Stiche an einem Kinderkleidchen, an dem sie den Tag über genäht hatte, und hielt es mit ausgestreckten Armen prüfend vor sich hin. An der Anstrengung, die es sie kostete, die Arme zu heben, spürte sie, wie ihr die Hitze alle Energien genommen hatte. Schweißtropfen rannen ihr vom Haaransatz den Rücken hinunter und verklebten Haut und Bluse. Obwohl Fenster und Türen weit offen standen, war es in der Werkstatt so heiß wie in einem überheizten Zimmer. Sie erhob sich vom Stuhl. Mit überfliegendem Blick hielt sie Ausschau nach einem geeigneten Objekt, an dem sich überprüfen ließe, ob das Ergebnis ihres Bemühens bei den *compañeras* Zustimmung fand. An den Nachmittagen belebten die Kinder der Arbeiterinnen die Näherei, sie vertrieben sich die Zeit mit kleinen Handreichungen oder sahen dem Treiben einfach nur zu. Ihr Blick fiel auf Judy, einem zarten, kleinen Ding mit struppigem und Filznestern gespicktem Haarschopf. Die großen schwarzen Kulleraugen rollten am Rand des Bügelbretts entlang, folgten dem lautlosen Gleiten des Bügeleisens in der Hand der Mutter, während ihr helles Stimmchen unablässig eine Art Singsang von sich gab. Auf ein Zeichen hin kam sie zu Julia herübergelaufen und pflanzte sich vor ihr auf mit in die Höhe gestreckten Ärmchen, bereit zur Anprobe. Julia streifte ihr das Kleid über, zupfte den Faltenwurf zurecht und nahm sie bei den Schultern, um sie durch sanften Druck zu einer Drehung zu bewegen. Aber Judy machte sich steif und nahm eine Haltung ein, als steckte sie in einer Rüstung, die Ärmchen versteift und weit vom Körper abstehend. Aus Schleifen und Rüschen blickte sie gequält von einem zu anderen. Erst durch schmeichelndes Zureden einiger *compañeras*, die sich um sie versammelt hatten, konnte sie dazu gebracht werden, ihre Füßchen zu einer halben Drehung umzusetzen, damit das Kleid von allen Seiten in Augenschein genommen werden konnte. Das Modell hatte an Judy einfach nicht den gewünschten Effekt, aus ihr, die es liebte barfuß zu gehen und meistens mit nicht mehr als einem Schlüpfer bekleidet war, ließ sich so leicht keine Prinzessin zaubern. Während verzückte Ausrufe von allen Seiten die Szene begleiten, ist sich Judy, die an sich hinuntersieht wie an einem fremden Wesen, über das Urteil keineswegs schlüssig. Julia bedeckte den Mund mit der Hand, um ein Lachen zu unterdrücken. In ihrem Kopf blitzte ein Bild auf, da und schon weg, in der Kürze eines Augenblicks nahm Judy vor ihrem geistigen Auge die Gestalt eines schmalgesichtigen, mageren Mädchens an, das sie selbst war: lange, dünne Beine, blonde Zöpfe, dunkelblaues Strickkleid aus kratzender Wolle, weiße, gehäkelte Kniestrümpfe, glänzend geputzte Schnallenschuhe – sie hätte nicht sagen können, was vor oder nach dieser Szene gewesen war und auch nicht, warum sie ihr gerade jetzt in den Sinn kam.

Kaum war Judy aus ihrer misslichen Lage befreit und des Kleides ledig, begann ihr Gesichtchen zu erstrahlen. Im Lauf durchquerte sie den Raum und verschwand zwischen den Beinen der durcheinander laufenden Arbeiterinnen, die sich ans Aufräumen machten.

Am Zuschneidetisch hatten einige *compañeras* einen Kreis um Blanca gebildet, die ihre Angaben über die heute produzierte Stückzahl entgegen nahm. Blusen unterschiedlicher Farben und Muster landeten auf einem Haufen – der Lohn des heutigen Tages. Doña Zulema hat – wie jeden Tag – schlecht abgeschnitten, mit tränenfunkelnden Augen, die das ganze Ausmaß ihrer Hilflosigkeit ausdrücken, gibt sie unter den mitleidvollen Blicken der Umstehenden mit erstickter Stimme ein niederschmetterndes Ergebnis zu Papier. Es entspinnt sich eine kurze, aber lebhafte Debatte, Überlegungen werden angestellt, wie Doña Zulema, die hoffnungslos ins Hintertreffen geraten war, geholfen werden könnte, um ihre Lage zu verbessern.

Julia verfolgte die Diskussion nur mit halbem Ohr, ohne sich zu beteiligen. Sie war ihr die Bestätigung dessen, was sie hatte kommen sehen und um jeden Preis verhindern wollen, aber der Triumph war zu bitter, als dass sie ihn hätte auskosten mögen, die Lage zu ernst für unangemessenes Verhalten. Alle die hier Anwesenden teilten in diesem Augenblick denselben Gedanken: seit einer Woche quälte Doña Zulema eine schreckliche Ungewissheit; ihr Mann war während der Feldarbeit von der *contra* verschleppt worden und niemand konnte sagen, ob er noch am leben war. Die Familie hatte ihr zu Hause, einen entfernten ländlichen Weiler, schon vor längerer Zeit verlassen, da das Leben in der Einsamkeit zu unsicher geworden war, nachdem ihnen von einer umherziehenden Bande ein Teil der Ernte abgepresst worden war. Aber ihr Mann wollte das Landstück nicht verloren geben und so machte er sich von Zeit zu Zeit auf den Weg, um nach den Pflanzungen zu sehen. Ihre ganze Hoffnung knüpfte sie jetzt an die Operation der Sandinistischen Armee, die die Verfolgung aufgenommen hatte, denn auf der Kommandantur hatte sie in Erfahrung gebracht, dass es noch eine Reihe anderer Fälle von entführten Bauern gab. Was man über die Behandlung dieser Unglücklichen erfuhr, war mehr als besorgniserregend: sie wurden geschlagen, die Frauen in aller Regel missbraucht, sie mussten die Ausrüstung und Verpflegung schleppen und dienten als Schutzschild gegen die Angriffe der Sandinistischen Armee. Gelang es einem Trupp eines der Camps zu erreichen, wurden die Männer zur Feldarbeit gezwungen, während die Frauen Waschen und Kochen zu besorgen hatten. Alles hing jetzt davon ab, dass man die *contras* schnappte, bevor sie auf die andere Seite des Grenzgebiets entwischten.

Julia trat in die Kammer ein, wo in früheren Tagen eine Klosettschüssel über einer Sickergrube aufgestellt worden war. Irgendwann musste durch das Rohr über der Wand einmal Wasser geflossen sein, aber die Pumpe, die das bewerkstelligte, funktionierte schon lange nicht mehr. Also wusch sie sich das Gesicht mit dem Wasser aus dem Benzinfass (Alvarado hatte Wort gehalten), das die *compañeras*, solange kein Regen fiel, jeden Morgen mit dem mühsam herbei geschleppten Wasser aus einem benachbarten Brunnen füllten.

Als sie zurückkam hatte sich die Werkstatt geleert. Nur Doña Sofía saß noch an der Nähmaschine und in einer Ecke waren Doña Pilar und Marisol mit Zählen beschäftigt.

„Ich habe 32 und Sie?" rief Marisol Doña Pilar zu, die sich Bluse für Bluse über den Arm legte.

„Bei mir sind's 36 ... das macht ..." sie kehrte die Handfläche nach oben und zählte an den Fingern ab, indem der Daumen beim kleinen Finger beginnend nacheinander Ring-, Mittel- und Zeigefinger antippte, dasselbe vollführte dann die linke Hand, dann wieder die rechte und so weiter. Seltsamerweise stimmte das Ergebnis immer.

„68!" sagte sie freudestrahlend. „Haben Sie gehört, Julia, 68!"

„Nicht schlecht für den ersten Durchlauf, jetzt müssen wir sie nur noch verkaufen."

„Ach, da machen Sie sich mal keine Sorgen", warf jetzt Doña Sofía ein, die ihre Näharbeit unterbrochen hatte und sich zu ihr umdrehte, „morgen wird es so einen Andrang geben, dass Doña Pilar kaum zum Nähen kommen wird!" Sie wedelte mit der Hand, als hätte sie glühende Kohle berührt, um ihre Aussage zu unterstreichen. „Sie werden schon sehen!" bekräftigte sie und beugte sich wieder über ihre Arbeit.

Aus ein paar bunten Stoffresten, die übrig geblieben waren und abends auf den Tischen herumlagen, versuchte sie ein Kleidchen für ihre Jüngste zu nähen, das einzige Mädchen in der Reihe von acht Kindern. Zwei ihrer Jungen, von denen einer ein strampelndes Baby auf den Knien hielt, räkelten sich vor ihr auf den Stühlen. Das Baby fing an zu weinen und ruderte mit den Ärmchen, ganz offensichtlich aus Protest gegen seine unbequeme Lage. Doña Sofía fuhr den Jungen barsch an, dass er das Kind aufsetzen solle. Von ihren Söhnen hatte sie keine hohe Meinung: *sie taugen zu nichts, diese Bande macht nur Arbeit*, als bestünde der Sinn ihrer Existenz einzig darin, ihre Schwierigkeiten noch zu vergrößern. Am bittersten beklagte sie sich über ihren Ältesten, den sie jeden Tag mit einer Schüssel *tortillas* auf die Straße schickte, damit er sie verkaufte, dann aber nie den zu erwartenden Gewinn nach Hause brachte. „Stellen Sie sich das vor, der Bengel kann nicht rechnen, lässt sich von jedem über's Ohr hauen! Dafür stelle ich mich nun jeden Morgen um vier Uhr hin und backe *tortillas*! – Ach Julia", sagte sie manchmal halb im Scherz halb im Ernst, „nehmen sie ihn mit nach Deutschland! Da wird er wenigstens eine vernünftige Erziehung bekommen, auf eine anständige Schule gehen – so kann vielleicht noch was aus ihm werden." Die Söhne waren ihr eine Last, weshalb sie ihre ganze Hoffnung in das heranwachsende Mädchen setzte, von dem sie glaubte, dass es ihr eines Tages eine Stütze sein würde. Julia warf einen fast mitleidigen Blick auf das kleine, zarte Geschöpf mit dem Namen der Sonne, das einstweilen noch in den Windeln strampelte und mit wackelndem Köpfchen seine Umgebung erkundete.

„O es ist höchste Zeit für mich, *compañeras*, ich muss schleunigst los!" sagte Julia plötzlich und griff nach ihrer Tasche. „Gehen Sie noch nicht nach Hause, Doña Sofía?"

„Ich warte noch auf die *compañeras* der Nachtwache, um den Schlüssel zu übergeben."

„Na dann bis morgen!"


Aus dem Haus, das Maribel ihr beschrieben hatte, kam das Tönen eines Fernsehapparats. Der Eingang war über eine Veranda zu erreichen. Über den Rand des Geländers ragte das Profil einer jungen Frau, um deren Kopf, der vor- und zurückpendelte, sich das dichte Kraushaar wie ein Helm legte. Sie saß in einem Schaukelstuhl, auf dem Schoß ein in ein Tuch gewickeltes Baby, das sie mit der schwingenden Bewegung und leichten Klapsen auf den Rücken zum einschlafen zu bringen versuchte, während ihr Blick an einem imaginären Punkt in der Ferne zu haften schien. Julias unerwartetes Auftauchen kappte die Verbindung, die Frau sah sie mit schlaftrunkener Miene an, wie jemand, der aus einem Traum geweckt wird. Um ein Haar wäre ihr einer Fuß in einem schwarzen, dicht an der Veranda vorbei fließenden Rinnsal versunken, auf dessen Oberfläche Küchenabfälle schwammen. Julia stieß einen Laut des Ekels hervor, und beide mussten sie jetzt über ihr gerade noch verhindertes Missgeschick lachen.

„*Buenas!*" sagte sie noch immer halb unter Lachen, eine gebrochene Treppenstufe überwindend.

„Entschuldigen Sie, aber bin ich hier richtig bei Nila?"

„Ja schon, das ist meine Mutter. Sie ist aber nicht zu Hause."

„Können Sie mir denn sagen, wo ich Ana María Calderón finde? Man sagte mir, sie soll hier wohnen."

Die Frau hob die Hand und neigte sich zur offen stehenden Tür hin. „Ana!" rief sie laut ins Innere und dann an Julia gewandt: „Gehen Sie nur hinein, sie wird schon kommen."

Drinnen hielt sich eine bunt gewürfelte Mischung von Leuten auf. Teils saßen sie auf dem Boden, teils auf Stühlen um das starrende Auge eines Fernsehgeräts herum und ließen sich von grellbunten Werbespots berieseln. Die Kinder in der vorderen Reihe plapperten unentwegt, während die Erwachsenen gebannt in den Apparat starrten, der ihnen eine unbekannte Welt widerspiegelte, eine Welt voller kleiner und großer Wunder, ein schillerndes Universum, das auf einem anderen Stern zu existieren schien, wüsste man nicht, dass das Programm aus Costa Rica kam – das einzige, das hier zu empfangen war. Die Kenntnis dieses Umstands verlieh dem Zauber eine gewisse Glaubwürdigkeit. Im Nachbarland scheint man weder Not noch Entbehrung zu kennen, lauter gelöst wirkende und zufriedene Menschen treten da auf – keine wie diese, die hier versammelt sind: nacktfüßige, Schuhe putzende Kinder, beschmiert mit klebriger, schwarzer Paste; die beiden *compas* mit abgespannten Gesichtern, für kurze Zeit vom Krieg beurlaubt; an der Last harter Arbeit tragende Männer und Frauen, die sich eine Atempause gönnen, indem sie über den flimmernden Bildschirm am sorglosen Leben anderer teilnehmen. Und diese anderen? Allesamt Profis des Massenkonsums, Leute von makelloser, mehlfarbener Weiße, die sich in lackglänzenden Autos fortbewegen und nach allen Finessen westlicher Industrieproduktion verfertigte Speisen zu sich nehmen; Frauen mit puppenhaften Porzellangesichtern, deren Häuser in mittelständischen Vorstadtsiedlungen voll gestopft sind mit Waschmaschinen, Kühlschränken und sonstigen magischen, dienstbaren Geistern, welche das Leben der Hausfrau zum vergnüglichen Dasein machen. Von Zeit zu Zeit durchkreuzte ein abwechselnd hörbares Kichern und Grummeln des Ärgernisses die Illusion, das ein Alter mit zerklüftetem Antlitz von sich gab, den gekrümmten

Rücken leicht vorgeneigt, den Hut in den Nacken geschoben, die großen, schwieligen Hände auf den Knien, die nackten Füße trotz unbändiger Hitze in Gummistiefeln.

Bei ihrem Eintreten blickten sich nur einige wenige nach Julia um. Sie wandte sich an eine sehr junge Frau mit kindlichem Aussehen, deren dunkle Gesichtshaut von unregelmäßiger Pigmentierung war, wie sie für Pilzerkrankungen typisch ist. Völlig von den Bildern gefesselt, warf sie Julia nur einen kurzen, abwesenden Blick über die Schulter zu, aber nach einer Weile des Wartens schien sie bereit zu sein, sich ihrer anzunehmen und bewegte sich schlurfenden Schrittes, als steckten ihre Füße in zu großen Schuhen, wortlos auf einen Hinterraum zu. Jetzt, da ihre Figur von der Seite zu sehen war, bemerkte Julia unter der Weite ihres Kleides die Fülle einer Schwangeren, die kurz vor der Niederkunft stand.

„Ana, hier will dich jemand sehen", sagte sie mit überraschend freundlich klingender Stimme und schob einen Vorhang beiseite. Sie winkte Julia heran und überließ sie dann ihrem Schicksal.

Zögernd betrat Julia den Raum, in den durch ein einziges Fenster ein wenig Licht einfiel. Es vergingen ein paar Sekunden bis sich ihre Augen an das Halbdunkel gewöhnt hatten und ihr klar wurde, dass sie sich in einem Schlafraum befand, den eine unbestimmte Anzahl von Personen miteinander teilten. Mehrere Betten standen da, aus einer Kiste unter dem Fenster quollen Kleidungsstücke, und auf einem der Betten sitzend die Gestalt einer Frau, die sich nun erhob und ihr die Hand entgegenstreckte. Das Gegenlicht überschleierte ihr Gesicht mit verhüllendem Schatten; es war ein ovales, ausdrucksvolles Gesicht, von der herben Schönheit einer Frau, die ihre Blütezeit hinter sich hat. Das volle schwarze Haar trug sie kurz und über der Hose eine locker fallende, karierte Bluse vom Schnitt eines Männerhemdes. Julia ergriff ihre Hand mit sanftem Druck, sich rechtzeitig daran erinnernd, dass sich alle Welt über den festen Händedruck der Deutschen lustig machte.

„Ich bin Julia, ich weiß nicht, ob Maribel ..."

„Ja, ich bin informiert ... du leitest dieses Frauenkollektiv, nicht wahr? Freut mich, dich kennen zu lernen. Ich schlage vor, dass wir uns hier unterhalten, du siehst ja, was da vorne los ist."

Dass sie das vertrauliche Du benutzte, hätte Julia die Anspannung nehmen können, die sich in ihr ausgebreitet hatte, seitdem sie hier eingetreten war, aber sie wusste, dass es mit dieser Anrede keine besondere Bewandtnis hatte, höchstens insofern, als sie zum Stil des geläufigen Umgangs unter Gleichgesinnten gehörte. Sie setzten einander gegenüber auf die Betten, auf denen als Matratze mit Rohbaumwolle ausgestopfte Reissäcke lagen.

Ana umgriff mit beiden Händen die Bettkante, kreuzte die Füße, die in Militärstiefeln steckten, und zog sie unters Bett zurück. „Ich hab von deiner Arbeit noch keine rechte Vorstellung, wie du sicher von Maribel weißt, bin ich gerade erst hier angekommen. Mit Frauenarbeit hab ich, ehrlich gesagt, kaum Erfahrung. Natürlich hab ich mit Frauen zu tun gehabt, aber Frauenarbeit, wie sie der Frauenverband verlangt, das ist wohl was anderes. Ich bin sehr gespannt, aber ich werde wohl eine gewisse Zeit brauchen, um mich einzuarbeiten."

Julia hatte ihre Zigaretten hervorgekramt und hielt Ana das Päckchen hin.

„Nein danke, ich rauche so gut wie nie, nur zu besonderen Anlässen – ich will mich nicht daran gewöhnen."

Julia blies den Rauch aus, während Ana nach kurzer Stille fortfuhr:

„Wo ich mich auskenne, ist da draußen in den Dörfern, da hatte ich die Verantwortung für ein bestimmtes Gebiet. Ich selbst bin in so einem Dorf groß geworden, deshalb weiß ich aus Erfahrung, dass große Veränderungen für ländliche Menschen immer etwas Bedrohliches haben. In der Hauptsache geht es also darum, den Leuten diese Veränderungen zu erklären." Sie hatte die Hände von der Bettkante gehoben und begleitete ihre Rede mit lebhaften Gebärden. „Denn ein *campesino* hat eine klare Vorstellung von der Freiheit. Freiheit bedeutet für ihn die ungehinderte Ausübung seiner Religion, ebenso sich nicht hineinreden zu lassen in das, was er als seine persönlichen Angelegenheiten versteht, er glaubt an die Idee des Privateigentums, selbst wenn sein Besitz nur aus einem winzigen Stückchen Boden besteht. Außerdem ist er daran gewöhnt, allein für sich selbst zu sorgen, mit anderen gemeinsam zu wirtschaften, verstößt gegen seine Vorstellung von Unabhängigkeit – deshalb misstraut er jeder Form kollektiven Eigentums." Ana hob die Brauen und sah Julia voll an. „Was unsereins lernen muss zu verstehen, ist, dass unsere Bauern zu ihrem Grund und Boden ein sehr unmittelbares Verhältnis haben, man könnte sagen, dass diese Bindung ebenso stark ist wie die zu den eigenen Kindern." Sie ließ eine Pause entstehen, warf den Kopf in den Nacken und fuhr sich mit gespreizten Fingern durch das rabenschwarze Haar. Die Geräusche des Fernsehers auf der anderen Seite der Bretterwand kamen zu ihnen herüber, geteilt in tönende Stückchen, und traten wieder hinter die Wand zurück als Ana weiter sprach: „Andererseits macht es wenig Sinn, den aufgelösten Großgrundbesitz einfach nur unter die Leute zu verteilen – wenn wir mit der Entwicklung auf dem Land vorankommen wollen, brauchen wir Leute, die bereit sind, sich in Kooperativen zu organisieren. Hierfür sind die konterrevolutionären Aktivitäten allerdings das größte Hindernis, die fortgesetzten Angriffe auf Kooperativenbauern machen uns die Arbeit nicht leichter, Vorbehalte abzubauen. Mit zunehmender Aggression werden die Kooperativen mehr und mehr zu Selbstverteidigungseinrichtungen, anstatt zur Produktivitätssteigerung beizutragen, wozu sie ja gedacht sind." Einen Augenblick lang schien Ana nachzudenken, dann sagte sie langsam: „Trotz alledem dürfen wir stolz sein: wir haben Schulen und Gesundheitsstationen aufs Land gebracht, Agrarprojekte, die von Technikern betreut werden und Beschäftigung bringen, an einigen Orten sind neue Kooperativen entstanden und die Leute haben sich zu ihrem Schutz bewaffnet... Das heißt, trotz aller Strapazen, die das Leben da draußen so mit sich bringt, hat mir meine Arbeit Freude gemacht." Eine Aussage, die das Funkeln ihrer nachtdunklen Augen unterstrich. Sie waren sehr schwarz und leuchteten in dem abgedunkelten Raum. „Allerdings muss ich gestehen, dass ich auch nichts dagegen einzuwenden hatte, als die Wahl für Glorias Nachfolge auf mich fiel. Hier bin ich meiner Tochter näher..." Sie lächelte. „Ich hab nämlich eine kleine Tochter – sie ist zwei und lebt bei meinen Eltern. Und außerdem will ich wieder zur Schule gehen..." Sie sah zur Seite. „Das kommt dir vielleicht merkwürdig vor ... eine Frau in meinem Alter! Aber ich bin da keine Ausnahme, wie viele von uns, die ein ungeregeltes und unstetes Leben führen mussten, hab ich gerade mal die *primaria* geschafft. Es gab immer so viel anderes ... erst der Befreiungskrieg, dann die Revolution... Nun wird es Zeit, wir haben viel nachzuholen, was ja auch eine schöne Vorstellung ist, nicht wahr?"

Ihr Blick verweilte kurz im Leeren und kehrte zu Julia zurück.

„Und du?", sagte sie ein wenig herausfordernd, „erklär' mir, was es mit diesem Frauenkollektiv auf sich hat."

Gehorsam bereitete sich Julia darauf vor zu sprechen: „Nun, wie du vielleicht schon weißt, sind wir inzwischen sechsundzwanzig Frauen und eine anerkannte Kooperative. Das bedeutet, dass wir jetzt mit zuverlässiger Materialzuteilung rechnen können und in der Lage sind, preisgünstige Kleidung anzubieten. Der günstige Materialeinkauf erlaubt uns, die Preise niedrig zu halten. Um zu verhindern, dass unsere Produkte auf dem Schwarzmarkt landen, geben wir pro Person nur so viel ab, wie der Bedarf einer Familie ausmacht. Nur die Inhaber von Dorfläden können bei uns größere Mengen kaufen. Allerdings gibt es noch viele interne Probleme ... und ehrlich gesagt, hege ich die Hoffnung, dass der Frauenverband sich jetzt wieder stärker darum kümmert ... schließlich hat er die Schirmherrschaft für das Projekt übernommen..." Da Ana nichts erwiderte fuhr sie fort: „Am Anfang, als ich noch nicht so eingespannt war, war ich viel mit Gloria und Maribel unterwegs ... und dann hab ich bei der Impfkampagne mitgemacht und dabei ein bisschen die Gegend kennen gelernt. Aber seit der Entführung der deutschen Agraringenieurin beschränkt sich meine Bewegungsfreiheit auf unser schönes Dorf..."

„Ach, richtig! Ich hab davon mit Verspätung erfahren, diese Hundesöhne wollten mit der Aktion Gefangene freipressen ... die dachten sich wohl, mit einer *chela* in ihrer Gewalt, ließe sich der internationale Druck auf uns erhöhen und wir wären schon aus humanitären Gründen gezwungen, ihren Forderungen nachzugeben." Ana dachte einen Moment nach. „...Hattet ihr nicht eure Botschaft besetzt?"

„Ja, wir wollten über den Botschafter unsere Regierung dazu zwingen, Druck auf die konterrevolutionären Organisationen auszuüben, um *alle* freizubekommen, denn zusammen mit unserer *compañera* sind auch ihre beiden nicaraguanischen Begleiter entführt worden. Der Botschafter hat sich natürlich gesträubt, sich auch für die nicaraguanischen Staatsbürger zu verwenden, er wollte sich darauf herausreden, dass dies eine Einmischung in die inneren Angelegenheiten Nicaraguas sei. – Daraufhin haben wir ihn in seinem Arbeitszimmer festgesetzt!" Julia huschte ob ihres draufgängerischen Gestus eine leichte Röte übers Gesicht, denn die Aktion war im Grunde eine Kleinigkeit gewesen, niemand hatte sich ihnen in den Weg gestellt, um sie aufzuhalten. „Später erschien dann Doris Tijerino, die Polizeichefin, in der Botschaft und bat uns, die Besetzung abzubrechen, da man ungewollte diplomatische Verwicklungen vermeiden wolle. Das hat uns vor einige Probleme gestellt, da zu diesem Zeitpunkt die *contra* noch keine Anstalten gemacht hatte, die drei ohne Gegenleistung freizulassen. Nach längeren Verhandlungen haben wir dann beschlossen, die Besetzung noch ein wenig hinauszuzögern, denn unsere Aktion hatte großes Echo in der nationalen und internationalen Presse gefunden, aber auf keinen Fall wollten wir uns räumen lassen, falls die Botschaft einen Polizeieinsatz anfordern würde."

„Ich nehme an, Doris hat euch gesagt, dass ein solches Vorgehen von der Bevölkerung nicht verstanden würde, es hätte unserem Ansehen sehr geschadet."

„Stimmt, so wurde uns gesagt."

Ana zuckte die Achseln und sagte eine Spur unterkühlt: „An dem Beispiel bestätigt sich mal wieder, wie unterschiedlich der Wert eines Menschen ist. Ich hoffe, du verstehst mich nicht falsch, aber kaum wird eine *chela* entführt, läuft die gesamte internationale Presse zusammen und Unterhändler geben sich die Klinke in die Hand. Wen von denen kümmert's, was man den Unsrigen antut? Auf welchem internationalen Parkett wird *das* verhandelt?"

Wenn in dieser Äußerung auch kein Vorwurf lag, zumindest keiner, der sich gegen eine bestimmte Person richtete, so war das Bittere in ihrer Stimme nicht zu überhören und es rief in Julia jetzt Beschämung wach, erinnerte sie sich doch nur zu gut der Auseinandersetzungen, die es in der deutschen Internationalistenszene um die Aktion gegeben hatte. War man sich auch in der Frage einig gewesen, dass man sich allein mit der Freilassung der deutschen Agraringenieurin nicht zufrieden geben werde, so hatte sich doch nur eine kleine Gruppe bereit gefunden, mit der Besetzung der Botschaft den Einsatz zu erhöhen.

Ana war plötzlich aufgestanden und Julia verstand, dass dieses gewollte Abbrechen das Ende ihrer Unterhaltung bedeutete. Die Art, wie sie sich trennten, erschien ihr fast förmlicher als die Begrüßung, und Ana hatte wie beiläufig erklärt, dass sie zunächst noch einige persönliche Angelegenheiten zu regeln habe, danach würde sich alles weitere finden.

Julia durchquerte erneut den Raum, in dem das Bullauge des Fernsehers flimmerte. Der Kreis der Zuschauer schien sich inzwischen noch vergrößert zu haben. Während ihr Erscheinen gewöhnlich lebhafte Aufmerksamkeit erregte, so war ihr mit dem Wechsel des Programms – eine der berühmten *telenovelas* war gerade in vollem Gange – augenblicklich eine unschlagbare Konkurrenz erwachsen, so dass niemand ihr Fortgehen bemerkte. Die junge Frau auf der Veranda war eingeschlafen, mit dem einen Arm drückte sie das schlummernde Baby an sich, mit dem anderen bedeckte sie ihre Augen. Julia konnte sich immer wieder darüber wundern, in welchen Posituren die Leute hier einschliefen, als wäre mitten am Tag ein Dornröschenschlaf über sie gekommen. Die Frau schlief tief und fest.

Während sie den kurzen Weg zur Straße zurücklegte, machte sich in ihr nagend ein Gefühl enttäuschter Erwartung breit. Sie spähte nach dem eigentlichen Grundmotiv und fand es: was zum Teufel hatte ihr bloß den törichten Gedanken eingegeben, alle Welt hätte ihr die Türen zu ihren Herzen zu öffnen? Ja, sie hatte es bisher leicht gehabt, wohin sie auch kam, überall erfuhr sie warmherzige Aufnahme, von allen Seiten wurde sie mit Anerkennung förmlich überschüttet und mit Sympathiebezeugungen überhäuft.

Dieser seltsame Taumel hatte sie wohl vergessen lassen, dass es jemand geben könnte, der eine andere Optik auf sie richtet.

Der Himmel glühte in allen Farben. In der flammenden Abenddämmerung kamen die Hügel näher, vom Brand entzündete Hügelkuppen umfingen das Dorf in einer engen Umarmung. Julia beeilte sich nach Hause zu kommen, denn seit ein paar Stunden gab es keinen Strom mehr und bald würde es so dunkel sein, dass ihr die Menschen in den lichtlosen Straßen nur noch als nachtumrandete Schemen begegneten. Unter normalen Umständen hätten derartige Ausfälle keine Besorgnis erregen müssen, ein technischer Defekt sich als Ursache annehmen lassen, das Aussetzen eines überlasteten Transformators oder eine Störung irgendwo auf der Strecke in der Kette zwischen zwei oder mehreren Gliedern der Überlandleitung. Aber neuerdings waren immer häufiger Anschläge auf Strommasten der Grund für die Verdunkelung – geringe Mengen Dynamit zur Explosion gebracht, waren eine einfache und wirksame Methode der Sabotage. Julia beschloss, an einen normalen Störfall zu glauben, der bald behoben sein würde, denn allein im Haus fürchtete sie sich vor diesen unheimlichen, die beklemmenden Saiten der Phantasie anschlagenden Nächten, wenn sie angespannt draußen jedes Geräusch verfolgte, das Schlaf- und Wachzustand in der Schwebe hielt: Geräusche flinker Tiere, das Rascheln trockener Blätter, Schaben und Kratzen an den Wänden, das Flattern nächtlicher Vögel, lautloses Gleiten übers Zinkdach...

Sie stieß die Tür zur Veranda auf. Rotvioletter Abglanz der untergehenden Sonne, die kurze, alles vergessen machende lebhafte Zeitspanne, wenn sich der Tag der Nacht empfahl. Sie ließ sich in die Hängematte gleiten und das Netz umschlang wohltuend ihren heißen Körper wie eine Liebkosung. Das Abendrot zerging. Zwischen ihr und den umliegenden Häusern, in denen alles Leben erstorben schien, lag tropfende, sternenbeschienene Dunkelheit, schwaches, gelbliches Licht von der Flamme blakender Öllampen drang durch die Ritzen der Hauswände und zerstäubte beim Austreten ins Freie. Wandernde Lichtkegel von Taschenlampen folgten dem Verlauf des

Sträßchens, das an ihrem Grundstück vorbeiführte, die einen aufsteigend, andere sich abwärts bewegend. Sie wiegte sich hin und her mit ausgebreiteten Armen. Die schwingende Bewegung vermittelte ihr das Gefühl, frei in der Luft zu schweben, vom Atem der warmen und klaren Nacht bewegt. Ihre Fingerspitzen streiften ein Gebüsch, durchflimmert von Glühwürmchen, Sternenfunken blinzelten durchs Laub wirr ineinander verschlungener Äste, Schatten wie Tentakel, vom Mondlicht vergoldet, fielen von den Bäumen. Im nächsten Augenblick öffnete sich ein Gedanke hinter ihrer Stirn – *ich lebe in mir und in einer anderen* –, als hätten zwei Personen begonnen in ihr zu leben, beide eines Wesens. Alles, was sie früher war, das alte Leben mit seinen Erinnerungen, erschien ihr in einem Grad entfernt, als wäre es vor langer Zeit gewesen, als habe es jemand anders gelebt. Sogar das vergangene Innenleben mit seinen Glücks- und Schmerzmomenten, seinen Sehnsüchten und seinen Prüfungen kam ihr vor wie eine untergegangene Sinnenwelt. – Sie war es und sie war es nicht; sie war gleichzeitig eine andere. Und diese Andere lebte auf wundersame Weise befreit von allen Erinnerungen, alle Ereignisse, die ihr zustießen, und auch solche, die sie selbst in Gang setze, spielten sich ab in einem ungedeuteten Leben, ja, das Fehlen jeglicher Verwurzelung in der fremden, neuartigen Welt – einer Welt, die ein anderes Licht ausleuchtet, in der alles Umgebende die leuchtenden Farben mit den naiven Landschaftsbildern von Solentiname austauscht, die Luft unvergleichliche Düfte und Aromen verströmt, die Stimmen anders klingen und von den Augen ein anderer Blick ausgeht – unterbrach die Verbindung des Bewusstseins mit der Vorgeschichte; nicht nur wie sie in sich aufnahm, was sie sah, selbst Fühlen, Schmecken, Riechen geschahen aus der Perspektive eines Neugeborenen.

Etwas Aufblitzendes durchzuckte plötzlich die Dunkelheit. In allen Straßen und Häusern flammte das Licht gleichzeitig auf und es wurde begrüßt mit tausendfältigem Applaus und vielstimmigem Jubelgeschrei, das alle Tonlagen in sich vereinigte. Ein gewaltiger Atemstoß entfesselter Lebensfreude strich durch die Straßen, ging zwischen den Häusern, durchwehte die nächtliche Schwüle wie ein erfrischender Luftzug. Kinder kamen aus den Häusern gelaufen und tanzten unter einer Straßenlaterne. Nach und nach die ersten Geräusche – Türen, die aufgestoßen wurden und in den Angeln knarrten, Klappern von Töpfen, Knacken von Holzscheiten unter Machetenhieben, ausgeschüttetes Wasser, Vorbereitungen für das Zubereiten einer kurzen Nachtmahlzeit – vermengten sich mit den tausend Geräuschen der Nacht, die gemächlich und unausweichlich vorwärts glitt, um über den kurzen Schlaf, das unterirdische Wandern des Bewusstseins derer zu wachen, die sich schon bald aus ihren Träumen und Alpträumen erhöben, ohne das Licht der Morgendämmerung abzuwarten.

# 8

Der fahle, tief hängende Himmel raubte den Farben ihre leuchtenden Töne. Sehnlich erwartet, weil gut für die Ernte, war die Regenzeit angebrochen. Es gab Tage, da wetteiferten Sonne und Regen um die Vorherrschaft, da konnte sich vom Himmel ein rauschender Platzregen entladen und im nächsten Moment die Sonne zwischen den Wolken hervorbrechen, dass der Straßenschlamm im Nu zu beinharter Erdkruste erstarrte, in der sich Abdrücke von Pferdehufen, Reifenprofilen, nackten und beschuhten Füßen verewigten, flüchtig bis zum nächsten Sturzregen.

Wie haben sie es aufgenommen?

Julia fand nicht den Mut zu fragen.

Ana schrieb an ihrem monatlichen Bericht, mit gesammelter Konzentration führte ihre Hand den Stift über die Linien des Papiers. Hin und wieder hob sie das Blatt vors Gesicht und ihre innere Stimme sagte sich Wort für Wort noch einmal her, wozu ihre Lippen sich leicht bewegten. Es schnürte Julia die Kehle zu, Ana so dasitzen zu sehen, den schwarzen Haarschopf über den Schreibtisch geneigt, eingeschlossen in sich selbst mit dem Besitz ihres grässlichen Wissens – mit der Arbeit an ihrem Bericht kämpfte sie die Kräfte des Zusammenbruchs nieder, eine der vielen Gestalten der Verzweiflung, die Julia bereits verstand. Mit Fragen in Ana einzudringen, nachdem ein neuer, roher Gewaltstreich Menschen aus ihrer Mitte gerissen hatte, hielt sie die Scheu zurück, da Ana in ihrer Selbstvergessenheit so vollständig entrückt wirkte, so außerhalb der Welt. Was hätte sie ihr auch antworten sollen? Was in ihr vorging, dafür gab es keine Worte, es ging über die Fakten hinaus, war tiefer gehend, lag jenseits dessen, was die dürre Nachricht von einem Überfall enthielt, die sie gestern morgen erschüttert hatte. Fünf Kooperativenbauern im Morgengrauen aus einem Hinterhalt erschossen, zwei tote Polizisten, die den Transporter der Kooperative begleitet hatten, und eine ungenaue Zahl von Verletzten. Eine Frau starb, bevor die Überlebenden das Krankenhaus erreichten. Wie durch ein Wunder war dem Säugling nichts geschehen, über den sich die Frau bei dem Angriff schützend geworfen hatte. Auch ging die Rede von auf grausame Weise Verstümmelten, als man die nackten Leichen der Polizisten barg.

Mit Anas Seelenschmerz allein in der abgeschirmten Stille des Raums, kam sich Julia so nutzlos vor wie selten in ihrem Leben. Bei aller Annäherung, zu der es in den letzten Wochen zwischen ihnen gekommen war, ließ sich der Schmerz, dem Ana ausgeliefert war, nicht teilen – Schmerzen, die man nicht selbst hat, lassen sich nur schwer vergegenwärtigen. Nicht dass es ihr an Empfindsamkeit gebrach, doch drang, was über sie hereinstürzte, nicht auf die gleiche Weise in sie ein, es ließ sich nicht zu einem gemeinsamen Gefühl vereinigen. So wie die Umstände ihrer beider Leben in Welten ihren Ursprung hatten, die in nichts vergleichbar waren, so hinterließen auch die Eindrücke, die sie empfingen, in ihrem Inneren Eingleisungen von ungleicher Tiefe. Sie, Julia, eingeschwebt aus der Umlaufbahn der Sicherheit, wo Abschirmmöglichkeiten gegen krisenhafte Erschütterungen zum allgemeinen Bestand der Lebensbewältigung gehören, kannte Lebensunsicherheit nur als klar abgegrenztes Gefühl, das einen Anfang und ein Ende hat, während in Anas Leben Provisorium und Abbrüche die bestimmenden Einflüsse waren, unaufhörlich den Kräften der Verwerfung und Zersplitterung ausgesetzt ohne ihnen ausweichen zu können. Wie oft in ihrem Leben hatte sie die Zeit wohl schon einstürzen sehen, ihr Leben im Angesicht der Todesdrohung zu einer kurzen, unvorhersehbaren Dauer zusammenschmelzen sehen?

Sofort nach Bekanntwerden des Überfalls hatte sich Ana mit einer Delegation aufgemacht, um sich an Ort und Stelle eine Vorstellung über Ausmaß und Folgen des Anschlags zu machen. Sie wusste, dass sie Trost nicht bringen konnte, aber es drängte sie, den Hinterbliebenen dieser neuen Katastrophe in ihrer übergroßen Not Beistand und Stütze zu sein. Diese Verzweifelten davon zu überzeugen, dass das Leben weitergehen musste, dass sie Teil einer Gemeinschaft waren, der es nicht gleichgültig war, was mit ihnen passierte. *Jetzt* nicht aufgeben. Nichts würde sich ändern an dem, was geschehen war, wenn sie die Kooperative verließen.

Ana hob den Blick, schwerlidrig mit vor Müdigkeit geröteten Augen, auf der Netzhaut eingebrannt das Bild, das sie seit gestern in sich trug: Frauen und Kinder, die unter den Trümmern eines gewalttätigen, zerstörten Lebens gerade noch atmeten ... Eingesponnen in verworrene Gedanken starrte sie die hölzerne Wand an – irgendwann gibt es keine Steigerung mehr, das Empfinden stirbt ab, zerbricht unter der Einwirkung jeder neuen Katastrophe, einzig fühlbar noch der schwache Pulsschlag der eigenen Existenz – Innenbild einer Wüste aus Angst und Abscheu, wo hinter der Verstörtheit die Gespenster des Wahnsinns lauern...

Durch die offenen Fenster fiel kraftlos regenverschleiertes, taubes Licht und tauchte den Raum in Dämmer. Julia hätte Ana gerne berührt, ihr die Hand auf die Schulter gelegt, *hermanita* zu ihr gesagt, wie Ana sie manchmal anredete, „lass' es uns zusammen tragen...", doch ein Anflug von Mutlosigkeit überwand den Impuls. Ein rauschender Platzregen ging nieder, der schwer und gewaltig aus den Wolken brach. Ein Sturzregen, wie er sich dieser Tage mehrmals entlud, während die sonnigen Tagesabschnitte kürzer wurden. Das Trommeln des Regens auf dem Blechdach zerfetzte, was Ana sagte: „In diesem Scheißkrieg kommen wir nicht mal dazu, unsere Toten zu betrauern wie es sich gebührt..."

Gleich nach ihrer Einsetzung in das neue Amt hatte Ana darauf hingewirkt, dass die Frauenorganisation bei der Verteilung und Instandsetzung von Häusern berücksichtigt wurde. Bei allem Verständnis dafür, dass Fachleute von außerhalb, die für die Entwicklung landwirtschaftlicher Projekte dringend benötigt wurden, bei der Vergabe des knappen Wohnraums bevorzugt wurden, fand sie es nicht weiter vertretbar, dass sich die Frauen weiter in einem hässlichen, unansehnlichen, abseitigen Winkel trafen. Diese Einsicht setzte sich offenbar durch, denn es dauerte nicht lange, bis eine neue Bleibe gefunden war, ein Haus, bestehend aus einem Raum, und noch dazu in unmittelbarer Nähe von Julias Arbeitsplatz. Doch war dies nicht die einzige Neuerung. Auch belebte ein neuer Stil die Arbeit des Frauenverbands, denn Ana widerstrebte die Hierarchie der Funktionen, die sie und Maribel in ungleiche Positionen versetzte. Sie verstand ihre Arbeit als ein Verhältnis unter Gleichen, eine Haltung, die sie sich aus den Tagen des Befreiungskampfes bewahrt hatte. Immer wenn sie über diese Zeit sprach, hob sie mit besonderem Nachdruck die Qualität der menschlichen Beziehungen hervor, den großen Respekt, den Männer und Frauen in der *guerrilla* einander entgegengebracht hatten, dass man den Eindruck bekam, dieser Wesenszug habe sich ihrem Gedächtnis schärfer eingeprägt als alle gebrachten Opfer.

Auch Julia hatte von dieser Veränderung profitiert, sie fühlte mit Ana eine Person an ihrer Seite, die ihr zur wichtigsten Stütze in ihrer täglichen Arbeit geworden war. Es gab nichts Vergleichbares in ihrer Erfahrung menschlicher Angelegenheiten, das hätte erklären können, wieso es Ana auf Anhieb gelang, in das komplizierte Beziehungsgeflecht der Gruppe der *compañeras* einzutauchen. Es musste unterirdische Verbindungslinien geben, Bande, die von einem Gemeinschaftsgefühl herrührten, das Julia unbekannt war. Kritischen Situationen näherte sich Ana mit nachsichtiger Milde, sie verstand es, auseinander strebende Interessen behutsam zu lenken, ohne deren Berechtigung die Anerkennung zu verweigern, und auf diese Weise so manchen Streit zu schlichten. Und all das mit einer Selbstgewissheit, die keine versteckte Überheblichkeit war, deren Ursache vielmehr eine Art Grundvertrauen war, in ihrem Leben an einem Platz zu stehen, von dem aus es möglich war, alles von Grund auf neu zu gestalten. Das allseits im Munde geführte Wort vom *neuen Menschen* bezeichnete, wie sie es auffasste, keine abstrakte, überpersönliche Größe, sondern es bedeutete etwas sehr Konkretes: die Praxis der *Solidarität*, die ihrer Generation den Sieg über die Diktatur ermöglicht hatte, in die neue Gesellschaft hinüberzuretten und als Leitmotiv menschlichen Handelns zu verallgemeinern.

Über ihren fortwährenden Kontakt, der sich bald nicht mehr allein auf die Angelegenheiten der Kooperative beschränkte, waren sich Ana und Julia näher gekommen. Hinter ihnen lagen Wochen dunkelster, gemeinsam durchlebter Momente, die geprägt waren von einem gleich bleibenden Schrecken, der kein Ende zu nehmen schien. Je näher das Datum des 19. Juli heranrückte, verdoppelte die *contra* ihre Anstrengungen, die Feierlichkeiten zum sechsten Jahrestag der Revolution, die überall in Vorbereitung waren, mit Terroranschlägen zu begleiten. Nachdem nennenswerte Siege nicht errungen worden waren, bot sich hier ein viel beachtetes Ereignis an, den Dunkelmännern im Hintergrund, welche die Bande alimentierten und auf Fortschritte drängten, zu beweisen, dass sie ihr Geld nicht umsonst ausgaben. Kaum ein Tag verging, ohne dass eine neue Hiobsbotschaft eintraf.

Der Regen hatte aufgehört.

Sie hörten Schritte auf dem Treppchen. Julia beobachtete, wie Ana in einem kurzen Prozess der Verwandlung, als wäre sie vom Traum- zum Wachzustand übergewechselt, ihre gewohnte Beherrschtheit wieder fand.

Eine Gestalt schälte sich aus einem Regencape.

„Darf man eintreten?"

„Hey, seit wann bist du wieder hier?" rief Julia freudig überrascht aus, sich aus der tiefen Betrübnis lösend, die über sie gekommen war. Sie trat auf Christa zu und schloss sie in eine herzliche Umarmung, wobei ihr deren aschblonder Lockenkopf in der Nase kitzelte. Christa besaß einen festen, muskulösen Körper, der ruckartige Bewegungen ausführte, als würden diese von der Energie einer Schubkraft ausgelöst. Es lag in ihrer Körpersprache so eine Art sich auf die Dinge zu stürzen, Momente der Untätigkeit schienen in ihrem Leben eher Momente der Überwältigung zu sein, durch etwas, das stärker war als sie.

„Ich bin heute morgen mit der neuen Brigade gekommen. Zwei Ärzte, ein Krankenpfleger und...", sie rollte ihre meerblauen, dichtbewimperten Augen und blies die Backen auf, „...ein Zahnarzt..."

Julia kräuselte die Stirn und schmunzelte leicht. „Ist was mit dem Zahnarzt?"

„Naja...", sagte sie zögernd, einen Blick auf Ana werfend, die unterdessen hinter ihrem Schreibtisch hervorgekommen war. „Wir hatten bereits eine Auseinandersetzung, weil er seine Dollars auf dem Schwarzmarkt gewechselt hat..."

„Oh, Entschuldigung, ich hab euch noch gar nicht vorgestellt", sagte Julia auf Ana deutend, „Ana Calderón, unsere neue..."

„Bleiben wir bei Ana", schnitt diese ihr das Wort ab und streckte Christa mit einem dünnen Lächeln die Hand entgegen.

„Freut mich sehr. Christa."

Christa blickte sich neugierig um. „Schön habt ihr's hier." Sie überspielte taktvoll den Eindruck der Leere, da das Lokal an Einrichtung kaum etwas enthielt. „Und vor allem so viel heller und freundlicher." Sie setzte sich auf eine der zu beiden Seiten hingestellten Bänke und lehnte sich gegen die ungestrichene Holzwand. „Also ich kann euch sagen, ein schönes Spektakel war das, als wir am Flughafen ankamen – ein Auflauf mit perfekter Regieführung, um dem Kardinal Obando y Bravo einen würdigen Empfang zu bereiten. Ich nehme an, das war so ganz nach seinem Geschmack, er dürfte entzückt gewesen sein, unser ehrenwerter Kardinal. Von ihm selbst haben wir nichts gesehen, dafür Handgemenge und Schlägereien mit der Sandinistischen Polizei, Steine flogen und Autofenster gingen zu Bruch und mitten drin Omar Cabezas. Vielleicht hat er sich gedacht, dass seine politische Integrität als ehemaliger *guerrillero* auch bei diesen Leuten etwas ausrichten könnte. Sein Versuch, beschwichtigend auf die Menge einzuwirken, wurde ihm mit einem Loch im Kopf gedankt, woraufhin er den Schauplatz mit blutender Stirn verließ. Die Polizei hat sich lange völlig defensiv verhalten, aber da waren einige darunter, denen das höchst ungelegen kam, die wollten's unbedingt wissen, schließlich drückte sich viel Presse da herum, für die Anhänger des Kardinals also eine einmalige Gelegenheit zur Inszenierung. Sie haben so lange provoziert, bis die Szene, auf die sie es angelegt hatten, im Kasten war. Vor aller Welt soll nun bewiesen sein, dass die Glaubensfreiheit in Nicaragua unterdrückt wird." Christa war während ihres stakatohaften Vortrags knallrot geworden. „Da kocht einem doch das Blut in den Adern, ich kann euch sagen, ich hatte eine höllische Wut Bauch!" kam es jetzt aufsprudelnd in holprigem Spanisch, da spontane Emotion sich in der fremden Sprache verhakte. „Aber das ist noch nicht alles: als wir dann endlich den Flughafen verlassen konnten, haben wir gesehen, dass es ihnen sogar gelungen war, für die Aktion noch die Ärmsten der Armen zu mobilisieren, ein Häuflein armer Schlucker zwischen goldbehangenen Damen und Herren in Guayaberahemden, die T-Shirts mit dem Bild des Kardinals trugen. Vermutlich brauchten sie ihnen nicht mal was zu bezahlen, ein gehörige Dosis eingetrichterter Fanatismus reicht ja gewöhnlich für solche

Auftritte völlig aus." Christa starrte eine Weile gedankenverloren zu Boden, dann richtete sie sich auf und strich mit beiden Händen ihre Lockenpracht zurück. Sie sagte nachdenklich: „Das war schon ein seltsames Erlebnis, wo man doch hierzulande nur die großen Demonstrationen der linken Massenorganisationen gewöhnt ist..."

„Elende Provokateure!" ließ sich Ana voller Bitterkeit vernehmen. „Einen Tag vor seiner Ankunft hat dieser Señor für die nicaraguanische Diaspora in Miami noch eine Messe gelesen und wie man weiß, haben daran einige der wichtigsten *contra*-Führer teilgenommen. Unter der Diktatur hat die Kirchenhierarchie zu allen Gräuel respektvoll geschwiegen und jeden Anspruch auf Gerechtigkeit ins Paradies verwiesen – bis unser Volk am Ende seiner Kräfte war! Dann die Wende, nachdem sich abzeichnete, dass unser Sieg durch nichts mehr aufzuhalten war. Allerdings hatten zu diesem Zeitpunkt die Ideen der Befreiungstheologen beträchtlich an Einfluss gewonnen und immer mehr Gläubige fühlten sich zu der neuen Volkskirche hingezogen. Es gab Priester, die die Revolution predigten und selbst am Befreiungskampf teilnahmen. Plötzlich verkündete auch die Bischofskonferenz das Recht des Volkes zum bewaffneten Aufstand. Man halte sich jedoch vor Augen, dass dies erst kurz vor der endgültigen Niederlage Somozas geschah." Ana zog den linken Mundwinkel zu einem verächtlichen Lächeln empor. „Ungefähr einen Monat später begrüßten sie dann unseren Sieg. Das war allerdings das letzte Mal, dass sie guthießen, was von uns kam. Seither bekommen nicht nur wir Revolutionäre ihre feindselige Haltung zu spüren, sondern auch die rebellischen Priester der Basisgemeinden." Das Krümmen der erhobenen Zeigefinger sollte andeuten, dass Ana das Wort *rebellisch* zwischen die Gänsefüßchen des Verdächtigen setzte, um dessen entstellenden Bedeutungsinhalt im Sprachgebrauch des Klerus zu versinnbildlichen. „Der Erzbischof und seine Kirche sind immer ein Freund der Besitzenden gewesen, auch wenn sie sich kurzzeitig für revolutionäre Veränderungen offen gezeigt haben. Wenn Obando y Bravo heute die Führer der Konterrevolution segnet, dann segnet er auch ihre Waffen! Und das tut er nicht ohne Berechnung – indem er die Leute vor eine falsche Alternative stellt, bringt er auch so manchen unvoreingenommenen

Katholiken in Gewissenskonflikt, dem am Ende nur übrig bleibt, sich entweder gegen uns zu stellen oder Gefahr zu laufen, von der Kirche verstoßen zu werden. Schließlich hat der Pabst mit Obandos Ernennung zum Kardinal deutlich gemacht, auf wessen Seite ein guter Christ zu stehen hat. Aber damit nicht genug! Nicht lange nach unserer Amtseinführung haben die Bischöfe versucht, auf die drei katholischen Priester in unserer Regierung Druck auszuüben und sie zum Rücktritt aufgefordert. Wie allgemein bekannt, haben sie sich geweigert ihre Ministerämter zurückzugeben. Die Antwort kam prompt. Ihr Ungehorsam wurde bestraft, indem man sie ihrer geistlichen Funktionen enthob. Das sind Vorgänge, die vor allem die einfachen Leute verwirren, eben solche, wie du sie am Flughafen gesehen hast." Nach kurzem Schweigen fügte sie hinzu: „Es soll mir nur keiner kommen und behaupten, Religion habe nichts mit Politik zu tun!" Anas dunkler Teint hatte sich im Fortgang ihrer Rede vor Erregung überrötet.

„Es sieht jedenfalls alles danach aus, dass die Aktion gut vorbereitet war." warf Julia ein.

„Das kann mal wohl sagen!" rief Christa aus. „Da in der Gegend, wo unsere Koordinationsstelle liegt... Na, ihr wisst schon, in einem dieser Viertel mit wunderhübschen Häusern und gepflegten Vorgärten, da stiert einem doch tatsächlich der Kardinal hinter jedem Wohnzimmerfenster von einem Plakat entgegen."

Christa war aufgestanden und hatte sich mit den Rücken gegen den Türpfosten gelehnt, so dass sie mit ihnen sprechen und gleichzeitig die Straße beobachten konnte. Strahlend brach jetzt der Himmel aus den Wolken und Dunst stieg von den Pfützen auf. „Und hier? Was gibt's Neues?" fragte sie, die Augen mit der Hand gegen die Strahlung beschirmend, während ihr Blick einer vorbei reitenden Bäuerin folgte, die unter einem geblümten Kleid Männerhosen trug.

Julia und Ana wechselten einen vielsagenden Blick. Schweigen. Julia verstand den flehenden Hilferuf in Anas Augen: *Ich kann jetzt nicht reden.*

„Komm", sagte sie kurz entschlossen zu Christa und warf ihr das Regencape über, „gehen wir zu mir, da sprechen wir über alles in Ruhe."

Der zweite Angriff auf die Kakaokooperativen in nur einem Monat. An einer Wegbiegung zwischen zwei Dörfern waren aus geringer Entfernung die tödlichen Salven abgefeuert worden – derselbe feige Anschlag, auf dieselbe kaltblütige Art wie vor... Wann war das? Julia erinnerte sich schon nicht mehr genau, so viele, aufeinander folgende Gewalttaten hielten sie seit Wochen in Atem. Welches Ereignis dem einen folgte oder einem anderen vorausging, ließ sich kaum noch ausmachen, da die Schläge in so kurzen Intervallen erfolgten, dass in der Wahrnehmung die Kette von Ereignissen die Gestalt eines anhaltenden, niederschmetternden Zustands annahm.

„Konflikt niederer Intensität nennen sie das!" – Julia stellte mit einer so heftigen Bewegung die Kanne mit Tee auf den Tisch, dass sie überschwappte. „Um Einfälle sind sie wahrhaftig nicht verlegen, wenn es darum geht zu verschleiern und die Tatsachen zu verdrehen." Sie lachte gereizt auf. Absurderweise steckte in dieser glorreichen Wortschöpfung sogar ein Kern Wahrheit: gemessen an dem, was eine Supermacht zur Verfügung hat, war der Einsatz der Mittel tatsächlich gering. Christa hatte es sich in dem anderen Lehnstuhl bequem gemacht und trank in kleinen Schlucken ihren Tee, während Julia weiterredete. „Lauter Nebelkerzen! Wir machen ein bisschen Krieg, aber eigentlich nicht wirklich Ernst! Die Lenkung des Unternehmens überlassen wir der CIA, aus Rücksicht darauf, dass Amerika für ein neues unkalkulierbares Kriegsabenteuer noch nicht reif ist. Vietnam ist immer noch zu nah an der Gegenwart. Allerdings ist nicht davon auszugehen, dass die Empfindlichkeit des Durchschnittsamerikaners in dieser Frage auf Gewissensnöten beruht, sein Trauma dürfte wohl kaum mit den verübten Verbrechen zu tun haben ... wohl eher mit der Demütigung, die ihm die erlittene Niederlage beigebracht hat. Ich kann mir schlecht vorstellen, dass diese Träger beschädigter Allmachtsphantasien auch nur einen Gedanken an das Schicksal der Vietnamesen verschwendet haben." Julia hob die Brauen. „Der Durchschnittsamerikaner! Für mich ist der so was wie die personifizierte Gleichgültigkeit. Ich möchte wetten, dass er nicht einmal weiß, wo das Land überhaupt liegt, in dem ihr Präsident im Namen der Freiheit ein armes Bauernvolk hinmorden lässt."

„Nun, immerhin existiert auch in den USA eine Solidaritätsbewegung und wie man hört, befindet *die* sich in einem Stadium, wo sie immer breitere gesellschaftliche Kreise erreicht, vor allem christlich orientierte Gruppen sind sehr aktiv." warf Christa ein.

„Aber hier liegt das Problem. Die allerwenigsten denken politisch. Sie fordern das Ende der Gewaltmaßnahmen, weil sie im Freiheitskampf der *nicas* in erster Linie die humanitäre und ethische Haltung wahrnehmen, der sich die Sandinisten verpflichtet fühlen – eine politische Führung, die noch auf dem Tiefstand der Lebensmöglichkeiten den Versuch unternimmt, mit den Gegnern im eigenen Land ohne Gewaltanwendung fertig zu werden. Ich bezweifle jedoch, ob sie sich über das politische Programm wirklich im klaren sind, geschweige denn, dass sie es gutheißen würden."

„Möglich, dass du Recht hast", sagte Christa nach einer Weile des Nachsinnens, „aber in der augenblicklichen Situation kann an der Tatsache, dass Nicaragua zum Laboratorium verdeckter Kriegsführung geworden ist, wohl niemand mehr vorbeisehen."

„Und die Rezeptur ist bestechend einfach", nahm Julia den Gedanken auf. „Nachdem alle Voraussetzungen für die Durchführbarkeit militärischer Operationen geschaffen worden sind, braucht man noch eine Armee, die Kommandeure hat man ja schon. Als nächstes macht man sich das von dem alten Regime verursachte Elend zunutze, indem man einen Teil der Not leidenden Bevölkerung dazu bringt, in ihresgleichen einen gefährlichen Gegner zu sehen. Für einen Dollar pro Tag bildet man sie im Töten aus und hämmert ihnen ein, dass sie an einem großen menschlichen Unternehmen beteiligt sind, das da lautet: Kampf dem Kommunismus! Allerdings bringt der Slogan allein noch nicht zuwege, dass das Töten von Zivilisten, Frauen und Kindern auf Anhieb plausibel erscheint, also wird die Dressur mit einer aus dem Fundus religiöser Mystik geschöpften Symbolik versehen – einem primitiven, religiösen Exorzismus, der sich in vielen Mordaktionen deutlich widerspiegelt. Vernebelte und entgrenzte Seelen, auf diese Weise im Verbrechen zusammengeschweißt, verwandeln sich in perfekt zu lenkende Instrumente, ohne dass die Krieg führende Macht als solche in

Erscheinung tritt." Julia war in einer plötzlichen Aufwallung vor Wut rot angelaufen, als hätte ein giftiges Feuer sich in ihr entzündet. „Worauf die *gringos* ihre Erfolgsaussichten setzen, ist ein doppeltes Verbrechen! – Der vorsätzliche Angriff auf die Zivilbevölkerung und die systematische Zerstörung der wirtschaftlichen Basis ist das eine, die Manipulation von Menschen ohne die geringsten Reserven das andere!" Die schneidende Schärfe in ihrer Stimme hatte etwas mit dem Zischen von glühender Kohle, auf die Wassertropfen fallen, gemeinsam. „Indem man sie immer weiter in die Verdunkelung treibt, werden sie zu Mördern!"

„Wenn man die neuesten Erklärungen des US-Präsidenten richtig versteht, dann hat die Welt in der wiederbewaffneten Nationalgarde und einem Haufen irregeleiteter Bauern die neuen Freiheitskämpfer Nicaraguas anzuerkennen", sagte Christa und sah streng vor sich hin, während sie in dem Rest Zucker rührte, der sich auf dem Boden ihres Bechers abgesetzt hatte.

„Es tut sich hier zumindest eine Schwierigkeit, wenn nicht gar eine Hoffnung auf. Immerhin hat sich die Sozialistische Internationale an die Seite der Sandinisten gestellt..." erwiderte Julia.

„Eine zu nichts verpflichtende Geste! Sie wird die mitschuldigen Regierungen kaum davon abhalten, das Vorgehen der *gringos* auch weiterhin zu billigen ... Nicaragua muss untergehen, das hat sich auch unsere Regierung auf die Fahnen geschrieben!" Christa zerknüllte ihr leeres Zigarettenpäckchen. „Hast du noch eine?"

„Hier." Julia schob ihr eine angefangene Packung hin.

Christa steckte sich eine Zigarette an und inhalierte tief, hustete ein paar Mal, um wieder zu Stimme zu kommen: „Die Reaktionäre in unserem Land warten doch nur darauf, die *contra* als politische Opposition anzuerkennen. Man wird ihre Anführer im Rahmen untergeordneter Diplomatie empfangen, ihnen ein paar geringfügige Auflagen machen, was die Menschenrechte anbelangt, und danach dürften sie mit einem Scheck in der Tasche zu ihren verrotteten Geschäften zurückkehren. Für Angelegenheiten dieser Art sind natürlich die Parteienstiftungen zuständig. Das wirbelt weniger Staub auf."

Sie saßen unter dem Dach der Veranda. Der Himmel hatte sich von neuem bezogen und verlieh der Pflanzenwelt eine melancholische Schwere, ein modrig, feuchter Geruch abgestorbener Pflanzen stieg aus der Erde.

„Was hier stattfindet, das erinnert an ein Strafgericht", sagte Julia etwas gedankenabwesend, „verfolgt wird, wofür die Opfer stehen, das bringt die Rache über sie. Wenn ein Bauer auf seinem Maisfeld von einem Maschinengewehr niedergemäht wird, dann treffen die Schüsse nicht nur die *nicas* und ihre Revolution, sie treffen ins Herz eines ganzen Kontinents, um den Menschen die Vergeblichkeit jeglichen Widerstands vor Augen zu führen. Darin besteht der exemplarische Wert dieses Krieges, denn nach Cuba und Salvador Allende hat kein anderes Ereignis mehr eine vergleichbare Strahlkraft erreicht!" Julia biss sich auf die Unterlippe. Sie lehnte sich in ihrem Stuhl zurück und sann eine Weile vor sich hin, bevor sie weitersprach: „Am härtesten hat es in diesen letzten Wochen und Monaten die Bauern der Kokaokooperativen getroffen. Sie haben einige ihrer wichtigsten Aktivisten verloren, darunter den Kooperativenpräsident von San Jerónimo und Anfang des Monats den Agrartechniker mitsamt seinem Chauffeur."

Beide wussten sie, dass das Kakaoprojekt zu den strategisch wichtigen Projekten der Provinz gehörte, in der abgefeimten Logik von Geheimdienststrategen war es daher durchaus ein lohnendes Ziel. Den Bauern sollte es eines Tages ein regelmäßiges Auskommen liefern und dem Land zu einem neuen Exportzweig verhelfen. Doch bis dahin war es noch ein weiter Weg, die Pflanzungen brauchten noch mindestens drei bis vier Jahre, bevor nennenswerte Erträge überhaupt zu erwarten waren. Doch über diesen Weg, kaum begonnen, zog sich bereits eine blutige Spur, die Liste der von Heckenschützen brutal Ermordeten wurde länger und länger.

„Die Pflanzungen in Brand zu setzen, nein, das hätten sie nicht gewagt", hob Julia erneut an, „das wäre ein zu risikoreiches Unternehmen gewesen, die Bauern der Kakaoplantagen sind schließlich bewaffnet und entschlossen sich zu verteidigen. Diese Scheißkerle gehen dem offenen Kampf aus dem Weg, sie bevorzugen Situationen, wo die Unübersichtlichkeit des Geländes und das Überraschungsmoment des Angriffs sie gleich zu Beginn in den entscheidenden Vorteil versetzt. Zuschlagen und Verschwinden, so glauben sie, machen sie die Leute allmählich mürbe."

Julia stimmte finsteren Gemüts in Christas Schweigen ein, die mit wachsendem Verdruss ihrem Bericht gefolgt war. Unter dem Dach der Veranda staute sich die Luft mit ihrem Gewicht der Verdunstung, in Regen aufgelöste weiß schimmernde Helle am Himmel. Ihre Gedanken verliefen sich im wirrem Geäst der Laubbäume, irrten zwischen dem prallen Gemüse in Juanas Garten umher, streiften den wundervollen Lehmofen in seiner Mitte, dem mit Beginn der Regenzeit eine Überdachung hinzugefügt worden war. Julia musste jetzt an Juana denken, an diese gute und heitere Seele. Deutlich stand sie ihr in einem Erinnerungsbild vor Augen, so wie sie Juana an jenem Nachmittag gesehen hatte: ihr aschfahl gewordenes, rundes Gesicht, die bleifarbene, starrende Angst ums nackte Leben in ihren von Tränen aufgelösten Zügen, als sie von ihrem Reiseerlebnis berichtete. (Julia hatte einen Moment daran gedacht, Christa davon zu erzählen, schwieg aber dann, um sie nicht mit einer weiteren schrecklichen Episode so kurz nach ihrer Ankunft zu belasten.) Ziel der Aggression war diesmal der Autobus, mit dem sich Juana nach einem Aufenthalt in der Hauptstadt auf der Heimreise befand. Irgendwo auf der Strecke, wo die Landstraße durch unbesiedelte Weiten führt, tauchen plötzlich Bewaffnete wie aus dem Nichts auf. Die Fahrgäste werden unter Püffen und Drohungen gezwungen auszusteigen. Eingeschüchtert von der waffenstarrenden Gewalt folgen die angstverstörten Menschen den Befehlen ihrer Bedrücker, die von ihnen die Auslieferung ihrer Habseligkeiten verlangen. Die Aktion muss rasch vonstatten gehen, bevor das EPS Wind von der Sache bekommt. Bis auf das, was sie auf dem Leib tragen ihrer Habe beraubt, treibt man die Menschen in aller Eile in den Bus zurück, mit Ausnahme derer, die nicht wieder einsteigen dürfen: zwei junge Frauen fallen der Laune eines Anführers zum Opfer und werden von der Gruppe abgesondert, Männer, für sandinistische Kollaborateure gehalten, in einen Graben gestoßen. Dann verliert sich die Szenerie aus den Augen derer, die das Glück haben, weiterfahren zu dürfen – die Frauen bleiben vermisst, die Männer werden später ermordet aufgefunden. Im Anschluss an derartige Ereignisse füllte sich Anas Büro mit Klage und Tränen, das ist alles, was sie haben, um mit dem Schock und dem Entsetzen fertig zu werden – Hilfe suchende, aufgelöste Mütter, wahnsinnig vor Angst, ihre Töchter in der Gewalt einer Horde entmenschter Typen zu wissen, auf der verzweifelten Suche nach einem Lebenszeichen ihrer Kinder. Die Vergangenheit stand wieder auf in diesen gequälten Herzen und die schrecklichsten Visionen traten wieder ins Bewusstsein: drangsalierte Bauernfamilien, vergewaltigte Töchter, niedergebrannte Hütten, Misshandlungen, Schläge... „Es sind dieselben wie damals ... die alte *guardia* ... denen ist egal, wen sie umbringen!" kommt es unter Schluchzen immer wieder.

Neuer Regen hatte eingesetzt und es war dunkel geworden. Die Straßenlaternen hatten sich entzündet und spendeten einen kleinen Hof flüssigen Lichts. Jede für sich in einsame Grübelei versunken standen die beiden Freundinnen unter der Überdachung über der Hoftür um den Regen abzuwarten. Prasselnder Regen, zu Glasfäden verschmolzen, bildete ein Gitter vor ihren Gesichtern. Was immer an Gedanken ihnen im Kopf herumging, zersplitterte und verlor sich im rauschenden Widerhall. Es regnete in reißenden Fluten. Pfützen, die sich ausdehnten, geräuschlos aneinander stießen, vereinigten sich zu zusammenhängenden, bewegten Wasserflächen, aus denen unter den Peitschenhieben des Regens winzige Fontänen aufspritzten. Und wo Gelände sich neigte, wuschen wahre Sturzbäche Straßen und Wege aus, bis das Regenwasser auf den nackten Stein prallte. Im Dunkeln hüpften einem fette Kröten vor die Füße, die über den Morast zwischen den Wassertümpeln sprangen. Christa war unruhig geworden, sie wollte unbedingt ins Hospital zurück, da im Falle eines Notfalls niemand wusste, wo sie war. Beim ersten Anzeichen, dass der Regen weniger wurde, hielt es sie nicht länger, sie warf sich ihr Regencape über den Kopf, von Insel zu Insel hüpfend suchte sie sich einen Weg über den Hof und erreichte, mal kleine Sprünge vollführend, mal mit einem Satz einen Tümpel überspringend, die Straße, von wo aus sie Julia zuwinkte. Dickbauchige Wolken wälzten sich am Himmel und stießen mit den von Nachtstaub bedeckten Hügeln zusammen. Nacht ohne Sterne – Nacht in den Herzen... Julia schloss rasch die Tür.

Nach dem Regen herrschte tropffeuchte, schweißtreibende Schwüle. Reglos, mit dem Gesicht nach oben, die Arme dicht am Körper, als hätte eine fremde Macht sie auf das Bett gefesselt, lag Julia in schwarz gefärbter Dunkelheit unter ihrem Moskitonetz, ohne in den ersehnten Schlaf zu finden. Ein Gedanke ließ sie nicht los, ließ sich nicht abschütteln. Um sich abzulenken versuchte sie ihre Aufmerksamkeit auf die Geräusche außerhalb des Hauses zu konzentrieren: das helle, feine Ping ... Ping ... Ping ..., herrührend von größeren Insekten, die, durch das Licht der Hausbeleuchtung angezogen, gegen das Gehäuse der Glühlampe flogen; ein Geräusch, als schüttelte ein Baum seine flüssige Mähne; Tanz auf dem Blechdach, Krallen, die vor dem Abrutschen Halt suchen ... das Kratzgeräusch jagte ihr Schauern über die Haut. Vergeblich versuchte sie ihre Verstörung niederzuringen, sie unterbrach wie ein Kurzschluss alle Hauptlinien anderer Empfindungen. Ein Gedanke hatte gänzlich von ihr Besitz ergriffen – der beängstigende Gedanke an ihr eigenes Verschwinden, die Begegnung mit ihrem unwiderruflichen Tod, in dessen Schatten sie lebte... Nein, nicht handelte es sich um jene letzte Station des Lebens, eines vollständig gelebten Lebens, zu der die Glücklichen gelangten, denen es vergönnt war, eines natürlichen Todes zu sterben... Es war der angstbesetzte Ekel vor dem Irrwahn der Gewalt, der ihre Gedanken auf albtraumhaften Bildern dahin treiben ließ – Gewalt einer an den Kopf gehaltenen Pistole, Grauen erregende Entladung eines MG's, hochfliegende Hände, sich aufbäumende und einknickende Körper, blutbefleckte, hingeworfene Leiber ... funkelnd der Stahl, wie ein leuchtendes Schwert, die Klinge einer *machete*, im festen Griff einer Hand, die sausend herab fährt, um den Kopf eines Menschen von seinem Körper zu trennen ... Collage eines gewaltsamen Todes...

Ihr Herz begann wie wild zu schlagen, sie stöhnte auf, an Schlaf war nicht zu denken. Der Heftigkeit ihrer Erregung nachgebend verließ sie das Bett und zog sich wieder an. Sie hatte das Bedürfnis zu rauchen – das würde vielleicht helfen, die dunklen Prophezeiungen der Einbildung zu verscheuchen. Draußen löschte sie alle Lichter, um die Moskitos fernzuhalten. Eingewickelt in ihr Laken, um die nackten Arme und Füße zu bedecken, kauerte sie sich mit angezogenen Knien in die Hängematte, nur die beiden Finger, mit denen sie die Zigarette hielt, lugten aus ihrer Verhüllung. Sie rauchte in tiefen Zügen. Irgendwo, im Auge der Nacht, machte sie ein pfeifendes Röcheln, den rasselnden Atem eines Asthmakranken aus. In den engen Hütten hinderte eine alles durchdringende, klebrige Feuchtigkeit den Rauch der Herdfeuer am Entweichen, der sich den Schwächsten auf die Bronchien legte. Dann, nahe bei ihrem Ohr, das Sirren einer Mücke. Das Sirren schwoll an, verdichtet zu Wolken tanzender Moskitos. Julia wedelte mit der Hand um ihren Kopf herum. Verdammte Mücken! Heimtückische, Blut saugende Ungeheuer! Ihre bevorzugten Opfer fanden sie in der ungeschützten Offenheit der sich über nackter Erde aufrichtenden Behausungen, dort, wo sich Wellblech und Bretter zu einem Wohnraum fügten, warfen sich Körper vor Kälte zitternd und gleichsam von Fieber geschüttelt in kaltem Schweiß auf ihrem Lager hin und her. Morgen würde Christa diesen Infizierten ihre Medikamente verabreichen, dachte Julia, danach würden sie einen Platz in der Statistik finden, woraus sich der Grad der Verbreitung und die Fortschritte bei der Bekämpfung der Malaria ablesen ließen. Dieser Gedanke hatte etwas Freudiges an sich, er verschaffte ihr ein wenig Erleichterung, weil er sie von der Angst ablenkte, ohne von ihr befreit zu sein.

# 9

Die Klänge der Marimbas, der Salsa- und Rumba-Rhythmen aus Julias Kassettenrekorder waren durch die offenen Fenster und Türen im ganzen Hof zu hören. Im Haus wird gehämmert, gelacht, mitgesungen. Kinder aus der Nachbarschaft stecken neugierig die Köpfe herein, eine Pyramide aus dunkel gebräunten Sonnengesichtern mit schwarzen Augensternen füllte den Türrahmen aus. Ein zierliches, kleines Ding, über dessen zerdrückter Haarschleife sich Pablos Hals reckte, zog das Näschen kraus und setzte eine angeekelte Miene auf, da Julia, ohne es zu bemerken, auf eine Kakerlake trat, die ihr beim Umstellen der Töpfe vor die Füße gefallen war. Das knackende Geräusch unter ihrem Fuß ließ sie kurz erschauern, dann überlief auch sie ein leises Ekelgefühl, als sie die breiige weiße Masse des zerquetschten Schabenkopfes mit den Fühlern an der Spitze ihrer Sandale kleben sah. Sie schleuderte die Sandalen so heftig von den Füßen, dass sie quer durch den Raum flogen, dem seit dem Morgen ein weiterer hinzugefügt worden war. Sie hatten, indem ein Regal seinen Platz wechselte, dessen Rückseite sie mit schwarzer Plastikplane bespannten und die verbleibende Lücke zur gegenüberliegenden Wand mit Stoff verhängten, einen Teil davon abgetrennt und in ein zusätzliches Zimmer verwandelt – ein Zimmer für Ana.

Pablo hatte sich plötzlich aus der Gruppe der Kinder gelöst und kam auf nackten Füßen durchs Zimmer gelaufen.

„Was machst du da?" wandte sich Julia jetzt Pablo zu, der die Sandale mit den Überresten der Kakerlake in die Höhe hielt und wie eine Trophäe in der Hand schwenkte.

„Ich kann sie saubermachen!"

Es war nicht schwer zu erraten, wem sein wichtigtuerisches Gehabe galt. Wie ein junger Hund, der an ein Stuhlbein pisst, markierte er sein Territorium – seht nur her, hier kennt man mich, im Unterschied zu euch bin ich hier so gut wie zu Hause! Julia hätte ihm gern den Auftritt verdorben, aber da ihr so schnell keine passende Reaktion einfiel, sagte sie nur: „Meinetwegen, wenn es dich nicht ekelt..."

Er zuckte die Achseln und warf sich stolz in seine Kinderbrust, über die sich ein spärliches, fleckiges Baumwollhemd spannte, aus dem er herausgewachsen war. Tänzelnd bewegte er sich wieder auf die Türschwelle zu, wo ihm die Kinder in Anerkennung seiner herausragenden Position respektvoll Platz machten. Dann machte er sich über den Hof davon, die anderen mit ihrem plappernden Sinsang im Gefolge.

Unterdessen war ein Wagen vorgefahren. Zwei *compas* entstiegen der Fahrerkabine eines roten Pick-ups, den ein mit Ana befreundeter Offizier zur Verfügung gestellt hatte, und machten sich daran ein Bett abzuladen. Ana griff nach zwei Plastiksäcken mit dem Inhalt ihrer Habe, dann ging sie den beiden voraus und gab Zeichen, wohin sie das Bett stellen sollen.

Ihr Einzug war keineswegs spontan erfolgt, erst nach einer längeren Bedenkzeit hatte sie zögernd eingewilligt, und nicht zuletzt war der entscheidende Impuls vom Druck äußerer Verhältnisse ausgegangen. Als Ana wieder einmal ihr Leid über die Enge bei Nila klagte – *das Haus ist der reinste Bienenstock, sogar die Betten werden miteinander geteilt!* –, hatte Julia den Vorstoß gewagt und ausgesprochen, womit sie sich in Gedanken schon länger trug: „Warum ziehst du nicht zu mir? Ich hab so viel Platz, das Haus ist viel zu groß für mich... Wir könnten problemlos etwas improvisieren und dann hättest du ein Zimmer ganz für dich allein..." Ana hatte sie verdutzt angesehen und war eine Weile nachdenklich geblieben, bis sie endlich, entgegen ihrer Art, ungewöhnlich schroff auf den Vorschlag reagierte: „Na hör mal, es ist nicht deine Aufgabe, meine Probleme zu lösen. Ich weiß, es ist gut gemeint, aber was mein Wohnungsproblem angeht, so haben sich damit die dafür zuständigen Leute zu befassen." Sie sagte das jedoch nicht ohne Verdruss, denn sie wusste nur zu gut, wie heikel gegenwärtig die Frage des Wohnraums war. Aber Julia gab sich noch nicht geschlagen und startete einen neuen Versuch: „Meinetwegen, das kann ja sein, ich sehe nur, wie unzufrieden du bist und ich wohne in einem Haus, wo gut und gerne zwei Personen bequem leben könnten. Außerdem ist es gar nicht mein Haus, sondern René hat mich da untergebracht, du kannst also mein Angebot ruhig annehmen. Ehrlich gesagt, ist es mir unangenehm, dass ich so viel Platz beanspruche ... Ich fühle mich nicht wohl in meiner Haut, wenn ich mir ansehe, wie beengt meine Nachbarn leben. Mit Sicherheit werden auch dort die Betten geteilt. Du würdest also auch eines *meiner* Probleme lösen, wenn du dich entschließen könntest, bei mir einzuziehen."

„Wie kam das eigentlich, ich meine, wie bist du zu diesem Haus gekommen?"

„Ich glaube, René hat es als Bleibe für uns Internationalisten gedacht. Aber die Ärzte wohnen, wie du weißt, im Hospital und für die Baubrigaden, die draußen in San Isídro beim Bau von Häusern helfen, ist da nun wirklich kein Platz."

„Ich werd's mir überlegen", hatte sie wenig überzeugt das Gespräch beendet, was eher nach einer freundlichen Absage klang als danach, dass sie ernstlich erwägen würde, ihre Meinung ändern.

Anas demonstrative Reserviertheit hatte Julia enttäuscht. Die Frage war, was hatte sie denn erhofft? Dass Ana vorbehaltlos die Intimität des Zusammenlebens mit einer Fremden teilte? Es war nicht zu übersehen, dass ihre Zurückhaltung eine Grenze markierte, eine Grenze, die schwer fassbar war, eine sich verschiebende, schwimmende Grenze – durchlässig, wenn es um die Bewältigung gemeinsamer Aufgaben ging, undurchdringlich, sobald sie in der Art ihres menschlichen Kontakts glaubte, die Nachahmung der Vergangenheit aufzuspüren, jenes heimliche, in der Spielart herablassenden Gutmenschentums getarnte Überlegenheitsgefühl, das Menschen ihresgleichen zu unmündigen Kindern erklärt. Es dauerte eine ganze Weile, bis Julia begriff, dass Anas unausgesprochene Abneigung vor zu großer Nähe die Behauptung ihres Stolzes war, dass sie durch ihre innere Zurückweisung die Scheinhaftigkeit dessen bloßstellte, was als Neudefinition eines Verhältnisses gelten sollte. Sie dachte nicht daran, sich zum Objekt paternalistischer Zuwendung zu machen. Was immer Julia an Erklärungen hätte vorbringen können, um ihren Argwohn zu zerstreuen, Ana hatte sie längst widerlegt – sie duldete die geteilte Erfahrung einer normalen Freundschaft nicht. Ohne sich der Absicht bewusst zu sein, hatte sie intuitiv die Herausforderung thematisiert, vor der sie beide standen. Als hätte sie Julia Zeit geben wollen, über all das nachzudenken, war *sie* es, die Wochen später auf das Thema wieder zu sprechen kam. Inzwischen hatte sie unter zunehmendem Druck Für und Wider erwogen: wenn sie Julias Angebot annähme, hätte das Wohnungsministerium keine Eile mehr, für sie eine Bleibe zu finden, andererseits benötigte sie dringend einen Ort, wo sich die ersehnte Ruhe finden ließe. Und dann, mitten im Gespräch, hatte sie noch eine andere Sorge eher wie beiläufig erwähnt: „Dann könnte ich vielleicht auch die Kleine zu mir nehmen..." Doch auf ihrem eigenwilligen Gesicht kreiste eher Zweifel als Entschlossenheit, und so blieb davon nicht mehr, als eine vage Überlegung, die keine Antwort verlangte. Dennoch hatte Julia erwidert: „Auch das. Alles, was du willst."

Julia verstand, dass Ana sich nicht für *sie* entschieden hatte, sondern sich dem kleineren Übel gebeugt, als sie in den Umzug einwilligte. Umso mehr freute es sie jetzt zu sehen, dass ihre neue Mitbewohnerin der Situation etwas abgewinnen konnte. Gut gelaunt lief sie zwischen der Küche und dem neuen Zimmer hin und her, während Julia sich für Dinge wie Töpfe, Pfannen, Essgeschirr, die jetzt an anderer Stelle unterzubringen waren, eine neue Ordnung ausdachte.

„So, und heute Abend feiern wir!" rief Ana plötzlich aus ihrem Zimmer. Ihr Kopf lugte hinter dem Vorhang hervor und sie lächelte Julia an, die sich verwundert nach ihr umgedreht hatte und sie das erste Mal so gelöst erlebte. „Wir gehen in die *comunal*!" Gemeint war der Gemeindesaal, der an den Samstagen zur Diskothek umfunktioniert wurde. „Maribel kommt natürlich auch mit!" Und nach ein paar Sekunden des Nachdenkens: „Was ist mit Christa? Willst du sie nicht abholen?"

„Daraus wird leider nichts. So viel ich weiß, hat sie heute Bereitschaftsdienst." Julia dachte daran, dass Christa oft die unbeliebten Samstagsdienste übernahm, da sie sich aus derlei Vergnügungen nichts machte.

Viel Volk drängte sich vor dem Eingang des großen Saals, mehr Männer als Frauen, mehr Zivilisten als Uniformierte. Keine Zeit für Vergnügungen fanden die Frauen, die am Rande des kleinen Vorplatzes ihre Essensstände aufgeschlagen hatten und Grillfleisch mit *yucca* verkauften. Über der Holzkohlenglut, die in einer Radfelge auf einem Eisengestell glomm, brutzelten auf einem fetttriefenden Gitter die Fleischstücke. Kinder wurden ermahnt, wenn sie beim Herumtollen dem fragilen Aufbau zu nahe kamen. Ana und Maribel hatten Julia in ihre Mitte genommen und schoben sich durch die Menge zu der breiten Flügeltür vor. Dort standen links und rechts zwei Polizisten, die ein Auge darauf hatten, dass keiner der Uniformierten seine Waffe mit hinein nahm.

Der Saal, in den man durch eine Art Vorraum gelangte, war kein geschlossener Raum. Er öffnete sich zur Rechten auf eine Gras bewachsene Fläche, wo sich schwach beleuchtet der Ausschank befand. Dahinter begann der sich ins Dunkle öffnende Himmelsraum. Viel Dunkelheit, viel Sternenlicht. Eine Traube von Männern stand halb im Licht, halb im Dunkeln nach Getränken an. Bevorzugt wurde hochprozentiger weißer Rum, der in durchsichtigen Plastikbeuteln abgefüllt wurde, deren Öffnung der Barmann mit einem Knoten verschloss. Damit der Rum durch die Kehle fließen konnte, wurde in die Beutelspitze ein Loch gebissen und der Inhalt angesaugt, ging er zur Neige, zog sich der Beutel zusammen wie alte, verschrumpelte Haut. War es noch früh am Abend, wurde der Rum zusammen mit gezuckertem Tamarindensaft getrunken, ein Schlückchen Rum aus dem einen Beutel, ein Schlückchen *tamarindo* aus dem anderen. Später, zu vorgerückter Stunde, wurde nur noch das Beutelchen Rum verlangt. Tische und Stühle gab es keine, dafür zu beiden Seiten auf ganzer Länge eine Bankreihe, der freie Raum dazwischen die Tanzfläche, an deren Ende sich ein Podest befand, wo ein bekannter Kneipier eine leistungsstarke Musikanlage bediente. Auf der einen Seite mehr Frauen als Männer, von Kopf bis Fuß herausgeputzt, auf ihren erwartungsfrohen Gesichtern der Glanz polierten Ebenholzes. Sie wirkten bunt und fröhlich in ihren dünnen Kleidern auf der heißen, dunklen Haut, das glänzende, achatschwarze Haar mit flitterbesetzten Haarspangen geschmückt. Auf der anderen Seite zumeist Männer in kurzärmeligen, teils mit Goldfäden durchwirkten Hemden, und wer es sich leisten konnte, trug Stiefel aus geprägtem Leder. Vorne, in der Nähe der Lautsprecher, dominierte das Olivgrün der Uniformen.

Die Paare drehten sich zu der langsamen Melodie eines Schlagers auf dem Fliesenboden. Schwaches Neonlicht rieselte von der Decke auf sie herab. Die Männer pressten die Frauen an sich so fest sie konnten und flüsterten ihnen von Zeit zu Zeit Komplimente oder Anzüglichkeiten ins Ohr. Manche Paare gaben sich dem Rhythmus auf eigene Weise hin, ihre Körper, die weniger miteinander tanzten, als dass sie sich aneinander rieben, verschmolzen zu einer Figur mit zwei Rücken, in einer gemeinsamen, aufreizenden Bewegung. Nach jedem Wechsel eines Musikstücks trennten sich die Paare, die Frauen kehrten an ihre Plätze zurück und unter den Männern begann ein wildes Durcheinanderlaufen. Die Schönen der Nacht hatten gleich unter mehreren Anwärtern zu wählen, die ihnen fordernd die Hand entgegenstreckten. Nur die Paare, die zusammengehörten, setzten den Tanz fort.

Ana und Maribel hatten mit Julia das Ende der Tanzfläche erreicht, wo sie noch andere Bekannte trafen. Hier im Kreis der Freunde herrschte gelöste Stimmung, es wurde gewitzelt und gelacht, auch hier die obligaten Plastikbeutelchen herumgereicht, um sich ein wenig in Stimmung zu bringen. Allerdings achtete man darauf, sich nicht gehen zu lassen, immerhin waren sie Revolutionäre und als solche so etwas wie Personen des öffentlichen Lebens. Anders als Maribel ließ Julia die langsamen Tänze aus. Die Vorstellung, sich im eisernen Griff eines Fremden wiederzufinden, sich Bauchnabel an Bauchnabel an einen fremden Körper zu pressen, das Knie eines fremden Mannes zwischen ihren Schenkeln zu spüren, all das war ihr ein Gräuel. Ana hingegen wählte nur Tanzpartner aus dem Kreise derer, die sie kannte. Endlich wechselte die Serie der Musikstücke. Salsa, Cumbia, Merenge erfreuten sich besonderer Beliebtheit, sie waren die bevorzugten Rhythmen, die offen getanzt wurden. Julia sah eine Lawine sprühender Augenpaare, schnalzender Münder und ausgreifender Hände auf sich zukommen. Sie sah sich Hilfe suchend um. Sofort bestand ein unausgesprochenes Abkommen zwischen ihr und Julián, der ihre Hand nahm und sie auf die

Tanzfläche zog. Julián, das war eine ruhige, verständige Freundschaft, ohne die Hintergründigkeit einer versteckten Absicht, die sie bei vielen Männern spürte, mit denen sie in Kontakt kam. Er leitete das *Unterstützungskomitee für die Armeeangehörigen* und sein Büro lag direkt neben der Nähwerkstatt, wodurch sie in Kontakt gekommen waren. Wenn sie mit ihrer Arbeit fertig war, fand sich Julia gern bei ihm ein, um seinen Geschichten aus seiner Zeit als ehemaliger Gewerkschaftsaktivist zuzuhören, als jede politische Betätigung verboten und mit Gefängnis, Folter oder Tod bedroht war. Oder sie erzählte aus ihrem Leben als Aktivistin einer linken Bewegung, die ihn interessierte.

Julia beneidete die Tanzenden um die Biegsamkeit ihrer Körper, das Schwingen der Hüften, das rhythmische Zucken der Schultern, das die Frauen so gut beherrschten, ihre Fähigkeit, sich dem Rhythmus ganz und gar zu überlassen, der sie entzündete und das Ungebrochene echter Freude am Tanz zum Ausdruck brachte. Wenn sie dem rhythmischen Getümmel neidvoll zusah, empfand sie sich so steif wie ein Brett, weil ihr die erforderliche Geschicklichkeit fehlte. Sie tanzte mechanisch, unbeholfene Bewegungen ausführend, als drehten ihre Glieder in rostigen Scharnieren. Dennoch erlebte sie den Tanz als ein Ereignis fröhlicher Geselligkeit. Über Juliàns Schulter hinweg sah sie Manolo, den Militärarzt, träumerisch gegen eine Wand gelehnt, rauchend, mit halbgeschlossenen Lidern, sah er dem Treiben amüsiert zu. Er trug zivil, eine Jeans und dazu ein blauweiß gestreiftes Hemd. Während die Vertauschung der Uniform mit Zivilkleidung viele Männer unscheinbarer erscheinen ließ, bewirkte diese Verwandlung bei Manolo das genaue Gegenteil. Die fehlende Uniform verlieh seiner stattlichen Erscheinung überraschende Aspekte, denn die ungewohnt lässige Aufmachung brachte die eindrucksvolle Komposition seines gut gebauten Körpers zur Geltung. Er sah atemberaubend gut aus. *Compas*, mit ihren Mädchen am Arm grüßten im Vorbeigehen respektvoll, andere blieben stehen, ein kurzer Wortwechsel, ein freundschaftliches Schulterklopfen, bevor sie sich von neuem ins Tanzvergnügen stürzten. Keine Zeit gab es zu verlieren für diese Glücksritter der Nacht, die wie Traumwandler durch den Trubel wanderten. Julia beobachtete einen Typ, der strauchelte, bald den linken, bald den rechten Fuß in der Luft Pirouetten drehend fing er sich wieder und ließ sich dort, wo er zum Stehen gekommen war, auf eine der Bänke fallen. Paare stoben auseinander, um ihm Platz zu machen. Er beugte sich vor und spie zwischen seine gespreizten Beine, mit in Alkohol konservierten Augen starrte er auf die schaumige Krone seiner Spucke.

Das Amüsement war noch in vollem Gange, als Ana, die die letzten Tänze ausgelassen hatte, an Julia herantrat und sie mit dem Ellbogen anstieß. „Gehen wir? Ich glaub', es wird Zeit, zu viele Betrunkene."

Julia hob den Kopf und deutete mit dem Kinn auf die Tanzfläche. „Maribel tanzt noch."

„Wir sagen ihr Bescheid."

Aber da war das Stück auch schon zu Ende. Sie winkten Maribel heran, die Mühe hatte, ihren Tanzpartner abzuschütteln, der, ziemlich glasig dreinblickend, mit den Armen in der Luft herumfuchtelte, um sich bei ihr den nächsten Tanz zu sichern. Sie ließ ihn stehen, breitbeinig auf schwankendem Boden, wobei sich sein in wässriger Leere schwimmender Blick in ihren Rücken bohrte.

„Großer Gott, die letzten zehn Minuten hab ich nur noch mit Besoffenen getanzt", sagte sie und rückte ihre schillernde, knallblaue Bluse zurecht.

„Wir haben beschlossen, zu gehen", sagte Ana entschieden.

„Ist mir recht, aber ich bin noch gar nicht müde, Schwestern!"

„Wir könnten zu uns gehen, Musik haben wir selbst", sagte Julia aufgekratzt, „und ein Schlückchen Rum..."

„...haben wir nicht", ergänzte Ana. „Aber ich hab eine Idee. Wir gehen bei Gladis vorbei, über den Hof. Da bekommen wir was, ohne dass wir auffallen."

Sie traten in die mit Sternen beladene, klare, warme Nacht hinaus. Die beiden Polizisten an der Tür waren mit ein paar Leuten im Gespräch. Draußen auf dem Vorplatz waren die Frauen dabei, ihre Essensstände abzubauen und was an Verwendbarem übrig geblieben war in Säcke zu verstauen, mit denen sie ihre schlaftrunkenen Kinder beluden. Dann stemmten sie sich mit letzter Kraft die umgestülpten Tische auf die Köpfe und traten mit schleifenden Füßen den Heimweg an. Die drei Freundinnen schlugen den Weg zu Gladis' Restaurant ein. Ana verschwand in einem Seiteneingang, während Maribel und Julia durch die vergitterten Fenster in die Gaststube sahen, wo die letzten Trinker umnebelt von Zigarettenrauch und Alkohol um einen mit Bierflaschen beladenen Tisch herum saßen. Vom Hof her waren Stimmen und Gelächter zu hören, anscheinend war die ganze Gastwirtsfamilie dort versammelt, um sich von dem samstäglichen Ansturm auf ihr Lokal zu erholen. Es dauerte eine Weile bis Ana zurückkam. An ihrer Haltung war zu erahnen, dass sie die begehrte Flasche unter der Weite ihrer Bluse versteckt hatte. „Alles in Ordnung. Die Flasche müssen wir morgen zurückbringen."

„Na prima, dann kann ja nichts mehr schief gehen!" sagte Julia und hakte sich bei den beiden Frauen unter.

Ein paar Schritte vor ihnen, auf der anderen Straßenseite, beobachteten sie die schwankende Gestalt eines Mannes, der bei jedem Schritt über die eigenen Füße stolperte. Als er in den Lichtkreis einer Laterne trat, blieb er plötzlich stehen und wippte, das Gewicht abwechselnd auf Zehenspitzen und Ferse verlagernd, vor und zurück, als wäre sein versteifter Köper ein von einem starken Wind bewegter Mast. Der Wind hörte auf zu blasen, der Mann hielt sich noch ein paar Sekunden bewegungslos in der Vertikale, dann drehte er sich einmal um die eigene Achse und stürzte in den Straßenstaub, wo er blieb bäuchlings liegen blieb. In einer letzten Anstrengung sah man den Kopf sich noch einmal zwischen den Schulterblättern heben, um gleich darauf wieder zu Boden zu fallen, mit dem Gesicht nach unten. Er rührte sich nicht mehr.

„Na, der ist hinüber", sagte Maribel verächtlich. „Besser er bleibt hier liegen, als dass er in dem Zustand nach Hause kommt und womöglich noch einen Streit vom Zaum bricht und randaliert." Sie wusste, wovon sie sprach. Sie kannte diese unerfreulichen, nächtlichen Auftritte zur Genüge aus eigener Erfahrung, bis sie der Situation ein Ende setzte und den Mann verließ. „Kommt", sagte sie und warf dem Betrunkenen, der alle Viere von sich gestreckt hatte, einen angewiderten Blick zu. Ohne sich weiter um ihn zu kümmern setzten sie ihren Weg fort.

Im Haus war es unerträglich heiß, aber sie hielten Fenster und Türen geschlossen, um die Aufmerksamkeit der Nachbarn nicht zu erregen, die sich über die ungewöhnliche Zusammenkunft zu nächtlicher Stunde vielleicht wundern würden, umso mehr als sich drei Frauen allein vergnügten. Julia legte eine Kassette ein und sie ließen sich von den Wellen der Salsa-Rhythmen überfluten. Sie hatten die Schuhe abgestreift und wiegten ihre Körper im Takt der Musik. Julia, die sich vergeblich bemühte jenen unnachahmlichen Hüftschwung zu imitieren, der den beiden anderen in die Wiege gegeben zu sein schien, erhielt Tanzunterricht: Maribel machte ihr vor, wie man Oberkörper und Hüften getrennt voneinander bewegte und Ana zeigte ihr, wie sie die Füße zu setzen hatte, um einen originären Salsaschritt zustande zu bringen. Sie tanzten die halbe Nacht durch und erst nachdem sie das verfügbare Repertoir schon drei Mal gehört hatten, erschlafften sie langsam und wurden müde. Aber Maribel stand der Sinn noch nicht nach einem Ende, unter Anas und Julias scherzhaften Protestrufen und Gelächter legte sie ein weiteres Mal die *Palo-de-Mayo*-Kassette ein, umfasste beider Taille und zwang sie ihren tanzenden Trab mitzumachen. Sie glühte wie ein Hochofen, die dunkle Bräune ihrer Gesichtsfarbe hatte sich rötlich überfärbt. „Nur noch ein Mal, ein einziges Mal, dann gehen wir schlafen", bettelte sie aufgekratzt wie ein Kind, wobei sie übers ganze Gesicht strahlte und ihre Zahnlücke sehen ließ – sie sah fast glücklich aus.

# 10

Sonntagnachmittag. Sonnenflammen ertränkten das Dorf in brütender Hitze. Keine lebende Seele hielt sich zu dieser Stunde unter freiem Himmel auf. Reglose Stille nistete in allen Winkeln, nur das große, unbewohnte Haus am offenen Ende des Hofes, seit Tagen wieder vom Lärmen der *compas* erfüllt, ließ am Rande seines Schweigens ein leises Knacken des Gebälks vernehmen.

Ihre Hand schirmte die Augen ab als Julia, ein Wäschebündel unter dem Arm, die kurze Entfernung zwischen Haus und Brunnen zurücklegte, wo im lindernden Schatten des Avocadobaums der verwaiste Waschtisch wegen der Sonntagsruhe nun ihr zu Diensten stand. Lichtstrahlen, abgeschossen wie brennende Pfeile, trafen durch das Zweigdach ihren Nacken, als sie sich über den Waschtisch beugte. Sie blinzelte nach den letzten prallen Früchten des mächtigen Baumes, der zu den wenigen Besitztümern der Ramóns gehörte, über die der Hausherr mit Argusaugen wachte. Sobald die dunkelgrünen, an Birnen erinnernden Früchte zu fallen begannen, schwärmte ein ganzes Geschwader von Familienmitgliedern aus, um den Schatz zu bergen, der auf dem Markt ein willkommenes Zubrot einbrachte. Junge, kräftige Burschen kletterten furchtlos bis in die Krone hinauf, hangelten sich von Ast zu Ast, um denen, die unten in Stellung gingen, ihre Beute zuzuwerfen. Die Kleinsten, mit ihren nackten Hintern und den von Würmern geblähten Bäuchlein hüpften zwischen den Erwachsenen umher, stampften mit ihren dünnen Beinchen auf und jauchzten und schrieen vor Vergnügen, um die oben in den Ästen anzufeuern. Der Hausherr selbst dirigierte das Unternehmen wie ein Orchester, von einem Bein aufs andere wechselnd, mit den Armen aufgeregt in der Luft herumfuchtelnd, hatte die ganze Schar nach seinem Kommando zu tanzen, weniger weil er die Lage überblickte, denn er sah ausgesprochen schlecht, als vielmehr, um seine familiäre Autorität als Familienoberhaupt zu unterstreichen. Diese gelegentlich herausgekehrte herrische Seite seines ansonsten umgänglichen

Wesens stand in gewissem Gegensatz zu seiner körperlichen Erscheinung, denn er war von zwergenhaftem Wuchs. Alles an ihm war kugelförmig, rund der Kopf und die austretenden Augen, der Bauch, der sich wie ein Ballon über dem Hosenbund wölbte, dazu der kurze Hals, der zwischen Kinn und Rumpf kaum einen Abstand bildete, die Beine so kurz, dass er immer mit aufgekrempelten Hosenbeinen herumlief. An dieses unterhaltsame Schauspiel der Familie Ramón musste Julia jetzt denken, das den Hof zur Erntezeit mit Heiterkeit erfüllte, und auch daran, dass Ana und sie nach Einfall der Nacht, wenn sie noch wach lagen und die Früchte fallen hörten, heimlich hinausschlüpften, um ein paar der reifen Avocados zu stibitzen. Bei diesem Gedankenbild, das der Komik nicht entbehrte, musste sie unwillkürlich lachen, sie lachte leise vor sich hin, während sie ein paar Wäscheteile auf dem gerillten Stein rieb. Ihre von Wasser und Seife umspülten Hände bewegten sich wie unter einem Netz aus Licht und Schatten, der Schatten tiefschwarz, das Licht blendend wie von unzähligen winzigen Spiegeln reflektiert, eine unablässige, gewalttätige Lichtwirkung, die sie von Zeit zu Zeit zwang, ihre Körperhaltung zu verändern, um der Blendung zu entgehen. Das aufgeregte Zirpen einer Zikade begann ihr die Ohren zu füllen und ließ sie die Stille um sie her noch tiefer wahrnehmen. Sie hörte die Stille und die Zikade.

Als Julia kurz aufblickte, sah sie eine männliche Gestalt, grell beschienen, langsamen Schrittes auf sich zukommen. Der Mann war so plötzlich und überraschend aufgetaucht, als wäre er von einer Sekunde auf die andere aus dem Boden gewachsen, da sie sich nicht erinnern konnte, beim Betreten des Hofes irgendwen gesehen zu haben. Je näher er sich auf den Baumschatten zubewegte, desto intensiver steigerte sich ihr Unbehagen unter der Annahme, dass da jemand ihre Gesellschaft suchte. Damit wäre es mit dem Zauber des Alleinseins vorbei! In einem Land unentwegter menschlicher Zusammenballung waren die kleinen Freuden der unbeobachteten Momente, die sie ihre goldene Stunde nannte, seltene, privilegierte Glücksfälle und ein solches Geschenk gibt man nicht einfach her. Davon konnte der Unbekannte in seiner Arglosigkeit natürlich nichts ahnen, und sie, die ihn jetzt aus der Nähe sah, wusste, dass sie sich nicht getäuscht hatte. Er hatte eines jener alterslosen Gesichter, denen die Eingleisungen der Jahre schon von jeher aufgeprägt zu sein schienen, ein markantes Gesicht mit deutlich indianischem Einschlag, das wegen der geschlitzten Augen und der fliehenden Stirn dem Hinterkopf zuzustreben schien. Die Enden seiner Hosenbeine hatte er in die halbhohen Schnürstiefel gestopft, das Uniformhemd mit nur zwei Knöpfen über der Brust geschlossen, an einer Kette um den Hals blinkte eine ovale Blechmarke, in die eine Nummer eingestanzt war. Wortlos trat er neben sie und griff nach dem Seil, an dem sie gerade den Eimer in die Tiefe hinab lassen wollte, um Wasser zu schöpfen. Ihre Blicke trafen sich. Ihre Augen von der Farbe der Nordmeere und jene aus der Tiefe der Jahrhunderte blickenden schwarzen Obsidianaugen des Indios, denen vor der äußeren Beschaffenheit zuerst das Innere der Dinge zu erscheinen schien.

„Kommen Sie, lassen Sie mich das machen", sagte er mit anrührender Sanftheit. „Ich habe gerade nichts Besseres zu tun, als die Zeit totzuschlagen. Es wird kurzweiliger, wenn man sich beschäftigt oder mit jemandem reden kann."

„Sind Sie denn da drüben allein?" fragte Julia und deutete mit dem Kinn in die Richtung, woher er gekommen war.

„Die Kameraden haben zwei Tage Urlaub ... Sie sind nach Hause gefahren, die meisten sind hier aus der Gegend."

Der Eimer gluckste am Ende der weit ins Erdreich stoßenden Röhre des Brunnens. Während er den Eimer heraufzog und in das Becken des Waschtisches entleerte, hatte sie die Gelegenheit, ihn eingehender zu betrachten. Er war auffallend groß und von kräftiger Statur, außer den prankengleichen, erdbraunen Händen eines Landarbeiters war nichts Grobschlächtiges an ihm. Das dichte schwarze Haar war offensichtlich seit längerem nicht mehr geschnitten worden und wucherte über den Hemdkragen. Um zu überspielen, dass sie ihn beobachtete, begann sie ihn in ein Gespräch zu verwickeln.

„Und Sie? Warum sind Sie hier allein zurückgeblieben?"

„Ich? ... Wohin sollte ich schon gehen...?" gab er die Frage mit versteiften Kinnbacken zurück. Sein Gesicht bekam einen trübseligen Ausdruck, als würde sein Gedächtnis von einer quälenden Erinnerung heimgesucht. „Ich, *compañera*, habe keine Menschenseele mehr auf dieser Welt..."

Sie schaute ihm direkt ins Gesicht, um in seiner Miene einen Anhalt dafür zu finden, welche verschlüsselte Mitteilung diese Auskunft wohl enthielt, als sie Hals über Kopf in den Strudel eines fremden Lebens hineingezogen wurde, das seinen Ort und seinen Sinn in einer anderen Zeit hatte.

Seine Erzählung entführte sie in eine regenarme Gegend. In eine während der langen Trockenperiode dürstende ockergelbe Ebene, gefleckt mit dem Blattwerk immergrüner Bäume, wo ein warmer Wind den Staub pulverisierter Erde über die Äcker treibt, wohingegen im Winter das abgestufte Grün der Maisfelder und Bohnenäcker die beherrschende Farbe dieser Landschaft ist. Er malte ihr das Blau des Himmelsgrundes aus, die Umgebung olivenfarben schimmernder Erhebungen, die den Ort seiner Kindheit umschlossen. Das Gehöft, von dem er sprach, war Heimstätte von drei Generationen gewesen, Kinder und Kindeskinder kratzten seit er denken konnte im erschöpften und kraftlosen Boden; Menschen voller Müdigkeit, an die Fesseln der Feldarbeit gekettet, um sich am Leben zu erhalten, der Boden ausgelaugt von der Notwendigkeit, ihm Nahrung zu entreißen. Er erging sich nicht in allzu genaue Einzelheiten – wozu an etwas rühren, das unwiederbringlich verloren war –, denn über das, was einmal sein Heim gewesen war, sah man nur noch Unkraut wachsen. Eines Tages, nach einer kurzen Abwesenheit, fand er sein Haus niedergebrannt, die beiden alten, wehrlosen Leutchen, die seine Eltern gewesen waren, die Frau, die Kinder, die Schwägerin, alle dahingemetzelt von einem Kommando der Konterrevolution. Der Bruder, mit zwei weiteren Bauern der Gegend entführt, wurde Tage später tot in einem Flussbett gefunden, mit ausgestochenen Augen, den Körper übersät mit Folterspuren. Seine Geschichte spulte sich ab wie an einem unsichtbaren Faden, gesponnen aus dem unschuldigen Blut seiner Nächsten und der Passion seines Bruders, dem der Tod im erlöschenden Bewusstsein wie eine Erlösung gewesen sein musste. An manchen Stellen pausierend sprach er ohne ein Heben oder Senken der Stimme in gleich bleibendem, fast unbeteiligtem Tonfall, als hätte das, was da in dürren Worten über seine Lippen kam, nicht eine ganze Welt zum Einsturz gebracht, als drückte sein ganzes Wesen nicht eine entsetzliche Unbeholfenheit aus. Julia betrachtete ihn mit hilflosem Erstaunen, ein kalter Schauer jagte über ihren Körper, als umgäbe sie nicht diese alles lähmende Hitze, sondern das ewige Eis einer Polarregion.

„Danach hab ich mich für's BLI gemeldet...", hörte sie ihn sagen. Seine Stimme trieb ab und seine Gestalt verschwamm ihr für einige Sekunden vor den Augen. „Da wir mit der Feindaufklärung beschäftigt sind, finde ich vielleicht auch irgendwann die Mörder meiner Familie... Die Leute im Dorf haben gesagt, dass der Anführer ein gewisser Renato war." Er machte eine kurze, nachdenkliche Pause. „Glauben Sie mir *compañera*, ich war nahe daran, den Verstand zu verlieren, als ich meine Familie da aufgebahrt auf dem Dorfplatz wiedersah..." Sein Gesicht verzog sich wie unter Schmerzen, seine Augen glänzten gläsern und verloren sich im Spiegel der Einsamkeit des vom Rist einer Hügelkette ausgezackten Horizonts, der ihm seine eigene Verlorenheit zurückwarf.

Julia empfand plötzlich eine überwältigende Sympathie für diesen in seinem tiefsten Inneren verstörten Mann. Sie ließ die tropfnasse Wäsche aus den Händen gleiten und obgleich ihr bewusst war, dass jede wohlmeinende Geste nur deren Belanglosigkeit offenbaren konnte, lud sie ihn spontan auf einen Kaffee zu sich ein. Er quittierte die Einladung mit einer für sie unverständlichen und angesichts dessen, was zwischen ihnen zur Sprache gekommen war, lächerlichen Frage, nämlich ob sie gerne Sardinen esse? Sardinen? Julia sah ihn mit sprachloser Einfalt an. Wie, um Himmelswillen, kam er jetzt auf Sardinen! Auf ihr zögerliches Ja hin verschwand er für kurze Zeit und kam mit drei Sardinendosen zurück. Er wolle ihr etwas schenken, war seine Erklärung, und überdies sei er des ewigen Sardinenessens überdrüssig – tagaus, tagein Sardinen! Julia betrachtete die flachen Dosen in ihrer Hand, Feldverpflegung aus der Sowjetunion, und sofort fiel ihr auf, dass das eingestanzte Verfallsdatum schon seit einem Jahr überschritten war.

Der Mann, nach dessen Namen sie nicht gefragt hatte, bewegte sich in ihrem Haus mit einer seltsamen Vorsicht, als wäre alles, was sich darin befand, aus zerbrechlichem Porzellan. Sie hieß ihn einstweilen auf der Veranda Platz zu nehmen, während sie auf dem Elektrokocher Wasser aufsetzte.

Dampf wölkte sich über den Bechern mit heißem Kaffee, die sie gerade auf dem Tisch abstellen wollte, als plötzlich ein Schrei jäh die Nachmittagsstille zerriss, ein Schrei wie der eines verwundeten Tieres, gefolgt von einem lauten, weithin vernehmbaren, haltlosen Schluchzen, das unversehens verebbte und die Stille von neuem über ihnen zusammenschlagen ließ. Mit einem Schlag wurde Julia bewusst, dass es einen Zusammenhang gab zwischen dieser jähen Erschütterung und dem soeben vorüber gefahrenen Militärlastwagen, der, wie sie durch die Bäume hatte sehen können, direkt vor Rosas Häuschen angehalten hatte, ohne dass sie im Augenblick seines Erscheinens dem Vorgang irgendeine Bedeutung beigemessen hätte. Von Rosas vier Brüdern waren zwei in der Armee und so war nichts Außergewöhnliches daran, wenn ein Jeep oder ein Lastwagen vor ihrem Haus Halt machten. Die Anwesenheit ihres Gastes war augenblicklich aus ihrem Bewusstsein gelöscht, nur ein einziger, unannehmbarer Gedanke stak in ihrem Kopf – einer von Rosas Brüdern ... tot? Alles, was diese Vorstellung von ihr übrig ließ, war ein Bündel blank liegender Nerven. Nur vage gewahrte sie noch, dass ihr die heiße Flüssigkeit des heruntergefallenen Kaffeebechers die Beine hinunterlief, während ihren Besucher, der sich mit atemberaubender Ruhe von seinem Stuhl erhoben hatte, nichts mehr zu erschüttern schien. Wie er so vor ihr stand, aufgerichtet zu voller Größe, gab er das Bild von einem Fels in der Brandung ab, eine Steingestalt, stumpf geworden von den ihn überfließenden Schicksalsschlägen, wären da nicht die glasig verschleierten Pupillen und das fast unmerkliche Zucken des Augenlides. Er verabschiedete sich diskret ohne Fragen zu stellen und ließ sie hilflos zwischen zwei Katastrophen zurück – einer vergangenen und einer beginnenden...

Julia ließ sich in einen der Schaukelstühle fallen. Ihre Hand fuhr hinauf zum Hals, um den sich der eiserne Griff einer Riesenhand geschlossen hatte, die ihr die Kehle zuschnürte. Drunten bei Rosa war es still geworden – wo kein Atem zum Schreien mehr bleibt, verwandelt sich alles in stürzende Tränen. Inzwischen würden sie den Sarg abgeladen und den Leichnam in das Häuschen hinein geschoben haben, wie ein mit großer Wucht geführter Stich sich tief ins Fleisch bohrt. Bei dem Gedanken, dass diese Tragödie mehr als die übliche, der Pietät geschuldete Anteilnahme von ihr verlangte, spürte sie den unregelmäßigen, stolpernden Herzschlag der Furcht. Dabei war das traurige Ereignis einer Totenwache nichts wirklich Ungewöhnliches mehr für sie, zu oft hatte sie schon durch das Sargfensterchen in wächserne, pflaumenfarbene Totengesichter geblickt, in gebrochene Augen, in denen der Lebensfunke viel zu früh verglommen war, aber bis dahin hatte das Sterben an ihren Lebensrändern stattgefunden, noch nie hatte sie der Tod aus solcher Nähe gestreift. In dem Maße wie die Beziehungen enger wurden, hob sich das, was anderen zustieß, aus der Anonymität heraus und sie begriff, dass die Zeit, in der ihr die Dinge aus der sicheren Distanz eines inneren Abstands begegneten, zu Ende ging. – Wo blieb Ana bloß? dachte sie jetzt. Ana war am Morgen zu einer der sonntäglichen Versammlungen der Basiskomitees gegangen und seitdem nicht wieder aufgetaucht. Das gemeinsame Frühstück, ihre morgendliche Unterhaltung, Anas Aufbruch, an all das erinnerte sie sich jetzt nur noch von fern her, als läge dieser Sonntagmorgen in einer anderen Zeit. – Wo blieb sie nur? Wieso kam sich nicht? Mit ihr zusammen wäre alles leichter, sie wäre ein Gegengewicht zu dem Entsetzlichen, das sie erwartete. Julia wusste nicht, was sie tun sollte... Zuerst das Kleid auszuziehen, auf dem der verschüttete Kaffee einen riesigen Fleck hinterlassen hatte? Ana suchen? Sie machte Anstalten aufzustehen, aber eine gewaltige Kraft schleuderte sie in den Stuhl zurück. Sie glaubte in einem Karussell zu drehen, flammengleich strich heiße Luft an ihrem Gesicht vorbei, Formen zerflossen und Farben schossen ineinander, in einer einzigen Schwindel erregenden Bewegung.

Unter den Menschen, die sich vor dem Haus versammelt hatten, entdeckte Julia Doña Carmen, die sie heranwinkte. „Was ist passiert?" fragte Julia mit brüchiger Stimme. Mit einer Scheinfrage suchte sie Halt in der Ahnungslosigkeit, als gäbe es noch Raum für irgendeinen Zweifel. Auch wenn der Sarg mit der darüber gebreiteten rotschwarzen Fahne, den sie jetzt erblickte, auf dem Nachbargrundstück aufgebahrt war, so war sie sich gleichwohl der Antwort sicher, die sie wie ein Fausthieb traf.

„Man sagt, es ist Rosas Bruder ... der älteste", antwortete Doña Carmen mit jenem erstaunlichen Lächeln, das Julia immer wieder aufs Neue in Bann schlug. Eine Täuschung, die man nicht sogleich bemerkte, kein Lächeln aus freien Stücken, eher eine Art fröhlicher Neurose, die ihren Ursprung in einer tiefen seelischen Erschütterung hatte. Vor allem Frauen lächelten so, eine Diskrepanz der Affekte hexte ihnen dieses Lächeln an. Jetzt da es ihr wieder begegnete, fielen ihr die Verszeilen eines Liedes ein, in dem die argentinische Sängerin Mercedes Sosa diese Unstimmigkeit so fulminant zum Ausdruck brachte: María verwechselt Leid und Freude.

*Maria es el sol, es calor, es sudor*
*Y una lágrima que corre lenta*
*De una gente que ríe cuando debe llorar...*
*Pero hace falta la fuerza*
*hace falta la raza*
*hacen falta las ganas, siempre*
*dentro del cuerpo y las marcas*
*María, María confunde dolor y alegría*

„Meinen Sie etwa Germán?" Julia sah Doña Carmen mit weit aufgerissenen Augen an, die wortlos die Schultern zuckte und sich ein paar Tränen aus den Augenwinkeln wischte. Julia wusste, von allen Geschwistern war es Germán, den Rosa am meisten liebte und verehrte. Mit der Ermordung des Vaters war ihm die Rolle des vatervertretenden Familienoberhauptes zugefallen, und die Tatsache, dass er die Uniform der legendären Sondereinheit TPU trug, erhöhte noch den demütigen und nahezu verliebten Respekt, den sie ihm entgegenbrachte.

„Und Rosa...?"

„Ich hab sie nicht gesehen, bestimmt ist sie im Haus", sagte Doña Carmen und ergriff mit leichtem Druck Julias Arm. „Fassen Sie sich ein Herz, gehen Sie zu ihr!"

Julia zuckte zusammen, denn sie begriff, dass Rosa mit dieser Tragödie völlig allein war. Luca, die teure und mütterliche Freundin – ihr drittes Bein, das ihren naturgegebenen den Halt verlieh – war mit ihrer Familie nach Managua umgezogen, wo ihr Mann eine neue Beschäftigung gefunden hatte. Fassen Sie sich ein Herz…, der Druck der Hand auf ihrem Arm, sie verstand, dass dies eine Mitteilung war, die ebenso gut hätte lauten können: *Nehmen Sie in diesem schweren Augenblick Lucas Stelle ein!* Auch wenn Rosa von vielen Menschen umgeben war, so befand sich doch niemand in ihrer Nähe, mit dem sie in einer ähnlich engen Verbindung gestanden hätte wie mit Luca. Ein Gefühl, als höbe sich ihre Schädeldecke, als dehnten sich ihre Blutbahnen aus, durch die statt des Blutes glühende Lava strömte, ließ Julia einen kurzen Moment taumeln, während Stück für Stück in sie eindrang, was sie da drüben, in dem kleinen Haus erwartete, auf dem die letzten Strahlen der untergehenden Sonne lagen. Sie raffte, so gut wie es ging, all ihre Kräfte zusammen und bahnte sich einen Weg durch die Umstehenden, ohne jedoch jemanden wahrzunehmen. Aus den Augenwinkeln sah sie einen Wagen kommen, Bänke wurden abgeladen, worauf sich die Leute unter gedämpftem Gemurmel verteilten. Weit ausschreitend, um ihre Mutlosigkeit zu überwinden, ging sie auf das Pfahlhäuschen zu, in dem Rosa wohnte. Vom Himmel her zwinkerten ihr die ersten Sterne zu. Sie beschloss den Hintereingang über den Hof zu nehmen, wo kreuz und quer Wäscheleinen aus Draht gespannt waren und allerlei Hausrat herumlag. Im nahen, meterhohen Unkraut hörte sie es rascheln und erschrak heftig, als plötzlich drei kleine Gestalten an ihr vorüberhuschten, von denen eine ihren Namen rief. Sie erkannte Rosas kleinen Bruder Moisés, ein Dreikäsehoch mit zerzaustem Haarschopf von vielleicht fünf oder sechs Jahren. Kaum aufgetaucht sah man sie auch schon unter munterem Geplapper unter der Stacheldrahtumzäunung wegtauchen und in einem Gebüsch verschwinden – in die Kinderwelt unbekümmerter Arglosigkeit.

Noch ehe Julia die Tür erreicht hatte, kam ihr Rosa schon auf halbem Wege entgegen. Bleich und schattenhaft trat sie auf sie zu, die Augenlider geschwollen vom Weinen. Die letzten Stunden hatten Schneisen durch die Landschaft des vertrauten Gesichts getrieben und von den mädchenhaften Zügen nur noch eine Maske unaussprechlicher Qual übrig gelassen. Ohne ein Wort schlang Rosa die Arme um ihren Hals. Julia spürte wie ihr abermals das Blut in die Adern stürzte und war zugleich überrascht, eine derart zerbrechliche Gestalt zu umarmen, unter ihren Händen nicht das feste Fleisch eines jungen Mädchens, sondern durch die Haut spitzig abstehende Knochen zu spüren, denn sie hatte Rosas Körperformen immer als recht robust wahrgenommen. Dieser Körper mit seiner aufgewühlten Seele zuckte jetzt, wie von einem seismischen Beben erschüttert, unentwegt in ihren Armen, ohne dass Rosa geweint hätte. Ihr Kopf pochte wie ein Herz, sie wurde von einer nie gekannten Gemütsaufwallung heimgesucht, die ihr die Atemluft erst wiedergab, als Rosa sich von ihr löste. Sie blieben noch eine Weile schweigend voreinander stehen, wie um Kräfte zu sammeln, um der Fortsetzung dieses Alptraums zu begegnen. Dann hakte sich Rosa unter und sagte: „Kommen Sie, gehen wir rein, meine Mutter ist drinnen." Obwohl sie sich unter allen *compañeras* des Kollektivs am nächsten standen, duzte Rosa Julia nie.

Doña Sofía war der Mittelpunkt der Familie, das gravitätische Zentrum, das ihre Kinder mit aller erdenklichen Umsicht und Fürsorge umkreisten, denn sie selbst hatte schon lange vor diesem neuen Schlag nicht mehr die Kraft gefunden, die dominierende Stellung, welche die Mütter in den Familien innehatten, auszufüllen. Wie die Innenseite ihres Wesens für alle Zeiten der Außenwelt verschlossen blieb, so waren auch die Ausblicke auf das, was ihrem Leben noch hätte Sinn geben können, verriegelt. In all ihren Regungen drückte sich die Überwältigung durch ihr Schicksal aus und manchmal genügte es, sie auf nur Belangloses anzusprechen, um auf ihrem Gesicht Panik zu wecken. Julia fand sie zusammengesunken auf einem Stuhl, ein Schattenwesen mit eingesunkenem Brustkorb, die verbrauchten, sehnigen Hände im Schoß ineinander verkrampft. Die höckerigen Schulterblätter standen spitz vom Körper ab, das dunkle, magere, faltige Gesicht mit dem daraus zurückfließenden aschefarbenen, im Nacken zu einem Knoten geschlungenen Haar wirkte wie in Granit gemeißelt. Die Maske der Verwüstung schien etwas Endgültiges zu haben. Sie zeigte keine Regung als Julia eintrat – nichts von dieser Welt konnte sie mehr erreichen. Sie saß da und starrte die hölzerne Kommode an, aber nur weil sie da war, genau ihr gegenüber.

In dem wenige Quadratmeter umfassenden Raum hielten sich noch verschiedene andere auf. Da war Chico, der ein Jahr jünger war als Rosa, ein aufgeweckter und ausgesprochen hübscher Junge. Und dann Gonzalo, der nach dem toten Germán kam und wie dieser als Offizier in der Sandinistischen Armee diente. Beide standen ihnen den Rücken zugekehrt in der Eingangstür, die auf die Straße hinausging, wo sie sich leise mit ein paar jungen Burschen unterhielten, die draußen auf der Vortreppe saßen. Sieben Geschwister waren sie einmal gewesen, bevor der jüngste ihrer Brüder zusammen mit dem Vater getötet wurde. Und jetzt Germán. Rosa zog Julia neben sich auf eine Bank. In einer dämmrigen Ecke am Rand des Lichtscheins der Glühbirne bemerkte Julia eine junge Frau in einem fleckigen, rosa Kleid mit einem Säugling an der Brust, der unter einem weißen Tuch verschwand, mit dem sie ihre entblößte Brust bedeckte. Ihr Gesicht wirkte wie betäubt, die Haut war von Tränen rau, mit fahlen Augen, die nichts mehr erhofften, starrte sie auf die Beuge ihrer Knie, die unablässig auf und ab wippten, als wären diese Teil einer sich selbständig in Bewegung setzenden Apparatur.

„Wer ist das?" fragte Julia.

„Seine Frau. Sie ist nicht von hier, aber jetzt wird sie wohl bleiben."

Bleiben? Wie das? In dieser engen Stube, der auf der einen Seite eine separate Kammer abgerungen war, vor deren schmaler Öffnung ein bunt bedruckter Stoff hing, auf der anderen Seite die winzige Küche mit der offenen Feuerstelle, in diesem Raum lebten bereits sechs Personen, nicht eingerechnet die Verwandtschaft, die sich hin und wieder für einige Tage auf einen Besuch hier einquartierte.

„Meine Mutter will es so", sagte Rosa, als hätte sie ihre Gedanken erraten.

„Hat sie das gesagt?" erkundigte sich Julia zaghaft.

„Nein, seit sie Germán gebracht haben, hat sie kein Wort mehr gesprochen. Aber ich weiß, dass es ihr Wunsch ist, sie möchte ihren Enkel bei sich haben."

„Vielleicht gibt er ihr das Gefühl, nicht alles verloren zu haben", sagte Julia sanft und legte ihre Hand auf Rosas Arm.

Rosa nickte schwach und sah sie von Schwermut niedergedrückt mit hängenden Lidern an, mit Augen, die vor der Zeit den Glanz jugendlicher Unbekümmertheit verloren haben.

„Wie heißt der Kleine?"

„Ernesto", sagte Rosa.

Schweigend blieben sie nebeneinander sitzen. Rosa lehnte den Kopf gegen Julias Schulter. Ihr Brustkorb hob und senkte sich, ihr Atem stieg und fiel, als tobte in ihrem Innern ein verzweifelter Kampf gegen das Bersten von etwas Randvollem. Julia legte den Arm um sie. Es gab kein Wort, das hier noch einen Sinn gemacht hätte. Wie von weit her hörte man die gedämpften Unterhaltungen der Trauergäste vorm Haus. Julia wagte einen verstohlenen Blick auf die Schwägerin, die sich das Baby bäuchlings auf die Oberschenkel gelegt hatte, um es mit leichten Klapsen auf den Rücken zum Einschlafen zu bringen. Sie hatte den Kopf gegen die rückwärtige Bretterwand gelehnt, die Lider halb geschlossen, das Oval ihres Gesichts bar jeder Regung. Die Hand auf dem Rücken des Babys erschlaffte, glitt zur Seite. Ernesto war eingeschlafen.

Erst die Ankunft von Elba, Rosas halbwüchsiger Schwester, unterbrach die alles umfangende tiefe Stille. Mit einem Eimer Wasser auf dem Kopf tauchte sie unter dem Türbalken her, dessen niedrige Höhe sie zwang, weit in die Knie zu gehen, um kein Wasser zu verschütten und den Eimer unbeschadet über die Schwelle zu bringen. Hinter ihr erschien Ana im Türrahmen mit einem Armvoll Holzscheite und ihr Blick fiel sofort auf Julia.

„Da bist du ja endlich!" sagte sie mit dem Anflug eines Lächelns, das nicht zu der schroffen Tonart ihrer Begrüßung passte, sondern, wie Julia befürchtete, einen verhaltenen Vorwurf überspielen sollte, weil sie sich nicht früher hatte blicken lassen. Aber Ana hielt sich nicht lange mit Reden auf, sie war die Besonnenheit in Person und Herrin der Initiative und wandte sich, wie häufig in schwierigen Situationen, zunächst den praktischen Dingen zu.

„Kann ich euch etwas helfen?" rief Julia von ihrem Platz aus den beiden zu.

„Nein, nein", gab Ana über die Schulter zurück, „bleib nur, wo du bist", und gab ihr damit den unausgesprochenen Auftrag, sich um Rosa und die anderen zu kümmern. Sie machte sich mit Elba in der Küche zu schaffen, die Trauergäste der Totenwache wollten die Nacht über mit heißem Kaffee versorgt sein. Dann trat wieder Stille ein, nur das Geklapper von Geschirr, das Knacken des Herdfeuers und die gedämpften Absprachen der Frauen in der Küche waren am Rand der Stille zu vernehmen.

Anas entschiedenes Zupacken noch in den unheilvollsten Momenten erklärte sich Julia als innere Überlegenheit dem Unglück zu trotzen. Aber war es in Wirklichkeit nicht genau anders herum? Half ihr die bequeme Anschauung, Anas ruhige und kontrollierte Art für Überlegenheit zu halten, nicht nur über gewisse Tatsachen hinweg, die sie selber betrafen? – So sehr die aufrüttelnde Präsenz der Fakten sie auch aufwühlte, so tief empfand sie die Gleichzeitigkeit einer unüberwindbaren Distanz jenen gegenüber, die um sie herum litten, die herabzusetzen ihr selbst in Augenblicken größter Betroffenheit nicht gelang. Man sagt, von anderen erlittene Schmerzen lassen sich nicht nachempfinden; wo das Leiden tief berührt, aber unfasslich bleibt, weil man es nicht selbst erlebt, kann es nur den Weg über das Bewusstsein nehmen, um über die Absperrung hinauszutreiben. Was aber Ana betraf, so befand sie sich möglicherweise in einem schrecklichen Irrtum. Was sagte ihr denn, dass Ana in ihrem stillen Leiden – das sie für sich behielt – gegen das Brechen der Dämme nicht den gleichen schrecklichen und verzweifelten Kampf wie alle austrug, und dass das, was sie, Julia, für einen Wesenszug hielt, nur die verzweifelte Anstrengung war, gegen den Wahnsinn die Oberhand zu behalten, um das Interesse am Leben nicht zu verlieren? Weiter kam sie nicht. Etwas wie ein Aufstöhnen erfüllte plötzlich den Raum, ein Laut – guttural, fremdartig, unirdisch –, dem gurgelnden Laut eines Ertrinkenden ähnlich, der sich den Eingeweiden Doña Sofías entrang und jeden mit Eisfingern streifte. Von einem drängenden Impuls jäh gepackt war sie von ihrem Stuhl hochgeschnellt, ihre Augen, weit aufgerissen, blickten in wirrem Staunen starr geradeaus, dann in die Runde. Einen Augenblick lang hätte man annehmen können, sie sei aus einer langen Trance erwacht, denn sie hielt ihr Gram verzerrtes Gesicht Julia zugewandt, die blutleeren Lippen zu einem Ausdruck verzogen, in dem sich ein irres Lächeln und der Anschein eines Wiedererkennens die Waage hielten. Sie tat ein paar Schritte auf Julia zu und legte ihr die ausgekühlte Hand auf die Schulter und unter dieser sanften Berührung brachen jetzt alle Wälle. Durch frische Tränen blinzelnd sah sie zu, wie Doña Sofía mit den mühseligen Bewegungen zerbrochener Glieder auf die Wäscheleine zustrebte, die über eine Ecke von einer Wand zur anderen gespannt war und den Kleiderschrank ersetzte. Wie eine Schlafwandlerin irrte sie ruhelos in der unnatürlichen Enge der Stube umher, nahm Kleidungsstücke von der Leine, faltete Hemden, Hosen, Blusen, alles, was ihr unterkam, auseinander und wieder zusammen, und nachdem das verrichtet war, fand alles wieder seinen angestammten Platz. Mit von übermenschlichem Schmerz entleertem Bewusstsein suchte sie Zuflucht in sinnloser Betätigung, in der unendlichen Wiederholung alltäglicher Handgriffe im Leben einer Frau versuchte sie sich gegen das Unglück zu verteidigen – sie hatte keine anderen Waffen zur Verfügung. Plötzlich, mitten in der Bewegung, hielt sie inne, es schwanden ihr die Sinne und alle Erscheinungen, ihre Gestalt erstarrte zu einer schwankenden Säule. Mit einem Satz waren Rosa und die Schwägerin ihr zur Seite gesprungen und fingen sie noch rechtzeitig auf, bevor sie hinschlug. Auch Rosas Brüder waren blitzschnell zur Stelle und trugen sie vorsichtig in die Kammer hinter dem Vorhang.

Julia blieb allein zurück, auf dem Schoß den kleinen Ernesto, den ihr die Schwägerin in der Aufregung in die Arme geworfen hatte. Er schlief fest und sah so friedlich aus, dass es einem ins Herz schnitt. Hart wird er kämpfen müssen, dieser kleine, kaum vorhandene Körper, um am leben zu bleiben, dachte Julia mitleidig und strich ihm zärtlich über den flaumigen, vom Schweiß verklebten Haaransatz. Hier beginnt das Leben mit Kampf, mein Kleiner, kaum dass es begonnen hat, sogar ein so winziges Wesen wie du, in dem noch kein Bewusstsein steckt, ist davon nicht ausgenommen. Sie hatte sich in den Winkel zurückgezogen, wo vorher die Schwägerin gesessen hatte, und beobachtete Rosa wie sie zwischen der Küche und dem Bretterverschlag, hinter dem ihre Mutter schwer atmend und schluchzend ausgestreckt auf dem Bett lag, hin und her lief. Nie hatte sie um ihren weichen Mund die tiefen Kerben gesehen, die herabhängenden Mundwinkel, die ihrem Gesicht den Ausdruck schicksalsergebener Wehrlosigkeit verliehen. Ihr Profil, das scharf gegen das Dunkel abstach, wenn Rosa unter der Glühbirne herlief, schockierte Julia zutiefst und ließ sie daran denken, wie viele grausame Schläge das Leben Rosa in ihren jungen Jahren schon versetzt hatte und ihr mit jedem neuen Unglück mehr Verantwortung aufbürdete, dass sie die Entwicklung der Halbwüchsigen zur Frau bereits mit gekrümmtem Rücken machte... Die schwere, stickige Luft im Zimmer verursachte ihr Übelkeit, ihr war, als hätte sich ihr ganzer Mageninhalt in ihrer Kehle zu einem Klumpen zusammengezogen, es kostete sie Mühe zu atmen. Sie stand vorsichtig auf, um den Schlaf des Kindes nicht zu stören. Ihr war entsetzlich flau und beim Aufsetzen der Füße fühlte sie wattigen Boden unter ihren Sohlen. Sie legte den Kleinen behutsam in die Hängematte, die im Bereich der Eingangstür aufgehängt war, und ging hinaus.

Es war eine der schönen, warmen und klaren Nächte, die sie so liebte. Draußen war immer noch eine Menge Leute versammelt und Julia erkannte viele ihr bekannte Gesichter darunter, doch sie mochte sich zu niemandem hinsetzen. Stattdessen blieb sie auf der Vortreppe sitzen und in der abgekühlten Nachtluft verging allmählich ihre Übelkeit. Sie beobachtete Ana wie sie durch die Reihen ging und schwarzen Kaffee und Maisgebäck austeilte, für jeden ein freundliches Wort auf den Lippen und ein ums andere Mal gelang es ihr sogar, mit einer witzelnden Bemerkung ein wenig Helligkeit auf das eine oder andere Gesicht zu zaubern. Eine kaum wahrnehmbare Luftbewegung wehte ihr plötzlich einen atemnehmenden, beizenden Geruch in die Nase, der ein paar Meter von ihr entfernt dem geschlossenen Sarg entströmte und zum Erbrechen reizte. Das war also der Grund, warum Germán, entgegen dem Brauch, hier draußen aufgebahrt war und nicht wegen der Enge des Hauses. Sein Körper begann bereits zu verwesen und keine erdenkliche Menge Formalin, womit man die Leichen für die Totenwache präparierte, wäre imstande gewesen, seine menschliche Hülle über die Nacht zu retten. Jeweils vier seiner Kameraden hielten im Wechsel Ehrenwache und Julia war unbegreiflich, wie man diesen entsetzlichen Pestilenzgeruch in nächster Nähe aushalten konnte. Je länger sie dort ausharrte umso drängender wuchs in ihr der Wunsch, allein zu sein, sich in einen einsamen und stillen Winkel zurückzuziehen, allein Scham hielt sie noch davon ab, nach Hause zu gehen. Scham, weil sie sich wie ein verhätscheltes, unnützes Ding fühlte, nie hielt wie die anderen, wie Ana, bis zum Ende durch. Doch nie tadelte Ana sie deswegen – oder wenn sie es tat, dann geschah es im Stillen. Sie wartete auf den Moment, da niemand ihr Fortgehen bemerken würde und stahl sich bei nächster Gelegenheit davon wie eine Diebin. Sie stieg den schmalen, leicht ansteigenden Pfad zu ihrem Haus hinauf, über ihr tiefschwarz der unermessliche Raum mit seinen funkelnden Konfigurationen und zugleich spürte sie zum zweiten Mal an diesem Abend heiße Tränen über ihre Wangen fließen.

Julia sah sich forschend um. Der verlassene Hof lag im ruhigen und friedlichen Licht des Mondscheins. Sie schlüpfte schnell ins Haus. Ein befreites Durchatmen entrang sich ihrer Brust, als sie in die stille Abgeschlossenheit des Hauses eintauchte; was sie den Tag über erlebt hatte, tobte in ihr wie ein giftiges Feuer. Er war immer noch da – der Schrei –, gellend in der vollen, blauen Nachmittagsstunde, er stak in ihrem Kopf wie kalter Stahl, als hätte er sich eingebrannt, als bliebe er da für immer...

Durch die Ritzen der verriegelten Fensterläden trat Licht von der beleuchteten Rückseite des Hauses ein und ein feines Lichtband umrahmte die Tür zur Veranda. Julia sah sich verlorenen im Zimmer um. Alles war so wie immer, aber das Zimmer wollte ihr mit einemmal merkwürdig fremd erscheinen, irgendwie abweisend, fast feindselig, als wollte es sagen *Was hast du hier verloren, wesensfremder Eindringling, besser du gehst dahin zurück, woher du gekommen bist. Das hier ist kein Ort für zart besaitete Seelen!* Die hohen Rückenlehnen der Stühle warfen dunkle Schatten, die quer über den Fußboden liefen und an den Wänden bizarre Formen entstehen ließen, die sich unter der Wirkung ihrer Betäubung getrübten Wahrnehmung wie Flammensäulen zur Decke streckten und die Dimension des Raumes schrumpfen ließen. Sie stolperte herum, um sich der ungeahnten Macht des Zimmers zu entziehen, tastend auf der Suche nach dem Lichtschalter, um die Einbildung abzuwehren. Und das? ... Verflucht ... was zum Teufel war das? Ihre Hand, die den Lichtschalter noch nicht erreicht hatte, wurde durch ein Klopfgeräusch an der Verandatür blitzartig zurückgerufen. Fingerknöchel gegen Holz, zunächst zaghaft, dann entschiedener Einlass begehrend, und jede Regung erstarb zu ihren Füßen. Sie blieb wie angewachsen stehen und beobachtete den Lichtstreifen unter der Tür. Dieser war von zwei kurzen schwarzen Balken unterbrochen, die zweifellos von einem Paar Schuhe herrührten. Gütiger Himmel, das hat jetzt gerade noch gefehlt! dachte sie verzweifelt und suchte fieberhaft nach einem Ausweg: – sich tot stellen ... untertauchen in einer kleinen Raum- und Zeitlosigkeit ... oder ... versuchen zu fliehen... Poch, poch! machte es wieder. Sie verspürte grimmigen Widerwillen, sich auch nur einen Millimeter von der Stelle zu rühren, aber irgendjemand schien sich sicher zu sein, dass sie zu Hause war. Reiß dich zusammen! rief sie sich innerlich zu, bemüht ihre Beherrschung wiederzufinden, und knipste das Licht an. Aufgescheucht durch die plötzliche Helligkeit flitzten Kakerlaken zwischen Tassen und Tellern und Töpfen umher und verschwanden in irgendwelchen Hohlräumen.

„Wer ist da?" rief sie mit einer Stimme, in der ein leises Beben schwang, das nicht mehr Ausdruck ihrer Verzagtheit, sondern aufkeimender Zorn war.

„Raùl ... ich bin ein Freund von Germán", antwortete es von draußen.

Raùl? – Sie kannte keinen Raùl. Und wenn schon, auch wenn er der Kaiser von China wäre, was nahm er sich heraus, mitten in der Nacht bei ihr anzuklopfen? Sie dachte einen Augenblick nach und beschloss, wenn die Situation schon nicht zu vermeiden war, die Sache so kurz wie möglich zu machen. Mit diesem Vorsatz gerüstet begab sie sich zur Tür um zu öffnen und der ungebetene Besucher bekam von ihr nur so viel zu sehen, wie ihre Gestalt in dem schmalen Türspalt Platz fand. Wie sie es nicht anders erwartet hatte, sah ihr das Gesicht eines Unbekannten entgegen. Sie musterte den Fremden mit demonstrativer Herablassung. Er entsprach, was dem gemeinen Geschmackssinn als ein Mann mit ansprechendem Äußeren gilt. Er hatte ein gefälliges Gesicht, dem die hervortretenden Wangenknochen eine gewisse Herbheit verliehen, einen auffallend schön geschwungenen, sinnlichen Mund, in dessen Winkeln sich die Andeutung eines scheuen Lächelns zeigte, wobei sie sich nicht sicher war, ob die Zurschaustellung einer gewissen Unbeholfenheit nicht Kalkulation war. Sein Oberkörper streckte sich in den Lichtkegel der Glühlampe, die nackten Arme kamen aus einem kurzärmeligen, ein wenig verschossenen Uniformhemd hervor, während die Hände tief in den Taschen seiner Hose verschwanden. Um seinen Hals hing die bekannte Blechmarke mit der eingestanzten Nummer, die ihr nun schon zum zweiten Mal begegnete – für den Fall, dass von ihm nichts mehr übrig bliebe, ließe sich herausfinden, wer er war. Wie er so vor ihr stand, wirkte er beinahe schüchtern, fast ein wenig linkisch und zugleich sah er merkwürdig überrascht aus, wie jemand, der mehr erhält als er erwartet hat. Sie blieben unschlüssig voreinander stehen, während sein Blick ungeniert auf ihrem Gesicht weidete. Wieder überkam sie der Wunsch zu fliehen – unverschämt, was fällt ihm eigentlich ein? Das Naheliegendste wäre, dieser unerwünschten Erscheinung die Tür vor der Nase zuzuwerfen. Sie sah beharrlich an ihm vorbei, auf der Suche nach einer Ablenkung tasteten ihre Augen die Umgebung ab, doch da, wo der Lichtschein endete, begann schwärzeste Nacht, kein Objekt ließ sich da ausmachen, das ihre Aufmerksamkeit hätte gefangen nehmen können – nichts, außer der unbegrenzten Weite einer mit Sternen beladenen Dunkelheit. Besiegt kehrte ihr Blick zurück. Auf dem Ärmel seines Uniformhemdes bemerkte sie jetzt drei aufgenähte Buchstaben: TPU, die Insignien jener Spezialeinheit, die eine Reminiszenz an den im Befreiungskampf gefallenen *guerillero* Pablo Úbeda waren. Er gehörte also derselben Einheit an wie Germán – aber Germán war tot... Kannte er etwa die näheren Umstände seines Todes? Bestimmt, er muss dabei gewesen sein! schoss es ihr durch den Kopf. Julia hatte nicht gewagt, Rosa danach zu fragen, es wäre ihr pietätlos vorgekommen. Und außerdem, was änderte das schon, es zu wissen?

„Entschuldige, dass ich hier so reinplatze", sagte er endlich, „aber ich hab dich heute Abend auf der Totenwache gesehen..." Er zögerte kurz, da er ihren unwilligen Gesichtsausdruck registrierte. „Um ehrlich zu sein, ich hab dich beobachtet ... du fällst eben auf." Im selben Augenblick schimmerte in seinen mandelbraunen Augen eine so sehnsuchtsvolle Begehrlichkeit auf, die fast einer Einladung gleichkam.

„Interessant", entgegnete sie mit leichter Gereiztheit, „aber in meinem Fall dürfte das kaum etwas Besonderes sein." Sie sah ihn mit hart blickenden Augen an. Worauf steuerte dieser Mensch so umstandslos zu? Wenn er glaubte, die Spiegelfalle der Eitelkeit würde bei ihr so leicht zuschnappen, dann hatte er sich gründlich getäuscht! Nur ... wie schützt man sich vor solchen Blicken? – Manche Blicke verwüsten alle Vorsicht! Die Deutung dessen, was hier vor sich ging, ließ sie ihre ursprüngliche Annahme revidieren: er war weder schüchtern noch linkisch, er war eine Herausforderung, allerdings eine von der Art, für die sie keine Verwendung hatte. Jedenfalls verspürte sie nicht die geringste Lust, die Situation noch weiter in die Länge zu ziehen, sie hegte nur noch den einzigen, brennenden Wunsch, dieser unangebrachten Begegnung ein Ende zu machen. Alles, wonach ihr der Sinn noch stand, war, sich im Dunkeln auf ihrem Bett auszustrecken, hinabzutauchen in die tiefe Stille der Einsamkeit, die Türen zum Bewusstsein schließen – wenn die Regungen der Seele sich der zwanghaften Ordnung des Gedankens entziehen und die Dinge auf keinen mehr Namen hören, verliert die Welt ihr Gesicht... Am wenigsten verlangte sie nach einer Unterhaltung, die sie nichts anging! Sie starrte den, der sich mit Raúl vorgestellt hatte, entgeistert an ohne ihn zu sehen. Sie sah durch ihn hindurch, als wäre er aus Glas. Aus der Tiefe ihres Blicks kam ein anderes Gesicht auf sie zu, ein Gesicht von tiefer Traurigkeit – nicht ganz Rosa, aber von großer Ähnlichkeit. Etwas Seltsames ist in ihrem Blick, ein beständiges, fast unmerkliches Flackern, als ob andauernd ein Nerv reiße. Julia presste die Lippen zusammen, um das Brennen in ihren Augen zu unterdrücken.

Sie versuchte das Gedankenbild mit dem Kloß, der in ihrer Kehle steckte, hinunterzuschlucken. Das Bild zerging, aber der Kloß kam wieder, er blieb einfach da.

Seine Stimme ließ sie wieder zu sich kommen. „Eigentlich bin ich gekommen, weil ich mir dachte, dass du vielleicht was zu lesen für mich hast, ein Buch, das ich mir ausleihen könnte... Schließlich geht euch der Ruf voraus, ein großes Kulturvolk zu sein, dass ihr ganze Bibliotheken mit euch herumschleppt. – Hab ich Recht?" Sein Blick tauchte auf den Grund ihrer Augen.

Julia senkte verdrossen den Kopf. Hatte sie da eine Spur Ironie herausgehört? Eine kleine, flapsig gemeinte Provokation jemandes, der nicht wusste, dass er einen Nerv traf? Eine große Kulturnation wahrhaftig! Wann immer die Sprache auf diesen abgegriffenen Gemeinplatz kam, schrillte in ihren Gedanken ein in symbiotischer Beziehung stehendes Begriffspaar auf: *Endlösung-Vernichtungslager*. Sogar hier in diesem fernen Land hatte der deutsche perfektionistische, Ordnung liebende Geist seine Bewunderer, freilich ohne von den Deutschen ein klar umrissenes Bild zu besitzen. Wären diese, von dem Geschehen weit entfernten Erdenbewohner, jemals in die Katakomben der nazistischen Lagerwelt hinabgestiegen, hätten sie sich jemals in die Untiefen jenes ungeheuerlichen Wissens begeben und vom Schicksal jener mit gestreiften Anzügen behangenen lebenden Toten hinter der elektrisch geladenen Stacheldrahtumzäunung erfahren, dann hätte sie sicherlich unendliches Grausen gepackt vor jener mit buchhalterischer Gründlichkeit und Präzision arbeitenden Tötungsmaschine. Aus nachvollziehbaren Gründen konnte sich dieses Wissen unter der hiesigen Bevölkerung nicht verbreiten, andernfalls hätte es auf die Deutschen, die in den Jahrzehnten nach dem Weltkrieg in Nicaragua eingewandert waren, eine neues, unheimliches Licht geworfen. Nicht zuletzt auch auf deren Beweggründe, warum sie sich in einem Land niederließen, das zum Zeitpunkt ihrer Ankunft von einer der blutigsten Diktaturen des Kontinents beherrscht wurde. Hitler hatten sie hinter sich gelassen, wie einer, der einen alten Rock gegen einen neuen austauscht. In dem neuen Land gingen etliche eine förderliche Beziehung mit der Diktatorendynastie der Somozas ein, bot sie doch die Gewähr für eine erfolgreiche Betätigung im Wirtschaftsleben wie für die Zufuhr billiger Arbeitssklaven. Selbstverständlich durfte auch die Pflege des deutschen Kulturgutes nicht zu kurz kommen, deshalb gründete man zu diesem Zweck den deutschen Klub, vordergründig ein Kulturverein mit Marschmusik und allem drum und dran. Nicht einmal die widrigsten Umstände können der deutschen Kulturtradition etwas anhaben. In der Tat, noch die SS-Männer wussten, was sie ihren großen Geistern schuldig waren: inmitten der Hölle von Buchenwald stand Goethes Eiche zwischen den Lagergebäuden, diejenige, in die er zu Lebzeiten seine Initialien eingeritzt. Man hatte sie stehen lassen – aus Verehrung für den großen Meister –, als der Wald für die Errichtung des Konzentrationslagers von seinen zukünftigen Insassen gerodet wurde. Fortan sollte darauf der beständige Schatten der Schornsteine der Verbrennungsöfen fallen, unablässig befeuert mit den Gebeinen Tausender zu Tode geschundener menschlicher Geschöpfe. Sie gingen in Rauch auf. Als verwehende Wolken im Wechsel der Winde sollten sie schweben am lichten Himmel der erhabenen Geisteswelt der ehrwürdigen Stadt Weimar. Aus den finstersten Niederungen menschlichen Urschlamms hatte dieses zum Pöbel herabgesunkene Volk seine Realität konstruiert, aus seinem germanophilen Volkskörper ausgestoßen, was einst die Schöpfung seines geistigen Reichtums gewesen, und am Ende fällte der umnachtete deutsche Übermensch sich selbst. – Wenn es überhaupt so etwas wie ein Zugehörigkeitsgefühl von ihrer Seite gab, dann war es die Zufälligkeit der Geburt und die Nähe zu jenen, die die unirdische Welt der Vernichtungslager überlebt hatten. Die wenigsten von ihnen fanden die Kraft zu sprechen – es war kein Wort in der menschlichen Sprache enthalten, das zwischen jener Erfahrung und dem monströsen Verbrechen eine Vermittlung hätte herstellen können –, die Wenigen jedoch, die es vermochten, hielten die Nachgeborenen zur einzig möglichen, einnehmbaren Haltung an: das Bewusstsein in ständigem, kritischem Alarmzustand zu halten, denn einmal in der Welt, ist das Monstrum existent, ist es zu neuen schrecklichen Taten anzustiften, von Neuem könnte es sich verkörpern in den Menschen, trotz allen zivilisatorischen Zuckergusses…

Über ihre gedanklichen Ausschweifungen hatte Julia Raúl minutenlang vergessen. Aber von alledem konnte er, über das bloße geschichtliche Faktum hinaus, aus nahe liegenden Gründen nichts wissen. Er hatte nichts damit zu tun. Es gab also keinen plausiblen Grund, hinter seiner Bemerkung vom deutschen Kulturvolk verhüllte Absichten zu vermuten. Wahrscheinlich trieb er nur ein harmloses Spiel mit ihr, um ihre abweisende Haltung aufzuweichen. Würde sie sich nicht so entsetzlich elend fühlen – ihre Erschöpfung war inzwischen in Schwerelosigkeit übergegangen und ihr war, als schwebe sie handbreit über dem Boden –, wäre sie vermutlich nachsichtiger gegen ihn. Aber dann kam ihr der Gedanke, dass auch er den Tod hätte finden können, denn die Tatsache, dass er hier aufgetaucht war, legte nahe, dass es zwischen ihm und Germán eine Verbindung gab. Und Julia verspürte aus einer Art Zusammengehörigkeitsgefühl heraus plötzlich die Neigung, ihre Unnahbarkeit aufzugeben. Sie trat einen Schritte beiseite und forderte ihn auf einzutreten.

Er sah sich nur flüchtig um, unerwartet ernst wandte er sich ihr wieder zu: „Ich hoffe, du nimmst es mir nicht übel, ich meine, dass ich hier so einfach aufgekreuzt bin, aber es sieht ganz so aus, als würden wir eine Zeit lang hier bleiben ... nach den Ereignissen ... da dachte ich mir, um die Langeweile ein wenig zu verkürzen..."

„Du meinst, was mit Germán passiert ist?" fiel Julia ihm ins Wort und wiederum spürte sie den Kloß von vorhin in ihrer Kehle.

„Mmh ... das auch..."

„Wie ist es passiert...?" fragte sie ohne sich sicher zu sein, ob sie es wirklich wissen wollte. Wo war die Grenze dessen, was sie sich zumuten wollte?

„Eine mir immer noch unverständliche Sache: wir waren mehrere Tagesmärsche von hier unterwegs zu einem bestimmten Ziel. Germán hatte die Aufgabe uns zu führen, denn er war der einzige in unserer Gruppe, der sich in der Gegend auskannte. Er kannte sozusagen jeden Erdkrümel, und dann fiel ausgerechnet er als einziger. Keiner von uns hat verstanden, wie er getroffen werden konnte, denn es gab nur ein kurzes Feuergefecht, sehr kurz, und außerdem waren wir darauf vorbereitet. Ihn dann bis hierher zu bringen, hat gute zwei Tage gedauert ... und das bei dieser Wahnsinnshitze... Das war's ... mehr kann ich dir darüber nicht sagen", schloss er abrupt.

Sein Ausdruck hatte sich plötzlich verhärtet, die eingesunkenen, wenngleich lebhaften Augen zeugten von längerer Schlaflosigkeit, er wirkte mit einem Mal älter als sie angenommen hatte. Die Eindringlichkeit, mit der er sie ansah, machte sie verlegen. Um von sich abzulenken zeigte sie ihm das Bücherbord, das die Wand zu Anas Zimmer bildete. Es gab nicht viele Bücher, einige spanische und deutsche Titel, die sie noch aus Deutschland mitgebracht hatte. Die Muße, sich Abende oder Nachmittage lang dem Lesen hinzugeben, war, je länger sie hier lebte, zu einer immer selteneren Beschäftigung geworden, und um an Bücher heranzukommen, musste man eine Reise in die Provinzhauptstadt auf sich nehmen, so dass ihrem Bestand schon seit langem kein neues Buch mehr hinzugefügt worden war. Raúl griff nach einem deutschen Titel und schlug die ersten Seiten auf. Sie sah ihn verwundert an und fragte, ob er denn Deutsch verstehe.

„Nein, kein Wort." Er schüttelte lächelnd den Kopf über das, worauf er gestoßen war. Es erinnere ihn an eine Begebenheit. Einmal sei er drüben auf der anderen Seite an der Karibikküste gewesen, begann er zu erzählen, in einer gottverlassenen, fast unbewohnten Gegend. „Wochenlang kampierten wir an einem Fluss, ohne in all der Zeit irgendeiner Menschenseele zu begegnen. Wäre nicht von Zeit zu Zeit Proviant angekommen, hätte man meinen können, die Welt da draußen habe uns vergessen. Und dann die Überraschung, als eines Tages mitten in der Wildnis ein Motorboot vorbei kam. Ich erinnere mich nicht mehr, wer diese Leute waren ... wahrscheinlich von irgendeiner Hilfsorganisation. Aber unter ihnen war eine junge Frau – eine sehr schöne Frau mit langen, blonden Haaren. Wir waren so baff, als wäre vor unseren Augen eine Meeresgöttin aus dem Fluss gestiegen. Dann stellte sich heraus, sie war eine Deutsche. Ich hab sie gefragt, ob sie nicht etwas zum Lesen dabei hätte. Sie bedauerte, zeigte mir aber dann, nachdem ich ihr noch ein wenig zugesetzt hatte, ein Buch in deutscher Sprache, das einzige, das sie dabei hatte. Ohne zu überlegen bat ich sie, es mir zu überlassen." Er wendete das Buch in seinen Händen mit dem Ausdruck jemandes, dem ein zurückliegendes Ereignis in angenehmer Erinnerung geblieben ist. „Tag für Tag hab ich dann in diesem Buch gelesen, mir die Worte immer wieder laut vorgesagt, das heißt so wie ich mir dachte, dass man sie ausspricht, und versucht, irgendeinen Sinn darin zu entdecken. Ohne Erfolg natürlich, aber so vergeht die Zeit."

Er stellte das Buch zurück und Julia betrachtete verstohlen sein Profil: die gerade Nase mit den eigenwilligen, leicht geblähten Nasenflügeln, die länglich geschnittenen Augen mit den langen, gebogenen Wimpern eines Träumers, sein Haar, das sich wegen seiner Länge nicht mehr bändigen ließ, hatte einen warmen, bernsteinfarbenen Ton.

„Scheiße ... Kriegserlebnisse!" brach es auf einmal unvermittelt aus ihm hervor. „Wer weiß, ob ich meinen Kindern, sollten sie denn geboren werden, jemals was anderes aus meinem Leben zu erzählen habe." Er sah sie mit einem plötzlich gequälten Blick an. "Unser Problem ist, dass der Krieg schon zu lange dauert. Was meinst du? Gehört die Frage, was uns der Sieg gebracht hat, nicht schon zu den überflüssigen Fragen der Zeit?" Er lachte resigniert auf. „Wir haben geglaubt, eine großartige Zukunft vor uns zu haben, aber diese Zukunft will man uns vergiften, wir sollen in die Geschichte zurückgestoßen werden... Manchmal, wenn es ganz finster in mir werden will, halte ich mich an die Verse eines unserer großen Dichter: *Das Vergangene ist das Besiegte ... das Vergangene kehrt nicht wieder ... nur die Vergangenen sehnen sich nach der Vergangenheit."* Seine Augen glommen auf wie Funken in der Asche. „Aber eins kannst du mir glauben, überwältigend war er, unser kurzer, heftiger Traum von der Zukunft und ich bin glücklich, ihn erlebt zu haben! Er kam uns vor wie ein unbesiegbarer glücklicher Rausch und das Schönste daran war: alle haben wir dasselbe gefühlt, alle dasselbe gedacht, das war unsere große Gemeinsamkeit! Alles war unverfälscht, alles Wahrheit, die Revolution da angekommen, wo alles möglich erscheint!"

Während er so sprach stand Julia das Bild eines menschenüberfüllten Platzes vor Augen, das Gewoge einer unübersehbaren Menschenmenge, die an jenem denkwürdigen 20. Juli in Managua zusammengeströmt war, um den Einzug der siegreichen Revolutionäre zu feiern. Alles schaukelte in unbändigem Freudentaumel. Das aus Trümmern geborene Nicaragua war erst ein paar Stunden alt, Unvorstellbares musste geschehen sein, dass die Menschen vor Freude und Rührung explodierten. Ja, sie erinnerte sich nur zu gut, auf unzähligen Fotografien, die um die Welt gingen, hatte sie jenen Schauer unaussprechlicher Glückseligkeit in den Gesichtern gesehen, die im Glanz einer großen Hoffnung und glücklicher Gewissheit erstrahlten. Ja, jetzt, da er in der Vergangenheit davon sprach, lag etwas zutiefst Schmerzliches in diesem Erinnerungsbild. Das Ursprüngliche, die Reinheit der ersten Stunde, das zukunftsschwangere Lachen, das die Züge sprengte, die dem Widerstand eigene Schönheit den Gesichtern aufgeprägt, all das verlor Tag für Tag ein wenig mehr von seinem kraftvollen Lebensatem unter den elenden Mühen eines gewalttätigen Überlebenskampfes. Manch einem mochte im Nachhinein nicht mehr davon geblieben sein als ein Glück von der Dauer eines Platzregens, in anderen lebte es bis heute fort wie ein anhaltendes, gedämpftes Echo.

Raúl breitete die Arme aus: „Was für ein Augenblick! Als wir zum ersten Mal denken konnten wir sind frei! Diese Erinnerung ist unauslöschlich, die kann uns niemand mehr nehmen. Und noch etwas: haben wir überhaupt eine andere Wahl, können wir überhaupt etwas anderes tun, als dem Fanal, das wir gesetzt haben, zu folgen? Wären wir andernfalls nicht so oder so potenzielle Tote? Wieder einmal würden wir der Gier von Menschenschindern zum Fraß vorgeworfen, nur diesmal ohne Somoza." Er hob die Hände in einer Geste wie jemand, der sich in einem Tumult Gehör verschaffen will. „Denk' ja nicht, dass wir so naiv gewesen wären zu glauben, man würde uns gewähren lassen, natürlich haben wir gewusst, dass die Yankees alles daran setzen würden, unsere Revolution zu vernichten. Sie setzen uns zu, weil sie wissen, dass wir Frieden brauchen; das Land, das wir an unsere Bauern verteilt haben, muss heute mit der Waffe in der Hand bestellt werden, mit jeder zerstörten Schule, jeder zerstörten Fabrik, mit jedem zerstörten Gesundheitsposten treffen sie den Nerv der Revolution. Sie setzen auf das Erlahmen unserer Kräfte, sie setzen darauf, dass sich im Bewusstsein der Menschen der Gedanke der Ausweglosigkeit festsetzt und all ihre Anstrengungen vergeblich bleiben. So entwerten sie ihnen die Revolution." Sein Mund verzog sich zu einem bitteren Lächeln. „Und was mich betrifft, so bedeutet dieser Scheißkrieg vor allem verrinnende Zeit, Zeit die uns nicht gehört, sinnlose Zeit, die vergeht, vergeht, und vergeht ... und wenn du zwischendurch mal die Gelegenheit findest, dich im Spiegel zu sehen, dann erschrickst du vor deiner eigenen Fremdheit, dann begreifst du, dass du deine Jugend verloren hast und dabei bist, auch noch den Rest deines Lebens zu versäumen..." Mit grüblerischem Ernst setzte er hinzu:„ ...vielleicht erschrickt man auch nur vor der Erkenntnis, dass alles, wofür du kämpfst, sollte es denn eintreten, für dich auf jeden Fall zu spät kommt. Manchmal denke ich, dass das grausamer ist, als vor der Zeit in irgendeinem Loch zu verrecken." Zu ihrer Überraschung schwang in seiner Stimme keine Bitterkeit, sie war so verstörend sanft wie sein Blick, dem sie zum ersten Mal standhielt.

„Hast du keine Angst ...?"

„Vor was? Vor dem Tod?" Er schnappte nach dem Wort, das sie, kaum ausgesprochen, hatte hinunterschlucken wollen. "Du bist leicht zu durchschauen, *chelita*." Er hatte sich lässig gegen das Bord gelehnt und die Füße übereinander geschlagen. Die Daumen im Hosenbund betrachtete er genüsslich wie sie gegen ihre Verlegenheit ankämpfte. Das Blut stürzte ihr in den Kopf, ihr Gesicht entflammte und sie glaubte in der Glut seiner Augen zu verbrennen. Sie biss sich auf die Unterlippe. Sie schmeckte Blut.

„Wenn du wüsstest wie oft ich dem Tod schon begegnet bin! – Wir sind sozusagen gute Bekannte. In der Zeit der Diktatur, vor allem als der Druck auf das Regime immer stärker wurde, da waren alle hinter uns her, nur weil wir jung waren; für Armee und Geheimpolizei war jeder von uns ein *guerillero*. Jung sein, das war in diesem Land ein Verbrechen, fast jeder Jugendliche stand im Verdacht, ein sogenanntes subversives Element zu sein. Weißt du, was ich dachte, wenn sie kamen und Jagd auf uns machten, wenn sie die Universität durchkämmten, wenn sie auf uns einprügelten und unsere blutigen Überreste auf ihre Lastwagen warfen? Dann dachte ich, dass es besser sei, tot zu sein, als ihnen lebend in die Hände zu fallen – vor ihrer Brutalität war der Tod eine Gnade. Eine Armee von abgerichteten Höllenhunden war das, die aufs Foltern und Töten spezialisiert waren, wobei das eine auf das andere hinauslief." Er lächelte schwach. „Das also, *chelita*, ist unsere Art über den Tod nachzudenken. So lange ich denken kann, gehört der Tod zu unserem Leben..." Seine Augen funkelten starrend: „Aber das dürfte nicht das Einzige sein, worin wir uns unterscheiden, stimmt's?"

Julia wusste nicht, was sie sagen sollte. Sie zappelte unter seinem Blick.

„Glaub' mir, auch wir wollen leben!" rief er lebhaft aus, „auch einer wie ich geht nicht freudig in den Tod. Aber wenn unsere ganze Geschichte nichts anderes ist, als ein Anschlag auf unser Leben, was bleibt uns dann anderes übrig als zu kämpfen? Wir vergöttern den Tod nicht – nicht wir! –, die unser Recht auf Leben in Frage stellen, das sind die wahren Anbeter des Todes."

Die Art wie er mit ihr redete, rief in ihr die Regung eines leisen Zweifels wach, belegte diese Begegnung doch die Dimension jenes Abgrundes, der sich nicht allein zwischen ihr und ihm auftat, sondern zwischen ihr und allen anderen Menschen, mit denen sie zu tun hatte. Es war nicht ihr Leben, es war das Leben der anderen, von dem sie beschlossen hatte, dass es sie etwas anging, aber wie wenig nützte ihr diese keineswegs jungfräuliche Erkenntnis in einem Augenblick wie diesem, davon überzeugt zu sein, auf der richtigen Seite zu stehen.

„Arme, kleine *chela*", nahm er den Faden wieder auf und ein Funken Belustigung tanzte jetzt in seinen Augen. „Ihr haltet euch für unsterblich, nicht wahr? Ihr glaubt in eurem perfekt organisierten Leben für jedes x-beliebige Problem ein Mittel zur Abhilfe parat zu haben, in eurer perfekt organisierten Welt wägt ihr euch in Sicherheit – sogar vor dem Tod. Ihr macht euch Illusionen darüber, wer ihr seid. Ihr haltet euch für eine Art übersinnliche Macht und das, was ihr geschaffen habt, gültig für die Ewigkeit – das ist der wahre Grund eurer Überheblichkeit." Er machte einen Schritt auf sie zu und tippte ihr mit ausgestrecktem Zeigefinger sacht ans Kinn. „Aber auch ihr werdet eines Tages feststellen, dass es zu Ende geht – auch mit euch. Und

damit erweist ihr der Menschheit gewiss nicht den schlechtesten Dienst!"
Er sah sie durchdringend an. „Ihr mögt es weit gebracht haben, aber vor uns haben schon andere bewiesen, dass auch die weißen Herrenmenschen vergänglich sind, dass auch sie nur Menschen sind – Menschen, die wie alle Kreatur nur ein Leben haben. Warum erschrecken sie vor unserer Revolution? Weil wir sie daran erinnern, dass ihr schönes ewiges Leben und das, wofür sie stehen, von unserer Geduld abhängt – und es wird genau so lange dauern wie wir vorzügliche Opfer abgeben."

Julia schwieg, wogegen hätte sie auch protestieren sollen.

Er zuckte die Achseln. „Nimm, was ich gesagt habe, nicht persönlich, *chelita*", sagte er leichthin und machte eine ausholende Gebärde, „ich wäre der Letzte, der deinen Einsatz hier nicht zu würdigen wüsste – ich weiß zu unterscheiden. Aber es kommt vor, dass wenn man bei Gelegenheit auf das Leben anderer blickt, man sich ganz normale Dinge wünscht: zum Beispiel eine Familie, einen Beruf, ein ganz normales Alltagsleben ... und da bleibt es nicht aus, dass man sich manchmal in der eigenen Haut begraben fühlt... Je länger der Krieg anhält, umso mehr fühl' ich mich um mein Leben betrogen. Denn das hier ist anders, anders als das, was wir hinter uns haben." Und dann, als entsinne er sich wieder seines ursprünglichen Vorhabens, wechselte er plötzlich die Ebene: "Übrigens ... ich hab dich heute Abend beobachtet... Im Ernst, es hat mir echt Eindruck gemacht, ich meine, wie du mit den Leuten hier..."

Julia schnitt ihm das Wort ab: „Da bin ich aber gespannt! Wo willst du mich denn gesehen haben?" Einen unpassenderen Moment für einschmeichlerische Anwandlungen hätte er sich kaum aussuchen können.

„Zufällig hab ich draußen auf der Treppe gesessen und mich mit Germáns Brüdern unterhalten. – Aber ich glaub' du verstehst mich falsch", beharrte er, „in bestimmter Hinsicht hab ich dich beneidet, denn ich kenne diese Art des menschlichen Kontakts nicht mehr. Bei dem Leben, das ich führe, muss man mit vielem abschließen, es kommt mir manchmal so vor, als hätte ich, außer zu meinen Kameraden, alle Bindungen verloren." Er blickte ihr fest in die Augen. „Ich weiß nicht warum, aber ich hatte heute Abend das Gefühl, in dir etwas wiedererkannt zu haben, was wir in unserer Sprache die Liebe zum Volk nennen."

Julia sah aus dem Wechselbad ihrer Gefühle auf, in das sie seine widersprüchlichen Sinneswandlungen getaucht hatte. Machte er sich lustig? Wieder einmal fiel ihr auf, wie fremd ihr der Hang zum Pathos war. Es fehlte ihr an Respekt vor den überhöhenden, pompös klingenden Worten, in ihnen tat sich vielmehr die Kluft zur Wirklichkeit auf, deren hässliche Seite der Überschwang verdeckte. Sie hätte wetten können, dass auch er von den Bauern dieser Gegend jederzeit behauptete, sie lähmten mit ihrer Rückständigkeit allen Fortschritt. Unmöglich konnte er übersehen, dass auch dieses Volk kein homogenes Ganzes, kein einheitliches Gebilde war, sondern die soziale Realität aus einer Komposition widersprüchlicher Elemente bestand. Wenn auch von einem Bürgerkrieg keine Rede sein konnte, wie diverse US-Blätter gerne behaupteten, um die Aggression einer fremden Macht in einen internen Konflikt umzulügen, so war doch nicht daran vorbei zu sehen, dass es Menschen gab, die den Verführungen eben jener Macht auf den Leim liefen und die eigenen Leute verrieten. Und was die Liebe zum Volk anging, so wusste sie ihrerseits nicht, ob man ein Volk lieben kann, wiewohl hier oft die Rede davon war. Aus der Geschichte ihres eigenen Landes wusste sie dagegen nur zu gut, wie grausam ein Volk sich irren kann.

Raùl hatte sich wieder dem Bücherregal zugewandt und ließ den Blick über die Buchrücken laufen. „Wenn du erlaubst, nehme ich das hier mit." Er zeigte auf einen Roman, den sie in Cuba gekauft hatte.

„Kein Problem, du kannst es mitnehmen, aber ich muss dich warnen, das ist keine erbauliche Lektüre."

„Ach, und wenn schon!" Sein Arm schwenkte das Buch vor ihrem Gesicht. „Für mich ist es die Garantie, dass ich dich wiedersehe."

„Hast du nicht zugehört? Ich hab das Buch schon gelesen." Julia bot ihm ein Lächeln, dankbar dafür, dass sich die Spannung endlich löste. „Ich brauch' es nicht mehr, du kannst es behalten."

„Schon gut, schon gut, ich hab verstanden. Ich werd' jetzt gehen, bevor du mich noch vor die Tür setzt, aber das Buch bring' ich zurück!" sagte er aufgeräumt und ließ es unter seinem Hemd verschwinden. Plötzlich nahm er sie bei den Schultern, sein Gesicht war nahe dem ihren und sie fühlte, wie warme Lippen flüchtig ihre Wange streiften. Wahrhaftig, mit Überraschungsangriffen kannte er sich aus! Sie stieß ihn unsanft von sich.

Aber er schien die Partie noch keineswegs verloren zu geben, denn er sagte sehr ruhig: „Ich würde dich gern wiedersehen ... das ist alles." Das unruhige Fieber in seinen Augen wurde begleitet von der empfindsamen Wärme seiner Stimme, die ihre Wirkung nicht verfehlte, ohne dass sich Julia dies eingestanden hätte. Sie schüttelte das Gefühl ab wie ein Hund, der dem Wasser entsteigt und sich das nasse Fell ausschüttelt, während Raúl versuchte voranzukommen: „Ein einsamer *combatiente* bittet dich lediglich darum, ihm eine bescheidene Freude zu machen..." Offenbar war er davon überzeugt, dass er bei der *chela* ins Ziel getroffen hatte.

Julia blieb die Antwort schuldig. Sie sah ihm unbeteiligt in die Augen, um die Vorahnung zu zerstreuen, die sein dreistes Entgegenkommen in ihr hervorgerufen hatte. Es sammelte sich zwischen ihnen ein knisterndes, aufgeladenes Schweigen, das er als erster mit einem neuen Versuch durchbrach: „Um ehrlich zu sein, seit ich hier eingetreten bin, habe ich mir gewünscht..."

„Wie wär's, wenn du zur Abwechslung mal danach fragtest, wie es um meine Wünsche steht?" fiel sie ihm unvermittelt schroff ins Wort, aus Angst, das Gespräch könnte eine Wendung nehmen, die ihre Abwehr noch verstärkte. Er hatte unzweifelhaft Charme, aber sie war weder in der Stimmung noch hatte sie Lust, sich überrumpeln zu lassen.

Die unsanfte Abfuhr hatte ihn offensichtlich zurückgerufen, er zog die Brauen hoch und seine schönen, dunklen Augen weiteten sich. „Versteh' mich bitte nicht falsch, ich wollte dir nicht zu nahe treten, ich..."

Er musste ihren absichtsvoll abweisenden Gesichtsausdruck als Signal der Vergeblichkeit gedeutet haben. Er gab auf. Das Ende dieser Szene duldete jetzt keinen Aufschub mehr. Sie setzte eine versöhnlichere Miene auf, schützte Müdigkeit vor und geleitete ihn auf die Veranda hinaus. Das anhaltende Gemurmel der Trauergäste drang zu ihnen herauf, es mussten noch viele Leute vor Rosas Haus versammelt sein. Plötzlich spürte sie den warmen Griff seiner Hand nach der ihren und dieses Mal wehrte sie sich nicht, sie ließ ihn mit hängenden Armen gewähren. Ihre Hand erschien ihr plötzlich wie ein sonderbares Körperteil, das ein Eigenleben zu haben schien, ein kleiner, separater Körper, in dem sämtliche Energie zusammengeströmt war, als sei ihre Hand mehr als alles andere lebendig. Sie sahen die Morgensterne verblassen, gleichgültig gegen die Lebenden und die Toten, war der Tag angebrochen. Der Himmel, im Gewand der ersten Flamme Licht, ergoss sich über einen Mann und eine Frau, die sich an den Händen hielten. Sie sahen sich beim Träumen zu, die Finger zusammen geflochten in der einigenden Bejahung eines Schicksals, das eines nicht sehr fernen Tages seine Forderungen erheben würde, einstweilen jedoch hinter dem Bedürfnis nach innerer Beschwichtigung zurücktrat. – Die einzige Zuflucht war zu vergessen, vergessen bis zur letzten Sekunde.

„Ich glaub' es ist Zeit für mich", sagte Raúl und seine Augen tauchten verlangend in die ihren. „Bis bald!" hauchte er ihr zum Abschied ins Ohr und wandte sich zum Gehen um.

Zurück im Haus legte sie sich angezogen aufs Bett. Mattschimmernde Helle des anbrechenden Tages drängte durch Fugen und Ritzen. Ein zauberisches Glücksgefühl plätscherte durch ihre Gedanken wie ein klarer Gebirgsbach, eine fühlbare Weite tat sich in ihr auf und sie begriff, dass die Begegnung mit Raúl sie empfänglich machte für ein Liebesabenteuer. Ihr Herz klopfte in kurzen Schlägen, sie fühlte ihren Körper mächtig und heiß – diesen Körper, den sie mit sich herumtrug wie einen stummen Weggefährten, denn schon lange hatte es keine Erscheinung mehr gegeben, die es vermocht hätte, jene strömende Lust zu entfachen, die ihr augenblicklich die Sinne füllte. Sie schloss die Augen, phosphorizierende Punkte kreisten um sich selbst auf der Innenseite ihrer Lider, ihr wiedererstandener Körper machte ihr zu schaffen, während sie versuchte zwischen zwei gegensätzlich gearteten Empfindungen ein Gleichgewicht zu finden. Die beiden Extreme – in der Gestalt des Todes das eine, das Verlangen nach Leben das andere –, die manchmal ein und dieselbe Situation bestimmten, konnten einen zerreißen. Während der Ausbruch der Gewalt Germán die irdische Welt für immer verschloss, schlug über ihr im gleichen Atemzug das Leben umso heftiger zusammen. Wie konnte sie angesichts des allgegenwärtigen Terrors und der Verzweiflung einem kleinen, partikularen Glück nachgehen? Allein das Aufkommen eines solchen Gedankens – an das Leben mit seinen kleinen und großen Glücksversprechen – erschien ihr wie Verrat. Aber was blieb den Lebenden anderes übrig zu tun? Vielleicht war dies der einzige Weg, an der Kontinuität des Lebens festzuhalten – leben!

Es war ein schöner blassblauer Morgen. Der Wagen des Unterstützungskomitees war gerade vorgefahren und die *compañeros* der Ehrenwache hoben den Sarg auf die Ladefläche eines weißen Pick-ups. Damit die Angehörigen den Weg zum Friedhof nicht zu Fuß zurücklegen mussten, hatte man über die Ausbuchtung der Reifen ein Brett gelegt, auf dem sie Platz nehmen konnten. Julia half Doña Sofía auf den Wagen hinauf, die sich so leicht anfühlte, als hätte der nächtliche Tränenstrom ihr die Eingeweide fortgespült. Der Rest ein Häuflein Mensch ohne Verbindung zur Außenwelt, ein Knochenbündel überhangen mit nachgedunkelter, knittriger Haut, die ihr über Nacht zu weit geworden schien; wo Haut Muskeln und Fleisch ummantelte, hingen jetzt ausgetrocknete Hautlappen, schwarzviolett wie Blutergüsse, an ihr herunter. Doña Sofía hatte das Aussehen einer Greisin angenommen. Während sie mit zittrigen Gliedern ihren Platz einnahm, schlug Julia abermals der unglaubliche Gestank entgegen – Atem des Todes, wen er streifte ließ er die Galle ins Blut schießen und gab ihm die Farbe einer grünen Papaya. Der infernalische Leichengeruch schnürte ihr die Luft ab, wühlte ihren Mageninhalt auf, der ihr die Kehle hinaufsteigen wollte, so dass sie sich mit aller Gewalt zusammenreißen musste, um nicht auf der Stelle zu erbrechen. Doña Sofías abgestorbene Sinne jedoch vermochten weder das noch irgendetwas anderes um sich herum wahrzunehmen. Nach ihrer Mutter bestieg Rosa den Wagen, ernst und gefasst, mit versteiftem Körper und verschleierten Pupillen. Elba, die sich ein Tuch vor Mund und Nase hielt, kletterte ihr nach. Das hübsche Mädchen mit den strahlenden Augen eines glanzvollen Abendsterns hatte ins Aschfahle hinübergewechselt. Sie reichte dem jungen Chico die Hand, der mit schattenumrandeten Augen aus Julias Armen Moisés, den Filius der Familie, entgegennahm. Der Kleine sah mit weit aufgerissenen Augen verständnislos aus einem blitzsauberen, weißen Hemd, das noch tropfnasse, akkurat gekämmte Haar glänzte wie brillantinegetränkt.

Schon setzte sich der Trauerzug in Bewegung. Die Schwägerin mit dem eingewickelten Baby auf dem Arm und Gonzalo, der eine neue, frisch gebügelte Uniform mit braunen Sprenkeln angezogen hatte, gingen zu Fuß hinter dem Wagen her und bildeten zusammen mit den Kampfgefährten Germáns die ersten Reihen. Freunde und Nachbarn, die in Gruppen vor ihren Häusern standen, schlossen sich ihnen an. Langsam bewegte sich der kleine, schweigsame Zug in der brennenden Sonne der vorgerückten Morgenstunde das ansteigende Sträßchen hinauf, flackernd im wechselnden Licht zwischen grell beschienenen Abschnitten und den Schatten, die Hecken und Bäume warfen, nahm in weitem Bogen den Weg um die Piste, um sich, immer länger werdend, in die Dorfstraßen zu ergießen. Von allen Seiten kamen Leute heran und ließen den Trauerzug zu einer wogenden Prozession anschwellen. Die aufgespannten Regenschirme, die die Frauen zum Schutz gegen die Sonne benutzten, tanzten wie bunte Lampions über den Köpfen der Menge und die farbenfrohen Röcke der Kleider umflatterten beim Gehen verspielt ihre Knie, so dass man den Zug, von weitem gesehen, für einen Festumzug hätte halten können. In den Gesichtern der Männer, halb beschattet von Strohhüten und Schirmmützen, mischten sich Verbitterung und Wut mit der Müdigkeit der durchwachten Nacht und so manchen quälte eine dürstende Kehle, denn gegen Morgen hatte man die eine oder andere Rumflasche von Hand zu Hand gehen sehen. Die Frauen, mit Kindern an der Hand, schritten in gläubiger Andacht einher, die schweißnassen Gesichter hin und wieder mit Schürzen und Tüchern trocknend.

Julia hatte sich der Gruppe der Frauen um Ana angeschlossen. Es gingen hier die Aktivistinnen der revolutionären Organisationen, deren geballte

Fäuste von Zeit zu Zeit in den blauen Himmel stießen. Sie schrieen wütend Parolen hinaus: *Aquí, allá, el yanqui morirá! Bestia animal, salí de America Central! Por nuestros muertos juramos a vencer*, die bald von anderen Teilen des Zuges aufgenommen, bald um weitere ergänzt wurden: *Sandino vive! Nicaragua victoriosa, ní se vende ní se rinde! Jamás! Un pueblo unido jamás será vencido!* – Ausbruch wütender Zurückweisung jener abscheulichen, alles zermalmenden, ferngesteuerten Gewalt, die das Leben aus ihrer Mitte riss und in das klaffende Loch jener ätzenden Wunde neues Leid streute, an dem ein friedliebendes, fröhliches Volk zu zerbrechen drohte.

Als der Zug vor der Kirche ankam, löste sich die Menge in kleinere Gruppen auf, die nacheinander die Stufen zum Portal hinaufstiegen. In dem entstandenen Gedränge hatte Julia Ana und die anderen Frauen aus den Augen verloren und fand sich plötzlich zwischen zwei uniformierten, jungen Männern wieder. Es waren Manolo, der Miltärarzt, und sein Kollege, die sie mit Handschlag begrüßten.

„Kommen Sie, *compañera*, gehen wir hinein." Mit der Aufforderung legte sich seine Hand kurz auf ihre Schulter, eine Berührung, die eine vertraute Atmosphäre zwischen ihnen entstehen ließ, als verbände sie eine langjährige Freundschaft. „Auch wenn wir Atheisten sind, haben unsere Toten es verdient, dass wir gebührend von ihnen Abschied nehmen, nicht wahr?" Dabei lächelte er sein schönstes, taufrisches Lächeln auf sie herunter, denn es gehörte zur Besonderheit seiner Erscheinung, dass er größer war als sie.

„Und was ist das?" Julia zeigte auf ein Buch mit einem knallroten Einband, das Manolo unter dem Arm trug, während sein Kollege ein ebensolches Exemplar in den auf dem Rücken verschränkten Händen hielt.

Er zeigte ihr den Titel. W.I. Lenin stand da in goldenen Lettern. Weiter kam sie nicht, denn er hatte sich das Buch schon wieder unter den Arm geklemmt.

„Kleine Provokation für den Pfaffen hier..." sagte er augenzwinkernd.

"Ich glaube, daraus wird nichts, wie es heißt, weilt der gute Padre gerade in den USA ... zumindest hörte ich das einige *compañeras* aus unserem

Kollektivs erzählen." Sie verzog den Mund zu einem spöttischen Lächeln. „Wahrscheinlich holt er sich neue Instruktionen, wie er die beiden aufmüpfigen Nonnen zur Raison bringen kann."

„Das sähe ihm ähnlich, diesem Kriegsknecht im Priestergewand!"

Gemeinsam betraten sie die Kirche. Der schlichte, quadratische Innenraum, angenehm ventiliert durch die luftdurchlässigen Steine des Mauerwerks, die sternförmig angeordnete Öffnungen in Blattform enthielten, bot Platz für etwa hundert Personen. Sie gingen auf die Bankreihen zu und blieben hinter der letzten stehen. Jetzt, da das Glockenläuten aufhörte und Stille einkehrte, das Scharren der Füße nachließ und nur ein gelegentlich vernehmbares Räuspern oder Husten die Andacht störte, ließ Julia den Blick über die Köpfe schweifen, halb, um die Zeit zu überbrücken, in der nichts geschah, halb in der Erwartung, Raùl hier irgendwo zu entdecken. Frauen mit ihren Kindern, Männer mit ihren Frauen, *compas* verschiedener Dienstgrade, heranwachsende Mädchen mit runden, festen Schultern, Alte mit runzeligen Gesichtern, Jünglinge, denen der Sinn nach Vergeltung stand, saßen dicht aneinander gedrängt in den Kirchenbänken. Die Eventualität in Betracht ziehend, Raúl zwischen all diesen Leuten zu finden, begann ihr Herz wie wild zu pochen, als stünde sie unter dem Eindruck eines soeben empfundenen Schreckens. Wirbelnde Trommelschläge unter ihrer Bluse, die sich in der Magengrube als warmer Strom fortsetzten und an Stärke zunahmen wie der Wunsch in ihr wuchs, einer dieser Köpfe möge sich umwenden und Raúl ihr aus der Tiefe seiner Augen jenen warmen, sehnsüchtigen Blick herüberschicken, der noch lange auf ihr ruhen geblieben war, nachdem er sie längst verlassen hatte. Sie sah Manolo, der dicht neben ihr stand, verstohlen aus den Augenwinkeln an, weil sie fürchtete, er könnte das pok ... pok ... pok ..., das ihr im Halse schlug, hören. Doch der schien sich in Träumereien zu ergehen, lässig mit dem Rücken gegen die Wand gelehnt, die Füße gekreuzt, die Hände um seine rote Bibel gelegt, zerstäubte sein Blick im Nirgendwo. Sie ging noch einmal Reihe für Reihe durch, Männerrücken für Männerrücken, teils mit Stoffen bespannt, die vom vielen Waschen ganz dünn geworden waren, oder mit dem festen Tuch der Uniformen. Die Männer hatten beim Eintritt in die Kirche die

Kopfbedeckung abgenommen, entblößten bald nachtdunkles, seidig schimmerndes Haar, bald aschig grau, mal wirr vom Kopf abstehend, mal stark gekräuselt und drahtig wie Putzwolle, dann wieder glatte Strähnen, an der Stelle eingedrückt, wo der Hut gesessen hatte. Nichts. Keines hatte den kupferfarbenen, rötlichen Schimmer von Raúls dicht fallendem Haar, das ihm während der langen Monate in der *montaña* über den Kragen gewachsen war. Kein männliches Wesen, das eine auch nur entfernte Ähnlichkeit mit ihm aufwies – er war nicht da.

Vorne, vor der Stufe zum Altarraum, ruhte Germán unter der rotschwarzen Fahne. Um ihn herum waren Kerzen aufgestellt, der Sarg geschmückt mit Papierblumengestecken. Aus der Tiefe des Hintergrunds hinter dem Allerheiligsten hob sich das Kreuz mit dem gekreuzigten Christus, dem aus den Einstichen der Dornenkrone Blutfäden übers Gesicht liefen. Mit auf die Brust gesunkenem Haupt schien er seine von Nägeln durchbohrten Füße zu betrachten, die ein Bouquet papierner Altarblumen berührten. Jetzt, da Julia diesen Ausschnitt aus dem Gesamtbild löste, verdoppelte sich plötzlich die Szene um jene aus ihrer Erinnerung. Es war die gleiche Szene, nur um zwei Wochen zurückversetzt und dass anstelle des einen zwei Särge dort standen, in denen die Leichname zweier Rekruten lagen. Und an der Stelle, wo Don Pascual indes geräuschlos Aufstellung genommen hatte und mit seiner klaren Stimme gemessene Worte des Mitgefühls und warmherziger Tröstung für die Hinterbliebenen fand, stand dort der Padre Alfredo. Aus seinem Priestergewand reckte sich ein langer Hals, auf dem ein bleichgesichtiger Schädel mit gelichtetem Haarwuchs saß, beides wie aus einem Stück, durchbrochen von einem blonden Kinnbart, der den Übergang zwischen Kopf und Hals verdeckte. Gewöhnlich ließ er es sich nicht nehmen, die Totenmesse selbst zu lesen, während er Don Pascual, seinem Diakon, Taufen und Hochzeiten überließ, da von diesem bekannt war, dass er mit der Theologie der Befreiung sympathisierte. Namentlich wenn es sich bei den Toten um gefallene *combatientes* handelte, deren Familien ein christliches Begräbnis wünschten, ließ er keine Gelegenheit aus, gegen den von der Regierung dekretierten Militärdienst zu Felde zu ziehen. Hierzu bediente er sich einer verschlungenen Mystik voller Anspielungen und Doppeldeutigkeiten, um in den verzweifelten Seelen einfacher Menschen, die den Verlust einer geliebten Person erlitten, Schuldgefühle zu wecken. Des Padres Stimme schmetterte wie Donnergrollen durch den Kirchenraum, dass es einem noch in den letzten Reihen in den Ohren dröhnte. Dann, von einem auf den anderen Moment, änderte sich abrupt die Tonlage, wechselte die Kadenz grimmiger Gereiztheit in gekünstelte Geschmeidigkeit, da jetzt vom Satan die Rede war. Mit Luzifer im Bunde standen alle frommen Leute, die eine höhere Meinung von der Gottheit haben, als sie in Zweifel ziehen, dass der Lebenszweck des Menschen auf den Knien zu leben und leidvolle Prüfung sei, anstatt sie zu ermächtigen, für den Frieden der Gerechtigkeit zu sorgen. In seinem zischelnden Zungenschlag war zugleich eine schauerliche Süße, die dem braven Christenmenschen unheildrohend in die Gehörmuscheln drang, da es ein wenig nach Scheiterhaufen zu riechen begann. Wie es dem eingeschleppten Katholizismus dereinst gelang, dem Indio die Höllenfurcht ins Gehirn zu bilden, so sorgten Geistliche seines Schlages für die Aufrechterhaltung der Verdunkelung, als da die Forderung, das Ausgeliefertsein an eine pervertierte Ordnung als gottgegebenes Schicksal hinzunehmen, die innere Erfahrung ihrer Opfer blieb, indem seine Kirche sich eisern gegen jede soziale Veränderung stemmte. Die hergebrachte Ordnung ist unantastbar und so mochte sich Padre Alfredo nach einer ausschweifenden Predigt am Ende nicht festlegen, ob die Seelen der beiden Bauernjungen, die da zu seinen Füßen aufgebahrt lagen, der Gnade des Allmächtigen anzuempfehlen seien und verweigerte den Toten schlichtweg seinen Segen. Doch zu aller Überraschung geschah daraufhin etwas nie Dagewesenes. In der ersten Bankreihe erhob sich eine der kürzlich eingetroffenen brasilianischen Nonnen von ihrem Platz und hatte die Stirn, sich in einer empörten Rede öffentlich gegen den Priester zu stellen. Sie hielt ihm vor, dass er mit seiner einseitigen Parteinahme die Mörder decke, denn diese hatte er in seiner Predigt mit keinem Wort erwähnt. Damit hatte er für das Empfinden einer aufrichtigen Dienerin Gottes den Bogen überspannt und es schien, dass es mit der Ankunft der beiden Nonnen, die aus den *favelas* São Paulos eine dem Padre widersprechende Auffassung des Christentums mitbrachten, in der Gemeinde zu gären begann. Die Dinge liefen ein wenig aus dem Ruder und nicht auszuschließen war, dass dieser Vorfall der wahre Grund für Padre Alfredos Reise in die USA war.

Auf dem Friedhof taten Männer die letzten Spatenstiche, schaufelten die Erde aus drei Metern Tiefe über ihre Köpfe hinweg an den Rand der Grube. Es war von ihnen nicht mehr zu sehen, als die auf- und niederfahrenden Kellen der Schaufeln. Eine unbarmherzig stechende Sonne ging auf den Totenacker nieder, mit versagenden Sinnen, glaubte man in der übergroßen Stille die ewige Klage der Toten aus dem Schlund der Erde zu vernehmen. Die Leute standen in Gruppen zwischen den Höckern der Gräber verteilt, gleichsam zu Hügeln aufgehäufelte Erde, in deren Mitte verwitterte Holzkreuze steckten, an denen verblasste, dem Verfall ergebene Papierblumen hingen. Auge in Auge mit dem starrenden Loch in feucht riechender Erde, während einem der Speichel im Mund vertrocknete, verfolgte man das Ritual der Bestattung. Jemand deckte den Sarg ab und faltete die Fahne zusammen, die ihn bedeckt hatte, als die Männer schweißüberströmt der Grube entstiegen. Gepeitscht von der Hitze zur Eile getrieben, machten sich andere an den Seilen zu schaffen, mit deren Hilfe der Sarg hinab gelassen wurde. Schon sah man ihn zwischen den Erdwällen verschwinden, schon hörte man die erste Schaufel Erde auf das rohe Holz des Deckels poltern. Mit dem Poltern der Erdklumpen, das von dem Einstichgeräusch der geschwind arbeitenden Spaten begleitet wurde, machte sich unter den Trauernden das ängstliche Vorgefühl breit, es könnte ein neuer Ausbruch, ein letztes Aufbäumen gegen das Unabänderliche, die Grabesstille des Friedhofs im letzten Augenblick noch erschüttern, bedeutete doch dieser Moment, den alle mit banger Anspannung verfolgten, dass etwas unwiderruflich zum Abschluss gebracht wurde. Aber Doña Sofía hatten alle Kräfte verlassen, sie sackte mit einem Ruck in sich zusammen, als wären in diesem Augenblick die letzten Lebenssäfte in ihr versiegt. Taumelnd hing sie in den Armen ihrer Söhne, als sie den Friedhof verließ, dass es einem schier wie ein Wunder erschien, sie die Füße aus eigenem Antrieb voreinander stellen zu sehen.

# 11

Unsere Julia hat einen Geliebten.

Sie fing die gönnerhaften Blicke der älteren *compañeras* auf, das verschwörerische, komplizenhafte Lächeln der Jungen, wenn Raúl sich in der Werkstatt zeigte, um sie von der Arbeit abzuholen. Es war, als wäre eine Beruhigung eingetreten, dank ihm hatte sie annähernd den Status weiblicher Vollständigkeit erreicht. Eine Frau in ihrem Alter, kinderlos und ohne feste Bindung, die sich mutterseelenallein in der Weltgeschichte herumtrieb, das war schon befremdend genug, dass aber eine, von so vielen umworben, alle Avancen in den Wind schlug, das war schlicht unbegreiflich. Im Umgang mit dem anderen Geschlecht hatte sich Julia das Verhalten der jungen, unverheirateten Frauen zum Vorbild genommen, indem sie sich nur zum Schein auf jenes allgegenwärtige Spiel einließ, das darin bestand Illusionen zu erzeugen ohne Erwartungen zu erfüllen – Spiel aus purer Lust am Spiel, das jenes erotisierende Magnetfeld aufbaute, das die Luft zum Knistern brachte und zum atmosphärischen Bestand eines stets virulenten Werbens und Lockens zwischen den Geschlechtern gehörte. Sie glaubte nicht ohne Grund, dass hieran die beständige Wärme der Tropen beteiligt war, jedenfalls empfand sie es so, denn ständig wurde man an den eigenen Körper erinnert: die klare, kräftige Sonne öffnete die Poren der Sinne, die samtweiche Luft, die warmen Winde, die lauwarmen Regengüsse, die Dichte der Feuchtigkeit, all diesen Elementen fühlte sie ihren Körper unmittelbar ausgesetzt, sie traten direkt durch die Haut und bildeten Stimulantien, die empfänglich machten für sinnliche Abenteurerei, die etwas mit ziellosem Begehren gemeinsam hatte.

„Julia, warum heiraten Sie nicht und bleiben bei uns in Nicaragua?" war eine häufig gestellte Frage der *compañeras*, denn es gab eine rege Anteilnahme an dieser privaten Seite ihres Lebens. Doch Vermutungen, die angestellt wurden, um ihr hinsichtlich ihres Liebeslebens Geständnisse zu entlocken, wich Julia mit humoriger Larmoyanz aus; Gerüchte über die eine oder andere Liebschaft, in den Raum gestellt, um Einblicke zu gewinnen, ließen sich leicht zerstreuen und verliefen sich im Ergebnislosen. Der Grund für ihre Zurückhaltung war nicht der Wille zur Geheimhaltung amouröser Verwicklungen, sondern es war die Scheu davor, etwas auszusprechen, was als herabsetzendes Urteil über das Leben anderer hätte aufgefasst werden können – nämlich dass ihre Vorstellung von der Liebe jenseits des harten Weges des Ehelebens lag, den die älteren *compañeras* gingen, und jenseits der Trugbilder, die den Enttäuschungen vorausgingen, worüber die jungen Frauen noch Illusionen hegten. Ein rüder *machismo*, der die Frauen grob behandelte, ließ dies zweifellos amüsante Spiel des Liebeswerbens nach erfolgreicher Eroberung alsbald zu einer gramvollen Veranstaltung werden, wonach in der Regel ein anmaßender Besitzanspruch auftrat, der die Frau aller Freiheiten beraubte, oder der Mann das Interesse an ihr bald verlor und aus ihrem Leben verschwand, um an anderen Gestaden anzulegen. Die Ehe, das war ein Zustand ohne soziale Festigkeit und für viele Frauen einer der einsamsten und verlassensten Zustände, den man sich denken konnte, wo die Kinder nacheinander geboren wurden ohne Vater, denn die Frau war dem Manne oft genug nur eine vorübergehende Gefährtin. Aber wie hätte sie den *compañeras* all das einfach ins Gesichts sagen können, ohne ihnen das Gefühl zu geben, dass ihr Leben vorgeführt wurde? Mussten sie ihre freidenkerische Auffassung nicht als Herabwürdigung der eigenen Person empfinden?

Wie aber verhielt es sich dann mit dem Mann, in den sie sich Hals über Kopf verliebt hatte? Eine Liebe in unsicheren Zeiten lehrt, nicht viel zu erwarten. Unter den Bedingungen des Ausnahmezustands besteht keine Gefahr, in irgendeine Normalität abzugleiten; sie würden keine Zeit haben, einander überdrüssig zu werden, denn sie wussten, dass ihre Tage gezählt und die Trennung unvermeidlich war. Was ihnen bis dahin an Zeit noch bliebe, das lag in den Händen einer höheren Macht, jeder neue Tag konnte der letzte sein oder einen weiteren Aufschub bedeuten. Streng genommen sollte einer wie er – ein Revolutionär – überhaupt keine Bindung eingehen, für einen wie ihn, der über alle privaten Motive hinaus sich der Sache seines Volkes verschrieben hatte, musste alles andere im Leben zurückstehen. Besser man stellte sich keine Fragen, denn unter Berücksichtigung der Tatsache, dass die Konstellation unveränderbar war, konnten der Gebrauch der Vernunft wie der Gedanke an eine gemeinsame Zukunft den Zauber nur zerstören. Wie sehr ihrer beider Leben auch auseinanderdriftete, umso intensiver erlebten sie, was sie einte – der allabendliche Rückzug ins Idyll ihres Liebesnestes, in das sich ihr, Julias, winziges Schlafzimmer verwandelt hatte. Dort gaben sie sich mit zärtlichem Vergnügen den glühendsten Empfindungen der Liebe hin, unter wohlbekannten Liebkosungen und den heißen, leidenschaftlichen Atemstößen der Ekstase, in die sie die jederzeitige Abrufbarkeit ihres Liebesverhältnisses umzumünzen verstanden, stürzten sie in die Zeitlosigkeit, vergaßen sie die Zeit zu messen. Nur das zählte.

Eines Abends jedoch, in der träumerischen Vertrautheit nach der Liebe, brach er das Siegel ihres unausgesprochenen Arrangements, indem er sich plötzlich auszumalen begann, wie es wäre, wenn sie richtig zusammenlebten. – Wann und wo? – In einer anderen Zeit ... wenn *normale Zeiten* es wieder erlaubten, an die Möglichkeit eines gemeinsamen Heims zu denken. Von der Wand her fiel schräg Lampenlicht durch den Schleier des Moskitonetzes, unter dem sie lagen. Sein Kopf lag auf ihrem Bauch, sie wühlte verträumt in seinem Haar und zeichnete mit dem Zeigefinger die Linien seiner Gesichtszüge nach. Sie erinnerte sich, dass die Idee, die er sich von einem gemeinsamen Leben machte, kurz ihren Unwillen hervorgerufen hatte: um den Preis geregelter Zweisamkeit nahm er sich heraus, als Gebieter über ihr Leben aufzutreten! Anfangs hatte sie versucht, sich mit einem Scherz über den Anflug von Missvergnügen hinwegzuhelfen, davon überzeugt, dass die Situation, von der er sprach, nach allem wie die Dinge lagen, ohnehin nicht eintreten werde, dann aber hatte sie sich nicht verkneifen können ihm entgegenzuhalten: „Findest du nicht, dass es sich schlecht verträgt, einerseits für die Herbeiführung einer neuen Ordnung zu kämpfen und andererseits alles daran zu setzen, die eigene Privatsphäre vor umstürzlerischen Einflüssen zu schützen? Ergibt das nicht einen merkwürdigen Widerspruch? Meiner Idee von Revolution entspricht, dass es nicht allein ums Materielle geht, nicht allein um die gerechte Verteilung von Gütern, es geht darüber hinaus! Es geht darum, neue menschliche Beziehungen aufzubauen, die ohne Unterdrückung auskommen. Und das gilt zuallererst für die Beziehung zwischen Mann und Frau. Ich sehe also keinen Grund, warum Frauen nicht die gleichen Rechte zustehen sollten, wie jeder Mann sie für sich in Anspruch nimmt!" Er nahm den Kopf von ihrem Bauch und legten ihn neben den ihren, so dass ihre Profile nebeneinander auf dem Kissen lagen. In der drückenden, körperwarmen Luft ihrer kleinen Liebeshöhle verteilte sich die Wärme wieder auf zwei Einzelwesen, auf zwei voneinander getrennte Körper, von denen ein jeder sich in seine Grenzen zurückzog. Wie das Meer nach der Ebbe allmählich dem Strand zuflutet, trieb die Außenwelt auf ihre Luftbehausung zu und schlug in lautlosen Wellen gegen die schleierzarten Wände des Moskitonetzes. „Am Zustand einer Gesellschaft hat sich in der Tat erst dann etwas geändert", sprach sie ungewöhnlich hitzig weiter, „wenn die Frauen eine dem Mann ebenbürtige Stellung im sozialen Leben einnehmen. Sieh dich nur um, wohin man blickt führen Frauen ein untergeordnetes Dasein! Kaum ist es ihnen gelungen, sich ein Stück Freiheit zu erobern, da werden sie auch schon an ihrer Entfaltung gehindert – auch im freien Nicaragua ist das Leben vieler Frauen von der neuen Zeitrechnung unberührt geblieben. Und das, obwohl kein Mensch heute mehr ernsthaft bestreitet, dass der Sieg ohne den mutigen und entschlossenen Einsatz der Frauen nicht denkbar gewesen wäre. Mir sind *compañeros* bekannt, die ihre Frauen am liebsten wieder an den Herd zurückschicken würden, denn da, so meinen sie, liegt ihre Bestimmung!" In ihr war plötzlich der Kampfgeist erwacht, der jetzt ihre Rede lenkte. „Nicht wenige scheinen inzwischen vergessen zu haben, dass es ihre Mütter, Schwestern, Ehefrauen waren, die für die Freilassung der Gefangenen gekämpft haben! Vergessen, dass sie es waren, die in den Stadtvierteln die Voraussetzungen dafür geschaffen haben, dass der Aufstand überhaupt gelingen konnte! Und überhaupt, wie viele Kommandoaktionen haben Frauen angeführt oder waren daran beteiligt! Aus alledem spricht, dass der Kampf für die Frauen noch lange nicht zu Ende ist... In Wirklichkeit stehen sie erst am Anfang." Sie sah ihn kampfeslustig an. „Ihr Revolutionäre mögt euch ja so manches einbilden, aber eine Gesellschaft ist weit davon entfernt ein freiheitliches Gemeinwesen zu sein, solange wir Frauen übergangen oder unsere Forderungen zurückgedrängt werden. Was das betrifft, hat die Revolution noch nicht stattgefunden – ich meine die wahre!"

„Willst du etwa damit sagen, dass wir Revolutionäre unseren Frauen ihre verdiente Anerkennung verweigern?" sagte er schlaftrunken. Es war spät geworden. „Ich glaub', du vergisst, Verehrteste", fuhr er mit ruhiger Stimme fort, „dass wir Gesetze gemacht haben, die eindeutig auf der Seite der Frauen stehen. Und wer nicht blind ist, sieht, dass auf vielen wichtigen Posten heute Frauen sitzen ..."

„Das weiß ich wohl, aber Gesetze sind eine Sache, die alltägliche Praxis von Männern allerdings eine andere. Nach wie vor tragen die Frauen die Last der Verantwortung für die Kinder alleine, um nur ein Beispiel zu nennen..."

„Also, ich kann mir nicht helfen", schnitt er ihr das Wort ab, „aber ich glaub', deine Art die Dinge zu sehen, das scheint mir doch eine recht europäische Vorstellung zu sein. Ich sehe nicht, was für uns davon gelten könnte. Wir sind ein kleines unterentwickeltes Land, es fehlt uns an allem und jedem, was bedeutet, dass wir in erster Linie materialistisch denken müssen ... du dagegen betrachtest die Welt mit den Augen einer sorglosen Europäerin (der man am besten den Wind aus den Segeln nimmt, indem man die herrschende Ungleichheit zur Rechtfertigung männlicher Halbherzigkeit anruft! gelüstete sie einzuwerfen). – Aber ich liebe sie, meine Europäerin!" fügte er mit einem entwaffnenden Lächeln hinzu und bedeckte ihren Hals mit Küssen. Er war zweifellos immer noch zärtlich gestimmt, während sie ihm unverhohlen ihre Missbilligung zeigte. Auge in Auge, aufgetaucht aus der hingebungsvollen Intimität sahen sie einander in unruhiger Widersprüchlichkeit an. Doch die Situation erforderte keine Klärung, kein Auseinanderpflücken von Rede und Gegenrede, kein Ringen um Übereinstimmung – sie erforderte nur, sie zu leben. Und dieses eine Mal war sie sogar dankbar dafür, sie pfiff auf die *normalen* Zeiten und sentimentale Zukunftsvisionen. Sie schlang ihre Arme um seinen Hals und warf sich mit einer so verzweifelten Leidenschaft über ihn, dass alles Trennende zu Füßen ihres Bettes erstarb.

Ana nahm die veränderte Situation mit überraschender Selbstverständlichkeit hin, als hätte Raúl von jeher in dieses Haus gehört. Aber wäre es anders überhaupt denkbar gewesen? Nicht in dem Milieu, dem Ana entstammte, wo Gastfreundschaft der einzige, wunderbare Reichtum der Menschen war, über den sie verfügten, wie sehr es auch sonst an allem fehlte. Der Kontakt, den Raúl und Ana pflegten, verlief in der lockeren und ungehemmten Art, wie die Menschen sich hier zu begegnen pflegten, auch dann, wenn sie sich überhaupt nicht kannten. Dass er ein *combatiente* der TPU war, war ein zusätzliches verbindendes Element, das Ana die Loyalität Julias Liebschaft gegenüber leicht machte. Eines nachmittags, bald nachdem Raúl in ihre kleine Hausgemeinschaft aufgenommen worden war, erschien sie überraschend bei Julia in der Werkstatt, um anzukündigen, dass sie zu ihren Eltern fahre. Sie habe die Kleine so lange nicht gesehen und da traf es sich gut, dass gerade ein Konvoi abging, dem sie sich hatte anschließen können. Sie war schon abfahrbereit, ihre AK-47 über der einen Schulter, die Patronentaschen und einen kleinen Rucksack über der anderen. Julia fühlte sich seltsam berührt, da Anas unangekündigter Aufbruch sie überraschte.

„Gib' zu, du fährst wegen Raúl und mir..."

„Auf was für seltsame Ideen du manchmal kommst!" antwortete Ana im Ton eines belustigten Vorwurfs. „Hast du vergessen, dass ich mich für die Brigade gemeldet habe? Ich werde demnächst länger fort sein und wer weiß, wann ich meine Tochter das nächste Mal besuchen kann..."

Julia errötete leicht und ihre Lider schlossen sich halb aus Befangenheit – natürlich, daran hatte sie keinen Augenblick mehr gedacht, sie hatte es über ihrer Verliebtheit einfach vergessen. Ana legte ihr sanft eine Hand auf die Schulter, Lächelfältchen bildeten sich unter ihren schwarz schimmernden Augen, und ihr Gesicht, gestreift vom Schweif einfallenden Sonnenlichts, glänzte wie ein Karamelbonbon. „Ich muss gehen, alles wartet nur noch auf mich." Sie verabschiedete sich in die Runde, nicht ohne Rosa, die in der Nähe der Tür an ihrer Nähmaschine saß und seit Tagen wieder tapfer zur Arbeit kam, noch einen aufmunternden Blick zuzuwerfen.

Julia begleitete Ana zur Tür. Draußen warteten zwei Pick-ups mit laufendem Motor. „In ein paar Tagen bin ich wieder da! Und grüß' den *compa*!" Schon kletterte sie zu der Gruppe junger Männer auf den letzten Wagen, die auf dem Rand der Ladefläche zusammenrückten, um ihr Platz zu machen. Einige, mit beweglichen, sprechenden Augen, reckten die Hälse, um mit den *muchachas*, die in der Nähe der Fenster an den Nähmaschinen saßen, einen kurzen Flirt zu beginnen; andere dösten mit hängenden Lidern, das Gewehr zwischen den Knien, in der unerbittlichen Nachmittagshitze vor sich hin. Vorn in der Kabine des ersten Wagens erkannte Julia den *capitán* Cerna, der dem Chauffeur ein Zeichen zur Abfahrt gab. Gewehrläufe und Köpfe machten eine ruckartige, parallele Bewegung nach vorn, als sich die Fahrzeuge in Bewegung setzten.

Raúl war einige Jahre jünger als Julia. Er selbst hatte nicht erkennen lassen, dass er sich dessen überhaupt bewusst war. Vorlieben für präformierte Schönheit, über die Frauen nun einmal verfügen müssen, um vor einem vom Diktat der Mode ins Leben gerufenen, stilisierten Ideal zu bestehen (die Version einer Frau, die um ihrer selbst willen nicht geliebt werden kann), konnte Raúl aus nahe liegenden Gründen nicht haben. Was das anging, war sie in Sicherheit. Er kannte weder ihr Land noch ihre Sprache, er kannte nichts als ihre Stimme, ihre Augen, ihre Haut. Welches Empfinden Menschen in ihren vielfältigen Lebenssituationen beherrscht, prägt sich wie ein Reflex dem Ausdruck ihrer Gesichter auf: derjenige Raúls war Staunen, ähnlich dem ursprünglichen Staunen eines Kindes, dem die Welt aus lauter Wundern besteht. Sie war sich jedoch durchaus bewusst, dass dieser Eindruck auf einer gewissen Ungereimtheit beruhte, schließlich traute sie auch Raúl so viel Naivität nicht zu. Aber wenn er sie ansah, mit jenem verlangenden Blick, der sie ganz in seine Tiefe aufnahm und dem sie von ihrer ersten Begegnung an erlegen war, dann war sie sich sicher, dass es ihr völliges Anderssein war, das sie für ihn so anziehend machte, der Reiz des Rätselhaften, was ihn faszinierte. Mit ihren nunmehr achtunddreißig

Jahren machte sie der Altersunterschied noch nicht verlegen. Untergangsstimmung, wie sie Frauen in einem bestimmten Alter bei der Entdeckung befällt, dass sie nicht mehr ganz jung sind, diese bis zur Verzweiflung gesteigerte Angst, fortan unsichtbar auf der Erde zu wandeln, weil man niemandes Aufmerksamkeit mehr erregt, hielt noch keine ihrer Gefühlsebenen besetzt. Die Zerrbilder ewiger Jugendlichkeit waren ihr verdächtig, diese zur Norm erhobenen Weiblichkeitsbilder, die Frauen dazu verleiten, im Kult ihres Äußeren zu versinken und einen beträchtlichen Teil ihrer Energien darauf verwenden, wie der serielle Typus aller Zwanzigjährigen auszusehen. Denn war es nicht die unvergleichliche, akzidentelle Formgebung, die die Erkundung eines fremden Körpers zur vergnüglichen Reise machte? Die launenhafte Einzigartigkeit jeden Details, jedes seiner einzelnen Glieder, die sich zu einer unverwechselbaren Komposition zusammenfügen, deren verführerischer Anreiz ihr Raúl jeden Tag aufs Neue bestätigte.

Das Unbeschwerte, das Freiheit atmet. Ein Gedanke dieser Art muss ihm wohl durch den Sinn gegangen sein, als Raúl einmal zu ihr sagte: „Du bist so unbefangen, so ganz anders als die Frauen hier ... irgendwie freier..." Sie saß nackt mit angezogenen Knien auf dem Bett, er streichelte gedankenverloren ihre Beine, mit einem Ausdruck, der halb Entzücken, halb Befangenheit war. Bei diesem offensichtlichen Vergleich fiel ihr zum ersten Mal ein, dass er in Liebesangelegenheiten eine Vergangenheit besaß, wie es auch in ihrem Leben andere Männer gegeben hatte. Aber es kränkte sie nicht. Sie ahnte, worauf er anspielte. Sie dachte an die Frauen in ihrer Umgebung, Frauen, deren Körper der griesgrämigen Lust sexueller Pflichterfüllung unterstellt war, in den der Mann ohne Verbundenheit seine Fruchtbarkeit ergießt, um neues Leben zu ernten.

„Die Einflüsterungen von Pfaffen und Nonnenschulen haben euren Frauen gründlich ausgetrieben, ihren Körper als Quelle der Lust zu erleben, wahrscheinlich ahnen sie nicht einmal, dass der Liebesakt zu etwas anderem als zur Fortpflanzung bestimmt sein könnte. In ihrem Stolz über den zahlreichen Nachwuchs sind sich Ehemänner und Kirchenväter übrigens einig, denn nicht anders als die Kirche sehen sie den Körper der Frau als Instrument zur Zeugung ihrer Nachkommenschaft an." Sie sah ihm amüsiert zu wie er abwechselnd ihre Knie küsste, im Zweifel, ob er ihr überhaupt zuhörte. „Unter Umständen wie diesen, wäre es eher verwunderlich, wenn Frauen ein ungestörtes Verhältnis zu ihrem Körper hätten. Was bleibt ihnen anderes übrig, als auf die Befriedigung ihrer sexuellen Bedürfnisse zu verzichten, ihre Verstümmelung im Namen des Vaters und des Sohnes und so weiter als unlösbares Problem hinzunehmen und sich über die Kinder zu freuen. Dagegen kann man eurer Gioconda Belli nur dankbar sein, sie hat mit ihren Gedichten den Frauen in Nicaragua einen wunderbaren Dienst erwiesen ... ich meine, weil sie den Mut hat, in aller Öffentlichkeit über ihr Begehren zu sprechen. Leider hat ihr das nicht nur Bewunderung eingebracht – eine Frau, die sich die Freiheit nimmt, ihr sexuelles Verlangen zum Thema zu machen! Eine Frau, die Gedichte über ihr Lustempfinden schreibt!"

Raúl hatte sich unter dem Laken ausgestreckt und den Kopf in die Handschalen gelegt und sah sie grüblerisch aus trägen Augen an. An der plötzlichen Änderung seines Gesichtsausdrucks, der leichten Stirnfalte zwischen den Brauen, bemerkte sie, dass er Mühe hatte, ihr zu folgen. Es kam vor, dass die fremde Sprache ihrer Ausdrucksfähigkeit Grenzen auferlegte, so dass mitunter das passende Wort, das ihr zur Verdeutlichung eines Sachverhalts fehlte, durch umständliche Umschreibung ersetzt werden musste, aber das war diesmal nicht der Grund, warum er sie nicht verstand und nach einem Sinnzusammenhang suchte – die Verständnislücken rührten offenkundig daher, dass sie mit ihrer Art zu denken, nicht auf seiner Ebene lag. Doch trotz ihrer unterschiedlichen Wesenheiten blieben sie sich stets nah, denn über den Reiz, den sie aufeinander ausübten, über die Intimität, die sich in den Berührungslinien einer gemeinsamen, sozialen Utopie ausdrückte, fanden sie zu einem Ausgleich – in der riesigen Umarmung der Revolution, in die sie gestellt waren wie Antipoden.

Die Abende, von denen sie nicht wussten, wie viele ihnen noch folgen würden, verbrachten sie unter freiem Himmel auf der Veranda. Luft, weich wie Samt auf bloßer Haut, wie eigens für sie geschaffen die liegende Mondsichel im Sternenmeer, Glühwürmchenzauber und Zikadengesang. In dieser Stimmung widmeten sie einander mit einer Ausschließlichkeit, dass sie sich inmitten ihrer lebhaften Nachbarschaft mit ihren vieltönigen menschlichen Geräuschen völlig allein wähnten. Sie erzählten sich Geschichten aus ihrer Vergangenheit, Julia teilte ihre Erlebnisse mit, die ihre Tage colorierten, oder sie ergingen sich in Betrachtungen über die politische Entwicklung im Land, die gewalttätig, zielgerichtet, enthusiastisch, bürokratisch war – alles zusammen. Manchmal, wenn Julia von ihrer Arbeit in der Kooperative erzählte, bemerkte sie an dem fernen Interesse, mit dem er ihr durch die Normalität ihres Alltags folgte, wie weit ihm das zivile Leben mit seinen Wechselfällen, seinen Tragödien und seinen Freuden entrückt war. Während der langen Jahre, die er in der *montaña* verbracht hatte – und wer weiß, wie lange das noch so weiterginge –, war ihm diese Art Lebensführung fremd geworden, nichts davon zählte mehr ...

„Ich frag' mich oft, wie es wär', wieder ins normale Leben zurückzukehren. Das einzige, was ich weiß, ist, dass ich wieder studieren würde – am liebsten Medizin ... oder vielleicht auch Physik..." Raúls schöner, sinnlicher Mund bekam einen verhärteten Zug, wodurch die beiden Linien, die sich von den Nasenflügeln zu den Mundwinkeln hinunterzogen, schärfer betont wurden. „Bei unserer Unterentwicklung kann man kaum die falsche Entscheidung treffen, es mangelt an allem und alles wird gebraucht." Er zog sie an sich, beugte ihren Kopf, um ihn an seinem Hals zu vergraben, und streichelte ihr glattes, kastanienbraunes Haar, das wie ein dichter Vorhang ihre Schläfen bedeckte. „Es ist schön, Menschen wie dich hier zu haben..." Sie konnte nicht sehen, wie sein Gesicht über ihr traurig erschlaffte. „...soweit ich denken kann, haben wir hier niemals Freunde gesehen. Das war ein Land ohne besondere Reize, obwohl es jede Menge davon besitzt, kein Ort, an dem man sich unnötig lange aufhielt. Nur ein betrüblicher Flecken Erde, wo jede Art von Elend anzutreffen war und die Menschen schlimmer behandelt wurden als die Tiere. Die Schläge wurden so grausam geführt, dass dir das Röcheln eines Sterbenden vor deiner Haustür auf schreckliche Weise vertraut wurde... Die wenigen, die sich hierher verirrten, waren Durchreisende auf dem Weg nach Süden.." Er sprach mit Augen von finsterer Starre, die sahen ohne zu sehen. „Eines Tages, ich kam gerade von einer meiner ersten Vorlesungen und wartete an einer Haltestelle auf den Autobus, da fuhr am helllichten Tag ein Lastwagen der *guardia* vorbei, stell' dir vor, die Ladefläche voller Leichen! Was ich sehen konnte, fast alle in meinem Alter ... Jugendliche, halb Kinder, junge Frauen und Männer, blutbesudelt, übereinander geworfen wie Vieh... Mir brannte der Boden unter den Füßen, ich sah mich nach anderen um, allen saß die Angst im Genick und niemand wagte, eine Reaktion zu zeigen. Von da an war es für mich keine Frage mehr, schnellstens in die Illegalität abzutauchen und den Kampf von den Bergen aus aufzunehmen. – Die hatten uns Jugendlichen den Krieg erklärt, ja, sogar den Kindern."

Raúl hatte seine Kindheit und Jugend in einem Arbeiterviertel in Managua verlebt. Er war der Erstgeborene in der Reihe seiner fünf Geschwister. Gleichwohl haben gewisse Umstände im Leben seiner Mutter dazu geführt, dass er ein Gymnasium und später die Universität besuchen konnte, denn er war der uneheliche Sohn eines erfolgreichen Architekten, dessen lukrative Geschäfte eng mit der Diktatur verwoben waren. Von diesem Señor, dem eine tyrannische Ordnung das Recht verlieh, mit seinen Dienstmädchen zu schlafen, wann immer es ihn danach gelüstete, sprach Raúl nur in abschätziger Weise, schamhaft überspielend, dass seine Mutter das Opfer und er das Produkt einer Vergewaltigung war. Im alten Nicaragua war dies ein Schicksal, das zahllosen Frauen und Kindern widerfahren war, denen allerdings nicht der zweifelhaft glückliche Umstand zu Hilfe kam, dass der Wüstling sein eigenes Fleisch und Blut anerkannte. Was seine Ausbildung anbetraf, hatte der Alte sich nicht lumpen lassen und regelmäßige Zahlungen geleistet, welche noch eintrafen, nachdem die Mutter die Stellung längst aufgegeben hatte, vermutlich weil Raúl aus dieser erzwungenen Verbindung als einziger Sohn hervorgegangen war, denn die Ehe dieses Señors war kinderlos geblieben. Nachdem sich abzeichnete, dass der Sieg der Sandinisten nicht mehr aufzuhalten war, verschwand er spurlos. Raúl hatte sich schon früh dem Widerstand angeschlossen, der damals die höheren Schulen und Universitäten erfasste. Er begann Flugblätter in seinem Stadtviertel zu verteilen, die er vom Gymnasium mitbrachte, was zu dieser Zeit lebensgefährliche Aktivitäten waren. Das ging eine Zeitlang gut, bis ihn eines Tages ein Nachbar heimlich darauf ansprach, da diesem sein nächtliches Tun aufgefallen war. Nach dem ersten Schrecken stellte sich heraus, dass dieser Mann kein Spitzel der berüchtigten Geheimpolizei war, sondern einer, der mit ihm die gleichen Ideen teilte. Von da an begann er, sich an subversiven Aktionen zu beteiligen, an der Verschwörung gegen die Diktatur, die ihn später in die Berge des Nordens führen sollte, wo sich die *guerilla* auf den Aufstand vorbereitete.

Durch die Sterne zogen Sternschnuppen ihre Bahn und lenkten ihre Blicke in Richtung der Hügel, deren schwarze Umrisse scherenschnittartig in den funkelnden Horizont schnitten. Fragen nach dem, was sich hinter diesen Hügeln verbarg, beantwortete er meist ausweichend. Was soll da schon sein – *montaña:* summende Wälder, von Dschungelpfaden durchzogen, die sich in Kriegspfade verwandelt hatten, Kaskaden gläsernen Wassers, Ströme voller Unberechenbarkeit, Wildnis ohne feste Orte und dennoch der Ort, wo der Mittelpunkt seines Lebens lag. Daran zu rühren, was unmittelbar hinter oder vor ihm lag, hätte bedeutet, ihn dem Glücksgefühl des Augenblicks zu entreißen. Doch nicht immer gelang es, die Aufspaltung zwischen der gleichsam eingeklammerten Spanne der gemeinsam verbrachten Zeit und jenem anderen Leben, das mit seinem Ich verschmolzen war, aufrechtzuerhalten. Gelegentlich, in Momenten vertrauter Stille, wenn das Schweigen voller Beredsamkeit war, brach dieses andere Leben aus ihm hervor.

„Weißt du, wie Affenfleisch schmeckt?"

„Wie sollte ich?" Julia sah in ungläubig an. Eine Spur von Verlegenheit. Wenn der Nachschub an Verpflegung stockte, aßen sie also Affenfleisch. In der Zeit des Guerillakampfes, das wusste sie, war der Verzehr von Affen und anderem Getier in Ermangelung anderer Nahrung ein aus der Not geborener Akt der Selbsterhaltung. Aber sie hatten gesiegt! Und er und seine Gefährten lebten weiter unter Bedingungen, als wäre die Zeit stehen geblieben, als hätte man sie über dem Gewoge der großen Feier in einem Erdloch vergessen und versäumt ihnen den Sieg zu melden.

„So ein Affe erinnert einen an Menschliches ... das ist ... mich erinnert das an Kinder..." Sie sah wie ihn ein unmerklicher Schauder durchlief. Er stieß den Atem zwischen den Zähnen durch. „Verdammt schwer, bei alledem Mensch zu bleiben."

In Augenblicken wie diesen wirkte Raúl so verwundbar, dass sie übergroße Zärtlichkeit für ihn empfand, in der Leidenschaft, die sie dann erfüllte, glichen Begehren und Solidarität einander an. Sie presste ihre geöffneten Lippen auf seinen weichen Mund, der für die leiseste Berührung empfänglich war, ihre Münder und Hände vervielfachten sich, im Sog unwiderstehlicher Anziehungskraft zog es sie zu ihrem Lager hin. Von den Haaren bis zu den Füßen lernten sie sich auswendig, jede Berührung zerfloss auf der Haut, ihre, Julias, Hände fuhren die Narbe unterhalb seines linken Rippenbogens entlang (eine Kugel hatte er es bei ihrer Entdeckung belassen), sie spürte die kleine Fleischfurche unter ihren Fingern, an der Innenseite ihres Schenkels den Druck seines Geschlechts. In ihren Adern verwandelt sich das Blut in glühende Lava, jede Zelle ihres Körpers überflutet vom Brausen des Blutes, alles voller Atem – Untergang alles Bedrückenden in der leibhaftigen Glut ihrer Körper.

Als Ana wieder zurück war, hatten sie fast ein normales Leben begonnen. Sie gingen morgens beide aus dem Haus und kamen abends zurück. *Das Ende wird bald kommen, es wird nicht mehr lange dauern.* Dieses bedrückende Vorgefühl wurde hin und wieder belebt, wenn Raúl vage Andeutungen darüber machte, dass sein Aufenthalt sich noch etwas hinziehen werde. Julia wusste, dass er sie absichtlich im Unklaren beließ, um nicht sagen zu müssen, dass etwas in Vorbereitung war, das ihren baldigen Abschied nach sich ziehen würde. Mehr sprachen sie darüber nicht, wie er auch dazu schwieg, womit er den Tag über beschäftigt war. Und sie stellte keine Fragen. Nach all der Zeit, die sie hier lebte, hatte sie einen siebten Sinn dafür entwickelt, wo die Grenze dessen verlief, was erlaubt war, einer Ausländerin an Informationen anzuvertrauen. Selbst wenn sie minutiös durchleuchtet worden wäre – was nahe liegend war, wenn eine *chela* mit einem *combatiente* der Spezialtruppen des Innenministeriums ein Verhältnis hat –, selbst wenn man befunden hätte, dass ihre Vertrauenswürdigkeit außer jeden Zweifels stand, geböte die Geheimhaltungspflicht, über militärische Angelegenheiten zu schweigen. Alles deutete darauf hin, dass Raúl mit Spezialaufgaben betraut war, welche den Regeln des Krieges gemäß dem Gebot der Geheimhaltung unterlagen. Sie wusste nur, dass er sich tagsüber im Büro der Militäradministration aufhielt, wo man mit Sicherheitsfragen und den Strategien des Feindes beschäftigt war sowie den darauf abgestimmten militärischen Operationen, die ihn demnächst von ihr wegführen würden.

Das ewige Tönen der Zikaden erreichte den Rand ihres Bewusstseins. Sie schlug die Augen auf. Traumfetzen zerstoben. Sie erwachte in atmender Dunkelheit. Salztau auf der Haut. Raúl an ihrer Seite schlief, an sie geschmiegt wie ein schutzbedürftiges Kind. Welchen Traum mochte er wohl träumen? Sein Atem ging ruhig, seine regelmäßigen Atemzüge strichen über ihren Hals und verhakten sich mit den Stößen ihres pumpenden Herzens. Sie hatte einen Wagen kommen hören, Türenschlagen, Schritte über den Hof, die sich dem Haus näherten... Was dann geschah, fand außerhalb ihrer selbst statt, dass sie sich an Einzelheiten im Nachhinein kaum noch erinnerte.

Die Tür war zugefallen. Hastig notiert am Rand der gestrigen Tageszeitung die Adresse seiner Mutter irgendwo in Managua – Hinweise, denen sie nachgehen könnte, um in Verbindung zu bleiben. Sie blieb in krampfartiger Anspannung im Halbdunkel stehen, unbeweglich, statuengleich, ohne noch zu begreifen, was um sie herum geschehen war. Deutlich fühlte sie noch den Kuss auf ihren Lippen brennen und in ihrem Hirn hämmerte der Schlag ihres Herzens. Ein Stechen, eiskalt, als hätte ein Eiszapfen ihre Schädeldecke durchbohrt, zerstörte die Kontrolle, unter der sie die Tatsache seines Verschwindens zu halten versuchte. Sie nahm ihren Kopf in beide Hände. Gedankensplitter wirbelten wild umher, überstürzten und widersprachen sich beim dem Versuch vernunftmäßig zu denken.

Mach' dich nicht lächerlich, spiel' nicht die Unerfahrene! Nichts ist geschehen, was du nicht hättest voraussehen können. Worüber gerätst du in Verzweiflung – etwa über den Verlust eines kleinen privaten Glücks? Gütige Einbildung! Wie kann man verlieren, was man nicht besessen hat! Ist es Starrsinn oder Selbstmitleid, warum du dich an Sentimentalitäten klammerst, anstatt zu begreifen, was sich in ein paar einfachen Merksätzen zusammenfassen ließe: der Krieg kennt nur seine eigenen Gesetze, allem drückt er den Stempel des Hinfälligen und Flüchtigen auf, nicht einmal das eigene Leben gehört einem noch und doch kann man alles verlieren. Ein beengendes Gefühl schnürte ihr die Luft ab, sie stürzte zum Fenster. Mit voller Wucht stieß sie einen Fensterladen auf, der fast aus den rostigen Angeln gefallen wäre, und atmete tief ein. Sie hätte schreien mögen. Aber der Schrei blieb ihr in der Kehle stecken. Hätten nicht Tausende andere Wesen mehr Grund als sie zu schreien? Ein Chor von Schreckensrufen müsste sich auf ihren Schrei hin erheben, denn hatten nicht andere auf grausamere Weise erfahren müssen, was Verlust bedeutet – unwiederbringlich und endgültig! Fassungslos starrte sie in den Garten, der ruhig und unberührt vor ihr im frühen Morgenlicht erblühte. Ein Kolibri, in der Luft stehend mit seinen bunten, metallisch glänzenden Propellerflügeln, tauchte den Schnabel in den Stempel einer Blüte. Er fliegt auch rückwärts, das kann außer ihm keiner. Mit unter Tränen glühenden Augen folgte sie seinem kapriolenhaften Flug und ein Gefühl tiefer Sinnlosigkeit überkam sie. Wie gern hätte sie sich dem Dasein dieser zauberhaften Kreatur anverwandelt und in die Lüfte des blauen Himmels geworfen.

Sie wusste nicht, wie lange sie so dagestanden hatte, als sie Ana eintreten hörte, die ihre Nachtwache beendet hatte. Ana stellte ihr Gewehr in die Ecke und kam mit wissendem Gesichtsausdruck auf sie zu – sie musste von ihrem Posten aus die Kolonne gesehen haben, mit der Raúl abgefahren war – und nahm sie, ihre Scheu vor körperlicher Berührung überwindend, wortlos in den Arm, denn kein Wort hätte hier einen Sinn gehabt. Nach einer Weile löste sich Julia behutsam aus der Umarmung und sah Ana mit schimmernden Augen fest an.

„Und du? Wann verlässt du mich?"

„Bald", sagte Ana, indem sie sich abwandte und am Herd zu schaffen machte. Auf Zeitpunkte ihrer An- und Abreisen legte sich Ana nie fest, die Stunde ihres Aufbruchs würde Julia nicht minder unvorbereitet treffen, eine Verhaltensregel aus Sicherheitsgründen, die sie auch ihr gegenüber nie durchbrach. „Wir treffen gerade die letzten Vorbereitungen für die Brigade. Aber ich bleibe nicht lange fort, in spätestens zwei Monaten bin ich wieder da."

In zwei Monaten! dachte Julia beklommen, und ihr grauste vor dem leeren Haus, das sie demnächst wieder alleine bewohnen würde.

„Komm', frühstücken wir!" sagte Ana und packte warme *tortillas* aus, die sie mitgebracht hatte.

„Ja, frühstücken wir." Julia zwang sich ein unbeholfenes Lächeln ab. „Aber essen kann ich nichts, ich trinke nur Kaffee."

Ana sah sie sorgenvoll und übermüdet von der durchwachten Nacht an, während sie ein Stück von der *tortilla* abriss und einen Rest hart gewordenen Weißkäse darauf zerbröselte. „Wenn er dich liebt, findet er einen Weg, aber vergiss nicht, *hermanita*, wir leben im Krieg ... Schlechte Zeiten für romantische Liebe."

In den folgenden Tagen legte Julia den gewohnten Weg zu ihrem Arbeitsplatz wie im Traum zurück. Dinge, Orte und Plätze nahm sie plötzlich unter dem Zeichen der Abwesenheit wahr. Was vorher keine Aufmerksamkeit auf sich zog, war nun in der Lage Erinnerungen zu wecken: bestimmte Straßen waren nicht mehr einfach nur Straßen, sondern Straßen, die Raúl und sie gemeinsam gegangen waren, bestimmte Orte nicht einfach mehr Orte, sondern solche, die im Gedächtnis Gelegenheiten unbeschwerter Zweisamkeit wach riefen, der Weg nach Hause jetzt jener, den er ihr verstellte, um sie mit seinem unvorhergesehenen Erscheinen zu überraschen; der Stuhl, vormals ein Stuhl wie jeder andere, war jetzt ein Stuhl, auf dem er ihr gegenüber gesessen und ihr verliebt Luftküsse zugeworfen hatte. Und das Bett sagte – fort!

# 12

„Eine Panzermine!" sagte jemand. Leute standen herum, einzeln und in kleinen Gruppen, in den starrenden Augen der Reflex lähmenden Schreckens. Andere Schaulustige schieben sich vor und bleiben wie in Stein verwandelt stehen. Der Aufschrei einer Frau, erstickt in ihrer Schürze, die sie vor den Mund presst, erregt eingedenk des Schauders, der den Betrachter unwillkürlich überlief, niemandes Aufmerksamkeit mehr. Die sich zuerst gefasst hatten, begannen sich leise zu unterhalten, den Gesichtern aufgeprägt das grausige Bild der Zerstörung, das ganze Ausmaß der Gewalt, die sich blind und unterschiedslos ihre Opfer suchte, verkörpert in einem bizarren Hügel aus zerknittertem Blech und zerschmolzenem Reifengummi. Gerade noch erkennbar das Gerippe eines ausgebrannten Personenwagens, rußbedeckt der verkohlte Innenraum, aus der Verankerung gerissene Sitze, getrocknetes Blut, schlackeähnliche Materie, zusammen gebacken zu fantastischen Gebilden, an deren ursprüngliche Form nicht mehr das Geringste erinnerte. Über der Flugzeugpiste, wo der Trümmerhaufen wie ein grausiger Fund in der Nähe der Bank lagerte, stieg zart wie Fallschirmseide das klare, lichte Blau der Nachmittagshimmels auf und ließ die Szene wegen dieses unschuldigen Gegensatzes noch gespenstischer erscheinen.

Julia hatte sich mit klopfendem Herzen unter die Leute gemischt. Der Anblick hatte die betäubende Wirkung eines Schocks, Entsetzen ohnegleichen, dass es die Sinne nicht mehr erfassten. Eine Welle tiefen Abscheus stieg in ihr auf, in der alle Muskeln sich in einer wilden Spannung zusammenzogen, als hätten glühende Eisen ihre Eingeweide durchbohrt. Ein bitterer Säureschwall stieß ihr auf, der zum Erbrechen reizte und unter dem Druck ihres aufsteigenden Mageninhalts begann der Boden unter ihren Füßen zu schwanken. Doch zugleich, während sie noch davon in Anspruch genommen war, den Brechreiz niederzukämpfen, ergriff sie von irgendwoher ein Impuls, der ihre tiefe Niedergeschlagenheit in wilde, verzweifelte Wut umschlagen ließ. Ihr Geist tauchte ein in tintige Schwärze, in der nichts mehr zu unterscheiden war, angewidert empfand sie die Schändlichkeit der Welt, wo keine Gemeinheit zu niederträchtig war, als dass Menschen sie sich nicht antun würden – wie groß noch die Entfernung, bis die Vereisung der Individuen zum allgemeinen Zustand wird und das Auslöschen aller ethischen Grundlagen. bewirkt? Wann wäre die Zahl derer, die im Sinn haben, diese Welt zu einem besseren Ort zu machen, jemals groß genug? Oder war die Menschheit ein hoffnungsloser Fehlschlag? Abgestoßen hatte sie sich abgewandt und war, als bestünde noch irgendeine Hoffnung, dass jemand dem Anschlag lebend entkommen sein könnte, in einer ersten Reaktion zum Hospital gelaufen – bestimmt würde jetzt Blut gebraucht!

Am Tor Trauben von Menschen. Der Wachmann hinter der Umzäunung gab Erklärungen ab, dass das Hospital für den Rest des Tages geschlossen bleiben müsse. Julia nahm, ohne dass sie jemand aufhielt, den Nebeneingang, den das Personal benutzte. In der Halle, auf den Gängen, überall Spuren frischen Blutes. Aus dem Dunkel der Korridore blickten ihr verstörte Menschen entgegen, die, offenbar kurz bevor man die Verletzten herein getragen hatte, nichtsahnend zur Nachmittagssprechstunde gekommen waren. Frauen, deren Knie nervös auf und ab wippten, als hätten sie über diesen Körperteil die Beherrschung verloren, saßen auf den Bänken vor dem Sprechzimmer; kleine Kinder drückten sich an sie, ein Baby saugte an der Brust seiner Mutter, die über ihre Blöße schamhaft ein Tuch gebreitet hatte. Männer standen an die Wand gelehnt mit gesenkten Köpfen und niedergeschlagenen Augen, die sich für einen kurzen Moment von dem Fliesenboden lösten, um ihren Gruß mit einem dahin gehauchten *buenas tardes* zu erwidern.

Türen öffneten und schlossen sich, weißbekittelte Krankenschwestern hetzten kreuz und quer über die Flure, ein Instrumentenwagen und Infusionsständer flogen an ihr vorbei. Jemand mit einem grünen Mundschutz und einer Haube in derselben Farbe, unter der die Haare verschwanden, streckte den Kopf aus der Tür des Operationszimmers heraus, das, wie sie wusste, allenfalls für Notoperationen eingerichtet war. Obwohl die Vermummung nur die Augenpartie freigab, wusste Julia, dass es Manolo war, dessen dunkle Augen in unruhiger Erregung den Gang inspizierten. Ein kurzes

Aufmerken, als er sie entdeckte, ihre Blicke kreuzten sich für den Bruchteil einer Sekunde – wortlose Verständigung über Unaussprechliches. Eine Schwester kam den Gang heruntergelaufen mit wehendem Kittel und stob an ihm vorbei. Die Tür fiel zu. Wenigstens da konnten sie etwas tun. Sie dachte an Christa, die in diesem Augenblick hinter einer der verschlossenen Türen mit anderen gegen die Vergeblichkeit ankämpfte. Für sie selbst, wie unschwer einzusehen war, gab es hier nichts zu tun. Wie hätte sie in diesem hektischen Durcheinander auch jemand finden sollen, der eine Hand frei hatte, um ihr Blut abzunehmen.

Sie trat den Heimweg auf abgelegenen Nebenstraßen an, um einem möglichen Zusammentreffen mit einem bekannten Gesicht zu entgehen. Zwischen den Häusern blühte es in allen Farben, kräftige und sanfte Töne, gelbe, rote, lila Blüten, denen paradiesische Düfte entströmten. Für die überquellende Pracht, die die Dorfstraßen schmückte, waren ihre Augen heute blind, das apokalyptische Bild des Autowracks war ihrer Netzhaut eingebrannt und ließ sie nicht mehr los. Ihre Gedanken wanderten hin und her zwischen der Vorstellung von grauenvoll verstümmelten Menschen, die in der Gegend aus irgendeinem harmlosen Grund unterwegs waren und mit ihrem Wagen ahnungslos auf eine Kontaktmine gefahren waren, und der merkwürdigen Szene, die sie am Morgen vom dem Fensterchen ihrer Badekabine aus beobachtet hatte: Männer fast jeden Alters waren da hintereinander in einer langen Reihe im Hof angetreten, die auf einen Tisch zulief. Dahinter saß ein Unteroffizier (zumindest glaubte sie das in ihrer Unkenntnis über die Bedeutung militärischer Ränge, die erst kürzlich eingeführt worden waren), der einen Stoß Listen vor sich liegen hatte, in die er während einer kurzen Befragung desjenigen, an dem die Reihe war vorzutreten, irgendwelche Vermerke schrieb. Die Aufforderung dazu kam von zweien seiner Kameraden, die sich zu beiden Seiten des Tisches postiert hatten und den Ablauf der Prozedur fest im Auge behielten. Unter den Männern fielen ein paar verwildert aussehende Gestalten auf, mit langen, staubverkrusteten Haaren, die über den speckigen Kragenrand reichten. Je nach Leibesumfang spannte sich mal ein Hemd über einen Bauch, mal hing es schlotternd an einer dürren Gestalt herunter, Schirmmützen und Strohhüte beschatteten sowohl junge wie von Falten durchfurchte Gesichter, deren Träger teils stumpfsinnig teils mürrisch vor sich hinblickten. Einige hätten ihrer Erscheinung nach Bauern aus jedem x-beliebigen Dorf sein können, die geradewegs von ihren Feldern kamen. Allen gemeinsam war die eingenommene Körperhaltung, die angewinkelten Arme, die Stellung der Hände, deren Handflächen sich berührten, weil eine Daumenfessel, die aus einem locker geschlungenen Stück Kordel bestand, keine andere Haltung zuließ. Eine Maßnahme, die weniger zu bezwecken schien, einen Fluchtversuch zu vereiteln, als vielmehr den Sinn hatte, den Status des Gefangenen zu kennzeichnen. Einer nach dem anderen traten die Männer vor den Tisch, um anschließend in das große Haus abgeführt zu werden, das anstelle der Truppenunterkunft augenblicklich den Zweck einer Gefangenensammelstelle erfüllte und vor dessen Eingang eine Wache aufgestellt war. Niemand hob die Stimme, kein laut gesprochenes oder scharfes Wort war zu vernehmen, alles ging mit einer so gleichförmigen Ruhe vor sich, dass außerhalb des unmittelbaren Umkreises nicht zu verstehen war, was unter den Beteiligten gesprochen wurde.

Aufschlüsse über diesen einmaligen Vorgang, der sich in den folgenden Tagen noch wiederholen sollte, ließen nicht lange auf sich warten. Ein Aufruf an die Bevölkerung, sich im Gemeindesaal zu einer Versammlung einzufinden, war vom Sekretariat der FSLN für den kommenden Samstag ergangen. Wen nicht ein starkes Interesse oder Informationsbedürfnis bewegte, der kam, um seine Neugierde zu befriedigen, und so fand sich der Saal zur angegebenen Stunde gestopft voll mit Menschen. Das Rumoren, das Scharren der Füße, das Hin- und Herrutschen auf den Bänken zeugte von der allgemeinen Unruhe, von der die Stimmung getragen war, denn inzwischen war das Ausmaß der Verhaftungen spürbar geworden und zweifellos befanden sich unter den Anwesenden auch Betroffene, auf deren Verwandte der Verdacht gefallen war, an den Verbrechen der *contra* auf die eine oder andere Weise beteiligt zu sein. Dabei ging es um Betätigungen wie Bewegungen von Personen auszukundschaften, die Ziel eines Anschlags werden sollten, den *contras* mit Lebensmittelgaben, Kühen oder Hühnern weiterzuhelfen, Medikamente aus dem Hospital oder den Gesundheitsposten zu entwenden, die dann in irgendwelchen verborgenen Erddepots der Konterrevolution verschwanden, und so weiter. All dies waren alles andere als harmlosen Akte, wenn man die verheerenden Folgen bedachte, zu denen sie führten.

Joaquín Alvarado, in seiner Eigenschaft als politischer Sekretär der FSLN, oblag es, Aufklärung über die Ereignisse zu schaffen. Er trug wie gewohnt eine perfekt sitzende Uniform, ein ungewöhnliches Erscheinungsbild dagegen seine überfrorenen Gesichtszüge. Über dem Tisch, an dem er saß, nahm ein Spruchband die ganze Breite der rückwärtigen Wand ein, auf dem in roten Lettern zu lesen war: *Nicaragua ní se rinde ní se vende! No pasarán!* Den Platz zu seiner Linken nahm René ein, der wie immer in Zivilkleidung auftrat, den zu seiner Rechten Rolando Cerna, ehemaliger *guerillero*, heute *capitán* und militärischer Befehlshaber der Provinz. Er wirkte verblüffend jung, wenn man bedachte, welche Verantwortung auf seinen Schultern lag. Schmal und feingliedrig saß er da am Ende des Tisches, den offenen, klaren, gleichwohl energischen Blick fest auf das Publikum geheftet, wie zum Zeichen dafür, dass er daran festhielt, wofür sein bisheriges Leben stand.

Nach einer kurzen Begrüßung hob Alvarado zu sprechen an: „Der planvolle Terror gegen Zivilisten hat ein Ausmaß erreicht, das wir nicht länger hinnehmen werden. Die Aktionen unserer Sicherheitsorgane in den letzten Tagen richten sich gegen Elemente, von denen wir annehmen, dass sie durch ihre Handlungen dazu beitragen, die Sicherheit unserer Bürger aufs Spiel zu setzen. Inwieweit dieser Verdacht begründet ist, wird die Untersuchung jedes einzelnen Falles zu ergeben haben. Die weiche Haltung der Revolution hat ihre Feinde offenbar in der Annahme bestärkt, dass wir schwach seien. Aber wir sind weder schwach noch unfähig dem Morden Einhalt zu gebieten. Wenn wir bisher von härteren Maßnahmen abgesehen haben, so deshalb, weil für uns Sandinisten andere Gesetze als die unserer Gegner gelten. Wir haben die Diktatur nicht überwunden, um erneut Repressalien gegen die Bürger unseres Landes anzuwenden. Denn was unsere Gegner für unsere Schwäche halten, sehen wir als unsere moralische Stärke an. Aus diesem Grund zwingt man uns heute eine Situation auf, die uns keine andere Wahl lässt als hart durchzugreifen. Wir werden den Ausnahmezustand verlängern, der – wie jeder weiß – nicht mit der Einschränkung der bürgerlichen Freiheiten verbunden ist, uns aber die Handhabe liefert, die Kollaborateure der Konterrevolution entsprechend den Gesetzen unseres Landes zur Verantwortung zu ziehen." Alvarado sprach ruhig, aber energisch in das Auditorium hinein, dennoch war ihm anzumerken, wie Empörung und Abscheu in ihm arbeiteten. „Ich frage mich, wie verblendet müssen die sein, die in den Anschlägen der letzten Wochen und Monate noch ein legitimes Mittel im Kampf für eine gerechte Sache sehen! Sagt nicht allein der barbarische Akt in diesen Tagen alles über die Gesinnung derer aus, die der nordamerikanische Präsident „Freiheitskämpfer" nennt? Ich darf Ihnen dazu mitteilen, dass außer einer jungen Frau niemand die Explosion der Mine überlebt hat. Diese junge Frau hat beide Beine verloren und wahrscheinlich das Augenlicht eingebüßt, nicht zu reden von den fürchterlichen Qualen, die ihr noch bevorstehen! Nicht zu reden, von dem endlosen Trauma, das sie für den Rest ihres Lebens verfolgen wird!" Ein Raunen ging durch die Menge. Ausbrüche gellender Wut machten sich aus verschiedenen Ecken Luft. Alvarado sprach in den anschwellenden Tumult hinein: „Es sollten sich die einmal fragen, die solche Taten billigen oder unterstützen, wessen sich ihre Opfer schuldig gemacht haben! Warum der feige und grausame Mord an dem Krankenpfleger Esteban und seiner Frau, die zu ihrem Gesundheitsposten unterwegs waren, um den Menschen in den Dörfern medizinische Hilfe zu leisten? – In den schwangeren Bauch hat man dieser Frau ein Bayonett gestoßen!" Alvarado hielt ein paar Sekunden inne, als hätte das eigene Entsetzen ihm die Stimme genommen. Er griff sich an die Stirn. „Welchen Sinn macht der Tod von drei Kakaotechnikern, denen wir in wütender Trauer gedenken, alle feige ermordet aus einem Hinterhalt. Warum soviel tödlicher Hass gegen unsere Kooperativenbauern, die einzig nur den Wunsch haben, friedlich ihre Felder zu bestellen? Die lange Liste der ermordeten Arbeiter des Sägewerks. Neunundzwanzig sind es bis heute! Oja, wir wissen schon, wessen Interessen diese Arbeiter verletzen, wenn sie die heute in ihrem Besitz befindliche Fabrik gegen jede Art von Angriff verteidigen, wenn sie es vorziehen ihre Arbeit lieber bewaffnet zu tun, anstatt sich wieder einem *patrón* zu unterwerfen, der aus ihnen seinen Nutzen zieht. Dann die verbrecherische Tat an der Gruppe junger Lehrer und einer Lehrerin, als bewaffnete Banden vor kaum zwei Monaten das Dorf San Isídro überfielen. Welch' unersetzlicher Verlust von drei jungen Menschen, die freiwillig auf Vergnügungen und Abwechslung verzichten, um in gottverlassenen Dörfern Bauernkinder zu unterrichten. Fünf *compañeros* der Miliz, die ihnen zur Hilfe eilten, ebenfalls erschossen, bevor die Schule in Flammen aufging. – Um es klar und deutlich zu sagen", brach es aus dem sonst so beherrschten Alvarado ungestüm hervor, „wir wissen die Mehrheit unseres Volkes hinter uns und wir werden die Revolution nicht einer Handvoll Krimineller ausliefern!"

Die Heftigkeit und Eindringlichkeit seiner Rede ließ alles danach aussehen, als wäre man dabei, die Hoffnung fahren zu lassen, dass es gelingen könnte, die konservativen Kräfte auf die eine oder andere Weise in den Prozess einzubinden. Das Ende der politischen Rücksichtnahmen schien bevorzustehen, anderenfalls würde auf längere Sicht die Situation dazu führen, dass die Fortsetzung der Agrarreform in diesem Landesteil verunmöglicht würde, wenn die Bauern, die in ihren Genuss kamen, um ihr Leben fürchten mussten. Neben dem schon existierenden begann am anderen Ende des Dorfes ein zweites Viertel zu wachsen, das sich fast täglich mit neuen Flüchtlingen füllte, die aus Gebieten flohen, wo sie sich infolge der militärischen Auseinandersetzungen in ihrer Existenz bedroht fühlten. Zugleich erzeugte der Niedergang der ländlichen Produktivität ein zusätzliches Problem, da eine wachsende Zahl von Menschen ernährt werden musste, ohne dass diese ihrerseits etwas produzierten. Es drohten aus der Situation ernsthafte Versorgungsprobleme zu erwachsen. Ambitionierte landwirtschaftliche Projekte wie die Produktion von Kakao oder Kautschuk oder die Gewinnung von Palmöl, die allesamt auf qualifiziertes Fachpersonal von außerhalb angewiesen waren, liefen unter diesen Umständen Gefahr ohne Agraringenieure dazustehen, weil solche Leute ein bevorzugtes Ziel der *contra* abgaben. Auch mieden Händler wegen der Unsicherheit auf den Straßen immer häufiger die Gegend, wodurch sich das Warenangebot zusehends verringerte, und da – wie in jedem Krieg – die Skrupellosigkeit sich auch auf die zivilen Bereiche ausdehnt, trieben Kriegsgewinnler die Preise immer weiter in die Höhe.

Es lag also auf der Hand, dass irgendetwas geschehen musste. Alvarado kam wieder auf das Problem der Kollaborateure zurück. Dabei war er sich durchaus der Schwierigkeit bewusst, diese zweifelsfrei zu identifizieren, denn bekannt war, dass die *contra* falsche Anschuldigungen gegen Bauern lancierte, die ihre neutrale Position nicht aufgeben wollten und sich ihren Forderungen widersetzten. Auf diese Weise versuchte sie bestimmte Personen in Schwierigkeiten mit den sandinistischen Sicherheitsorganen zu bringen, um sie früher oder später auf die eigene Seite zu ziehen. In der aufgeheizten Atmosphäre erforderte die Situation Besonnenheit und Fingerspitzengefühl und so beschränkte sich Alvarado darauf, an die Einsicht der Anwesenden zu appellieren, sich die schrecklichen Auswüchse und grässlichen Taten vor Augen zu halten, die unbeschreibliches Leid über so viele Familien brachten. Auch zu bedenken sei, auf welchen Zustand gesellschaftlicher Zerrüttung das alles hinauslaufen musste, würde es nicht gelingen, diesem Treiben Einhalt zu gebieten.

Aus dem Publikum wurde Beifall gespendet. Vorne begann jemand Parolen zu skandieren, in die aus den mittleren und hinteren Reihen eingestimmt wurde.

Jetzt ergriff *capitán* Cerna das Wort, ohne Umschweife begab er sich aufs Gebiet des Militärischen, in schmucklosen Worten lieferte er ein Bild der Lage.

Rückblickend auf das Jahr sei nicht zu erwarten, dass die Vermittlungsinitiative, mit der Mexico, Kolumbien, Venezuela und Panamá eine Verhandlungslösung anstrebten, Nicaragua dem Frieden näher bringe. Was immer an Vorschlägen denkbar erscheine, um den Krieg zu beenden, wisse die US-Administration zu verhindern und jedwede Lösung zu torpedieren, die nicht zum Abdanken der Sandinistischen Regierung führe. Dass die US-Regierung nicht daran denke, die Konterrevolution fallen zu lassen, sei durch ihre Aufrüstung mit SAM-7-Raketen unmissverständlich zum Ausdruck gekommen. Erstes Ergebnis dieser neuen Waffenlieferungen sei der

Abschuss eines Hubschraubers erst vor wenigen Tagen gewesen, bei dem vierzehn *compañeros* den Tod fanden.

Offensichtliche Tatsache sei jedoch, so Cerna weiter, dass der Krieg nicht zur vollen Zufriedenheit der USA verlaufe, dafür sprächen die verlustreichen Niederlagen der Konterrevolution. Ebenso offensichtlich sei darüber hinaus, dass diese sich politisch nicht verankern könne, denn es sei ihr nicht gelungen, sich eine wirkliche soziale Basis in der Bevölkerung zu verschaffen. Ein Guerillakrieg, wie ihn die CIA für die *contra* entworfen habe, könne auf Dauer jedoch nur erfolgreich verlaufen, wenn die Kampfgruppen im Landesinneren auf ein Netz von Helfern zählen könnten. „Wer aber kann ernsthaft der Meinung sein, dass diese Leute echte Popularität genießen!" rief er aus. Er hatte abrupt die Körperhaltung verändert und die angewinkelten Arme zum gegenüberliegenden Tischrand vorgeschoben. Wiederholt nahm Cerna sein Publikum fest in den Blick. „Wie wir selbst im Befreiungskampf bewiesen haben, begünstigen die unkonventionellen Kampfbedingungen des Guerillakrieges die scheinbar Unterlegenen, hierfür unverzichtbar ist allerdings, dass sie sich der Unterstützung der Bevölkerung sicher sein können. Niemals wäre es uns möglich gewesen, den Mangel an Waffen und Ausrüstung durch eine hohe Moral wettzumachen, hätten wir nicht in der Gewissheit gehandelt, dass unsere Aktionen auf breite Sympathie in der Bevölkerung stießen, ja, dass sie von ihr unterstützt und mitgetragen wurden." Seine Augen glommen auf: „Wir waren keine Söldnerarmee wie jene, die uns heute bekämpfen. Uns hat sich niemand unter Drohung oder Zwang angeschlossen, sondern aus eigenem freien Willen, aus der Überzeugung, dass die Verhältnisse, in denen wir lebten, geändert werden mussten, um das Ideal einer gerechteren Gesellschaft zu verwirklichen. Es sind die Marionetten eines *señor* Reagan, die zum Mittel der Zwangsrekrutierung verängstigter Bauern greifen müssen, weil die fortgesetzten militärischen Rückschläge zu einem zunehmenden Bedarf an Kämpfern führen. Trotz der Unsummen, mit denen sie gefüttert werden, scheint es an Freiwilligen für dieses Abenteuer zu fehlen, für das im übrigen, wie immer, die Armen bluten. Die Herrschaften, denen wir das alles zu verdanken haben, die millionenschweren Somozas, die Großgrundbesitzer und Unternehmer, sie alle sitzen in ihren Palästen in Miami oder sonstwo und warten ab, wie sich ihre ehemaligen quasi Leibeigenen für sie schlagen – betrüblicherweise sprechen wir hier von Menschen, die diese Leute zeitlebens betrogen und bestohlen haben." Mit einer Geste hilflosen Bedauerns richtete er sich auf, um nach einer kurzen Pause, in der es im Saal so still war, dass man eine Stecknadel hätte fallen hören können, auf die verschiedenen konterrevolutionären Organisationen zu sprechen zu kommen, die hier von Belang waren: ARDE sei praktisch geschlagen, mehrere Versuche, ein befreites Gebiet zu erkämpfen, um sich internationale Anerkennung zu verschaffen, seien kläglich gescheitert. Die Wochen erbitterter Gefechte in dem sumpfigen Urwaldgebiet mussten einigen der hier Versammelten noch lebhaft im Gedächtnis sein; manch' einem mochte in diesem Augenblick das Herz schwer werden, Männer und Frauen sich schmerzvoll des Sohnes oder des eigenen Bruders erinnern – junge Menschen, die als Wehrpflichtige für die Niederlage dieses Gegners ihr Leben aushauchten. Mit dem Ableben der Organisation hatte auch deren interne Auflösung begonnen. Machtkämpfe waren unter den lokalen Anführern entbrannt, fortan machten Bandenchefs und deren Gefolgschaft ihren eigenen Krieg, indem sie wie gewöhnliche Kriminelle durch Akte der Gewalt für ihr Überleben sorgten.

Cerna hatte eine Gebietskarte entrollt, worauf Richtungspfeile auf ein mit Rotstift gerändertes Feld hinwiesen. Er zeichnete mit einem Stock die rote Linie nach, die sich durch eine unwegsame Berggegend schlängelte. In dieses Gebiet, so räumte er ein, das dazu ausersehen gewesen sei, eine neue Rekrutierungsbasis zu eröffnen, sei es der FDN von Norden her kommend gelungen, mit mehreren Hundert Mann vorzudringen. Unter dem militärischen Druck des Sandinistischen Heeres sei dieses Vorhaben zwar vereitelt worden, allerdings sei es einem Regionalkommando auf seinem wochenlangen Vormarsch gelungen, in einer Blitzaktion acht staatliche Betriebe und fünfzehn Kooperativen zu zerstören und dabei achtzig Sandinisten zu ermorden. Cerna zeigte jetzt auf ein nördlich gelegenes Gebiet außerhalb der roten Linie. Hier ergebe sich die bisher traurigste Bilanz des Jahres: FDN-Kommandos hatten bei ihrem Versuch, ihren Einflussbereich zu vergrößern, die sandinistisch orientierten Dörfer mit Mordbrand überzogen und dem Erdboden gleichgemacht. Der Anwendung massiven, systematischen Terrors seien allein in diesem Jahr Hunderte sandinistische Bauern und Sympathisanten zum Opfer gefallen, was eine Fluchtwelle aus der *montaña* ausgelöst habe. – Was er nicht sagte: damit war an eine funktionierende zivile Selbstverteidigung in den betroffenen Gebieten nicht mehr zu denken. Auf diese Weise war es der FDN geglückt, einen Teil der Landbevölkerung unter ihre Kontrolle zu bringen. War erst ein Gebiet von sandinistischen Sympathisanten gesäubert, der Rest in den Schutz größerer Ortschaften und Städte geflohen, waren die Bedingungen erreicht, um mit dem Terror nachzulassen und die verbliebenen Bauern mitsamt ihren Familien zur Kollaboration zu verpflichten. Spiegelbildlich genau, wie es das Regiebuch der CIA vorsah, war ein ganzes Netz von Kollaborateuren zur direkten Unterstützung von militärischen Aktionen entstanden, die von den traditionellen Autoritäten der jeweiligen Dörfer angeführt wurden. Mit der Beseitigung sandinistischen Einflusses in diesen Gegenden kehrte die alte Ordnung aus Armut, Analphabetentum und bedrückender Hierarchie zurück. Ohne sich genauer festzulegen, spielte Cerna auch auf die unrühmliche Rolle der Viehzüchter an. Es gebe sichere Anzeichen dafür, dass einige dieser *señores* die konterrevolutionären Organisationen unterstützten, indem sie diese mit Lebensmitteln und Vieh versorgten und ihre abgelegenen *fincas* als Unterschlupf zur Verfügung stellten.

Rolando Cerna schloss seine Rede mit einem flammenden Appell an die Anwesenden, auf Verwandte und Familienmitglieder einzuwirken, sich unter das vom Parlament beschlossene Amnestiegesetz zu stellen, das allen, die sich aus den Reihen der *contra* lösten, Straffreiheit garantiere. „Machen Sie ihnen klar, dass sie sich in ihrem Handeln nicht einig wissen können mit dem Willen unseres Volkes, sondern seine Mörder unterstützen."

Daraufhin erhoben sich die drei Männer auf dem Podium, mit ernsten, gesammelten Gesichtern und stimmten die FSLN-Hymne an. Eine von spannungsgeladenen Gefühlen ergriffene Menge von Männern und Frauen tat es ihnen gleich – die einen, erfurchtsvoll im Gesang vertieft (...*adelante marchemos compañeros, avancemos a la revolución*...), andere mit zusammengepressten Lippen ihre Indifferenz zum Ausdruck bringend. Wären die in verborgenen, unterirdischen Quellen sprudelnden Gefühle im Saal an die Oberfläche hervorgebrochen, hätte sich der grässliche Kampf, von dem man gerade gehört hatte, unter dem Dach dieses freundlichen Gemeindehauses von neuem entzündet – denn wie in allen Zeiten großer Umbrüche, sind diejenigen, die sie herbeigeführt haben, gleichzeitig jene, die um keinen Preis das Übel des alten Regimes zurückkehren sehen wollen, während andere glauben ihre Motive zu haben, es sich zurückzuwünschen.

# 13

Die Dunkelheit, sobald sie abends hereinbrach, zwang allen eine gewandelte Existenzform auf. Eine Serie von Sprengsätzen, entlang der Hauptzufahrtsstraße zur Explosion gebracht, hatte etliche Strommasten abknicken lassen und für den bis dahin längsten Netzausfall gesorgt. Der Schaden war beträchtlich, ein Gebiet weit über die Ortsgrenzen hinaus von der Stromversorgung abgeschnitten, die Telefonverbindungen gekappt, Telegramme kamen nicht mehr an. Sobald die Sonne abends unterging, begannen die Straßen sich zu leeren; wie in Erwartung eines drohenden Gewitters waren die Dorfbewohner darauf bedacht, vor Einbruch der Nacht in die eigenen vier Wände zurückzukehren. Der anhaltende Stromausfall bewirkte einen veränderten Lebensrhythmus, die von Aktivität ausgefüllte Zeit verkürzte sich auf die Phase des Tageslichts, während man die Abendstunden weitgehend in Untätigkeit verbrachte oder das Haus nur verließ, wenn unvermeidliche Gänge dazu nötigten. Wenn es dunkel wurde machte sich in den Häusern ein Ton der Besorgnis breit – der Gedanke, dass die Dunkelheit umherschweifenden Übeltätern Schutz vor Entdeckung bot, beschwor Visionen herauf und gab zu befürchten, dass die gegenwärtige Lage nur ein Vorspiel zu weit Schlimmerem sein könnte

Allenthalben war Zerknirschung zu spüren, von der unvermeidlichen Beschäftigung mit Alltagsdingen niedergehalten, versprühte sie auch in Julias unmittelbarer Umgebung ihr Gift. An ihrem Arbeitsplatz, unter den *compañeras*, begann der unbeschwerte Ton der Gespräche sich zu verändern, die Witzeleien, die tagaus tagein die Arbeit begleiteten, verloren ihre Leichtigkeit und bekamen den Beiklang trotziger Selbstbehauptung. Dagegen kamen immer häufiger Ereignisse zur Sprache, welche die Erinnerung an die Umstände der eigenen Flucht wachriefen oder an den Schmerz über den Verlust naher Angehöriger rührten. Das Düstere breitete sich in immer neuen Kreisen aus, wie wenn Tropfen auf ruhiges Wasser fallen. Die Verunsicherung spülte jeden Tag neue Geschichten in die Nähwerkstatt, Geschichten aus erster und zweiter Hand, teils von Kundinnen berichtet, die zum Einkaufen kamen, teils von den Arbeiterinnen selbst erzählt, die sie von Nachbarn oder Verwandten übernahmen und die von Angst und Gewalttätigkeit bedrängten Menschen handelten

Julia hörte derlei Berichten, die über die Arbeitstische hinweg die Runde machten und wegen ihrer düsteren Untermalung und Brutalität so phantastisch klangen, schweigend zu und sie ertappte sich dabei, dass sie bisweilen im Stillen deren Echtheit anzweifelte. Eine unbewusste, gleichwohl hilflose List, um die schockierende Wirkung der Bilder, die sie hervorriefen, auf Distanz zu halten – in Zeiten der Bedrückung nehmen Gerüchte leicht die Gestalt von Tatsachen an. Aber ein solcher Gedanke schockierte nicht minder – Gerüchte oder Tatsachen! Auch die Phantasie hat einen realen Kern, sie bezieht ihren Gehalt aus der Welt der Erfahrung. In diesen Lebensberichten, die in ihren Ohren so unglaublich klangen, manifestierte sich so deutlich wie nie zuvor die riesige Kluft, die zwischen ihrem eigenen, ganz anderen, fernen Leben und dem der anderen lag; ihre Art zu überleben ließ den unermesslichen Raum erkennen, der sie von diesen, in den Wirrnissen des Krieges gefangenen Frauen trennte. Unüberwindbar groß musste dieser Abstand sein, wenn sie in dem, was sie in diesen Tagen zu hören bekam, die tief greifenden Beschädigungen nicht wahrnahm, die sich in dem Bedürfnis der *compañeras* kundtaten, sich über lange Unausgesprochenes Erleichterung zu verschaffen. Sie indes, den widersprüchlichsten Gefühlen ausgeliefert, schwankend zwischen innerer Abwehr und einer Art nervöser Scham, ergriff instinktiv jede Gelegenheit, sich dem Geschehen zu entwinden, indem sie sich umso konzentrierter ihrer Arbeit hingab. Doch wie intensiv sie sich auch von ihrer Tätigkeit in Anspruch nehmen ließ, die Erzählungen streiften sie ohne ihr Zutun, sie füllten ihr die Ohren und erzwangen unausweichlich ihre Aufmerksamkeit. Ein plötzlich auftauchendes Problem, eine an sie gerichtete Frage kappten dann und wann die Verknüpfungen zwischen den Zusammenhängen oder es entging ihr irgendein Übergang, der bedeutsam war, um zwischen Vergangenheit und Gegenwart der zur Sprache gebrachten Ereignisse zu unterscheiden. Sie bemühte sich nicht die Bruchstücke zusammenzufügen – vorher, nachher, jetzt, all das erschien ebenso unwichtig wie die Frage nach konkreten Schauplätzen –, worüber die Menschen in Wirklichkeit sprachen, war weder an Vergangenheit noch Gegenwart gebunden, es war die Zeitlosigkeit ihrer Lebenssituation, für deren Änderung sie trotz siegreicher Revolution bis heute mit ungewissem Ausgang kämpften. In dieser Atmosphäre – hin und wieder von einem befreienden Auflachen durchbrochen, das über die Gänge zwischen den Maschinen wechselte, um bald bad darauf wieder eingeholt zu werden von bekümmerten, traurigen Satzmelodien – konnte auch Julia sich der Bedrückung nicht entziehen. Aber ihr eigenes Empfinden war ein vages, kaum verwurzeltes Gefühl, etwas, das sich durch seine Ungreifbarkeit wie ein innerer Nebel in ihr ausbreitete.

Auch die Tatsache, dass die beiden Buslinien noch jeden Morgen ins ferne Managua abfuhren und abends zurückkehrten, die Verbindung zur Außenwelt also noch bestand, beruhigte nicht so wie sie sollte. Es war Tage her, dass Julia die letzte Zeitung zu Gesicht bekommen hatte und „Voz de Sandino", der sandinistische Radiosender, ließ sich nur in den frühen Morgenstunden empfangen. Aber selbst das Radio war in dieser Gegend keine verlässliche Informationsquelle, denn oft gab der Empfänger auf der Frequenz nur rauschende Sphärenmusik von sich oder das Programm aus Costa Rica belegte mit seinem nervtötenden Gedudel die ganze Bandbreite. Um die Batterien zu schonen schaltete sie das Gerät immer seltener ein. Das empfahl sich schon aus Gründen der Sparsamkeit, denn mittlerweile machte sich der abnehmende Warenverkehr am Fehlen bestimmter Produkte bemerkbar, worunter neben Kerzen und Kerosin auch Batterien fielen. Am vergangenen Freitag war zudem der Zigarettenlieferant nicht gekommen, der zweimal wöchentlich das Dorf mit Tabakwaren aus der staatlichen Tabakmanufaktur belieferte. Um das eine oder andere Päckchen zu ergattern, musste man dem glücklichen Umstand beggegnen, dass jemand bereit war, von seinen Reserven abzugeben. Meistens konnte Julia sich über Christa versorgen, denn diese, obwohl Kettenraucherin, litt an Nachschub keinen Mangel; überall in den Schänken und Läden, wo sie verkehrte, öffneten sich die Schubladen, zauberten Hände aus irgendeinem verborgenen

Winkel bereitwillig das begehrte Päckchen hervor – sie profitierte von der Dankbarkeit ihrer Patienten.

„Mein Gott fühl' ich mich heute elend ... irgendwie sind diese Abende gespenstisch..." Ana hatte sich in den Schaukelstuhl fallen lassen, der heftig hin und her pendelte. Sie überließ sich eine Weile dieser schwingenden Bewegung, dann verlagerte sie das Gewicht auf den vorderen Teil der Kufen, auf die sie ihre Füße gesetzt hatte, so dass der Stuhl zum Stillstand kam. „Soll ich dir sagen, wonach mir gerade ist? ... Ich könnte jetzt gut einen Schluck vertragen!"

Julia, damit beschäftigt Wäsche zusammenzulegen, die sie gerade von der Leine genommen hatte, wandte sich zu ihr um, den Kopf zur Seite geneigt, mit fragender Miene. Der Ausdruck einer leichten Verlegenheit malte sich auf Anas Gesicht, doch unter der Oberfläche dieser Wahrnehmung war ihr eine erregte Spannung anzumerken. Julia wusste, dass Ana über die Lage genauestens im Bilde war, aber die Entscheidungsgewalt, inwieweit sie Julia an ihrem Wissen teilhaben ließ, lag nicht bei ihr. Was schon zwischen ihr und Raúl als unausgesprochene Bedingung ihres Liebesverhältnisses galt und zu seinem unangekündigten, plötzlichen Verschwinden geführt hatte, das trat auch hier wieder in Erscheinung: es gab eine fühlbare Scheidung dessen, was man ihr – einer *chela* – anvertrauen durfte und was vom Standpunkt der revolutionären Führung zu den inneren Angelegenheiten des Landes zählte, in die tiefere Einblicke zu nehmen ihr als Ausländerin verwehrt war. Sie ihrerseits akzeptierte diesen Anspruch, sie nahm die beobachtende Haltung ein, die der Stimmung derer, unter denen sie lebte, ihr angemessen erschien. Folglich lag es ihr fern, in Anas Verhalten einen fehlenden Vertrauensbeweis zu vermuten, der ihre Freundschaft herabsetzte. Im Gegenteil, es schien ihr bei Betrachtung der Umstände fast natürlich zu sein, dass man bei der Menge von Ausländern, die täglich ins Land kamen, ein gewisses Maß an Zurückhaltung für angebracht hielt, denn schließlich war es unmöglich, sich der Verlässlichkeit all dieser Personen zu versichern. Die verwirrende Vielfalt von Ambitionen, unterschiedlichsten Motiven und Absichten, die sich da unter dem Dach der internationalen Solidarität zusammenfanden, konnte für eine revolutionäre Bewegung, die nur ein einziges, gemeinsames Ziel kennt, unmöglich einschätzbar sein. Durch eine abwägende Informationspolitik glaubte man dem möglichen Missbrauch eines solchermaßen entgegengebrachten Vertrauens vorzubeugen.

Ana hatte den ganzen Tag im Parteikommitee zugebracht. Es hatte eine letzte, abschließende Versammlung mit den leitenden Kadern gegeben, bevor sich die Brigade, für die sich Ana gemeldet hatte, aufmachen und ihr Lager an irgendeiner entlegenen Stelle in den Bergen am Rande einer Hüttensiedlung aufschlagen würde. Fraglos war es bei der Gelegenheit nicht allein um die Festlegung der Linien der Politik gegangen, für alle Beteiligten von Bedeutung war notwendig die militärische Lage, mit der sie vertraut sein mussten, um die Gefahren einschätzen zu können, denen sich die Gruppe bei ihrem Einsatz aussetzen würde. „Es gibt nur zwei Frauen – mich und eine Krankenschwester", hatte Ana die Zusammensetzung der Brigade kommentiert, „aber wir haben den *compañeros* gleich klargemacht, dass wir nicht zum Kochen da sind!"

Keine Vorbehalte der besagten Art gab es, wenn Ana mit Julia über den Charakter ihrer Mission sprach. Dabei fiel auf, dass sich Ana mit einer ihrem Naturell zuwiderlaufenden, untypischen, ja fast leidenschaftslosen Nüchternheit darüber ausließ, die in völligem Gegensatz zu ihrer mitreißenden Zielstrebigkeit stand, mit der sie sonst ihre Aufgaben anging. Nichts von ihrer sprühenden Energie war da mehr zu spüren, die so oft auf andere übersprang, wenn sie auf Versammlungen zu überzeugen suchte. Dank dieser Fähigkeit verbreitete sie immer großen Respekt um sich, diese Eigenschaft ihres Wesens aber, so empfand sie vielleicht ahnungsvoll, war etwas, das ihr bei der Aufgabe, die jetzt auf sie wartete, kaum eine Hilfe sein konnte. Obwohl sie und ihre Gruppe mit den besten Absichten kamen, sprachen nicht genügend Gründe dafür, keine übertriebenen Erwartungen in den Erfolg des Unternehmens zu setzen? In den Dörfern und Weilern würde man sie mit Argwohn und Misstrauen empfangen, denn auch sie würden bewaffnet kommen, sich je nach Lage unter den militärischen Schutz ihrer Armee begeben müssen, eine ihrem Anliegen nicht gerade förderliche Ausgangslage, wodurch ihr Auftreten einer ohnehin skeptischen Bevölkerungsgruppe gegenüber nicht eben Vertrauen stiftend wirken dürfte. Daran änderte wenig, dass sie in Begleitung hochkarätiger Entscheidungsträger kamen, sie Ärzte mitbrachten, Medikamente, einen Vertreter der Agrarreform und der staatlichen Entwicklungsbank, zum Zeichen dafür, dass es ihnen ernst damit war, sich der drängendsten Probleme dieser Ärmsten im Lande anzunehmen. Wo Menschen keine Entscheidungsgewalt über ihr Leben besitzen, neigen sie je nach dem Wechsel der Umstände dazu, sich der jeweiligen Macht gegenüber kooperativ zu zeigen, die ihren Anspruch in die entlegenen Winkel ihres Daseins trägt – in der Weltabgeschiedenheit der *montaña* war dieser instinktive Opportunismus zur Überlebensfrage geworden. Seit der nordamerikanische Gemeindienst diese in der Abgeschlossenheit des Berglandes lebenden Kleinbauern als nützliche Objekte der Kriegsführung ins Spiel brachte, ließ ihnen die Todesdrohung, die über ihrem Leben schwebte, außer der Flucht keine andere Wahl, um am leben zu bleiben. Ob es Ana mit ihrer Gruppe gelänge, diesen Bann zu brechen, blieb mehr als fraglich.

Über all das dachte Julia nach, während sie zwischen den beiden Zimmern hin- und herlief und die Wäschestapel auf ihrer beider Betten verteilte. Nun, da sie einen Schritt auf die Veranda zumachte und Ana wieder in ihr Blickfeld geriet, bemerkte sie die jähe Veränderung, die mit ihr vorgegangen war. Als hätte etwas bedrückend Übermächtiges von ihr Besitz ergriffen, schien sie in etwas hineinzustarren, dessen Abdruck sich in der gequälten Anspannung ihres Gesichts abzeichnete. Mildes Abendlicht fing sich in ihrem dicken, zurückfließenden Kurzhaar, beschien die obere Gesichtshälfte, die hohe in Sorgenfalten gelegte Stirn, die aufeinander zustrebenden Brauen über dem Wimpernfächer ihrer niedergeschlagenen Augen.

Instinktiv fing Julia die Spannung auf und trat neben sie. „Wenn du willst, werde ich sehen, ob ich ein Schlückchen auftreiben kann", sagte sie, bemüht, einen unbefangenen Ton anzuschlagen.

Ana hob das Kinn und blinzelte müde. „Aber es wird gleich dunkel...", entgegnete sie matt mit Zweifel in der Stimme.

„Ach, mach dir deswegen keine Sorgen", gab sich Julia entschlossen, „jetzt sehe ich ja noch und für den Rückweg nehme ich die Taschenlampe mit."

In kaum zwei Minuten war sie zum Aufbruch bereit. Im Weggehen sah sie über die Schulter noch einmal zu Ana zurück, die sich wieder in sich selbst zurückgezogen hatte, während ihr selbstvergessener Blick freien Auslauf nahm in die schattengrüne Weite des wogenden Hügellandes.

Julia nahm die kurze Steigung zur Piste hinauf. Myriaden von Moskitos wie schwankende Laternen durchflogen das Zwielicht der Abenddämmerung. Die Nacht brach fast ohne Übergang herein. Der tief hängende Himmel erstickte Mond und Sterne. Zikaden durchschrillten die Luft. Die Dorfstraßen waren wie leergefegt. Seit der Abendunterricht wegen des Stromausfalls nicht mehr stattfinden konnte, blieb auch der Strom fröhlich plaudernder Gruppen und Grüppchen aus, die die Straßen allabendlich belebten, das Zugerufe des Verabschiedens an den Straßenecken, wenn sich die Gruppen auf dem Nachhauseweg in verschiedene Richtungen trennten, bevor die letzten menschlichen Geräusche in der Stille untergingen. In einiger Entfernung sah sie als einzigen Lichtfleck den Vorplatz der Bank, der von dem stotternden Motor eines Generators erleuchtet wurde. Hin und wieder kreuzte jemand ihren Weg, durch die Nacht navigierende schwarz umrandete schemenhafte Gestalten wie sie selbst, dem leuchtenden Auge einer Batterielampe hinterher eilend. Es war stockfinster. Eine allumfassende Dunkelheit direkt vor ihren Augen, eine stoffliche, alle Formen aufsaugende Dunkelheit, in die die Lichtgarbe ihrer Taschenlampe schnitt.

Endlich hatte sie den kleinen Laden erreicht, eine Baracke mit rostzerfressenem Dach, der vordere Bereich als Ausschank dienend, der hintere Wohn- und Schlafraum der Familie. Von dort waren Stimmen zu hören, aber ein Vorhang verwehrte die Sicht auf die beengte Intimität. Auf dem Ladentisch brannten zwei Öllampen, deren rußende Flammen sich die Wände hochziehende, bizarre Schatten warfen. An der Theke standen zwei Männer vor einer Batterie von leeren und halbvollen Bierflaschen, mit den dummseligen, entleerten Gesichtern von Betrunkenen stierten sie vor sich hin. Aus der Alkoholwolke, die ihre Köpfe umnebelte, nahmen sie keine Notiz von dem, was um sie herum vor sich ging. Julia gab mit leiser Stimme ihre Bestellung auf, um die Aufmerksamkeit der beiden Trinker nicht auf sich zu ziehen. Der Ladenbesitzer lächelte breit und zahnlückig aus seinem hageren, dunklen, schweißglänzenden Gesicht, zwei funkelnde Goldzähne entblößend, zwischen denen eine ziemliche Lücke klaffte – eine verbreitete Art der Geldanlage der Besitzlosen, sofern sich in ihr Leben die kurzlebige Erscheinung einer Glücksader stiehlt, denn Gold ist das einzige, was in den Augen der Armen dauerhaften Wert verspricht. Ihr Wunsch wurde sogleich erfüllt. Allerdings, gab ihr der Wirt zu verstehen, könne er den Rum nur in Plastikbeuteln abfüllen. „Sie wissen ja, ohne Leergut ... Flaschen sind knapp, die kann ich nicht herausgeben." Ihr Achselzucken als Einverständnis betrachtend goss er den Rum glucksend in die durchsichtige Plastikhaut, machte mit dem Beutel eine halbkreisförmige Schwenkbewegung in der Luft, woraus sich als Ergebnis ein perfekter Knoten ergab. Einer der Trinker, aufmerksam geworden, richtete sich auf, drehte seinen Kopf zu Julia herum und beäugte sie mit glasigen, blutunterlaufenen Augen. Wie von einer ursprünglichen Kraft erfasst, die nicht von seinem Willen abhängig war, verlor der Mann plötzlich die Beherrschung über seinen Körper; als wäre er in einen Strudel geraten, vollführte er eine Drehung um die eigene Achse und schlug mit dem Rücken krachend gegen das Thekenbrett. Der andere sah sich kurz um, alarmiert, den Kumpel an die *chela* zu verlieren, und riss ihn am Ärmel zu sich hin. Der Wirt, über die Szenerie sichtlich erheitert, grinste sie herausfordernd an. Rasch schob Julia ihm ein Päckchen Geldscheine hin. Er befeuchtete Daumen und Zeigefinger und machte sich ans Nachzählen, wobei er misslaunig etwas von Inflation und wertlosen Lappen in sich hineinbrummelte. Tatsächlich bezahlte man kleinste Beträge mit täglich größer werdenden Geldbündeln. Julia wartete nicht ab, bis der Mann fertig gezählt hatte, denn die Dunkelheit saß ihr im Nacken. Sie trat hinaus in die rabenschwarze Nacht.

Bei ihrer Rückkehr fand sie Ana unverändert in ihrem Stuhl. Aus der Tiefe ihrer Selbstvergessenheit sah sie zu Julia auf, auf deren Gesicht der Widerschein der Taschenlampe fiel, während sich durch das ihre der Hauch eines Lächelns brach, das ebenso gut eine Täuschung hätte sein können.

„Und? – Wie ging's?" erkundigte sie sich mit der Besorgnis jemandes, den nachträgliche Reue überkam, zu viel verlangt zu haben.

Statt einer Antwort hob Julia den Plastikbeutel in die Höhe und lächelte ihr komplizenhaft zu. „Und du? Sitzt hier im Dunkeln!" sagte sie mit gespieltem Vorwurf. „Warum hast du die Lampe nicht angezündet?"

„Ich wollte mich den Mücken nicht zu futtern anbieten." versuchte Ana einen Scherz.

Julia ging ins Haus und suchte nach der Kerosinleuchte und einem Gefäß, wohinein sie den Rum gießen könnte. Ersteres gab sie bald wieder auf, weil ihr die Moskitos einfielen, Becher und Kanne trug sie vorsichtig nach draußen, da man kaum die Hand vor Augen sah. Die Gestirne waren erloschen, nur der alte knochenfarbene Mond schimmerte wässrig durch die Wolkendecke. Glühwürmchen, wie körperlose Katzenaugen, funkelten im nahen Gebüsch, das eine um die Veranda flutende schwarze Masse bildete. Julia rückte sich den anderen Schaukelstuhl zurecht und nippte an ihrem Becher, während Ana sogleich einen tiefen Schluck nahm. Sie verzog das Gesicht, dann hauchte sie aus der Tiefe ihrer Lungen den Alkohol mit einem kraftvollen Atemstoß aus. Das Brennen in ihrer Kehle schien sie zu beleben, denn plötzlich sagte sie: „Ein paar Stunden noch und los geht's!"

„Und? – Wie geht es dir damit?"

Eine Antwort, die frei legen würde, was Ana wirklich empfand, erwartete Julia nicht; es gehörte nicht zu Anas Wesen, anderen freimütig ihr Innenleben zu offenbaren. Über Gefühle sprechen hieß bei ihr über Ereignisse sprechen und es war dem aufmerksamen Zuhörer überlassen, das Prisma ihrer Gefühle zwischen den einzelnen Bestandteilen einer Erzählung aufzuspüren.

„Merkwürdig, aber wenn man ein Kind hat, wird plötzlich alles anders..." Sie seufzte. „Dabei ist das weiß Gott nicht meine erste Unternehmung dieser Art. Aber jetzt ... ich fange an, mir Gedanken zu machen, was alles passieren könnte ... Na, wenigstens weiß ich mein Töchterchen in guten Händen." Sie führte wiederholt den Becher zum Mund, den sie gerade erst abgesetzt hatte. „Eins ist sicher, das Ganze wird eine strapaziöse Angelegenheit werden ... wochenlang auf der Erde schlafen, Moskitoschwärme wie Gewitterwolken, tagelange Märsche durchs Gelände ... und wo es nicht weitergeht sogar durch Flüsse und dann die nassen Sachen..." Ana schüttelte sich. „Die klebrigen, nassen Sachen auf der Haut, das ist das Schlimmste. Wir haben zwar Pferde dabei, aber auch die werden nicht überall helfen vorwärts zu kommen ... dann heißt es absteigen und zu Fuß weiter ... – Und wenn wir uns unterwegs nicht verlaufen haben und endlich in einem dieser Nester angekommen sind, dürfte es ein hartes Stück Arbeit werden, den Argwohn dieser Menschen zu zerstreuen und sie von unseren guten Absichten zu überzeugen..." Es entstand eine kurze, nachdenkliche Pause, dann sagte sie kaum vernehmlich, als schämte sie sich dafür: „Ich geb's ehrlich zu, was meine Person betrifft, besteht das Misstrauen auf beiden Seiten."

„Misstrauen ist kein guter Ratgeber für das, was ihr vorhabt..." ließ sich Julia mit der Vorsicht jemandes vernehmen, der wusste, dass er vermintes Gelände betrat.

„*Corazón*, meinst du ich wüsste das nicht?" rief Ana vorwurfsvoll aus. „Aber jemandem wie mir, die ich schon als junges Mädchen von der Notwendigkeit dieser Revolution überzeugt war, fällt es schwer zu begreifen, dass sich Menschen mit Klauen und Zähnen – aus was für Gründen auch immer – an die Vergangenheit klammern und sich auf die Seite der Verschwörer schlagen, wo sie doch von diesen Subjekten außer der Verewigung ihres Elends nichts zu erwarten haben. Von den Großgrundbesitzern und Unternehmern rede ich nicht – deren Motive sind leicht zu durchschauen –, ich rede von diesen armseligen und ungebildeten Bauern, was für Motive haben die? Wie kann man sich das erklären? Ich hoffe nur, wir können sie davon überzeugen, von unserem Amnestiegesetz Gebrauch zu machen. Damit könnten sie sich aus einer bedrückenden Lage befreien und uns davor bewahren, gegen Leute vorzugehen, die eigentlich unsere Verbündeten sein müssten."

„Eins frage ich mich schon die ganze Zeit: wie ist es nur dazu gekommen, dass sich Leute in so einer gottverlassenen Gegend angesiedelt haben? Mitten im Urwald!" wechselte Julia behutsam das Thema.

„Das sind die Verlierer von Somozas famoser Umsiedlungsaktion", sagte Ana und lehnte sich in ihrem Stuhl zurück, die Beine ausgestreckt, die nackten Füße, von denen sie die Sandalen gestreift hatte, in Knöchelhöhe übereinander gelegt. Ein Mondstrahl, der sich durch eine Lücke zwischen den Wolken stahl, beschien ihr Gesicht, aus der es umgebenden Dunkelheit hob es sich heraus wie ein präkolumbisches Bildrelief.

„Von dieser Geschichte kenne ich bis jetzt nur Bruchstücke, ich hab' sie noch nie im Zusammenhang gehört", sagte Julia und legte die Hand über ihren Trinkbecher.

„Hierzu müsste man weiter ausholen … die Geschichte reicht inzwischen fast ein Vierteljahrhundert zurück."

„Nur zu. Ich bin ganz Ohr."

„Nun, alles beginnt mit dem Boom in der Kaffee- und Baumwollproduktion und dem Hunger der Großgrundbesitzer nach immer größeren Anbauflächen. Die Klein- und Subsistenzbauern, die zwar arm waren, aber Land besaßen, waren ihnen dabei im Weg. Also mussten sie auf irgendeine Weise von ihrem Land vertrieben werden, um ihren Grund und Boden dem Latifundienbesitz einzuverleiben. Dies geschah teils durch die Anwendung nackter Gewalt, teils durch legalistische Betrügerei und weil in dieser Frage ein quasi gesetzloser Zustand herrschte, verloren zahllose Bauernfamilien ihr Land. Die ungelöste Landfrage wurde bald für viele zur Überlebensfrage und die Landlosen begannen, sich in eine soziale Zeitbombe zu verwandeln, die jeden Moment zu explodieren drohte. Eine weitere Gefahr für das Regime ging von der FSLN aus, die sich unterdessen gegründet hatte und Kräfte sammelte für den Guerillakampf. Dem Somozaclan dämmerte allmählich, dass er als mächtigste der besitzenden Klassen auf einem Pulverfass saß. Überall waren Anzeichen sozialer Unruhen zu spüren und was die bestohlenen Bauern betraf, so war zu befürchten, dass sie sich als Antwort auf ihre Vertreibung der Befreiungsbewegung anschließen würden. Was also tun, wenn die Lage unberechenbar erscheint? Man muss der Bedrohung zuvorkommen. Die Somozas versuchten sich aus der Klemme zu helfen, indem sie eine sogenannte Agrarreform ausriefen. Anregungen dazu holte man sich aus anderen lateinamerikanischen Ländern, wo die umgehende Angst vor Revolutionen bereits zu Landreformen geführt hatte. Es dürfte Luis Somoza nicht leicht gefallen sein, die widerwilligen, um ihre Profite bangenden Latifundienbesitzer mit Argumenten zu überzeugen. Und das ist in etwa so abgelaufen: *„Señores!"* Ana hob die Stimme, den nüchtern-sachlichen Tonfall eines Vortragsredners imitierend, als spräche sie in ein Auditorium hinein. „Sie fragen sich sicher, warum wir das Leben unserer Bauern verbessern sollten, wo wir doch deren Arbeitskraft billiger haben können, wenn sie hungern und keine Arbeit haben? Eine so unzeitgemäße Einstellung können wir uns jedoch nicht länger leisten. Wir als Großgrundbesitzer sollten ein Interesse daran haben, dass unsere Bauern ähnlich zufrieden sind wie wir und wir in guter Nachbarschaft miteinander leben. Selbstverständlich verschenken wir nichts – das versichere ich! – wir werden ihnen die gleichen Risiken aufbürden, wie sie auch unsereins zu tragen hat. Aber nur so treiben wir ihnen den Gedanken aus, sich unseres Eigentums zu bemächtigen. Wollen wir verhindern, dass der Bauer gegen das geheiligte Privateigentum opponiert, muss er sich in einen Landbesitzer verwandeln."

„Und woher sollte dieses Land, das zu guter Nachbarschaft führen sollte, kommen?" wollte Julia wissen.

„Ganz einfach, man musste die entwurzelte Landbevölkerung dazu bewegen, sich anderswo anzusiedeln, damit der Latifundienbesitz unangetastet blieb. Tausende verelendete Bauern konnten sich ja nicht einfach in Luft auflösen! Also besann man sich auf landwirtschaftlich ungenutztes Staatsland. Bevor die ersten Dörfer entstanden, war alles, was du hier siehst, ein riesiges, unberührtes Regenwaldgebiet, wo nur wilde Tiere lebten. Sogar Tiger und Löwen soll es hier gegeben haben! Um es zu einem Lebensraum für Menschen zu machen, um Weideland und Anbauflächen zu gewinnen, mussten große Teile des Urwalds fallen. Damals folgten Tausende dem Ruf, sich hier anzusiedeln, beseelt von dem großen Traum, ein Stück Land zu besitzen. Die Umsiedlungsaktion wurde mit großem propagandistischem Tamtam begleitet, als handelte es sich um eine grandiose Wohltätigkeitsveranstaltung. In Wahrheit ging es natürlich darum, die Ausbreitung des kubanischen Beispiels zu verhindern – Fidel, der Che, Camilo, diese Männer waren zu den großen Leitfiguren geworden. Sie gaben uns die Zuversicht, dass die Revolution gelingen konnte, dass wir uns eines Tages von diesem Gesindel, das uns unterjochte, befreien würden." Ana hatte tief Atem geholt, die Erinnerung hielt für einige Sekunden den Strom ihrer Gedanken auf, bevor sie das Gespräch auf den eingeschlagenen Pfad zurücklenkte. „Die ersten Familien siedelten sich spontan in der Gegend an – sie waren sozusagen die Pioniere. Später folgten weitere Wanderbewegungen. Zum Beispiel nach dem Ausbruch des Vulkans *Cerro Negro* bei León und dann 1972 das verheerende Erdbeben in Managua. Fast eine halbe Million Menschen blieben damals ohne Dach über dem Kopf und ohne ärztliche Versorgung, während die Somozafamilie mit ihrer Kamarilla aus Freunden und hochrangigen Militärs die Tragödie dazu benutzten, ihr Vermögen zu vergrößern. Den größten Teil der internationalen Millionenhilfe für die Erdbebenopfer ließen diese Banditen in dunklen Kanälen verschwinden, um sie auf Privatkonten im Ausland zu deponieren. Ich glaube, es war im selben Jahr, als nochmal viele Menschen hierher verschlagen wurden, weil es in der Pazifikgegend eine große Trockenperiode gegeben hatte. Ich erinnere mich noch der wütenden Kommentare, in die mein Vater ausbrach, wenn er *Novedades* las. Diese Zeitung – wie sollte es anders sein – gehörte natürlich auch der Familie Somoza. Darin rühmte sich die Militärdiktatur ihrer großen humanitären Geste, als welche die Umsiedlungsaktion gefeiert wurde, die angeblich so vielen Menschen eine goldene Zukunft bescheren würde."

„Groß kann diese Zukunft aber nicht gewesen sein. Mal abgesehen von den Kooperativen sehe ich lauter Kleinbauern, deren winziges Stückchen Land kaum zum Überleben reicht." Julia tastete in der Dunkelheit nach den Bechern, um den letzten Rest Rum nachzuschenken.

„Ha! – die Somozas wären schließlich nicht die Somozas, wenn sie nicht dafür gesorgt hätten, dass sie und ihre Günstlinge wieder in den Besitz großer Ländereien kamen, die wir – wie man weiß – dann enteignet haben. Etwa zur gleichen Zeit wurde mit der Ausbeutung des wertvollen Tropenholzes begonnen, woran nordamerikanische Gesellschaften mitverdienten. Und es versteht sich schon fast von selbst, dass von den Millionen Dollar, die man zur Finanzierung des Unternehmens mit der Interamerikanischen Entwicklungsbank ausgehandelt hatte, ein Großteil in den Taschen des Clans versickerte."

„Klingt so, als wären die Profite schon im Voraus genauestens kalkuliert gewesen."

„Darauf kannst du Gift nehmen. Die taten nichts ohne Hintergedanken. Das Land, das man im Zuge dieser angeblichen Landreform verteilte, war für den Ackerbau vollkommen ungeeignet. Zunächst mussten die riesigen Bäume gefällt werden, um überhaupt damit etwas anfangen zu können. Für alles gab es damals Kredite, für die Anschaffung von Baumaterial, Zaundraht, Saatgut und so weiter. Und hier kommt jetzt das Risiko ins Spiel, von dem Luis Somoza nicht ohne Grund gesprochen hatte, das der in einen Landbesitzer verwandelte Bauer zu tragen hat. Denn der Witz war, dass sich nach einiger Zeit herausstellte, dass das übereignete Land nicht genug hergab, um die Kredite zu bedienen. Wie wir inzwischen wissen, ist Tropenwaldboden vergleichsweise unfruchtbar und nach ein paar Jahren intensiver Bewirtschaftung schrumpfen die Erträge. Viele Bauern waren bald hoch verschuldet und der Besitz ihres Landes ging auf die Bank über, mit der Folge, dass sie auf dem eigenen Grund und Boden das Dasein eines Tagelöhners führten. Darauf erschien der an Weideland interessierte Großgrundbesitzer und sagte: »Hey, ich kauf' dir deine Schulden ab und du gibst mir dafür dein Land. Damit kannst du woanders noch mal von vorn anfangen«. Die Kaufsumme war natürlich lächerlich gering und in zahllosen Fällen ist nicht mal diese Vereinbarung eingehalten worden. Auf diese Weise gelangte das Land der kleinen Bauern entweder über die Bank oder direkt in die Hände der großen Viehzüchter, die in ihrer grenzenlosen Gefräßigkeit alles an sich rissen, was sie nur kriegen konnten. – Aber du wirst es nicht glauben", schloss Ana, „nach alldem gibt es heute immer noch genügend Leute, die behaupten, dass diese Landreform eine große humanistische Idee des Ingenieurs Lius Somoza war!"

„Anastasio Somoza ist mir natürlich ein Begriff, aber Luis Somoza…?"

„War der älteste Sohn und eigentlich legitime Nachfolger des alten Somoza", erklärte Ana, „bevor er von seinem jüngeren Bruder Anastasio vom Thron verdrängt wurde. Tachito, wie alle Welt ihn in Anspielung auf den alten Tacho nannte, bewies mehr Brutalität und unternehmerisches Geschick, um das riesige Imperium der Sippe zu mehren und gegen Angriffe zu verteidigen. In Nicaragua konntest du praktisch nichts kaufen, was nicht aus irgendeiner Fabrik der Somozas kam. Als Absolvent der Militärakademie West Point kannte Tachito sich bestens damit aus, wie man einen wirkungsvollen Repressionsapparat organisiert und eine gefürchtete Geheimpolizei gegen eine Volksbewegung einsetzt. Unser aller Alptraum ist bis heute das Elitekorps der EEBI, dessen Grausamkeit berüchtigt war. In dieser Schule erhielten junge Männer – ach, was sage ich, Kinder! – ihre Grundausbildung im Foltern und Töten, der brutale Drill machte sie für unvorstellbare Bestialitäten gefügig, bevor man sie auf die unbotmäßige Bevölkerung hetzte. Das Ergebnis war … na, wie soll ich sagen? … seelenlose, entmenschte Typen. Man erkannte sie an ihren kahlgeschorenen Köpfen, außerdem trugen sie spezielle Uniformen, damit jeder gleich wusste, mit wem er es zu tun bekam, wenn diese Blutsäufer irgendwo auftauchten. Selbst jetzt noch, wo ich darüber spreche, jagt mir der Gedanke daran tiefen Schrecken ein."

Ana verstummte. Julia konnte das leise Zucken um ihre Mundwinkel nicht sehen und auch nicht, wie sich ihre Hände krampfartig um die Stuhllehne schlossen. Sie saßen eine Weile schweigend da. Julia versuchte sich vorzustellen: Säuberungen, Strafexpeditionen, eine außer Rand und Band geratene Soldateska … aber der Versuch gebrach. Zwischen ihnen lag das abwartende Schweigen, das entsteht, wenn der eine an der Reaktion des anderen spürt, dass sich etwas der Tiefe eines Abgrunds nähert und der Schauder über die Sprache die Oberhand gewinnt.

„Und wie ging's dann weiter…?", begann sich Julia mit vorgespiegelter Unbefangenheit einen Fluchtweg durch die aufgefangene Spannung zu bahnen, um Anas Aufmerksamkeit erneut auf ihr Gespräch zu lenken.

Mit überraschender Wachsamkeit nahm Ana den Faden wieder auf, die kalte Gewalt in sich versenkend, die sie, unvermutet wie ein Fausthieb, hervorgerufen hatte – das ganze Gewicht ihres Lebens. „Logischerweise fand die Vertreibung der hiesigen Bauern nicht auf die gleiche drastische Weise statt wie in den Baumwoll- und Kaffeeanbaugebieten. Sie verloren ihr Land durch den allmählich wachsenden Schuldenberg. Hinter jedem Fehlschlag, den sie erlebten, steckte natürlich wieder eine Absicht, denn das Agrarinstitut und die Interamerikanische Entwicklungsbank arbeiteten mit ihrer Kreditpolitik Hand in Hand. Es ereignete sich in jenen Jahren aber noch ein anderes Phänomen: auf dem nordamerikanischen Markt erhöhte sich die Nachfrage nach Fleisch, woraufhin die großen Viehzüchter immer mehr Weideland beanspruchten, mit dem Ergebnis, dass wir bald ähnliche Verhältnisse hatten, derentwegen die ersten Siedler hierher gezogen waren. Die damit einhergehende Proletarisierung der Kleinbauern setzte zudem die billige Arbeitskraft frei, die für die neuen, Gewinn versprechenden Unternehmungen dringend gebraucht wurde. Die Leute schufteten im Straßenbau, in den Holzfällercamps der *gringos* oder auf den großen *fincas*, wo die Fleischproduktion für den Export angekurbelt wurde. Das stell' sich mal einer vor!" rief Ana aus. „Wir haben hier für den nordamerikanischen Markt Hundefutter produziert, während unsere Bauern nicht genug zu Essen hatten!"

Der Alkohol hatte inzwischen seine belebende Wirkung entfaltet und Anas Redefluss war nicht mehr aufzuhalten. Beide vergaßen sie die Zeit zu messen. Am Rand der Dunkelheit, da, wo der Rest der Welt begann, hörten sie Regen fallen. Der Regen gehörte schon dem nächsten Tag an. Ana erzählte, dass die entstehenden Dörfer von Anfang an unter der Kontrolle der *guardia* standen; wie das Regime durch gewaltsamen Druck und ideologische Manipulation erreichte, dass sich viele Bauern, die meist Analphabeten waren, für die *guardia* rekrutieren ließen, während die *frente* ihrerseits mit waghalsigem Mut die Landbevölkerung für den Kampf gegen die Diktatur zu gewinnen suchte. Wie so oft kam dem repressiven Apparat bei seinem Tun die Religion zu Hilfe. „Die einfachen Menschen sind davon überzeugt, dass ihr Leben in Gottes Hand liegt und sie deshalb die bestehende Ordnung akzeptieren müssen, selbst wenn die Ungerechtigkeit offen zutage liegt", erklärte Ana. „Wer dem erpresserischen Druck nicht nachgab, war bei den Autoritäten schlecht angesehen, was sich wiederum negativ auf die Vergabe von Krediten auswirkte. Wer durch seine widerspenstige Haltung auffiel, geriet ins Visier der Militärs. Wen sie verdächtigten, einem Widerstandsnetz anzugehören, den ließen sie einfach verschwinden. Für unsereins klingt das merkwürdig, aber die Bauern, die sich gegen die *guerilla* stellten, handelten in dem Glauben, mit ihren Taten Gott zu verteidigen, die Linke dagegen symbolisierte in ihren Augen Gottlosigkeit. Deswegen konnten die somozistischen Schergen mit Unterstützung rechnen, wenn sie in der *montaña* ihre Säuberungsaktionen durchführten, um rebellische Bauern auszuheben."

Die Dunkelheit begann sich ein wenig zu lichten. Haustüren öffneten sich und schlossen sich wieder. Frauen huschten mit Schüsseln auf dem Kopf durch die aufklarende Nacht, um den Mais für die *tortillas* der ersten Mahlzeit zu den Maismühlen zu bringen. Ana versuchte hinter vorgehaltener Hand ein Gähnen zu unterdrücken, aber an Schlaf dachten sie beide nicht mehr und blieben sitzen.

„Auf dem Land gehen die Uhren anders", fuhr Ana fort, „zwischen Bauern und Großgrundbesitzern bestand traditionsgemäß ein Verhältnis besonderer Art. Wer als Tagelöhner auf der *hacienda* eines *don* XY arbeitete, dem erlaubte der Gutsherr ein Stück Land zu bewirtschaften, das dazu reichte, seiner Familie das Überleben zu sichern. Wenn dieses Abhängigkeitsverhältnis lange genug währte, bekam das Stück Land, das ihm der Großgrundbesitzer abgetreten hatte, im Bewusstsein dieses Landarbeiters den Charakter individuellen Eigentums. Da er vom Wohl und Wehe seines Herrn abhängig war, zollte er ihm dafür Treue und Ergebenheit und jeder Angriff auf seinen Gutsherrn kommt der Enteignung seinesgleichen gleich."

„Ich nehme an, du willst damit nicht sagen, dass die hiesigen Grundherren so was wie eine soziale Ader besaßen."

„Weiß Gott nicht! Das erklärt nur, warum sich in unserer Gegend viele Bauern gegen ihr armseliges Leben nicht auflehnten. Denn, was sie hatten, war schon mehr als zu erwarten war. Deshalb verspürten sie keinen Druck, die Landfrage radikal zu lösen, wie dies in anderen Landesteilen der Fall gewesen war."

„Man könnte den Eindruck gewinnen, dass es in der ganzen Provinz keinerlei Widerstand gegeben hat…"

„Nein, das nicht. Aber er blieb im Großen und Ganzen auf die urbanen Zonen und deren Umgebung beschränkt. Dort konnte man auf die Unterstützung von Sympathisanten zählen. Meine Familie und viele andere versteckten und pflegten verwundete *guerilleros* in ihren Häusern, halfen mit Medikamenten und Nahrungsmitteln oder dienten als Kuriere zwischen einzelnen kleinen Widerstandsgruppen, die versuchten mit bewaffneten Aktionen Anschluss an den allgemeinen Aufstand zu finden. Natürlich gab es auch Bauern in der *montaña*, die von ihrer Lage ein klares Bewusstsein hatten und bereit waren, sich unserem Kampf anzuschließen, aber sie waren in ihrer Umgebung zu ungeschützt, als dass sie an ihren Orten revolutionäre Organisationsstrukturen hätten aufbauen können. Deshalb sahen sie als einzigen Ausweg, sich den Guerillagruppen anzuschließen. Heutzutage sind sie bedeutende Aktivisten der FSLN und die führenden Köpfe in den landwirtschaftlichen Kooperativen und der Bauernorganisation."

Die Schleier des Frühnebels begannen sich zu heben, woraus ihre Gesichter in taghelle Klarheit auftauchten. Zu ihrer Überraschung stellten sie fest, dass es zu tagen begonnen hatte, ohne den Übergang bemerkt zu haben. Sie sahen zum Himmel auf, wo dunstverschleierte Morgenröte aufgezogen war.

„O ich muss sofort los!" rief Ana angesichts der vorgerückten Stunde erschrocken aus. Danach war ihr Aufbruch nur noch eine Angelegenheit von Minuten. Sie stürzte ins Haus, riss den Vorhang ihres Zimmers beiseite und machte sich ans Packen, während Julia in aller Hast noch schnell ein paar Dinge zusammensammelte, von denen sie annahm, dass sie Ana Freude bereiten könnten: ein Stück Honigseife, eine Flasche Schampoo, eine Gesichtscreme, die Inhalt eines Päckchens gewesen waren, das ihr kürzlich eine gute Freundin geschickt hatte.

„Hast du noch ein Handtuch für mich? Ach ja, und Zahnpasta …!" rief Ana durch die Bretterwand, die ihre Zimmer voneinander trennte.

„Alles, was du willst *compañera*!", rief Julia zurück, bemüht einen heiteren und unbefangenen Ton anzuschlagen. Sie wickelte alles in zwei Handtücher ein und trat aus ihrem Zimmer. „Hier." Sie hielt Ana das Bündel hin, die bereits in ihrer Uniform steckte und mit umgeschnallten Patronentaschen, die ihr vor der Brust hingen und aus denen die halbmondförmigen Magazine hervorlugten, vor ihr stand. Ana nahm das Bündel mit einem vieldeutigen Lächeln entgegen, von dem nicht zu erkennen war, was es ausdrückte, dann stopfte sie es ohne nachzusehen, was es enthielt, in ihren Rucksack. Sie schulterte ihre Maschinenpistole, das sie neben sich an die Wand gelehnt hatte, und löste die Verriegelung der Tür. Die halb geöffnete Tür in der Hand sagte sie: „Es ist so weit, *hermanita*, Zeit sich zu verabschieden. Wenn ich kann, wirst du von mir hören. Aber versprechen kann ich nichts!"

Julia wusste, wie sehr Ana Sentimentalitäten hasste, sich um den Hals zu fallen und womöglich noch Tränen zu vergießen, wonach Julia im Augenblick zumute war, wäre in diese Kategorie gefallen. Deshalb strich sie ihr nur in einer freundschaftlichen Geste über den Arm und sagte: „Pass' gut auf dich auf!"

„Das werde ich, und wenn ich zurückkomme, feiern wir ein wildes Fest!"

Julia verscheuchte den Gedanken, dass dieses *Wenn ich zurückkomme* auf zweierlei Art auszulegen war und sah Ana mit einem Gefühl aus tiefer Trauer und Verlassenheit nach, bis sie zwischen den ersten Häusern verschwunden war. Sie schloss die Tür.

# 14

In den Trubel des frühen Vormittags platzte unerwarteter Besuch. Beliebte Salsarythmen mischten sich unter die Geräusche der Arbeit: Scherengeklapper, Quietschlaute schwingender Pedale, das Taka-tak... Taka-tak...Taka-tak der Transporteure unter den Nähfüßen, auf- und ablebend das Surren der elektrischen Nähmaschinen, über allem die Stimmenvielfalt der Arbeiterinnen, die täglich wiederkehrende Handgriffe mit Geschichtenerzählen würzten. Niemand hatte den Fremden bemerkt und auch sein *Guten Morgen* blieb ungehört. Dabei war dieser Mann nichts minder als eine unauffällige Erscheinung. Das wuchernde Kraushaar, das sich wie eine verspätete Version des Afrolooks um seinen Kopf legte, wie er in den Siebzigern bei den Afroamerikanern in Mode war, verkleinerte sein Gesicht und verlieh ihm eine gerundete Form. Zwischen Haartracht und Gesicht bestand ein erhebliches Ungleichgewicht der Proportionen. Er hatte eine breite, flache Nase, deren Flügel sich von der etwas abgestumpften Spitze zurückschwangen zu sich beidseitig zu den Mundwinkeln herabziehenden Hautfalten, die den großen Mund auffällig hervortreten ließen. Die klaren Linien seines athletischen Körpers erlitten an der Stelle einen Bruch, wo sich über einen Ansatz von Bauchfett der Hemdstoff spannte. Zum Nimbus seines Haares und anstelle des Aktenköfferchens, das er unter die Achsel geschoben hatte, hätte man sich als passenderes Utensil ein tragbares Radio vorstellen können, aus dem der Reggae swingt. Im Halbdunkel der Ecke neben der Eingangstür, wo er stehen geblieben war, verwischten sich seine Gesichtszüge, lediglich der Bewegung der Augen war abzulesen, dass er das lebhafte Treiben in diesem, an einen Bienenstock erinnernden, summenden Lebensraum mit interessierter Aufmerksamkeit verfolgte. Vielleicht weil er sich unbeobachtet glaubte, verweilte sein Blick länger als anderswo auf Julia, die mit den *compañeras* am Zuschneidetisch die Planung des heutigen Tages durchging. Nach einer Weile trat er entschlossen auf einen der nächstliegenden Nähtische zu, wo das Mädchen Vidaluz gerade ein Hosenbein wendete und dabei fröhlich ein populäres Musikstück mitträllerte. Zwischen den beiden entspann sich ein kurzer Wortwechsel, woraufhin man unseren Mann in Noemís Büro eintreten sah.

Drinnen musste eine längere Unterredung stattgefunden haben, denn es war geraume Zeit vergangen, bevor er an der Noemis Seite wieder erschien, die ihn jetzt in der Werkstatt herumführte. Als sie in die Nähe von Julias Arbeitsplatz gerieten, stellte sein Blick scharf: „Was denn, eure Ausbilderin ist barfuß?" Noemi ließ einen flüchtigen Blick über den Fußboden gleiten und sah fragend in seine Irritation auf. Fast alle Frauen hatten ihre Sandalen abgestreift, teils aus Gewohnheit, teils weil die nackten Füße die Hitze erträglicher machten, und auch Julia hatte diese Gewohnheit angenommen. Sie stand an ihrem Arbeitstisch neben dem offenen Fenster, wo der Durchzug eingedickter Luft die nackte Haut ihrer Arme streifte, während sie auf einem Bogen Packpapier die Umrisse eines Ärmels zeichnete. Jetzt, da sie sich umdrehte, blickte sie dem Mann neben Noemi geradezu in das von einem voluminösen Ballon aus schwarzer Putzwolle umrahmte Gesicht, das sich ihr in unruhiger Widersprüchlichkeit präsentierte. Sie lächelte ihm spottlustig zu, innerlich darüber belustigt, dass unter der stattlich getragenen Perücke der Geist hergebrachter Vorstellungen nisten könnte, denn sie hatte ihn im Verdacht, dass mit dem Ausspruch über die Lappalie ihrer nackten Füße, den sie aufgefangen hatte, gemeint war: *mit ihrer Art sich gleichzumachen untergräbt die chela ihre Autorität!*

Noemí stellte ihn vor. „Samuel Hobson, Regionalsekretär des Kooperativenverbandes."

Sie gaben einander die Hand.

„Nicht schlecht, was Sie hier auf die Beine gestellt haben", sagte er, sich nach allen Seiten umblickend.

„Freut mich, dass es Ihnen gefällt, allerdings steht das Lob nicht mir alleine zu, jede der hier Anwesenden hat ihren Teil dazu beigetragen", erwiderte Julia mit einem Seitenblick auf Noemí, die ihre Bemerkung mit einem feinen Lächeln in den Mundwinkeln quittierte und sich unter dem Vorwand, dass viel Arbeit auf sie warte, entfernte.

„Wenn Sie hier fertig sind, würde ich Sie gerne zum Essen einladen", zog er wieder die Aufmerksamkeit auf sich, seinen Blick mit unendlichen Augen in den ihren versenkend. „Ich möchte mit Ihnen ein paar Dinge besprechen, die die Kooperative angehen. Wo überlasse ich Ihnen, ich kenn' mich hier nicht aus."

„Oh, das kommt ganz darauf an, was Sie ausgeben wollen. Wir haben hier ein paar ausgezeichnete Restaurants zu bieten, wo man vorzügliche Menüs bekommt", bemerkte Julia in amüsiert herausforderndem Ton, inzwischen darauf eingespielt, dass eine Unterhaltung mit Männern seines Schlages, die eine bestimmte Art mit Frauen haben, unvermeidlich den spielerischen Verlauf eines Flirts nahm. Es war der schalkhafte Umgang mit einer verbreiteten männlichen Attitüde, jeden Anlass dazu herzunehmen, sich zu versichern, dass man den Frauen gefiel, ob dem nun so war oder nicht. „Ich nehme an, Sie wohnen im ersten Hotel am Platz", witzelte sie weiter, „ich hab' da auch gewohnt, als ich hier angekommen bin..."

Er lachte sie an. Selbstgewiss. In dem basaltfarbenen Gesicht blinkten zwischen aufgeworfenen Lippen schneeweiße Schneidezähne wie Signalleuchten auf.

„Ja wirklich, äußerst komfortabel, wo man zur Benutzung der Toilette über den Hof gehen muss, die von einer nicht auszumachenden Anzahl von Leuten benutzt wird."

„Aber genau da gegenüber gibt es ein Restaurant. Das ist ganz passabel."


Gladis, die Wirtin, ließ es sich nicht nehmen, sie persönlich zu bedienen und servierte ihnen Flaschenbier. „Das geht aufs Haus", sagte sie, wobei sie Julia die Hand auf die Schulter legte und mit einem Augenzwinkern an Samuel gerichtet: „Seien Sie ja charmant zu unserer Julia, sie ist mit das Beste, was wir hier haben!"

Sein Mund verzog sich zu einem vielsagenden Lächeln. Nachdem er mit Gladis die Variationen ihrer Speisekarte durchgegangen war, bestellte er, was das Tagesgericht war – Reis, gekochtes Rindfleisch, Bohnen, wahlweise Kohlsalat oder frittierte Bananen. Die Entscheidung fiel auf die Bananen, was Julia zum Anlass nahm zu bemerken, dass die Zubereitung der Gerichte sehr schmackhaft sei, warum sie gerne in dieses Lokal komme.

Als Gladis gegangen war, beugte er sich zu ihr vor und sagte im Schutz der vorgehaltenen Hand, um von den beiden Trinkern am Nebentisch nicht gehört zu werden: „Wie halten Sie es hier nur aus! Kein fließendes Wasser, keine Kanalisation, von einem Kino ganz zu schweigen!"

Julia glaubte zu verstehen, was die Botschaft vermitteln sollte und zuckte die Schultern. „Ach, Sie meinen wohl, dass jemand wie ich so nicht leben sollte? Sie glauben gar nicht, mit wie wenig man auskommen kann..."

„Oho! Danke für die Belehrung, von alleine wäre ich nicht darauf gekommen!" Er schlug lachend mit der Faust auf den Tisch, wie jemand dem man gerade einen Witz mit einer vergnüglichen Pointe erzählte hatte.

Es hätte seiner theatralischen Einlage nicht bedurft, um schon im nächsten Augenblick sich der Peinlichkeit ihres Dahergeredes bewusst zu werden. Zu Recht musste er sie für eine blöde Gans halten, die sich etwas darauf einbildete, dass sie gerade ein bisschen Armeleuteleben spielte. Sie zappelte unter seinem Blick wie der Fang im Fischernetz, der genüsslich auskostete, dass sie über und über rot angelaufen war. In ihrer Not suchte sie fieberhaft nach einer Möglichkeit, die Situation zu retten. Mit zusammengepressten Lippen sagte sie kleinlaut: „Ich fürchte, ich hab' mich etwas unglücklich ausgedrückt ... ich meine, eigentlich wollte ich nur sagen, dass ich mich inzwischen an dieses Leben gewöhnt habe. Wieso auch nicht? Alle leben hier so."

Es entstand eine kleine Pause, die Samuel überbrückte, indem er ihr zuprostete: „*Salud!*" Sie stießen die Bierflaschen zusammen. Er schickte ihr ein nachsichtiges Lächeln über den Tisch, das seine schönen Zähne zeigte.

„Aber Sie wollten mit mir sicher über ganz andere Dinge sprechen", sagte Julia mit zurückkehrender Selbstsicherheit, da er den Eindruck erweckte, ihren unbedachten, verbalen Missgriff schon vergessen zu haben.

„So ist es, ich wollte Ihnen ankündigen, dass ich morgen ein Seminar abhalten werde. Es geht darum, den *socios* den Inhalt des Kooperativengesetzes zu vermitteln und ich möchte Sie bitten, die Teilnahme aller Kooperativenmitglieder sicherzustellen."

„Ach, das kommt aber gerade ziemlich ungelegen", wandte sie vorsichtig ein, darauf bedacht, weitere Fallstricke zu vermeiden. „Wir haben nämlich einen lukrativen Auftrag: Trikots für die hiesige Baseballmannschaft. Das Spiel ist am Sonntag."

„Tatsächlich?" Die Brauen seiner tiefen Stirn zogen sich für einen Moment zusammen. Dann sagte er: „Wir könnten einen Kompromiss aushandeln. Um einen kompletten Produktionsausfall zu vermeiden, könnten wir die Gruppe teilen. Aber auf der Durchführung des Seminars muss ich leider bestehen, denn die Kenntnis dieses Regelwerks ist für alle Kooperativen bindend, wenn sie von uns gefördert werden wollen. Und das wollen Sie doch, oder? Wie mir Ihre Präsidentin erklärt hat, arbeiten Sie bereits nach diesem Modell…"

„Sonst hätten wir keine Stoffzuteilungen erhalten." streute Julia ein und nestelte aus ihrem Zigarettenpäckchen eine Zigarette.

Er griff nach ihrem Feuerzeug und hielt ihr die Flamme hin. „Leider begegnet man immer wieder Leuten, die derartige Regeln als Bevormundung auslegen. Ganz zu schweigen von den Apologeten des Privateigentums, die – natürlich aus taktischem Kalkül – die Effizienz einer Produktionsweise anzweifeln, die nicht auf Ausbeutung beruht. Von kapitalistischen Denkmustern her betrachtet, mögen sie damit sogar Recht haben, aber für uns kein Grund, uns davon beeindrucken zu lassen. Schließlich sind wir nicht angetreten, um alles beim Alten zu belassen, auch wenn wir wissen, dass wir es schwer haben, mit unseren Ideen im globalen Raubtierkapitalismus zu bestehen."

Julia zeigte die Reaktion, die von ihr zu erwarten war und nickte zustimmend.

„Aber mal davon abgesehen – was bietet sich an Alternativen? Investoren ins Land holen? Handelsschranken fallen lassen? Unsere arbeitsfähige Bevölkerung den transnationalen Aasgeiern ausliefern, die solche Hungerlöhne zahlen, dass sie nicht mal nach einem zwölfstündigen Arbeitstag zum

Überleben reichen?" Er schüttelte energisch den Kopf wie um einen Einwand abzuwehren. „Sehen wir uns mal um in dem Land, das wir am 19. Juli geerbt haben! Ausgeplündert von einem Wirtschaftssystem, das ausschließlich den Interessen einer in- und ausländischen Minderheit diente, die nichts für seine Entwicklung unternommen hat. Wir finden uns in einer Art vorindustriellem Agrarland wieder, Ochsenpflüge statt Traktoren, Körpereinsatz statt Maschinen und wo es ehemals Industrie gegeben hat, liegt die weitestgehend am Boden! Vorerst bleibt uns also nichts weiter übrig, als mehr schlecht als recht davon zu leben, was Kaffee, Zucker, Baumwolle, unsere wertvollen Edelhölzer auf dem Weltmarkt einbringen. Und es schmerzt gewaltig zu sehen, wie all diese Reichtümer unser Land zu Schleuderpreisen verlassen." Eine Bewegung der linken Hand machte eine wegwerfende Geste. Er sah sie mit starr ausgerichtetem Blick an, als wohnte ihm die geheime Fähigkeit Metall zu biegen inne. „Wenn ich eine wichtige Lehre, wenn nicht überhaupt die wichtigste, aus unserer Geschichte gezogen habe, dann ist es die: Profitgier ist niemals zu befriedigen. Das ist wie eine unheilbare Krankheit. Profitgier hat unser Land zugrunde gerichtet. Und die Meute der Privatunternehmer, die heute so lauthals schreit, wir bedrohten das freie Unternehmertum, nur weil wir uns zum Ziel gesetzt haben, dass unsere Leute ein wenig besser leben, die kann kein Zugeständnis zufrieden stellen in ihrem Bestreben, wieder die unumschränkten Herren zu werden. Die gegangen sind, haben uns nichts als Schulden hinterlassen, die geblieben sind, verlangen für ihre Pflicht zu produzieren als Gegenleistung politische Konzessionen. Sie stecken die Vergünstigungen ein, die wir ihnen bieten, und bereichern sich weiter auf unsere Kosten. Insgeheim begrüßen diese Herrschaften die Wirtschaftsblockade, diese Schlinge, die uns die *yanquis* um den Hals gelegt haben, weil sie hoffen, dass uns früher oder später die Luft ausgeht."

Aus Befangenheit wandte sich Julia dem rosa Flecken auf der Innenseite ihrer rechten Handfläche zu, der von Zeit zu Zeit auftauchte und wieder verschwand. Sie erinnerte sich daran, dass auch die deutsche Regierung Verträge gebrochen und die Entwicklungshilfe für Nicaragua eingestellt hatte, und es erschien ihr von hier aus zweifelhaft, dass die Solidaritätsbewegung kraftvoll genug sein würde, ihre Forderung nach Auszahlung dieser Gelder durchzusetzen.

„In diesem Land ist alles falsch gelaufen", sagte Samuel, „und wir müssen daran glauben, dass wir das ändern können." Er hielt Messer und Gabel aufgerichtet in den Fäusten. „Von den Vietnamesen hat auch lange Zeit niemand geglaubt, dass sie auf Dauer den *yanquis* widerstehen könnten. Und sie haben's geschafft! Sie haben's geschafft, trotz Napalm, Luftüberlegenheit, verbrannter Erde. Ein mörderischer Kampf ohne Frage, aber sie haben diese alles zermalmende Kriegsmaschinerie besiegt!" Sein Gesicht bekam einen abwesenden Ausdruck. In seinem Kopf echote für eine Weile der berauschende Freiheitstaumel des jubilierenden eigenen Volkes, nachdem es die Nachricht von der Unumkehrbarkeit des Sieges erreicht hatte. Wie an letzten Traumfäden hängend riss er sich los und tauchte etwas zerstreut wieder auf: „*Carajo!* Das Leben ist wahrhaftig kein Gedicht! Das heißt, nur manchmal… – Aber jetzt sind wir ganz vom eigentlichen Thema abgekommen…"

„Ja, die Kooperativen." sagte Julia ernst. Sie hielt die Hand über den Aschenbecher und streifte die Asche ab.

„Was das angeht bin ich Visionär. Die Kooperativen sind eine Chance, die Arbeit auf demokratische und menschenwürdige Art und Weise zu organisieren. Niemand bestimmt da über die Köpfe der Arbeitenden hinweg und es herrscht Gütergemeinschaft." Er setzte die Flasche ab, aus der er ein paar tiefe Schlucke genommen hatte, und sah Julia in die meergrünen Augen. „Allerdings bin ich ein strenger Visionär. In meinen kühnsten Träumen kann ich mir so allerhand vorstellen, zum Beispiel dass die Kooperativen zur Verbesserung unserer Wirtschaft beitragen könnten, was jedoch zur Voraussetzung hätte, dass sie sich zu einem gewichtigen Wirtschaftsfaktor entwickeln."

„Was ich so erlebe, sieht man sich da so einigen Vorurteilen gegenüber", sagte Julia. Sie drückte die Zigarette aus und streckte die Zunge ein wenig vor, um die Tabakstückchen darauf zu entfernen. „Es gibt Leute, die meinen, dass in den Kooperativen nur Schlendrian herrscht, dass die Leute nicht vernünftig arbeiten, weil es nicht ihr Eigenes ist und so weiter..."

„Argumente, die nicht ohne weiteres von der Hand zu weisen sind. Es hilft nichts, die Augen davor zu verschließen. In bestimmten Fällen trifft das sogar zu. Wenn ich über so manche unserer Probleme nachdenke, kommt mir manchmal der Gedanke, dass es den Neigungen der Menschen eher entspricht, sich unter einem *patrón* zu ducken und ihm die Verantwortung für alles zu überlassen, als mit der gewonnenen Freiheit das eigene Leben in die Hand zu nehmen. – Freiheit ist ein Zustand, den man fühlen muss – hier verstehst du?" Wie selbstverständlich war er ins *Du* übergewechselt, sich mit der rechten Hand in der Höhe des Herzens gegen die Brust klopfend.

„Gehst du mit deinen Landsleuten da nicht etwas zu hart ins Gericht?" nahm Julia die Einladung mit dem Kräuseln eines Lächelns an. Es war ein kameradschaftliches Lächeln. „Vielleicht muss man ihnen nur Zeit lassen, Zeit, sich in den neuen Verhältnissen zurechtzufinden."

„Mag sein", seine Schultern hoben sich und fielen, „aber erzähl' mir nicht, dass es nicht auch in eurer Kooperative Leute gibt, die so arbeiten, als wäre es nicht für sie selbst oder solche, die nur auf ihren eigenen Vorteil aus sind. Ich würde es nicht glauben." Er lehnte sich im Stuhl zurück, um dem Mädchen, das sie bediente, Platz für die Teller zu machen und bestellte noch Bier.

Julia fühlte plötzlich die Notwendigkeit, für ihre *compañeras* eine Lanze zu brechen. Sie berichtete, während sie aßen, von dem zähen Kampf, den die Frauen gegen die Vorbehalte ihrer Männer auszufechten hatten, da sich diese durch die gewonnene Eigenständigkeit ihrer Ehefrauen in ihrer patriarchalen Rolle bedroht fühlten, von Fällen, wo sie sich diesem teils verbissenen, teils gewalttätig geführten Kampf nicht gewachsen fühlten und aufgegeben hatten. Sie sprach von ihrer Beobachtung, wie in dem Maße, wie das Hineinwachsen in die neuen Aufgaben gelang, bei den Frauen ein neues Selbstbewusstsein sich herauszubilden begann, dabei ihren eigenen Handlungen noch ungläubig gegenüber stehend und gleichzeitig davon überrascht, dass sie etwas taten, was bis vor kurzem unvorstellbar gewesen war – sie leiteten ihren eigenen Betrieb! Zur Regelung ihrer geschäftlichen Angelegenheiten traten sie zwangsläufig ins Licht der Öffentlichkeit und es war ihnen anzusehen, wie ihr Selbstvertrauen Tag um Tag ein Stückchen weiter wuchs. Vielleicht zum ersten Mal in ihrem Leben fühlten sie so etwas wie Stolz. Während sie so sprach beobachtete sie aufmerksam seine Reaktionen und verstand, dass ihr Bericht für ihn, der erfolgreiches Wirtschaften nicht an weiblicher Detailverliebtheit maß, sondern den Fokus auf globale Zusammenhänge richtete, der Art nach nur von untergeordnetem Interesse war. Es reizte sie, ihn ein wenig zu provozieren: „Was du über die Freiheit gesagt hast, ist falsch. Falsch, wenn die Rede von Frauen ist. Denn *sie* fühlen die Freiheit sehr wohl!"

„Alles schön und gut – Frauen, eigener Betrieb und so weiter" brummte Samuel mit einem Anflug von Missvergnügen, das aber sogleich wieder aus seinem Gesicht verschwand. Er schluckte den letzten Bissen hinunter und ließ das Besteck auf den Plastikteller fallen. „Das Dumme ist nur, romantische Vorstellungen bringen uns nicht weiter, alles nutzlose Träumereien, solange sich die Produktivität und die Qualität der Produkte nicht erhöht…"

„Aber führt nicht ihr Revolutionäre bei jeder Gelegenheit das Wort vom neuen Menschen im Mund?" unterbrach sie ihn. „Hier ist er dabei zu entstehen", beharrte sie, einem plötzlich in ihr rumorenden Drang nach Auflehnung folgend, „oder ist der neue Mensch wiederum nur ein *Er*?"

Samuel machte keine Anstalten, sich von der *chela* provozieren zu lassen und fuhr unbeirrt in seiner Rede fort: „Soll ich dir mal was verraten? Es gibt Kooperativen, deren Produktqualität so miserabel ist, dass nur ein Teil davon verkauft werden kann, weil sich für den Rest keine Abnehmer finden würden! Wie können wir unter solchen Umständen darauf hoffen, dass sich unser Lebensstandard jemals erhöht?"

Julia fühlte, wie ihr zum zweiten Mal an diesem Abend das Blut in den Kopf schoss. Sie hoffte, dass Samuel von dieser Anwandlung nichts bemerkte. Einerseits gefiel ihr seine rückhaltlose Offenheit, mit der er sie ins Vertrauen zog, andererseits hätte sie zugeben müssen, dass ihr die Missstände, die hier so ungeschönt vorgetragen wurden, aus der eigenen Praxis durchaus bekannt waren. Aber das behielt sie für sich.

Unterdessen redete Samuel unablässig weiter: „Verschwendung können wir uns nicht leisten! Unsere wertvollen Ressourcen verschleudern! Güter zum Fenster rauswerfen, die wir gegen Devisen teuer einführen müssen! Die Kooperativen profitieren von staatlicher Unterstützung, ihren Materialbedarf beziehen sie zu Vorzugspreisen, das sind Kosten, die der Staatshaushalt trägt! Müssten sie sich diese Mittel auf dem freien Markt beschaffen, könnten viele gar nicht überleben." Er schüttelte wieder und wieder den umfangreichen Globus seiner Haare, der an den kugelförmig geschnittenen Buchsbaum barocker Gartenkunst erinnerte und sein Gesicht zu einer Nebensache machte. „Wenn wir nicht ewig vom Export abhängig bleiben wollen, um für den Erlös teure Fertigwaren einzuführen, müssen wir deren Herstellung selber übernehmen – in je mehr Bereichen uns das gelingt, umso unabhängiger werden wir sein. Aber was nützt uns das, wenn die Leute weiter Importprodukte bevorzugen, weil die Qualität unserer eigenen Waren nicht mithalten kann?"

„Man muss ihnen Hilfestellung geben", sagte Julia, das Gesicht in die Handschalen legend.

„Genau das ist meine Aufgabe! Zum Teil haben sich die Leute ihr Handwerk selbst beigebracht, aus der Not, irgendwie zu überleben. In anderen Fällen wurde es über die Generationen vererbt, es ging vom Großvater auf den Vater und vom Vater auf den Sohn über, ganz wie in vormodernen Zeiten. Das heißt, wenn wir dem Kooperativenwesen eine Zukunft geben wollen, müssen wir die Leute vernünftig ausbilden. Aber das brauch' ich dir ja nicht zu sagen." Er machte eine kurze Gedankenpause. „Wie steht's übrigens bei euch mit der Wirtschaftlichkeit?"

„Na ja, wir haben für die letzte Stofflieferung zum ersten Mal einen Kredit aufnehmen müssen. Wie es im Moment aussieht, können wir den nur zur Hälfte zurückbezahlen. Wir haben schon mit dem Bankdirektor gesprochen, der meinte, dass eventuell die Möglichkeit bestünde, uns den Kredit zu stunden oder uns die Zinsen zu erlassen..."

„Und weiter? Was sind die Gründe dafür?"

„Die Sache ist, wir produzieren hier für die Landbevölkerung. Unsere Kunden sind Einzelpersonen, dann die kleinen Ladenbesitzer aus den umliegenden Dörfern, und ein Teil geht an die Landkooperativen. Letztere sind in den vergangenen Monaten durch eine Vielzahl von Faktoren unter Druck geraten: Überfälle, Verwüstungen, damit einhergehende Produktionsausfälle...die Kooperativen stehen auf der Liste der *contra* ganz oben." Überflüssig, jemandem wie ihm zu erklären, dass die Hundertmillionen-Dollar-Militärhilfe, die vor kurzem den US-Senat passiert hatte, mit der Zunahme solcher Aktionen ihre unmittelbare Wirkung zeigte. „Was also machen mit Leuten, die um alles gebracht wurden? – Von den schrecklichen Erlebnissen ganz abgesehen. In dieser Situation haben wir mit den betroffenen Kooperativen eine Vereinbarung getroffen: wir tauschen Bananen, Reis oder Bohnen, je nachdem, gegen Kleidung. Das ist zwar kein Verlust im eigentlichen Sinne, aber diese Einnahmen – ich meine in Geldform – fehlen uns jetzt, um den Kredit zu bedienen."

Er rollte übertrieben die Augen in hellhörigem Alarm. „Du lieber Himmel, sind wir etwa wieder beim Naturalientausch angekommen?" rief er aus.

Julia machte eine hilflose Gebärde und zog die Schultern in Richtung der Ohren.

„Aber mal davon abgesehen", gab er sich sogleich versöhnlicher, „ich glaube, diese Vereinbarung ist nicht die einzige Erklärung für euer Problem..."

„Nein, bei weitem nicht, ein weiteres ist die galoppierende Inflation. Was wir an Materialen einkaufen müssen, wird mit jedem Produktionszyklus teurer. Wir bemühen uns, die Preise stabil zu halten, können aber andererseits die Löhne nicht senken..."

Er nickte verständnisvoll. „Viel Spielraum habt ihr da allerdings nicht: entweder die Löhne senken oder die Preise erhöhen."

„Sieht so aus, aber die Preise müssen in einem realistischen Verhältnis zu dem stehen, was die Leute hier zur Verfügung haben." Sie blies die Backen auf und seufzte auf: „So langsam beginne ich zu begreifen, was eine Kriegswirtschaft ist! Alles steht auf tönernen Füßen."

Samuel hatte die Handflächen auf die Tischplatte gelegt und trommelte, einen Moment lang schweigend, mit den Fingern den Takt einer Hintergrundmusik mit.

„Mir kommt da gerade so ein Gedanke – wir könnten jemanden wie dich gut gebrauchen", sagte er plötzlich. „Du wärst die geeignete Person für uns. Es gibt in der Provinz viele Kooperativen, kleiner zwar, aber ähnlich wie eure, denen es an allen Ecken und Enden an qualifizierter Unterstützung mangelt. Mal ehrlich, hättest du nicht Lust in eine neue Aufgabe einzusteigen? Du könntest in der Stadt leben, anstatt…" Er lächelte ein schelmenhaftes Lächeln. "…morgens unter einer Dusche mit fließendem Wasser stehen."

Julia von diesem spontanen Angebot überrascht, das sie nicht ernst zu nehmen beschloss, sah ihn mit schief gelegtem Kopf an: „Mal abgesehen davon, dass es wahrscheinlich nicht in deiner Macht steht, irgendwelche Posten zu verteilen…"

„Keine Sorge, das ließe sich regeln, ich brauche nur…"

„Wenn es auch in deinen Schädel nicht rein will, ich fühl' mich hier am richtigen Platz", fiel sie ihm ungewollt heftig ins Wort. Zu vorgerückter Zeit und nachdem er noch eine dritte Runde bestellt hatte, öffneten sich die Grenzen der Vertraulichkeit, ohne abzuwägen kullerten ihr die Worte aus dem Mund.

„Was hält dich denn hier? Etwa ein vielversprechender Verehrer?

„Red' keinen Unsinn! Was mich hier hält, das hast du doch gesehen!"

„Schon, aber was ich gesehen habe, laufen die Dinge im Großen und Ganzen doch nicht schlecht. Wenn du einmal im Monat für ein paar Tage kommst…"

„Das täuscht. Aber ich möchte dich nicht damit langweilen, dir die Litanei unserer Schwierigkeiten aufzuzählen. Und außerdem, Annehmlichkeiten hin oder her, was soll ich in der Stadt? Ich fühl' mich mit dem Dorf

hier verbunden, ich hab' hier viele gute Freunde gefunden und dann..."
Mitten im Satz hielt sie inne. Sie spürte wie ihr Herzschlag ins Stolpern kam, da sie an Ana denken musste. Über ihre Kontakte hatte sie in Erfahrung bringen können, dass Ana wohlauf war, aber von Raúl gab es nicht das geringste Lebenszeichen! Sie starrte vor sich hin, ihre Augen brannten schwarze Löcher in das Blumenmuster der Wachstuchdecke auf dem Tisch. Und nun brachen gleichsam Erinnerungsblitze durch ihre Gedanken – unablässig fallender Regen, Feuchte und Modrigkeit sättigten die Luft in der Hütte, zu der man sie neulich gerufen hatte, um auf Wunsch der Familie ein letztes Erinnerungsfoto des gefallenen Sohnes zu machen. Im Innern der Hütte, um den Aufgebahrten versammelt, um Fassung ringende Menschen, die Mutter hatte sich über den Körper ihres Kindes geworfen und weinte haltlos – ihr endloser Aufschrei und der trommelnde Regen auf dem Blechdach waren eins. Den Brustkorb des Toten umgab eine Art Bandage aus Metall, augenscheinlich dazu gedacht, den von Granatsplittern durchsiebten Oberkörper für die Totenwache stabil zu halten. Sie hatte keine Ahnung, wer diese Leute waren noch kannte sie den Jungen, der sie um diesen Dienst gebeten hatte. Beim Hinausgehen traf sie ihn wieder. „Sag' ihnen, dass ich die Fotos bringe, sobald sie entwickelt sind." Er nickte nur mit einem herzzerreißend traurigen Blick, der sie jetzt, da sie sich seiner erinnerte, innerlich zusammenschrecken ließ, als hätte sich in diesem Blick das beiläufige Gesicht des Schicksals gezeigt. – Der Alkohol! half sie sich aus ihrer Verwirrung und es gelangen ihr ein paar tiefe Atemzüge. Nicht der geeignete Moment, sich gehen zu lassen.

„Und dann...? Du wolltest noch etwas sagen", bohrte Samuel unbekümmert weiter, doch seine Stimme schlug wie aus weiter Ferne an ihr Ohr,.

„Ach nichts, es ist nur ... wenn ich ginge, hätte ich das Gefühl, mich feige aus dem Staub zu machen", sagte sie den Blick hebend.

„Wir könnten es auch umgekehrt machen", ließ er nicht locker. „Du kommst einmal im Monat zu uns und dann..."

„Das geht nicht. Wie dir bekannt sein dürfte, haben wir hier ein Sicherheitsproblem. Ich bewege mich hier nur weg, wenn es unbedingt notwendig ist, denn auch wir Internationalisten geben ein beliebtes Anschlagsziel ab."

„Denk' einfach noch mal drüber nach", sagte er jetzt ohne weiteren Nachdruck. „Ich kann mir jedenfalls nicht vorstellen, dass du den Rest deiner Tage in diesem Nest verbringen willst."

Julia zog die Lippen ein und schwieg.

Den Rest meiner Tage! Je länger sie hier lebte, bildete sich das Gefühl heraus, dass ihr Leben an Beständigkeit verlor. Hier lebte man von Augenblick zu Augenblick, die Vorstellung von dem, was morgen oder in naher Zukunft sein würde, beschränkte sich auf die Voraussehbarkeit der Akte des alltäglichen Lebens. Vielleicht war es das Sterben um sie herum, das alle auf Entferntes gerichteten Vorausblicke vor einer Nebelwand enden ließ und ihr den Gedanken eingab, ihr Leben würde mehr und mehr vom Zufall bestimmt. Sie schob das Thema von sich wie man eine Tür hinter sich schließt. Um Samuel auf eine andere Fährte zu locken, änderte sie die Richtung: „Sag mal, woher kommst du eigentlich? Wenn ich raten sollte, würde ich auf Karibikküste tippen."

„Bluefields." gab er bereitwillig Auskunft. „Unsere Vorfahren sind bekanntlich mit einem Eisenring um den Hals aus Afrika gekommen und, wie die Historiker Auskunft geben, auf Jamaica gelandet. Nur, die afrikanischen Arbeitstiere der englischen Krone waren besonders rebellisch, ein Sklavenaufstand folgte dem nächsten und so sind sie vor der Verfolgung durch die Sklavenhalter an die hiesige Küste geflohen. – Seitdem sind uns Freiheitsdrang und Rebellentum ins Blut gegeben, die Geschichte als Erfahrung unserer Väter hat im Labyrinth unserer Seele überlebt. An den Ort meiner Geburt hab' ich allerdings so gut wie keine Erinnerung mehr. Als wir aus Bluefields weggegangen sind, hab ich noch in den Windeln gelegen."

„Wieso seid ihr weggegangen?"

„Das war, nachdem mein Vater gestorben ist, danach wollte meine Mutter nicht mehr bleiben."

Julia hob die Augenbrauen, überrascht, dass er sie auf so direkte Art in sein Leben einführte, und begann aus Verlegenheit eine Haarsträhne zu zwirbeln.

„Dazu muss man wissen, mein Vater war Langustenfischer. Das heißt, er hat für eine der an der Küste ansässigen Firmen nach dem Gold des Meeres getaucht. So nennt man das, der Langustenfang ist ein glänzendes Geschäft mit hohen Profiten. Die Arbeit versprach gutes Geld – oder sagen wir besser, was jemandem, der in Armut lebt, als gutes Geld erscheint –, aber ebenso gut konnte sie das plötzliche Ende bedeuten." Seine Züge waren plötzlich wie versteinert, als habe er gerade einen Schlag ins Gesicht erhalten. „Stell' dir vor, die Bosse schicken die Männer ohne jede Kenntnis der Gefahren und mit völlig unzureichender Ausrüstung da runter, deshalb wird jeder Tauchgang zu einem lebensgefährlichen Unternehmen. Wie lange der Luftvorrat in den Sauerstoffflaschen reicht, wissen sie nicht, ebenso wenig können sie die Tiefe einschätzen. Tiefenmesser Fehlanzeige. Die Männer tauchen in einer Tiefe von mehr als Hundert Fuß und wenn dann die Sauerstoffzufuhr ausbleibt, tauchen sie in ihrer Panik zu schnell auf. Das hat bei meinem Vater zum unmittelbaren Herzstillstand geführt. Von Tauchtechniken hatte er ja nie etwas gehört, er war ohne jede Ahnung, was bei Tauchgängen in solcher Tiefe zu beachten ist." Samuel blitzte sie an, auf dem Hintergrund seiner tintenschwarzen Pupillen loderte die Wut. „Die Unglücksraben, die einen solchen Unfall überleben, bleiben ihr Leben lang Invaliden und aus ist es! Entschädigung? Vergiss' es! Meine Mutter hat mir erzählt, dass sie ihr nicht mal die Langusten bezahlt haben, die mein Vater bei sich hatte." Er atmete tief durch, setzte die Bierflasche an den Mund und stellte sie geräuschvoll wieder ab. „Danach sind wir nach Rama gezogen, vielleicht, weil meiner Mutter das Leben in einer Hafenstadt vertraut war, vielleicht weil sie dachte, dass in einem Städtchen an einem befahrenen Wasserweg leichter Geld zu verdienen sei. Zu der Zeit gab es da regen Handel, gehandelt wurde mit so ziemlich allem, was man sich vorstellen kann, und jede Menge Wanderarbeiter, die von den ausländischen Holz- und Kautschukgesellschaften angezogen wurden. Jedenfalls war es ihr gelungen, eine kleine Bar aufzumachen, wie sich denken lässt, fehlt es an so einem Ort an Trinkern nie."

„Und? Hast du noch Geschwister?"

„Neugierig bist du gar nicht, was? Fragst du jeden so aus? Oder genieße ich den Vorzug eines besonderen Interesses?"

Julia reckte das Kinn und schob die Lippen vor, bemüht, einen unbeteiligten Ausdruck auf ihrem Gesicht erscheinen zu lassen, eine Mitteilung, dass er sich in dieser Hinsicht keine Hoffnungen zu machen brauchte. „Mich interessieren Geschichten, weiter nichts", sagte sie.

„Geschichten, wie das Leben so spielt?" Samuel hob ein wenig das untere Lid des linken Auges und zwinkerte ihr zu.

Ihr Kopf nickte: „Wenn du so willst…"

Er lehnte sich in seinem Stuhl zurück und richtete sich sofort wieder auf. „Also ja, ich hab' noch Geschwister, wir sind sechs. Mit ihren Männern hatte meine Mutter allerdings weniger Glück, alles Taugenichtse sagt sie immer. Von meinem Vater spricht sie dagegen mit Respekt, als dem einzigen ihrer Männer, der ihr treu gewesen sei. Wahrscheinlich ist der Gute zu früh gestorben, um sie zu enttäuschen." Samuel machte eine Kopfbewegung, als nickte er sich selbst zu. „Mein braves Mütterchen – trotz allem hat sie es irgendwie geschafft, dass ich eine weiterführende Schule besuchen konnte. Da begannen dann irgendwann die Schülerproteste, wir hörten *Radio Sandino*, was natürlich illegal war, und es kamen Studenten aus der Stadt, die uns darüber aufklärten, wie es in unserem Land zuging. Zu der Zeit herrschte in unserem Städtchen nämlich relative Ruhe, die wenigen Nationalgardisten lungerten meistens besoffen herum und machten allenfalls bei gelegentlichen Schlägereien von sich reden, während die meisten Leute sich um sich selbst kümmerten. Alles änderte sich als ich nach León kam, wo ich nach dem Willen meiner Mutter studieren sollte. Lange währte dieses Studentenleben allerdings nicht. Wie konnte man es fertig bringen, sich in einen Hörsaal zu verkrümeln, während draußen in den Straßen der Kampf tobte? Flugzeuge überflogen die Stadt und bombardierten die Wohnviertel. Überall Barrikaden, Leute, zu allem entschlossen, kämpften von Haus zu Haus, von Straße zu Straße ohne viel Schutz gegen Panzer und Maschinengewehre, mit allem, was sie zur Verfügung hatten. Gebt der *guardia* eins in die Eier! Wer kein Gewehr hat, kämpft mit Knüppeln, mit Macheten oder mit Steinen. In León befehligte damals die Guerillachefin Claudia, von der wir heute wissen, dass es unsere *comandante* Dora María Tellez war, eine bunt zusammen gewürfelte Truppe. Das war eine bunte Mischung aus unterschiedlichsten Leuten: Studenten, *guerilleros*, jugendliche Straßenkämpfer, sogar ältere Frauen aus den Armenvierteln. Und so darf ich in aller Bescheidenheit von mir behaupten, dass auch meine Wenigkeit an der Befreiung der Stadt von er Tyrannei ihren Anteil hatte." Ein Seufzer gespielten Mitleids entwich ihm. „Meine liebe Mutter hat sich unter dem Ergebnis ihrer Bemühungen wahrscheinlich etwas anderes vorgestellt. Im Stillen ist sie vielleicht sogar ein wenig enttäuscht. In ihren Träumen würde sie mich wohl lieber auf einem angesehenen Posten in irgendeinem Ministerium sitzen sehen." Er grinste verschmitzt. „Aber ich mische mich lieber unters Volk!"

„Aufschneider!" sagte Julia lachend.

Eine Kassette war gestoppt und keine weitere eingelegt worden. Ihr Tisch war der einzige, der noch besetzt war. Sie hatten nicht bemerkt, dass sich das Lokal geleert hatte.

„Ich glaub', es wird jetzt Zeit", drängte Julia und sah zu Gladis hinüber, die hinter ihrem Tresen stand und unter gelegentlichem Gähnen in irgendwelchen Zetteln wühlte. Im hinteren Raum und im Küchenbereich waren bereits die Lichter gelöscht. „Tu' mir den Gefallen und geh' bezahlen, wir halten hier die Leute vom Schlaf ab!"

Er gehorchte und sie gingen ein wenig vom Bier berauscht auf die Straße hinaus. Gladis rief ihnen durch das vergitterte Fenster noch ein *Gute Nacht* hinterher.

Sie blieben voreinander stehen, abwartend, wie Protagonisten in einem Stück, wo nach einem abrupten Szenenwechsel keiner weiß wie es weiter geht, weil die Regieanweisung fehlt.

„Sollte ich dich nicht besser begleiten?" fragte Samuel endlich nach einer langen Weile. Er klang aufrichtig besorgt.

„Nein, nein! Mach' dir keine Gedanken, ich hab es nicht weit", wehrte sie sofort entschieden ab. Die Schärfe in ihrer Stimme ließ den Ansatz eines Widerspruchs auf seiner Zunge umgehend splittern.

„Na dann..." Er streckte ihr die Hand hin, die sie kurz betrachtete und dann drückte.

Sie verabschiedeten sich wie gute Freunde.


Julia schritt über das offene Gelände der Piste durch die sternenklare Nacht. Von einem Ende zum anderen der Schwung des Himmels, wohin das menschliche Auge reichen konnte blendende Sternhaufen, der halbe Mond im Zenit leuchtete stark und froh. Sie blieb stehen und legt den Kopf zurück, ihr Gesicht beschienen von den Galaxien der Nachtwelt. Eine Sternschnuppe schießt quer über den Himmel – Geburtshelferin offener Wünsche! Ihr leuchtender Schweif gab ihr blitzhaft den Gedanken ein, dass Raúl an seinem Ort sie ebenfalls gesehen haben könnte. Genau in diesem Augenblick. Mit ihr gemeinsam. Heiliger Bimbam! Jetzt stürzte sich ihre unkontrollierbare Sehnsucht schon auf den Aberglauben! Aber besagte dieser nicht, dass Wünsche nur in Erfüllung gehen, wenn man eine Sternschuppe als einziger sieht?

Ich bin betrunken!

Sie setzte die Füße fest auf den Boden auf und nahm ihren Weg wieder auf.

# 15

Es klang nach einer wilden Jagd. Helle Kinderstimmen, die sich überschlugen, Anfeuerungsrufe und Gejohle. Ein Schwarm Papageien durchkreuzte kreischend die Lüfte. Ein kleiner Trupp unter Pablos Führung pirscht sich durch einen Streifen Brachland zwischen den Gärten. Mit Steinschleudern aus Wachstuchbändern bewaffnet zielen sie auf Papageien im Flug. Getroffen! Aus stahlblauer Höhe fiel der Vogel, senkrecht wie ein Stein, ins niedrige Gesträuch. Einer der Jungen tauchte hinein und hielt kurze Zeit später seine Trophäe an den Schwanzfedern in die Höhe. Von einem Ohr zum anderen ein breites Grinsen, auf der geschwellten, nackten Kinderbrust traten die Rippenbögen hervor. Bin ich nicht ein Sieger? Hurrageschrei der anderen. Getötet zu haben, erbrachte den Beweis ein Mann zu sein, wenngleich sich die Keimzelle instinktiver, ein bisschen auch überlegter Grausamkeit in dem zwerghaften Triumphator einstweilen noch im Entwicklungsstadium befand. Der Kopf des Vogels baumelte traurig hin und her, die Flügel hatten sich wie ein Fächer geöffnet, das sonnendurchschossene Gefieder leuchtete Grün und Blau und auf der Brust war ein Blutfleck zu sehen.

Von dem Tumult angezogen war Julia auf die Schwelle der Verandatür getreten. „Verfluchte Lausebengels, was fällt euch ein!" schrie sie außer sich vor Wut, als sie des erlegten Vogels ansichtig wurde. „Hört sofort auf damit! Könnt ihr mir verraten, was euch diese arme Kreatur getan hat? Ihr Rohlinge!"

Die Kinder wandten die Köpfe und sahen einander wie Goldfische an. Ein Papagei. Was war denn schon dabei, unter Tausenden von Papageien einen zu töten?

Julia wollte gerade zu einer neuen Schimpfkanonade ansetzen, als Juana unverhofft im Garten auftauchte. Zu voller Größe aufgerichtet stand sie da, Zornesfalten verunstalteten ihre welkende Schönheit. Julia nahm an, dass sie wegen des Streits mit den Kindern gekommen war, doch ihre Hand wedelte aufgeregt auf und ab, ohne für das Gezänk Interesse zu zeigen.

„Was ist?"

„Schnell! Komm' rüber!"

„Wie? Jetzt sofort?"

„Ja, ja, sofort! Beeil' dich!" Sie legte die Hände um den Mund, damit die Kinder nicht mitbekamen, was sie sagte, aber dennoch gehört werden konnte: „Ich glaub', wir müssen mal nachsehen, was bei Amparo los ist. Sieht so aus, als ob der Typ, mit dem sie was hat, sie gerade verprügelt."

Amparo lebte mit ihren drei Kindern in einer Art Schuppen von winzigen Ausmaßen, der sich an Juanas Wohnhaus anlehnte. In der fensterlosen Behausung musste man lange in der Dunkelheit stehen, bevor durch die Ritzen der Bretterwände quellendes Sonnenlicht zu erkennen gab, was sich darin befand: eine schmale Holzpritsche, darauf eine fadenscheinige Matratze, ein paar Säcke, Aufbewahrungsort für Kleidung und Wäsche, ein wenig Hausrat auf einer Kiste. „Ich weiß", hatte Juana einmal beschämt zu Julia gesagt, „so dürfte niemand leben. Ich hab mich breit schlagen lassen, ihr diese Bleibe als Zwischenlösung anzubieten, bis sie was Besseres gefunden hat. Was sollte ich machen? Als sie hier auftauchte, wusste sie nicht wohin." Amparo verbrachte viele Stunden des Tages am Fluss, wo sie, bis zu den Hüften im Wasser stehend, gegen Bezahlung die Wäsche anderer Leute wusch. Wie viele Kinder wuchsen auch die ihren wie wild wachsende Pflanzen auf, was den beiden Jungen zu unbegrenzter Freiheit verhalf, während auf der kleinen Marisol, einem zarten, fast schwerelos wirkenden Geschöpf, die Bürde der Hausarbeit und die Versorgung ihrer beiden Brüder lastete. Die Achtjährige ertrug ihr Schicksal mit fast stoischem Gleichmut, als wäre sie bereits zu dem Schluss gekommen, dass der Sinn des Lebens darin bestand, immerfort bestraft zu werden. Manchmal schien sie mit offenen Augen zu träumen, als wären ihre Äuglein Fensterchen zu einer inneren Welt, die ihr freundlicher gesonnen war als die wirkliche. Es spiegelte sich dann auf ihrem schmalen, braunen Gesichtchen ein seltsames, nach innen gerichtetes Lächeln, das etwas von fehlgeschlagener Freude hatte, als hätte sie sich in ihrem Innern eine eigene, kleine Zufluchtstätte geschaffen zum

Schutz vor der Hartherzigkeit ihrer Mutter und der Trostlosigkeit ihres Daseins.

Julia hatte dieses spillerige, kleine Ding in ihr Herz geschlossen. Manchmal kam Marisol zu ihr in die Werkstatt. Dann kauerte sie sich neben ihrem Arbeitsplatz auf ein Bänkchen und fand für den Augenblick einen kurzen Seelenfrieden. Ein Vögelchen mit verwundetem Flügel – wenn man lange genug wartet, vergeht irgendwann der Schmerz. Doch meistens währten solche Momente der Gnade nicht allzu lange, bis das Geschrei ihrer Mutter sie in die raue Wirklichkeit zurückstieß. Zwei riesige, dunkle fragende Augen erbaten Nachsicht, sobald Amaparo unter dem Werkstattfenster auftauchte und voller Ungeduld nach ihr verlangte. Bei solchen Gelegenheiten versuchte Julia unter dem Vorwand, dass Marisol ihr zur Hand gehe, Zeit zu schinden und die Auslieferung des Kindes hinauszuzögern. „Ich schicke sie dir gleich!" rief sie dann aus dem Fenster, woraufhin sich einer der üblichen Dispute entzündete.

„Dieses ungehorsame Ding sollte Holz holen. Seit einer Stunde warte ich darauf!" schrillte es gewöhnlich von draußen unnachgiebig zurück.

„Hast du nicht auch einen Sohn, der das ebenso gut besorgen kann?"

Amparo wagte dann nicht zu widersprechen, obwohl sie sonst nicht auf den Mund gefallen war. Aber Julia half ihr hin und wieder mit dem einen oder anderen aus: mal eine Ration Reis, die sie übrig hatte, mal ein paar Kleidungsstücke für die Kinder, die sie in der Kooperative erbat. Amparo war noch keine dreißig und hatte nie eine Schule besucht. Die Härte ihres jungen Lebens ließ es nicht zu, in ihr die Einsicht reifen zu lassen, ihrer Tochter etwas anderes zu ermöglichen, als das Abbild ihrer eigenen verlorenen Kindheit. Sie kreiste in einer Welt aus Not und Verdruss wie ein gefangenes Tier. Die Verwirrung, welche die Unmittelbarkeit des Elends stiftet, hatte sie rohherzig und boshaft gegenüber ihren Kindern gemacht, aber die größte Wut entlud sich auf ihr eigenes Geschlecht in Gestalt der kleinen Marisol. Was die sentimentale Seite ihres Lebens anging, war sie immer die Zweit- oder Drittfrau in flüchtigen Beziehungen gewesen und das einzige, was ihr davon geblieben war, waren ihre Kinder, ein jedes von einem anderen Mann.

Anstatt den Weg ums Haus zu nehmen, ließ sich Julia die Veranda hinunter.

„Los ihr Nichtsnutze, helft mir über den Zaun!" rief sie den Kindern zu.

Pablo, von ihrem barschen Tonfall überrascht, war sofort zur Stelle, die Gelegenheit ergreifend für eine Geste der Versöhnung. Er verstand zwar nicht den Grund, aber angesichts der Heftigkeit ihrer Reaktionen machte er sich dieses Mal ernstlich Sorgen, ihre Gunst zu verlieren. Julia stützte sich auf seiner Schulter auf, setzte vorsichtig den rechten Fuß zwischen die Drahtspitzen des Stacheldrahts und hob mit einem Schwung ihr Gewicht über den Zaun. Als sie wieder festen Boden unter den Füßen fand, war Juana bereits an dem Schuppen angekommen. Die Augen fest auf Amparos Hütte gerichtet machte Juana ihr ein Zeichen näher zu kommen. Jetzt hörte sie es auch, ein Geräusch wie von mit großer Wucht ausgeführten Schlägen, dann ein leises, unterdrücktes Aufstöhnen. Das Gespenstischste war, dass weder ein Wort des Streits noch Wehklagen zu vernehmen waren. Juana hämmerte wie wild an die Tür.

„Los rauskommen!" schrie sie atemlos. „Sofort rauskommen!"

Drinnen wurde es augenblicklich still. Minutenlange reglose Stille, ohne dass etwas geschah.

„Wird's bald!" schrie sie wieder und ihre Fäuste flogen erneut gegen die Tür.

Die Tür ging auf und fiel wieder zu. Vor ihnen stand ein hoch gewachsener Kerl in Uniform. Juanas Körper spannte sich wie der Pfeil die Sehne eines Bogens. Kampfeslustig schritt sie auf den Übeltäter zu und schleuderte ihm wüste Beschimpfungen entgegen: „Welche Schlange hat dich an ihrem Busen genährt, du Früchtchen! Das hier ist mein Haus und unter meinem Dach haben Typen wie du nichts verloren! Auf der Stelle verschwindest du von hier und wage ja nicht, dieses Haus noch einmal zu betreten!" Das Blut strömte ihr in den Kopf, unter ihrem bronzefarbenen Teint schimmerte

Röte auf. Ihre Faust fuchtelte drohend vor dem Gesicht des Mannes herum, dass nicht viel fehlte und sie wäre darauf gelandet. "Und noch eins sag' ich dir, du Missgeburt einer Kröte: ich werde dafür sorgen, dass du diese Uniform ausziehst. Für Leute wie dich ist in unseren Reihen kein Platz!" strich sie ihre Autorität heraus, denn erst vor kurzem war sie zur Sprecherin ihres Stadtteilkomitees gewählt worden. "Typen wie du beschmutzen unser Ansehen!"

Der Kerl nestelte an seinem Uniformhemd. Er hatte den Kopf gesenkt und sah mit starren Augen zu Boden. Er sah ein bisschen wie ein Drittklässler aus, der eine Standpauke wegen ungebührlichen Betragens empfing, ohne indes die geringste Regung zu zeigen, als ob ihn die Angelegenheit nichts anginge. Seine Miene blieb reglos wie ein sonnenversengter Stein. In dem kurzen Augenblick, den Juana brauchte, um ihren Widerwillen herunterzuwürgen, witterte er die Gelegenheit, dem nächsten furiosen Angriff zuvorzukommen. Mit einem Satz erreichte er die Straße, rasch ausschreitend erklomm er die leichte Steigung, begleitet von den stechenden Blicken der Frauen und Kinder, die aus den Nachbarhäusern zusammengelaufen waren und die Szene beobachtet hatten. Die Fäuste in die Hüften gestemmt blickte Juana ihm wutschnaubend nach, mit Augen wie glühende Kohlen.

"Hat man dafür Töne? Nicht mal ein Wort von diesem Mistkerl! Wahrscheinlich fühlt er sich auch noch im Recht!"

"Was machen wir mit Amparo?" fragte Julia mit eingedickter Stimme.

"Ach, was weiß ich denn!" erwiderte sie kalt. Hinter der Tür blieb es still, nicht das leiseste Geräusch drang nach außen. "Sie wird sich die Wunden lecken und tagelang nicht mehr herauskommen, diese dumme Gans. Statt der blauen Flecken, sollte sie sich lieber ihrer Dummheit schämen. Mit jedem Dahergelaufenen lässt sie sich ein, nicht zu fassen!" Sie schlug sich mit der Hand gegen die Stirn. "Wann werden wir Frauen endlich begreifen, dass auch unser Kopf zum Denken da ist, he?" Sie machte eine wegwerfende, hilflose Gebärde. "Komm', lass' uns ins Haus gehen."

"Aber die Kinder..."

„Sind nicht da. Ich hab sie vorhin bei mir vorbeilaufen sehen. Sie wird sie weggeschickt haben, als ihr Liebhaber kam. Besser so… Jetzt komm' schon. Bertita wird uns ein bisschen verwöhnen."

Berta, Juanas Älteste, war schön wie sie, das naturgetreue Abbild ihrer Mutter in der jüngeren Version. Dasselbe stolze und edle Gesicht, die vorspringenden Wangenknochen, dunkle, unschuldsvolle Rehaugen, der dekorative Schwung aufeinander zulaufender Brauenbögen. Sie hinkte leicht und zog das rechte Bein nach, das infolge einer Kinderlähmung ein wenig verkürzt und steif geblieben war. Juana beklagte sich hin und wieder darüber, dass Bertha am liebsten zu Hause war und so gar kein Interesse daran zeigte, sich wie andere Mädchen ihres Alters ein wenig zu vergnügen.

„Bertita Liebes, sei so gut und mach' uns einen Kaffee", bat Juana. Sie sprach mit sanfter Stimme, die sich im Raum verbreitete wie Schmetterlingsflug. „Den haben wir jetzt verdient."

Bertha blies in die glühende Holzkohle der Feuerstelle, um das Feuer neu zu entfachen. „Was war denn los, Mamá?"

„Ach frag' nicht, ich erzähl's dir später."

Julia setzte sich auf einen der Plastikstühle. Das Haus war ihr seit langem vertraut, aber seit sie mit Ana zusammen wohnte, waren ihre Besuche seltener geworden. Doch in letzter Zeit hatte sie die alte Gewohnheit wieder aufgenommen und verbrachte den einen oder anderen Abend im Kreis von Juanas Familie. Meist saßen sie draußen vor der Tür und vertrieben sich die Zeit mit Plaudereien, scherzten mit den Kindern oder unterhielten sich mit den Nachbarn der gegenüber liegenden Straßenseite. Diese absichtslosen, spontanen Zusammenkünfte unter Leuten der unmittelbaren Nachbarschaft hatten etwas von einer Art seelenverwandter Gemeinschaft, die sich mal in größerem, mal in kleinerem Kreis allabendlich unter dem Gewölbe des Nachthimmels zusammenfand. Julia genoss die friedvolle Atmosphäre, in die man eintauchte, sobald man Juanas Haus betrat. Eine hölzerne Zwischenwand unterteilte den kleinen Salon mit der Feuerstelle. Dahinter befanden sich noch zwei weitere winzige Zimmer, deren Einlass mit Vorhängen verschiedener Muster verhangen war. An einer Wand lehnte ein

Gestell aus Lattenholz, das ausgeklappt ein Feldbett war, auf dem Pablo schlief. Über der Eingangstür hing auf Pappkarton aufgezogen ein Portrait Sandinos, an der Wand zwischen den beiden Zimmern ein altes, verflecktes Kalenderblatt mit der Fotografie einer mestizischen Schönheit, die ein Wasserglas in der Hand hielt und zur schnellen Linderung von Kopfschmerzen Alka Selzer empfahl.

„Sag' mal, hast du das ernst gemeint? Ich meine das mit der Uniform?" wandte sich Julia jetzt Juana zu, die ihr gegenüber saß, mit einem Schüsselchen Reis auf den Knien, aus dem sie die Steinchen zwischen den Körnern fischte.

„Darauf kannst du Gift nehmen!" Sie blickte Julia voll an. „Aber wahrscheinlich müsste man die halbe Armee ausmustern…"

„Juana, du willst doch nicht behaupten, dass die *muchachos*…" warf Julia perplex ein. Ein Einwand, den Juana überhörte.

„Ja, als wir noch eine echte Revolutionsarmee hatten … Gewalttätigkeiten gegen Frauen, ich kann mich nicht erinnern, dass so etwas vorkam. Aber jetzt … mit all den Wehrpflichtigen? Dass der Kerl von heute in einer Uniform steckt, macht mich rasend." Sie zuckte resigniert die Achseln. „Sogar bei AMNLAE läufst du mit dem Thema auf. Müsste eine Frauenorganisation nicht gegen prügelnde Männer vorgehen? So was ist doch keine Privatangelegenheit!"

„Nein, das sicher nicht", sagte Julia und nahm von Berta einen Becher dampfenden Kaffees entgegen. „Aber ihr Untätigkeit vorzuwerfen, wär' nicht fair. Denk' mal an die Mobilisierungen der vergangenen Monate, das massive Auftreten der Aktivistinnen in den *cabildos*! Ich bin überzeugt, dass ihre Forderungen in den neuen Verfassungsentwurf aufgenommen werden. Es fehlt da nicht an deutlichen Worten – ist das etwa nichts? Schließlich wurden die *cabildos* eingerichtet, damit die Vorschläge aller Bevölkerungsgruppen in der neuen Verfassung Berücksichtigung finden." Über den Rand des Kaffeebechers schaute Julia zu, wie sich Juanas gefällige Züge in Knitterfalten legten.

„Stimmt. Aber der *machismo* ist ein Feind, der nicht schießt und trotzdem tötet – er hat es auf unsere Würde abgesehen. Zum Beispiel hier bei uns auf dem Land hält jeder Mann es nach wie vor für sein Recht, seiner Frau eins mit dem Hosengürtel überzuziehen, wenn er meint, sie bestrafen zu müssen. Unser Optimismus, dass sich mit den neu gewonnenen Freiheiten auch für uns Frauen die Dinge zum Besseren ändern würden, war wohl etwas verfrüht – wir haben die Gegenwehr unterschätzt. Ja, wenn es um Frauen geht, die von Konterrevolutionären vergewaltigt werden, dann empört sich der gesamte politische Apparat, handelt es sich dagegen um Misshandlungen in den eigenen vier Wänden, gibt es für die betroffenen Frauen kein effektives Mittel, sich gegen die Aggression zur Wehr zu setzen." Juana schob die Steinchen, die sie aus dem Reis geklaubt hatte, auf dem Tisch zu einem Häuflein zusammen. „Die Gewalt in den Familien muss endlich unter Strafe gestellt werden, denn *ihr* sind wir schutzlos ausgeliefert. Kaum jemand kümmert sich darum, wenn die Frau des Nachbarn von ihrem Mann zusammengeschlagen wird. Das ist immer noch eine verbreitete Mentalität. Wir brauchen dringend ein Gesetz, das uns Frauen unser Recht auf körperliche Unversehrtheit garantiert! – Und wer dagegen verstößt…" Sie hob abrupt die Arme und kreuzte die Handgelenke, um die sich imaginäre Handfesseln schlossen.

„Versteh' mich nicht falsch", wandte Julia ein, „ich will die Bedeutung von Gesetzen nicht herunterspielen, im Gegenteil. Aber Gesetze allein bewirken noch gar nichts. Sie sind nur ein Instrument, dessen wir uns bedienen können, um unsere Rechte einzufordern. Die Lösung des Problems sind sie nicht."

„Ich versteh' nicht. Wie meinst du das?"

„Ich meine, die bloße Existenz eines Gesetzes bedeutet noch lange nicht, dass damit alles gewonnen wäre. Nach wie vor werden es die Frauen sein, die dafür kämpfen müssen, dass die Gesetze auch zur Anwendung kommen…"

„Schon, aber damit die Opfer solcher Misshandlungen endlich den Mund aufmachen, anstatt sich dafür zu schämen, dass sie grün und blau geschlagen werden, brauchen wir Gesetze und Institutionen, die ihnen wirkungsvollen Schutz bieten." Mit grimmiger Miene schnäuzte Juana in ihr Schweißtuch, das sie über der Schulter liegen hatte.

„Keine Frage. Aber nehmen wir nur mal das Beispiel der Unterhaltspflicht. Wie viele Männer in diesem Land gehen mehrfache Beziehungen ein und sind mächtig stolz darauf, jede Menge Kinder gezeugt zu haben. Noch so eine Spielart des herrschenden Männlichkeitskults. In dem Kindersegen sehen sie den Beweis ihrer Manneskraft, ohne auch nur einen Moment darüber nachzudenken, ob sie diese Kinder überhaupt ernähren können. Und schon kannst du das Gesetz vergessen. Zeig' mir den Mann, der tatsächlich in der Lage wäre, für seine Nachkommenschaft aufzukommen." sagte Julia und rieb Daumen und Zeigefinger aneinander. „Wahrscheinlich ist das nicht mal Einer von Zweien. Die Folgen dieser verbreiteten Verantwortungslosigkeit haben am Ende wieder die Frauen zu tragen. Das trifft in diesem Land auf gut drei Viertel aller Frauen zu! Über so gewichtige Tatsachen Bescheid zu wissen, verdanken wir immerhin der Arbeit der Frauenorganisation", betonte Julia absichtlich, in dem Bestreben, Juanas einleitende Kritik ein wenig zu entschärfen. „Was ich damit sagen will: der gute Wille der Regierung, den Frauen mit einem Gesetz zu Hilfe zu kommen, muss an den Bedingungen der gelebten Wirklichkeit scheitern, weil es von falschen Voraussetzungen ausgeht. Sieh' dir nur Amparo an! Wen könnte sie denn haftbar machen, selbst wenn sie all ihre Energie darauf verwenden würde?"

„Ach Amparo! Geh' mir bloß weg mit Amparo!" rief Juana verärgert aus. „Ganz unschuldig an ihrer Situation ist auch eine Amparo nicht. – Übrigens, ich könnte wetten, sie ist schon wieder schwanger", fügte sie hinzu und zog mit dem rechten Zeigefinger das Unterlid nach unten. „Ich seh' so was."

„Ich möchte es mir nicht vorstellen … wenn sich das bewahrheitet! Aber mal davon abgesehen, meinst du nicht, dass sie ist wie sie ist, weil sie in ihrem Leben kaum anderes als Gewalt kennen gelernt hat? Die Typen, die sie vorher gehabt hat, werden sie nicht besser behandelt haben."

„Aber davon rede ich ja!" Juana klopfte sich mit der Faust gegen die Brust. *„Hier drin* muss die Revolution stattfinden, *hier* drin"! Und die Aufgabe einer Frauenorganisation hat es zu sein, den Frauen dabei zu helfen, sich zu verändern. Wir mit unserem gottverdammten, selbstlosen Herzen! Wann werden wir endlich damit aufhören, die Unerträglichkeit unserer Lage als unausweichlich hinzunehmen?"

„Und was ist mit den Männern?"

Juana zuckte mit den Schultern. „Was schon? Sieben Jahre Revolution und das Verhalten der Männer hat sich kaum verändert. Worauf sollen wir warten? Wir haben begonnen, uns zu wehren, indem wir uns organisieren. Das ist zumindest mal ein Anfang. Die Liste der Rechte, die uns vorenthalten werden, ist immer noch lang genug. Wann wenn nicht jetzt haben wir die Gelegenheit, für uns etwas zu erreichen? Haben nicht auch wir für die Revolution gekämpft und gelitten? Und wir werden es wiederholen, sooft es nötig ist!"

Julia war immer wieder fasziniert von dieser bemerkenswerten, einfachen Frau aus dem Volk, über deren Vergangenheit sie kaum etwas wusste. Nur soviel, dass sie ihrem Mann in diese Gegend gefolgt war, weil dieser eine Anstellung im Straßenbau gefunden hatte. Als glühender Sandinist, der er gewesen war, gehörte er einer der damals verbotenen Gewerkschaften an. Nach dem Umsturz arbeitete er in der staatlichen Holzgesellschaft und war später Milizionär geworden. In dieser Eigenschaft begleitete er die Trucks zum Schutz der Arbeiter, die zum Holzeinschlag tief in die Waldgebiete vordringen mussten. Eines Tages war der Trupp auf einen Hinterhalt gestoßen. Es kam zu einem heftigen Feuergefecht mit den *contras*, in dessen Verlauf er, ein Arbeiter und zwei weitere Milizionäre noch an Ort und Stelle starben. Juana hatte in ihrem Herzen für ihren Mann ein Ehrenmal errichtet, wenngleich sie Julia gegenüber auch einmal eine Geliebte erwähnt hatte, die sie ihm aber verzieh, weil er sich wie ein verantwortungsvoller Familienvater benahm. Nach seinem Tod war sie nicht wieder auf den Gedanken gekommen, sich neu zu verheiraten, obwohl sie gewiss mehr als eine Gelegenheit dazu gehabt hätte.

Juana stand auf und schüttelte ihre Schürze aus. Sie übergab Bertha den verlesenen Reis für die Abendmahlzeit, wobei sie ihrer Tochter die Schulter tätschelte.

„Übrigens, weißt du was von Ana? Wann kommt sie wieder?" wandte sie sich wieder an Julia.

„Es heißt, in ein bis zwei Wochen." gab Julia vergnügt Auskunft und vergaß für einen Moment die hässliche Szene bei Amparo, die ihr immer noch im Kopf herumging.

„Die Frauen des Mütterkomitees fragen oft nach ihr. Sie fehlt uns."

„Wem sagst du das!" erwiderte Julia und dachte daran, dass Ana in den letzten Monaten sehr viel Zeit und Energie auf die Mütterkomitees verwendet hatte, die unter ihren Aufgaben einen immer breiteren Raum einnahmen. Von AMNLAE ins Leben gerufen bestand ihr Zweck darin, durch konkrete und praktische Unterstützung den Müttern der Gefallenen die Anerkennung zu zollen, die die Gesellschaft nach allgemeinem Empfinden ihrem Opfer schuldig war. War es jedoch um die tiefgreifenden seelischen Beschädigungen zu tun, die qualvolle Erfahrung einer Frau, die manchmal sogar mehr als ein Kind an den Krieg verlor, so fehlte es an jeglichen Instrumenten und nur allzu oft erkannte Julia in Anas Gebärden ihre verzweifelte Hilflosigkeit, wenn sie wieder einmal von einer Versammlung nach Hause kam. An professionelle Hilfe war nicht zu denken, eine Möglichkeit, diese Frauen in der Einsamkeit ihrer Trauer nicht allein zu lassen, konnte daher nur sein, untereinander Solidarität zu stiften, denn auch hier wie bei allem Übrigen galt, sich selbst zu helfen. Psychologen, die sich um traumatisierte Menschen kümmerten, standen dem Land kaum zur Verfügung. Die Psychologengruppe lateinamerikanischer Internationalisten um die Wiener Psychoanalytikerin Marie Langer war eine der wenigen, die sich dieser allgegenwärtigen Tragödie angenommen hatte und Studenten für eine neue Psychotherapie ausbildeten.

Der Vorhang zu einem der Zimmer wurde zurückgezogen. Juanas Jüngste erschien und rieb sich verschlafen die Augen.

„Na Kleines, ausgeruht?" sagte Juana, ihrer Tochter einen zärtlichen Blick zuwerfend. „Ein Stückchen Mango gefällig?" Sie griff nach einer Mango auf dem Tisch und ließ sich von Bertha ein Messer reichen. Das Mädchen nickte nur, noch nicht ganz ins Leben zurückgekehrt.

Julia nutzte die Gelegenheit, sich zu verabschieden, denn ihr war eingefallen, dass sie ihr Haus wegen des übereilten Aufbruchs nicht abgesperrt hatte. „Juana, ich glaub' ich muss zu Hause mal nach dem Rechten sehen! Bei mir stehen alle Fenster und Türen offen!"

Auf dem Rückweg sah sie von der Straße aus das jugendliche Dreigestirn der Kooperative, bestehend aus Rosa, Vidaluz und Silvia, auf ihrer Veranda stehen. Eine kleine Verschwörerinnengruppe auf dem Pfad der Selbstfindung, zusammen geschweißt über die Geheimnisse, die sie miteinander teilten. Rosas erhobener Arm wedelte aufgeregt mit einem Stück Papier in der Hand. Was hatte diese Abordnung zu so ungewöhnlicher Stunde zu bedeuten? Julia fühlte sich von einer gestaltlosen Furcht gepackt und beschleunigte ihren Gang.

„Was macht ihr denn hier? Was ist los?" rief sie den Mädchen schon von der Haustür aus zu. In ihrer Brust pochte heftig das Herz, ihr Mund war ausgetrocknet.

Die Drei taten geheimnisvoll, knufften einander scherzhaft und begannen zu kichern. Ihr clowneskes Getue zerstörte die Kontrolle, unter der sie den Impuls einer dunklen Vorahnung gehalten hatte. Sie musste sich zusammenreißen, um den Dreien nicht eine saftige Schelte zu verabreichen, dafür, dass sie sie so in Schrecken versetzt hatten.

„Ein Telegramm für Sie! Der Bote hat es soeben gebracht", übergab ihr Rosa den Zettel. Ihre Augen fixierten sie erwartungsvoll.

Julia nahm das geöffnete Telegramm entgegen und sah eine nach der anderen forschend an. „Ich könnte wetten, dass ihr wisst, was drinsteht. Schon mal was davon gehört, dass man anderer Leute Briefe nicht öffnet?" Sie spielte erzieherische Strenge, konnte aber ihre Freude kaum unterdrücken, da sie sah, dass Raúl der Absender war. Die drei lächelten synchron ohne die geringste Beschämung. Die Buchstaben tanzten vor ihren Augen:

*Erwarte dich. Brenne darauf, dich zu sehen. In zärtlicher Zuneigung. Raúl.*
Das Telegramm war in der Provinzhauptstadt aufgegeben worden, hinzugefügt war die Stelle, wo sie nach ihm fragen sollte.

„Fahren Sie gleich?" fragte Rosa treuherzig, mit den anderen verschwörerische Blicke tauschend.

„Na, dazu muss ich erstmal wissen wie. Kommt ihr ein paar Tage ohne mich aus?"

„Aber klar!" ertönte es in aufsteigender Tonfolge in dreistimmigem Chor

# 16

*Ich bin ein contra* bekennt der Präsident der Vereinigten Staaten. Wenn Politik sich krimineller Methoden bedient, übernehmen ihre Führer Gangstervokabular. *Wer gegen uns ist, stirbt!* machen jene, in denen der Präsident sein Spiegelbild erkennt, die Drohung wahr.

*Wir verbreiten das Virus der Hoffnung, deshalb haben sie uns die Hölle versprochen* sagt er, nachdem sie miteinander geschlafen haben. Für die Gewaltanwendung finden sie immer eine Rechtfertigung. Reden wir nicht vom Völkermord an den Urbewohnern unserer Länder, um ihrer Erde die Schätze zu entreißen, ohne die euer riesenhafter Reichtum nicht denkbar wäre, nicht vom Untergang glanzvoller Hochkulturen im Sturm der *conquista*. Reden wir davon, was den Raubzügen als Vorwand diente. Um Gott ging es ganz bestimmt nicht, als man den Indios das christliche Glaubensbekenntnis aufzwang – wo immer die Heilige Dreifaltigkeit ihr Kreuz einpflanzte, lehrte sie die Menschen das Fürchten: Zwangsarbeit und Hunger, Wellen eingeschleppter Krankheiten, Folterungen und die läuternden Flammen der Inquisition töteten ganze Eingeborenenvölker wie die Fliegen. Eine ungeschlossene Wunde – die Gegenwart ist die Erbin der Vergangenheit, bis heute ziehen die Martern dieser entfernten Epoche ihre blutige Spur durch unsere Geschichte. Allein die Vollstrecker haben gewechselt – Freibeuter einst, Großkapitalisten heute. Konzernlenker, internationale Spekulanten, Bankiers und dergleichen Glücksjäger mehr, die in unseren Ländern ihre kolonialistische Piraterie betreiben. Mit ihnen haben sich auch die Vorwände geändert, die Gewaltanwendung findet im Namen der Demokratie statt, im Namen der Unfreiheit, unter der wir seit der Revolution angeblich leben. – Aus Worthülsen fabrizieren sie sich Waffen, um sich mit Gewalt zu holen, was sie freiwillig nicht bekommen. Man hat uns den Krieg erklärt, weil wir Gerechtigkeit einfordern, weil wir nicht einsehen, dass wir irgendwem etwas schulden, weil uns das Vertrauen in eure Demokratie genannte Staatsform fehlt und nicht zuletzt, weil wir nicht glauben, dass Kapitalismus und Zivilisation miteinander vereinbar seien, wenn man unter Zivilisation etwas anderes versteht als das Umsichgreifen allgemeiner Verwilderung. Wir müssten uns vorwerfen, unbelehrbar zu sein, würden wir in euren beispielhaften Demokratien, aus denen das Übel unseres elenden Lebens stammt, ein nachahmenswertes Beispiel zu sehen! Warum ist es euch wohl erlaubt, einen Kandidaten für's Parlament zu wählen? ... Weil von vornherein sichergestellt ist, dass die Herren der Macht die Kontrolle über alles behalten. Nur weil ihr den gewalttätigen Charakter der Wirtschaft nicht spürt, zählt ihr euch nicht zu den Wehrlosen, auf deren Unterdrückung das ganze System beruht. ...

Seine Augen finden die ihren, die Wimpern auf dem unteren Lid sind ebenso dicht wie auf dem oberen. Schöne Augen, in denen alles enthalten ist, was ihn bewegt.

Alles findet irgendwann seine Antwort – wir sagen basta! Basta zu der unstillbaren Gier eurer Wirtschaftsmächtigen nach unserem Besitz! Solange sie hier fest im Sattel saßen und eine von ihnen inthronisierte Tyrannei auf die nächste folgte, um dafür zu sorgen, dass die Geschäfte gut liefen, wer hat sie da je von Demokratie reden hören? Jetzt, nachdem sie nicht mehr nach Belieben über uns verfügen können, richten sie den Schandpfahl auf und nehmen sich heraus, uns Lektionen zu erteilen. Wir missachten die Menschenrechte, behaupten sie – ein ehrenwertes Wort, doch im Munde dieser Leute und vor dem Spiegel unserer eigenen Existenz verlieren die teuren Werte ihre Flügel, denn die Absichten hinter dem Appell sind nur allzu durchsichtig. Waren sie etwa von Gewissensbissen geplagt, als wir unter dem Joch der Diktatur stöhnten? Hat sie jemals unsere Armut gekümmert, die so groß war, dass jeder neue Tag die Ungewissheit zu überleben bedeutete?

Raúl bleibt eine kurze Weile still, eine flüchtige Gedankenabwesenheit, dann wendet er die Aufmerksamkeit wieder der eigenen monologisierenden Stimme zu.

Wie jeder Mensch, der eine Moral besitzt, können auch wir Gut und Böse unterscheiden, aber vor den Menschenrechten, auf die ihr euch beruft, können wir kaum Ehrfurcht empfinden – in eurem Umgang mit uns findet sich in unserer ganzen Geschichte keine Erfahrung, die uns hätte vermitteln können, was das Wort Menschlichkeit bedeutet. Unsere menschliche Existenz gilt euch gleich viel wie eine ausbeutbare Mine, unsere Männer, unsere Frauen, ja sogar unsere Kinder, stellen nicht mehr als einen Rohstoff dar, der kalkulierbaren Profit abwirft. Je nachdem welche Lüge verspricht zum Ziel zu kommen, spielt ihr euch mal als Hüter der Menschenrechte, mal als Verteidiger der Demokratie auf. In unseren Ohren klingt das eher nach einem Schlachtruf, um euch in den entscheidenden Vorteil zu versetzen. Denn wir kennen euch nur als Erfinder grausamster Foltermethoden... – sag', wie müssen Gehirne beschaffen sein, die sich solche Qualen für Menschen ausdenken? – ... und der abscheulichsten Praktiken der Demütigung und Erniedrigung! Unter dem Einfluss eurer Herrschaft haben wir nur Brutalität und unsägliche Mühen und Drangsal kennen gelernt, und jeden Appell, unsere Menschenwürde zu respektieren, haben unsere Völker mit ihrem Blut bezahlt – bis heute...

Er liegt ausgestreckt neben ihr, die Arme hinter dem Kopf verschränkt. Er spricht mit weicher Stimme, frei von Anklage oder Ressentiment. Seine Arme lösen sich für eine Liebkosung, eine Berührung, in die all das zusammenfließt, was sich an warmer Sinnlichkeit zwischen Liebenden entfaltet – sie hält das Herz im Lot. Sie versteht, dass der Gebrauch des Pronomens *euch* bei der Ausdeutung der Vergangenheit nicht auf ihre Person abzielt, versteht, dass das Gewesene zu einem unausstreichbaren Stück Geschichte wird, dem weder er noch sie sich entziehen können. – Das kollektive Gedächtnis ist subversiv, langsam und unterirdisch arbeitet es sich durch die Niederungen Jahrhunderte alter Wunden ins Bewusstsein vor, in seiner Wandlungsfähigkeit bringt es im gegebenen Moment jenen Stoff hervor, aus dem Rebellionen und Revolutionen sind. Es lässt sich nicht auslöschen, was im Gedächtnis der Menschen ist. Nichts ist nur gewesen. Nichts geht verloren.

Sie entwindet sich seiner Umarmung und sucht ihn mit dem Blick, doch seine Augen sind halb geschlossen. Von seinem Gesicht ist jene aufreizende Spannung abzulesen, die aufkommt, wenn schmerzvolle Bitternis alle

Sinne bedrängt, während über ihn hereinbricht, was sein Volk an Schmerz, an Leid, an Zerstörung zu ertragen hat und dabei den einzigen Weg geht, der bleibt – das so aufopferungsvoll Errungene unter keinen Umständen preiszugeben.

Mister Reagan, der starke Mann im Weißen Haus, atmet Hass, sobald er den Mund auftut, in der Pose eines gemeinen Komödianten lässt er vor den wirklichen Vorgängen einen Film ablaufen, ist doch die Schauspielerei wenn schon keine Begabung, so doch sein Metier: „Amerika ist bedroht!" Die Zuschauer werden mit vorgehaltenem Revolver dazu gebracht, dies für die Wahrheit zu halten. Des Mannes tief wurzelnder Hass auf die Roten (oder wen immer er dazu bestimmt) und erster Antrieb seiner Persönlichkeit, kennt keine Bedenken hinsichtlich der zu ergreifenden Mittel – tut sich gegenwärtig auch kein Weg auf, Russland zu bombardieren, so verbleibt als letzte Verwirklichung, das nahende Ende seiner Regentschaft mit der Austilgung der Sandinisten zu krönen. Kaum eine Äußerung, die nicht durchblicken ließe, dass er einen Militärschlag für eine praktikable Möglichkeit hält, sollten sich die Antisandinisten unfähig erweisen, das anvisierte Ziel zu erreichen. Nicaragua, ein von CIA-Leuten und Militärberatern umzingeltes Land, über geheime Flughäfen erreichen immer größere Mengen an modernem Kriegsgerät die Konterrevolution, fortgesetzte Luftraumverletzungen, das Eindringen nordamerikanischer Kriegsschiffe in nicaraguanische Hoheitsgewässer, die Abhaltung militärischer Manöver dienen der Einkreisung. – Sollte indes eine Regierung es wagen, sich der Konspiration zu entziehen und auf territorialer Integrität bestehen, wird sie dies Ansinnen unmittelbar als verhängnisvollen Fehler erkennen: die schüchterne Ankündigung des Präsidenten Arias der Republik Costa Rica, den geheimen Flugplatz der CIA auf seinem Territorium sperren zu wollen, wird umgehend mit der Drohung beantwortet, dem Land die Millionen Dollarhilfe zu entziehen, um den unzuverlässigen Waffenbruder in die Schranken zu verweisen.

Mit niederträchtigen Plänen sind auch diverse Generäle und Dunkelmänner anderer zentralamerikanischer Länder beschäftigt, denn auch in diesen brütet der Freiheitswille die Vorbereitungen für einen allgemeinen Aufstand aus. In dem winzigen Land El Salvador rast ein Krieg gegen die eigene Bevölkerung, das Regime hält sich einzig mittels militärischer Gewalt und dank des Terrors von Todesschwadronen an der Macht. Selbst vor dem Mord an einem Bischof in aller Öffentlichkeit schreckt man nicht zurück. Hingestreckt mit einem einzigen Schuss bricht der Erzbischof von San Salvador, Oscar Arnulfo Romero, Ankläger des staatlichen Terrors und Symbolfigur der Volksmassen, vor seinem Altar zusammen.

In Guatemala, wo seit Jahrzehnten die Generäle herrschen, stehen sich bewaffnete Volksorganisationen und eine Armee gegenüber, die unaussprechliche Grausamkeiten an der Urbevölkerung des Landes verübt und deren rassistische Raserei immer wieder Gegenstand der Anklage von Menschenrechtsorganisationen ist. Die Erfahrung, dass die elementarsten Bürgerrechte für sie nicht gelten, dass jeder Akt des Protests in Blut eränkt wird, Mitglieder oppositioneller Organisationen meuchlings ermordet werden, dass die Unterdrückung eine endlose Folge von Schrecknissen gebiert, hat die Bürger dieser Länder zu den Waffen greifen lassen, um sich von den faschistischen Ungeheuern zu befreien, die ihr Leben in ein Inferno verwandeln.

Von alledem ist die Rede, während sie mitten am Tag in einem abgedunkelten Hinterhofzimmer mit wurmstichigen Holzwänden liegen. Draußen im *patio* tollen Kinder herum, einzelne Kinderstimmen und Gesprächsfetzen der Erwachsenen brechen sich an der verschlossenen Tür – sie ist das Schutzgatter vor der Welt, das Bett, auf dem sie liegen, eine kleine, von allen Unbilden befreite Insel, zu kostbar ist die Zeit, um die Aufmerksamkeit voneinander abzulenken. Es gilt, die Entfremdung der letzten Monate zu überwinden, die in diesen Zeiten so lang sind wie drei Jahre. Was ihn als nächstes erwartet, wann und wohin man ihn abkommandieren wird, bleibt unerwähnt ebenso wie das, was hinter ihm liegt.

Lebhafte Hände beginnen ein neues erotisches Zwischenspiel, ineinander verschlungene Glieder wie eines Wesens strecken und krümmen sich in den rhythmischen Wellen der Begierde. Die Zeit steht still, langsamer Sturz in die Tiefe der Selbstvergessenheit, Schwinden der Sinne, das folgt... Nach und nach tauchen sie auf aus der Dunkelheit, die sich zwischen sie geschoben hat, finden sie Gedanken und Wörter wieder, allmählich, nach dem Fall aus der Höhe des vorangegangenen kleinen Todes der Lust...

„Sollte es zum Schlimmsten kommen, könntest du dich an deine Botschaft wenden und dich ausfliegen lassen", schlägt er vor, nachdem die Leidenschaft besänftigt ist.

Sie schmiegt ihren Kopf an seinen Hals. „Was glaubst du wohl, wie man mich da empfangen würde? – Ach, noch so eine Revoluzzerin, aber wenn's brenzlich wird, die Regierung bemühen!"

Ein schwarz glitzernder Augenspalt öffnet sich: „Stolz lässt sich überwinden."

Mich wie eine Eidechse unter einem Stein verkriechen?

Wofür hält er sie eigentlich?

Wenn man für eine Sache entflammt ist, hört man nicht einfach damit auf, so etwa in der Art: Hallo Leute, hier bin ich wieder! Ich melde mich zurück in meinem alten, komfortablen Leben und sehe mir den grässlichen Kampf lieber aus sicherer Entfernung an, denn da unten brennt der Boden unter den Füßen. Ich verschließe meine Ohren gegen die Gesänge des Infernos und tausche den letzten Rest Lebensmoral gegen die Ersatzmöglichkeiten bequemerer Mittel ein. Wenn unseren Protesten auch die Überzeugung fehlt, dass sie etwas bewirken, so haben sie doch den Vorzug, mit heiler Haut davon zu kommen. Denn Solidarität ist eine Sache, Kopf und Kragen zu riskieren, eine andere.

Ist es das, was er ihr erklären will?

Innere Verwandtschaft ist bei Menschen an den fernsten Orten zu finden, trotz aller sicht- und spürbaren Unterschiede; sollte es zum offenen Kampf kommen, wird sich auch für jemand wie sie an der Seite derer, denen sie nahe steht, eine Möglichkeit ergeben, sich nützlich zu machen – und wenn es sein muss, wird sie lernen, wie man mit einer Waffe umgeht. Sie sagt es. *„Chelita, chelita*, du weißt ja nicht, was du da sagst! Hast du eine Ahnung, was der Ernstfall bedeutet?"

Gemessen an der Phantasieleistung, die uns möglich ist, greift das Entsetzlichste über unser Vorstellungsvermögen hinaus. Einen Toten kann man sich noch vorstellen, vielleicht auch Zehn. Aber Tausende? Das Wenige, was davon zugänglich ist, sind allenfalls Bruchstücke, Splitter eines zerfallenden Mosaiks, das verschwommene Bild von Rauch, Blut und Trümmern. Aber die Frage ist nicht, ob man sich ein drohendes Unheil in seinen Einzelheiten vorzustellen vermag, wesentlich ist, welche Entscheidung man bei seiner Ankündigung trifft... Ein Eingeständnis, das ihn dazu bringt, in ihren Körper zurückzukehren, die einzige Möglichkeit Frieden zu finden, die übrig bleibt – und nicht länger als Minuten währt.


Die Tür schließt sich vor Tagesanbruch. Quietschend schnappt ein rostiger Riegel zu. Sinkenden Herzens lauscht sie seinen sich entfernenden Schritten. Die Begegnung war so schnell vorüber wie ein Windstoß bei Ankündigung eines Gewitters in die Bäume fährt und das Laub durchschüttelt, als hätte sie die letzten vierundzwanzig Stunden nicht pausenlos an sie gedacht. Sie verharrte in einer Art gedankenleeren Gebanntseins, zugleich verspürte sie eine innere Regung der Bekümmernis, des sich Innewerdens der Wandelbarkeit der Liebe und heiße, bittersüße Tränen wollten ihr in die Augen schießen. Obwohl sie in ein und demselben Land lebten, führten sie ein Leben auf verschiedenen Planeten, die gemeinsam geteilte Welt mal ein Pensionszimmer hier, mal ein anderes dort, mal eine Kammer, die jemand zur Verfügung stellt – Begegnungen in einer Art gestaltloser Zwischenwelt, nur von ihnen allein bewohnt. Der Mangel an Ursprünglichkeit, an Spontaneität, hatte den Grad der Entfremdung wachsen lassen, sogar im Ritual der körperlichen Vereinigung hatte sich den Sinnen bemerkbar gemacht, worüber sich nicht hinwegtäuschen ließ: etwas setzte sich hart ab gegen das fühlende Selbst des anderen, ein kaum realisierbares Hindernis im Augenblick des Sichverschenkens, der leicht entflammbaren Leidenschaft von einst erneut die Schleusen zu öffnen. Wohl waltete nach wie vor die Spannung gegenseitiger Anziehung, doch drei Monate nach ihrer ersten Begegnung hatte sich eine Art Stoffwechsel der Gefühle ereignet und deutlich spürte sie den Wandel der Empfindungsebenen, die leichtfüßige Verliebtheit in den Bekundungen ihres Sinnenlebens war übergegangen in die gesetztere Daseinsform versinnlichter Kameradschaft. Was indes die Wahrscheinlichkeit einer auch nur lockeren Verbindung hätte begründen können, hing nicht vom freien Willen ab, als ihr Tun und Lassen maßgeblich vom Zufall und den Wechselfällen der Kriegsereignisse bestimmt war, ohne Raum für konventionelle Erwartungen und offen wie eine Wüstenlandschaft. Mit einem Gefühl von Katzenjammer, als hätte sie am Vorabend zu viel getrunken, streckte sie den Arm nach der anderen Betthälfte aus, strich über das noch hautwarme Laken. Sein Geruch war noch da, er unterstreicht noch die Abwesenheit – ein Gemisch aus den Ausdünstungen der Liebe und billigem Deodorant, das zusammen mit einer Zahnbürste zu den Utensilien gehörte, die er stets bei sich trug. Ein schwacher Schimmer des anbrechenden Morgens zog sich als Streifen die Dachsparren entlang. Sie stand auf. Nackt späte sie durch den Türspalt in den *patio*. Über dem kleinen Viereck dämmerte die Morgenfrühe herauf und ließ Formen und Farben wiedererstehen; die letzten Morgensterne zwinkerten ihr zu, am rosenfarbenen, reinen Himmel. Mit umgewickeltem Handtuch suchte sie zwischen zum Trocknen ausgehängter Wäsche und Pflanzenkübeln den Weg zu einem halbfertigen Anbau, wo ihr die Pensionswirtin am Nachmittag eine Dusche von makelloser Sauberkeit gezeigt hatte.

Julia trat in die Sonne hinaus. Ihr flüchtiger Morgenschimmer überstrahlte die erwachende Stadt, die sie umgebenden Berge zeigten sich in kupferfarbenem Gewand. Sie schlenderte durch die stillen, noch im Schatten liegenden Straßen, ohne von den Marktfrauen und Wäscherinnen unter der Last ihrer Körbe und Bündel beachtet zu werden, die sich bevor es tagt aus ihren Träumen erheben, um ihren Geschäften und der täglichen Arbeit nachzugehen. Der nächsten Umwelt noch nicht ganz gewahr hatte sie sich verlaufen und fand die Straße, die sie suchte, um auf die *plaza* zu gelangen, erst beim zweiten Anlauf. In dem kleinen Stadtpark, der eigentlich nur ein Baum bestandener Platz war, hielten die Vögel trillernd die Baumkronen besetzt. Ein Kiosk an der Ecke öffnete gerade. Drei kleine Tische mit Stühlen darum warteten auf die erste Kundschaft. Die Kioskbesitzerin, eine mollige Frau in mittleren Jahren mit haselnussbrauner Haut und kräftigen, zupackenden Armen, bereitete sich auf das Tagesgeschäft vor. Die Einzelheiten ihrer Züge lagen eingebettet in einem heiteren, breiten Gesicht, eingerahmt von einer Kurzhaarfrisur, die wie eine Haube auf ihrem Kopf saß; an ihren Ohrläppchen hingen kleine goldene Ohrgehänge, die bei jeder Kopfbewegung blinkten wie die Metallstückchen, die an Angelhaken Verwendung finden, um Fische anzulocken. Sie trug ein gemustertes Kleid in Pastelltönen, das von breiten, zu Schleifen geschlungenen Achselbändern gehalten wurde, die aussahen, als wollten von ihren Schultern Schmetterlinge aufflattern. Ihre Statur nahm fast den ganzen Raum hinter dem Tresen ein. Ein verschlafen wirkender Junge in blauweißer Schuluniform brachte auf dem Kopf balancierend einen Eimer Wasser heran. Die Hosenbeine hatten Hochwasser, so dass sie ein Stück seiner braunen Streichholzbeinchen sehen ließen, seine nackten Füße steckten in braunen Halbschuhen, die viel zu weit von Knöchel und Ferse abstanden. Die Frau unterhielt sich mit dem Kind eine Weile in gedämpftem Ton, dann zog sie aus ihrer Schürzentasche einen kleinen Kamm hervor, nahm das Kinn des Jungen in die hohle Hand und kämmte das noch feuchte Haar zu einer akkurat gescheitelten Frisur. Sowie sich das Kind aus dem Griff seiner Mutter befreit hatte, warf es sich einen kleinen Rucksack über die Schulter und sprang davon.

Julia bestellte einen Kaffee, der wie immer aus wasserlöslichem Instantpulver bestand, und setzte sich an einen der Tische. Sie fühlte sich müde, mit trüben Augen, in deren Innenwinkeln die schlaflose Nacht ein Büschel roter Äderchen hatte sprießen lassen, schaute sie ziellos in die Gegend. Die Begegnung mit Raúl hatte sie zur Beute sauertöpfischer Stimmung werden lassen, sie hatte von allem Unwägbaren, allem Unberechenbaren, das ihr Alltagsdasein ausmachte, augenblicklich mehr als genug. Wo gab es Häuser, die nicht auf Sand gebaut waren, wo menschliche Beziehungen, die auf soliden Fundamenten ruhten? Wie ließ sich in dieser sie umgebenden, neuen Welt auf Dauer leben? Mit den Augen der anderen betrachtet war sie ein frei schwebendes Element ohne festen Grund, das je nach den Umständen sowohl Gegenstand des Befremdens wie des Mitleids war, eine fremdartige Besucherin, die sich irrigerweise bei ihnen heimisch fühlte. Wie mit dem Erbe einer ungebundenen Persönlichkeit, der nie der Gedanke gekommen war, eine Familie zu gründen, im Bannkreis einer Lebensordnung Boden unter den Füßen gewinnen, wo außerhalb der Familienbeziehungen alle anderen persönlichen Bindungen von untergeordneter Bedeutung waren? Nicht allein ihrer Beziehung mit Raúl, ebenso ihrer Freundschaft mit Ana haftete das Mal der jederzeitigen Widerrufbarkeit an, von einem Tag auf den anderen könnte ihr eine andere Aufgabe übertragen werden, könnte sie unverhofft an einen anderen Ort versetzt werden und dann würde ihr Lebenskreis sich enger um sie schließen und ihr frei schwebender Status ihre festgelegte Existenzform bleiben...

Die Wahrnehmung von etwas, das sich in ihrem Umkreis bewegte, lenkte ihre Gedanken ab und ließ sie mechanisch den Kopf wenden. Ihr Blick fiel auf einen ausgemergelten Straßenhund mit glasigen Augen und Schaum vor dem Maul, das Fell verklebt vom Schorf vieler Wunden, der auf der anderen Straßenseite an einer Hauswand entlang schlich. Eine Hand hatte auf die Wand mit roter Farbe gepinselt: *Los aviones hacen...fuuuuus!* Die Wortschöpfung mit der U-Kette war mit den ersten drei Wörtern durch eine spiralförmig geschwungene Linie aus abwärts kullernden Us verbunden – ein Wortspiel, das auf den Flugzeugabsturz des CIA-Mannes Hasenfus anspielte. Eugene Hasenfus war das einzige überlebende Besatzungsmitglied eines nordamerikanischen Transportflugzeugs, das während des Fluges per Fallschirm Waffen für die *contras* abwerfen sollte. Ein junger Rekrut hatte die Maschine über dem nicaraguanischen Urwald mit einem Raketenwerfer vom Himmel geholt. Der jugendliche Schütze war wegen seiner Tat über Nacht zum Nationalhelden geworden, in ganz Nicaragua hatte dieser Zwischenfall, der die direkte Verstrickung von Nordamerikanern in den Krieg bewies, begeisterten Jubel ausgelöst und überall Parolen der Schadenfreude an die Hauswände gezaubert. Das Zeitungsfoto, das den Moment seiner Gefangennahme festhielt, war um die halbe Welt gegangen: ein etwa siebzehnjähriger, schmächtiger Junge mit einer Kette um den Hals, die an einen Rosenkranz erinnert, führt einen Mann in verschmutzter Kleidung an einem Strick durch das Bild, dessen anderes Ende um die auf Bauchhöhe gekreuzten Handgelenke des Gefangenen geschlungen ist. Der stämmige, rundgesichtige Nordamerikaner mit Stoppelbart und viel Muskeln ist das Doppelte an Statur, so dass dieses Bild gleichzeitig wie ein Sinnbild wirkt – eine kleine Nation trotzt einem Giganten.

Die Enthüllungen, die Hasenfus nach seiner Gefangennahme machte, hatten jedoch geringen Neuigkeitswert. Dass sein Flugzeug umfangreiche Mengen an Waffen und Munition für die *contra* an Bord hatte, dass er vom Militärflughafen Ilopango in El Salvador abgeflogen war, wo sich ein Lager mit rund vierzig Tonnen Waffen für die Antisandinisten befinden sollte, dass durch regelmäßige Flüge zu einer US-Basis in Honduras für Nachschub gesorgt wurde und so weiter, all das war entweder bekannt oder man hatte es sich mit ein wenig politischem Gespür zusammenreimen können. Bei seinem späteren Prozess würde der CIA-Mann preisgeben, dass seine Auftraggeber Exilkubaner gewesen waren, die in direkter Verbindung zum Außenminister der Vereinigten Staaten gestanden hätten. Die Pikanterie dieser Aussage sollte darin bestehen, dass hierdurch die zwielichtige Rolle höchstrangiger Regierungsfunktionäre ans Licht gezerrt wurde, da sich das Geschehen zu einem Zeitpunkt zutrug, dem eine Entscheidung des nordamerikanischen Kongresses vorausgegangen war, derzufolge der nicaraguanischen Konterrevolution nur »humanitäre Hilfe« geleistet werden durfte. Von einem Iran-Contra-Skandal wusste man zu jener Zeit noch nichts, erst später sollte die Öffentlichkeit erfahren, dass das Weiße Haus in einen geheimen Waffendeal mit dem Iran verstrickt war und die daraus erlösten dreißig Millionen Dollar auf ein in der Schweiz befindliches Konto der *Contra*organisation FDN transferierte. Dieser Coup erfüllte nicht nur den Tatbestand der Veruntreuung öffentlicher Gelder, sondern war auch den des Verstoßes gegen einen US-Kongressbeschluss, der die Reagan-Administration in die Nähe von Gangstersyndikaten rückte.

# 17

Das Gerücht, der Konvoi habe bereits die nächstliegenden Ortschaften passiert, eilte Maribel, der Überbringerin der Nachricht, voraus – mit Anas Ankunft war demnach stündlich zu rechnen. In der Kooperative hatten die Arbeiterinnen für den Rest des Tages die Arbeit niedergelegt, Kunden wurden auf den nächsten Tag vertröstet, Kinder zusammengetrommelt und ihnen kleine Aufträge erteilt, dann waren sie ausgeschwärmt, um Essbares vorzubereiten. Doña Carmen befand, dass auch ein Begrüßungsschlückchen nicht fehlen durfte und hatte für einen übersichtlichen Vorrat an Alkoholischem gesorgt. Am Ende war sogar noch Zeit geblieben, die Eingänge mit Palmwedeln zu schmücken, um dem Empfang eine feierliche Note zu verleihen.

Während in der Kooperative die Aktivitäten in vollem Gange waren, trottete Julia in der stechenden Mittagssonne durch staubtrockene Dorfstraßen. Nachdem Noemí überschlagen hatte, in welchem Umfang sich zusätzliche Ausgaben verkraften ließen, hatten die *compañeras* sie losgeschickt, um zu der kleinen Willkommensfeier auch Gäste aus Anas engstem Freundeskreis einzuladen. Die letzte Anlaufstelle auf ihrem Rundgang war das örtliche *Komitee zur Unterstützung der Combatientes*, das von Julián Cabrera geleitet wurde. Also schwenkte sie in die Hauptstraße ein und nahm den Weg zurück zur Kooperative, in deren unmittelbarer Nachbarschaft das Komitee seinen Sitz hatte. Vor dem Haus, das in einer Reihe gleich aussehender Häuser durch ein am Straßenrand eingepflanztes, handbemaltes Hinweisschild erkennbar war, hielt sie den Schritt an. Mürbe vom Gang durch die Hitze, die Zunge am Gaumen klebend, als wäre der Speichel verdunstet, erklomm sie das schiefgetretene Holztreppchen.

Abgesehen von ein paar benutzten Plastikbechern neben dem Wasserkocher auf einem Tischchen, wirkte das winzige Büro unberührt. Wo Licht durch die Spalten des Lamellenfensters drängte, trieben Staubteilchen in einer Wolke über dem leer gefegten Schreibtisch. Kein Julián. Julia hatte erwartet, ihn wie üblich im Gespräch anzutreffen. Meistens waren es Frauen, die wissen wollten, wie es ihren zum Wehrdienst eingezogenen Männern und Söhnen erging oder irgendein anderes damit in Verbindung stehendes Problem vorbrachten, dessen sich anzunehmen Sinn und Zweck dieser Hilfsorganisation war. Stattdessen fand sie ihn in einem sich daran anschließenden Nebenraum, zu dem die Tür offen stand. Sie hatte diesen Raum zuvor noch nie betreten, jetzt benahm es ihr den Atem beim Anblick des Bildes, das sich ihr im Umriss der Türöffnung zeigte: in dem engen, wenige Quadratmeter großen Geviert waren rings an den Wänden Holzkisten übereinander gestapelt, deren verräterische Form sogleich an Särge denken ließ – Sarkophage aus zusammengenagelten Brettern bis hinauf zu den Dachsparren, mit Lichtkrümchen gesprenkelt, die das Muster der Rostlöcher des Wellblechhimmels wiedergaben. Und inmitten der zu schaurigen Spekulationen animierenden Kulisse Julián, den hier anzutreffen sie gleichsam kalt überlief. Er saß auf einem dreibeinigen Schemel in der Mitte der frei gebliebenen Fläche, den dunklen, mit silbergrauen Fäden durchwirkten Lockenkopf gesenkt, die Ellbogen auf die gespreizten Knie gestützt, die Hände wie zum Gebet gefaltet berührten das Kinn, eine scharfkantige Scheide zwischen den Augen verriet seine Abdrift in grüblerische Gedanken. Als er sich Julias Anwesenheit bewusst wurde, richtete er sich ruckartig auf und auf seinem Gesicht erschien ein schiefes, durch ein Zucken des linken Mundwinkels hevorgebrachtes Lächeln, von dem man nicht wusste, was es ausdrücken sollte.

„Julián … was soll das hier? Was hat das zu bedeuten?"

„Ach das?" Er machte eine ausschweifende, einen Halbkreis beschreibende Armbewegung, wie ein Fremdenführer, der die Aufmerksamkeit auf eine touristische Attraktion lenken will. „Die sind heute gekommen. Wie du weißt, hab' ich dafür zu sorgen, dass die *muchachos* ein anständiges Begräbnis bekommen."

„Willst du damit sagen…?"

„Keine Sorge. Ich weiß, das sieht bestialisch aus, bedeutet aber nichts. Jedenfalls im Augenblick nichts. Allerdings, in unserer Lage muss man auf alles vorbereitet sein..."

Julia tat keinen Schritt vor und keinen zurück, das Erblickte wirkte wie eine unsichtbare Wand, die sie hinderte, die Schwelle zu überschreiten. Mit zusammengepressten Lippen und hängenden Armen, das Gesicht feucht von Schweiß, mühte sie sich nicht zu sehen, mühte sich nicht zu denken, mit aller Kraft konzentrierte sie sich darauf, auszublenden, was sie sah. Ihre Seele bäumte sich auf und ballte die Fäuste, nicht dieser Anblick und nicht dieser verfluchte Krieg, der sich bei jedem Schritt in Erinnerung rief und sein Gift in jede Faser des Lebens einbrachte – nichts blieb unberührt –, würden die Sonnenstrahlen, die sie seit dem Vormittag im Herzen trug, zum Verlöschen bringen!

Julián war aufgestanden und kam mit einem Stuhl für sie und einem Becher Kaffee zurück. „Komm! Setz dich ein Weilchen zu mir."

„Was? Hier?"

„Wieso nicht? Wer so viel Kummer wie ich miterlebt..." versetzte er mit halber Stimme, als spräche er zu sich selbst. Auf dem Grund seiner rußschwarzen Augen lag bodenloser Überdruss und weil er wusste, dass sie es sah, schlug er rasch den Blick nieder. Eine kleine Weile lang saßen sie schweigend nebeneinander, dann wandte er sich mit einem leichten Kopfnicken ihr wieder zu und auf sein Gesicht stahl sich das altvertraute, unvergleichliche, verschmitzte Lächeln, das zu ihm gehörte wie das Muttermal an seinem Hals unterhalb des linken Ohres. „Mal sehen, was verschafft mir denn die Ehre unserer *chelita*?" schlug er ohne Übergang einen unterhaltsamen Ton an. Julia hatte inzwischen genug erlebt, um diesen besonderen Beiklang in der Stimme nicht zu erkennen. Er färbte oft die Berichte von Menschen, denen Gewalt angetan worden war. Indem sie ihre Erzählung in eine dem Austausch von Banalem gebräuchliche Sprechweise kleideten, fanden sie ein Mittel, mit ihren schrecklichen Erlebnissen umzugehen. Manchmal sprachen sie davon in einer Weise, als wäre von etwas Erheiterndem oder Angenehmem die Rede, als wäre es ein anderes Ich, das sie erlebte – mit ihrer Überwältigung war in ihrem Innern etwas zerbrochen, das sich nicht wieder zusammenfügen ließ.

„Ich bin hier, um dich zu unserem Fest einzuladen," erwiderte sie so aufgeräumt wie möglich und es gelang ihr sogar ein dünnes Lächeln, da ihre innere Anspannung, die von der stockigen Atmosphäre ausgegangen war, bei zunehmender Gewöhnung in sich zusammenfiel wie die Holzscheite eines niedergebrannten Feuers. „Es gibt einen Grund zu feiern, unter Freunden sozusagen, denn Ana kommt heute zurück."

„Na! Das nenn' ich mal eine erfreuliche Nachricht! Gibt es denn auch…?" Er führte den gestreckten Daumen der geschlossenen Hand ruckartig an die Lippen, um anzudeuten, dass ihm der Sinn nach einem anständigen Gelage stand. Dabei fand er sein schalkhaftes Wesen wieder und seine ruhige und überlegene Festigkeit.

„Aber ja doch! Außerdem genehmigen wir uns auch gerne mal einen!" betrat Julia die Brücke, die er ihr baute, und imitierte lachend seine absichtsvoll übertrieben draufgängerische Gebärde. Sie wusste, dass er dem Trinken nicht völlig abgeneigt war, doch ließ er die Zügel niemals schießen, er vergnügte sich stets maßvoll und nie würde man ihn in unkontrolliertem Zustand antreffen. Um ein Haar hätte ihr Hochgefühl Schiffbruch erlitten, aber Julián hatte es geschafft, sie zum Lachen zu bringen. Sie lachten gemeinsam.

Auf Noemí war die Wahl der *compañeras* gefallen, eine kurze Begrüßungsansprache zu halten. Ana hatte die Huldigung, in die warmherzige Worte gelegt waren, mit gewohnt reservierter Freundlichkeit aufgenommen, denn Emotionen wie Rührung in aller Öffentlichkeit zu zeigen, gehörte nicht gerade zu ihren Charaktereigenschaften. Sie war aufgehellter Stimmung, nachdem die Überraschung über den Empfang seine Wirkung getan hatte. Aber wie schmal sie geworden war! Die Uniformhose, die sich normalerweise um die Rundungen ihrer kräftigen Hüften spannte, wurde jetzt von einem Gürtel gehalten und fältelte sich über flachen Hüftbögen. Ihr volles Gesicht hatte eine ovale Form angenommen, die Konturen ihrer Züge traten kantig hervor, dunkel eingefärbte Augenringe umschatteten ihre lebhaften Augen. Die mit ihr vorgegangene Veränderung ließ erahnen, was ihr das Unternehmen in diesen zwei langen Monaten abgefordert hatte. Sie aß mit großem Appetit und spülte sich genüsslich den Rum die Kehle hinunter, sie plauderte und scherzte mit den *compañeras*, rückte jedem mit Fragen auf den Leib und nahm alle Neuigkeiten mit ausgiebigem Interesse auf, während sie gebackene Bananen, Fleisch, *tortillas* und Kohlsalat in sich hineinschaufelte. Die jungen Frauen hatten die Gelegenheit umgehend beim Schopf gepackt, ihre besten Kleider hervorgeholt und für ein ansehnliches Repertoire an Tanzmusik gesorgt. Es war die Gelegenheit zur Freude, jenem ungebrochenen, genuinen Vermögen zur Freude, das den inneren Reichtum dieser Menschen darstellte und zusammen mit einer gewissen Neigung zu schwarzem Humor eine der seelischen Defensivwaffen gegen das Unglück war. Und um der Freude willen musste der kleine Kassettenrecorder jetzt zeigen, was er hergab. Als sie zu tanzen anfingen, ließ sich Ana animieren mitzutanzen, ein Tanz, der weder an rhythmischer Hingabe noch an Biegsamkeit, die er ihren Gliedern abverlangte, der Jugend in nichts nachstand, obwohl sie zum Umfallen müde sein musste. Die älteren *compañeras* hatten ihre Stühle am Rand der frei geräumten Tanzfläche aufgestellt und fächelten sich mit Schweißtüchern Luft zu. Auf ihren Gesichtern lag ein Ausdruck heiterer, innerer Einkehr, denn kein aufmerksames Auge wurde jetzt mehr verlangt, das über das Wohlbefinden der Gäste wachte. Sie genossen die Feier auf ihre Art – sie ruhten aus.

Musik und Gelächter, die nach draußen drangen, zogen Schaulustige an, die ihr Vergnügen daran fanden, dem Treiben durch die Fenster zuzuschauen. Kinder aus der Nachbarschaft besetzten großäugig die Treppenstufen der Eingänge, die ganz Mutigen wagten sich ins Innere vor und lümmelten sich auf dem Fußboden herum, kleine Buben balgten sich unter den Zuschneidetischen um die begrenzten Plätze. Und wo kein Tanzpartner zur Verfügung stand, ließ sich der eine oder andere Zaungast herbei, den Mangel an Tänzern auszugleichen.

Es war sehr spät am Abend, als Ana und Julia nach der langen Zeit der Trennung wieder gemeinsam nach Hause gingen. Kaum angekommen zog es Ana in die frisch gewaschenen Laken, die zur Begrüßung auf sie warteten. „Was für ein Gefühl! Endlich wieder in einem richtigen Bett schlafen!" war zugleich ihr erstes und letztes Wort an diesem Abend, bevor sie in einen Schlaf von tiefer Bewusstlosigkeit fiel – mehr Ohnmacht als Schlaf. Julia, auf der anderen Seite der trennenden Bretterwand, lauschte verzückt ihren tiefen und regelmäßigen Atemzügen, als füllten Zaubergesänge von hypnotischer Schönheit ihr Ohr, orchestriert vom schrillenden Konzert der Zikaden, das in den Äther aufstieg. Alles war hell in ihr, alles Freude! In seliger Andacht halb eingeschlummert und umfangen von kohlschwarzer Dunkelheit dauerte es nicht lange bis der Schlaf auch sie ereilte. Vom Rum wohlig ermattet und Friede im Herzen trieb sie auf dem uferlosen Meer der Träume dahin.

Es gab noch ein weiteres Ereignis in diesen ersten Juniwochen: an einem frühen Sonntagmorgen, wenige Tage nach ihrer Rückkehr, erhielt Ana überraschend Besuch von ihrem Vater. Ana empfing ihn mit einem Ausruf überschäumender Freude und kaum dass er den Fuß über die Schwelle gesetzt, hätte sie ihn am liebsten mit allen möglichen Fragen bestürmt (Was macht mein Herzblättchen? Wie geht es der Mutter? Was machen die Geschwister?), aber da sie sah, dass die Reise ihn angestrengt hatte, wollte sie ihm Gelegenheit zum Ausruhen geben. Don Gregorio hatte sich an den Tisch gesetzt und sah ihr zu, wie sie im Haus herum lief und die Fensterläden öffnete. Das hereinstürzende Morgenlicht entblößte jeden Winkel. Sie ließ sich an der gegenüberliegenden Tischseite nieder, die angewinkelten Arme auf der Tischplatte, den Kopf leicht zur Seite geneigt, sah sie unter den Halbmonden ihrer Brauen hingebungsvoll zu ihm auf. Vom offenen Fenster her strich der Hauch eines warmen Luftzugs über ihren Nacken, nach den Regengüssen der vergangenen Nacht versprach es der Beginn eines besonders heißen Tages zu werden. Don Gregorio sah sich mit unbekümmertem Interesse in ihrem neuen Zuhause um, dann wanderte sein Blick wieder in ihre Richtung, wobei seine große, prankengleiche Hand die sehr viel kleinere seiner Tochter bedeckte. „Bin ich zu früh?" fragte er lächelnd, in Anspielung darauf, dass Ana noch ihr Morgengewand trug, ein Mittelding zwischen Kittel und Nachthemd aus hellblauer Kunstfaser mit Maschinenstickereien in derselben Farbe an Saum und Knopfleiste. „Aber nicht doch!" antwortete sie mit einem leisen Kopfschütteln und einem schlaftrunkenen Lächeln, das halb ein Gähnen war.

Don Gregorio war von hohem Wuchs und kräftiger Statur. Abgesehen von dem schweren, ein wenig schleppenden Schritt, worin sich die Spuren des Alters zu erkennen gaben, zeigten sich in seinem Auftreten, ungeachtet seiner immerhin fast siebzig Jahre, keine sichtbaren Anzeichen von Hinfälligkeit. Sein Haar war noch voll und nur leicht ergraut, im Gesicht trug er eine altmodische Hornbrille, die aus der Spendensammlung irgendeines Solidaritätskomitees hätte stammen können, wohinter sich lebendige, anteilnehmende kluge Augen verbargen. Seine Erscheinung verströmte die reife Würde väterlicher Autorität, der jedoch jener autoritäre Gestus fehlte, der Anerkennung um ihrer selbst willen gebietet. Selten wich das offene Leuchten nachsichtiger Gelassenheit aus seinem dunkelhäutigen, von Altersfalten modellierten Gesicht, dessen Beschaffenheit an die Holzschnitte alter Meister erinnerte, und selbst wenn er über ernste Dinge sprach, behielt es den Ausdruck der Güte.

Julia war, nachdem das Pochen an der Tür und die fremde Stimme im plötzlichen Erwachen den Schlaf verbannt hatten, in Windeseile in Rock und Bluse geschlüpft, um sich dem Gast nicht in fadenscheiniger Aufmachung zu zeigen. Als sie aus ihrem Kämmerchen trat, wurde sie von Don Gregorio mit einem Händedruck herzlichen Einvernehmens begrüßt, so als bestünde zwischen ihnen schon eine lange Freundschaft. „Ich glaube, ein Kaffee könnte jetzt nicht schaden", erbot sie sich, vorausschauend, dass Ana noch nicht dazu gekommen war, und machte sich an die Zubereitung des Morgenkaffees. Aus dem Winkel, wo sich das Tischchen mit der elektrischen Kochplatte befand, beobachtete sie die Begegnung zwischen Vater und Tochter mit einer gewissen voyeuristischen Neugier, da sie aus Gesprächen mit Ana wusste, wie sehr sie ihren alten Herrn verehrte. Aus den Augenwinkeln sah sie wie Ana die Arme hob und sich mit den Fingern durch das nachtschwarze Haar fuhr und dabei ausgiebig gähnte. Das Gähnen verwandelte sich in ein zutrauliches, kindliches Lächeln, als wäre sie das kleine Mädchen von einst, das die Freude über den unverhofften Besuch offenbarte.

Don Gregorio war *delegado de la palabra*, einer der vielen Laienprediger im Land, welche, inspiriert von der Theologie der Befreiung, zum fortschrittlichen Teil der katholischen Kirche gehörten. Mit ihnen teilte er die Auffassung, dass zwischen christlicher Lehre und Revolution kein Gegensatz bestand. Zu Tausenden hatten katholische Laien aus dem eigenen Glauben heraus den Befreiungskampf unterstützt und den Samen für eine Kirche von unten gelegt – eine Kirche des Volkes. Basisdemokratische Strukturen in den Gemeinden sowie das Eintreten für eine soziale Ordnung nach den Prinzipien der Gerechtigkeit widersprachen dieser Auffassung gemäß der christlichen Theologie ebenso wenig wie der spirituellen Praxis. Eine den revolutionären Veränderungen gegenüber aufgeschlossene Kirche, die Beteiligung von Priestern und Laien am Aufbau einer neuen Gesellschaft, die Auslegung des Evangeliums als Parteinahme für die Armen, all das hatte zum offenen Konflikt mit der katholischen Kirchenhierarchie geführt. Eine Kirche des Volkes, die sich der Nöte der Menschen annahm, stand im Widerspruch zur etablierten konservativen und weltabgewandten Glaubenslehre als einer über dem Leben der Gläubigen schwebende Abstraktion. Von Rom unterstützt verteidigten die Bischöfe ihren Machtanspruch gegenüber den progressiven Geistlichen, denen sie vorwarfen, mit ihrer Doktrin der kirchlichen Arbeit die Lehre Christi zu entstellen, denn sie befürchteten das Entstehen einer marxistisch orientierten Parallelkirche. Doch diese Befürchtung hinkte der Entwicklung bereits hinterher, denn in ganz Lateinamerika hatte die intransigente Haltung der Kirchenhierarchie die katholische Kirche unter dem Einfluss erneuernder Strömungen gespalten. Der Vatikan versuchte die rebellischen Priester mundtot zu machen, indem er disziplinarische Maßnahmen gegen sie verhängte und in einigen Fällen ihnen sogar die Lehrbefugnis entzog.

„Wie geht's bei euch daheim? – was macht die Mutter?" fragte Ana jetzt, in deren noch etwas verschlafener Stimme ein Anflug von Besorgnis mitklang.

„Sie macht mir Sorgen. In den letzten Wochen ging es ihr nicht gut ... wieder das Herz, aber du weißt ja wie sie ist, sie lässt sich nichts abnehmen, sie hat ihren verflixten Dickkopf ... Sie wird uns eines Tages noch tot umfallen..."

„Ja und die *muchachas*? Tun sie denn nichts, greifen sie denn nicht ein?"

„Ach, deine Schwestern, sie helfen natürlich, so gut sie können, aber gegen den Eigensinn deiner Mutter kommen auch sie oft nicht an."

Ana warf ihrem Vater einen besorgten Blick zu. „Vielleicht sollte ich die Kleine besser zu mir nehmen ... sie hätte dann eine Last weniger."

Don Gregorio zuckte resigniert die Achseln. „Das musst *du* wissen, aber viel ändern würde das nicht. Deine Mutter hat die Kleine in ihr Herz geschlossen, du nähmst ihr damit womöglich eine Freude..." Seine eng zusammenstehenden, buschigen Brauen schoben sich weiter zusammen, er blickte nachdenklich unter einer tiefen Stirnfalte hervor.

Julia schien der kurze Augenblick des Schweigens ein günstiger Moment zu sein, sich nach draußen in die Hängematte zurückzuziehen. Sie stand vom Tisch auf und empfahl sich unter dem Vorwand ihr Buch beenden zu wollen, da ihr Gespür ihr sagte, dass zwischen Ana und ihrem Vater Dinge zu besprechen waren, die nur sie beide etwas angingen.

„Wie ging es mit eurer Brigade?" nahm Don Gregorio das Gespräch wieder auf, nachdem Julia gegangen war.

„Ich glaube, wir waren nicht ganz erfolglos", begann Ana mit vorsichtigem Optimismus ihren Bericht, „aber du kennst das ja, die Bauern sind aus Prinzip misstrauisch und man weiß nie, was in diesen Köpfen wirklich vorgeht." In der Tat wirkte sie zuversichtlich, denn wo immer sie aufgetaucht waren, hatten sich Leute in großer Zahl zu den einberufenen Versammlungen eingefunden. Doch war das bei näherem Hinsehen nicht allzu verwunderlich, denn wann kam es schon vor, dass sich Leute von der Regierung in die Abgeschiedenheit ihres Ortes verirrten und jetzt war gleich eine ganzes

Aufgebot gekommen. Dem einen oder anderen mochte sich mit ihrem Erscheinen auch eine vage Hoffnung verbunden haben, da sich herumgesprochen hatte, dass diese Leute kamen, um ihnen, den landlosen Bauern, endlich die versprochenen Landtitel zu übereignen. Nach der Revolution war die Landreform zwar unverzüglich in Angriff genommen worden und Tausende landlose Bauern in den Besitz von Landtiteln gekommen, doch hatte man bei der Landverteilung den Kooperativen den Vorrang gegeben. Die kooperative Produktionsweise sollte helfen, die Arbeits- und Lebensbedingungen der Landbevölkerung zu verbessern und gleichzeitig der Zerstückelung wertvoller Anbauflächen entgegen wirken. In der Modernisierung der Landwirtschaft sah man das Mittel zur Überwindung agrarischer Rückständigkeit, man träumte von gemeinschaftlich bewirtschafteten Ländereien, wo anstelle des Ochsenpflugs Maschinen die Arbeit verrichteten. In der Tat wurde der Arbeitstag auf dem Land erheblich verkürzt und der Mindestlohn verdoppelt und die Tagelöhner mit Rechten ausgestattet, die sie vor der Willkür der Haziendabesitzer schützten, bei denen sie beschäftigt waren. Jedoch rief die Idee der Gütergemeinschaft auch Argwohn hervor. Besonders unter den kleinen und besitzlosen Bauern, die auf ein Stück eigenen Grund und Bodens gehofft hatten, aber auf kollektive Organisationsformen mit Abwehr reagierten, bereiteten sich die ersten Enttäuschungen vor. Mittlerweile war nicht mehr daran vorbei zu sehen, dass die *contra* mit ihrem religiös-mystizistisch verbogenen Antikommunismus unter dieser Bevölkerungsgruppe an Einfluss gewann. Aber auch einfache und ungebildete Bauern geben sich nicht ohne weiteres für fremde Interessen her. Deshalb setzten ihnen die Anführer bei ihren Streifzügen durch ihre Gegend mit dem Märchen von der drohenden Zwangskollektivierung zu und bilderten ihnen die Furcht ins Gehirn, ihr Stückchen Land, soweit sie ein solches besaßen, an den neuen Staat zu verlieren. Vor dem Hintergrund dessen, was sich da zusammenbraute, hatte die Regierung beschlossen, das Versäumte nachzuholen und das Verfahren zu ändern, indem vorzugsweise den landlosen und verarmten kleinen Parzellenbauern Landbesitz zugesprochen werden sollte. An Ana und ihrer Gruppe war es nun, diese neue Linie in den Versammlungen glaubhaft zu vertreten. Gegen die eigene Überzeugung zu handeln, war allerdings nicht ganz einfach gewesen. Das galt besonders für Eusebio Mendoza, den Vertreter der Agrarreform, der das harte Leben und die bittere Armut der Bauern gut kannte, weil er einer von ihnen war. Er war fest davon überzeugt, dass die Kooperativen ein veritables Instrument darstellten, der von den Kaziken ererbten Armut auf dem Lande beizukommen und den Menschen zu einem leichteren und besseren Leben zu verhelfen. Aus dem Grund war er Kooperativenbauer geworden, und er war es mit Leib und Seele. Daher war ihm die Aufgabe, die er mit seiner augenblicklichen Mission zu erfüllen hatte, nämlich den Wünschen der Bauern nach individuellen Landtiteln entgegenzukommen, nicht eben leicht gefallen. Denn der private Landbesitz galt ihm als die Wurzel allen Übels, allen gestrigen und heutigen bäuerlichen Elends und aller Rückständigkeit – der Feind von allem, was Anspruch auf die Menschenpflicht erhebt, für einander einzustehen. Allerdings wusste Mendoza aus Erfahrung nur zu gut, dass die ersehnten Veränderungen sich nur herbeiführen ließen, wenn sie auf freiwilliger Praxis beruhten und dass überkommene Zustände sich mit den Mitteln der Unfreiheit nicht beseitigen ließen. Als Frontmann der Argrarreform erfüllte er seinen Auftrag pflichtgemäß, als *campesino* mit revolutionären Absichten wollte er sich noch nicht geschlagen geben, wobei er darauf setzte, dass ihn mit seinen Zuhörern die gemeinsame Herkunft und Sprache verband. Und da er ein Mann mit Visionen war, befeuerte seine Reden der Einsatz für die Jugend, um wenigstens sie dem Stillstand zu entreißen. – Wären nicht ganze Familien auf Gedeih und Verderb an die eigene Scholle gefesselt, könnten sie auf die Arbeitskraft ihrer Kinder weitgehend verzichten. Warum wohl würden überall Schulen gebaut, wozu Lehrer beschäftigt, die sich in unzähligen Dörfern der Unterrichtung von Bauernkindern widmeten? „Können wir es verantworten, unsere Kinder von all den Möglichkeiten fernzuhalten, die sich ihnen bieten? Haben wir nicht die Pflicht, für ihre Schulbildung zu sorgen, wenn diese uns außer unserer Bereitschaft nichts kostet? In einer Welt, wo das geschriebene Wort den Ausschlag gibt, sich in ihr zurechtzufinden, ist Analphabetentum Gewalt! Erinnern wir uns! War es nicht so, dass die Kaziken, die es auf unser Land abgesehen hatten, uns Verträge unter die Nase hielten, die wir weder lesen noch verstehen konnten? Drei Kreuze galten als Unterschrift und genügten, um den Betrug und unser Unglück zu besiegeln. Heute stehen unseren Kindern alle Möglichkeiten offen, damit sie weiter kommen als wir! Was ich hier zu bedenken gebe, tue ich nicht im Namen einer Behörde oder als Funktionär einer Partei, nein, ich spreche zu Ihnen als Familienvater, und für all die Buben und Mädchen, die ich hier vor mir stehen sehe. Und ich übertreibe nicht, wenn ich behaupte, mit ein wenig Unterstützung könnten sie sogar studieren!" Zwar wog Mendoza seine Worte stets sorgsam ab, aber insgeheim machte er diesen Bauern, deren ganzem Gebaren noch die Mühsal ihrer Ahnen eingeschrieben war, ein wenig ihre halsstarrige Haltung zum Vorwurf, die ihren Kindern, das hieß den folgenden Generationen, die Zukunft verbaute.

„Du hättest ihn erleben sollen, er war fabelhaft!" verkündete Ana euphorisch.

„Don Eusebio ist klug genug um zu wissen, dass man Menschen nichts verordnen kann", sagte Don Gregorio, der um die tiefe Verwurzelung traditioneller Werte und die Erdverbundenheit der Landbevölkerung wusste. „Du bist auf dem Land groß geworden, ich sage dir also nichts Neues mit meiner Behauptung, dass die schwere und mühselige Arbeit in den Augen eines *campesinos* nur auf dem eigenen Grund und Boden der Mühe wert ist. Im Grunde genommen verlangen sie nicht viel: sie wollen Land und gerechte Preise für ihre Ernten. Unsere halbherzige und zögerliche Haltung, denen die Hand zu reichen, die unsere Vorstellungen vom Kollektiv nicht teilen, muss Zweifel an den Absichten der Agrarreform nähren, denn ohne Land sind diese Menschen wie Bäume ohne Wurzeln. Unsere gut gemeinten Experimente in allen Ehren, aber welchen Zweck erfüllen sie, wenn sie von denen, für die sie gedacht sind, nicht angenommen werden, weil sie ihren Überzeugungen und ihrer Art zu leben entgegenstehen?"

„Du willst sagen, es fehlt uns an Verständigungswillen?" sagte Ana gedehnt. Man sah, wie in ihren teerglänzenden, ein wenig geschlitzten Augen Reflexe ihrer natürlichen Glut spielten.

„Sagen wir an Augenmaß für das, was möglich ist und das, was aus unserer Perspektive gerecht und wünschenswert ist. Ich fürchte, wir verlangen von den Menschen zu viel auf einmal. Wir verlangen von einfachen Menschen, halben Analphabeten, etwas, was für sie unbegreiflich ist. Nämlich, dass sie von da, wo wir uns befinden, von einer Etappe in die nächste springen. Für einige ist dieser Sprung zu weit. Deshalb werden sie leichtgläubig und fallen der gemeinen Propaganda unserer Gegner anheim. In ihrer Verunsicherung greifen sie zur Waffe, lassen ihre Familien im Stich und ziehen mit den Banditen in den Krieg, weil sie von uns die Lösung der Probleme ihres Lebens nicht mehr erhoffen. Dass sie sich damit zum Werkzeug der *yanquis* machen, dass sie unser Land in den Abgrund eines Krieges reißen, das ist…"

„Das alles klingt sehr versöhnlich", unterbrach Ana ihn rau. Die auf die Rede ihres Vaters antwortende Veränderung in ihrem Gesicht drückte auf der ganzen Linie Missbilligung aus, so viel Nachsicht mit den Mördern ging ihr entschieden zu weit.

„Versöhnung unter den Menschen zu stiften, dazu bin ich auf der Welt, mein Kind. Zu glauben, die Bauern seien ihres elenden Daseins wegen natürliche Verbündete der Revolution, das war von Anfang an ein Irrtum unserer Führung. Verbündete muss man gewinnen, was voraussetzt, sie zuallererst einmal zu verstehen. Wir verstanden die Welt der *campesinos* immer aus dem gemeinsamen Kampf heraus, als sie wie wir noch Opfer brutaler Unterdrückung waren. Aber heute, wo wir an der Macht sind und uns die Verpflichtung zur Veränderung zufällt, tut sich zwischen ihnen und uns plötzlich eine ungeahnte Kluft auf. Nichts anderes will ich sagen."

„Dann müsstest du es begrüßen, dass unsere Regierung beschlossen hat, die Agrarreform weiter voranzutreiben, um eine gerechtere Landverteilung zu erreichen."

„Was weitere Konfiskationen nach sich ziehen wird", konstatierte Don Gregorio sorgenvoll, auf dessen Stirn sich die Einkerbung einer Denkfalte vertiefte.

Ana zuckte die Achseln. „Siehst du eine andere Möglichkeit? Was sonst verschafft uns neuen Spielraum, um die notwendigen Korrekturen vorzunehmen?" Um der weiteren Erörterung aus dem Weg zu gehen, welche

Konflikte der neuerliche Griff nach dem Latifundienbesitz heraufbeschwören könnte, wechselte sie rasch das Thema. „Weißt du, was auffallend war? Bei fast all unseren Versammlungen fehlten die Jugendlichen und die jungen Männer. Wie wir herausgefunden haben, hielten sie sich versteckt, weil sie dachten, wir wären gekommen, um sie zum Wehrdienst abzuholen. In den nächsten Wochen werden die *muchachos* des zweiten Jahrgangs demobilisiert und für den nächsten hat es schon Einberufungen gegeben..."

„Und dagegen regt sich Widerstand..."

„Mein Gott Vater, es ist Krieg!" rief Ana aus. „Viele *muchachos* haben ihren Wehrdienst freiwillig verlängert! Muss es in der Frage denn nicht Gerechtigkeit geben?" Mit dieser Äußerung, so fühlte Ana, hatten sie sich auf ein Territorium begeben, das mit lauter Fallstricken gespickt war – aus der *guerilla* war eine Volksarmee geworden, die Verteidigung der Freiheit war nicht mehr freiwillig, es wurde gekämpft unter allgemeiner Wehrpflicht.

„Ich komme nicht auf die Idee, das zu übersehen", entgegnete Don Gregorio energisch, „aber der Krieg rechtfertigt nicht jede Vorgehensweise. Ist es etwa gerecht, wenn man den Armen die Söhne nimmt, während andere ihre vorteilhaften Beziehungen ins Spiel bringen und vom Militärdienst freigestellt werden?"

„Wie meinst du das?"

„Ich meine, dass es vertretbar ist, wenn man die Gebildeten in den Positionen belässt, wo sie im zivilen Leben dringend gebraucht werden, aber es ist nicht recht, wenn von den drei Söhnen einer Bauernfamilie zwei zum Militärdienst eingezogen werden. Man muss sich die Situation der Leute genauer ansehen. Du solltest wissen, was es bedeutet, wenn auf einen Schlag die helfenden Hände dieser jungen Burschen fehlen. Ich stehe mit meiner Meinung nicht allein, wenn ich fordere, dass das Verfahren auf die Lage jeder einzelnen Familie Rücksicht zu nehmen hat. Und auch nicht rechtens ist es, meine Tochter, wenn auf die jungen Männer, die den Militärdienst aus religiösen Motiven verweigern, Druck ausgeübt wird. Muss ich dich daran erinnern, dass wir ein Gesetz haben, nach dem die Befreiung vom Militärdienst aus religiösen Gründen verbrieftes Recht ist? Deswegen kommt es zu der Entwicklung, die wir gerade zu beklagen haben: die jungen Leute laufen weg und kaum sind sie über die Grenze, finden sie sich in einem Trainingslager der *contra* wieder und dann gibt es kein Zurück mehr. So treibt ihr sie in die Arme dieser Mörder."

„Seit wann sprichst du von *ihr*?" Ein Schatten von Verwirrung glitt über Anas Gesicht wie eine vorüber ziehende Wolke einen Augenblick lang die Sonne zudeckt.

„Seit ich von Dingen erfahre, die mein Gewissen beunruhigen."

„Aber du weißt doch genauso gut wie ich, dass die angeblich religiösen Motive oft genug nur ein Vorwand sind, um uns Steine in den Weg zu werfen – die ganzen evangelischen Sekten bedienen sich dieser Masche. Schließlich haben sie kein Problem damit, wenn ihre Schäfchen zu den Waffen der *contra* greifen – ganz im Gegenteil!"

„Es mag Fälle geben, gewiss, aber ich weiß auch, dass viele berechtigte Einwände einfach übergangen werden. Außerdem steht uns nicht an, an ihrem Glauben zu zweifeln, allein Gott kann den Menschen ins Herz sehen." Don Gregorio sagte einen Augenblick lang nichts und lehnte sich im Stuhl zurück, sich dessen bewusst, dass er bei ihr *so* nicht weiterkam. Diese Art Spannung hat es immer zwischen ihnen gegeben, seit sie erwachsen war, denn sie suchte ihr Heil nicht im Übersinnlichen, sondern sie glaubte an die Veränderbarkeit der Menschenwelt im materiellen Sinne und an die moralischen Werte der Revolution. Daher folgte er, um das Gespräch wieder aufzunehmen, einem anderen Impuls: „Es plagt mich das unglückselige Empfinden, dass unsere Armee den Leuten mit zu vielen Vorurteilen begegnet. Manche Rekruten zeigen ein nicht zu tolerierendes Betragen, vor allem die jungen Leute aus den Städten. Viele kommen aus Managua, aus León, aus Rivas ... in den Köpfen das Bild des rückständigen *campesinos*. Sie kommen mit viel revolutionärem Elan, das will ich gar nicht bestreiten, aber gleichzeitig mit der Information, dass in ihrem Operationsgebiet niemandem zu trauen sei. Wen wundert's da noch, dass sie sich an diesen Orten bewegen, als befänden sie sich in Feindesland? Mit der Zeit machen sie dann ihre ersten Kampferfahrungen, sie sehen enge Freunde und liebgewonnene Kameraden neben sich sterben … diese Erlebnisse bleiben natürlich nicht ohne Folgen, sie wirken sich auf ihr Verhalten gegenüber der ansässigen Bevölkerung aus. Allzu leicht gerät jemand in den Verdacht, ein Kollaborateur des Feindes zu sein. Ich begreife durchaus, dass dieses Verhalten aus der Angst resultiert, wie jeder andere junge Mensch hängen die *muchachos* an ihrem Leben. Und sie empfinden Wut, große Wut, sie sind wütend auf den Krieg, weil sie nach dem Sieg zu Recht ein anderes Leben erwartet haben … wer könnte das nicht verstehen?" Don Gregorio streckte die Hand aus und legte sie seiner Tochter auf den Arm, wie um die Eindringlichkeit seiner Worte zu unterstreichen. „Ich bin bestimmt der Letzte, der nicht anerkennen würde, was wir diesen jungen Menschen zu verdanken haben, aber mir kommen Klagen zu Ohren, die man nicht ernst genug nehmen kann. Da ist die Rede davon, dass sich die *muchachos* ohne um Erlaubnis zu bitten der Früchte und der Ernte der *campasinos* bedienen, dass sie Zäune und Einfriedungen zerstören, weil die auf ihrem Durchmarsch im Weg sind. Es kommt auch vor, dass sie Hühner mitnehmen, mit dem vagen Versprechen, dass man den Schaden auf der Kommandantur ersetzen wird. Sie haben nicht die geringste Ahnung vom bäuerlichen Leben und noch weniger davon, was der Verlust für diese Familien bedeutet! Ich fürchte, dass diese Bauern so erst dahin getrieben werden, wo sie angeblich schon stehen. Die *muchachos* trifft keine Schuld, wer hier versagt, das sind ihre Vorgesetzten in der Armee." Don Gregorio seufzte tief. Es ging inzwischen auf Mittag zu, unter dem Zinkdach war es trotz eines leichten Durchzugs, erstickend heiß. Er zog aus seiner Hosentasche ein frisches, zusammengefaltetes Stofftaschentuch hervor und wischte sich den Schweiß von der Stirn. Aus seinem Gesicht sprach die Niedergeschlagenheit eines Menschen, dessen Gerechtigkeitssinn sich gegen seine trüben Visionen aufbäumte. „Wir, die *delegados*, die wir seit Jahr und Tag vor Ort sind, wir kennen die Leute genau, wir wissen, mit wem wir es zu tun haben, aber die jungen Offiziere glauben auf unsere Meinung verzichten zu können. Wenn sie mir bei Gelegenheit einmal zuhören, hat man das Gefühl, sie tun das nur aus Höflichkeit einem alten Mann gegenüber. Mit dem Anbruch der neuen Zeit ist meine Autorität offensichtlich nicht mehr gefragt – das war früher anders."

„Aber Papá..." Ana schluckte an den Worten ihres Vaters. Sie sah ihn mit einem gequälten Blick an: „Die Jugend, auf die eure Generation so stolz gewesen ist, hat sie in deinen Augen an Ansehen verloren?"

„Ach Kind", sagte Don Gregorio nach einer Weile des Schweigens und seine Stimme schwankte vor Besorgnis, „ich bin mir weiß Gott darüber im Klaren, in welcher Gefahr wir uns befinden. Aber wenn die Gefahr, die über der Revolution schwebt, jedes Fehlverhalten rechtfertigt, ist dann andernfalls nicht auch die Revolution in Gefahr? – Die längste Zeit mühen wir Christenmenschen uns ab, in unseren Gemeinden unseren Glauben mit den Erfordernissen des sozialen Fortschritts in Einklang zu bringen, die längste Zeit kämpfen wir mit dem Evangelium an der Seite der Revolution, und dann fallen uns ein paar vorurteilbeladene uniformierte Grünschnäbel mit ihrer Arroganz in den Rücken."

„Jetzt tust du so, als ginge es hier nur um Vorurteile", warf Ana aufgewühlt ein, „aber du willst doch nicht leugnen, dass es Beweise gibt..."

„Beweise! Beweise!" schnitt Don Gregorio ihr hitzig das Wort ab. „Natürlich gibt es Beweise! Aber hüte dich vor voreiligen Schlüssen! Ich habe jeden Tag mit Menschen zu tun, die aufgeschlossen für Veränderungen sind, solange man ihre Gewohnheiten und ihre Lebensweise respektiert, solange man ihnen mit der gebotenen Achtung begegnet." Er richtete einen ernsten und durchdringenden Blick auf seine Tochter: „Wenn du mich fragst, aus ähnlichen Gründen haben wir uns die ablehnende Haltung der Mitskitoindianer eingehandelt. Auch hier spielt das Problem der Fremdheit eine Rolle, des Nichtsvoneinanderwissens. Und was die angebliche Rückständigkeit unserer Bauern angeht, so bin ich der Meinung, dass sie sich von anderen Gruppen in unserer Gesellschaft lediglich dadurch unterscheiden, dass sie im Zustand einer anderen Zeit leben. Auf dem Land herrscht das Gesetz der Langsamkeit und das bedeutet, dass Veränderungen bei uns nicht mit der gleichen Geschwindigkeit vonstatten gehen als anderswo! Die Schwierigkeiten, in denen wir stecken, beweisen, dass man sich nicht allein auf die Leute aus den Städten verlassen kann, auf die Jungen, die Arbeiter, die Studenten, auf die Kooperativen. Solange wir blind gegenüber den eigenen Fehlern sind, werden wir nicht verhindern können, dass immer wieder *campesinos* ins gegnerische Lager überlaufen. Es geht um eine Vorgehensweise, die diese Menschen gewinnt und nicht verschreckt! Oder sind wir schon so weit, dass Kritiker zu Gegnern erklärt werden?"

„Das sind starke Worte!" sagte Ana sichtlich erschrocken. „Du wirkst so verbittert!"

„Ach, sag' lieber besorgt über bestimmte Entwicklungen. Und mein Unbehagen verstärkt sich noch, wenn ich mir jemanden wie Umberto ansehe..."

„Wieso Umberto? Wie kommst du auf den? Hast du ihn gesehen?"

„Ja, stell' dir vor, er war bei uns! Der Herr hat sich dazu herabgelassen eure Tochter zu besuchen. Sie hat demnächst ihren dritten Geburtstag und dies war das erste Mal, dass er sich an sie erinnert hat. Aber auch nur, weil er zufällig in der Gegend war – es ging um ein paar ausländische Journalisten, die er zu begleiten hatte. Und weißt du, was er eurem Töchterchen mitgebracht hat, nach all der Zeit, die wir sie großgezogen haben? – Ein einziges Paar Schuhe! Was denkt sich dieser Mann? Wie es aussieht, hat er einen beachtlichen Aufstieg gemacht, dieser ehemalige politische Sekretär der *frente*. Ein Posten im Außenministerium ... ich glaube Abteilung für internationale Beziehungen." Don Gregorio schüttelte verständnislos den Kopf: „Macht sich an eine kleine Bäuerin ran, ohne die Verantwortung für den Rest zu übernehmen..."

„O nein Papá, hier liegst du gründlich falsch", verteidigte sich Ana, „es war meine Entscheidung, ganz allein meine! Und das unschuldige, kleine Ding war ich auch nicht mehr! Ich war eine erwachsene Frau, die hätte *Nein* sagen können! Dass es in seinem Leben noch eine Andere gab, konnte ich nicht wissen, aber zu behaupten, ich sei verführt worden, das ist vielleicht eine angenehmere Vorstellung, aber als Erklärung wohl zu einfach." Auf ihre Wangen malte sich eine leichte Röte der Verlegenheit, nicht nur weil sie sich ungewollt zu Bekenntnissen hatte hinreißen lassen, die Einblicke in den tabuisierten Bezirk ihres Intimlebens gewährten, sondern ein klein wenig auch aus Scham, denn Vätern macht man keine Geständnisse der sexuellen Liebe. Doch jetzt konnte sie nicht mehr zurück. „Sollte ich im Nachhinein über diese Geschichte urteilen, kann ich nur sagen, ich war in meiner Verliebtheit wahrscheinlich zu vertrauensselig, ich kannte mich noch zu wenig damit aus, was Männer Frauen alles antun können... Jedenfalls bereue ich nichts. Und mein Töchterchen ist das wunderbarste Geschenk, das ich mir denken kann!"

Der alte Herr war trotz seiner harschen Worte beherrscht geblieben, jetzt aber brach es aus ihm heraus: „Haben diese Leute vergessen, dass wir gemeinsam für dasselbe Ziel gekämpft haben? Haben sie vergessen, dass wir sie unter Lebensgefahr in unseren Häusern versteckt haben? Erinnern sie sich noch daran, was wir um der gemeinsamen Sache willen alles auf uns genommen haben? Sind wir schon wieder da angekommen, dass man auf uns herabblicken darf, nur weil wir einfache Landmenschen sind? – Entschuldige, aber dieser angebliche Revolutionär, ich weiß nicht einmal wo er damals war..."

„In Managua..."

Don Gregorio überging den Hinweis in seiner Erregung. „Um irgendwas wird er sich schon verdient gemacht haben, aber es interessiert ihn nicht, was aus der eigenen Tochter wird und dir bleibt er obendrein den Unterhalt schuldig – er erhebt sich über unsere eigenen Gesetze!"

„Ach, wie viele Männer tun das", hielt Ana ausweichend dagegen, aber da war eine Spur von Verletzung in ihrer Stimme, „ich bin zu stolz, ihn zu zwingen." Sie wusste, dass was sie da sagte, nicht haltbar war, denn nicht allein als Repräsentantin der Frauenorganisation, auch als Frau hätte sie jeder anderen Frau in ihrer Lage geraten, ihre Ansprüche gegen den Mann geltend zu machen.

„Das musst du selber wissen", gab Don Gregorio nach, „aber wir sollten damit beginnen, bestimmte Entwicklungen als Warnung zu verstehen, anstatt uns mit unbegründeten Rechtfertigungen zu beruhigen."

„Du malst alles so schwarz, das bedrückt mich..." sagte Ana in das sich ansammelnde Schweigen hinein, das darauf hindeutete, dass alles gesagt war.

Don Gregorio erhob sich mit einem Resignation ausdrückenden Schulterzucken, und Ana glaubte in den Augen ihres Vaters zitternde Tränen schimmern zu sehen, die dieser zu verbergen suchte, indem er, Müdigkeit vorschützend, die Brille zur Stirn hochschob und sich mit den Fäusten die Augäpfel rieb.

Ana sah ihren Vater zerstreut und mitleidvoll an. Dieser stattliche, hoch gewachsene alte Mann, den sie als beherrschten und gutherzigen Menschen kannte, kam ihr plötzlich sehr hilfebedürftig vor. „Wo wirst du heute bleiben, sollen wir dir für die Nacht ein Bett zurecht machen?"

„Nein, nein, mach' dir keine Umstände", er lächelte schwach, „ich werde bei Pascualito übernachten. Wir haben so einiges miteinander zu besprechen – Kirchenangelegenheiten." Er deutete an, dass in den Basisgemeinden alle Hoffnungen auf die angekündigten Friedensverhandlungen der zentralamerikanischen Präsidenten gerichtet waren, die in Kürze in Guatemala beginnen sollten. „Was immer dabei herauskommt, wir stehen vor einer neuen, großen Herausforderung – am Ende aller Tage wird es keinen anderen Weg geben, als uns die Hand zur Versöhnung zu reichen!" Mit diesen Worten trat er vor die Tür, wo Julia sich bei seinem Erscheinen aus der Hängematte schälte. Er verabschiedete sich herzlich von ihr, wobei er ihre Hand in seine beiden großen Hände nahm und ihr versicherte, wie froh er sei, dass seine Tochter eine so gute Freundin gefunden habe. „Sie hält große Stücke auf Sie, Julia", sagte er sichtlich bewegt und Julia errötete heftig. „Sie müssen uns unbedingt einmal besuchen kommen. Unser Haus steht Ihnen jederzeit offen."

In den darauf folgenden Tagen wollte das Gespräch mit ihrem alten Herrn Ana nicht mehr verlassen, das Misstönende daran. Die aufgebrochenen Misshelligkeiten hatten auf sie die Wirkung, dass sie plötzlich an Dinge erinnert wurde, die sie so gut wie vergessen glaubte oder an die sie nicht mehr hatte rühren wollen, jetzt aber sorgte sie sich, dass sich in anderer Version wiederholen könnte, was so lange Zeit begraben lag. Stand sie im Begriff von neuem das Vertrauen ihres Vaters zu verlieren oder, was nicht minder verstörend war, befanden sie sich am Rand eines neuen Zerwürfnisses, das in der Vergangenheit schon einmal zwischen ihnen gestanden hatte? Dieses Ereignis, wovon sie geglaubt, dass es in den tieferen Schichten ihres Bewusstseins Ruhe gefunden hatte, lebte plötzlich als verwischtes Erinnerungsbild wieder auf, unscharf wie eine verwackelte Fotografie. Es ging zurück auf eine Zeit, da sie noch ein junges Mädchen war, dessen persönliche Erlebnisse sich auf das Dorf ihrer Kindheit beschränkten, als Don Gregorio in einem Anfall moralisierenden Eifers den Entschluss fasste, sie mit einem frommen Mann aus seinen Kreisen zu verheiraten. Gegen das patriarchalische Gesetz des Vaters, das in der bäuerlichen Kultur fest verankert war, und Don Gregorios rigorose Entschlusskraft war jede Auflehnung zwecklos und so war ihr nichts anderes übrig geblieben, als sich ihrem Schicksal zu beugen. Diesen aufgezwungenen und ungeliebten Bräutigam, der zudem um vieles älter war als sie, hatte sie ihm lange nicht verziehen. Doch muss diese Verbindung in ihrem Gedächtnis dunkel geblieben sein, denn sie erinnerte sich nicht einmal mehr daran, ob die Ehe überhaupt formell vollzogen worden war, da sie von so kurzer Dauer und so flüchtig gewesen war, dass ihr die Einzelheiten dieser Episode entfallen waren. Ihr vorausgegangen war, dass Ana sich in einen *guerrillero* verliebt hatte, dem sie im Hause ihrer Eltern begegnet war. Auf der Flucht vor seinen Verfolgern hatte er mit seiner kleinen, versprengten Gruppe auf dem Gehöft der Familie Unterschlupf gefunden. (Später sollte sie erfahren, dass dieser *compañero* im Zusammenhang mit einer Geldbeschaffungsaktion für die FSLN in León von der *guardia* erschossen worden war.) Dass diese erste Jugendliebe, die über eine gewisse jungfräulich pubertäre Schwärmerei nicht hinausgegangen war, erwidert wurde, ist nicht anzunehmen, aber wenn Don Gregorio auch mit der Revolution sympathisierte und bereit war, hierfür alle erdenklichen Opfer zu bringen, so galt dies nicht für seine Töchter. Denn mehr als die Gefahr fürchtete er die freizügigen Sitten in der *guerrilla*, wo die jungen Leute der moralischen Strenge ihrer Elternhäuser entzogen waren, weshalb er auf den Gedanken verfiel, Ana in die Obhut eines zuverlässigen und ehrenhaften Mannes zu geben. In den Wirren des Befreiungskrieges hatte diese Verbindung jedoch, kaum dass sie geschlossen worden war, ihre Gültigkeit verloren, denn mit ihrem aufopferungsvollen Kampf vollzog die junge Generation nicht nur den Bruch mit einem despotischen und verfaulten Regime, sondern ebenso mit seinen überkommenen Moralvorstellungen. Damals verließen Tausende junge Leute ihr Zuhause, um sich der *guerrilla* anzuschließen und so entwich auch Ana der sittenstrengen Aufsicht ihres Vaters und der ihres Frömmler-Ehemannes und nahm über einen befreundeten, involvierten Priester heimlich Kontakt zur FSLN auf. Der einzige Weg dorthin führte über die geheimen Verbindungslinien der Illegalität und so kam es, dass sie in einer mondlosen Nacht, mit ein paar Habseligkeiten im Gepäck, dem Dorf unbemerkt den Rücken kehrte. Sie sollte es erst wiedersehen, nachdem die Sippe der Somozas das Land verlassen hatte.

Inzwischen waren acht Jahre vergangen. Die verändernde Kraft der Revolution veränderte das allgemeine Bewusstsein, sie beeinflusste die sozialen Beziehungen gleich viel wie die Familienbande, sie provozierte eine Umwandlung der Werte wie eine neue Art zu leben und zu fühlen, sie entband eine neue Ethik solidarischen Gemeinsinns, ja sogar in der Sprache bekundete sich diese erneuernde Energie. Der Sieg einer nach gemeinsamen Überzeugungen und Gefühlen handelnden Generation, deren unbezähmbarer Freiheitswille die Befreiung aus der Vergangenheit ermöglicht hatte, machte, dass der Generationenbruch einen historischen Sinn erhielt. Der tief empfundene Respekt vor dem Opfermut der Jugend, die in diesem mörderischen Kampf den überwiegenden Teil der Todesopfer stellte, war es, der es Don Gregorio im Nachhinein möglich machte, Anas Verstoß gegen das Gesetz des Vaters leichten Herzens zu verzeihen.

Manchmal, in Augenblicken düsterer Neigung, die Ana seit dem Besuch ihres Vaters wiederholt ereilten, beschlich sie die dunkle Ahnung, dass etwas ungeheuer Wertvolles dahinwelkte, indem unter der täglichen Entladung der Gewalt die Möglichkeit einer friedlichen Entwicklung in undenkbare Ferne gerückt war, so wenig sichtbar wie die hinter den Horizonten liegenden Weltgegenden. Die offene und mitreißende Vitalität, das Eigentliche und Ursprüngliche, das in dieser Revolution enthalten war und in Dichtung und Musik seine menschliche Kraft darstellte, all das drohte unter der Lawine des Krieges zu ersticken. – Nein, ganz töten ließ es sich nicht, weil Nicaragua sich nicht töten ließ, es zeigte sich stark und stumm in den Gesichtern der Menschen, es sprach aus ihren Augen, es entzündete sich in ihren Parolen. Und auch Ana besaß diese verschwiegene Qualität, diese innere Schwere menschlicher Reife, die für das Überpersönliche Verantwortlichkeit auf sich nimmt. Selbst wenn sie alle Schwierigkeiten, mit denen sie zu kämpfen hatten, in Betracht zog, selbst wenn sie einräumte, dass sie nicht immer auf alles die richtige Antwort fanden, so zweifelte sie doch keinen Moment daran, dass die Energie einer gemeinsam geteilten Utopie mächtiger war als die Kräfte der Zerstörung. Wenn sie in Gedanken in die Zeit zurückkehrte, als das Leben der Macht der Gewehrläufe unterstand, als das Volk keine andere Berufung kannte als die Mühsal seiner Arbeit dem anstößigen Reichtum und unfruchtbaren Luxus einer Handvoll Oligarchenfamilien zu opfern, während die Angst, wachgerufen vom Irrsinn einer alles zermalmenden Gewalt, das tägliche Brot aller war, dann gab es für sie nur ein Bekenntnis: Der Geist der Freiheit, den heute alles atmete, die Atmosphäre der Freizügigkeit, in der das soziale Leben sich verwirklichte, die neuartige Organisation des Gemeinwesens, das auf Beteiligung gründete und aus ihr Leben lang Ausgestoßenen wirkungsfähige, soziale Wesen machte, all dies befehligte ihrem Herzen auf das Unabänderliche zu vertrauen – die erste sichtbare Möglichkeit von Zukunft, die sie jemals gehabt hatten.

Ana war keine politische Analystin. Wie ein Fährtensucher in den Spuren liest und seinen Weg findet, so bildete sie sich ihre Meinung je nach der Art der Abdrücke, die ein Ereignis in ihrem Spürsinn hinterließ. Der in Szene gesetzten Friedensdiplomatie, die seit einigen Monaten die Hoffnungen so vieler Menschen befeuerte, begegnete sie mit einer Mischung aus verhaltenem Optimismus und wachsamer Skepsis. Hatten sie auf ihrem langen Weg nicht auch Falschheit und Verrat kennen gelernt? Welcher illustre Kreis würde sich da zu dem Geschäft – ja, nichts anderes war es! – der Verhandlungen zusammenfinden, um über das Schicksal der Völker zu entscheiden, die in ihren Ländern politische Rechte und ein Ende der Kriegstreiberei verlangten? Was war auf das Wort von Staatsmännern und deren Glaubwürdigkeit zu geben, die sich in den Händen ihrer verbrecherischen Armeen befanden? Honduras ein künstlich beatmeter Vasallenstaat der USA, dessen Präsident die vaterländische Fahne in den Wind aus Washington hing; die Zivilregierungen El Salvadors und Guatemalas Aushängeschilder maskierter Militärregime und was den Staatschef der Republik Costa Rica betraf, so konnte man wohl kaum darauf vertrauen, dass dieser aufrichtigen Sinnes war, wo er doch seit Jahr und Tag nichts dagegen unternahm, dass von seinem Territorium aus *contra*verbände Angriffe gegen Nicaragua führten. Und noch etwas behütete Ana vor allzu großem Optimismus: Würde der Kriegsherr aus dem Weißen Haus es überhaupt zulassen, dass die Zentralamerikaner ihre Probleme alleine regelten? Und war für diesen, im Grunde unwahrscheinlichen, Fall nicht eher damit zu rechnen, dass der ganze Aufwand nur für ein allbekanntes Verwirrspiel betrieben wurde, solange die Forderungen der Gewerkschaften und Bauernverbände, der indigenen Bevölkerung und anderer fortschrittlicher Basisbewegungen nicht als Teil der Konfliktlösungen anerkannt würden. Bei noch so kluger und geschickter Verhandlungsführung *Daniels* (alle Welt nannte den nicaraguanischen Präsidenten Ortega kameradschaftlich beim Vornamen wie auch die gesamte politische Führung) würde dieser Knoten nicht zu lösen sein, dessen Ende, von wo aus er zu lösen wäre, sie nicht sah.

# 18

**D**rastische und schnell wechselnde Reaktionen hatten sie die Nacht abwechselnd in Wachphasen und Fieberträumen verbringen lassen – Kontrollverlust total, als wäre ihr Leib ein schwimmendes Stück Holz auf hoher See, den unterirdischen Kräften des Meeres ausgeliefert, mal auf Schaumkronen treibend, mal im Sog einer Welle in die Tiefe geschleudert. Die letzten Stunden bis zum Morgengrauen hatte Julia in einer Art delirierendem Halbbewusstsein verdämmert, aber selbst die Wachphasen schienen ohne Gedanken gewesen zu sein, denn das einzige, woran sie sich erinnern konnte, war ihr glutheißer Körper, über den sich eine zu eng gewordene Haut spannte, als würde heiße Luft in ihn hineingepumpt, um von einem auf den anderen Moment von Kälteschauern geschüttelt zu werden, dass die Zähne aufeinander schlugen. Gegen Tagesanbruch hatte das fiebrige Beharren der Krankheit sie derart geschwächt, dass sogar eine Bewegung, wie das Hochschlagen des Moskitonetzes auszuführen, Kräfte zehrte. Sie hätte gern ein Fenster geöffnet, damit die abgekühlte Morgenluft die Hitze, die in ihr tobte, wegventilierte, doch ihre Glieder empfingen keine Befehle. Ana hatte ihr heftige Vorhaltungen gemacht, dass sie sie nicht geweckt hatte. Eilig hatte sie die Fensterläden aufgestoßen und ihr eine Suppe gekocht, von der sie jedoch kaum einen Löffel hinunter bekam, da Ekel und Brechreiz sich nicht überwinden ließen. „Du musst Flüssiges zu dir nehmen! Wahrscheinlich ist es Malaria!" hatte Ana sie ermahnt und abgewartet, dass sie wenigstens das Wasser trank, das sie ihr hingestellt hatte, bevor sie sich ins Hospital aufmachte.

Danach musste sie erneut in Fieberträume zurückgefallen sein und sie war sich augenblicklich nicht sicher, ob der Schatten am Fußende ihres Bettes nicht ein Teil davon war. Wie wenn man ein Fernglas auf ein Objekt richtet, das zunächst unscharf erscheint und bei zunehmender Fokussierung an Schärfe gewinnt, so nahm der Schatten vor dem Hintergrund des Fensterausschnitts zusehends Gestalt an. In ihrem Zustand rief die Anwesenheit eines fremden Mannes nicht einmal mehr Verwunderung hervor. Sie musterte ihn aus glasigen Augen, mit einem ab und an ins Abseits gleitenden Blick, der etwas vom Schielen hatte. Man merkte auf Anhieb, dass er nicht dem bäuerlichen Milieu dieser Gegend entstammte. Ein jüngerer Mann, etwa um die Dreißig, mit weichen aber nicht weichlichen Gesichtszügen. Er hatte schwarze, mandelförmige, nahe beieinander liegende Augen, der etwas zu breit geratene Mund bewirkte in seinem Gesicht den störenden Effekt der Asymmetrie, während ein schön geschnittenes Kinn, das ein Grübchen beherbergte, diesen Kontrast im Gesamtbild wieder aufhob. Das kräftige, wellige Haar fiel ihm in die Stirn und bedeckte halb die Ohren. Was Julia sehen konnte, trug er Jeans und ein cremefarbenes Leinenhemd von einem hier nirgends zu findenden eleganten Schnitt, weswegen man Verbindungen zum Ausland annehmen könnte. Alles in allem erweckte seine Erscheinung den Anschein von Weltläufigkeit, zumindest – so viel war sicher – gehörte er nicht hierher.

Aus der Aufmerksamkeit, die Julia ihm zuteil werden ließ, hatte er wohl geschlossen, dass sie für ihre Umgebung wieder aufnahmefähig war und er lächelte ihr freundlich zu.

„Ihre Freundin hat mich gebeten, nach Ihnen zu sehen", sagte er und rückte den Stuhl, auf dem er saß, ein wenig näher.

„Aha, verstehe..." brachte Julia nach einer Weile mühsam heraus. Ihr Kopf war wie ein siedender Topf, gleichwohl fühlte sie, dass die Ablenkung ihr gut tat. Sie brachte sogar einen Scherz zustande: „Dann sind Sie also der erste Besucher meiner Totenwache?" Und darauf etwas keck: „Mit wem hab' ich überhaupt die Ehre?"

Ihr Besucher setzte eine gekünstelt förmliche Miene auf, hob sich ein wenig vom Stuhl und deutete mit der Hand auf dem Herzen eine Verbeugung an. „Pedro Sotomayor, zweiunddreißig, Beruf Arzt, Sprössling einer angesehenen Familie aus Granada – reicht Ihnen das?"

Ein Schelm! dachte Julia und musste lachen, wobei sie eine Grimasse schnitt, da ihr der Kopf entsetzlich dröhnte. Im Zimmer war es so drückend heiß, dass es kaum zum Aushalten war, sie aber umgab die Eiseskälte einer

Polarkreisregion, zitternd am ganzen Körper unter einer neuen Schüttelfrostattacke, die ihre Unterhaltung zum Schweigen brachte. Fröstelnd zog sie das Laken zum Kinn hinauf und wartete ergeben mit geschlossenen Augen, dass der Anfall vorüberging.

„Machen Sie sich keine Sorgen, das geht bald vorbei", versuchte Sotomayor sie zu beruhigen. „Die Medikamente schlagen schnell an. In ein, zwei Tagen geht es Ihnen schon viel besser. Bestimmt."

„Kann ich mir im Moment kaum vorstellen, aber Sie müssen's ja wissen", stotterte Julia, ihr Zähneklappern unterdrückend. Und nach einer kleinen Pause setzte sie hinzu: „Was hat Sie eigentlich hierher verschlagen?" Ein Versuch, sich den Spross aus gutem Hause zu erklären. „Ich hab' Sie hier noch nie gesehen."

„Ich mache Freiwilligendienst in den neuen *asentamientos*... Wir sind da mit einem Ärzteteam im Einsatz. So ein, zwei Monate werden wir wohl bleiben."

Die *asentamientos*, damit waren jene aus dem Boden gestampften, im Aufbau begriffenen, künstlich geschaffenen Siedlungen gemeint, die sich im Umkreis einer Entfernung von etwa dreißig Kilometern auf weitflächigem Gelände verteilten. Sie waren das Ergebnis einer groß angelegten Umsiedlungsaktion, entstanden, nachdem die südlichen Grenzgebiete Schauplatz immer heftiger ausgetragener Kampfhandlungen geworden waren, so dass die dort lebende Bevölkerung Gefahr lief zwischen die Fronten zu geraten. Größere *Contra*verbände hatten sich in ihrem Lebensraum ein Rückzugsgebiet geschaffen und die ansässigen Bauernfamilien unter ihre Kontrolle gebracht, sie teils zu Kollaborateuren gemacht. Indem sie diese Menschen gegen Angriffe als lebende Schutzschilde benutzten, hatten sie sich unangreifbar gemacht. Unter diesen Umständen waren der Armee die Hände gebunden, ohne die Zivilbevölkerung in Mitleidenschaft zu ziehen, ließen sich die konterrevolutionären Gruppen nicht wirksam bekämpfen. Wohl oder Übel hatten sich Militärführung und Regierung zur Evakuierung des betroffenen Gebiets entschlossen, um ungehindert operieren zu können. Armeeeinheiten halfen den Menschen bei der Überführung ihrer Habe, doch wegen der schwer zugänglichen Urwaldregion konnten die Fahrzeuge bis zu ihren abgelegenen *ranchos* nicht vordringen. So ließ sich nur mitnehmen, was eine Familie tragen konnte und unverzichtbar war, Ernte und *rancho* mussten zurückgelassen werden.

Das Vorhaben hatte die Gemeindeverwaltung vor gewaltige logistische Probleme gestellt, die zu bewältigen nur mit Unterstützung der Sandinistischen Massenorganisationen möglich war, welche in außergewöhnlichen Notlagen wie dieser nach wie vor ihre geschlossene und ungebrochene Kraft bewiesen. Neue Dörfer mussten entstehen, in denen die Umgesiedelten heimisch werden sollten, Häuser, Schulen, Gesundheitsstationen mussten für weit über Tausend Bauernfamilien errichtet, Land verteilt und Saatgut zur Bewirtschaftung zur Verfügung gestellt werden. Dem Aufruf der Sandinistischen Jugendorganisation waren junge Leute aus allen Landesteilen gefolgt, um in einer beispielhaften Aktion das Menschenmögliche zu tun, den durch die Kriegshandlungen in Not geratenen Menschen neuen Lebensmut zu geben. In Gruppen verbreiteten sie sich über die *asentamientos*, leisteten medizinische Versorgung, unterrichteten in improvisierten Schulen, halfen beim Häuserbau und organisierten die Verteilung von Lebensmitteln.

„Alles lässt sich mit den Mitteln meines Fachs leider nicht heilen", sagte Sotomayor plötzlich nachdenklich geworden, „diese Leute mussten ihr zu Hause verlassen, alles, was ihnen im Leben etwas bedeutet – ein tiefes psychologisches Unglück! Solche Erlebnisse schlagen unheilbare Wunden... Was wir für unsere moralische Pflicht halten, muss in ihren Augen als Anschlag auf ihr Leben erscheinen, denn was sie verloren haben, ist nicht zu ersetzen ... Ich wette, in ein paar Monaten, wenn sich die Lage beruhigt hat, gehen die ersten wieder zurück. Es zwingt sie ja niemand hierzubleiben." Seine Schultern hoben sich und fielen. „Der Krieg zwingt uns, einer Logik zu folgen, die mit Recht oder Unrecht nichts zu tun hat, sondern nur mit der Art und Weise, wie wir diese Logik in die Praxis umsetzen – die gemeinsten Angriffe bestehen darin, uns zu Maßnahmen zu treiben, die unseren Zusammenhalt gefährden ... Dinge zu tun, die man in normalen Zeiten nicht tun würde."

„Ich nehme an, Sie sprechen vom Militärdienst…?"

Zornesfalten gruben sich in Sotomayors Stirn und vermischten sich mit einer Miene der Betrübnis zu einer düsteren Grimasse. „Was glauben Sie? Ist das bestimmende Maß nicht immer das Maß derer, die die Macht haben? Muss sich ein Land in eurem Europa etwa Verleumdungen gefallen lassen, weil seine Armee aus Wehrpflichtigen besteht?" Er nahm sich ein paar Sekunden Zeit, um die Aufwallung seiner Emotionen unter Kontrolle zu bringen. „Uns militärisch klein zu kriegen, das ist die eine Sache, die andere zielt auf die Zertrümmerung unserer revolutionären Ideale – alles andere wäre nur ein halber Sieg!" Der verächtliche Zug um seinen Mund machte ihn plötzlich älter. „Sollen sich die ungehorsamen Völker ein für alle Mal hinter ihre ungewaschenen Ohren schreiben, dass es nichts gibt, aber rein gar nichts gibt, was sich durch Gewalt nicht niederwerfen ließe – schließlich macht auch die Folter nur Sinn, weil sie wirksam ist!" Sotomayor griff nach dem Zigarettenpäckchen in seiner Brusttasche und zündete eine Zigarette an. Er machte ein paar tiefe Züge und blies den Rauch aus geblähten Backen aus. Julia fühlte einen Blick auf sich ruhen, der aus großer Ferne zu kommen schien, als säße er ihr nicht unmittelbar gegenüber. Ohne zu Ende zu rauchen schnippte er den Zigarettenrest zum Fenster hinaus und wandte ihr seine Aufmerksamkeit wieder zu. „Glauben Sie mir, würde ich nicht tagtäglich miterleben, wie viele Frauen und Männer mit dem Aufwand all ihrer Energien daran beteiligt sind, dieser erschreckenden Zeit ein menschliches Gesicht zu geben, wüsste ich nicht, wie viele die geistige Kraft aufbringen, das grausige Geschäft des Krieges nicht auf das eigene Wesen übergreifen zu lassen, dann wäre man fast geneigt zu glauben, dass die Rechnung aufgeht! … Früher oder später…" Er hatte sich auf seinem Stuhl aufgerichtet, saß da mit verschränkten Armen, sein linker Mundwinkel zog sich wie in einem bitteren Lächeln herab. „Wenn ich mich da draußen unter all diesen verunsicherten, teils verängstigten Menschen bewege, dann wird mir klar, was für eine Herkulesaufgabe wir vor uns haben, diese Leute von der Ehrlichkeit unserer Absichten zu überzeugen, denn was ihnen geschehen ist, lasten sie uns an. Sie sprechen es nicht aus, aber sie denken es!" Er schüttelte gedankenvoll den Kopf. „Man mag es kaum glauben, aber für viele ist unsere Begegnung der erste Kontakt mit der Revolution – es kommt einem so vor, als hätte man mit Leuten zu tun, deren bisherige Lebensweise mehr Ähnlichkeit mit der eines vor der Außenwelt zurückgezogenen Dschungelvolks hat, als mit der unsrigen."

Julia kam nicht mehr dazu, darauf zu erwidern, denn von nebenan waren das Gehen einer Tür und Stimmen zu vernehmen. Kurz darauf erschien Christa im Zimmer. Kaum eingetreten, erfüllte sie mit ihrer Anwesenheit den Raum wie eine erfrischende Briese.

„Ach herrjeh, die ganze Schönheit ist dahin!" rief sie auf Deutsch belustigt aus, einen schelmischen Blick auf Julia gerichtet, die mit ihren vom Schweiß verklebten Haaren, dem mit krankhafter Blässe überzogenen Gesicht wahrhaftig ein erbarmungswürdiges Bild abgab.

„Ja, ja, jetzt bist du die Schönste im ganzen Land, wie?" frotzelte Julia ebenfalls in ihrer Sprache geschwächt zurück. „Mach dich nur lustig. Oder ist mir entgangen, wofür ich deine Rache verdiene?"

Christa lachte voll. „Lass' mal, das werden wir gleich haben", wechselte sie wieder ins Spanische, da sie jetzt die Anwesenheit Sotomayors zur Kenntnis nahm. Sie setzte sich zu Julia auf die Bettkante und wühlte in ihrer Tasche auf der Suche nach einer Schachtel Malariatabletten. „Davon nimmst du jetzt zwei, nach sechs Stunden noch mal zwei und nach weiteren sechs wieder zwei und so weiter. Danach wirst du sehen, geht es wieder bergauf. Du musst allerdings die ganze Schachtel beenden, sonst bekommst du einen Rückfall!"

„Du meinst, ich hab' tatsächlich Malaria?"

„Klar, was sonst? Die Symptome sind eindeutig", sagte sie und wandte sich nun an Sotomayor. „Oder was sagen Sie?"

„Kein Zweifel", erwiderte dieser mit einem umwerfenden Lächeln.

Kein Zweifel bestand darüber hinaus, dass Christa ihm gefiel. Seit dem Augenblick, da sie hier eingetreten war, hatte er den Blick nicht mehr von ihr abgewendet. Das war nicht allzu verwunderlich, denn trotz ihres burschikosen Auftretens fehlte es Christa keineswegs an Grazie. Sie hatte regelmäßige Gesichtszüge, ein bezauberndes Lächeln, das durch die klare Linienführung ihrer Lippen und einen Schönheitsfleck unterhalb des rechten Mundwinkels unterstrichen wurde und das intensive Blau ihrer Augen aufstrahlen ließ. Die Gleichgültigkeit, die sie ihrem Äußeren entgegenbrachte, ließ jedoch erkennen, dass sie sich dessen nicht bewusst war. Ihre ausgeprägten Brauen, die dünner werdend in die Schläfenhöhlung ausliefen, behielten stets ihre natürliche Form, da sie nie gezupft wurden, wie auch das gekräuselte, kinnlange, von der Sonnenstrahlung gebleichte Haar keiner besonderen Behandlung unterzogen wurde. Spiegelungen der Eitelkeit traten bei ihr nur in den locker fallenden T-Shirts in Erscheinung, die sie wegen des zu groß empfundenen Busens über den Jeans trug.

Die offensichtliche Gefallenskundgebung Sotomayors schien sie nicht bemerkt zu haben oder sie wollte sie nicht bemerken, denn jetzt streckte sie ihm in ihrer natürlichen, unbekümmerten Art die Hand entgegen, wie sie es bei jedermann getan hätte. „Entschuldigung, aber wir haben uns noch gar nicht vorgestellt – ich heiße Christa."

„Freut mich. Pedro Sotomayor", erwiderte er funkelnden Auges und hielt ihre Hand ein wenig länger in der seinen, als es gemeinhin eine Begrüßung erforderte.

Doch Christa zeigte nicht die geringste, identifizierbare Reaktion, stattdessen bemerkte sie nur: „Ana hat mir erzählt, dass Sie Arzt sind und seit ein paar Wochen in den *asentamientos* arbeiten. Ich finde es eine gute Idee, dass die Stadtmenschen hier auf's Land kommen, um die Probleme aus der Nähe kennen zu lernen. Wir können hier wahrhaftig Verstärkung gebrauchen!"

Sotomayor machte den Eindruck, als wollte er etwas erwidern, unterließ es aber dann, da Ana gerade eintrat. Er stand von seinem Stuhl auf, um ihr Platz zu machen, denn mit vier Personen war das Zimmer überfüllt. Mit einer Karaffe Wasser und einem Becher in der Hand trat Ana an Julias Bett und bat sie, sich aufzusetzen, damit sie ihre Tabletten einnehme. „Ich hab' die Suppe von heute Morgen noch mal warm gemacht. Versuch' sie runterzubringen, du musst unbedingt etwas essen! Danach probieren wir es mit Festem", setzte sie lächelnd hinzu.

„Ich sehe, ihr kommt jetzt auch ohne mich zurecht", leitete Christa ihren Aufbruch ein, „ich muss dringend in mein Krankenhaus zurück. Bis ungefähr fünf geht mein Dienst, danach komm' ich wieder vorbei. Bis dahin, meine Liebe, jede Menge trinken und vor allem schön essen! Und die Tabletten natürlich termingerecht einnehmen! Heute Abend will ich eine andere Julia sehen!"

Julia hob die Hand zu einem kurzen Gruß und lächelte Christa, die sich im Gehen noch einmal augenzwinkernd zu ihr umdrehte, aus ihrem blassen Gesicht dankbar zu. Sotomayor ergriff nun ebenfalls die Gelegenheit, sich zu verabschieden und ihr gute Besserung zu wünschen. Julia bedankte sich für seine Gesellschaft und wünschte ihm ihrerseits alles Gute, davon überzeugt, ihm in ihrem weiteren Leben nicht mehr zu begegnen.

Froh wieder allein zu sein, dämmerte sie im Fieber vor sich hin, als Ana mit Papieren unter dem Arm erneut an ihrem Bett erschien. „Was ich hier erledigen konnte, hab ich erledigt, aber ich müsste jetzt dringend in mein Büro ... ich erwarte heute eine Gruppe von Frauen, die eine Landkooperative gründen wollen und meine Hilfe brauchen."

„Mach' dir keine Gedanken, geh' nur. Ich bin ja nicht sterbenskrank. Die *compañeras* kommen sogar mit Malaria arbeiten. Außerdem bin ich exzellent versorgt, wie ich sehe", fügte sie mit einem Blick auf das Tablett mit einer Schüssel Suppe und frischen tortillas hinzu, das Ana auf den in Reichweite befindlichen Stuhl gestellt hatte. „Ach sei doch so lieb und bring' mir noch das Radio!"

Kurz darauf hörte sie die Tür ins Schloss fallen.

Danach musste ein kurzer Schlummer über sie gekommen sein. Als ihre Sinne sich wieder meldeten, hatte sie den hellen Ton eines Kinderstimmchens im Ohr, das sich aus allen anderen, der von den Hofbewohnern verursachten Geräusche heraushob und frischen Weichkäse anpries. Sein Klang rief das Gedankenbild eines spillerigen Mädchens auf, eine rote Plastikschüssel auf dem Kopf, darin geschichtet die grünen Päckchen aus Bananenblättern, womit die Käseportionen eingewickelt wurden. Es war die zuverlässige Erscheinung eines jeden Vormittags. Julia hob einen seitlichen Blick an die geriffelte Wellblechdecke. An einer Stelle, zwischen zwei Dachsparren, hing das luftige Gespinst eines Spinnennetzes. Es zitterte leise, bewegt von einer unmerklichen Luftströmung. Zum Zeitvertreib lauschte sie eine Weile den Alltagsgeräuschen im Hof, anhand derer sich verfolgen ließ, mit welchen Tätigkeiten die Nachbarn gerade beschäftigt waren. Dann setzte sie sich langsam auf und streckte die Hand nach dem Weltempfänger aus. Sie drehte an dem Radio herum, ging die Sender des Frequenzbandes durch, auf der Suche nach Radio Sandino.

„Was verlangt man von uns!" ereiferte sich eine Frauenstimme aufgebracht. „Versöhnung mit denen, die uns alles genommen haben, unsere Kinder, unsere Zukunft – sollen wir vergessen, was wir erlitten haben und woran wir unseren Lebtag lang leiden werden? Niemals! Meine Antwort ist nein! Sie müssen für ihre Taten zur Verantwortung gezogen werden!" Seit Bekanntwerden der Einzelheiten des Friedensabkommens riss das Lamento der Mütter der Kriegsgefallenen nicht mehr ab, Mütter und Witwen, die darin einwilligen sollten, dass die Schuldigen am Tod ihrer Nächsten ungeschoren davon kamen. Die Sehnsucht nach Frieden ging einher mit der Angst, dereinst mit den Mördern Tür an Tür leben zu müssen, dass der zukünftige Nachbar einer sein könnte, der das Leben vieler Menschen auf dem Gewissen hatte. Es war ihnen unmöglich, sich das Verlangte abzuzwingen.

Der Moderator der Radiosendung befand sich anscheinend in einer Art öffentlichem Raum, vielleicht auch in einem Studio, wo sich eine Gruppe von Personen aufhielt, deren Meinung man hören lassen wollte.

Eine weitere, weibliche Stimme meldete sich zu Wort. Sie verlangte einen Frieden, der die Würde der Toten bewahre, um mit dem schmerzlichen und unwiederbringlichen Verlust ihres Bruders weiterleben zu können. Zehntausende Tote, die dieser Krieg gefordert hatte und immer noch forderte, konnten nur mit der Bestrafung der Täter gesühnt werden. Eine andere Ansicht fiel maßvoller aus: „Im Interesse unseres Landes, im Interesse des Friedens sollten wir bereit sein…"

Der Empfang war denkbar schlecht, bald zerhackten knarzende Störgeräusche die Beiträge, bevor die Stimmen im atmosphärischen Wellensalat ganz untergingen.

Christa sollte Recht behalten, nach der zweiten Tabletteneinnahme fühlte sich Julia schon viel besser. Den Nachmittag hatte sie in der Hängematte auf der Veranda verbracht. Rosa und Doña Carmen waren gekommen, um nach ihr zu sehen und Genesungswünsche der *compañeras* zu überbringen. Allerdings waren sie bald wieder aufgebrochen, da Julia, von einem Kräfte zehrenden Mattigkeitsgefühl beherrscht, zu einer Unterhaltung kaum etwas beizusteuern vermochte.

Als Ana heimkam und nach ihr rief, da sie sie im Zimmer nicht gefunden hatte, begann es gerade dunkel zu werden. „Hier, das schicken dir deine *compañeras*." Sie hob den Deckel von einem Plastikschüsselchen, worin sich der traditionelle Eintopf aus Kochbananen, *yucca*, *quiquisque* und einer Fleischeinlage befand. „Das isst du doch so gern..." Ana hielt ihr das Schüsselchen hin.

Julia beäugte angewidert die darauf schwimmenden Fettaugen. „Tut mir Leid, aber das bringe ich heute nicht runter. Bewahr' es für Christa auf, sie müsste bald kommen."

„Na gut, dann nochmal das Süppchen von heute morgen!" sagte Ana gebieterisch. „Du solltest lieber reinkommen, oder willst du von den Biestern wieder gestochen werden?"

„Ach lass' uns hier draußen bleiben, da drinnen ist es so heiß", bettelte Julia. „Bis jetzt hab ich noch keins dieser Quälgeister bemerkt. Wir können ja das Licht auslassen." Wozu auch elektrisches Licht verschwenden? Leicht ließ sich begnügen mit dem Licht der Sterne, die an diesem Abend so zahlreich waren, dass es dem Auge schien, als stießen sie aneinander.

Eine halbe Stunde später zeigte sich Christa auf der Veranda. „Meine Güte, das war wieder ein Tag!" rief sie aus und ließ sich in einen der Schaukelstühle fallen. „Zwei Geburten, eine Machetenverletzung, Knochenbrüche, naja, und das, was du hast. Aber es gibt eine Neuigkeit: der neue

Krankenhausdirektor hat heute verkündet, dass er über das obligate eine Jahr hinaus bei uns bleiben wird. Das kann sich nur positiv auf den Betrieb auswirken, denn der andauernde Wechsel ist auf die Dauer kein Zustand. Ein netter Kerl übrigens und ein sehr angenehmer Kollege ... wir kommen gut mit ihm aus. Sich alle paar Monate auf eine neue Gruppe einstellen zu müssen, neue Gesichter, neue Stile, das ist für ihn sicherlich nicht einfach. Leider lässt sich das nicht vermeiden, da der Einsatz der Gesundheitsbrigaden ja immer nur drei Monate dauert." Von ihrem Gesicht war eine gewisse Befriedigung abzulesen, während sie ihren Eintopf löffelte, den Ana ihr hingestellt hatte.

„Stimmt, ein netter Kerl", pflichtete Ana ihr bei, „aber zufällig weiß ich, dass er ein entschiedener Abtreibungsgegner ist."

„Ach, tatsächlich?" Christa hob verwundert die Augen. „Ich hatte noch keine Gelegenheit, diese Seite von ihm kennen zu lernen."

„Aber ich..." sagte Ana in ärgerlichem Tonfall, während sie die Not der Frauen ankam, denen sie nicht hatte helfen können, weil der Doktor sich geweigert hatte, den Schwangerschaftsabbruch vorzunehmen. Er hatte dafür auch eine Erklärung geboten: Ich bin Arzt geworden, um Leben zu retten, nicht um es zu töten! Danach hatte sie versucht, beim Parteisekretär zu intervenieren, denn der Doktor war schließlich Parteimitglied. Dort bekam sie zu hören, dass auch einer revolutionären Partei die Hände gebunden seien, solange das Verhalten des *compañeros* durch das Gesetz gedeckt sei. Dann wird es Zeit, dieses Gesetz zu ändern! Worauf warten wir noch! hatte sie wütend geantwortet. Zwar gab es in dieser Frage leichte Verbesserungen, aber sie war es Leid immer wieder hören zu müssen, dass auf den Einfluss der katholischen Kirche Rücksicht zu nehmen sei, dass die ablehnende Einstellung vieler Gläubiger für die eigene Mutlosigkeit herhalten musste, das Sterben der Frauen infolge ungewollter Schwangerschaften zu beenden. In ihrer Verzweiflung begaben sie sich in die Hände von Engelmacherinnen, starben in Baracken und Hütten auf Küchentischen oder legten selbst Hand an, mit fatalen Folgen. Die Kindersterblichkeitsrate war im neuen Nicaragua beachtlich gesenkt worden, die der Frauen nicht.

„Seht euch das an! Wie groß der Mond heute ist!" sagte Julia in das kurze Verstummen ihrer beiden Freundinnen hinein.

Ana warf einen flüchtigen Blick hinauf zum Himmel. „Weiß' nicht, ich finde er ist wie immer."

Vielleicht musste man die nordische Kälte erlebt haben, den eintönigen, grauen Himmel über den Dächern einer Großstadt kennen, um sich auch nach Jahren noch an einem klaren, vollen Mond zu erfreuen. Sein gleichmäßiges, milchweißes Licht rieselte auf die Landschaft, dass sogar die Hügelkuppen hinter dem Fluss zu erkennen waren, die sich in ununterbrochener Folge in die Weite erstreckten.

Die drei ergingen sich für den Rest des Abends in weitschweifige Erörterungen, verstummten ab und zu und fingen wieder zu debattieren an, was sie und die Menschen in diesen Tagen am meisten bewegte.

Hinter ihnen lag die Unterzeichnung des Friedensabkommens, feierlich in Szene gesetzt am 7. August 1987 im guatemaltekischen Esquipulas. Die Mandatare Zentralamerikas hatten sich auf ein umfassendes Schlussdokument geeinigt und hierdurch ihren Willen bekundet, einen haltbaren Frieden in der Region zu erreichen. Allerdings legten alle Seiten seine Bestimmungen auf derart unterschiedliche Weise aus, dass bereits in dem Augenblick, da der Friedensplan in Angriff genommen wurde, durch ihn kaum mehr hindurchzublicken war. Die offenkundigen Ausflüchte, Verrätereien und Verzögerungen bewirkten, dass der Friedensprozess, an den Millionen Zentralamerikaner nach so vielen elenden Jahren ihre Hoffnungen knüpften, im Sumpf politischer Intrigen zu versinken drohte. Wohl hatte es weitere Gipfeltreffen gegeben, nur hatten die Mitspieler eine Rolle in einem Stück, in dem nicht sie die Akteure waren, sondern dessen Dramaturgie den Regieanweisungen der US-Regierung folgte. Die tatsächlich Handelnden befanden sich hinter der Bühne, auch wenn die Kulissen fürs Publikum gewechselt hatten. Der Schlussakt sollte darin gipfeln, dass man den Sandinisten die Schuld am Scheitern des Friedensplans zuschieben konnte, nachdem man ihn lange genug boykottiert hatte. Mit diesem Propagandaeffekt – so das Kalkül des Mannes im Weißen Haus – müsste der nordamerikanische Kongress zu bewegen sein, einem neuerlichen Vorstoß zur Verlängerung des *Contra*krieges zuzustimmen. Mit 270 Millionen Dollar Militärhilfe, eine Summe, die alle bisherigen Hilfspakete übertraf, dürfte auch über das Ende seiner Amtszeit hinaus das Überleben der *contra* gesichert sein. Derweil übte sich Nicaragua in nahezu stoischer Geduld, darum bemüht, im eigenen Land einen Geist der Versöhnung herzustellen: die Pressezensur, verhängt im Moment der Ausweitung des Krieges gegen die bürgerlichen und klerikalen Instrumente der Desinformation, wurde aufgehoben; den ausgewiesenen Priestern, die sich durch ihre Sympathien für das Vorgehen der USA hervorgetan hatten, stand es frei, ins Land zurückzukehren; es wurde mit Verhandlungen für einen Nationalen Dialog begonnen und eine Nationale Versöhnungskommission ins Leben gerufen, eine Amnestie für politische Häftlinge erlassen (soweit es sich nicht um Angehörige der ehemaligen Nationalgarde Somozas handelte) und für drei der Kriegszonen ein einseitiger Waffenstillstand ausgerufen. Und während die nicaraguanische Regierung mit allen ihr zu Gebote stehenden Mitteln sich dafür einsetzte, den Friedensprozess voran zu bringen, ließen die Söldner der US-Regierung unvermindert die Waffen sprechen.

Wiederholt an diesem Abend geriet die Unterhaltung der Freundinnen ins Stocken, dann tauschten sie sinnend sorgenvolle Blicke aus, Ausdruck eines nicht abzuschüttelnden Unbehagens, dass ihre Hoffnungen auf spürbare und handfeste Ergebnisse nicht mehr als fromme, womöglich törichte Wünsche waren. Wie oft kam es vor, dass die Geschichte Haken schlug? In welchem Ausmaß sie mitunter in heimtückischen, jähen Wendungen verlief, zeigte sich am Schicksal der Nicaraguaner, als während ihrer Revolution die Macht ausgerechnet in die Hände eines Ronald Reagan fiel. Sein erstes Husarenstück inszenierte er bereits kurz nach seinem Amtsantritt: in einer groß angelegten Invasion überfielen die Marines die winzige Karibikinsel Grenada, um das kleine Inselvolk vom Pestgeschwür des Sozialismus zu befreien. Die Rhetorik vom Reich des Bösen hatte er aufgebracht. Das manichäische Weltbild dieses wackeren, kalten Kriegers war bevölkert von den Kräften der Finsternis, wozu er die Selbständigkeitsbestrebungen anderer Länder, die das Recht auf Kolonialismus infrage stellten, ebenso zählte wie die Gemeinschaft der sozialistischen Länder hinter dem eisernen Vorhang. Männer seines Schlages sind nicht selten Träumer, da sie glauben eine Mission zu haben, für die Menschheit dagegen von jeher eher Fluch als Segen, wenn Machtvollkommenheit und Errettungsphantasien in einer Person zusammenfinden. Das Material seines Traumguts lag offen zutage; würde man nach seinen Fundamenten graben, stieße man auf jene allbekannte, von Hollywood fabrizierte Massenware, wo das Gute gegen das Böse antritt, und – wie sollte es anders sein – siegt! Wo zuletzt – im großen Finale – der weiße Mann seinen Fuß setzt auf den Leichenstapel hingemetzelter Indianer, während die Begeisterungsstürme des Publikums keinen Zweifel übrig lassen an der Überlegenheit der eigenen Rasse! So bombastisch und großsprecherisch seine Reden auch daher kamen, so simpel war sein Programm – ein Amerika der Weißen und Reichen! Ein Eldorado unbeschränkter Freiheit, in ihm soll herrschen protzende Gewinnsucht und die unbegrenzte Verfügungsgewalt der Wirtschaftsmächtigen! Die Botschaft dieses Günstlings millionenschwerer Industriekapitäne und Milliardäre war klar: die Vereinigten Staaten von Amerika sind nicht einfach irgendeine Nation wie jede andere – nein, Amerika, das bedeutet eine Lebensart, eine Lebensphilosophie, eine Art Weltreligion, die das menschliche Leben wie das der Natur der Gottheit des Geldes unterwirft. Das freie Spiel des Marktes war eine von Reagans Lieblingsideen, mit allen Winkelzügen der Täuschung vorgetragen, würde sich auch aus diesem Produkt gewinnbringend Kapital schlagen lassen, immerhin hatte er in seinem früheren Leben als medialer Klinkenputzer einem bedeutenden amerikanischen Elektrokonzern gedient und vor einem millionenfachen Fernsehpublikum stürmische Erfolge gefeiert. Es soll triumphieren über alle Völker der Erde der American way of life, die kulturelle Durchdringung der Erlebniswelt eines jeden Erdenbewohners mit seinen Segnungen; das Erdenrund geflutet von ungehindert fließenden Warenströmen made in USA; die Erde ein Raum ungebremster Transaktionen auf unbegrenzten Märkten und wo diese sich dem Zugriff versperren, da würden die Arsenale die Hindernisse aus dem Weg räumen, nicht zuletzt muss auch die Rüstungsindustrie auf ihre Kosten kommen.

Den zentralamerikanischen Völkern blieb einstweilen nur eine einzige, wenngleich vage Hoffnung übrig, auf die sie setzen konnten – auf die Solidarität der fortschrittlichen Kräfte aller Nationen, auf den Beistand der sozialdemokratischen Parteien Europas, die auf dem Kontinent teilweise die Regierungen bildeten, auf die Hilfe der sozialistischen Sowjetunion, soweit diese sich nach ihrem Umgestaltungsprozess im Innern nicht eines Anderen besann...

# 19

Ein Geräusch wie lang hinrollender Donner, dem der Himmel als Resonanzboden dient, fällt in die schlafenden Sinne. Schläge wie Donnerschläge in sehr weiter Ferne beenden die labyrinthische Reise durch die inneren Landschaften der Träume.

Eine Einbildung des Ohres? Julia, in ihrem körperwarmen Bett, wechselt die Seite, will sich zurück gleiten lassen in blinden Schlaf, den Rückruf ins Leben auf später verschieben. Das Geräusch eines aufschnappenden Riegels, das Knarren der Haustür heben sie aus der Tiefe des Schlummers. In der Erschlaffung des Erwachens kommt das Getöse näher, erstirbt, lebt wieder auf und schlägt jetzt mit unverkennbarer Deutlichkeit in Wellen an ihr Ohr. Sie schlägt die Augen auf, ihre Pupillen öffnen sich weit ins Dunkel, ihr Kopf arbeitet schwerfällig gegen die bleierne Trägheit der Schlaftrunkenheit an, in der Atmosphäre liegt etwas von einer hinterhältigen Drohung. Dann endlich begreift sie, beinahe ohne zu begreifen, was sie begreift, messerscharf in jähem Aufschrecken: etwas Schreckliches nimmt seinen Lauf; der gespensterhafte – wie vielfache? – Tod, der in diesem Augenblick gewaltsam über ein Dorf hereinbricht, war mit einem Schlag in ihr Zimmer vorgedrungen, wo die Dunkelheit so vollkommen war, dass man die Hand vor Augen nicht sah.

„Ana?" stieß sie hervor. Kein Lebenszeichen von der anderen Seite der Bretterwand, nichts als Stille in dem Raum dahinter. Sie wickelte sich aus dem Laken und sprang aus dem Bett, noch nicht voll bei Sinnen, ihre Gliederstarre abschüttelnd. Ihre Hand tastete nach dem Lichtschalter, sank aber sofort wieder herab, da ihr einfiel, dass es kein Licht gab. Sie stolperte herum ohne zu sehen, nach irgendeinem beliebigen Kleidungsstück greifend. „Ana! Ana!" rief sie wie besessen von einer aufkeimenden Angst.

Julia fand sie unter der offenen Tür stehen, den Blick gebannt in die Richtung gelenkt, aus der auf den Wellen des Windes das tiefe und unheimliche Bumbum! Bumbum! explodierender großkalibriger Granaten angeritten kam – ein gefesselter Blick, die Nacht durchbohrend auf ein unsichtbares Ziel ausgerichtet – Ort furchterregender Entladung.

„Na endlich! Da bist du ja! Hast du denn nichts gehört?" Ana sprach leise, fast ohne die Lippen zu bewegen, die Arme unter den Brüsten gekreuzt, ohne den Blick zu wenden.

Als wäre ihr Kopf ein hohles Gefäß, klang in ihm das schwache Echo ihrer eigenen Stimme wieder: „Doch, aber ich war mir nicht sicher ..." brachte Julia heraus und verstummte sogleich. Dies war wahrhaftig nicht der Moment ... – alles, was es zu ihrer Verteidigung zu sagen gäbe, gehörte nicht hierher. Ein lebhaft empfundenes Gefühl der Scham teilte sich ihrem Körper mit, sie spürte wie ein heißer Strom die Windungen ihrer Eingeweide durchlief; aufsteigende Hitze entflammte ihr Gesicht wie eine brennende Fackel. Sie schluckte leer und erst nach einer Weile brachte sie stockend heraus: „Wo ... woher um Gotteswillen ... woher kommt das?"

„La Esperanza! Das ist La Esperanza – sie greifen das Dorf an!"

Jetzt endlich wendete sich Ana zu ihr hin. Ihre Blicke begegneten sich. In Anas schwimmenden Augen der stumme Aufschrei ihrer Seele: *Welchem blinden Gott wird all dieses Blut geopfert?* Julia starrte in Anas selbstquälerische Hilflosigkeit und es überkam sie eine tiefe Scheu, wie sie einen befällt, wenn man eines übergroßen Elends ansichtig wird, das das eigene Leben unter Anklage stellt. Und ein Gefühl großer Verlorenheit breitete sich in ihr aus, als stünde sie allein auf einer abgebrochenen Brücke außerhalb des Lebens. Es war als durchwanderten sie einen klaustrophobischen, apokalyptischen Traum, in den der Furor tief hineinzog, auf getrennten Wegen ohne miteinander in Fühlung zu sein, dass keine Seele mehr von der anderen wusste. Es gab nichts Mitteilbares dabei, die Fesselung aller Sinne durch die Gewalt löschte aus, was sie an Vertrautem gemeinsam hatten. Stumm vor Entsetzen – jede für sich und in eigene Gedanken versunken – grub sich ihr Blick ins leere Dunkel, starrten sie mit aufgerissenen Augen wie hypnotisiert in die Richtung, wo das entfesselte Ungeheuer tobte. Eine plötzlich in sie, Julia, eingedrungene Collage, die sie bis ins Mark durchdrang, kräuselte ihre Haut, spannte ihre Nerven bis zum Zerreißen – Blitze aus Maschinengewehren geschleudert im Schutz der Nacht ... Angstschreie gehen unter im Krachen der Gewehrsalven ... laufende, sich aufbäumende, fallende Gestalten, hingeworfen in den Staub, wo ihr Blut versickert ... der ausgeweidete Gesundheitsposten, die Schule in Flammen...

So verharrten beide regungslos Seite an Seite unter der Hoftür. Der gewaltige Raum der Himmelskuppel war voller Sterne, groß und hell im tintenschwarzen Nachthimmel. Ihre gleichgültige und ungerührte Existenz stellte den Maßstab der Erde wieder her – ein Stecknadelkopf in der Endlosigkeit des Alls, gleichwohl auf ihr kein Raum größer als der Schmerz –, während ihr eigenes augenblickliches Sein sich auf das Heben und Fallen ihres Atems zusammenzog. Ihre Gedanken folgten in tiefem Schweigen derselben dunklen Fährte, umso deutlicher war hinter den natürlichen Linien der Landschaft das stotternde Hämmern der Maschinengewehre zu vernehmen, das im Wechsel auf die Detonationen folgte – tödliche Zwiesprache der Waffen! La Esperanza verteidigte sich! – und erst gegen Tagesanbruch verebbte. Nach einer Ewigkeit wie ihnen scheinen wollte.

Die Sonne, die sich hinaufschob, entzündete ein Buschfeuer an den Rändern der bewaldeten Hügel. Morgenröte über den Baumwipfeln, zwischen den Häusern, auf dem ruhigen Wasser des Brunnens, safranfarben die lehmige Erde. Der Morgen wurde begrüßt mit jubilierendem Trillern, den munteren Liedern der Vögel, die schmerzvoll in die Wucherung des Schocks fielen und die Ohren durchschwankten wie Klagelieder von elegischer Schönheit. Langsam begannen sie aus dem lähmenden Bann sich zu lösen. Sie tauchten auf aus traumhaften, wüsten Wahngebilden, weil im Aufklaren des Tages Erschauern und Bestürzung nachlassen, die Bewusstseinsschwelle wieder steigt und man mit Verwunderung die Umgebung, das Haus, die Dinge unversehrt an ihrem Platz findet; weil der Morgentau eine belebende Frische im Garten hinterlassen hat und eine klare, kräftige Sonne die wirren Traumbilder bannt ...

Ana fasste sich als erste. Sie riss den Vorhang zu ihrem Zimmer beiseite, packte in aller Hast eine Tasche mit dem Notwendigsten für eine kurze Abwesenheit, nahm den Brustgurt mit den vollen Magazinen vom Haken und stellte beides zu ihrer AK-47, die – immer griffbereit – am Kopfende ihres Bettes an der Wand lehnte.

„Was hast du vor?"

„Ich fahre nach La Esperanza!" Durch betonte Ruhe versuchte sie ihre Erregung niederzukämpfen. „Wie kann ich hier bleiben! Ich muss wissen, was da los war.." Und schon hatte sich die Tür zur Badekabine hinter ihr geschlossen.

Das plätschernde Wasser füllte Julia die Ohren, während sie Kaffee aufbrühte und Kochbananen brutzelte. War das alles, was sie dagegen aufzubieten hatte, dass ein Dorf geschleift wurde, Körper von Geschossen durchschlagen, niedergebrannte Häuser, Menschen, die wahnsinnig vor Angst aus ihren Verstecken krochen...? – selten hatte sie sich so überflüssig gefühlt, selten so fehl am Platz wie in diesem Augenblick. Natürlich konnte sie sich sagen, dass sie an einem wichtigen Projekt der Revolution mitwirkte, wie man nicht müde wurde, ihr von allen Seiten zu versichern. Aber das genügte ihr nicht mehr. Gleich morgen würde sie Anselmo Contreras, den örtlichen Parteisekretär der FSLN, aufsuchen und darum bitten, in die Milizen aufgenommen zu werden.

Wenn es eine Göttin des Schicksals gab, so hatte sie dieses Mal ein Erbarmen gehabt, wenn man von den verängstigten Dörflern absah, die Ana bei ihrem Besuch angetroffen hatte, absah von der Todesangst, die sie die Nacht über ausgestanden hatten, halb dem Wahnsinn nahe. Die Kämpfe hatten in der Nähe ihres Dorfes stattgefunden, Milizionäre, verstärkt durch die Armee, hatten den Angriff nach stundenlangen, erbitterten Gefechten zurückgeschlagen. Allerdings sollte sich bei dieser Gelegenheit zeigen, dass sich die Zeichen des guten Willens der Regierung, in den Kriegsgebieten innerhalb festgelegter Grenzen Waffenstillstandszonen einzurichten, als Bumerang erwiesen, da diese allein von der Sandinistischen Armee respektiert wurden. Die *contra* ihrerseits dachte nicht an Waffenstillstand, stattdessen bezog sie diese Gebiete bei der Planung von Angriffen in ihre Strategie mit ein. Dabei erwiesen sich die Waffenstillstandszonen gleich in mehrfacher Hinsicht von Vorteil: da es der Armee streng untersagt war, deren Grenzen zu überschreiten, stellten sie eine Art Schutzraum dar, wo die Killerkommandos vor Verfolgung sicher waren, zum anderen ließen sich von dort aus ungestört weitere Überfälle planen, während die Versorgung mit Kriegsmaterial aus der Luft unbehelligt von statten ging. Vor diesem Hintergrund blieb es nicht aus, dass sich die *contra* zur Durchführung größerer Unternehmungen geradezu ermutigt fühlte. Doch verfolgten derartige Vorstöße vor allem propagandistische Zwecke, denn unterdessen konnte sich ihr mächtiger Schutzpatron in den USA der Zustimmung zu seiner Militärpolitik nicht mehr sicher sein und hatte mit wachsendem Widerstand zu rechnen. Wollten seine Schützlinge nicht in eine ungewisse Zukunft verwiesen abgeschlagen im Feld zurückbleiben, mussten sie mit spektakulären Aktionen von sich reden machen. Jedes politische Arrangement, das den Krieg beenden könnte, würde ihnen die Grundlage ihrer Existenz streitig machen, lebten ihre Anführer doch allein vom Geschäft des Krieges. Mit Blick auf ein neues zu erwartendes Abstimmungsverfahren im US-Parlament, das demnächst über die weitere Finanzierung des Krieges entscheiden würde, verlegte sich die Konterrevolution auf eine Strategie der Demonstration der Stärke, um jenen propagandistischen Effekt zu erzielen, von dem man sich versprach, den zunehmenden Unwillen unter einer wachsenden Zahl von Kongressabgeordneten zu neutralisieren.

Diese unheilvolle Entwicklung suchte sich vor allem unter der Zivilbevölkerung neue Opfer. In der Kooperative, wo durch den regen Verkehr mit der Kundschaft vielfach Nachrichten aus erster Hand eintrafen, hörten Julia und die *compañeras* in jenen Tagen Berichten von Kunden zu, die durch die Ortschaft Santo Tomás gekommen waren. In dem Örtchen, das sich an einer stark befahrenen, zentralen Verbindungsstraße befand, hatte eben dieses Umstandes wegen kaum jemand ernsthaft mit einem Angriff gerechnet, doch sollte diese trügerische Annahme eines Morgens auf das Entsetzlichste widerlegt werden. Mitten am helllichten Tag, während der Verkehr über die Straße rollte und die Einwohner ahnungslos ihren gewohnten Tagesgeschäften nachgingen, brach über den Ort der offene Krieg herein. Reservisten und Milizionäre versuchten den Angriff abzuwehren, waren aber gegen die Übermacht an schweren Waffen machtlos. Nachdem die angerückte Armee die Lage schließlich unter Kontrolle gebracht hatte, waren mehr als zwanzig Reservisten, die eine Brücke verteidigt hatten, tot, und mehr als zweihundert Zivilisten erlitten teils lebensbedrohliche Verletzungen. An den Straßenrändern qualmten die schwarzen Gerippe in Brand geschossener Militärlastwagen vor sich hin, eine weitere unter Beschuss genommene Brücke zerstört, Einschusslöcher von Mörsergranaten wo immer sie ein Ziel fanden, wohin der Blick sich auch wendete, ein Bild der Verwüstung überall.

Während all dies geschah, sollten noch Wochen vergehen, bis es Julia gelang, mit Anselmo Contreras eine Unterredung herbeizuführen. Doch ohne seine Zustimmung war an ihre Aufnahme in die Milizen nicht zu denken, als *secretario político* hatte er über derartige Vorgänge persönlich zu entscheiden. Julia hatte sich weit vor der vereinbarten Zeit bei der *casa sandinista*, dem örtlichen Parteibüro, eingefunden, wo sie hoffte, von Contreras empfangen zu werden. Direkt gegenüber, neben dem Gemeindeamt, befand sich das Postamt und sie beschloss zur Überbrückung der Wartezeit kurz hineinzuschauen. Vielleicht war ja ein Telegramm von Raúl angekommen.

Das Postamt war Fernmeldeamt und Briefverteilstelle in einem. Es war in einem der typischen Pfahlhäuser untergebracht, dem die Unbilden der Witterung arg zugesetzt hatten. Die Feuchtigkeit der langen Regenzeit hatte sich durch das Holz gefressen und den Außenanstrich stellenweise abplatzen lassen. In den Schalterraum gelangte man über ein ausgetretenes, durch splitterndes Holz teilweise instabil gewordenes Treppchen. Und kaum hatte man den Fuß über die Türschwelle gesetzt, glaubte man sich in die Pionierzeit der Fernmeldetechnik versetzt, eine ganze untergegangene Welt museumsreifer Apparaturen hielt hier den Fernsprechdienst aufrecht. Hinter dem Tresen, der den Raum dahinter abschirmte, befand sich der Schrank mit dem Kabelgewirr der farbigen Verbindungsstecker, rechts davon, am Ende zweier übereinander liegender Lochreihen, hing ein vorsintflutlicher Kopfhörer mit Mikrophonteil, denn Gespräche innerhalb des Ortes wurden von Hand vermittelt. Allerdings ging die Anzahl der Anschlüsse über zweistellige Rufnummern nicht hinaus, denn kaum jemand besaß hier ein Telefon. Für Gespräche nach außerhalb hingen zwei Telefone an der Wand, die von dem einzigen Angestellten, einem meist gelangweilt wirkenden Burschen, über dessen wulstigen Lippen der erste Flaum zu sprießen begann, nach Hinterlegung der gewünschten Telefonnummer ebenfalls vermittelt wurden. Besonders in den Abendstunden füllte sich der Raum mit Leuten, die irgendwo Verwandte erreichen wollten. Es kam jedoch vor, dass man unverrichteter Dinge wieder von dannen ziehen musste, weil eine Verbindung erst gar nicht zustande kam, klappte es dann doch, musste dieser Glückspilz seine Gespräche in aller Öffentlichkeit führen. Eine Intimsphäre kannte man auf diesem Gebiet genauso wenig wie das Briefgeheimnis. Briefe erreichten den Adressaten nicht selten geöffnet und waren von dem einen oder anderen, durch dessen Hände sie gingen, schon gelesen worden. Nicht etwa dass hier eine geheime Gedankenpolizei am Werk gewesen wäre, nein, die lieben Mitmenschen befriedigten auf diese Weise völlig unbefangen und ganz ungeniert ihre Neugier. Jeder wusste es und niemand stieß sich daran.

Wie gewöhnlich in den späten Nachmittagsstunden warteten verschiedene Leute auf eine Gesprächsverbindung. Ein Mann mit in den Nacken geschobener Schirmmütze unterhielt sich lautstark mit jemandem am anderen Ende der Leitung, die Hand zur besseren Verständigung wie ein Trichter um die Muschel gelegt. Julia war gerade im Begriff auf den Tresen zuzugehen, als plötzlich ein ohrenbetäubender Lärm losbrach, Maschinengewehrsalven peitschten die Luft. Alles starrte einander in panikgleichem Erschrecken an und warf sich in einem ersten Reflex flach auf den Boden. Mitten im krachenden Kugelgewitter, das eine halbe Minute andauerte, kam Manolo die Treppe heraufgestolpert, stürzte halb über die letzte Stufe und brach beim Anblick der Szenerie in schallendes Gelächter aus, während er sich den Schmutz von der Hose klopfte. Hätten sie sich nicht in einem geschlossenen Raum aufgehalten, hätten sie die Lastwagenkolonne mit den *muchachos* gesehen, die von irgendwoher aus dem Süden kommend zu ihrer Garnison außerhalb des Ortes verbracht wurden. Mit dem Abfeuern ihrer MP's hatten sie ihrer Freude über einen errungenen Sieg im Gefecht oder einfach darüber, dass sie am leben waren, spontan Luft gemacht. Die *contras* hatten eins auf die Mütze bekommen, und das ganz ohne eigene Verluste. Grund genug die strengen militärischen Verhaltensregeln einmal zu vergessen.

Nachdem Manolos Lachen verebbt war, kam als erster der Junge hinter seinem Tresen hervor. Der Schrecken, den er im Gesicht trug, schmolz augenblicklich dahin, ob des Anblicks der am Boden liegenden, im Schock versteiften Menschen. Ein unverschämtes, breites Grinsen zog seine Mundwinkel in Falten und ein deutlich geringschätziger Blick machte sich über die hysterischen Frauen lustig, die da mit dem Bauch nach unten vor seinem Tresen auf den Planken kauerten. Julia warf diesem Flegel einen wütenden Blick zu, während sie einer älteren Frau auf die Beine half. Dieser nichtsnutzige, kleine *macho*! Als wäre nicht *er* derjenige gewesen, der als erster vor allen anderen in Deckung gegangen war! Als er ihr wider Erwarten ein Telegramm aushändigte, spielte sie in bewusst gehobener Tonlage mit einer bissigen Bemerkung darauf an, denn es juckte sie den Aufschneider öffentlich bloßzustellen. Allerdings war das Telegramm nicht von Raúl, es kam von Samuel Hobson, der sie an sein Angebot erinnerte, für den Kooperativenverband zu arbeiten: *Denk' nochmal darüber nach – deine Erfahrung könnte uns sehr nützlich sein - mein Angebot steht! – Revolutionäre Grüße Samuel.*

Nach dieser enervierenden Episode ließ sich Julia auf der Bank vor der *casa sandinista* nieder und wartete darauf, von Doña Flora gerufen zu werden. *Doña* Flora, eine resolute, kleinwüchsige Person mit sehr dunklem Teint und teilweise ergrautem Kraushaar, war das, was man gemeinhin die Seele einer Einrichtung nennt, zuständig für alles, was den organisatorischen Ablauf dieser kleinsten Einheit des Parteiapparates sicherstellte. Sie hatte ein rundes, irgendwie zeitlos wirkendes, fast faltenloses Gesicht, während sich an der Trägheit ihrer Bewegungen ihr vorgerücktes Alter zu erkennen gab. Das Reich ihres Wirkens bestand aus einem kleinen Vorraum, hinter dem sich Anselmo Contreas' Büro befand. An ihr kam niemand vorbei, der eine Unterredung mit dem Parteisekretär wünschte.

Die Weile, die sie nur so da saß, da nichts geschah, gab sie sich der Betrachtung des Gummibaums am Ende der kurzen Straße hin, der wegen seiner beeindruckenden Größe in Ermangelung von Straßennamen Fremden als Referenz zum Auffinden einer bestimmten Adresse diente. Durch das Gezweig blinzelte rot schimmernd die Abendsonne, sich im Ton kaum unterscheidend von dem Kirschrot der jungen, noch eingerollten Blätter. Julia verspürte das ziehende Gefühl einer leichten Anspannung, den Stachel eines leisen Zweifels, der in Mutlosigkeit umschlagen wollte. Sie kannte Anselmo ja kaum, abgesehen von einer kurzen Stippvisite, die er kurz nach der Übernahme seines Amtes der Kooperative abgestattet hatte, war es zu keinem weiteren Zusammentreffen mehr gekommen. Wie würde er wohl darauf reagieren, dass sie Milizionärin werden wollte?

Wie seine Vorgänger kam auch Anselmo Contreras aus der Stadt. Die Parteisekretäre kamen und gingen in turnusmäßigem Wechsel und blieben nur für begrenzte Zeit. Ihre erste Bekanntschaft hatte Julia kurz nach ihrer Ankunft mit Alejandro Sequeira gemacht, der bald darauf seinen Posten in Richtung Managua verließ. In lebhafter Erinnerung geblieben war ihr sein raubeiniges und markiges Wesen, dem ein wenig von der Großspurigkeit eines *caudillos* anhaftete, wenngleich es ihm an humoriger Liebenswürdigkeit nicht gebrach. Auf ihn folgte der wesentlich jüngere Joaquín Alvarado, den alles von seinem Vorgänger schied. Seine äußere Erscheinung war sehr anziehend, er hatte ein schönes, kreolisches Jünglingsgesicht mit dunklen, tiefgründigen, wimpernverhangenen Augen, die ihm den melancholisch verschleierten Blick eines zartsinnigen Charakters verliehen. Obwohl er nie etwas anderes trug als eine einfache Uniform, wirkte er auf eine natürliche und ungewollte Art stets elegant, ja man könnte fast sagen, dass dieses Kleidungsstück ihn geradezu veredelte. Seine Umgangsformen waren von ausgesuchter Höflichkeit, seine öffentlichen Auftritte wurden begleitet von sparsamen Gesten ohne Heftigkeit und in seinen Reden entfaltete sich eine Neigung zu schnörkelloser Sachlichkeit, nur in Ausnahmefällen konnte man Zeuge seiner Emotionalität werden. In ihm verkörperte sich der Typus eines wohlerzogenen, gebildeten jungen Mannes, dessen Begeisterung für die Revolution auf leisen Sohlen daherkam, sie drückte sich aus in einer bewusst taktvollen Haltung der ländlichen Bevölkerung gegenüber und in so etwas wie einer ethisch verpflichteten Zuvorkommenheit. Doch inmitten eines verhältnismäßig rauen, von dem vorherrschenden *machismo* geprägten bäuerlichen Milieus musste er erscheinen wie ein seltsamer, verlorener Stern, der aus irgendeinem unbekannten Planetensystem gefallen war.

Mit dem Beginn der heißen Phase des Krieges war schließlich Anselmo Contreras gekommen, mit ihm betrat ein Mann die Bühne, in dem Tiefen lagen, welche die lange und bewegte Lebensperiode des Befreiungskampfes in ihm geschaffen hatte. Contreras war bekannt für seinen gelassenen Pragmatismus, wenn dabei etwas zu gewinnen war, ohne die eigenen politischen Grundsätze zu opfern, eine Eigenschaft, die für seine Entsendung sicherlich den Ausschlag gegeben hatte, umso mehr, als man sich nach einer langen und schmerzvollen, gewaltsamen Periode an einem Scheidepunkt zu befinden glaubte. In der gegenwärtigen Phase bedurfte es erfahrener Kader, die über die Kraft und Klarheit verfügten, in den in Gang gesetzten Prozess mit der erforderlichen Geschicklichkeit lenkend einzugreifen. Zweifellos war ein beweglicher Geist hierfür am besten geeignet, einer wie Contreras, der sich nicht scheute, Irrtümer der Vergangenheit einzugestehen und eine daraus resultierende, falsche Akzente setzende Politik in dem ihm übertragenen Wirkungsbereich zu korrigieren, freilich ohne mit seinen Ansichten öffentlich hausieren zu gehen. Ihm zu Hilfe kam die übergroße Schwäche der Konterrevolution, die sich im vollständigen Fehlen eines politischen Projekts zeigte, während die Stärke der Sandinisten darin lag, sich in allen strittigen Fragen des Friedensprozesses ihren Kontrahenten gegenüber wendig und kompromissbereit zu zeigen. In eben dieser erkennbar günstigen Konstellation sah Anselmo Contreras die Stunde gekommen, auf die von der *contra* in den bewaffneten Kampf getriebenen *campesinos* zuzugehen, die im Grunde die Kriegsmüdigkeit und die Sehnsucht nach Frieden mit der übrigen Bevölkerung teilten. Er glaubte nicht daran, dass auf Seiten dieser armseligen Bauern begründete und objektive Beweggründe vorherrschend seien, die sie dahin gebracht hatten, sich gegen die Revolution zu stellen.

Contreras empfing Julia mit heftigem Kopfschütteln. „Hat man dafür Töne? Wo gibt es denn so was? Den Leuten einen solchen Schrecken einzujagen!" Damit bezog er sich auf die vorangegangene Schießerei. „Allerdings ... nun ja ... wer wollte den *muchachos* die Freude verdenken? Sie müssen manchmal ein Ventil öffnen, um Druck abzulassen, auch wenn das – zugegeben – ein ziemlich übler Spaß war."

Er saß im olivgrünen Drillich hinter seinem Schreibtisch. Sein Büro war ebenso spartanisch eingerichtet wie all die anderen, die Julia untergekommen waren – der vorherrschende Eindruck war Leere. Er streckte den Arm vor und machte eine spiralförmige Geste. „Ich hoffe, du nimmst es mir nicht übel, wenn ich dich bitte, es kurz zu machen. Mir bleibt heute kaum Zeit zum Luftholen ..."

Es kam Julia nicht ungelegen, schnell zur Sache zu kommen, deshalb sagte sie gerade heraus: „Ich möchte in die Miliz meines Viertels aufgenommen werden. Wie man mir sagte, brauche ich dazu deine Erlaubnis."

Contreras hob von unten her einen erstaunten Blick über den Rand seiner getönten Brillengläser. Wenn man sich die Brille wegdachte, blieb als Ergebnis ein Gesicht übrig, dessen Züge sich dem Betrachter kaum einprägen und das man vergisst sobald man sich von ihm abwendet. Bleibenden Eindruck behielt indes sein kurzes afrikanisches Kraushaar von unbestimmbarer Farbe, das je nachdem wie Lichtreflexe sich darin verfingen leicht ins Rötliche changierte. Die Beschaffenheit seines Haares wiederum stimmte nicht mit seiner vergleichsweise hellen Hauttönung überein, dass man sich unwillkürlich fragte, welche Mixtur unterschiedlicher Gene ihm wohl sein Aussehen verliehen haben mochte?

Contreras sagte eine Weile nichts, er nahm sich Zeit nachzudenken.

„Und wenn was passiert? Ich meine dir? Dann haben wir ein Problem, das gewisse diplomatische Verwicklungen nach sich ziehen könnte. Du weißt, die Gegenseite arbeitet mit allen Mitteln. Gerade jetzt im Moment... Sollen wir uns deinetwegen nachsagen lassen, auch auf unserer Seite gebe es Söldner?".

„Ich und Söldner!" Julia sah ihn mit einem Ausdruck der Belustigung an, wobei ihr ein leises Auflachen entschlüpfte. „Entschuldige, aber meinst du nicht, dass das ein bisschen weit hergeholt ist? Davon abgesehen – sind Milizionäre nicht Zivilisten?"

Contreras hob die Schultern und zog die Brauen hoch. Er versuchte abzuwiegeln. „Ich versteh' ehrlich gesagt nicht ganz, was du willst. Du bist doch hier in Sicherheit…"

„Davon geh' ich aus, aber darum geht es nicht, ich…"

„Das könnte sich übrigens schnell ändern, wenn du hier mit einer Waffe herumläufst", fiel er ihr ins Wort. Es war ihm anzumerken, dass ihm die Angelegenheit nicht sonderlich behagte.

Julia strich diesen Einwand umgehend aus ihrem Kopf und versuchte ihn auf die Sicherheitsfrage festzunageln: „Aber warum dann die Mobilisierung der Milizen?"

„Reine Vorsicht, *compañera*, reine Vorsicht! Auf keinen Fall werden wir ein Risiko eingehen…"

„Und der Überfall vor ein paar Wochen? Hier ganz in der Nähe?"

„Wir sind kein kleines Dorf wie La Esperanza, das man mal mir nichts dir nichts überfallen kann. Hier leben viel zu viele Leute, als dass sie einen Angriff wagen würden. – Wir wollen die Bande mal nicht überschätzen!"

„Das dachten die Leute in Santo Tomás auch. Und dann kam das Unvorstellbare doch…" tastete sich Julia vorsichtig vor, denn sie hatte den Eindruck, dass Contreras jeden Moment die Geduld verlieren könnte.

„Ein schreckliches Debakel, ich weiß. Bloß weiß ich nicht, in welchem Zusammenhang dein Ansinnen mit diesen Vorfällen stehen sollte?" Er enthüllte ein schwer zu beschreibendes Lächeln, da es fast unsichtbar war und sich nur durch seine stark entwickelte Oberlippe verriet. Er war zu höflich, um auszudrücken, was er in diesem Augenblick dachte.

Julia wusste es auch so und wurde über und über rot. Sie musste zugeben, dass sie darauf keine Antwort wusste.

In den Raum fiel ein Schimmer des zur Neige gehenden Tages. Contreras rückte seinen Stuhl und erhob sich in der erklärten Absicht, die Unterredung zu beenden. Mit Verweis auf seinen Terminkalender bat er sich Bedenkzeit aus. Er könne jetzt keine Entscheidung treffen, er müsse darüber nachdenken.

Warum nicht gleich so tun, als hätte das Gespräch nie stattgefunden? Wie ein kleines Mädchen, das mit den Füßen aufstampft, weil es seinen Willen nicht bekommt, empfand Julia in ihrem Innern blanke Wut. Wieder einmal wurde sie daran erinnert, dass sie eine Fremde war – eine *chela*, eine *internacionalista*, ganz gleich was sie war, in jedem Fall eine, deren Dienste man zwar gern in Anspruch nahm, aber dem gegenüber gab es Angelegenheiten, in die sie ihre Nase nicht hineinzustecken hatte. Sie war sich sehr wohl bewusst, dass sie sich ungebührlich wichtig nahm, dass so zu denken nicht nur lächerlich, sondern nicht fair und allein ihrer Enttäuschung zuzuschreiben war, doch ihre Trotzhaltung ließ gerade keine andere Möglichkeit zu.

Ein Tag nach dem anderen verging, ohne dass Anselmo von sich hören ließ, und inzwischen rechnete Julia auch kaum noch damit, dass er auf die Angelegenheit zurückkommen würde. Denn in diesen ereignisreichen Zeiten, die in dem Bemühen um eine Waffenruhe fast täglich zu neuen Konstellationen führten, hervorgerufen durch vorangegangene Hakenschläge des Gegners, in solchen Zeiten hatte Contreras wahrhaftig wichtigeres zu tun, als sich über die launenhaften Einfälle einer Julia Gedanken zu machen. Umso überraschter war sie, als eines Morgens zwei Pick-ups bei der Kooperative vorgefahren kamen. Julia erkannte in dem dunkelhäutigen jungen Mann mit dem schmalen Oberlippenbart, der auf ihren Arbeitstisch zuschritt, Anselmos Fahrer. Er ließ sie wissen, dass der Parteisekretär sie zu einem *acto* einlud, ein Festakt, der in einem Dorf in der Nähe stattfinden sollte. Von der fordernden Ungeduld des Mannes gedrängt, räumte sie ihr Zeichengerät auf und spähte zum Fenster hinaus. Draußen warteten die Fahrzeuge mit laufendem Motor und der Fahrer saß schon wieder hinter dem Steuer. Man hatte es offensichtlich eilig und so war ihr Aufbruch nur eine Sache von Minuten. In der konzentrierten Arbeitsatmosphäre des

Vormittags wurde ihr Verschwinden von den *compañeras* kaum wahrgenommen, im Weggehen machte sie nur Noemí ein Zeichen, dass sie in ein zwei Stunden zurückkommen werde. Als sie ins Freie trat, winkte Anselmo ihr aus dem Seitenfenster der Fahrerkabine zu. Er bedeutete ihr auf die Ladefläche zu steigen, indem er über seine Schulter hinweg mit dem Daumen nach hinten zeigte. Er behielt sie noch eine Weile im Auge bis sie ihre Kletterpartie beendet hatte. Dann gab er seinem Chauffeur das Zeichen zur Abfahrt, woraufhin sich auch der zweite Pick-up in Bewegung setzte und die Führung übernahm. Auf ihm befand sich eine Gruppe junger Männer, teils in Zivil, teils uniformiert, die als bewaffneter Begleitschutz mitfuhren.

Julia hatte sich mit dem Rücken gegen die Seitenplanke der Ladefläche gelehnt, ihre Arme umfingen ihre angewinkelten Knie, um zu vermeiden, dass ihre Beine mit denen ihres Gegenübers ins Gehege kamen, denn sie befand sich in Gesellschaft noch anderer Mitreisender, *cheles* wie sie, die bei ihrem Erscheinen bereitwillig zusammengerückt waren. Nein, keine *cheles*, was einfach nur Weiße bedeutete, sondern *gringos*, wie unschwer zu erkennen war. Im lateinamerikanischen Sprachgebrauch benutzte man das Wort *gringo* pejorativ, es war die Bezeichnung für Nordamerikaner. In Nicaragua hatte es dagegen weitgehende Neutralisierung erfahren, sofern es sich um *gringos* handelte, die in wohlwollender Absicht kamen. Von diesen hier, vier Männern und eine Frau, war anzunehmen, dass sie Journalisten waren, die mitgeführte teure Kameraausrüstung war dafür eine Erklärung. Unter Schlapphüten und Schirmmützen, das Kinn auf die Brust gesenkt, versuchten sie sich vor der Strahlung der stechenden Sonne zu schützen. Julia wandte sich dem Mann ihr gegenüber zu, einem breitschultrigen Blondschopf mit leicht gerötetem Gesicht, der eines der kragenlosen, locker fallenden Baumwollhemden trug, wie sie auf den Märkten für einheimisches Traditionshandwerk zu finden waren. Aber sogleich wurde klar, dass ein Gespräch zu beginnen zwecklos war, da er kein Spanisch verstand und ihr Englisch nur aus ein paar Brocken bestand. (Nicht dass sie keine Gelegenheit gehabt hätte, es zu lernen, doch wie viele junge Leute, die in den sechziger Jahren mit dem Vietnamkrieg politisch wurden, hatte auch sie sich dieser Sprache verweigert, während zugleich ein ambivalentes Verhältnis zu ihr bestand. Englisch, das war die Sprache der Imperialisten, die zynische und menschenverachtende Sprache der maßgeblichen Politiker dieser Ära und Ausdruck ihres entschlossenen Willens, das revolutionäre Vietnam mit Bomben, Napalm und Giftgas zu vertilgen; das war jene atemberaubende Verrohung offenbarende Sprache aus dem Mund nordamerikanischer Bomberpiloten – sie konnten sich vor Begeisterung kaum fassen, wenn ihre Bomben schutzlose vietnamesische Kinder und Zivilisten trafen, die bei lebendigem Leibe verbrannten. Dagegen verstand und liebte die europäische Jugend die Sprache eines Martin Luther King, eines Jimmy Hendrix, sie verstand Angela Davis, Black Panther, Janis Joplin, die ganze nordamerikanische Subkultur. Sie war neu, einzigartig und universal, sie zu verstehen benötigte man keine Kenntnis der angelsächsischen Syntax. Sie betraf den Mut des Herzens...) Auf das kurze, ergebnislose Intermezzo eines Verständigungsversuchs hin sprang ihnen die junge Frau zur Seite, die sich mit einem anmutigen Lächeln und einem unverwechselbaren, nordamerikanischen Akzent mit Donna vorstellte. Donna war für eine Überraschung gut: sie unterschied sich von dem Klischee, das gemeinhin das Bild beherrscht, welches sich Europäer von Nordamerikanerinnen machen – zudem wenn sie blond sind – durch die natürliche Frische ihrer Umgangsformen. Die Intensität ihres Blickes ging von zwei senfbraunen, tief liegenden Augen aus, die eingebettet waren in ein ebenmäßiges, schönes Gesicht, in dem die Sommersprossen auf Nase und Wangenpartie wie eine schmückende Beigabe wirkten. Ihre Figur umfloss eine Art Tunikakleid, ein langärmeliges, mit bunten Stickereien besetztes Gewand, das ihre sehr weiße, fast durchsichtige Haut vor der Sonneneinstrahlung schützte. Donna erklärte Julia, dass sie sich schon länger in Nicaragua aufhalte und für ein Dokumentationszentrum zur Unterstützung der Solidarität in den Staaten arbeite und gelegentlich als Dolmetscherin für Besucherdelegationen einspringe. Diese hier, Journalisten verschiedener lokaler Blätter, interessierten sich für den Fortgang des Friedensprozesses und so erfuhr Julia jetzt aus Donnas Mund, was der Grund für ihre Unternehmung war: Deserteure der *contra* sollten in einem feierlichen Akt wieder Aufnahme in ihr Dorf finden.

Auf der Höhe des Hospitals überholten sie einen Ochsenkarren, fuhren vorbei an den Händlerinnen, die vor dem Tor allerlei Esswaren feilboten, um Patienten und Besuchern die Mägen zu füllen. Dann fuhren sie in das weite, offene, in wundervoller Ruhe daliegende Land, das von der unbefestigten Straße zerschnitten wurde. Über ihren Köpfen glitten Plüschwolken durch das Blau des Himmels. Die Gesichter vom warmen Fahrtwind gepeitscht und Staub im Mund sahen sie zu, wie Maisfelder auf sie zukamen und seitlich wegfielen, Kaffeesträucher, Zuckerrohr, Kakaobäume, Buschwerk, Krüppelgehölz. Dann und wann tauchten aus hohen Gräsern bucklige, weißliche Rinderrücken auf und in der Sonne glänzende Hörner. Bauersleute zu Pferd und zu Fuß. Auf einer niedrigen Anhöhe *ranchos* dicht beieinander stehend, in ihrer erbarmungswürdigen Dürftigkeit malerisch beherrscht vom durchleuchteten, zarten Grün eines Bananenhains. Ein leiser Wind spielte in den Blättern der Stauden. Im Schatten von Kokospalmen Pferde unter einer Orangenbaumgruppe. Ein Fluss zu einem Bächlein verdampft, im Flussbett mäanderndes Wasser, das wie ein glitzernder Strom aus Silberfäden die Kiesel umspülte.

Die Fahrt dauerte nicht lange, nach weniger als einer Stunde hatten sie das Dorf erreicht. Die kurze Wegstrecke bis zum Dorfplatz führte an bescheidenen, mit Wellblech gedeckten Holzhäuschen vorbei, umzäunte Höfe, Hecken mit Augen aus flammendem Purpur, Becken zum Wäschewaschen, Beflaggung ausgehängter Wäsche über Zäunen und Drahtleinen, gespannt zwischen pralle Früchte tragenden Mango-, Guayaba- und Papayabäumen. Die Türen der Häuser standen offen und drinnen in den halbdunklen Räumen das Pendeln der Hängematten.

Vom Dorfplatz her, auf den sie nach einer Wegkrümmung geradewegs zufuhren, war Spechtgehämmer zu hören, zwei Männer taten gerade die letzten Hammerschläge an einer in aller Eile zurechtgezimmerten kleinen Tribüne, die eher eine Art verlängertes Podest war. Mariano Zeledón, der örtliche *frente*vertreter, hatte in Erwartung eines offiziellen Besuchs alle notwendigen Vorbereitungen zur Durchführung einer öffentlichen Veranstaltung getroffen. Die Nachricht von der Ankunft der *cheles* hatte sich im Dorf wie ein Lauffeuer verbreitet und schien mehr Aufsehen zu erregen, als der eigentliche Anlass, weswegen diese angereist kamen. Kaum dass sie angekommen waren und sich den Staub aus den Kleidern geklopft hatten, nahm Anselmo die Nordamerikaner unter seine Fittiche, indem er unter Donnas Vermittlung aus dem Stegreif einen wortreichen Streifzug durch die wichtigsten geschichtlichen Etappen dieser Gegend unternahm, ein vollständiger Bericht über die hemmenden Faktoren für die Entwicklung ländlicher Gebiete, anzustrebende Projekte, deren Ausführung der Krieg bislang verhindert hatte, optimistische Schlussfolgerungen für den Eintritt in Friedenszeiten. Dann machte er sie mit dem jungen Mariano bekannt, der während Anselmos Vortrag schweigend hinzugetreten war und jetzt jeden freundschaftlich mit Handschlag begrüßte. Doch hatte man den Eindruck, dass seiner offenherzigen Direktheit ein wenig der spontane Impuls fehlte, dass er hinter seinem Lächeln, das eine gleichmäßige, von einem vergoldeten Schneidezahn durchbrochene Zahnreihe entblößte, eine gewisse mürrische Befangenheit zu verbergen suchte, denn die Begegnung mit *gringos* gehörte nicht gerade zu den Alltagserlebnissen dieses Bauernsohnes und außerdem hatte man von den *gringos* so seine Meinung, die in den Schichten des historischen Gedächtnisses wurzelte.

Julia war noch eine Weile bei der Gruppe stehen geblieben, hatte sich dann von den anderen abgesondert und schlenderte jetzt zwischen den ersten Schaulustigen auf dem Dorfplatz umher, der sich nach und nach mit Menschen füllte. Ein bunt durcheinander gewürfelter Menschenhaufen, eine Wolke aus Strohhüten, Schirmmützen, der pechschwarzen Seide aus Frauenhaar, aus Alten, Jungen, Kindern und Greisen, ja man sah sogar einen Mann im Rollstuhl, der sich in die Nähe der Tribüne schieben ließ. Als Julia bemerkte, dass Anselmo nicht mehr im Gespräch war, kehrte sie zu der Gruppe zurück. Die Presseleute machten sich daran, die Gerätschaften ihrer Fotoausrüstung in Stellung zu bringen, ein Stativ für eine Handkamera musste aufgebaut werden, was bei der Unebenheit des Bodens nicht ganz einfach war; Aufnahmegeräte wurden auf ihre Zuverlässigkeit überprüft, vor die Linse des Kameraauges gerieten einstweilen willkürlich gewählte Objekte zur Einstellung der Blende, Wahl der Belichtungszeit, Scharfstellung und so weiter.

Links neben der Tribüne, sich abseits haltend, fielen drei Männer auf, die dem Geschehen teilnahmslos zusahen, mit einem Ausdruck, als begriffen sie nicht das Geringste von dem, was hier vor sich ging. Julia und Donna waren sich einig, dass es sich bei den dreien um ebenjene Deserteure handeln musste, um die es bei der ganzen Veranstaltung ging. Die Ähnlichkeit zwischen den drei Männern kam von den vorspringenden Backenknochen, dem langen struppigen, ungeschnittenen Haar, ihrem verwildert wirkenden Äußeren, gleichzeitig waren sie durch einen merklichen Altersunterschied voneinander entfernt, so dass man geneigt war, den Älteren für den Anführer zu halten. In ihrem Blick, in dem etwas von dem leeren Stieren Drogenabhängiger lag, zuckte etwas Gemeines, ihre Gesichter trugen den Ausdruck haltloser Verkommenheit, der die Züge von innen her entstellte. Diese verändernde, physiognomische Besonderheit schien in einem unauflösbaren Verhältnis zu ihren Taten zu stehen. Gewöhnliche Kriminelle verlieren durch ihre Akte nicht zwangsläufig das Bewusstsein ihrer Würde, während sich umgekehrt Akte denken lassen, wo die Ausführung einer gesetzesbrecherischen Handlung je nach Art der Umstände sogar der Wiederherstellung der Würde eines Menschen dienen kann. Auf jene aber, die heute hier im Mittelpunkt standen, blinde Werkzeuge in den Händen einer fremden, gewaltträchtigen Macht, die sich als Mörder und Folterer an der wehrlosen eigenen Bevölkerung betätigten, bereitwillig Spielregeln folgend, die außer den Drahtziehern niemand kennt, auf sie traf keine dieser Möglichkeiten zu – in ihnen war jeglicher Funke von Menschenwürde erloschen, die ihren Zügen aufgeprägte verhärtete Brutalität würde aus diesen Gesichtern zeitlebens nicht zu tilgen sein.

Mariano Zeledón betrat nun die Bühne. Er beschränkte sich auf eine kurze Ansprache, worin er die Hintergründe enthüllte, die für das Zustandekommen einer Übereinkunft mit den hier anwesenden Ex-Kombattanten der *contra* ausschlaggebend gewesen waren. Jedes Wort wurde vom Blitzlichteffekt seiner ausdrucksvollen Augen begleitet, denn sein Gesicht lebte durch die Augen, als spiegelte sich in ihnen die dunkle Tiefe eines Bergsees. Wie man erfuhr, stammten die drei nicht direkt aus diesem Dorf, sondern aus einem in den Falten der Hügel verborgenen Ort ganz in der Nähe.

Anschließend übertrug Mariano dem älteren der drei Männer das Wort. Sofort legte sich über den Platz eine gespannte Ruhe, eine undurchlässige Stille, dass nicht einmal das Gekreische eines über den Himmel ziehenden Papageienschwarms in sie eindrang. Der Mann presste die Worte mehr heraus, als dass er sie aussprach. In seiner Maske standen die Augen unbewegt. Er stellte sich dem Publikum als Kommandant Danto vor. Kämpfer in einer authentischen Bauernorganisation sei er gewesen, einer Widerstandsgruppe, welche die Interessen der Bauern gegen atheistische Bestrebungen verteidige (den Kommunismus erwähnte er wohlweislich nicht mehr) und gegen deren Entrechtung er in gutem Glauben gekämpft habe. Er hatte die Arme auf dem Rücken verschränkt, die gebeugte Haltung sollte vermutlich absichtsvoll demütig wirken ebenso wie der schwankende Tonfall in seiner Rede: „Aber unsere Organisation wurde von der Regierung der Vereinigten Staaten manipuliert ... wir wurden von den Kommandeuren der *guardia* und unserer eigenen politischen Führung verraten. Wir, die *comandantes campesinos* in der *contra*, wir dachten, dass ihre Unterstützung bedingungslos wäre.... Doch was passierte? Mit einigen dieser Politiker bekamen wir Probleme, denn nur sie wussten, dass diese Hilfe ihren Preis hatte. Alle haben sie uns manipuliert, die *yankees*, die *guardia*, unsere politische Führung, die schlechte Politik machte, denn das waren Leute, die uns aufgezwungen wurden ... die haben aus uns ein Werkzeug der *yankees* gemacht... Nach und nach begriffen wir die Wahrheit ... *guardias*, Berufspolitiker, sie alle leben vom Krieg ... sie ziehen daraus ihren eigenen Vorteil ... sie nutzen uns aus für ihre eigenen Interessen ... für uns kommt nichts dabei heraus. So ist das ... wir haben diese Erfahrung teuer bezahlt. Deshalb geben wir jetzt unsere Waffen ab und gehen, so Gott will, zurück an unsere Arbeit."

Kaum hatte der Contraführer zu sprechen begonnen, überlief es Julia kalt, da war ihr Herz gesprungen als hätte es der Frost entflammt, als würde sie aus der mittäglichen Gluthitze in ein eisiges Tauchbad geworfen. Stockenden Atems dachte sie zurück an jenen stolzen und zugleich in tiefster Seele verwundeten Indio, erinnerte sich seines zerreißenden Schmerzes, der sie an jenem zurückliegenden Sonntag aus der Fassung gebracht hatte. Fast drei Jahre war das jetzt her, drei Jahre seit jenem schicksalhaften Sonntag, da sie diesen hoffnungslos verzweifelten Mann getroffen hatte, der außer in seiner stummen Klage nirgends mehr heimisch werden würde. Wort für Wort war ihr seine Geschichte im Gedächtnis haften geblieben: „Glauben Sie mir *compañera*, ich war nahe daran den Verstand zu verlieren, als ich meine Familie da aufgebahrt auf dem Dorfplatz wiedersah ... die Leute im Dorf haben gesagt, dass der Anführer ein gewisser Renato war..." Und ebenso lang war es her, dass die Welt ohne Hernán war und all die anderen, die dem Leben gewaltsam entrissen wurden. Plötzlich konnte Julia den Ekel und tiefen Abscheu vieler Mütter verstehen, die nur schweren Herzens einer Politik der Versöhnung zustimmen konnten, weil sie den erpresserischen Druck verspürten, der ihnen gegen die Vergewaltigung ihrer wahren Gefühle das Kriegsende versprach. Aber in ihren Herzen würde diese Wunde weiter schwären, niemals würden sie ihren Frieden machen können mit den Mördern ihrer Nächsten. Dieser hier hieß, so man ihm glauben wollte, nicht Renato. Nach eigenem Bekunden hieß er Danto, was so gut wie nichts bewies. Wer konnte schon wissen, wie viele Male er seinen Namen gewechselt hatte.

Auf die Menge auf dem Dorfplatz hatte sich ein tiefes Schweigen gesenkt; keinerlei Zucken eines Gesichtsmuskels veranschaulichte irgendwelche Empfindungen, seitdem der *comandante* Danto schwieg. Keine Freudenrufe, kein begeistertes Hüteschwenken, keine Willkommensbotschaften, kein befreites Aufatmen, keine Ergriffenheit, allenthalben vollständige Ausdruckslosigkeit. Wenn überhaupt eine Regung von den Gesichtern abzulesen war, dann war es eher die Art von Schrecken, der einen überfällt, wenn man plötzlich eine grausame Entdeckung macht – sie erkannten wie ähnlich sie sich waren, jeder der drei war einer von ihnen, war in einem anderen Leben vielleicht Tagelöhner oder Bauer gewesen. Die Erkenntnis, dass Menschen sich unvorstellbares Leid zufügten ohne durch echte Feindschaft voneinander getrennt zu sein, musste in ihrem Inneren Verheerungen anrichten.

Es war Anselmo, der den Versuch machte, die Situation zu retten und ihr noch ein wenig Feierlichkeit zu verleihen, indem er in bedächtigen Worten darlegte, dass diese Männer die *contra* aus eigenem Antrieb verlassen hätten und es nun verdienten, als gleichwertige Mitglieder in die Gemeinschaft aufgenommen zu werden. Er wusste sehr wohl, dass es unter der Menge genügend Leute gab, denen sich die tiefe Missbilligung seiner Worte für immer in die Herzen grub. Aber es gab kein Mittel, das zu verhindern – er war völlig ungeschützt. Es gab keinen Ausweg, außer der Zuflucht zu einem Appell, den er an jene richtete, die sich entschieden hatten, ihr Leben künftig unter den Augen der Gemeinschaft zu verwirklichen; und an die Gemeinschaft, auf dass die großzügige Geste der Revolution unter der Mitwirkung aller und mit vereinten Kräften zu einem friedfertigen Zusammenleben führen möge. Am Ende reichte er jedem der drei Männer die Hand, die sie mit einem Ausdruck entgegennahmen, als hätte man sie nicht eben in die Freiheit entlassen, sondern als wäre das Todesurteil über sie gesprochen worden. Die Kameras surrten.

Nach der Kundgebung bestieg alles die Fahrzeuge und bald war die kleine Karawane aus den Augen derer, die auf dem Platz geblieben waren, verschwunden.

Auf der Rückfahrt parlierte der seinem Naturell nach eher schweigsame Contreras unentwegt mit seinem Chauffeur. Er wirkte sichtlich gelöst. Julia nahm an, dass er sie nicht ohne Grund mitgenommen hatte, über seine Absichten konnte sie indes nur mehr oder weniger zutreffende Vermutungen anstellen, denn er hatte während der ganzen Zeit kein einziges persönliches Wort an sie gerichtet. Jetzt, da sie vor der Werkstatt angelangt waren und er ihr durch das Wagenfenster die Hand reichte, kam er damit heraus: „Hör' zu, ich mache dir einen Vorschlag. Ich würde es lieber sehen, wenn du dich da nützlich machen würdest, wo wir deine Hilfe tatsächlich gebrauchen können. Du besitzt doch eine Kamera, oder?"

„Ja ...einen Fotoapparat. Wieso?"

„In der *casa sandinista* sind wir dabei ein Bildarchiv aufzubauen. Es wird in nächster Zeit mehr solcher Veranstaltungen geben und nicht jedes Mal werden Journalisten dabei sein, die uns ihr Material zur Verfügung stellen.

Du könntest mit deiner Kamera die kommenden Ereignisse dokumentieren und deine Fotos unserem Archiv beisteuern. Was hältst du davon?

„Ich als Bildreporterin der *frente*?" fragte sie überrascht, die Augenbrauen hebend.

„Warum nicht? Für die Rolle, die wir jetzt spielen, ist das ein ideales Betätigungsfeld. Natürlich nur, wenn es sich mit deiner Arbeit in der Kooperative vereinbaren lässt."

Julia überlegte einen kurzen Moment. Sie verstand – er brauchte nicht erst auf das Thema zurückkommen, das ungeklärt zwischen ihnen stand –, dass sein Vorschlag als versöhnliche Geste gedacht war, durch die er ihr mitteilte, dass er seine Entscheidung getroffen hatte ohne sein Verhalten als Ablehnung ihrer Person erscheinen zu lassen. Aber warum nicht darauf eingehen? Sie würde ein wenig herumkommen und aus nächster Nähe miterleben, wie der so genannte Friedensprozess außerhalb der Welt der Diplomatie, der Beschwörungsfloskeln einzigartiger historischer Momente, der Zurschaustellung aufgesetzter Einhelligkeit, verlief. Sie willigte ein.

„Gut, dann sind wir uns also einig!" Anselmos Gesicht zog sich, mit einem leichten Zucken des Mundwinkels lächelnd, vom Fenster zurück. Der Wagen fuhr an. Donna und die anderen winkten Julia zum Abschied zu, um kurz darauf hinter einer Hausecke zu verschwinden.

Sie ging nicht sofort hinein, nach all den Eindrücken, die sie von dieser Ausfahrt mitgenommen hatte, brauchte sie eine Verschnaufpause. Es überkam sie eine unwiderstehliche Gier zu rauchen. Sie setzte sich auf die Treppenstufen der Eingangstür, zündete sich eine Zigarette an und sog den Rauch des ersten Zuges in die Lungen ein. Über ihren neuen „Nebenjob" machte sie sich nicht allzu viele Gedanken, in Wirklichkeit maß sie ihm keine große Bedeutung bei, außerdem glaubte sie nicht, dass die Anlässe, zu denen man sie rufen würde, besonders zahlreich wären. Alle Welt redete vom Frieden, aber je mehr von ihm die Rede war, desto weniger war er sichtbar. Gipfeltreffen hier Verhandlungsrunden dort, neue Gipfeltreffen und so weiter, unter fünf Ländern Auswege aus einem Konflikt zu finden, bedeutete zu immer größeren politischen Zugeständnissen bereit zu sein.

Jedoch in dem einen, alles entscheidenden Punkt, nämlich in der Frage der Entwaffnung der *contras*, war die Situation festgefahren. Im März dieses Jahres 1988 war es erstmals zu direkten Verhandlungen mit der politischen Führungsspitze der *contra* und einer hochkarätigen Regierungsdelegation auf sandinistischer Seite gekommen. Sie endeten mit der Vereinbarung einer befristeten, mehrmonatigen Waffenruhe, während der in weiteren Verhandlungsrunden die Entwaffnung der *contras* und ihre Integration ins zivile, gesellschaftliche Leben bestimmt werden sollten. Doch bevor überhaupt Schritte eingeleitet werden konnten, war der militärische Chef der *contra*, Enrique Bermudez, wieder einmal einen Schritt voraus. Der Ex-Obrist der ehemaligen Nationalgarde nahm an diesen Gesprächen nie teil und erkannte später die Ergebnisse nicht an. Schon länger hatte es Anzeichen für eine Spaltung innerhalb der *contra* gegeben, die nun voll ausbrach und man hörte von bewaffneten Auseinandersetzungen unter den Fraktionen. In einer Art internem Putsch hatte Bermudez die Militärhierarchie von den dialogbereiten Verrätern, die sich mit den Sandinisten einließen, gesäubert. Der Streich geschah in dem Bewusstsein, dass er das As im Ärmel der USA war, denn seine Rolle sah vor, die militärische Bedrohung gegen Nicaragua aufrechtzuerhalten, solange die Revolutionäre an der Macht waren, während die Reagan-Ära zu Ende ging.

Erst nach einiger Zeit und der dritten Zigarette brachte Julia die Energie auf, an ihre Arbeit zurückzukehren. Sie blinzelte zu dem klaren, blauen Himmel auf, nahm einen letzten Zug und trat den Stummel mit dem Fuß aus.

# 20

Ein Hinweisschild mit dem Schriftzug Bibeltempel weist von einer belebten, verkehrsreichen Straße in einen der östlichen Arbeiterbezirke. Schachbrettartig angelegte Straßen ohne Asphaltdecke, ebenerdige Häuser mit Wellblechdächern, Baum bestandene Innenhöfe, in denen tropische Früchte gedeihen. Der Anstrich der ehemals weißen oder türkisfarbenen Fassaden ist seit vielen Jahren nicht mehr erneuert worden. Die intensiven Farben Zäune erklimmender Blütengewächse haben unter einer allgegenwärtigen Staubschicht ihre Leuchtkraft eingebüßt. Hier und da ragen zwischen den Dächern die glatten Stämme von Palmen auf. Ab und an verfängt sich ein leichtes Lüftchen in den ausladenden Blättern, deren schwingende Bewegung an das Flügelschlagen eines großen Vogels erinnert. Eine lotrechte Mittagssonne hat die Bewohner des Viertels in die Häuser getrieben, staubhaltige Luft steht zwischen den Häuserfronten. Den ausgefransten Zettel mit der Adresse in der Hand, die Raúl ihr am Morgen seines überstürzten Aufbruchs auf den Rand einer Zeitung geschrieben hatte, irrt Julia durch die menschenleeren Straßen, bei jedem Schritt trockenen, grauen Staub aufwirbelnd. An einer Wegkreuzung folgt sie dem Verlauf einer Wellenlinie durchhängender Stromkabel an schief stehenden Holzmasten entlang der Straße.

Eine Ewigkeit schien vergangen zu sein, seit jener Liebesnacht in der kleinen Provinzpension. In den Monaten danach waren die Abstände zwischen den Telegrammen, die sie von Zeit zu Zeit erhielt (bei gleich bleibendem Wortlaut: *brenne darauf, dich zu sehen. umarme dich zärtlich. Raúl*), länger und länger geworden, bis das Warten auf ein Zeichen beunruhigende Vergeblichkeit annahm. Die einzige Möglichkeit, sich Klarheit zu verschaffen, barg also der Entschluss, bei nächster Gelegenheit nach Managua zu fahren, um über den einzigen Anhaltpunkt, den sie hatte, vielleicht eine Antwort darauf zu finden, was das Abreißen ihrer Verbindung zu bedeuten hatte. Jetzt, da sie sich das erste Mal durch dieses Viertel bewegte, versuchte sie sich vorzustellen, was ihr aus Raúls Erzählungen in Erinnerung geblieben war. Hier war er also aufgewachsen und irgendwo hier musste sich die Stelle befinden, wo seine kleine Schwester tödlich getroffen von einem Schutzwall stürzte, während sich die Bewohner des *barrios* einen selbstmörderischen Kampf mit der Armee lieferten. Man schreibt den Monat Juni des Jahres 1979. Die Diktatur des Anastasio Somoza Debayle befindet sich im freien Fall, der *Gouverneur der Friedhöfe*, wie das Volk ihn nennt, fühlt sich nur noch in seinem Bunker sicher. Wie alle Diktatoren dieser Welt will auch dieser, bevor er die Bühne verlässt, das Volk in seinen Untergang mit hineinziehen. Seine Luftwaffe bombardiert ununterbrochen die Stellungen der Revolutionäre, die Armee setzt Artillerieraketen ein, ein Sturm blindwütiger Raserei entlädt sich über der Stadt, ein letzter Versuch, die von der FSLN gehaltenen Gebiete zurückzugewinnen – die Endphase des Wahnsinns, nachdem die Allgewalt in die Hände eines Einzelnen geriet! Auf die aufständischen Wohnviertel gehen Napalm und Phosphorbomben nieder, sie töten Hunderte von Einwohnern Tag für Tag, ihre Wohnhäuser begraben unter Bergen von Schutt und Asche. In den östlichen *barrios* jedoch leisten die Menschen erbitterten Widerstand um jeden Preis. Mit selbstgefertigten Sprengkörpern, die in Wohnküchen hergestellt werden, versuchen sie sich zu verteidigen, mit um den Leib gebundenen Dynamitstangen fallen Kinder und Jugendliche todesmutig über die Kampfwagen der anrückenden Nationalgarde her. Ohrenbetäubender Gefechtslärm, von überall wird geschossen, doch die Munition der Aufständischen reicht höchstens noch für einen Tag. Die militärisch Verantwortlichen der inneren Front beschließen in einer beispiellosen Rettungsaktion die restliche Bevölkerung bei Einbruch der Nacht aus der Stadt zu bringen, in das 30 Kilometer entfernte Masaya, das von den Sandinisten gehalten wird. Unter der Führung der *Guerilla*kämpfer gleitet eine endlose Menschenschlange im Schutz der Dunkelheit fast lautlos durch die Ketten der feindlichen Wachtposten, zieht sich als endloser Zug langsam und mühevoll in Richtung Süden durch das Land. Die Geschundenen schleppen ihre letzte Habe mit und die Verwundeten auf provisorischen Bahren. Keiner bleibt zurück. Endlich, gegen drei Uhr morgens des drauffolgenden Tages, erreichen mehr als Sechstausend Frauen, Kinder und Alte die Stadt Masaya. Noch heute, an jedem 27. Juni, gedenkt die Bevölkerung Managuas jener wundersamen Errettung. Unter der Anteilnahme Tausender stellt sie den Zug der Elenden noch einmal nach, originalgetreu, so wie er seinerzeit stattgefunden hat. Und heute wie damals endet der fast zweitägige Marsch mit einem Fest.

Zwischen den Häusern tauchte die weiß getünchte Fassade eines hölzernen Bauwerks auf. Es stach aus seiner Umgebung heraus, weil es höher und größer als die übrigen Häuser war. Zwei Säulen, auf denen das Vordach ruhte, flankierten die Flügeltür des Portals. Drinnen war die Luft erfüllt von Gesang und an seinem ekstatischen Rhythmus erkannte Julia, dass es sich um den Gottesdienst einer der vielen umtriebigen, in den USA verankerten Sekten handelte, die im Lande Fuß gefasst hatten. „Alles konterrevolutionäres Gesindel!" pflegte Ana diese radikal fundamentalistischen Glaubensgemeinschaften verächtlich zu machen, wenn sie an einem ihrer Gebetstempel vorbeikamen. Und Julia pflichtete ihr in Gedanken bei – in der Tat, kein Süppchen, an dem die CIA nicht mitkocht, sie bringen die Sekten ins Spiel, um die Urheberschaft des von ihren Fußtruppen gestifteten Chaos in den Köpfen als kommunistisches Teufelswerk erscheinen zu lassen. Der Gesang verebbte. Sie war stehen geblieben, angezogen von der einpeitschenden, schrillen Mikrophonstimme des Predigers, in der zugleich etwas von Kasernenhofton und gewaltträchtiger Beschwörung lag. Eine Eröffnungssalve in Gottes Kreuzzug gegen die Mächte der Finsternis gellte durch den Gebetsraum, dass selbst Julia, die sich in der Nähe des Portals aufhielt, ein leichter Schauder überlief, freilich anderen Ursprungs als das halb verzückte Erschauern der Glaubensseligen. Nun, da das erste Pulver wirkungsvoll verschossen war, da der leichte Niederschlag aus Feuer und Schwefel sich zu legen begann, geriet der wackere Anführer der himmlischen Streitmacht erst richtig in Fahrt! Schon verbeißt er sich in den armen Seelen seiner Gefolgschaft: die Gottesfurcht kannst du ihnen nicht einimpfen, also impf' ihnen die Angst ein (hier macht sich eine Prise gottlosen Marxismus' gut), – denn Angst bewegt alles, ohne sie kann der Wille des Herrn nicht erfüllt werden. Predige gegen die Sünde, lass' ihnen die Dämonen ihrer Schuldgefühle erscheinen, pflanz' ihnen den Selbsthass ein, führ' ihnen vor Augen ihre eigene unabwendbare, sterbliche Schwäche; fallt auf die Knie vor dem Wunder eurer Geburt und verlangt nicht zu viel! Das dürfte genügen. Genug, um gegen das Blendwerk des Atheismus gewappnet zu sein, gegen den Ansturm des wehleidigen Humanismus mit seiner anmaßenden Gerechtigkeitsmeierei – im Krieg um die Köpfe darf man bei der Wahl der Waffen nicht zimperlich sein: die großartige Waffe gegen die Vernunft ist die vorsätzliche Kultivierung von Unwissenheit.

Julia wendete sich ab, abgestoßen von dem demütigenden Spektakel. Was sie hatte erspähen können, bestätigte einmal mehr eine offenkundige Tatsache: es waren vor allem die einfachen und ungebildeten Frauen, die sich in den ausgeworfenen Netzen von Wiedererweckungs- und Erlöserkirchen verfingen. Nur, was trieb diese Frauen dazu, der etablierten Kirche den Rücken zu kehren, um ihr Heil in einer plumpen Parodie zu suchen? Hierzu war es nützlich zu wissen, dass das persönliche Verhalten in diesen Sekten strengen Regeln unterworfen war, es herrschte ein striktes Alkoholverbot und es galt das Verbot der Promiskuität, was ihre Anziehungskraft besonders auf verheiratete Frauen plausibel machte. Frauen, die unter der Trunksucht ihres Partners litten oder sich nicht damit abfinden wollten, dass dieser Beziehungen zu mehreren Frauen unterhielt, stolperten leicht in die Fallgruben einfach gestrickter Heilsbotschaften und Wunderglauben. Untreue und Trunksuchtneigung waren grundlegende Probleme ihres Ehelebens, das sie nicht selten als Tragödie durchlebten; die beseligende Aussicht ihrer ledig zu werden, lockte so manch eine in unglücklicher Verbindung lebende Frau auf die Leimrute dubioser Sektenführer. Natürlich trat das Wunder nur ein, wenn der Ehemann gegen die Heimholung seiner Seele keine Einwände erhob. Mit ihren Bekehrungsversuchen schienen sie indes keinen übermäßigen Erfolg zu haben, denn nach wie vor waren die Frauen in den Gottesdiensten in der Überzahl.

Julia hatte sich von dem Haus entfernt, war ein paar Schritte gegangen und erneut stehen geblieben. Sie sah sich suchend um. *Victoria Fonseca, vom Bibeltempel ein Quadrat nach Süden* lautete die Adresse auf ihrem Zettel. Aber wo war Süden? Ihr Blick fiel auf ein Eckhaus, wo eine junge Frau im Fenster lehnte, die sich über den Zaun eines winzigen Vorgärtchens hinweg mit zwei anderen Frauen unterhielt. Julia überquerte die Straße, dabei einen Bogen machend um einen dahintrottenden, ausgemergelten Straßenhund voller Flöhe. Ein wenig befangen trat sie an die Gruppe heran, die sich den spärlichen Schatten einer alternden, kaum noch Blätter zur Schau stellenden Robinie teilte. Nach einer kleinen Weile des Abwartens sprach sie die Frau im Fenster an:

„Entschuldigen Sie, aber ich suche Doña Victoria Fonseca. Wissen Sie vielleicht wo sie wohnt?"

Die Unterhaltung verstummte, sechs Augen glitten gleichzeitig an ihrer Gestalt herunter, auf den Gesichtern ein Ausdruck zwischen Verwunderung und Neugier. Es war sodann die Ältere in der Runde, eine rundliche, kleinwüchsige Person mütterlichen Typs mit umgebundener Schürze, die ihr weiterhalf:

„Sehen Sie das Haus da vorne? Das mit dem braunen Sockel, das ist es."

Julia sah in die Richtung, wohin die Frau ihre Hand ausgestreckt hatte. Ja, sie sah es, aber hinter den vergitterten, unverglasten Fenstern waren die Vorhänge zugezogen und in ihr kam die Befürchtung auf, dass sie den Weg umsonst gemacht haben könnte. „Sieht so aus, als wär' niemand zu Hause", bemerkte sie halb sinkenden Mutes, halb enttäuscht.

Unter den Frauen entwickelte sich ein kurzer, lebhafter Wortwechsel, der ein paar Rückschlüsse auf Doña Victorias Tagesgewohnheiten zuließ und darauf, dass in ihrer Umgebung kaum etwas geschah, was unter den Augen der Nachbarn unbemerkt blieb. Schließlich war man sich einig, dass sie zu Hause sein musste, allein. Jetzt ergriff die junge Frau am Fenster das Wort, sich weit hinauslehnend, um ihrerseits das Haus in den Blick zu nehmen, sagte sie: „Keine Sorge, sie wird da sein. Gehen Sie nur rüber!"

Julia traf eine zierliche, ältere Dame an, mit sorgfältig aufgestecktem Kraushaar, das sich silbrig zu färben begann. Sie trug ein hochgeschlossenes, leichtes Kleid mit einem rautenförmigen Muster, aus dessen kurzen Ärmeln magere Arme hervorkamen. Der Eindruck, den ihr Erscheinungsbild entstehen ließ, konnte kaum ihrem wirklichen Alter entsprechen, denn wenn sie Raúls Lebensjahre in Betracht zog und weiterhin in Betracht zog, dass seine Mutter zum Zeitpunkt seiner Geburt noch ein junges Mädchen gewesen war, dann konnte sie nicht wesentlich älter als Fünfzig sein. Julia forschte in dem von den Lebenslinien des Alters durchfurchten Gesicht, den leicht vortretenden halbmondförmigen Augen, an deren Unterlidern sich Tränensäcke zu bilden begannen, um irgendein in Raúl wiederkehrendes physiognomisches Detail zu entdecken, während sich ihre Hände enger um den Riemen ihrer Umhängetasche schlossen. Doch all ihre Versuche, sein Gesicht deutlich zu machen, führten dazu, dass sie seiner nur in Gestalt eines in isolierte Einzelheiten zerfallenden, bruchstückhaften Bildes habhaft wurde, als hätte es sich in das Tuch des Vergessens gehüllt. Alles, was ihr inneres Auge ihr widerspiegelte, war nichts Zusammenhängenderes als in loser Verbindung stehende einzelne Aspekte, der Bildfläche eines in seinen Bestandteilen unvollständigen Puzzles nicht unähnlich – irgendwie fremd und zugleich irgendwie vertraut.

„Guten Tag. Entschuldigen Sie, aber bin ich hier richtig bei Señora Fonseca?" hob Julia ein wenig verunsichert an, da sie sich über die Rolle, die sie hier einnahm völlig im Unklaren war. Vielmehr hatte sie das Gefühl, dass sie in ein Leben einbrach, in dem sie nichts zu suchen hatte.

„Ja … das bin ich", erwiderte Raúls Mutter mit der schreckhaft gebrochenen Stimme eines Menschen, der in jedem Augenblick seines Lebens in einer nicht einzuordnenden Situation darauf gefasst war, eine zerschmetternde Nachricht zu erhalten. Sie musterte Julia eine geraume Weile und es war ihr anzusehen, dass sie sich nicht den geringsten Reim darauf machen konnte, was das Erscheinen dieser fremdländisch aussehenden Person zu bedeuten hatte. Aber irgendwie schien sie beschlossen zu haben, dass von dieser Frau nichts Beunruhigendes ausging, vielmehr stand sie vor einem Rätsel. „Darf ich erfahren, wer Sie sind?" Das klang nicht direkt unfreundlich, eher nach jemand, der von dem Besucher an seiner Haustür eine Erklärung erwartete, ohne dass seine Geduld über Gebühr auf die Probe gestellt wurde. Sicherlich war da auch ein kleines Befremden, das Julias europäische Erscheinung hervorrief.

„Ich heiße Julia ... ich bin eine Freundin Ihres Sohnes Raúl'..." Julia überreichte ihr den Zettel mit seiner Handschrift, gewissermaßen zum Beweis dafür, dass sie ihn wirklich kannte. „Ich habe lange nichts von ihm gehört ... ich dachte ... ich meine, ich könnte hier vielleicht erfahren, was mit ihm ist..."

Doña Victoria senkte den Blick auf den Papierfetzen, abgerissen vom Rand einer Zeitung, wendete ihn ein paar Mal, dann füllten sich ihre Augen mit Tränen. Julia bemerkte jetzt die hellgraue Färbung, die das Augenweiß des linken Auges eintrübte, was auf eine Augenkrankheit schließen ließ. Im selben Augenblick wurde ihr klar, dass hinter der Frage, wer sie sei, ein doppelter Sinn lag. Ja, wer war sie eigentlich, dass sie hier hereinschneite und mit ihrem Besuch in der alten Dame derartige Seelennöte auslöste? Nur –, worin bestand ihre Qual? überlegte sie panisch, darauf gefasst als Antwort seine Todesnachricht zu erhalten. Es war, als täte sich unter ihren Füßen der Boden auf, zugleich überkam sie ein Gefühl des Fallens, wie man es manchmal in Träumen hat. Fassungslos starrte sie Doña Vicotoria an, deren filigrane Gestalt sie um eine Kopflänge überragte. Sie stand da, sehr bleich, in einer Leere ohne Geräusche, und ihre Poren schwitzten glühende Tropfen aus. Sie öffnete den Mund, um etwas zu sagen, brachte aber keinen Laut heraus.

„Aber Kindchen, was haben Sie denn? Ist Ihnen nicht gut?" sprach Doña Victoria sie mit fester Stimme an, der die Bestürzung ihrer Besucherin nicht entgangen war, ihr aber ebenso rätselhaft erschien wie diese selbst. Sie hob den linken Arm vors Gesicht und wischte sich mit einem Zipfel ihres Ärmels die Tränen aus den Augen. „Jetzt kommen Sie erstmal herein. Ich mache uns einen Kaffee."

Julia hatte ihre Fassung wiedergewonnen, als sie Doña Victoria in den winzigen Salon folgte. Die Innenwände waren von dem gleichen rohen Putz wie die Außenwände. Eine weitere Tür schien in andere Räume oder auf einen *patio* zu führen. Ihr fiel sofort der Marienaltar ins Auge. In einer Fensterecke, auf einem Tischchen mit einer Decke aus Gardinenstoff, stand eine kleine, hellblau gewandete, gipserne Madonna zwischen Kerzen und Kunstblumen, einen Rosenkranz in den gefalteten Händen. Auf einer kleinen Anrichte neben einem Ventilator eine gerahmte Fotografie, die aus einem alten Fotoalbum zu stammen schien. Wenn sie das Foto auf die Entfernung auch nicht genau sehen konnte, wusste sie, dass es Raúl war, der, soweit zu erkennen war, in einem dunklen Kommunionsanzug steckte. Drei Schaukelstühle standen um einen niedrigen, rechteckigen Tisch, auf dem Doña Victoria jetzt den Kaffee in zwei geblümten Porzellantassen servierte. Nachdem sie sich niedergesetzt und den Zucker in ihrer Kaffeetasse verrührt hatte, gelang es ihr nicht länger ihre mütterliche Neugier im Zaum zu halten. Sie betrachtete ihre Besucherin eingehender, dann fragte sie geradeheraus: „Wie haben Sie meinen Sohn kennen gelernt?" Julia legte den Kopf einen Moment schief. Wie trifft man den richtigen Ton, wenn man nicht weiß, mit wem man spricht? Vielleicht war es die Scheu, die man gegenüber der Mutter eines Liebhabers empfindet, der man das erste Mal gegenüber steht, vielleicht die Unkalkulierbarkeit ihrer Reaktion, warum sie zu dem Ergebnis kam, dass es besser wäre ihr Liebesverhältnis nicht zu erwähnen. Vielmehr ließ sie es so erscheinen, als verbinde sie mit Raúl nicht mehr als eine harmlose, kameradschaftliche Freundschaft, die sich aus der Zufälligkeit ergeben habe, dass man sich eine Zeitlang am gleichen Ort aufhielt.

„Es tut mir sehr Leid, aber ich kann Ihnen über meinen Sohn nicht viel sagen", sagte Doña Victoria bedauernd. „Er sagt mir ja nie, wohin er geht… Manchmal kommt er für ein, zwei Tage, manchmal auch nur für ein paar Stunden und schon verschwindet er wieder. Aber jetzt war er schon lange nicht mehr hier. Nur letzte Woche, da bekam ich plötzlich Besuch von so einem Journalisten. Der hatte meinen Sohn irgendwo im Norden getroffen, ich glaube er sagte an der Grenze zu Honduras. Jedenfalls ließ er mir ausrichten, dass ich mir keine Sorgen machen solle, es gehe ihm gut. – Gott sei Dank!" Doña Victoria schlug ein Kreuzzeichen und verharrte ein paar Augenblicke in ihrer Andacht, bevor sie wieder zu sprechen begann. Ein verwirrter Ausdruck von Traurigkeit hatte sich plötzlich auf ihr Gesicht gelegt. „Sie machen sich ja keine Vorstellung, wie oft sich den Müttern hier das Herz umdreht! Der Halt eines Militärfahrzeugs vor einem Haus genügt und es springt sie die Angst an ... die tägliche, immer auf der Lauer liegende Angst im Herzen jeder Mutter, dass das Einzige, was sie liebt, weit fort von ihr hat sterben müssen."

Julia wurde plötzlich bewusst, dass auch hier der Krieg ein Gesicht hatte, hier in dieser Millionenstadt, weit ab von der unmittelbaren Kriegsgewalt, litten die Menschen nicht unter den barbarischen Angriffen der Konterrevolution, sie litten unter der allgegenwärtigen Angst, dass ihre Söhne und Töchter von diesem Kampf nicht lebend zurückkamen.

„Neun Monate sind nötig, um einen Menschen zu schaffen ... neun Monate, um ein Kind auszutragen und eine einzige Sekunde genügt, um es zu töten!" Die sehnigen, schmalen Hände der alten Dame krampften sich so fest um die Armlehne, dass auf den Handrücken die Blutgefäße als erhabene, blaue Linien hervortraten. Sie saß da mit flackerndem Blick, ihre Brauen traten zusammen in einem Anflug subtiler Aggression. Sie sagte in dem Bedürfnis, jemanden anzuklagen: „Es heißt, dass die Revolution ihr Weiterleben unseren Kindern verdankt... Bloß sag' mir einer, was für ein Trost soll das für eine Mutter sein! Mein Kleines, mein unschuldiges kleines Mädchen ... es wurde so grausam von mir fortgerissen... Käme es dazu, dass ich auch meinen Ältesten noch verlöre – weiß' Gott, es wäre mir gleichgültig, ob ich lebe oder sterbe ... dann wird es keinen Platz mehr für mich geben."

In dem kleinen, durch die geschlossenen Vorhänge abgedunkelten Zimmer dehnte sich eine bedrückende Atmosphäre aus. Zwischen den beiden Frauen lag ein abwartendes Schweigen, eine seltsame, hohle Stille, die eintritt, wenn jede Seite den eigenen Gedanken nachhängt, ohne dass es etwas zu sagen gibt. In Julia erwachte plötzlich Reue, aber es war zu spät, die Lüge von der vermeintlichen Zufallsbekanntschaft zurückzurufen. Immerhin hatte sie Doña Victoria nicht nur ihre wahre Beziehung zu Raúl verschwiegen, das Eingeständnis würde ans Licht ziehen, dass sie, die Fremde, über den Sohn tiefere Einblicke in das Leben seiner Mutter genommen hatte, als diese je zu ahnen vermochte. In einer Art Wiedergutmachungsabsicht suchte Julia vergeblich nach einem einfühlenden, tröstenden Wort, nach dem Doña

Victoria hätte greifen können. Stattdessen überkam sie der Drang zu fliehen, übersetzt in eine der geläufigen Floskeln, derer man sich bedient, um sich aus einer unbequemen Lage zu befreien: „Haben Sie vielen Dank für den Kaffee, aber ich glaube, nun wird es Zeit für mich...!" Julia stand auf und schützte eine Verpflichtung vor, aus irgendeinem Grund hatte sie das Gefühl, ihren Aufbruch rechtfertigen zu müssen. Doña Victoria erhob sich ebenfalls. Sie strich die Sitzfalten ihres Kleides glatt und geleitete ihre Besucherin an die Tür. So hinter ihr einherschreitend, kam sich Julia wie eine Riesin vor, als wären die Körperformen der alten Dame in der Zwischenzeit um ein Weiteres eingeschrumpft.

Während sie der schnurgeraden Straße folgte, die zur Hauptstraße zurückführte, stellte sie sich vor, wie Doña Victoria die schmutzigen Tassen einsammelte, die Tassen und ihre Einsamkeit, vielleicht noch damit beschäftigt, sich über den merkwürdigen Besuch der *chelita* zu wundern. Die Reglosigkeit der Mittagshitze war verflogen, die Straße hatte sich inzwischen mit Leben gefüllt. Barfüßige Jungen rannten einem kleinen, kläffenden Hund hinterher, der mit flinken Zick-Zack-Bewegungen Staub aufwirbelnd seinen Verfolgern zu entkommen versuchte. Die spitzen Steine schienen sie nicht zu schmerzen, Schuhe sind für die Schule, damit sie lange halten und auch den kleineren Geschwistern noch nützlich sein können. Auf der Treppe eines Gemischtwarenladens saß ein Grüppchen sich keck gebärdender kleiner Mädchen, die ihre schwarzen Schöpfe zusammen gesteckt hatten und miteinander schwatzten. Dunkelleuchtende Äuglein blitzten Julia im Vorübergehen herausfordernd an. Mit der Klingel einer Handglocke versuchte ein Eisverkäufer auf sich aufmerksam zu machen, ein Männlein von kleinem Wuchs und knochiger Gestalt, der einen hölzernen Handkarren vor sich her schob und aus Leibeskräften sein *sorbeeeete!...sorbeeete!* anpries.

Ein schief stehendes Stoppschild an einer Ecke, das sich über einen Zaun neigte, zwischen dessen Latten ein pickendes Huhn den mageren Hals hervorstreckte, der alle Federn gelassen hatte, zeigte das Verlassen des *barrios* an. Ohne sich zu vergewissern, dass sie die richtige Richtung einschlug, fand sie sich auf einer breiten, mehrspurigen Straße wieder, mitten im Getriebe des Verkehrs. Überquellende Busse, an deren Türen Menschentrauben wie Wespennester hingen, entließen schwarze Abgaswolken aus ihren Rohren, Lastwagen rumpelten über das Pflaster, dem Transport sowohl von Gütern als Menschen dienend. Autos umfuhren ein Pferdegespann, das die Karosserie eines uralten, ausgeweideten, amerikanischen Straßenkreuzers zog. Sie lief am Straßenrand entlang, eingehüllt in Abgaswolken, stolperte auf dem unebenen Grund aufgebrochenen Asphalts, den die Wurzel eines Straßenbaums gehoben hatte. Sie lief ohne Ziel. Managua, das war ein Dahingehen zwischen Armen- und Reichenvierteln, dem bald üppigen, bald mäßigen Wohlstand der Mittelklassebezirke, die ihre Habe mit Glasscherben bewehrten Mauern vor Dieben schützten. Zwischen den traditionellen Wohngegenden mit wildem Gestrüpp bewachsene, grüne Inseln, ausgedehnte Flächen ungenutzten Brachlands, auf dessen Grund Neuankömmlinge ihre Hütten errichteten, welche, aus der Provinz kommend, vor den Angriffen der *contra* geflohen waren. Von ihrem Besitz verjagt, sollte das, was einstweilen nach Provisorium aussah, nach und nach zu einem neuen Zuhause werden, denn ein Dach über dem Kopf wurde niemand verwehrt, für Zugang zu Strom und Wasser kam die Stadtverwaltung auf. Managua, das war zugleich ein Fest farbenfroher Märkte mit ihren vielfältigen Gerüchen, ihrem Gedränge und Gesumm, deren überbordende Fülle Knappheit und Wirtschaftsmisere fast vergessen machen konnte. Eine Stadt ohne die Signalwirkung von Reklametafeln, ohne die plakative Darstellung von Frauen in aufreizenden Posen, deren Aufdringlichkeit verlegen macht, die für ein bestimmtes Duftwasser, eine Biermarke oder amerikanische Zigaretten werben. Diese Art der öffentlichen Zurschaustellung von Frauen, war mit der Revolution aus dem Straßenbild verschwunden. Stattdessen benutzte man die ehemaligen Werbetafeln für Texturen wie diese: *La Revolution te espera!/No somos aves para vivir del aire, no somos peces para vivir del mar, somos hombres para vivir de la tierra!/La tierra para quien la trabaja!*

Eigentlich hätte die Begegnung mit Doña Victoria den Druck von ihr nehmen können, sie hätte den Verlauf des Gesprächs als ein wunderbares Geschenk betrachten können – Raúl lebte! Doch das Gefühl der Beunruhigung blieb. Sie spürte, dass es mit der Auslassung verbunden war, mit dem, was nicht gesagt worden war. Sie fühlte sich nicht mehr auf sicherem Boden, irgendetwas sagte ihr, dass die Auslassung etwas vorwegnahm, die Frage war nur, wann es zur Aufführung gelangen würde. Vielleicht nicht jetzt, vielleicht nicht morgen, aber irgendwo wartend. In der starken Strömung der Gegenwart, die den Lauf der Welt veränderte, trieben Raúl und sie wie Teilchen eines Stroms ohne Manövrierfähigkeit, mal aufeinander zu, mal voneinander fort. Nicht von ihnen hing es ab, an welche Gestade der Strom sie jeweils spülte. Aber wohin trieben sie jetzt? Der Aggregatzustand des Herzens in den Augenblicken der Verliebtheit ist Verzauberung, ohne das Empfinden der Berührung und des Fühlens, das mit ihm verbunden ist, bedeutet er gehärtetes Glück. Aber irgendwie wusste sie ohne jeden Zweifel, unter der Schlacke erkalteter Liebe schwelte ein Rest leicht entflammbarer Glut, ein stürmischer Aufwind und die geblähten Segel der Leidenschaft würden das Feuer von neuem entfachen. Aber was hatten solche Empfindungen schon mit der Realität eines Mannes zu tun, dessen Verwicklungen nicht in einer unerfüllten Liebe bestanden, sondern in etwas Größerem, etwas Umfassenderem, das es ihm wert war, hierfür jederzeit sein Leben hinzugeben. Zugleich hätte sie nicht sagen können, was sie von Raúl erwartete.

Irgendwann tauchte über den niedrigen Häusern der weitflächigen Stadt die pyramidenförmige Silhouette des Hotels Intercontinental auf. Von dort führte eine Straße am Denkmal der Revolution vorbei in den Teil der Stadt, der einmal das Zentrum gewesen war. In anderen Städten Synonym für belebte Geschäftsstraßen, Gedränge und pulsierendes Leben, bot sich hier das Bild einer steinernen Wüste aus Ruinen. Als wäre es nicht vor siebzehn Jahren, sondern erst gestern gewesen, waren hier die Spuren des todbringenden Erdbebens nach wie vor greif- und sichtbar. In den klaffenden Löchern der Gerippe ehemaliger Geschäftshäuser zeigen sich Anzeichen von Leben, ausgehängte Wäsche, ein wenig Hausrat, zu Familien gehörend, die sich in den Überresten der Gemäuer eine Wohnstatt eingerichtet haben. Es gibt Strom und Wasser und verglichen mit den engen Häusern, die arme Leute gewöhnlich zu bewohnen pflegen, sehr viel Platz.

An dem Tag als das Beben die Stadt erschüttert, es war der 23. Dezember 1972, müssen der Somozaclan und die mit ihm verbundenen Größen aus Geschäftswelt und Militär nicht lange nachdenken, um zu begreifen, wie sich die Tragödie vergolden lässt. Mit Grundstücks- und Immobilienspekulation schlagen sie skrupellos aus dem Elend der Obdachlosen Kapital. Tachito Somoza setzt noch eins drauf: er verkauft das Blut, das vom Roten Kreuz für die Opfer gespendet wurde, in die Vereinigten Staaten. Zeitzeugen werden in späteren Jahren einmal sagen, dass das Geschacher mit Grundstücken und Häusern, mit allem, woraus sich aus der Notlage der völlig ausgebluteten Stadtbevölkerung pekuniärer Gewinn schlagen ließ, eines der schändlichsten und niederträchtigsten Betrugsmanöver in der Geschichte des Landes darstellt. Die Trümmer zu beseitigen fehlte es Somoza aus plausiblen Gründen am Willen, der Revolutionsregierung dagegen am Geld.

Die *Bank of America* hatte den tektonischen Stößen von damals standgehalten, heute überragte sie als einziges Hochhaus alle anderen Gebäude der Stadt. Allein die guten Geschäfte ließen derweil noch auf sich warten. Nun war die Zeit gekommen, die Dinge wieder ins Lot zu bringen. Auf einen Sieg der *contra* zu setzen, hatte inzwischen etwas Unwirkliches, in der neuen Bush-Regierung rechnete niemand mehr damit. Was mit militärischen Mitteln nicht zu bezwingen war, will nun auf anderem Wege zur Strecke gebracht werden. So sollten die für das kommende Jahr 1990 angesetzten Wahlen zu dem Objekt werden, worauf sich das Fadenkreuz massiver Einflussnahme durch Washington richtete. Der *contra* fiel dabei die Rolle des militärischen Menetekels zu, während der politischen Opposition – ein zusammen gewürfeltes Bündnis aus Parteien jedweder politischer Couleur – hohe Geldsummen zur Finanzierung ihrer Wahlkampagne zuflossen. Hierfür benutzte man undurchsichtige Kanäle und scherte sich nicht um das nicaraguanische Wahlgesetz, das die Offenlegung von Parteispenden forderte. Nach längerem Tauziehen hatte sich die Oppositionsallianz mit dem Akronym UNO auf die aussichtsreichste, weil parteilose Verlegerin Violetta Barrios Chamorro als Präsidentschaftskandidatin geeinigt. Doña Violetta Chamorro leitete die rechtsgerichtete Tageszeitung *La Prensa* und war die Witwe des von der Nationalgarde 1978 ermordeten Verlegers Joaquín Chamorro, dem die seinerzeit antisomozistische Haltung des bürgerlichen Blattes zum tödlichen Verhängnis geworden war. Mit dieser Vorgeschichte im Gepäck – zu der auch gehörte, dass sie nach dem Sturz Somozas an der ersten Regierungsjunta beteiligt war, diese aber, nachdem es mit der Revolution ernst wurde, aus Enttäuschung verließ – wies sie sich als ideale Kandidatin aus. Denn ihr haftete der Lack des Ruchlosen nicht an, was von anderen führenden Figuren in dem von ihr repräsentierten Bündnis nicht behauptet werden konnte, da ihnen Verbindungen zur bewaffneten Konterrevolution nachzuweisen gewesen wären. Als Verlegerin einer bedeutenden Tageszeitung hatte sie zudem einige Erfahrung in Fragen der Propaganda, außerdem verfügte sie im Ausland über eine hohe Reputation, hatte sie sich doch als Gegenspielerin der Sandinisten und deren Kritikerin in Sachen Pressefreiheit in einflussreichen Kreisen, insbesondere in den USA, einen Namen gemacht. Dass ihr Schlachtschiff der Pressefreiheit mit CIA-Geldern finanziert wurde, war dabei ein offenes Geheimnis.

Landauf, landab hatte der Wahlkampf eingesetzt in diesem zu Ende gehenden Jahr. Beide Kontrahenten, die silberhaarige distinguierte Dame des Bürgertums und der Revolutionär, lieferten sich ein erbittertes Kopf-an-Kopf-Rennen. Standen 1984 die ersten freien Wahlen noch ganz im Zeichen grundlegender Erneuerung und des *poder popular*, so verwirklichte sich dieser zweite Urnengang ganz im Stile westlicher Demokratievorgaben. Doch allen Zugeständnissen zum Trotz, die die Sandinisten in all diesen Jahren an das westliche Demokratieverständnis machten, schienen sie einer allseitig annehmbaren Kompromissformel kaum näher zu kommen. Da die Definitionsmacht dessen, was unter *Demokratie* zu verstehen war, in den Händen der USA lag, wurde die Messlatte mit jeder neuen Kröte, die sie schluckten, ein wenig höher gelegt, der Abstand zwischen Vermögen und Verlangtem wurde niemals geringer, es sei denn, die Revolution würde zu einer Karikatur ihrer selbst werden. Wer dieser Tage mit Anhängern der *frente* diskutierte, bekam ein einhelliges Urteil über das zu hören, was man ihnen als demokratisches Ideal vorstellte. Denn das Symbolwort der kapitalistischen Welt zur Absicherung eines ökonomischen Systems, kann seinen wahren Kern vor Menschen, die seine Durchsetzung nicht anders erleben, als das Vorrecht der Reichen, die Armen niederzuhauen, nur unzureichend verbergen: – saßen auf nordamerikanischen Senatorensesseln nicht vor allem Millionäre? Wer aus dem Volk, ohne im Besitz eines beträchtlichen Vermögens zu sein, würde je dorthin gelangen? Bestanden die größten Aussichten für eine Gruppe, an die Macht zu gelangen, nicht in der Größe des ihr zur Verfügung stehenden Medienapparats, der in ihrem Besitz befindlichen Werkzeuge zur Wirklichkeitsverfälschung? Gründeten nicht ganze Heere von Wahlkampfexperten zur Beeinflussung der öffentlichen Meinung auf der Erzeugung wirkungsmächtiger Arrangements ihren Beruf? Und schnüffelten nicht Meinungsforscher, eigens zu diesem Behufe, den aus den politischen Ansprüchen des Wahlvolks resultierenden, ansprechbaren Reflexen hinterher? In Nicaragua lag dieser Reflex offen zutage – das Volk, nach der ungeheuren Anspannung seiner Kräfte erschöpft, wollte vor allem eins – Frieden! Und weil nichts in diesem gewitzten Spiel dem Zufall überlassen bleibt, war jedes Detail im Erscheinungsbild Chamorros passgenau arrangiert. Auf ihren Wahlkampfveranstaltungen trat sie stets weiß gewandet auf, denn weiß ist die Farbe der Unschuld und weiß das Banner des Friedens. Mit ihr werde Nicaragua einer friedvollen Zukunft entgegengehen, unter ihrer Präsidentschaft würden sich die Beziehungen zu den Vereinigten Staaten normalisieren und – was nicht unwesentlich war – das Land Wiederaufnahme in die US-amerikanischen Hilfsprogramme finden. In monotoner Verdrehung der Tatsachen, die Folgen vor die Anlässe setzend, schob sie die Schuld an den Zuständen im Land allein den Sandinisten zu.

Nicht weniger operettenhaft trat ihr Herausforderer, der zur Wiederwahl designierte, sandinistische Präsidentschaftskandidat Daniel Ortega, auf. Auch er geizte nicht mit metaphorischen Anspielungen. Im Rückgriff auf den vorherrschenden *machismo* hatte er sich für seine Kampagne das Image des messerbewehrten Kampfhahns zugelegt. Er trat mit dem Slogan an *Alles wird besser*, eine Losung, die treffender zur Effekthascherei seiner Gegner gepasst hätte und in ihrer Menschenferne die Frage nach dem Schlüssel zur Deutung unbeantwortet ließ. Woher kam das Herunterkommen der politischen Kultur und woher die drastische Fehlbeurteilung des Realen?

Ist einmal der Gipfel zur Macht erklommen, wird die Luft dünn, auch so mancher der Edelsten und Wertvollsten erkennt in luftiger Höhe bisweilen das Volk nicht mehr – Sechszigtausend Tote, zersprengte Familien, verwüstete Wohnorte, kaum ein Mensch, der nicht auf die eine oder andere Weise die Wunden des Krieges trägt. Doch dass all diese Opfer umsonst gebracht worden seien, ein solcher Gedanke war unannehmbar. Mehr als ein Viertel Jahrhundert war gekämpft worden, um für die Errichtung einer Gesellschaft des Gemeinwohls zu wirken. Nach all den unsäglichen Anstrengungen, all dem Enthusiasmus, nach all der Beharrlichkeit im Einsatz für eine bessere Wirklichkeit, erschien die Möglichkeit einer Niederlage im gegenwärtigen Kräftemessen so unwahrscheinlich wie ein Meteoriteneinschlag. Wer konnte sich schon vorstellen, dass das Volk, ein in hohem Grade politisiertes Volk, das Bescheid wusste, in der Lage wäre, sich selbst das Messer an die Kehle setzten, um den Preis eines fälschlichen Friedens willen, um den Preis der Revolution? Denn in einem hatte Präsident Ortega zweifellos Recht: seine Gegenspielerin war eine Marionette der US-Regierung. Sie war von vorne herein eine Übergangslösung, unter ihrer Ägide würde der Weg geebnet für das, was den Sachwaltern der Konzerne als gute Nachricht gilt – die totale Aushebelung jeglicher Kontrolle über das Wirtschaftsgeschehen. Ihr Programm stammte aus den für derartige Fälle beschäftigten nordamerikanischen Denkfabriken. Im Kern bestand es darin, die Rücknahme der Enteignungen und die Zertrümmerung der sozialen Errungenschaften wie notwendige Korrekturen der sandinistischen Misswirtschaft erscheinen zu lassen. Die Brosamen für die Bevölkerung, die dabei abfallen sollten, wenn die Wirtschaft wieder in Schwung geriete, beschränkten sich auf Versprechen wie höhere Löhne oder die Übergabe von Landtiteln an die ins Zivilleben zurückkehrenden, militärischen Verbände der *contra* wie die des aufzulösenden sandinistischen Volksheeres.

# 21

Wie von einem heftigen Windstoß herbeigeweht landete die Zeitung auf dem Tisch.

„Hier, lies mal! Jetzt ist die Kumpanei auch offiziell!" Ana tippte mit dem Finger auf die umgeschlagene Zeitungsseite. Julia, mit dem Versuch beschäftigt, den Vorrat an Eindrücken in ihrem Kopf in einer verständlichen Ordnung zu Papier zu bringen, hob den Blick von den Tasten einer alten Reiseschreibmaschine und sah in das wilde Gefunkel in Anas Augenpaar auf. Sie hatte sich den Nachmittag frei genommen und auf die Veranda zurückgezogen, um in der Ruhe ungehinderten Nachdenkens mit ihren Gedanken ungestört zu sein. Seit Monaten hatte sie keinen der Rundbriefe mehr geschrieben, die sie in unregelmäßigen Abständen an ihren Bekannten- und Freundeskreis in Deutschland verschickte. Der Akt des Briefeschreibens, zunächst als freundschaftliche Pflichterfüllung empfunden, um Erwartungen zufrieden zu stellen, hatte sich mit der Zeit zu einem anhaltenden Bedürfnis entwickelt; in der unfehlbaren Syntax der eigenen Sprache niederzuschreiben, worum ihr Leben kreiste, erbrachte zuweilen überraschende Perspektivenwechsel. Das Dringliche in Anas Forderung im Ohr, die Art wie sie gesagt hatte *Hier lies mal!*, schob sie den Kopf ein wenig vor, um einen Blick auf die Seite zu werfen, die den Gegenstand enthielt, der ihre Wut entfacht hatte. Kommuniqué des Nicaraguanischen Widerstands titelte da das Fettgedruckte einer Überschrift. Sie schob die Schreibmaschine zur Seite und machte ein paar Lockerungsübungen mit den Fingern, um das Steifheitsgefühl loszuwerden, das sie von dem harten Anschlag der Tasten zurückbehalten hatte. Dann nahm sie sich den Artikel vor. Kein Artikel im eigentlichen Sinn, vielmehr handelte es sich um einen fast ganzseitigen Text, verfasst im Stil einer öffentlichen Bekanntmachung. *Contra*-Chef Enrique Bermudez, ließ die Nicaraguaner wissen, dass er und seine Freiheitskämpfer das Nationale Oppositionsbündnis UNO und dessen Präsidentschaftskandidatin bedingungslos unterstützten. Es folgte ein Schwall Phrasen über politischen Pluralismus und bis ins Groteske gesteigerte Anwürfe an die Adresse der Organisation Amerikanischer Staaten, deren erklärtes Bemühen, bei der Entwaffnung der *contra* mitzuhelfen, als Parteinahme für die Sandinisten ausgelegt wurde. Dies einmal klargestellt, ließ der Oberst die Katze aus dem Sack: *...Wir Freiheitskämpfer werden unsere Waffen nicht niederlegen. Wir werden die Demobilisierung nicht akzeptieren, denn wir sind die Garanten für sauber und ehrlich verlaufende Wahlen. Darum bleiben wir in den nicaraguanischen Bergen, die Waffen bereit gegen den Sandinismus. Wir werden nicht zulassen, dass die Komplizen und Kollaborateure der Sandinisten sich einschreiben und werden damit den Wahlbetrug verhindern (...). Gezeichnet Enrique Bermudez Varela, Verhandlungschef der Nicaraguanischen Widerstandsarmee.*

„Na, was sagst du?"

Julia lehnte auf dem Tisch, die Hände unters Kinn geschoben. „Wenn du mich fragst, damit ist der Wahlsieg der *frente* keine Frage mehr", sagte sie nach kurzer Überlegung. „Die Komplizenschaft zwischen *contra* und UNO ist jetzt eine offen ausgesprochene Tatsache!"

„Der Waffenstillstand ist nicht mehr zu halten!" erklärte Ana erbittert. „Wir lassen die Leute doch ins offene Messer laufen! Immer wieder Tote! Verletzte! Wie viele Entführungen hat es seither gegeben! Unsere Bauern werden überfallen, wenn sie sich zur Wahl einschreiben wollen, und was tun wir? Wir sehen dabei zu! Wie können wir die Leute guten Gewissens auffordern, wählen zu gehen, wenn keiner für ihren Schutz sorgt?"

Julia wusste, dass Ana Recht hatte. Seit der Verkündigung des einseitigen Waffenstillstands war es der Armee zwar erlaubt, sich zu verteidigen, wenn sie angegriffen wurde, dagegen wurden die Bewegungen der *contra* im Land nur beobachtet, nicht aber unterbunden. Angesichts der zahllosen Überfälle war dieser Zustand weder der Bevölkerung noch den *combatientes* in den betroffenen Gebieten und auch den Kadern vor Ort kaum mehr zu vermitteln.

„Wenigstens in punkto Demobilisierung ist man einen Schritt weiter gekommen", beeilte sich Julia die angespannte Stimmung, bevor sie ins Bodenlose absank, durch Zuversicht zu zerstreuen. „Zumindest existiert jetzt ein Plan zur Auflösung der *contra*. Auf dem letzten zentralamerikanischen Präsidentengipfel ..." Anas übertriebene zur Schau gestellte, Unverständnis ausdrückende Miene machte Julia verlegen, da sie sah, dass nicht nur dieses, sondern ebenso jedes weitere Argument, das den nämlichen Plan betraf, in ihren Augen nicht die geringste Überzeugungskraft besaß.

„Ein Plan! Was für ein Plan? Den Plan seh' ich erst, wenn diese schändlichen Angriffe aufhören!" fuhr Ana gereizt dazwischen.

„Okay, okay – Täuschungsmanöver, Intrigen, die Doppelzüngigkeit der Diplomatie, dem ganzen Verwirrspiel ist kaum mehr zu folgen. Aber dieses Mal scheint man sich unter den beteiligten Parteien zumindest in einem Punkt einig zu sein – die Entwaffnung der *contra* ist beschlossene Sache, die Auflösung der Lager in Honduras, sogar einen Termin gibt es..."

Ana lachte auf, aber in diesem kurzen Laut lag so viel Ingrimm, dass ihn mit einem Lachen kaum Ähnlichkeit verband. „Ha! Warten wir's ab, was kommt, wenn wir die Erfüllung der Vereinbarung verlangen, die Lager abzureißen. Mal sehen, wie lange Präsident Azcona den Einflüsterungen der *yanquis* dann noch standhält! Vermutlich wird er rechtzeitig an Gedächtnisschwund leiden und vergessen haben, dass er überhaupt einen Vertrag unterschrieben hat! Zeitweilig behauptet er ja sogar, dass sich auf seinem Territorium gar keine *contras* befänden oder es keine nordamerikanischen Militärbasen gebe. Honduras' unrühmliche Rolle beim Sturz der Arbenz-Regierung ist nicht vergessen. Die CIA-Operation *Guatemala* vierundfünfzig ging ebenfalls von honduranischem Territorium aus. Da gab es Trainingslager, Flughäfen, Radiostationen, alles! – Damals, als es darum ging, den guatemaltekischen Präsident aus dem Amt zu jagen, weil der sich, um das Landlosenproblem zu lösen, mit der United Fruit angelegt hatte."

Doch Julia war nicht geneigt, das zarte Pflänzchen ihres erblühten Optimismus, über alle Unklarheiten hinweg, so ohne weiteres zertreten zu lassen. Es legte sich der Wunsch als hoffnungsvolle Modulation über alle Zweifel. „Ana, bedeutende *contra*-Führer haben inzwischen ihre Stellungen verlassen und ganze Einheiten haben ihre Waffen abgegeben. An der

Nordgrenze kam es sogar zu Verbrüderungsszenen zwischen *contras* und *compas*! Könnte das nicht ein Zeichen sein, dass auch die konterrevolutionären Fußtruppen nur auf ein Ende gewartet haben? Auch die sind kriegsmüde!"

„Schon möglich, trotzdem werden sich die *yanquis* die militärische Option weiter offen halten." beharrte Ana. „Von einer echten Demobilisierung kann jedenfalls keine Rede sein. Ich hab' zu viel hinter mir, als dass ich mich von irgendwelchen durchsichtigen Manövern beeindrucken ließe. Das infame Geschäft geht weiter, die zu Verhandlungen neigenden *Verräter* sind längst kalt gestellt." Ana hatte beide Hände gehoben. Durch wiederholtes Krümmen der Zeigefinger deutete sie an, dass sich Julia den Ausdruck Verräter in Anführungszeichen zu denken habe. „Diese Banditen sind bis auf Blut untereinander zerstritten. Unter den Fraktionen tobt ein erbitterter Machtkampf. Als vorläufig neue Nummer eins tritt jetzt ein gewisser Geleano auf, besser bekannt als *comandante* Franklin. Der Führungswechsel scheint zu beweisen, dass selbst die CIA beginnt, über den so genannten nicaraguanischen Widerstand die Kontrolle zu verlieren. Denn es war ja Bermudez, auf den sie alles gesetzt hatten." Sie hielt inne, nahm sich Zeit. Ihre Brauen bewegten sich grüblerisch aufeinander zu. „Man könnte sich jetzt allerdings fragen, was legen sich diese Typen eigentlich für einen Systemwechsel ins Zeug? Unter einer von den *yanquis* akzeptierten Regierung wären die doch am Ende – der Krieg hätte seinen Zweck erfüllt!"

„Du meinst…"

„Ich meine, diese Hundesöhne können sich doch nur Hoffnungen auf ihr Weiterleben machen, wenn wir die Wahlen gewinnen! Alles, was sie sonst noch behaupten, ist Propaganda. Ich fürchte, der Terror, den sie derzeit ausüben, zielt nur darauf ab, die Wahlen zu sabotieren, auch wenn sie behaupten, dies für den Erfolg der Opposition zu tun. Meine große Sorge ist, dass diese famose Opposition feststellen könnte, dass sie auf einen Wahlsieg gar keine Aussichten hat. Stell' dir vor, die ziehen kurz vor dem Wahltermin ihre Teilnahme zurück! In dem Fall würde sich das Dilemma von Vierundachtzig wiederholen! Unsere Gegner würden die Rechtmäßigkeit unserer Regierung bestreiten, unter dem Vorwand, dass es keine Alternative gab."

„Schlussendlich kommt es aber immer noch drauf an, wie viele Menschen sich für die FSLN entscheiden – Findest du nicht?"

„Das ist sicher wahr", murmelte Ana, „aber würde die Bush-Regierung das Ergebnis auch anerkennen? Es darf auf keinen Fall passieren, dass sich die Gegenseite aus dem Wahlprozess zurückzieht!" Ana hob das Kinn und blinzelte in die Sonne: „Hunger?" Die Frage fiel in das Sirren der Insekten, ein Geräusch wie kein anderes, das sich wohl zeitweilig der Wahrnehmung entzog, aber niemals verstummte.

„Was essen – keine schlechte Idee." Julia faltete die Zeitung zusammen und machte Anstalten aufzustehen.

„Bleib nur sitzen, ich mach' das schon." Damit verschwand Ana im Haus um kurze Zeit später nach ihr zu rufen. Auf dem Tisch standen zwei Teller mit je zwei in Bananenblätter eingewickelte Päckchen darauf.

„Es gibt *nacatamales!*"

„*Nacatamales*? Wo hast du denn die aufgetrieben?"

„Ich hab' heute auf meinem Rundgang Doña Lucrezia besucht. Sie haben ein Schwein geschlachtet." Ana lächelte. „Alle Welt scheint zu wissen, wie gern du sie isst!"

Als sie sich beim Essen gegenüber saßen, fiel Julia Anas rätselhafte Schweigsamkeit auf, eine untypische Wandlung, wenn sie in aufgewühlter Stimmung war, nachdem eine Sache sie in Rage versetzt hatte, und die perfide Botschaft des Ex-Obristen Bermudez war so eine Sache. Doch Ana starrte unbewegt in den grellen Lichtstreifen der durchs Fenster scheinenden Nachmittagssonne, in dem herumwirbelnde Staubteilchen einen tosenden Tanz aufführten. Ihre gesenkten Mundwinkel bargen ein Geheimnis. Das Essen war von einem Schweigen erfüllt, das Julia nicht zu deuten wusste, es hatte etwas von der Sprachlosigkeit, die unangenehmen Geständnissen vorausgeht. Minute um Minute tropfte die Zeit, doch da läutete auch schon ein vorbereitendes Räuspern, dräuend wie das Abbruchgeräusch vor dem Steinschlag, die erschütternde Nachricht ein: „Der *muchachito* ist tot…"

„Welcher *muchachito*? Wovon redest du?"

„Oscar."

Das Messer, mit dem Julia gerade die Schlingen um den zweiten *nacatamal* lösen wollte, fiel zu Boden. Ihr Mund klaffte auf in einem stummen Schrei, das Zerspringen ihrer Züge auf dem Gesicht festgefroren.

„Gestern Nacht, draußen in La Santos", sagte Ana mit schwankender Stimme, den unbestimmten Glanz übermäßiger Trauer in den Augen. „Sie waren nur ein kleiner Trupp, um die Milizionäre zu unterstützen. Es heißt, sie hätten auf ihrem Posten getrunken ... es gab da wohl eine kleine Feier... Die Leute sagen, einer der *muchachos* hätte Geburtstag gehabt. Jemand muss das beobachtet und verraten haben."

„Beobachtet! Verraten! Was heißt das? Von wem verraten?" Julias Herz raste, in ihr tobte ein Sturm aus Angst und Ekel, der ihre Eingeweide herumwirbelte.

„*Corazón*, jemand, der wusste, wer mit dieser Information etwas anfangen kann. Ein paar betrunkene *muchachos* im Schlaf zu überraschen, dafür ist wahrhaftig keine generalstabsmäßige Planung nötig, das erledigt man mit ein paar Leuten."

„Herrgott noch mal!" Julia sprang auf und rannte hinaus. Der Weg zur Latrine erschien ihr plötzlich unendlich weit. Sie erbrach auf halbem Wege gelbliche bittere Brühe.

Als sie zurückkam war sie totenbleich. „Diese Hunde! Diese elenden Hunde!" brach unkontrolliert unbändiger Zorn aus ihr heraus. Alles, was sie in den letzten Monaten an Vertrauen aufgebaut hatte, nämlich dass das Ende von all dem harten Leben in nicht so weiter Ferne läge, dass durch Selbstüberwindung – wären die Grundlagen erst einmal gelegt – trotz aller geschlagenen Wunden eine Erneuerung des Landes möglich wäre, all das zersprang vor ihren Augen in Tausend Stücke, ihre Annahmen schmolzen ab wie der Schnee in der Sonne. Vorherrschend war nicht länger die Zuversicht, dass ein Durchbruch der Diplomatie auch für die bewaffnete Konterrevolution im Gelände nicht ohne Folgen bleiben könnte, sondern eine gesteigerte Spannung der Beängstigung, dass durch die brüchige Verlässlichkeit der Führenden noch das Wenige, das erreicht worden war, verspielt werden könnte.

„Was soll das Ganze eigentlich noch?" räsonierte sie vor sich hin. „Alle Nase lang ein Gipfel, eine feierliche Unterschrift unter ein noch feierlicheres Abkommen, das dann prompt – die Tinte ist noch nicht getrocknet – von irgendeiner Partei wieder gebrochen wird. Man hat den Eindruck, dass mit jedem neuen Abkommen die Friedensaussichten weiter schrumpfen." Ohne es zu merken, hatte Julia die Seite gewechselt und fand sich unter den Pessimisten wieder.

„Die Einzigen, die sich an alle Abmachungen halten, sind wir", sagte Ana kühl. „Alle anderen benutzen die Verhandlungen zu dem Zweck, einen Ausweg zu finden, wie sie in ihren Ländern verhindern können, dass Revolutionen wie die unsrige stattfinden. Die Generäle mussten zwar fürs Erste in die zweite Reihe treten, um gewählten Zivilregierungen Platz zu machen. Aber man muss nicht viel von Politik verstehen um zu wissen, dass die Obristen die Fäden der Macht weiter in ihren Händen halten – nicht zuletzt weil sie einen Gutteil des Wirtschaftslebens kontrollieren. Und den Volksorganisationen, die sich gegen sie erhoben haben, wirft man den Happen vor: Was wollt ihr noch? Jetzt habt ihr Demokratie! Gebt eure Waffen ab und stellt euch zur Wahl!" Ana machte eine weit ausschweifende Handbewegung. „Alles Lüge! So viel verdammte Lüge ist in der Welt! Will man die Wahrheit finden, muss man vom genauen Gegenteil ausgehen, was behauptet wird."

Eine Stunde später betraten sie das bescheidene Haus der *Juventud Sandinista*, des sandinistischen Jugendverbands, wo Oscar in einem von Juliáns Särgen aufgebahrt war. Viele waren es nicht, die gekommen waren, um von ihm Abschied zu nehmen: ein paar seiner Kameraden, eine Gruppe junger Leute der *Juventud*, die FSLN hatte eine kleine Abordnung der unteren Ebene geschickt. Und natürlich Julián, der für den Abtransport des Leichnams verantwortlich war, der so schnell wie möglich in seine Heimatstadt überführt werden musste, in die Hunderte Kilometer weit entfernte Stadt León. Und dann war da diese profunde, diese bestürzende Einsamkeit, die von dem leblosen Körper ausging und sich im Raum verteilte wie ein lähmendes Gift, das jedermann frösteln machte. Weil es weh tat, dass kaum einer der Anwesenden den Toten kannte, weil es traurig war, dass es niemanden zu trösten gab, der ihm im Leben nahe gestanden hätte. Kaum jemand im Raum, der die grässliche Kälte nicht empfunden hätte. Der Tod reißt das Leben eines Menschen auf, er ist weder prosaisch noch heldisch, hier aber war er parteiisch, ausgeschickt von der Liga der Profiteure der Geldherrschaft war er der grausamste und schwärzeste Verrat an jenen, die noch kaum damit begonnen hatten, was als Versprechen vor ihnen lag. Wie bei den meisten Menschen, war auch für Julia die Begegnung mit dem Tod von der Angst vor zu großer Nähe begleitet. Sie brauchte eine Weile, bis sie den Mut gefunden hatte, sich über das Sargfensterchen zu beugen, dessen Ausschnitt das totenstarre Gesicht mit einem Rahmen umgab. Auf dem Grund seiner erloschenen Augen lag ein so ungläubiges, ein fast flehentliches Erstaunen, dass einem das Herz bluten wollte – so etwas wie ein Aus-allen-Wolken-fallen über den eigenen vorschnellen und unerwarteten Tod, festgehalten in dem Augenblick da die tödliche Garbe ihn traf. Wer wusste, was ihm in der letzten Sekunde erschienen, solange ein Atemzug noch möglich war, was als Letztes vor dem Zerreißen des Lebensfadens.

Julia presste die Hände gegen die Schläfen und schluchzte auf. Sie sah nichts mehr und merkte kaum, dass jemand sie bei den Schultern nahm und zu einer Bank führte. Der Strom der Tränen ließ sich nicht mehr aufhalten.

Oscar! Es gab der Oscars viele, sie bildeten eine ganze Generation. Herangewachsen zwischen früh sterbenden Kindern, Arbeitslosen und Lumpensammlern, zwischen Aufruhr und Zerrüttung, zwischen Straßenkämpfen und dem Alpdruckhaften Schrecken der Bombardements, inmitten der gewaltsamen Phase des Umbruchs, der die Grundlagen des Lebens tief greifend verändern sollte, erschien es jungen Leuten seiner Herkunft nur natürlich, zu verteidigen, wofür die Vorangegangenen gekämpft hatten – wie viele hatten ihr Leben eingesetzt, wie viele waren in der Erde geblieben und hatten die Aufhebung des schändlichen Regimes nicht mehr miterleben können. Was die heutigen jungen Menschen ersehnten und was sie erträumten, das war in der Regel eine Freiheit in der Dimension sehr einfacher

Dinge: an einem Ort zu leben, der die Sicherheit geordneter Normalität bot; einen der begehrten Abschlüsse zu machen, um Arzt, Lehrer, Ingenieur oder auch Landwirt zu werden; einen Beruf auszuüben, der das Auskommen einer Familie versprach, und zugleich der Revolution zurückzugeben, was sie glaubten, ihr zu schulden. – Ohne sie wären sie, die mitten im Elend saßen und keiner Leistung für würdig befunden worden waren, niemals zu Bildung gekommen, niemals hätten sich ihnen die Pforten einer Universität geöffnet. Es sprach aus ihren Wünschen nicht nur eine selten anzutreffende Bescheidenheit, sondern über die grundlegenden Bedürfnisse hinaus auch eine Art Geringschätzung des Materiellen. Sie hatten ein feinfühliges Gespür für die Grenzen der Möglichkeiten ihres Landes, für das sie eine Liebe empfanden, die vergleichbar war mit der Liebe zu einer Mutter. Selbst wenn sie zu Tausenden ausschwärmten, um mit einem Stipendium in befreundeten Ländern zu studieren, riss diese emotionale Bindung nie ab.

Julia hätte nicht mehr sagen können, wann und bei welcher Gelegenheit Ana ihn aufgelesen hatte. Eines Tages hatte sie Oscar mit ins Haus gebracht und von da an war er, wann immer eine Gelegenheit sich auftat, ein regelmäßiger Gast gewesen. Niemanden auf der Welt zu haben, erheischt Mitleid und so hatte dieser melancholisch wirkende junge Mensch wohl auch Anas Mitgefühl erregt, dem Anruf gehorchend, sich dieses Wesens anzunehmen, ihm – getrennt und weit entfernt von seinen Nächsten – Beschützerin und Kameradin zu sein. Mit allem, woran es ihm mangelte, half Ana ihm aus. Erst kürzlich hatte sie ihm ein Paar Stiefel besorgt, da die seinen die Zehen sehen ließen.

Natürlich hatte Oscar eine Familie, aber er war nicht sehr redselig, was die eigene Person betraf und so hatte er auch kein Wort darüber verloren, als er seinen Wehrdienst freiwillig verlängerte. Überhaupt sprach er wenig während der kurzen Aufenthalte, die er in ihrem Haus verbrachte. Er ruhte aus. Seine tiefschwarzen Augen mit den flaumigen Wimpern, die sahen, was kein Mensch auf der Welt je sehen sollte, ergingen sich dann in den benachbarten Gärten, spazierten über bewegungslose Wolken, schritten des Himmels Weite ab, mischten sich unter das Spiel der Kinder in der Sonne. Ein anderes Mal fiel er im Sitzen in einen betäubten Halbschlaf. Manchmal glückte es ihm in einen flüchtigen Tagtraum einzutauchen, um auf der Schwelle zum Irrealen jenes Mädchen zu treffen, das in einem staubigen Viertel der Stadt León auf ihn wartete. Wie hatte man sich dieses Mädchen vorzustellen – seine Frau –, das sein Kind unter dem Herzen trug, dessen Augen den Vater niemals sehen werden, außer vielleicht als papiernes Abbild einer gerahmten Fotografie mit einem Trauerflor. In den darauf folgenden Monaten sollte Julia ihm noch viele Male begegnen, ihn wiedererkennen in einem der *muchachos*, die zufällig in einem Jeep oder auf einem Lastwagen an der Werkstatt vorbeifuhren. Und jedes Mal würde der Stich im Herzen sie innehalten lassen bis die Halluzination zerging.

Unterdessen Händel im Verborgenen. Auf Druck der USA stellte sich Honduras' Staatspräsident gegen alle getroffenen Vereinbarungen. Endlich riss der sandinistischen Regierung der Geduldsfaden. Gipfeltreffen in Costa Rica – wieder einmal boten die Helden der Diplomatie dem Publikum feierlich Züge und Gegenzüge in einem sensationellen Spiel. Präsident Ortega hatte das Ereignis dazu benutzt, den einseitigen Waffenstillstand aufzukündigen, nachdem nicht mehr davon auszugehen war, dass vermeintliche Zugeständnisse und Garantien zu einer gefestigten Waffenruhe führen würden. Hätte er den Rahmen nicht so spektakulär gewählt, wäre der vierte Dezember, der Tag, der festgelegt worden war, mit der Entwaffnung der *contra* zu beginnen, sang- und klanglos verstrichen, ohne dass irgendjemand davon Kenntnis genommen hätte. Die sandinistische Armee leitete eine neue Offensive ein mit dem Ziel, die auf nicaraguanischem Territorium ihr Unwesen treibenden *contras* aufzuspüren und unschädlich zu machen. Das erneute Aufflammen der Kämpfe war nicht mehr aufzuhalten.

# 22

Weihnachtszeit – in klimatischer Hinsicht für europäisches Empfinden eine Unmöglichkeit, für die Südhalbkugel ist Sommerzeit, der Beginn der heißesten Zeit des Jahres. Das Fest des Friedens und der Liebe steht unter einem schwarzen Stern: US-Invasion in Panama, ein in allzu großer Nähe gelegenes Land... Panama-Stadt – ganze Straßenzüge stehen in Flammen. Im Zuge der Invasion ziehen nordamerikanische Panzer, unter Verletzung der Immunität diplomatischer Vertretungen, einen Ring um die nicaraguanische Botschaft. Es folgt ein Schlagabtausch von apokalyptischer Dimension: als Reaktion auf die Provokation umstellt die sandinistische Armee die zur Festung ausgebaute US-Botschaft in Managua mit sowjetischen Panzern, der nicaraguanische Luftraum wird für US-Flugzeuge gesperrt. Als im Gegenzug US-Truppen in Panama in die Residenz des nicaraguanischen Botschafters eindringen und diese verwüsten, weicht die sandinistische Führung vor der Anwendung gleicher Mittel zurück, denn ein Sturm auf die US-Botschaft hätte offenen Krieg mit den USA bedeutet. Stattdessen verfügt Staatspräsident Ortega die Ausweisung von zwanzig US-Diplomaten, verbunden mit der Aufforderung, das Land innerhalb von achtundvierzig Stunden zu verlassen. Vordergründig galt die Panama-Aktion dem defacto-Präsidenten General Noriega, der beschuldigt wurde, in den internationalen Rauschgifthandel verwickelt zu sein, was ihn zum Objekt einer Anklage in den USA machte. Über seine Gefangennahme hinaus dürften jedoch weitaus handfestere Gründe den Ausschlag dafür gegeben haben, dass Zehntausende US-Soldaten in ein Land einmarschieren, das zunehmend Tendenzen zeigt, sich dem Einfluss der Vereinigten Staaten zu entziehen. Auf dem Spiel stand nicht weniger, als der Verlust der Vorherrschaft über die Kanalzone, denn die in den siebziger Jahren zwischen beiden Ländern geschlossenen Kanalverträge, die eine schrittweise Rückgabe des Kanals – einschließlich der eintausendvierhundert Quadratkilometer großen Kanalzone – an Panama vorsahen, würden mit dem Ende des Jahrhunderts auslaufen und das Land zeigte wenig Neigung diese Verträge zu verlängern. Diese ehemals kolumbianische Provinz, zu Anfang des Jahrhunderts militärisch erbeutet, bedeutete für die USA ein wichtiges strategisches Interessengebiet. Denn die Kanalzone, auf der Mitte der Achse zwischen Nordpol und Südpol gelegen und zum Hoheitsgebiet der Vereinigten Staaten erklärt, stellte eine ideale Operationsbasis für militärische Interventionen aller Art dar, gegen die verfluchten Revolutionen und Unabhängigkeitsbestrebungen, die sich in Wellen immer wieder über dem Kontinent entluden. Nicht zuletzt liefen auch die Waffenlieferungen an die nicaraguanischen *contras* über Panama. Nach nur vier Tagen Kampfhandlungen, am Weihnachtstag 1989, hatten Panamas Streitkräfte den Truppen des US-Generals Stiner nichts mehr entgegenzusetzen.

Aber heute war man zusammen gekommen, um auf das Ende des Jahres anzustoßen. Die Espinozas, Don Catalino und Doña Lucrecia, begrüßten Ana und Julia mit überschwänglicher Herzlichkeit, eine fast kindliche Freude darüber zum Ausdruck bringend, dass sie die Einladung zum diesjährigen Jahreswechsel angenommen hatten. Die Familie gehörte zu einem entfernten Zweig von Anas unüberblickbarer Verwandtschaft, doch weitreichender und tiefer als die familiäre Verbindung war die Gemeinsamkeit der mit Ana geteilten Ideale. Zwischen den beiden alten Leutchen herrschte trotz ihres hohen Alters eine nicht versiegbare Zärtlichkeit, deren Glut sich über die vielen Jahre ihres Zusammenlebens um nichts abgekühlt zu haben schien. Die liebreizende Doña Lucrecia – ein Geschöpf leicht wie eine Feder, sehr mager, überall sprangen die Knochen unter der Haut hervor – war von schwacher Gesundheit, was ihrem Gatten bisweilen Anlass zu ängstlicher Sorge gab. Er, von robuster Statur mit schlohweißem Haar, stets ausgeglichenen Gemüts und immer gut aufgelegt, umhegte seine Frau mit nahezu galanter Aufmerksamkeit. Dass in seinem Gebiss zwei Schneidezähne fehlten, hinderte ihn vielleicht manchmal am Essen, aber niemals am Lachen. Das Paar hatte vier Söhne und zwei Töchter. Sie waren Bauern gewesen und hatten bis vor fünf Jahren in einem Dorf namens La Colonia gelebt. Dort hatten sie Land besessen, das sie der örtlichen Kooperative eingliederten, als diese sich zu formieren begann. Bekannt als überzeugte Sandinisten, war die Familie dem zunehmenden Druck der *contra* ausgesetzt gewesen, weshalb die Kinder entschieden, die betagten Eltern in Sicherheit zu bringen. Der älteste Sohn war in den letzten Tagen des Freiheitskampfes gefallen, der zweitälteste als Kooperativenbauer im Dorf geblieben, ein weiterer Offizier in der sandinistischen Armee und Felipe, der Jüngste, war Parteikader der FSLN in diesem Gebiet. Die älteste Tochter hatte ihr Lehrerstudium beendet und unterrichtete in der Dorfschule von La Colonia, während die jüngste in Julias Kooperative arbeitete.

Julia, daran gewöhnt als jemand betrachtet zu werden, dem man besondere Aufmerksamkeit entgegenbringt, empfand wohltuend, dass sich ihr Status in dieser Familie von dem Anas in keiner Weise unterschied. Sie trank genüsslich von dem Gefühl, mit der Selbstverständlichkeit einer Tochter des Hauses aufgenommen zu werden. Die letzten Sonnenstrahlen fielen in schrägem Winkel durch das vergitterte Fenster auf die Hängematte, in der sich Don Catalino, in Ermangelung bequemerer Sitzmöbel, ein Plätzchen neben seiner Frau bereitete, deren Füße sich beim Einsinken seines Gewichts vom Boden hoben. Während Ana sich Fragen über ihre Familie zu stellen hatte – wer geheiratet hatte, wer Kinder bekommen oder von Krankheiten heimgesucht wurde, wer was tat oder unterließ – Zeit für Julia, den Blick ein wenig schweifen zu lassen. In dem großen, schlauchartigen Allzweckraum hielten sich noch andere auf. Ein paar Kooperativenbauern, die mit den Söhnen aus dem Heimatdorf gekommen waren, darunter ein junger Mann mit einer Gitarre auf den Knien. Kinder stoben herein und rannten wieder hinaus. In einer Flucht, auf der linken Seite, befanden sich die Schlafkammern, den Blicken durch Trennwände aus Brettern entzogen, Privatsphäre vorgaukelnd. Kaum jemand in solchen Häusern ist jemals allein, immer ist ein anderes Wesen in der Nähe und selten wer alleine in einem Bett schläft. Essensgerüche kamen von einer tiefer gelegenen Ebene her, wo sich der zur Hofseite öffnende Küchenanbau mit der Feuerstelle befand. Ein Mädchen mit sich andeutenden Brüsten brachte gezuckerten Tamarindenpunsch mit Eisstückchen auf einem Tablett, um sich dem vorübergehend sich selbst überlassenen, vorbeifegenden Gefolge eines Kinderspiels wieder anzuschließen.

Außer Doña Lucrecia hielten sich alle Frauen des Hauses in der Küche auf, herumwirbelnde Arme fahren durch Kochdunst, Holzscheite wollen nachgelegt, Hühner gerupft, Gemüse geputzt, Teigmasse für die *tortillas* vorbereitet werden, auf dem offenen Feuer kochen schwarze Bohnen in einem großen Topf vor sich hin. An einem Tisch war Zoila damit beschäftigt Steinchen aus den vor ihr ausgebreiteten Reiskörnern herauszulesen. Zoila war die Schwiegertochter der Espinozas und verheiratet mit dem jungen Felipe. Viel Glück hatte sie mit ihrem Ehemann allerdings nicht – ein gutaussehender Gockel, der allen Frauen schöne Augen machte, nur keinen Blick für die eigene Frau hatte. Trotz aller Mühe, die sie sich gab, ihm zu gefallen, trat der beabsichtigte Erfolg nie ein. Nach allgemeinen Maßstäben müsste Zoila eine unglückliche Ehe führen, der Mann meistens unterwegs und wenn er dann für ein paar Tage nach Hause kam, nur um sich zu schniegeln und bis weit in die Nacht hinein zu verschwinden. Aber Julia konnte sich nicht entsinnen, jemals an ihr eine Geste der Selbstbehauptung wahrgenommen zu haben, immerhin erlebte sie Zoila täglich, denn sie arbeitete in der Kooperative als Büglerin. Ob das Paar je das Gefühl gegenseitiger Anziehung gekannt hat? – Ein Erlebnis dieser Art muss es schließlich gegeben haben, dessentwegen sie geheiratet hatten – es war nach nur fünf Ehejahren verbraucht, abgeschmolzen zu unpersönlicher Distanziertheit.

In einer Prozession wurden mit in Gemüse gekochtem Huhn, Reis und Bohnen gefüllte Teller gebracht. Der vorhandene Tisch war für die Gäste reserviert, während die Mitglieder des Hauses sich mit ihren Tellern auf die an der Wand aufgestellten Bänke verteilten. Inzwischen war auch René eingetroffen, Kardamonsamen kauend, die er stets in der Hosentasche aufbewahrte. Vielleicht war die beruhigende Wirkung dieser Samen das Geheimnis seiner unerklärlichen, gleich bleibenden Gelassenheit, die er so selbstverständlich verströmte wie er atmete. Ihn aus der Haut fahren zu sehen wäre etwas so Fremdartiges wie einem behaarten Leguan zu begegnen. Die Männer um den Tisch erhoben sich achtungsvoll, um ihn in ihren Kreis einzulassen. Er klopfte allen freundschaftlich auf die Schulter.

„Wir werden Sie sehr vermissen, Julia!" sagte Doña Lucrecia nachdem sich die Gesellschaft nach dem Essen in einer Runde zusammengefunden hatte.

„Nicht doch, eine Weile werde ich Ihnen noch erhalten bleiben. Ich muss Noemí jetzt in meine Aufgabengebiete einführen, denn die *socias* haben sie vor kurzem als Präsidentin bestätigt."

„Hoffentlich geht das gut..." gab sich Don Catalino sorgenvoll.

Julia zuckte mit den Schultern. „Ich glaube wir haben in den Jahren alle Tiefen durchlebt, die man sich vorstellen kann. Ich wüsste nicht, was jetzt noch passieren sollte."

„Und was werden Sie danach machen?" wollte Doña Lucrecia wissen.

„Das ist jetzt die Frage..."

„Kooperativenberatung!" warf Ana augenzwinkernd ein. „Es gibt da schon eine Anfrage."

„Mal sachte! Bevor ich mir weitere Gedanken mache, sollte ich vielleicht erstmal einen Besuch zu Hause abstatten!"

„Verständlich nach allem, was Sie geleistet haben. Die *compañeras* haben so viel von Ihnen gelernt."

„Ach, ein Handwerk zu vermitteln, ist wirklich kein Wunderwerk. Ich hab' sicher genauso viel von den *compañeras* gelernt wie sie von mir", trat Julia aus der Rolle heraus, die Doña Lucrecia ihr aufnötigte. Tatsächlich war sie überzeugt, von anderen mehr gelernt zu haben als diese von ihr, etwas Tieferes, etwas, das eine geerdete, von romantischen Täuschungen befreite Ansicht ermöglichte, denn der begrenzte Kosmos der Kooperative erwies sich als das beste Vergrößerungsglas der Wirklichkeit im Allgemeinen. Jetzt, da Andeutungen in der Richtung gefallen waren, dachte sie darüber nach. – In dem Augenblick, da die Revolution gelingt und die Geschichte zum Stillstand bringt, ist alles möglich, gleichwohl bedeutet dieses Erwachen nicht den Gipfelpunkt, da alles erreicht ist. Tradition, Brauchtum, Religion lassen sich nicht einfach abwerfen wie einen alten zerrissenen Mantel. Neben den hohen Idealen wirken Kleinmut und Eigennutz fort, auch Rücksichtslosigkeit und autoritäre Anmaßung. Da, wo das Alte seine Ablagerungen im Wesen der Individuen hinterlassen hat, hat das Bewahrende seine verdämmerte Ruhestätte in ihrem Inneren gebaut. Es durchdringt die Gegenwart, das Neue, die unaufhaltsame Kraft, die zur Veränderung drängt, befindet sich in beständigem Widerstreit, gegen Bewährtes sich zu behaupten, gegen das Hergekommene. Aber darüber sagte sie nichts.

Die Unterhaltung der Männer im Kreisbogen des Tisches war unterdessen bei anderen Themen angelangt. Julia schnappte das Wort *Glasnost* auf. Dieses russische Wort, ausgesprochen in der klanglichen Variation des Spanischen der *campesinos*, erhielt den Akzent von etwas Rätselhaftem. Seit einiger Zeit lagen in der *casa sandinista* mit aufwendigem Druck hergestellte Hochglanzbroschüren mit dem Konterfei des Genossen Gorbatschow aus. Nach Ausrufung seiner *Perestroika* empfahl sich der nunmehrige Staatspräsident des großen Bruderstaates dem nicaraguanischen Volk mit der Aufforderung, die Zeichen der Zeit richtig zu deuten – der Euphemismus für Abgeschrieben! Die Aufkündigung der Patenschaft, von freundlichen Ausflüchten begleitet, kam als anempfohlene Richtungsänderung verkleidet, als geschichtlich überholt die Aufrechterhaltung zweier historisch verfeindeter Lager. „Mister Gorbatschow, open this gate! Tear this wall!" hatte Reagan seinerzeit bei seinem Staatsbesuch in Berlin ausgerufen. Nun, jetzt war es soweit und Mister Gorbatschow blieb viel anderes wohl auch nicht übrig. In diesem Moment waren Berlins Bürger und angereiste Touristen dabei, Brocken aus der Berliner Mauer zu brechen, als Souvenir einer untergegangenen Epoche.

„Mehr Demokratie?" Eine Frage als Antwort auf Renés etwas verworren ausgefallenen Versuch, die Reichweite von *Glasnost* zu erklären. Wie sollte man die Umbrüche im Innern der taumelnden Sowjetmacht auch begreifen, alles weit weg, weit weg von den Menschen in diesem Haus, so weit, dass dieses im Auseinanderbrechen begriffene, immense Land ebenso gut der Mond hätte sein können.

„Machen unsere Leute nicht gerade Gebrauch von der Demokratie und schreiben sich für die Wahlen ein?" fügte der Frager an. „Ein eher seltener Glücksfall in unserer Geschichte. Sobald es einem Präsidenten einfiel, Gewerkschaften zuzulassen, von den Reichen nie bezahlte Steuern zu verlangen oder in unseren Ländern ein wenig mehr Gerechtigkeit walten zu lassen, wurde entweder flugs ein Staatsstreich organisiert oder eine Verschwörung angezettelt..." Er schnippte mit dem Finger „... und schwupp der Präsident gestürzt!"

„So ist es Kamerad! Und wenn sie uns auf *die* Art nicht beikommen können, ermorden sie hinterrücks unsere Führer", sagte der ältere Bauer an Renés Seite, dessen Hände, die aussahen wie ausgerissene Wurzeln, einen roten Plastikbecher umgriffen. „Viva Sandino! Viva Zapata!" rief er in die Runde und hob seinen Becher, um sich mit einem kräftigen Schluck Rum die Kehle zu spülen. „Von wegen kommunistische Verschwörung!" fuhr er fort und wischte sich mit dem Handrücken über den Mund. „Damit kommen sie immer, wenn es darum geht, uns an die Kette zu legen; wenn wir auf unserem Recht bestehen, Herren im eigenen Land zu sein, anstatt wie die Ochsen für sie zu arbeiten."

„Und wo nichts mehr hilft, da schicken sie uns ihre Truppen auf den Hals", ergänzte ein junger Mann mit Lippenbärtchen und tief liegenden Mandelaugen, „und hieven Generäle und Diktatoren an die Macht. Passierte es nicht so mit Präsident Zelaya, weil der versuchte, von nordamerikanischen Unternehmen Steuern einzutreiben?"

Sein Nachbar klopfte ihm anerkennend auf die Schulter. „Da sieh' einer an, was heutzutage sogar Bauernjungen in der Schule lernen, so wichtige Dinge unserer Geschichte."

„Und was gibt uns die Zuversicht, dass es dieses Mal anders läuft?" fragte Don Catalino gedankenvoll.

„Die Welt hat sich verändert", sagte René, „die Diktatoren haben ausgedient. Natürlich kann man nicht alles voraussehen..."

„Ha, und Panama? Haben sie nicht gerade Panama überfallen? Die Verwüstung unserer Botschaft und dann *diese* Provokation – ihre Düsenjäger über unserer Hauptstadt! Das soll uns wohl zeigen, was sie mit uns machen, wenn wir die Wahlen ein zweites Mal gewinnen!"

„Aber wir sind nicht Panama!" rief der in Geschichte bewanderte junge Mann. „Wir sind die Erben Sandinos! Vergesst das nicht! Ihre erste militärische Niederlage in Lateinamerika erlebten sie hier! Dabei hatte sein winziges Heer kaum Waffen, nur die, die sie im Kampf mit den *yankees* erbeutet haben. Aber was erzähl' ich das *euch*!" Er hatte sich die Gitarre geschnappt und schlug die ersten Akkorde eines bekannten Liedes an, das sich um den Freiheitskampf Sandinos drehte. Und alles sang kraftvoll mit:

*Allá va el general con su batallón*
*rojinegro pañuelo lleva en el cuello*
*rumbo al Chipotón!*
*Y allá va el general bajando Estelí*
*"Patria o Muerte" repiten*
*los campesinos de Wiwilí!*
*Y allá va el general con su decisión*
*con los hombres valientes*
*limpiar Nicaragua del invasor!...*

Das ganze Repertoire politischer Lieder wurde herunter gesungen. Die Rumflasche ging von Hand zu Hand und alle betranken sich in einträchtiger Melancholie. Steigender Alkoholspiegel löste die Zunge, auch ein paar der bei den Bauern so beliebten *rancheros* zu singen, als plötzliches Maschinengewehrgeknatter die nächtliche Stille aufreißen ließ. Niemand besaß eine Uhr, doch wussten alle, dass der Lärm, der ihre Lieder zerfetzte, dem Übergang ins neue Jahr galt. *Compas* schossen Leuchtmunition in den Sternenbesäten klaren Nachthimmel. Und dem einen oder anderen mochte beim Salut aus den Gewehrläufen im Stillen die Erinnerung gekommen sein, dass es ein Neujahrstag war, der erste Tag des Jahres 1933, an dem die nordamerikanischen Invasoren Nicaragua verließen. Augusto César Sandino, der unscheinbare Mann mit dem großen Hut, und sein kleines Partisanenheer hatten einer Weltmacht Beine gemacht.

# 23

**M**ister President George Bush gratuliert Violeta Barrios de Chamorro, der neuen Präsidentin Nicaraguas, zu ihrem Wahlerfolg und verspricht großzügige Hilfe für den Neuanfang. Die FSLN politisch geschlagen! Das sandinistische Volksheer aufgelöst, Oberst Enrique Bermudez, militärischer Chef der *contra*, befehligt die neu gegründete Armee. Die Großgrundbesitzer erhalten zur Wiederflottmachung des Argrarbusiness ihre ehemaligen Ländereien zurück, die Agrarreform ist für nichtig erklärt. Unter dem Lawinengepolter von Billigimporten brechen die Produktionskooperativen eine nach der anderen zusammen, da die Liberalisierung des Handels den Wert der einheimischen Produkte unterminiert. Im öffentlichen Gesundheitswesen gähnen nach der Sanierung der Krankenhäuser leere Medikamentendepots vor sich hin, Patienten werden nur noch gegen Barzahlung operiert, ausgestattet mit Hungerlöhnen kümmern sich die letzten verbliebenen Idealisten um die Kranken. In den Schulen kämpft unterbezahltes Personal darum, den Unterricht ohne Lehrmittelzuwendungen aufrecht zu erhalten.

„Blödsinniges Gedankenspiel!", sagte Christa. „Nach den neuesten Umfragen liegt die FSLN weit vorn." Ihrem blühenden Optimismus hätte auch ein vieldeutigeres Umfrageergebnis nichts anhaben können. Jenes alte, überlebte Nicaragua, daran bestand für sie nicht der geringste Zweifel, konnte nicht endgültiger aus der Welt entschwunden sein.

„Nun, vielleicht könnte es trotzdem nicht schaden, mehrere Möglichkeiten in Betracht zu ziehen..." konterte Julia ein wenig verhalten. „Hast du schon mal darüber nachgedacht... Ich will's mal so sagen – in einem so geschundenen Land ... wäre es da nicht denkbar, dass der zu zahlende Preis in ein Missverhältnis zu den Kräften seiner Bevölkerung treten könnte?"

„Und das hier? Sagt das etwa nichts?" Christa hielt die aufgeschlagenen Seiten der gestrigen Ausgabe des *Nuevo Diario* vors Gesicht, so dass Titel- und Rückseite als zusammenhängende Szene erkennbar waren. Die Tageszeitung hatte anlässlich der unglaublichen Menschenmenge, die zur

Abschlusskundgebung der Wahlkampagne der FSLN auf dem großen Platz am Managuasee zusammengeströmt war, in völliger Siegesgewissheit ein doppelseitiges, das ganze Format einnehmendes Foto jenes größten, im Lande je gesehenen Menschenauflaufs abgebildet. Riesige Lettern titelten: *Para qué votamos?* Wozu noch wählen?

„Vergiss' nicht, es war der 21. Februar, der Jahrestag der Ermordung Sandinos..."

„*Mi amor!* Was tut denn das zur Sache!" fiel Christa ihr ins Wort. Sie bewegte das Blau ihrer Augen, wobei nicht zu unterscheiden war, ob es das Meer widerspiegelte oder sich das Meer in ihm spiegelte. Eine Strähne, die unter ihrem Stirnband hervorkam, wehte ihr um die Nase. Sie senkte ein wenig den Kopf und zuckte die Achseln, wobei der Faltenwurf ihres Mundes die Winkel nach unten zog. „Also ich kann mir einfach nicht denken ... die Stimmung da auf dem Platz, der Beifall, der Jubel, wenn das kein eindeutiges Votum ist!"

„Hm..., wahrscheinlich hast du Recht", lenkte Julia jetzt ein, „ich kann mir ja auch nichts anderes vorstellen."

„Ich sag' dir, die ersten, die an die untrüglichen Zeichen ihrer Niederlage glauben, das sind die von der UNO, nachdem sie die Bilder von der Kundgebung im Fernsehen gesehen haben!" Christa blinzelte in die Sonne und streckte sich auf den warmen Sand hin.

Auch Julia legte sich hin. Die Arme hinter dem Kopf verschränkt blickten sie auf das herrliche indigoblaue Meer, das sonnenüberglänzt in seiner ganzen Ausdehnung vor ihnen lag. Halb bedeckte sie der von dem strahlenden Himmel durchbrochene Schatten niedrigen Eichengewächses, das auf ihre Gesichter ein flirrendes Blattmuster malte. Der warme Hauch eines leisen Windes glitt über ihre liegenden Körper. Winzige Seevögel auf Stelzenbeinchen, trippelten den Strand entlang. Ein Pelikan löste sich aus einem Schwarm und stieß in die funkelnde See nach Beute.

Die beiden Frauen hatten sich nach einem kleinen Küstendorf an der Pazifikküste aufgemacht, um ein paar Tage auszuspannen und ein wenig auch, um der allseits spürbaren, gespannten Atmosphäre zu entgehen. Ihr Hotel, das einzige, das dieses der Küstenglut ausgesetzte Örtchen aufzubieten hatte, lag in unmittelbarer Nähe zum Strand. Es bestand vollständig aus Holz, über dem ebenerdigen Speiseraum befanden sich winzige, teils fensterlose, teils zur Meerseite hin mit Fensteröffnungen versehene Zimmerchen mit jeweils zwei Bettgestellen. Da sie weit und breit die einzigen Gäste waren, war die Wahl des Zimmers keine Frage gewesen. Von ihrem Fensterchen sah man Fischerboote auf dem Strand liegen vor dem Hintergrund eines feurig blauen Horizonts, am oberen Rand des Fensterausschnitts leichtes Gewölk, als handelte es um ein an der Wand hängendes Gemälde.

Der einzige Schatten, der das Vergnügen ein wenig trübte, war, dass Ana nicht hatte mitkommen können. In den letzten Wochen hatten sie sie kaum noch zu Gesicht bekommen. Alle Kader waren mobilisiert, überall beriefen sie Versammlungen ein, jedes Dorf, jeder erreichbare Flecken wurde von ihnen besucht. Erst recht am Wahltag wäre sie unabkömmlich gewesen, da sie als Wahlhelferin Aufgaben zu übernehmen hatte.

Julia hatte sich während der Kampagne strikte Neutralität auferlegt, keinesfalls wollte sie das Votum der *compañeras* in irgendeiner Weise beeinflussen, die sich vielleicht aus Dankbarkeit oder aus Anhänglichkeit oder sei es auch nur, um ihre Wohltäterin nicht zu enttäuschen, zu einer Stimmabgabe hätten gedrängt fühlen können, die mit einer unvoreingenommenen Willensentscheidung schwerlich zu vereinbaren gewesen wäre. Mit ihrer Abwesenheit am Tag des Urnengangs glaubte sie ein Mittel gefunden zu haben, sich jeglicher Art Einflussnahme, ebenso der unbewusst wirkenden, zu entziehen. So hatte sie es mit ihrer Zurückhaltung auch an jenem Tag gehalten, als in der Kooperative wegen der Teilnahme einiger *compañeras* an einer Wahlkampfveranstaltung der UNO offene Feindseligkeiten ausbrachen. Um für ihre Präsidentschaftskandidatin Violeta Chamorro zu werben, hatte die UNO kurz vor Weihnachten eine Unterstützungsveranstaltung organisieren lassen. Als die Kandidatin mit ihrem Tross über die Hauptstraße zum Kundgebungsort zog, dürften ihren Gewährsleuten angesichts der verhältnismäßig kleinen Anhängerschaft, die ihm folgte, jedoch erste Zweifel gekommen sein, ob ihrem schillernden Parteienbündnis mit seiner Nähe zur *contra* in den gebeutelten Kriegsgebieten nicht ein Eintagsfliegenschicksal beschieden sei. Zu allem Überfluss trat der für den Wahlbezirk aufgestellte Kandidat zurück, indem er erklärte, dass er mit der großen Zahl von Somozisten, *contras* und Mordgesellen in ihren Reihen nicht einverstanden sei. Es schien also mehr als fraglich zu sein, ob das Prestige einer Violeta Chamorro ausreichen würde, um am 25. Februar siegreich aus den Wahlen hervorzugehen. Wie nicht selten bei derartigen Anlässen waren auch hier wirkliche Anhänger und Schaulustige nicht voneinander zu scheiden, schließlich ergab sich die Gelegenheit, einer berühmten Persönlichkeit ansichtig zu werden, nicht alle Tage!

Die Sonne sank und fiel glutrot ins Meer. Im letzten Abglanz rötlicher Phosphoreszenz machten die Fischer ihre kleinen Boote zum Auslaufen bereit, mit offenen Hemden, aufgerollten Hosenbeinen über nackten Füßen. Vor dem verglimmenden Horizont, im kurzen Abglanz des Zwielichts, zeichneten sich ihre scharf umrissenen, dunklen Silhouetten wie Spielfiguren eines Schattenspiels ab. In der letzten Herrlichkeit des verschmelzenden Tages gingen die Gestirne fast ohne Übergang auf. Ein schönes, ruhiges Silberlicht lag auf dem Meer, wo sich die Fischerboote schaukelnd wie Papierschiffchen im weißen Spiegel des Mondes dem Auf und Ab der Wellen überließen.

Christa und Julia fühlten sich in dieser Nacht einander sehr nah, es war als wären sie in einen weltenfernen, wunderbaren Traum abgetaucht. Sie ließen sich das Abendessen auf der Veranda servieren. Ihre Augen saugten sich voll mit Katarakten blitzender Sterne. Das Rauschen des Meeres, das schäumend dem vom Mondlicht beschienenen Strand zurollte und beim Zurückweichen Brillanten säte, gab dazu den Hintergrund ab. Sie stürzten sich die Schwüle, die den Schweiß aus allen Poren trieb, mit gekühltem Bier die Kehle hinunter, während sie sich genießerisch über gegrillten Fisch mit einer verführerisch goldbraunen Kruste hermachten. Julia hatte ihren Weltempfänger mitgebracht, um den Verlauf der Wahlen verfolgen zu können, doch vor Mitternacht wäre die Bekanntgabe der ersten Teilresultate sicherlich nicht zu erwarten. Sie bestellten noch eine Runde Bier, indem sich Christa mit dem üblichen Zischeln bemerkbar machte. Es galt einem jungen Burschen, der sich ein paar Meter von ihnen entfernt in der Hängematte räkelte. Vom rückwärtigen Schankraum her fiel der Lichtschein einer Glühlampe auf sein kupferfarbenes Gesicht mit abstehenden durchscheinenden Ohren, als er sich ihnen ohne Eile schlurfenden Schrittes näherte.

„Bei der großen Siegesfeier wär' ich schon gern dabei gewesen", sagte Julia mit dem Nachgeschmack des Essens im Mund genau in dem Moment, da er an ihren Tisch trat.

„Die Sandinisten sind gut für uns ... sehr gut sogar. Aber sie haben einen zu mächtigen Gegner. Gegen die *gringos* können sie nicht gewinnen. Deshalb hab' ich für die UNO gestimmt."

Julia und Christa sahen einander an, mit runden, leicht glasigen Augen wie Fische, die auf dem Trockenen liegen, verdutzt ob der offenherzigen Offenbarung dieses täppischen Jünglings, der beim Gehen den Kopf einzog und mit den Armen schlenkerte.

„Wir waren hier mal eine große Familie. Vier Brüder, zwei davon im Krieg geblieben. Als Nächster bin ich dran mit dem Militärdienst." Seine vom Vorsprung der Stirn überschatteten Augen gingen eine Weile unruhig hin und her, als folgten sie der Bewegung eines Pendels. Da aber beide Frauen betreten schwiegen als wäre ihnen die Zunge eingefroren, räumte er wortlos die leeren Teller ab und machte sich davon.

Erstmals schlich sich in ihre Gedanken ein leiser Zweifel: nämlich dass zur Abstimmung nicht ein soziales Projekt stand, sondern die Bereitschaft der Bevölkerung, weitere Jahre Krieg auf sich zu nehmen, denn daran, dass diese Aussicht mit dem Sieg der Sandinisten verknüpft war, daran wiederum ließ auch die neue Bush-Administration keinen Zweifel. Plötzlich wurde ihnen klar, was die ganze Zeit in ihrem Denken keinen echten Widerhall gefunden hatte. In der Abgeschiedenheit ihres Dorfes mit seiner eng begrenzten Erlebniswelt, wo das Fernliegende sich an der Unmittelbarkeit des Nächstliegenden bricht, war ihnen die Tragweite dessen, was sich in der Sowjetunion an Umwälzungen vollzog, nicht wirklich zu Bewusstsein gekommen. Den Fall der Berliner Mauer hatten sie als ein entferntes außerplanetares Ereignis erlebt, so als befände sich die Mauer in einer unbekannten Mondregion. Und wenn das kleine Völkchen Nicaraguas auch nicht zu den Prioritäten der Sowjets zählte, so konnten und wollten sie doch nicht glauben, dass dessen Schicksal von der neuen Führung zu einem freistehenden Problem erklärt würde, um alle weiteren Verpflichtungen zu annullieren. Schließlich konnte hinsichtlich der Abschaffung des Militärdienstes keine politische Entscheidung fallen, denn er war eine militärische Notwendigkeit, solange die USA den Druck aufrechterhielten.

Während sie Für und Wider gegeneinander abwogen, hatten sie sich mit reichlich Bier in Stimmung gebracht. Auch wenn der *chaval* sie kurzzeitig verunsichert hatte, stellte sich die Siegesgewissheit mit zunehmendem Pegel wieder ein. Julia fingerte nervös an dem Radio herum, begierig endlich die ersten Hochrechnungen zu erfahren, aber aus unerfindlichen Gründen war die Übertragung unterbrochen. Christa spähte rückwärts mit rötlich eingetrübten Augen in den Schankraum hinein. Vielleicht wäre von dort ein Zeichen zu vernehmen, das Aufschluss über den Gang der Dinge geben könnte. Aber da war nichts zu erwarten, außer dem hohlen Schnarchen der in den Schlaf gesunkenen Gastwirtin. Sie schlummerte mit offenem Mund zusammengesunken in einem Lehnstuhl, die Sandalen von den Füßen gestreift. Ihr Kinn ruhte auf der Brust, der große Busen hob und senkte sich im Rhythmus ihres Atems. Ein paar der dicken Haarsträhnen hatten sich aus einem Kamm gelöst und fielen ihr über die Augen. Der Junge, der sie bedient hatte, hatte sich unsichtbar gemacht. Eine kurze Überlegung ins nahe Dorf zu gehen. Sie wurde zugunsten der Möglichkeit, sich am nächsten Morgen Klarheit zu verschaffen, verworfen. Welche Menschenseele wäre auch zu dieser mitternächtlichen Stunde in dem kleinen verschlafenen Nest noch auf den Beinen.

Während sie sich betäubt vom Alkohol in die Tiefen des Schlafs fallen ließen, verloschen in Managua über dem Gelände für die große Siegesfeier ohne irgendeine Ankündigung die Scheinwerfer. Die Leute, die singend und tanzend zusammengeströmt waren, gingen verwirrt und voller Ungewissheit nach Hause.

Beide erwachten sie aus ihrem Rausch als von unten eine Radiostimme zu ihnen drang, die unverwechselbar Daniel Ortega gehörte. Der Präsident der Republik Nicaragua hielt eine Ansprache. Es begann zu tagen, doch der Morgen schwitzte noch keine Hitze aus, die zwar schon spürbar, aber noch nicht erdrückend war. Sie rappelten sich hoch. Ihre Lider waren noch schwer von tiefem Schlaf als sie den Schankraum betraten, das Gehirn arbeitete schwerfällig, wie ein Uhrwerk mit knirschendem Sand, in das Wortfetzen eindrangen wie durch eine wattierte Nebelwand.

Sechs Uhr Ortszeit. Die Übertragung kam aus dem Kongresszentrum Olof Palme, wo Daniel Ortega noch vor Bekanntgabe des offiziellen Endergebnisses durch den Obersten Wahlrat die Wahlniederlage offensichtlich tief bewegt eingestand.

*... Mit der Entscheidung für ein pluralistisches Projekt haben wir uns der Herausforderung gestellt, uns dem Willen der Bevölkerung in periodischen Wahlen zu stellen, wie es in der Verfassung der Republik festgelegt ist. Wir sind in diese Wahlen ... mit der Überzeugung gegangen, dass der Kampf auf parlamentarischer Ebene den Krieg ein für alle Mal entscheiden und der nicaraguanischen Bevölkerung Frieden, Stabilität und Ruhe bringen muss.*

*... Ich möchte in meinem Namen und im Namen meiner Familie, meiner Genossen und Brüder der Nationalleitung, im Namen der Mitglieder der FSLN, im Namen dieses opferbereiten, mutigen und bewussten Volkes ..., das an den Wahlen teilgenommen und die FSLN unterstützt hat – in unser aller Namen möchte ich allen Nicaraguanern und allen Völkern der Welt gegenüber betonen, dass der Präsident Nicaraguas, die Regierung Nicaraguas den Willen der Bevölkerung, der bei diesen Wahlen zum Ausdruck gekommen ist, akzeptieren und anerkennen wird...*

Schockstarre hatte alle erfasst. Nichts war zu hören außer dem Meer und außer dem Meer Ortegas Stimme.

*... Wir sind stolz auf den Beitrag unseres kleinen mittelamerikanischen Landes, das Männer hevorgebracht hat wie Darío und Sandino. Nicaragua hat den mittelamerikanischen Völkern, Lateinamerika und der Karibik, den Völkern der Entwicklungsländer in dieser ungerechten, zwischen Mächti-*

*gen und Schwachen aufgeteilten Welt ein wenig Würde, ein wenig Demokratie und soziale Gerechtigkeit gegeben...*

Julia und Christa hatten sich unter die Dörfler gemischt, die um den Tresen herum versammelt waren und das Transistorradio anstarrten. Die Wirtin machte einen so schläfrigen Eindruck, als wäre sie gerade erst aus ihrem Lehnstuhl erwacht, die Frisur so zerzaust, als trüge sie Werg auf dem Kopf. Der Schürzenzipfel, den sie an die Nase führte, um sich zu schnäuzen, verriet, dass sie weinte. Ein paar Frauen hielten sich abseits, verteilt auf Stühlen lauschten sie dem Tönen des Radios mit eingefrorenen Gesichtern aus traurigem Ton. (Allein die Kinder zog es unter lebhaftem Geplapper ins Freie, wo sie sich um einen Jungen scharten, der eine der großen Grillen gefangen hatte; an einem Faden ließ er sie fliegen wie einen Miniaturdrachen.) – Eine Gesellschaft mit Gesichtern von Selbstmördern, ahnend, dass eine große Dunkelheit auf sie wartete. Kein Muskel zuckte in diesen Gesichtern, als wäre in eben diesem Augenblick der Schrecken in ihnen erwacht. Unter den Männern menschliche Schatten mit Hüten, gebeugte Rücken, hart zeichneten sich die Wirbel des Rückgrats unter den Hemden ab. Schwielige, arbeitsgewohnte Hände, knollige Finger umfassten eine Rumflasche, die aufgehört hatte zu kreisen. Selbst im Gesicht des Jungen, der seine Stimme der UNO gab, stand keine Freude. Die Bitterkeit mochte sich dem einen oder anderen noch tiefer eingesenkt haben als ihr Präsident seine fast einstündige Rede mit dem Kampfruf Sandinos schloss: *Patria libre o morir!*

Was sie nicht sehen konnten, aber diese Pressekonferenz zu etwas Einmaligem machte – alles weinte. Sogar den Kameraleuten der nordamerikanischen Fernsehgesellschaften traten Tränen in die Augen. Unter Anwesenheit der *comandantes* der nationalen Leitung, des Vizepräsidenten Sergio Ramirez, vor hunderten Pressevertretern aus der ganzen Welt, war dies die wohl ergreifendste Rede, die jemals ein Staatschef nach einer Wahlniederlage gehalten hatte.

Julia schluckte und schluckte Tränen, die sich in ihrer Kehle gesammelt hatten, während sie Christa unaufhaltsam als heißer Strom über die Wangen liefen, ihr Gesicht badete in Tränen. Sie waren nicht die Einzigen, die trotz der aufsteigenden Hitze eine frostige Verlassenheit fühlten, die Kälte eines großen Verlustes. Alles schwieg, ein Schweigen schwer von Fragen, mehr Fragen als Antworten. Ein Alter kniff die Augen zusammen wie jemand, der unvorbereitet einen stechenden Schmerz empfängt, in tiefe Falten eingebettete Augen, aus denen Tränen wie perlende Tautropfen rollten und rollten. Endlose Traurigkeit grub sich in seine erdbraune, faltige Maske und sein gramverzerrtes Gesicht verlieh ihm auf einmal das Aussehen eines Todgeweihten. Kummer wiegt schwerer als Alter.

Noch für den Vormittag wurde die Bekanntgabe des offiziellen Ergebnisses durch den Obersten Wahlrat erwartet, was jedoch lediglich eine Formsache war, die keinen Stoff für Überraschungen mehr bot. Die FSLN unterlag, wenn auch mit geringem Abstand zur Siegerpartei. Zehn Jahre Aderlass, allenthalben Kriegsmüdigkeit und eine ruinierte Wirtschaft hatten die Waagschale auf der Seite der Revolution zum Sinken gebracht. Doch Freude über die Erzwingung dessen, was in Fensterreden den Durchbruch demokratischer Verhältnisse einläuten sollte, will sich nirgends einstellen, zu umfassend ist das Gefühl erpresst worden zu sein. Schon pfeift von Norden her ein scharfer Wind über das Land, der gewalttätige Atem jenes vergreisten, dreihundert Jahre alten Ungeheuers namens Kapitalismus. Triumphgeschrei! Ein Land und seine Menschen nur ein Rädchen im gewaltsamen Getriebe – Störung des Systems beseitigt! Machen wir uns an die Restaurationsarbeit!

Zusammen gingen sie in der stechenden Mittagssonne den endlos langen Sandstreifen entlang, die Augen auf die eigenen Spuren geheftet. Sie drückten sich in den Schatten eines Felsvorsprungs. Am Himmel nutzlose Wolken, die weder Regen brachten noch die Sonne verdeckten. Gar lange ließen sie ihre Augen auf der gekrümmten Linie zwischen Himmel und Meer verweilen, dem grünen offenen Meer, über dem niedrig eine Schar Seemöwen dahinsegelte, den ungebändigten Wassermassen, ihrem Hereinfluten und unvermeidlichen Zurückweichen, den Wellen, die den Strand kämmten, als Brausen in den Ohren, die Zunge in den Schraubstock der Backofenhitze gespannt. Sie erlebten es gemeinsam, siamesischen Zwillingen ähnelnd, die einen gemeinsamen Kreislauf besitzen, das Gefühl, als würden sie langsam aus der Bewusstlosigkeit einer Narkose zurückkommen, zunächst den Ort auf sich wirken lassend, um zu sehen, ob er noch derselbe war.

Der Schatten begann sich auszudehnen und erlaubte eine bequemere Sitzhaltung. Christa nahm eine Handvoll Sand auf und ließ ihn gedankenschwer durch die Finger rieseln. „Etappenschweine! – Wahrscheinlich lassen sie jetzt die Korken knallen und prosten auf das Ende der Geschichte… von ihren Eroberungsträumen ganz besoffen."

„Das hieße, zu viel zu erwarten, Herzchen. Den Zusammenbruch des Lebens von Millionen Menschen zu organisieren, gehört schließlich zum Tagesgeschäft wie die täglichen Börsennotierungen an der Wallstreet." Julia drehte sich zu den Felsen hin, um sich eine Zigarette anzuzünden. Zwischen zwei Zügen: „Vielleicht werden die Chronisten eines Tages einmal sagen: Die Revolution musste untergehen, weil sie hier nichts mehr zu suchen hatte…"

„Was wissen *die* schon! Sie sind keine Handelnden. Wissen sie, wie viele Tode ein Mensch stirbt, der in die Hände von Reagans Söldnern fällt? Wissen sie, wie es in einer Mutter aussieht, die den leblosen Körper ihres Sohnes in einem Sarg empfängt? Wissen sie das?" Dies waren keine Tränen der Trauer mehr, es waren Tränen der Wut, die Christa jetzt übers Gesicht liefen. Der Gedanke an die enorme Verausgabung, die Zähigkeit, die Kraft zur Ausdauer all dieser Jahre, war kaum zu ertragen, weil er ohne an die Opfer zu denken, nicht zu denken war, an die Freunde und all die Namenlosen, die in diesem Kampf ihr Leben verloren. „Nichts wissen sie! Sie werden über die Abirrungen der Sandinisten salbadern, am offensichtlich Fehlgeschlagenen ihr Mütchen kühlen, was in dieser Bewegung an Leben enthalten war, es wird abgetan, was den Menschen als Versprechen galt, in den Schmutz gezogen. Und vergiss' nicht, solange die Besiegten nicht ihre eigenen Historiker haben, wird die Geschichte von den Siegern erzählt."

Julia verstand, was Christa meinte.

Es gibt Träume und Träume, nicht alle Menschen träumen zwangsläufig von Aufstieg und Reichtum. Es gibt andere Welten, das, was wir kennen, ist nicht alles. In diesem Land hat der Freiheitswille gesiegt. Wohl kann er eine Zeit lang verstummen, aber er wird nicht aus der Welt verschwinden, weil er einen Eigenwert besitzt, weil seine Niederdrückung die Ursachen für sein Entstehen nicht zum Verschwinden bringt. Und diese Ursache heißt Hässlichkeit des Lebens, ein Zuhause nennen das wirre, enge Durcheinander der *chabolas,* heißt Ausgesetztheit, heißt Machtlosigkeit, dem Sinn des Daseins eine andere Heimstätte zu geben als jene der unablässigen Sorge um Nahrung und nirgends ein Ort zum Ausruhen.

„Ich glaube, es werden die Frauen die Bewahrerinnen der Geschichte sein", begann Julia nach einer sehr langen Weile des Schweigens. „Sie werden sich weiter zu Gehör bringen, es könnte sogar sein, dass sie diejenigen sind, die am ehesten dafür gerüstet sind, was jetzt kommt. Sie haben in ihrer Persönlichkeitsbildung von der Revolution am meisten profitiert – –"

Christa straffte sich und zog die Beine an, um sich weiter in den Schatten zurückzuziehen, wo eine leichte Meeresbrise spürbar war. „Sicher, die Frauen hatten mehr als Tausend Gründe sich der Revolution anzuschließen, bloß befinden sie sich hier an einem Ort, wo all ihre Kräfte darauf ausgerichtet sind, konkrete Probleme zu lösen oder genauer gesagt, wahre Wunder zu bewirken, zum Beispiel um das Essen auf den Tisch zu bringen! Daran hat auch die Revolution keinen Deut geändert, die Realität bürdet ihnen das gleiche Übermaß an persönlicher Verantwortung auf, wie sie es seit ewigen Zeiten kennen."

„Was die Unmittelbarkeit ihrer Lebensumstände angeht, stimme ich dir zu", sagte Julia und versenkte den verglühten Zigarettenstummel im Sand. „Da hat sich für die meisten Frauen tatsächlich nicht allzu viel geändert und wir kennen die Gründe. – Solange es heißt, alles zu machen für nichts oder nach Brot zu hungern, solange ist von Emanzipation zu reden einfach lächerlich. Und trotzdem! – Würde man die weibliche Hälfte dieses Landes heute befragen, bin ich überzeugt, dass sie eine positive Bilanz ziehen würde, Frauen aller sozialen Schichten fühlen sich angezogen von den Veränderungen, auch wenn die nicht immer so ausgefallen sind, wie sie es sich gewünscht hätten. Die Frauen sind zu sozialen Akteuren geworden, die auf ihrem Platz in der Gesellschaft bestehen und ihre Rechte einfordern. In dieser Rolle sind sie nicht mehr wegzudenken, das ist immerhin eine Realität. Und was sagt uns das? Die Veränderung der Denkweisen geht von den Frauen aus, die Übernahme neuer, sinntragener Symbole geschieht durch die Frauen. Das lässt sich nicht mehr herausreißen."

Ihr beider Drang zum Reden versiegte so plötzlich wie er hervorgesprudelt war, denn alles weitere Spekulieren nahm sich angesichts dessen, was an Eindrücken in den letzten Stunden über sie hereingestürzt und noch taufrisch war, völlig sinnlos aus. Vielmehr war ihnen zumute, in eine Art Unwirklichkeit gestoßen worden zu sein, in der sie herumirrten ohne im Besitz einer verlässlichen Landkarte zu sein, so als besäßen sie von einer Gegend einen veralteten Plan, worin die entscheidenden Anhaltspunkte nicht verzeichnet waren. Und so überließ sich jede dem eigenen inneren Gedankenstrom.

Sie hätten gern, dass wir unser Gedächtnis verlieren. In stiller Kontemplation erging sich Julia in den Anblick der türkisfarbenen See, die grazile Schönheit der Kokospalmen auf dem vor ihr liegenden Strandstreifen. Allumfassende, erschlaffende Hitze. Sie fühlte sich überwältigt. Ein Gefühl des Zerfließens breitete sich in ihr aus, die Empfindung wie selbst nicht vorhanden zu sein, als käme gerade zum Schmelzen, was über lange Zeit den Endzweck ihres Tuns und Lassens ausgemacht hatte. Sie war es aber umso lebhafter, als nichts hinzu trat, was ihre Gedanken hätte ablenken können. Sollte es möglich sein, dass die kommende Generation – jene, die jetzt geboren werden – ohne Erinnerung wird leben müssen? Keine Frage, die Maschine zur Trockenlegung des Gedächtnisses, die jetzt anläuft, wird total sein! Mit dem Aufkommen des Gedankens erstand in ihrem Geist eine Art figürliche Abstraktion: die Idee der Demokratie, die ihr Zerrbild eingeholt hat, ganze Menschenkolonnen für ihre Zwecke ins Geschirr ihres Triumphwagens gespannt, der mit ihnen auf dem Erdenrund dahin jagt. – Doch das ist undenkbar, auf Dauer undenkbar zuwege zu bringen, einig mit den Menschen, deren zugewiesener Zustand einem unabänderlichen, bösen

Traum gleicht, ist das undenkbar. Die Ungleichheit des Lebens, wird die Erinnerung erneut in ihrem Versteck aufsuchen, denn aus dem Blick auf die Vergangenheit, nicht aus dem Blick in die Zukunft schöpft der Mensch die Kraft im Kampf gegen die Freiheitsberaubung durch das Bestehende, den Widerwillen gegen den Zwang, dem Gegebenen sich zu unterwerfen, wenn er leben will. Unaufhaltsam bleibt die Hoffnung, für die all diejenigen einstehen, die den Kampf weiterkämpfen. Der Drang zum Widerspruch, zur Gegenwehr wird wieder aufleben und jeden neuen Sieg der Herrschenden aufs Neue in Frage stellen.

„Bei Eduardo Galeano habe ich einmal von einem Fluss des Vergessens gelesen, der sich in Galicien befinden soll", brach Julia das Schweigen. „Die Überlieferung besagt, wer den Fluss überquert, weiß am anderen Ufer nicht mehr, wer er ist und woher er kommt."

Wir werden diesen Fluss nicht überqueren.

Julia sah hin, wie Christa in den Sand schrieb:

„Nie, nie vergessen!"

# Glossar

| | |
|---|---|
| **AMNLAE** | Nicaraguanischer Frauenverband Luisa Amanda Espinoza |
| **ARDE** | Alianza Revolucionaria Democrática (bewaffnete Gruppe der Konterrevolution) |
| **bandera** | Fahne/Flagge |
| **barrio** | Wohnviertel |
| **BLI** | Batallón de Lucha Irregular (nicaraguanische Spezialeinheit der Armee) |
| **cabildo** | öffentliche Bürgerversammlung |
| **campesino** | Bauer |
| **campesina** | Bäuerin |
| **chabola** | Elendshütte |
| **comandante** | span. Ausdruck für Revolutionsführer/in |
| **combatiente** | Kämpfer |
| **compañera/s** | Kameradin/innen |
| **conquista** | Eroberung Lateinamerikas durch die spanische Krone 1492 |
| **contra** | Mitglied der bewaffneten Konterrevolution |
| **EPS** | Ejercito Popular Sandinista (Sandinistische Volksarmee) |
| **FDN** | Fuerza Democrática Nicaragüense (bewaffnete Gruppe der Konterrevolution) |
| **finca** | Bauernhof |
| **FSLN** | Frente Sandinista de la Liberación Nacional (Sandinistische Nationale Befreiungsfront) |
| **frente** | Kurzbezeichnung für FSLN |
| **gringo** | lateinamerikanischer Ausdruck für i.d.R. weiße US-Amerikaner |

| | |
|---|---|
| **guardia** | Nationalgarde (Armee des Somozaregims) |
| **hermana** | Schwester |
| **hermanita** | Schwesterchen |
| **machete** | langes Messer (Arbeitsgerät der Bauern) |
| **machismo** | Männlichkeitskult |
| **montaña** | hier: bergige Urwaldregion |
| **muchachos** | Jungen |
| **muchachas** | Mädchen |
| **nacatamales** | Pastete aus gemahlenem, gekochten Mais mit Schweinefleisch gefüllt in Bananenblätter eingewickelt |
| **nicas** | Bezeichnung für die Bürger Nicaraguas |
| **patio** | Innenhof |
| **patrón** | Chef/Arbeitgeber |
| **poder popular** | Volksmacht |
| **rancho** | kleines Gehöft |
| **socio/a** | Kooprativenmitglied |
| **telenovela** | Fernsehserie/Seifenoper |
| **ticos** | Bezeichnung für die Bürger Costa Ricas |
| **yanqui** | Nordamerikaner |